赵树理的幽灵

在公共性、文学性与在地性之间

赵勇 著

中国人民大学出版社
·北京·

谨以此书
献给我的父亲母亲
献给我家乡的父老乡亲

目　录

"西马"视域下的赵树理研究（董大中）……………………… 1
十年一读赵树理（代自序）…………………………………… 1

第一辑　赵树理研究

在文学场域内外
　　——赵树理三重身份的认同、撕裂与缝合 ……………… 3
可说性文本的成败得失
　　——对赵树理小说叙事模式、传播方式和接受图式的再思考……… 34
完美的假定　悲凉的结局
　　——论赵树理的文艺传播观 …………………………… 48
口头文化与书面文化：从对立到融合
　　——由赵树理、汪曾祺的语言观看现代文学语言的建构 ……… 59
汪曾祺喜不喜欢赵树理？ ……………………………………… 72
民间进入庙堂的悲剧
　　——以赵树理为例 ……………………………………… 83
《"锻炼锻炼"》：从解读之争到阐释之变
　　——赵树理短篇名作再思考 …………………………… 93
与董大中先生的通信
　　——关于赵树理与《"锻炼锻炼"》……………………… 115
讲故事的人，或形式的政治
　　——本雅明视角下的赵树理 …………………………… 127
对话与潜对话
　　——"山西省高等院校纪念赵树理诞辰 90 周年暨学术
　　研讨会"述评 …………………………………………… 157

赵树理的幽灵

　　——在中国赵树理研究会第四届全国会员代表大会上的

　　书面发言 ……………………………………………………… 163

又见假模假式的电视剧

　　——《赵树理》观后 ………………………………………… 165

长安大戏院里的《赵树理》 …………………………………… 169

在主文本与副文本之间寻寻觅觅

　　——《赵树理小说的改编与传播》序 …………………… 172

赵树理能"熟读英文原著"吗？ …………………………… 176

景观的生产与消费

　　——赵树理与沈从文、全域旅游与家乡风景 …………… 180

第二辑　山西当下作家论笔

失去的和得到的

　　——山东山西作家抽样分析 ………………………………… 191

在公共性与文学性之间

　　——论赵瑜与他的报告文学写作 ………………………… 198

报告文学的荣与衰（外二篇） ………………………………… 225

在散文的时代里诗意地思考

　　——聂尔其人其作 …………………………………………… 233

创伤经验的智性表达

　　——读聂尔《最后一班地铁》 …………………………… 244

高调地笑，低调地写

　　——关于聂尔的闲言碎语 ………………………………… 250

美文是怎样炼成的

　　——读聂尔《路上的春天》 ……………………………… 255

"在地性"写作，或"农家子弟"的书生气

　　——鲁顺民与他的《天下农人》 ………………………… 266

厚描的力量与小说的尊严

　　——读《一嘴泥土》致作者 ……………………………… 283

让石头开花

　　——浦歌与他的小说创造工程 ·················· 290

警察怎样写散文

　　——读张暄《卷帘天自高》 ·················· 326

小时代里的小欲望

　　——我读张暄《病症》 ·················· 330

车祸还是人祸

　　——读小岸《车祸》 ·················· 336

看白琳如何八卦

　　——读《白鸟悠悠下》 ·················· 338

蓝色的心迹

　　——葛水平诗集《美人鱼与海》印象 ·················· 354

用颤抖的心拨动青春的琴弦

　　——程旭荣诗歌印象 ·················· 357

烟火气重　书卷气浓

　　——弱水诗歌印象 ·················· 361

与词语搏斗

　　——读悦芳《虚掩的门》 ·················· 365

乡村情结与散文化笔法

　　——漫谈崔太平的小说创作 ·················· 371

反英雄的英雄叙事

　　——我读《纸炮楼》 ·················· 378

摄影师的"暗室"与"景深"

　　——李前进摄影作品阅读札记 ·················· 382

主要参考文献 ·················· 396

后记 ·················· 405

"西马"视域下的赵树理研究

董大中

赵勇是我最看好的学者之一，也是当年我们《批评家》编辑部青年人中年龄最小的一个，虽然最终他没有调来成为我们编辑部的正式成员。他大学毕业后我们的联系一直没有中断。十几年前，我写《董永新论》的时候，赵勇的《透视大众文化》已经出版，他赠我一本。那是研究大众文化的。"大众"一词并不生疏，过去经常说，但"大众文化"这个概念却是二十世纪八九十年代引进的，它是西方马克思主义者中的一些人对二三十年代从德国兴起和接着在美国看到的新型媒体文化、视听文化、广告文化等等文化的特点进行综合的产物，跟传统文化和精英文化有明显的区别。大众文化现已成了一门新的学科，赵勇也就成了国内这门新型学科的创建者和阐释者之一。赵勇《透视大众文化》说到了罗兰·巴尔特的符号学，我在《董永新论》的开头引用过。过去了十多年，我想赵勇一定会在沟通中西文化上，在引进新的方法、运用新的方法上继续前进、开拓。答应为赵勇的书作序，我就在思考一个问题：不知道赵勇会用哪些新的方法解读他所观照的作家作品，我又该如何缩短我在思想文化等人类现代知识背景上的差距，以便更好地理解他的著作？

赵勇的这本新著，分两辑。第一辑是有关赵树理的，第二辑是谈山西其他作家作品的，都属于当代。在这篇序文里，我着重说第一辑，它是赵树理研究上的一个重大成果，它把对赵树理作品的阐释推进到了一个新的高度。

这本书确实用了新的方法，主要是从法兰克福学派撷来的。赵勇攻读博士学位就是研究法兰克福学派的，博士论文《整合与颠覆：大众文化的辩证法——法兰克福学派的大众文化理论》，由北京大学出版社出版，也是十多年以前的事了。他在中国建立大众文化学的努力，乃是法兰克福学派大众文化批判理论在中国实践的成果。近年来，他继续从事大众文化理论的教学和研究，从事文学理论与批评，又出版了《大众媒介与文化变迁》和《法兰克福学派内外》等著作。显然，赵勇已是法兰克福学派在我国的重要传人。

赵勇第一篇有关赵树理的论文是《可说性文本的成败得失——对赵树理小说叙事模式、传播方式和接受图式的再思考》。

不说别的，只就提出"可说性"，把"可说性"当作赵树理小说创作的特点这点说，就显示了赵勇眼光的敏锐。我本人研究赵树理，看到的赵树理的最大特点就是可说性，我当时指出，赵树理诉诸接受者听觉而不是"五四"以来作家们普遍采用的诉诸接受者视觉，是其小说的重要做法，我在《人民日报》（1980 年 12 月 1 日）发表文章，题目就是《一要听得懂，二要感兴趣》。我举了几个方面的事例说明赵树理这个特点，包括写对话前后点明某某说、某某道，不像"五四"作家那样，只把各人说的话列举出来，这话是谁说的，他不注明，要读者去体会等。1979 年到 1980 年，山西理论批评界热心讨论"山药蛋派"，有人把成一当作这个流派新一代的代表人物，我就不同意，因为我奉《文艺报》之命写一篇对成一的评论（这是我新时期写的第一篇批评文章，收入《董大中文集》第七卷），通读了成一已发表的小说，发现他跟"五四"小说家一样，是诉诸接受者视觉的，跟赵树理大异其趣。九十年代，针对"现在的读者""在接受方式上，不再限于伏案阅读"，而是"用耳朵去听"的重大变化，我写《"能说"：赵树理的宝贵经验》（在《文艺报》发表，收入《你不知道的赵树理》），指出"能说"是"赵树理大众文学的最主要的特点之一"，这个特点，在人们知识水平有很大提高的新时代，竟也成了人们接受文学作品的一条途径，应该发扬。

不言而喻，我谈赵树理，大都在事实层次，没有提高到理论上去认识。赵勇却是从理论上阐明。赵勇在说了"五四"新文学一方面在"启蒙"，一方面这种"新小说的话语方式大大超出了普通民众的接受能力"之后说："关键的问题是在'五四'文学大师和民众之间缺少一种中介式的人物，在'五四'新小说和普通读者之间缺之一种中间性的文本。而当新小说在农民读者那里的遇挫最终使赵树理具有了一种沉入民间、面向民众、走上'文摊'的朴素愿望之后，不管他意识到没有，他实际上都成了那种中介式的人物，他的作品也成了那种中间性的文本。因此确切地说，长期以来，赵树理所扮演的角色是以一个被启蒙过的知识分子身份去启蒙农民,所做的工作是以一种通俗化的形式去翻译、转述和改写'五四'以来的启蒙话语。而正是由于他和他作品的这种桥梁作用,新小说当中所蕴含的精神意向才一定程度地走向了民间;也正是由于他显在的对话者身份,'五四'文学大师才与民众之间进行了一次潜在的对话。——我以为,赵树理的主要意义应该体现在这里。"这样说明赵树理文学的价值,是比较深刻的。

赵勇接着谈到在文本中"作者与叙述者是什么关系,叙述者以什么样的身份或面目出现"的问题。他的回答是:"最为简便的解决办法是作者与叙述者的合二为一。"赵树理就这样做了,"于是我们看到在他成名之后的所有小说中,不仅再也没有出现过第一人称的叙述方式,而且还往往在小说的开头就拟定了'我讲故事'的叙述套路,从而以或清晰或含蓄的暗示把读者置于一种'你听故事'的规定情境,以避免误导。"赵勇指出,这种叙述策略,是"中国传统的叙事模式","赵树理从古代话本中拿来了说书人的角色,也就决定了他不得不顺便拿来与说书人角色成龙配套的叙事手段乃至说讲手段,于是,赵树理的小说中也就不可避免地出现了一种故事好、意义少、情节意蕴薄的局面。"赵勇最后说:"由于'怎么说'的问题不仅仅是一个形式问题,而是最终要影响、制约到'说什么'的内容,所以,'五四'启蒙话语经过了赵树理的'翻译'后,其精神意向也就必然趋于下滑,其丰富意蕴也就必然走向单一。"

这篇文章是二十一年前写的,可见其起点很高,他一下子就抓住了赵树理小说的特点,提出了一些重要问题。

前不久在《文学评论》发表的《讲故事的人,或形式的政治——本雅明视角下的赵树理》,是赵勇前述观点的发展和提高。赵勇说他这篇文章是在他的导师童庆炳先生提议下写出的,童先生要他"把'西马'这面照妖镜用起来,东照照,西照照",他就写出了这篇文章。"西马"是西方马克思主义的简称,赵勇所钟情研究的法兰克福学派就是西方马克思主义的主要派别,翻开《当代马克思辞典》(雅克·比岱、厄斯塔什·库维拉基斯著),"概貌"所说的第二个学派就是"法兰克福学派",赵勇《法兰克福学派内外》一书中说到的好几个人,就都是"西马"的重要人物,赵勇研究赵树理所用的方法也可以说是"西马"的方法,这也是我们对赵勇本书需要认真看待的原因之一。

那么本雅明的"视角"是什么呢?一言以蔽之,就是在本雅明看来，写小说和讲故事是不同的，"讲故事的人诞生于手工业"时代，"手工业作坊就是传授故事艺术的大学"，"讲故事的人所讲的是经验：他的亲身经验或别人转述的经验。通过讲述，他将这些经验再变成听众的经验。而长篇小说家却是孤立的……"本雅明着重评析了俄国作家列斯科夫。赵勇说，把本雅明论列斯科夫的那段话"换成赵树理也是可以成立的。也就是说，如果我们只是把赵树理看作小说家，固然也能确认其写作特点，却依然有种种说不清道不明之处。如果把他定位成讲故事的人，就不但让他与那些小说家有了区分，也拉大了我们重新打量他的距离"。赵勇这样说是有充分根据的，其根据就在赵树理本人从来没有把他的那些我们通常称作"小说"的东西称作"小说"，而是叫"故事"。

这篇文章当然不是这么简单。赵勇这篇文章把他二十多年前说的赵树理的"可说性"归结到赵树理是一个"讲故事的人"，又以本雅明的理论说到赵树理创作的特点，他的成就及其原因，当然还有他创作的不足，等等。

赵勇有关赵树理的研究文章中，有很重分量和需要认真看待的是谈赵树理三重身份的认同、撕裂与缝合的《在文学场域内外》。此文是谈身份的，却又跟前边所说"讲故事的人"身份不尽相同，它是从另一个角度说的，是对整个人的解剖。

赵勇说："在赵树理研究史上，席扬很可能是明确提出并充分论证赵树理'知识分子性'的第一人。"引用了席扬两次论述以后，赵勇又说到戴光中和钱理群，但是还不满意，有必要"接着说"。"因为深入辨析赵树理的身份问题，很可能是我们进入赵树理心理世界和文学世界的一个入口，也是我们确认赵树理文学价值乃至它在'十七年文学'中价值属性的一个重要参照。在他们的启发下，我也把赵树理的身份一分为三。其一是政治身份：党员/干部；其二是文化身份：作家/书生；其三大体上可看作民间身份：农民/农业问题专家。"

虽是三重，其实每一重又分作相似而不完全相同的两个。赵勇逐次做了分析，并不时跟一些"西马"人士的论述相对照。赵勇看到，"把赵树理的文化身份代入这两种语境之中，我们可能会发现他两边不靠。他虽然也是'五四'精神的继承者，但他与鲁迅那代人的知识分子性相比，已处在一种弱化的状态。虽然他那种为民请命的举动颇有'对权势说真话'之风，但就其知识和价值谱系而言，他所接通的主要还不是西方知识分子的那个传统。另一方面，又因其农民出身，他似乎也不在毛泽东所反复批判的资产阶级或小资产阶级知识分子的范畴之内……"针对这种现象,赵勇认为"有必要引入芮德菲尔德所谓的大、小传统之分进一步分析。在芮氏看来,'大传统是在学堂或庙堂之内培育出来的,而小传统是自发地萌发出来的,然后它就在它诞生的那些乡村社区的无知的群众生活里摸爬滚打挣扎着持续下去。'""因此,在对赵树理书生身份的塑造上,可以说是中国文化大、小传统一并发力的结果。"同时,"即便在赵树理的文化身份内部,也无法不形成一种矛盾冲突:当他面对文学之外的现实景象时,他会奋笔疾书,发出'把人不当人'的痛斥,这时候书生本色便跃然纸上;当他回到文学之中准备营造他的小说时,'劝人'的理念又会主导他的思想,这时候作家兼宣传员的角色扮演就会被一次次唤醒。而这种矛盾,也恰恰构成了赵树理及其小说的迷人之处和失败之处。"

赵勇指出,在赵树理的诸种身份中,农民身份占据重要地位。"也正是在这一意义上,李洁非才把农民看作是赵树理的'宗教'。"但这跟党员身份发生矛盾。"在此情况下,赵树理就必须做出究竟是站在党这边还是农民那边的二难选择。选择前者是安全的,不会面临受批之苦和牢狱之灾,但他的良心却会感到不安;选择后者是冒险之举,需要胆量和勇气,其结果是捍卫了心中的道德律令却无法与党同心同德。这是讲政治和重民意的矛盾,是党性和人性之间的冲突,甚至是赵树理心中'自我'与'本我'的交战……"

经这样"拆分"以后,论述确实好得多了,赵树理作品中和生活中的一些难解之谜也得到了很好的解说。但事物是复杂的,赵树理尤其是一个复杂的人物。赵勇最后引用赵二湖所说的他父亲有两个底线不能突破的话,说:"这种尴尬与痛苦表面上是身份的撕裂与缝合问题,实际上是价值立场和写作立场的坚守与摇摆问题,最终则演变成了赵树理小说文本中的种种症候:故事的走向不再清晰,主题的呈现比较含混,政治话语既跟不上节奏,民间话语也踩不到步点……这样,赵树理的'问题小说'也就成了那个时代'成问题'的典型文本,他本人则成为作家队伍中除不尽的余数,成为'同一性'美学与文学中'非同一性'的顽固堡垒。时至今日,他的所作所为依然值得我们深长思之。"

从赵勇文章中我们得知,二十多年以来,"身份、身份政治、身份认同、自我认同等等已成为西方文化研究与文学研究的显学。在身份理论的观照下,许多问题获得了新认识和新理解。但当我们面对赵树理的身份问题时，依然有'剪不断，理还乱'之感。这意味着赵树理的身份既有彼时彼地的复杂性，又有无法被西方理论框定的中国特色"。以我对中国文学研究状况的片面了解，能够像赵勇这样对赵树理的身份做出如此全面又深刻分析的不多，这就可见它的可贵了。存在"剪不断，理还乱"的现象，是必然的，因为这仅仅是个开始。

赵树理的《"锻炼锻炼"》发表，在当时的中国文艺界引起一场大论战，新时期也一度引发了许多议论。赵勇梳理了新时期这篇小说的阅读史，并且说到了我，在前不久我们两人的通信中，我也着重说到这篇小说，现在还想多说几句。

我于1978年开始研究赵树理。当时最费斟酌的就是这篇小说，其次是好几十年不得见面的《邪不压正》。我必须承认，当年这篇小说发表，我可能有些"左"，虽然不同意武养把小说当"毒草"、当反动作品看待，但总觉得小说中写"黑暗面"太多。进入新时期，虽然知道文艺路线要调整，但绝对想不到会有今天这样的情景。我最初想对这篇小说的评价"留个尾巴"，就是在肯定它的成就的同时指出它写黑暗面太多，对社会主义有"抹黑"之嫌。但是当读了赵树理1956年那封信和他早期一些作品之后，我的想法变了，在所写《赵树理的创作道路》（即后来的《赵树理评传》）中，我不仅没有给它"留尾巴"，而且给予极高的评价，把这篇小说跟前期的《李有才板话》说成前后两个"高峰"。这个认识大概产生在1979年后半年。不久，广东的《当代文学》创刊，要山西提供一篇有关赵树理的论文，马烽收到由欧阳山出面的约稿信后要我承担这个任务，我很快写出了稿子。在《赵树理的创作道路》的初稿中，我说了这篇小说跟作者本人思想上、行为上存在着几个矛盾，那么如何调和呢，我以为赵树理采取的办法，是把所有他看到的农村的有关现象，所有"问题"，全都"摆出来"，"摆出来"就是他的叙述策略，就是他的现实主义。特别是借用一个女人的外号"摆出"了人们"吃不饱"的现状，"摆出"了一些干部"把人不当人"的现状，等等。我当时认为赵树理写出了各种人性，当时已朦胧感到，作家有什么样的人性观，对其创作起着巨大的作用，而赵树理具有先进的人性观，这是很了不起的。我把这篇小说说成他后期创作的高峰，原因就在于此。赵勇说到我《赵树理评传》印刷日期和出版日期不在同一时候，这是我向出版社提议的。这本书定稿后就制了纸型，由于缺乏印刷资金，一直没有开印，过了几年才印，这期间没有对书稿做过任何改动。意思是，这本书中的观点是八十年代前期的，不是印刷之时的。

赵勇说到陈思和的文章。我一向不大留心和注意他人怎么说。陈思和文章发表后，原来《批评家》编辑部有人叫好，因为是谈赵树理的，是谈赵树理民间意识的，我决定在中国赵树理研究会办的会员通讯上刊发，并由我给陈思和写了信征求他的同意，刊物印出后又给陈思和寄去样刊。记得校对是谢泳搞的，我是否读过全稿不一定，要读，也是很粗糙的，所以对陈思和文章的内容没有一点印象，只记得题目是《民间的浮沉》，这次读赵勇书稿，才知其主要精神。

我重视赵树理1956年那封信，既在于它写到赵树理的人性观念，更在于这不是偶然的一笔，而是赵树理一贯思想在这个特定时期的集中表现。我说赵树理是他那一茬作家中唯一具有先进人性观的一位，也是指他一贯的思想，并不是仅仅这一篇。往前说，赵树理三十年代写的几个乞丐，都是很有人性尊严的。1941年在《抗战生活》和《中国人》上发表的《世道》《"和平""治安"和"监狱"》等文，也都以捍卫人性为出发点。《"和平""治安"和"监狱"》明确说："人固然要活，但更要活得像人。"这不就是"人要活得像人"吗？这不就是要把人"当人"看吗？《创举》《根据地怎样实行民主》《民主歌》等写了根据地实行民主政治的情形，并且对用种种借口不实行民主的现象给予了批评。《根据地怎样实行民主》说根据地的人民"在一个会议上议事，大家都是平起平坐，无拘无束发表自己的意见，虽然意见有时不尽同，但并不是谁来压迫谁"，是根据地人民当家做主和所有人一律平等的生动表现。过了几年，赵树理写了名为《福贵》的小说。我上高小时老师说这篇小说的主题是"改造二流子"。1978年我读这篇小说，认为根本不是那么一回事，而是对福贵高扬人性的强力歌颂。不久收到日本学者釜屋修著《赵树理评传》，他用一章的篇幅谈这篇小说，题目是《还我做人的权利》，我以为非常好。我对釜屋修先生这部书评价高，这是一个重要原因。

往后看，就是1956年以后。赵树理创作有个特点，是写当前生活，但后期有三部小说例外。写《灵泉洞》是因为各个行业、各条战线都在"大跃进"，文艺家也要"跃进"，赵树理不能落后，他原来想写《续李有才板话》，因为没有那样的生活，就把四十年代写的剧本《两个世界》搬出来，改写作"长篇评书"了。另外两篇是《杨老太爷》和《张来兴》。读这两篇小说，必须跟《"锻炼锻炼"》联系起来，否则，你无法做出令人满意的阐释。原来，赵树理是拿张来兴这个旧社会给人当厨师的"下等人"在新社会受到崇高待遇跟《"锻炼锻炼"》中的两个落后妇女受到杨小四等人的作弄和欺凌相比较，拿《杨老太爷》中的村长耐心细致地做杨老太爷思想工作的情形跟杨小四的粗暴作风相比较。我的《赵树理评传》中就有这样的话："如果我们把福来做思想工作的过程，同杨小四等人的做法做一比较，不就可以看到，作家是用党的优良传统对生活中的杨小四进行教育吗？"写这两篇用的小题是《回到过去》，但它却是针对现实的，它的现实意义是给杨小四等人竖起一面镜子，教他"以人为镜"。这两篇小说跟另外几篇是一个整体，不能拆开，我在《赵树理评传》中用《后期八篇》把它们捆在一起。

总之，赵树理一生，有明确的、无可怀疑的人性观指导他的创作。九十年代，王富仁先生在《太原日报》连续发表现代作家印象记一类文章，其中缺赵树理，编辑要我凑一篇，我把酝酿多时的一个意思写出来，就是收在《赵树理论考》里的《为了人的自由、幸福和尊严》，我把这句话当作赵树理一生写作的总主题。我一直认为，我这篇文章虽然不像论文，却抓住了赵树理创作的关键。

说到杨小四"诱民入罪"，我再三回想，我后来用这个成语，跟陈思和的文章无关。从二十世纪末，我重点研究胡适和李敖，读他们和有关他们的书多。蒋介石偏安台湾以后，胡适等人在大陆筹办的跟共产党斗的刊物《自由中国》，到台湾以后把斗争对象转变为国民党和蒋介石了，他们斗争的第一回合，是他们发表的一篇题为《政府不可诱民入罪》的社论，引起蒋政权的大大不满，开始了对这个刊物的问罪和镇压。这篇文章留给我的印象深刻，后来就用在一篇批评之中顺便谈杨小四一段了。

赵勇的《〈"锻炼锻炼"〉：从解读之争到阐释之变》，是一篇好文章，它梳理了半个世纪的《"锻炼锻炼"》阐释史，对各种不同观点的优劣以及来龙去脉做了分析。最后说："《'锻炼锻炼'》作为'问题小说'，其重要性并不在于揭示了当时现实中存在着怎样严重的问题，而恰恰在于它是一篇'成问题'的小说。因为无论从哪方面看，这篇小说都意味着他晚年写作困境的开端。从此之后，他虽然也勉为其难地写过几篇小说，但基本是在'不批评他认为该批评的东西，但要歌颂他要歌颂的东西'这一写作框架中运行的。这是赵树理写作的悲剧，也是一个作家在那个时代所能完成的最后使命。"这个总结基本符合实际。

赵勇有关赵树理的论文，共有十几篇。在没有谈到的篇章里，赵勇同样有很好的想法，就都不说了。我读赵勇的赵树理研究论文，总的感觉是，在过去的研究中，包括我的那些文章和专著，我们所描绘的赵树理是大众文学家，他的形象是浅的，明白如画的，一眼可以看透，清澈见底。而在赵勇笔下，赵树理不同了，复杂了，深厚了，赵树理像山间一潭深水，你必须穿上潜水服或游泳衣，钻进水里去，仔细摸索，才能够大体看清他的面目。我个人的研究，如前所述，基本上是在事实层次，赵勇则上升到理论层面。赵勇以法兰克福学派的文化批评理论为基本参照系，把赵树理当作一个"讲故事的人"，又以赵树理的三种身份，以流行在中国的精英文化、民间文化和主流文化三种文化做框架，建立起他自己的赵树理研究大厦，相信会在开辟研究新领域、推进赵树理研究等方面担负重要角色。

在这本书里，赵勇对当前一些新作做了释读。那些新作，分布在小说、报告文学、散文、诗歌等好几个领域。不同的文学样式，需要不同的眼光、不同的解读方法。在谈赵瑜的报告文学的《在公共性与文学性之间》里，赵勇说到了文学的公共性："……八十年代业已形成了哈贝马斯所谓的'文学公共领域'，而所谓的文学公共性，是指'文学活动的成果进入公共领域所形成的公共话题（舆论）。此种话题具有介入性、干预性、批判性和明显的政治诉求，并能引发公众的广泛共鸣和参与意识。'"这个公共性，无疑成了赵勇观察赵瑜报告文学的切入点。由公共性引出作家的角色扮演，又引出作家的"问题意识"。由于赵瑜是写"政论式的报告文学"，又带出文风问题。这样一层一层推进，就使文章的论述呈现一种螺旋式深入的状态，分析有了深度。进入九十年代，我国报告文学创作呈现下滑趋势，赵瑜的报告文学写作处于调整期，赵勇指出，赵瑜此后追求公共性和文学性平衡。这里举了《马家军调查》和《寻找巴金的黛莉》两部作品为例。这样看待赵瑜的报告文学，显然是明智的和深刻的。

赵勇有多篇文章说到聂尔。说聂尔是"在散文的时代里诗意地思考"，抓住了聂尔散文的本质特点。说聂尔是"高调地笑，低调地写"，既概括了作品，也描摹了作者本人。赵勇"通过本雅明的视角重新认识聂尔写作的意义。今天这个时代既是全面提速的时代，也是许多事物被现代化这架战车碾成碎片的时代，于是历史失去了连续性，生活失去了稳定性，心灵也失去了黑格尔所说的'忠实于自己的情致'的坚定性。在现代性的碎片面前，宏大叙事已成虚妄之举，而生命、生活的价值与意义很可能正是隐藏于那种片断、偶然、悖论、反讽、断裂的缝隙、混沌一片的虚无之中。生存于这个时代的作家如果还想写作的话，他必须捕捉和审视这些东西，让它们为我们的生存底片显影"。这不仅是对所评作者说的，也是对所有作家说的。

鲁顺民是在文体上有创造性的一位散文作家，赵勇用《"在地性"写作，或"农家子弟"的书生气》做题谈他读鲁顺民作品的感想，概括准确而深刻。

赵勇在他的批评文章中多次说到文体，显然他很注意文体。有人把当前的文学批评分为学院派批评、协会派批评和媒体派批评几种。我读赵勇这些文章，不知道应该归入哪一派。其所以如此，就在它有自己的特点。由于所观照的那些作品的作者，大都是熟人、朋友，故而这些文章大都有叙有议，在叙述中带出对作品的赏鉴意见，倾注进作者的感情，亲切感人。他不是以批评家的面目出现，而是像老朋友那样，在吃茶中闲聊，在闲谈中品味。如果要问赵勇这些批评文章的特点，我想可以这样说，赵勇创造了一种不同于一般批评的批评文体，这才是他这些文章的真价值。

本文开头说赵勇是"当年我们《批评家》编辑部青年人中年龄最小的一个"，又说"最终他没有调来成为我们编辑部的正式成员"，是怎么一回事？八十年代中后期我编《批评家》，先后调来三个年轻人。赵勇那时在大学读书，发表了一篇文章，我以为很好，就同意他来帮助工作。到快毕业时，我向省大学生分配办公室要来一个名额，点名要学校把赵勇分派到我们编辑部，但学校却硬把赵勇分配到一个师专，而给我们塞进另一个我们毫不了解的人，我当然不会接受那个人。这样，赵勇就离我们而去了。他后来考研考博，终于达到目的。我们刊物行世五年，早早停刊。如果赵勇能到我们这里，他考研考博可能会更早一点。

能够跟赵勇相识，应该庆幸。

2018 年 1 月 12—14 日

十年一读赵树理

（代自序）

一

我的出生地是山西省晋城县（现为泽州县），这个县与赵树理的故乡沁水县接壤。我出生后的第三年，赵树理离京返乡，担任晋城县委副书记。一年之后，"文革"爆发，他被晋城的红卫兵揪斗出来，从此开始了最后几年被批判、受折磨的岁月。我家乡那带流传着不少与赵树理有关的故事，但我小时候却从未听说过，或许那时的他因其敏感，已是一个讳莫如深的话题了吧。

大概是1974年前后，我家的西小屋里多了一个大纸箱。箱子是长方形的，宽约半米，长约一米五，样子不新不旧，颜色不灰不白。那个年代，这种纸箱子并不多见，但它究竟来自何处，我却说不清楚。箱子里堆放着一些旧书旧报旧杂志，乱糟糟的，却也颇为可观。杂志我记得有《红旗》，还有《无线电》。那时我父亲在公社做电话维护工作，《无线电》这本杂志我记得他订了多年。

那个时候我已经能够读书了，而且常常处在无书可读的饥渴状态。于是过一阵子，我就去那个箱子里倒腾一遍，看是否能有些收获。无功而返的时候，我也会瞅一瞅报纸上的"最高指示"或"毛主席语录"，但那些文字对于一个小毛孩子并无多大吸引力。倒是有一次看到毛主席写的一封信，那几句话文绉绉的，颇让我感到新奇。来来回回读几遍之后，居然一下子就记住了："李庆霖同志：寄上300元，聊补无米之炊，全国此类事甚多，容当统筹解决。毛泽东"。那是1973年4月25日毛泽东写给下乡知青李庆霖的回信。如今我说起那个纸箱，首先想到的竟然是那封信。

不知是第几遍倒腾的时候，忽然发现了一本破破烂烂的书。书的封面、封底已不知去向，一前一后的书页也残缺不全，封脊秃噜了之后裂成了几道缝，上面自然已找不到文字。但读了几页，我还是很快被它吸引过去了。那是发生在一个山洞里的故事，洞外面是兵，兵荒马乱，一片喧嚣；洞里面却仿佛成了桃花源。男女主人公被堵在洞里出不去，只好在里面过家家。黑灯瞎火，日夜不分，饿了做饭，困了睡觉。后来，他们终于还是被敌人发现了。敌人拎着枪进了洞，他们拎起手电筒往洞里的深处走，往高处爬。忽遇一条水桶粗的蟒蛇，白花花的，动静还挺大，两人吓得够呛，缓过神来才意识到是一股泉水。就这样，他们摸索着、帮衬着也鼓励着，一直朝着那个可能的出口走去，一路是山重水复的紧张与刺激，柳暗花明的激动和欣喜。终于，他们走出了那个山洞，但长时间在黑暗中蜗行牛步，一见太阳，晃得他们的眼睛都睁不开了……

这个故事有意思，我几乎是一口气把它读完的。那里面有我还读不懂的朦胧爱情，更有我看得懂的探险之旅。它们交织在一起，真真切切又奇奇幻幻，仿佛后来的少年儿童读《哈利·波特》。这本没头没尾没封脊的书不知被我翻了多少遍，它成了我的启蒙读物之一。

但是，许多年里，我却不知道它的作者和书名。直到后来有一天我读小说，忽然惊叫起来：天哪，《灵泉洞》！赵树理！这不是我小时候读过的那本书吗？那一刻，我像遇到失散多年的老友一样兴奋。但它究竟是发生在二十世纪八十年代还是九十年代，如今我已记忆模糊。

这就是我阅读赵树理的开端。萨义德说，一件事情的"开端"很重要，而且，"开端"又总是产生于回溯之中。[1] 如今，当我回顾对赵树理的阅读时，如此隆重地确认下这个"开端"，或许也不无意义吧。现在想来，是不是因为这样一个"开端"，才让我有了所谓的"赵树理情结"？——情结？当我闪出这个念头时，忽然才意识到不对。用"情结"拽大蛋做甚？分明是"赵树理疙瘩"嘛！说成心里长了颗"疙瘩"，才符合赵树理式的表达，才算是接上了晋城、沁水的山药蛋地气。记得尘元（陈原）先生说过，把"complex"译成"疙瘩"，简直妙不可言！[2]

然而，整个七十年代，我也就读过那本缺胳膊少腿的《灵泉洞》。我上小学的时候，赵树理已被"批倒斗臭"，含冤而死，课本里自然

---

① 萨义德. 开端：意图与方法. 北京：三联书店，2014：55.

② 尘元. 在语词的密林里. 北京：三联书店，1991：149.

是不可能选他的作品的。我父亲说他年轻时读过《三里湾》，但我怀疑那是一本过路书。否则，在我翻箱倒柜找书看的年代里，为什么它却不见踪影？有一位叫范巨通的晋城老乡回忆说，"文革"之初他回乡务农，苦闷之余读闲书，居然找到了《小二黑结婚》《李有才板话》《李家庄的变迁》和《三里湾》。[①] 他很幸运，或者是那个时候赵树理的书还没被扫荡。而在"文革"后期，这些"大毒草"却很难在农村找到踪影了。例证之一是 1975 年那个春天我烧伤了腿，养伤期间我曾让我父亲四处找书，但他找回来的却只有《虹南作战史》之类的作品。

1978 年 10 月，赵树理的冤案平反了，他又可以被公开谈论了，他的《田寡妇看瓜》《小二黑结婚》也将再度进入中小学教材。而那时我也即将高中毕业，准备告别七十年代了。

八十年代我是否读过赵树理的作品？如今已记不清了。可能的情况是，上大学期间我也浮皮潦草地读过一点他的代表作，却并未留下太深印象。那个时候，现代文学史的课程由王德禄老师主讲，他的研究兴趣主要在鲁迅那里，整个文学史似乎就成了鲁迅专题。他讲过赵树理吗？我现在已印象全无。讲授当代文学史的是邢小群老师，她是北京"老插"，赵树理似乎也不入她的法眼。我记得她在课堂上拿上党梆子举例，说，上党梆子太高亢，嗷嗷嗷吼着，直眉愣眼就审上去了。她连说带比划，笑眯眯地摇摇头，那是听不惯的表情，也仿佛是颇有点不屑的调侃。这番评点我不但不反感，反而是正中下怀。上党梆子是我家乡的地方戏，赵树理爱它爱到了骨头缝里，但我却对它没什么感觉。我是听着有线广播中的革命现代京剧长大成人的，这很可能意味着，在我幼小的心田里，不仅播下了革命的种子，而且播下了京剧这一剧种。而我现在却越来越意识到，不熟悉上党梆子，理解赵树理就缺了一块重要内容；或者至少，我们会与他作品里那些被上党梆子滋养过的成分失之交臂。

关于赵树理，整个八十年代让我印象最深的事情是什么？现在搜索记忆，似乎只剩下郑波光先生的那篇文章了。郑文名为《接受美学与"赵树理方向"——赵树理艺术迁就的悲剧》，刊发于《批评家》1989 年第 3 期。承蒙《批评家》正、副主编董大中和蔡润田二先生厚

---

① 范巨通. 难忘老乡赵树理 // 杨占平，赵魁元. 新世纪赵树理研究：钩沉考证. 太原：北岳文艺出版社，2016：81.

爱，从创刊至停刊我就能期期收到这本杂志，似已享受着专家待遇。[①]
而这期杂志中的这篇文章，我是在第一时间读完的。如今打开这期杂志，见此文勾勾画画的部分不少，那应该是阅读时的现场记录，可见当时读得多么仔细。

郑波光这篇文章中说了些什么？只要把我勾画过的部分略加呈现，就大体清楚了。他说："中国农民的文化水准是很低的，是一个低文化层，赵树理对这个低文化层是一味迁就的。"他还说："在赵树理的作品中大多是扁平型的人物，像三仙姑、二诸葛，多少被夸张和漫画化了，在赵树理的全部作品中，没有一个严格意义上的典型人物。"他更刺激的话是："被动地适应，消极地迁就，严重地限制了赵树理的艺术视野，限制了赵树理艺术才能更大的发挥。……从文学的观念和艺术的水准上衡量，赵树理创作较之他的前辈们，是个倒退，是从鲁迅、郭沫若、茅盾等的现代文化的高层次，向农民文化的低层次的倒退。这是不容置辩的事实。赵树理的艺术成就不但不能与鲁迅、郭沫若、茅盾、巴金、沈从文、老舍等人相比，而且比丁玲的《太阳照在桑干河上》、周立波的《暴风骤雨》也有所逊色。"——厉害了我的哥！多么让人血脉偾张的文字！尽管今天看来，此文已把问题大大简化，但我当时却读得心潮澎湃。我觉得郑波光说出了我的心里话，也给了赵树理一个合适的定位。

现在想想，这种观点其实是与八十年代的时代精神捆在一起的。一方面，在新启蒙运动的浪潮之中，知识界接通的是中断多年的"五四"新文化传统，自然，鲁迅等人的写作无疑便被视为标高与正统，而相比之下，赵树理的作品也就成为等而下之的东西了。戴光中那时撰文，甚至认为赵树理的小说是一股"逆流"[②]，显然也是以"五四"新文学为参照系的。另一方面，八十年代的文学观念是"向内转"——回到文学自身，倡导艺术自主。赵树理在"文艺为政治服务"的年代曾经被标举为"方向"，这大概是"向内转"时学界无论如何都没办法接受的。于是把赵树理拉下神坛，一切也就显得顺理成章了。加上八十年代后期有了"重写文学史"的讨论，赵树理既反"五四"新文化传统，又与政治纠缠在一起，他就更成了"经典重构"

---

① 我与董大中、蔡润田二先生及《批评家》的交往已写成散文——《我与〈批评家〉的故事》，可参考。参见赵勇. 书里书外的流年碎影. 北京：中国人民大学出版社，2011：142-169.

② 戴光中. 关于"赵树理方向"的再认识. 上海文论，1988（4）.

活动中的倒霉蛋。那时候一些比较激进的学者，很可能大有把赵树理请出文学史的冲动，或者，起码是想把他打发到文学史中的一个低位，以免他太扎眼而让大家都跟着他丢人现眼。

就是在这样一种时代氛围中，我经受了一场身心世界的全面洗礼。那时候我虽然还没有拉开阅读赵树理的架势，却仿佛已有了对其作品的初步判断。而这种"预判"或"前见"，无疑关联着八十年代的精神遗产，也将伴随在我对赵树理的正式阅读之中。

二

我对赵树理的真正阅读始于 1996 年，本来我可以提前六年，但或许是天意，我并没有赶上那班车。

1990 年，我研究生毕业后又回晋东南师专工作。师专在上党古城长治市，而这座城市既是赵树理年轻时求学的地方，又是他后来活动的根据地之一。或许就是因为这层关系，这里的人们对赵树理都不陌生，有点文化的人说不定就是赵树理研究专家。我所在的师专中文系，尤其是搞现当代文学专业的老师，一说起赵树理，似乎人人都有两把刷子。

那一年的 12 月，由山西省作家协会、晋城市文联和沁水县委县政府联合主办的"第三次（国际）赵树理学术讨论会"在赵树理的故乡沁水县举行。据我的大学同学陈树义写的会议综述①，这次会议有一百多人参加，还有来自日本、美国、苏联、罗马尼亚、挪威等国的学者与会，但我却没能成行。可能的原因是，会议通知寄到了中文系，由系主任分配参会名额。名额给了四五位老师，却没有我的份。

我现在提起这件事情，是因为它关联着我的一个情绪记忆。我读研的时候，已与所在学校的姜静楠老师混成了朋友。他参会了，而且要找我叙旧，顺便慰问一下我这位回到革命老区的战友，却没想到我躲在二百里开外，愣是不见他。于是姜兄很生气，后果很严重。回去之后他便写过信来，问罪于我。我只好赶快解释，言其处境，请他谅解。我说，我哪里会想到"蒋委员长"（我们上学时对他的戏称）要大驾光临啊，若知你不远千里，来到晋国，我就是连滚带爬，也得前去拜见。

---

① 陈树义. 第三次（国际）赵树理学术讨论会综述. 延安文艺研究，1991（2）.

而更重要的是，因为没参加成这次盛会，我对赵树理的阅读也延宕了整整六年。我的设想是，假如我去开会，肯定是要提交论文的；若要写论文，自然就要读赵树理的书。这是一个顺理成章的逻辑链条。如今，我把没读成赵树理的书怪罪于没开成会，似乎有点蛮不讲理——你怎么就那么功利？不开会就不能读读老赵的书了？但也许我想表达的意思是，那时候的赵树理并不在我的关注视线之内。我需要外力推动，才能启动对他的阅读。

或许是与这次创伤经历有关，六年之后我与山西大学合作，亲自操办了一次有关赵树理的会议。1996 年是赵树理诞辰 90 周年，那个时候我在晋东南师专已混出点模样，就琢磨着借机开会，弄出点动静。开会是一个花钱的事情，所幸得到了时任校长王守义先生的大力支持。会议在当年 6 月举行，名为"山西省高校纪念赵树理诞辰 90 周年暨学术研讨会"。我虽然遍撒英雄帖，参会者也只有二十多人，这固然与我的号召力不够有关，却似乎也说明了一个问题：九十年代，赵树理研究已进入萧条期。

这次会议从省外来了两位年轻人，我需要在此提及。一位是来自武汉《通俗文学评论》杂志社的钱文亮，另一位是山东师大中文系的白春香。我当时并不认识钱文亮，为什么能把他"忽悠"过来呢？说不清楚了。但就是因为这次参会，他相中了我们的三篇论文，我的文章《可说性本文的成败得失——对赵树理小说叙事模式、传播方式和接受图式的再思考》也在其中。这是我研究赵树理的首篇文章，此文见刊后，很快又被人大报刊复印资料《中国现代、当代文学研究》（1997 年第 1 期）全文转载，让我小激动了一番。但其中有一处改动，却让我不甚满意。我在文章的起笔处写道："现在看来，赵树理的作品之所以在二十世纪中国小说的形式革命中具有特殊的地位，主要是因为他以一种'反革命'的话语方式创造了一种有意味的小说形式。"文章见刊后，发现"反革命"变成了"非革命"。一字之差，味道已大不一样，我所需要的修辞效果也化为乌有。另一个不满意的地方是我后来才意识到的。八十年代的"text"有"本文"与"文本"两种译法，又因为我引用的文字中有"可写的本文"之说，便干脆选"本文"而弃"文本"，其中的标题和关键词自然也成了"可说性本文"。而实际上，后来通行的却是"文本"而非"本文"。这个事情怨我，与刊物并无任何关系。我与文亮兄那两年还偶有联系，后来就相忘于江湖了。只是去年要推送他的一篇译文，我才转圈打听到了他的联系方式。借此机会，我要向他说一声谢谢。

白春香当时还在读研究生，师从于我的硕导李衍柱老师。李老师得知我在办会，就把她推荐过来。导师发话，我自然是满接满待，以尽地主和师兄之谊，她则提交了一篇不错的文章：《深厚的"农民情结"——赵树理创作心态分析》。几年之后，她来北师大攻读博士学位，一不留神又成了我的师妹，可谓"二重反革命"。而她写博士论文最终决定与赵树理较劲，是不是与她当时参加过那次会议有关？2008年，她把刚刚出版的博士论文《赵树理小说叙事研究》（中国社会科学出版社）送我一本，读得我两眼放光。此书由董大中先生作序，是国内第一部从叙事学视角研究赵树理的专著。我觉得她功夫下得足，也把赵树理研究推向了一个新高度。

而对于我来说，更重要的收获是，因为那次会议，我真正开始了对赵树理的阅读。那个时候，我手头还没有《赵树理全集》，只好把北岳文艺出版社版《赵树理全集》从图书馆借回来，挨个儿读他的小说，第四卷的"文艺评论"部分尤其读得细。也买回戴光中的《赵树理传》，配合着此前董大中先生送我的《赵树理评传》来来回回读。经过大半个学期的阅读和琢磨，我写出了上面提到的那篇论文。

今天回看这篇文章，我依然不觉得它有多寒碜。但是我也必须指出，由于八十年代所形成的那种"前见"，我这篇文章的核心观念中显然弥漫着一股精英主义的气息。我的题目中是"成败得失"，而我更想弄清楚的恐怕还是"可说性文本""败"在哪里，"失"在何处。这当然不是故意找碴，而是我们这代读者阅读赵树理的必然感受。我把赵树理的作品归结为"可说性文本"，意味着他的写作初衷是要作用于人们的听觉器官，但我们毕竟已非古典听众，而是被八十年代欧风美雨的文学洗礼过的现代读者。而八十年代的中国也有了所谓的先锋文学：马原玩着"叙事圈套"，余华写得血呼拉碴，洪峰在《奔丧》，莫言正《爆炸》……读过这些作品再去读赵树理，就觉得他那些老老实实讲故事的小说确实土得掉渣，拙得可爱，很难给人带来审美愉悦与心灵震撼。或许也可以说，赵树理的作品本来是写给那些没有多少阅读经验的农民读者"听"的，如今却与我们这种读了不少现代小说的读者狭路相逢，这时候，文本与读者很可能就会双双扑空，错位也就变得在所难免了。

大概，这就是我真正阅读赵树理时的真实感受。这种感受陪伴我多年，直到我后来多了一些"了解之同情"。

那次会议结束后不久，我实际上又写出一篇关于赵树理的文章。记得开会的一项任务是出专辑，发论文。而在当时，通过正常渠道集中发表一批关于赵树理的论文几无可能，唯一的解决办法是找一家杂志合作，我们出钱，他们出版面。可能还是通过校长的关系，我开始与《山西师范大学学报》主编陈建中先生联系，为此还专门跑了一趟临汾，敲定了在这家学报出增刊（名为"纪念赵树理诞辰九十周年"）之事。这期增刊一家伙刊发论文 27 篇，可谓赵树理研究成果的一次集中展示。但我的论文已被钱文亮拿走，必须重写一篇才能补上这边的窟窿。也是因为这次会议，董大中先生送我一套《赵树理全集》，他又赠送给与会者一批《赵树理年谱》。这些书在我写第二篇文章时已派上了用场。经过一番思考，我在收看亚特兰大奥运会的过程中完成了关于赵树理的第二篇论文：《完美的假定 悲凉的结局——论赵树理的文艺传播观》。此文自然首发于《山西师范大学学报》，但因为是增刊，那一期好像成了内部刊物，文章似也妾身未明，委屈得紧。于是五年之后，我只好打发它重新上路，让它在《浙江学刊》（2001年第 3 期）上正式亮相了。

这就是我琢磨赵树理的起点，或者也可以说是我真正阅读赵树理的"开端"。

但我并非坚定不移的赵树理研究战士。写完这两篇文章之后，我就移情别恋，等再一次面对《赵树理全集》，已是十年以后的事情了。

三

因为读过一番赵树理，我后来谈及他时便有了一些底气。比如，读博期间，我在北师大继续教育学院讲过中国现代文学史课程，用的教材是钱理群等人主编的《中国现代文学三十年》。讲到赵树理的"现代评书体"小说时，我立刻就来了情绪。又比如，从 2003 年起，我们八九位弟子跟随导师童庆炳先生编写高中语文教材。教材分必修与选修两种，必修教材中，我力主让《小二黑结婚》重新进入课本，理由是让学生体会一下说书讲故事的魅力。选修教材我负责《20 世纪中国短篇小说选读》，于是《登记》又成为其中的一课。为编好这两篇小说，那一阵子我又开始跟赵树理较劲。或许是正在编写教材的兴头上，或许是也正好读了藤井省三的《鲁迅〈故乡〉阅读史》，一位教育硕士找不到毕业论文题目，我便给她布置一道：考察一下《小二黑结婚》在中学语文教科书中的出没情况。在我的想象中，《小二黑结婚》阅读史说不定比《故乡》阅读史更有写头。

我需要提一提席扬先生的《多维整合与雅俗同构——赵树理和"山药蛋派"新论》（中国社会科学出版社 2004 年版）了。席扬是赵树理研究专家，也是我在山西时就认识的一位朋友。1996 年我办会时，曾邀他出席，他不但参加了会议，还给师专学生带去了一场精彩讲座。但自从我北上京城，他南下福州，我们就断了联系。他这本书刚一上架就被我发现，并立马请回家来，既是因为赵树理，也是因为与他的那份友情。记得拿到这本书时，我先是翻阅一番。见他反驳范家进先生，其中引用我那两篇文章的观点作为论据，达一个半页码之多，让我顿生他乡遇故知之感。但随后我又读范家进文，觉得他虽稍嫌偏激，却也提出了一个值得重视的问题。① 席扬驳他既有些吃力，似乎也有点情大于理。因为在我的心目中，席扬不仅是赵树理的研究者，还是他的铁杆粉丝，可谓名副其实的"学者粉"（scholar-fans）。如此双重身份，他眼里哪能揉得下沙子？

更需要提及的是这本书中收录的另一篇文章：《角色自塑与意识重构——试论赵树理的"知识分子"意义》。此文力论"赵树理所恪守的身份并不是'农民性'和'干部性'，而恰恰是'知识分子性'"，读后让人感觉分量很重，可谓席扬研究赵树理的一篇力作。但我读着既有共鸣，也有一些疑惑。赵树理固然坚守着自己的"良知"说话，但因此就能说他是一位知识分子吗？如果把他看作知识分子，我们该从哪个层面释放其义涵？是毛泽东所论的这一层还是萨特倡导的那一层？在"知识分子性"面前，赵树理的"农民性"和"干部性"又该如何摆放？或者在席扬所谓的三"性"之中，它们究竟是何种关系？是相互支援还是相互制衡？当它们成为一股合力时，又给赵树理的写作带来了怎样的影响？——2006 年年初的一个夜晚，当我困惑于如何给赵树理定位时，我又读开了席扬的这篇文章，以至于浮想联翩，夜不能寐。一年多之后的一个深夜，我偶然读到昌切先生的《谁是知识分子？——对作家身份及其功能变化的初步考察》（《文艺研究》2005 年第 2 期），此文开篇便说："谁是知识分子？鲁迅还是赵树理？赵树

---

① 参阅范家进 . 为农民的写作与农民的"拒绝"——赵树理模式的当代境遇 . 中国现代文学研究丛刊，2002（1）；席扬 . 农民，何曾"拒绝"过赵树理？——面对"唐弢青年文学研究奖"感言//多维整合与雅俗同构——赵树理和"山药蛋派"新论 . 北京：中国社会科学出版社，2004：122-134.

理还是卫慧？卫慧还是张承志？张承志还是韩东？仔细想想，问题大了。"这一连串设问煞是有趣。而当我读出"赵树理不是知识分子，而是官员型作家"这层意思时，却又吃惊不小，很受刺激，便立刻找出席扬的这本书复习，又是一番思前想后，结果失眠至凌晨四点。

但 2006 年前后，我并没有把赵树理的身份问题搞清楚，待琢磨出点眉目，已又过了一个十年。遗憾的是，我的思考结果已无法与席扬兄分享了。他在 2014 年那个冬天溘然长逝，享年五十六岁，实在是令人痛惜！①

就是在这种断断续续的关注中，我跨入了 2006 年，那一年是赵树理诞辰百年，赵树理研究界可谓动静不小。记得 2005 年秋，傅书华先生已张罗着为《山西大学学报》组稿，计划在来年推出一组研究赵树理的文章，以作纪念。他邀请我加盟，我答应得痛快。当时我刚进一套《汪曾祺全集》，又差不多把汪老的作品通读一遍，就觉得可以在赵树理与汪曾祺之间做文章。于是我搬出《赵树理全集》，第二次面对他的作品了。

又一次读赵树理，我主要关注的是他的语言。赵树理的语言是独特的，这方面的文章已谈得不少。但他的语言观又该如何理解，却鲜有人谈及。而汪曾祺作为卓有成就的作家，其语言不仅同样独特，而且形成了一种稳健的语言观。这样，把两位作家的语言观放到一起进行比较，似乎就有了充分理由。我在后来形成的论文摘要中说："赵树理的文学语言观出现于现代文学语言成型的第二阶段，对于第一阶段文学语言中盛行的书面化、西洋化来说，它是一次必要的否定。但由于这种语言观独重口头/民间传统而排斥其他传统，致使文学语言失去了充分的发展空间。出现于第三阶段的汪曾祺，其文学语言观既借助口头/民间文化传统又依靠书面文化传统，很大程度上扬弃和超越了赵树理的文学语言观，并完成了第二次否定。经过了这样一个否定之否定的过程后，现代文学语言才算真正确立了自己的民族形式。"此文最终确定的题目是《口头文化与书面文化：从对立到融合——由赵树理、汪曾祺的语言观看现代文学语言的建构》（《山西大学学报》2006 年第 2 期），给了傅书华老师之后，他在邮件中连夸我是"大手笔"。傅老师也是赵树理研究专家，他如此给我"阳光"，我岂有不"灿烂"之理？于是，我立刻就找到了陈景润攻克哥德巴赫猜想的感

---

① 席扬先生去世后，笔者写有《忆席扬》（《山西文学》2015 年第 3 期）一文，可参考。

觉。但这篇文章发表之后似无多大动静，倒是我紧接着写出的《汪曾祺喜不喜欢赵树理》(《当代作家评论》2007 年第 4 期) 刚一发表，就被《新华文摘》转载了。

后来，我在课堂上谈到文学语言问题时，这两篇文章已变成了一次课的个案分析。每当我报出《汪曾祺喜不喜欢赵树理》这个题目时，学生们就哄笑起来，仿佛那是一对好"基友"的话题。但实际上，我要谈论的是一个严肃的问题：作为沈从文的学生，当汪曾祺写出那些"散文化小说"时，他是如何看待赵树理的"评书体小说"的？而"看待"的基础，既有汪曾祺写的那两篇怀念文章 (《赵树理同志二三事》和《才子赵树理》) 撑腰，也有人们不太在意的散见于汪文中的其他文字打气。怀念赵树理的文章我差不多都读过，我觉得写得最好的是孙犁的那篇《谈赵树理》(《天津日报》1979 年 1 月 4 日)，其次就是汪曾祺这两篇和严文井的《赵树理在北京胡同里》(《中国作家》1993 年第 6 期) 了。谈到赵树理爱唱上党梆子时，汪曾祺还将了严文井一军："严文井说赵树理五音不全。其实赵树理的音准是好的，恐怕倒是严文井有点五音不全，听不准。"① 严文写尽了赵树理在北京的憋屈，但在五音全不全的问题上，我觉得汪曾祺说得更靠谱。他可是与京剧打了大半辈子交道的"老司机"啊。

除以上二文外，我在 2006 年还写了篇《民间进入庙堂的悲剧——以赵树理为例》(《南方文坛》2006 年第 3 期)，但实际上那只是篇半拉子文章。那一年的年初，我读洪长泰著、董晓萍译的《到民间去》，读霍长和与金芳合著的《二人转档案》，实际上是想写篇《脆弱的民间》的大文章。我想象中的副标题是《从赵树理小说、东北二人转与长沙歌厅看民间文化的真实处境》。记得读过《二人转档案》后，我给霍长和先生写邮件请教，我说："二人转是正宗的民间文化，但因为它的粉词脏口却几乎遭殃。后来倡导绿色二人转，我觉得可能更多是不得已而为之的生存策略。我没看过原汁原味的二人转，但似乎能想象到一点它的性话语和性表演给人们带来的欢乐。也许这正是民间文化的魅力所在，巴赫金所谈到的民间文化就是这种样子。只有这种样子的民间文化才是生机勃勃的，而去掉了所谓的粉词脏口，二人转就像去势之后的大老爷们，男不男女不女的，不成样子了。"霍

---

① 汪曾祺. 才子赵树理//汪曾祺全集：第 6 卷. 北京：北京师范大学出版社，1998：322.

老师则这样回复我:"你对二人转问题的基本估计是正确的。作为一种民间文化,二人转离开了'脏口',就像相声没有了讽刺,一点看头也没有。我在写这本书的时候,也曾想多搜集一些民间的没经去势的有生命力的东西,但十分困难。……'绿色'二人转纯属胡扯,就像反对盗版光盘一样,完全是做给人看的。"这番讨论之后,我动笔了,却只是写出了第一部分内容。大概还是准备工作不足,后面的内容并没有跟上趟。

就是因为这次琢磨,我又想到个好题目:《从赵树理到赵本山:中国当代大众文化的演变轨迹》,以此谈论农民文化的更新换代,谈论革命群众文化如何转变成了商业大众文化。这个问题若想谈透,应该是一本书的规模,于是我又马上想到该去做怎样的前期准备。这个题目让我激动了一上午,此后的十年,我也不时会想起它,玩味一番,甚至在2010年还买了有关赵本山的几本书和一堆碟,但是却一直没有付诸行动。而就在这十年中,赵本山也盛极而衰,变成真正的赵"老蔫儿"了。

四

过完2006年,《赵树理全集》就被我请到了踩上梯子才能够得着的最上一层书架,一副刀枪入库、马放南山的架势。

实际上,那时候我已有了两套《赵树理全集》。一套是五卷本,黄皮,软封面,北岳文艺出版社1990年出版(第五卷出版于1994年);另一套是六卷本,精装,硬封面,大众文艺出版社2006年9月出版。放到书架最上层的是六卷本全集。2006年9月,"纪念人民作家赵树理诞辰100周年大会暨创作研讨会"在晋城举行。我回家乡赶赴这次盛会,参加赵树理文学馆开馆典礼,又一次参观赵树理故居,甚至还在某领导的讲话中听到一个句型:"我们缅怀赵树理同志,就是要……"这个句型反复出现,马上就弄成了"高大上"的排比,像是法拉利组成的豪华车队。官方话语的铺张或排场由此可见一斑。

六卷本的《赵树理全集》就是这次会议的赠书。董大中先生在这套全集的"编后记"中说:"二十年前,在开始编《赵树理全集》的时候,我心目中的《赵树理全集》就是现在读者看到的这个样子。它不分体裁,完全按写作时间编排次序。人的一生是怎样走过来的,书也就怎样编排。我们读着书,就像站在历史的大道旁,看着主人从这头走到那头，从年轻走到年老。"① 这一"编后记"我当时就读过，我也非常理解董老师如此编辑"更适于研究者阅读"② 的用心，但我还是把它束之高阁了。也许我并不认为自己是赵树理的研究者，也许我更喜欢平装书而不是精装书，总之，这套书高高在上，一搁就是十年。

十年之后的那个春天，现任赵树理研究会会长赵魁元先生给我打来电话，说9月开会一事，嘱我写文章参会，我很感慨。又一个十年过去了，我对赵树理的思考却依然停留在十年之前。我也想立刻投入到对赵树理的再阅读中，无奈琐事缠身，待我打开《赵树理全集》，已是开会前夕了。

这一遍读，我终于启用了六卷本全集，果然就意识到董老师所谓的编年体的好处。我从后三卷读起，又逐渐向前三卷游弋，不仅重读他的全部文学作品，而且也反复读他的非文学文本。因为这种里里外外的打量，一些想法也在我心中潜滋暗长。我在《2016：阅读遭遇战》（《中国图书评论》2017年第4期）中说："这次重读赵树理，最让我兴奋的发现其实是在文学场域之外。赵树理的小说固然是值得分析的——事实上，这么多年来研究者感兴趣的无疑还是他的小说；但是，小说之外的各类非文学文本（如各类会议的发言或讲话、书信、检讨书等）却更耐人寻味。我以为，要对赵树理做出全面解读，仅仅面对他的文学创作是远远不够的，更需要重视的是他在文学场域之外的所作所为。因为赵树理不仅是文学中人，更是组织中人和农民中人，许多时候，赵树理其实并不以作家的身份出场，而是作为一个'通天彻地'的干部亮相。那么，在尽党员之责和为农民说话的层面上，赵树理又有哪些表现呢？他的那些文学之外的声音如何与文学之内的话语构成了一种复杂的互动关系？"实际上，这也正是我写作《在文学场域内外——赵树理三重身份的认同、撕裂与缝合》（《文艺争鸣》2017年第4期，《新华文摘》2017年第19期转载）的动因。因为席扬的那篇文章曾让我困惑，也因为读过钱理群先生的长文［《赵树理身份的三重性与暧昧性——赵树理建国后的处境、心境与命运（上）》，《黄河》2015年第1期］之后我依然很不满足，所以就想亲自解惑。尽管我不大同意席扬和钱理群先生的一些观点，但他们的文章还是让我深受启发。当我在文章的末尾特意写下"为纪念赵树理

---

① 赵树理全集：第六卷. 北京：大众文艺出版社，2006：Ⅰ.
② 赵树理全集：第六卷. 北京：大众文艺出版社，2006：Ⅲ.

诞辰 110 周年而作，亦以此文怀念英年早逝的席扬先生"时，我觉得我既完成了一篇致敬之作，十年前的那只靴子也终于落地了。

但我依然心存困惑。赵树理 1956 年曾写有《给长治地委××的信》，向上反映了农民的吃不饱问题。而两年之后，他又写出了小说《"锻炼锻炼"》，塑造了落后人物李宝珠，人送外号"吃不饱"。我的困惑是，为什么赵树理在给这个××写信时敢于对农民的"吃不饱"秉笔直书，而到了小说里却变成了对"吃不饱"的调侃嘲弄？这究竟是文学与现实之间的裂痕，还是赵树理的一种话语策略？

带着这个问题，我开始向董大中先生请教了。自从 1985 年我在《批评家》编辑部帮忙结识董老师后，他就成了我的良师益友。而当我开始关注赵树理时，董老师更是给了我很大支持。后来，每每遇到赵树理方面的问题，我都会向他求援，他也总能为我解疑释难。这一次，他给我提供的答案是"赵树理写李宝珠，是正话反说，表面是批评这个人，实际上说的是一种现实情况。不然，你如何理解《十里店》的主题？"于是我又反复读《"锻炼锻炼"》，读董老师关于这篇小说的论述，读陈思和先生的那篇著名文章：《民间的浮沉：从抗战到文革文学史的一个尝试性解释》。陈文收在《鸡鸣风雨》一书中，这本书是我 1996 年夏天去临汾商量赵树理增刊时买回来的。此文及其相关文章曾经让我很受启发，但我当时并未在意陈先生对《"锻炼锻炼"》的评论。后来，文中主要观点变成他主编的《中国当代文学史教程》中的一节内容——"民间立场的曲折表达：《锻炼锻炼》"，其"晚年绝唱""正话反说""诱民入罪"等说法的影响也越来越大。但我读来读去，却依然无法同意董老师和陈先生的判断。犹豫再三，我还是决定写一篇文章：《〈"锻炼锻炼"〉：从解读之争到阐释之变——赵树理短篇名作再思考》（《文艺研究》2017 年第 9 期）。

这篇文章的背后或许已加入了我自身的一些感受。我出生在农村，从小便与农民为伍，对他们的生活习性自然不能说不熟悉。而在"教育必须为无产阶级政治服务，必须同生产劳动相结合"的号召下，我从十一二岁开始，又不时参加生产队里的劳动，这样我又熟悉了农民们田间地头的生活。我以七十年代的少年经验想象《"锻炼锻炼"》中五十年代的农村风貌与人物描写，就觉得杨小四、"小腿疼"、"吃不饱"、王聚海等人我都见过，我所在的生产队里就有这样的人物。但杨小四这个愣头青真有那么坏吗？"小腿疼"那种骂法真能上升到"激越、刻毒的不平之声"的高度吗？说实在话，这些推断与我的少年经验并不吻合。为了让我的推断落到实处，我想到了我的老父亲。我父亲高小文化程度，1958年时二十岁左右，正是赵树理所预想的那种农民读者。既如此，何不让他读读《"锻炼锻炼"》，问问他是何种感受？于是我把这篇小说打印出来，邮寄回去，并修书一封，给他布置几道作业题：（1）赵树理这篇小说主要表达了怎样的意思？他想表扬谁，又想批评谁？或者是这里面有没有他要表扬的人物？（2）读过小说后，你对王聚海、杨小四、"小腿疼"、"吃不饱"等人物的直感如何？你是如何看待这几个人物的？（3）返回到1957—1958年那个年代，你觉得赵树理如此写的用意是什么？能否推测一二？（4）你在读此小说时，能否感觉到赵树理有"正话反说"的意味，或者是不是言在此而意在彼？

父亲很认真，不仅是他在读，他还念给我母亲听。随后他在电话里对我说：王聚海这个人就是个老调和，和事佬。但从今天的眼光看，他想把大事和小，小事和了，不让激化矛盾，这种想法和做法也是有道理的。当年的农村里确实有"小腿疼"和"吃不饱"这路人，这种人就是爱占巧（晋城方言，讨便宜之意），喜欢挑肥拣瘦，治一治他们也是应该的。至于杨小四，这个人主要是年轻气盛，心直口快，性子也急。作为一个农村干部，他必须得工作，不能占着茅坑不拉屎。但他的文化程度不高，加上那种性格，遇上"小腿疼"那种胡搅蛮缠的人，只能拿政府、法院去吓唬她。而"小腿疼"等农村妇女也恰恰没文化，不懂得自己的做法够不够犯法。所以杨小四一吓唬，她就被唬住了。农村嘛，一着急就日娘诅奶奶的，哪里会像城里人那么斯文，所以说这种做法谈不上有多粗暴，杨小四也上不到"坏干部"那种高度。

父亲完全没读出"正话反说"的意味，于是我开始引导他，讲董、陈二人的观点。父亲道：要是这么说，兴许赵树理真有什么想法，但他又不敢写，只好模糊一下，打个掩护。当时的情况确实是吃不饱。我记得当年的说法是"三百八，少不少，统购统销好不好"。那时候开会，我说了实话：每人一年380斤口粮，那可是不很够吃啊。结果给了我留团察看的处分。但有人会说话，说可以"擀细切薄，多待俩客"，这样就能解决吃不饱的问题。这种说法很滑头，所以人家就没事。

我是在写完这篇文章才想起"访谈"一下我父亲的。他这番朴素的读后感当然谈不上有多深刻，却大体上体现了一个农民读者的真实感受。于是我便想到，后来者通过《"锻炼锻炼"》想象农民的世界时，往往会从知识分子的价值立场出发，预设一些前提，然后请君入瓮。这是不是对赵树理写作境界的一种拔高？是不是又很容易让他笔下的人物变形走样？

写出这篇文章后，我想趁热打铁，再写一篇，却没料到颇不顺畅。我写写停停，磨叽了两个多月。此文最终定题为《讲故事的人，或形式的政治——本雅明视角下的赵树理》(《文学评论》2017 年第 5 期)。

能写出这篇文章，或许与童庆炳老师的提醒有关。2014 年 7 月上旬，我们中心的成员在大觉寺开务虚会，主要议题是讨论学科发展。童老师发言时，先是为一些年轻老师提建议，帮他们规划发展方向，后来又点了我的名。他说，你这个人呢，毛病是兴奋点太多。你这种情况，不妨学学王元骧，走他的路子。王老师也不申报课题，但他会不断写文章，一段时间对付一个问题，每年出一本论文集。你不是研究过"西马"吗？你可以把"西马"这面照妖镜用起来，东照照，西照照，说不定就能照出一些东西来。比如，你们老家的赵树理就很现成嘛。我说，照赵树理咱名正言顺啊，一不留神，我已混成中国赵树理研究会的副会长了。我刚说完，童老师便哈哈大笑。

一年之后，童老师去世了。又一年多之后，当我重新阅读赵树理时，他口口声声提到的评书、故事再一次吸引了我的注意。我想到了本雅明那篇《讲故事的人》，我开始读列斯科夫的小说，我在知网上读了我的大学同学宋若云博士的一篇论文，仍觉得不过瘾，又干脆找她要来早已成书的博士论文：《逡巡于雅俗之间：明末清初拟话本研究》(中国社会科学出版社 2006 年版)。当我终于写出这篇文章后，才突然想起童老师的那番点拨，忽然觉得冥冥之中他仍在指导我写论文。

但问题是，赵树理很老土，本雅明又太洋气，用本雅明这架"探照灯"(我得修改一下童老师的说法了)照赵树理合适吗？我觉得合适。赵树理是农耕时代的说书人，本雅明呈现的恰恰就是这方面的思考(Storyteller 实际上就可以翻译成"说书人")。赵树理又是"政治上起作用"的实践者，本雅明恰恰也在"艺术政治化"的层面五迷三道过。这样一来，启用本雅明的视角就有了充分理由。我的学生撰文谈论过本雅明美学观念与中国艺术的交往问题①，由此我便想到，假

---

① 李莎．"Aura"和气韵——试论本雅明的美学观念与中国艺术之灵之会通．文学评论，2017 (2).

如本雅明不是在 1940 年自杀身亡，他是不是也会像布莱希特关注毛泽东的《矛盾论》那样关注到赵树理的《小二黑结婚》或《李有才板话》，然后丰富他对"说书人"和"艺术政治化"的思考？这当然只是一种假设，却也并非信口开河，游谈无根。于是，在这篇文章中，我固然是在通过本雅明看赵树理，但又何尝不是通过赵树理看本雅明呢？我在文章的结束部分说本雅明耍了个滑头，悬置了矛盾，而赵树理却不得不知难而上了，结果他也就成了这一矛盾的冤大头。但我依然认为，尽管赵树理的"问题小说"本身就很成问题，但他还有光晕，他依然可以"回家"，而丁玲、周立波乃至柳青等人却无家可归。或许，这就是我用"讲故事的人"重新定位赵树理的用意所在，因为唯其如此，我才能把他从同时代的作家中"区分"出来。而按照布迪厄的观点，"区分"或者"区隔"，其中隐含着"阶级"与"趣味"的重大斗争。

当我如此琢磨着赵树理时，我发现我对他的态度已发生了一些变化。如前所述，我在第一篇研究他的论文中更多聚焦于他的"败"与"失"，而这篇文章，我已在考虑他的"成"与"得"了。这是不是意味着经过二十年的星移斗转我已学会了心平气和？或者，这是不是也算一种"长进"？

五

必须承认，我并非合格的赵树理研究者。因为这二十年里，我大面积地读他的书不过两三回，用心写他的文章也只有七八篇，这其实是很不成样子的。但是，我也必须同时承认，赵树理确实是我心中的一颗"疙瘩"。为了解开这"疙瘩"，我不得不一次次地走近他；我似乎解开了一些，却仿佛又长出了新的"疙瘩"。

于我而言，很可能这就是赵树理的魅力所在。我当然清楚，在中国现当代文学史上，赵树理肯定不是第一流作家，但他绝对是一个非常有个性、有特点、有人格操守的作家。也因此，他才显得独一无二。我在《在文学场域内外——赵树理三重身份的认同、撕裂与缝合》的结尾处写道："这样，赵树理的'问题小说'也就成了那个时代'成问题'的典型文本，他本人则成为作家队伍中除不尽的余数，成为'同一性'美学与文学中'非同一性'（non-identity）的顽固堡垒。时至今日，他的所作所为依然值得我们深长思之。"这一判断其实已借助了阿多诺的观点。阿多诺说："布莱希特的说法——政党有上千双眼睛，而个人却只有一双——像任何陈词滥调一样虚假。一个异议者的精准想象要比上千双戴着同样粉红色眼镜、把自己之所见和普遍真理混为一谈的退化之眼看得更清楚。"① 可以把这一说法看作是"同一性"和"非同一性"的形象注脚。布莱希特强调的是集体的力量，所以他落入了"同一性"思维的窠臼，而所谓的异议者，显然又可以成为"非同一性"思想的代表。

赵树理就是那个异议者。你看他给赵军（长治地委书记）、邵荃麟（中国作协党组书记）和陈伯达（中央政治局候补委员）写信上书时是多么地不顾一切言词峻急！你看他在"大连会议"上发言时又是多么地胆大包天怒发冲冠！当然，他为此付出的代价也是惨重的。陈徒手在《一九五九年冬天的赵树理》中指出，因为那几封信，赵树理成为中国作协党组整风会上被"帮教"的重点对象。然而，"整风会一开始，赵表现了令人惊诧的顽强性，他相信自己的眼睛，坚持原有的观点"。而翻开当时的会议记录，也依然能闻见浓烈的火药味："真理只有一个，是党对了还是你对了，中央错了还是你错了？这是赵树理必须表示和回答的一个尖锐性的问题，必须服从真理……"② 这不是"同一性"与"非同一性"的中国版本吗？坦率地说，读着陈徒手笔下的赵树理时，阿多诺已向我迎面走来。他的哲学思考极大地丰富了我对赵树理的理解。

而赵树理之所以如此奋不顾身，全都是为了农民。

我想起我的朋友聂尔兄的一个说法了。2014 年，当他准备解读陈徒手的那篇文章③时，曾在我们那个"锵锵三人行"的群发邮件中这样写道："这两天为了写关于赵树理的文章，翻看了他的全集里面一些非小说类文章，感觉这人就是个实受人，太实受了。东杰知道不知道'实受'这个词？""实受"是我们那个地方的方言，网络上解释为"忠厚老实"，我觉得并不准确。实受应该是实在、实诚的升级版。说

---

① 阿多尔诺. 否定的辩证法. 重庆：重庆出版社，1993：46.（据英译文有改动。）Theodor W. Adorno. Negative Dialectics. London and New York：Taylor & Francis e-Library, 2004：46-47.

② 陈徒手. 人有病　天知否：1949 年后中国文坛纪实. 北京：人民文学出版社, 2011：162, 163.

③ 聂尔. 天真汉的命运之歌——读陈徒手《一九五九年冬天的赵树理》. 名作欣赏, 2014 (16).

一个人实受，就意味着此人绝不会偷奸耍滑，偷工减料，能喝一斤喝八两，而是能塌得下身，受得了累，干活肯卖力，说话无妄语。具体到赵树理，这实受又关联着他的思维方式和话语风格，其含义显然更加丰富。那是不虚美不隐恶的秉笔直书，是不吐不快有甚说甚的仗义执言，是小胡同赶猪般的直来直去。而在那个政治气候阴晴不定的年代里，这样的实受人注定是要吃大亏倒血霉的。赵树理后来惨死于"文革"中期，便是明证。

如今的作家堆里，还有赵树理这样的实受人吗？

我又想起赵魁元先生给我出的那道作文题了。2016 年夏天，他在电话中邀我参加纪念赵树理诞辰 110 周年的会议。说完正事，他开始考我：你觉得莫言与赵树理有没有关系？我说：应该有吧。他紧追不舍：哪里有关系？我斩钉截铁：民间文化！他说：好，那你就好好考虑考虑这个问题，给咱弄成它一本书。

我在哈哈一笑中收了电话。事后想来，莫言与赵树理之间的关联不能说不可以琢磨，但若往根儿上说，又会遇到很大的麻烦。我在本雅明的视角下把赵树理看作"讲故事的人"，而莫言获诺贝尔文学奖做演讲的题目恰好就是《讲故事的人》。赵树理一生都在实践着评书体的"说—听"方案，莫言写到《檀香刑》时已在"大踏步撤退"，也想制造一种适合于在广场"高声朗诵"并"用耳朵阅读"的叙事效果。① 然而，这种表面的相似并不能掩盖其深层的不同。在赵树理那里，他所有的叙事技巧和语言运用都因农民而起。农民听不懂"然而"，他就换成"可是"；农民喜欢听故事，他就增加故事性。我甚至认为，赵树理习惯于使用的白描手法也是遵从了农民勤俭节约的美德。白描自然是寥寥数笔，不可能浓墨重彩，铺陈渲染。但也唯其字数少，才能让书本变得比较薄；唯其比较薄，才能让定价变得相对低；只有定价低下来，农民兄弟才买得起。这样一来，赵树理已把小说写成了"经济学"——如何才能把它写得经济实惠，"花钱最少，得东西最多"②。其实，这也是实受的一种体现。但是，莫言预设的读者对象已不可能是农民，他也不会这样实受了。在泥沙俱下的语言洪流中，莫言撑大了小说的叙述空间，也延续了说书的民间传统，可是真实的听众已从

---

① 莫言. 檀香刑. 北京：作家出版社，2001：517－518.

② 赵树理. 不要急于写，不要写自己不熟悉的∥赵树理全集：第六卷. 北京：大众文艺出版社，2006：145.

广场撤离。

更重要的区别在于，赵树理宁愿写不成小说，也要在文学之外为农民说话，而莫言却早已表白，他"谨小慎微、沉默寡言"，"用非文学的方式说话，是我的性格难以做到的"①。于是到目前为止，我们只看到莫言在文学作品之内伸胳膊撂腿，却没听到他在文学文本之外还有怎样的表达。而种种迹象表明，在今天，能像赵树理那样敢于在1962 年就实实受受地喊出 1960 年是"天聋地哑"② 的体制内作家已越来越少，甚至几近于无。也许这就是今天的作家与赵树理的差距。当然，话说回来，这也未尝不是一种"进步"。因为血的教训已让作家们变得世故起来，学会了自我保护。毕竟，明哲保身也是一种生存策略。

而所有这些，假如我要掰开来揉碎地写，写到极权主义和犬儒主义的份儿上，很可能会触及时代痛点，给我们这个和谐社会添堵。

于是，我决定暂时不写了。同时我也准备把摊放达半年之久的《赵树理全集》放回书架，让那里面的歌哭暂时消停。也许我还会启动对它的阅读，但是不是又要在十年之后，就很难说了。

2017 年 3 月 30 日写毕，12 月 13 日改定

（原载《文艺争鸣》2018 年第 5 期）

---

① 莫言对话新录. 北京：文化艺术出版社，2010：169 - 170.
② 赵树理. 在大连"农村题材短篇小说创作座谈会"上的发言//赵树理全集：第六卷.北京：大众文艺出版社，2006：82.

第一辑

赵树理研究

在文学场域内外
——赵树理三重身份的认同、撕裂与缝合

在中国当代文学史上，赵树理一直都是一个独特的存在。这种独特性并不在于他写出了多么伟大的作品，而在于他并不像丁玲、周立波、柳青、浩然等作家那样清晰明朗，容易归类。或者也可以说，他一直就是以难以归类或另类的面目出现在世人面前的。而这种另类性，仅仅从其文学创作本身出发又很难说得清楚。于是，许多时候，我们都需要把赵树理的活动置于文学场域之外那个更大的社会空间里，而不能仅仅局限于文学场域之内。唯其如此，赵树理的所作所为才能在内外呼应中有一个更稳妥的着落。

正是在这一视域中，赵树理的身份认定、身份认同和身份困境才成为一个绕不过去的问题。本文将聚焦于此，在前人研究成果的基础上进一步面对这一问题，以期能有新的思考。

研究概述：赵树理身份的几种说法

其实，赵树理在成名之初就有了其身份的最初定位——农民作家，不仅是他被《人民日报》如此称呼着①，而且也是他留给许多人的第一印象。孙犁回忆他1950年初见赵树理的情景时说："他恂恂如农村老夫子，我认为他是一个典型的农民作家。"② 显然，所谓农民作家，既是对赵树理写作行为的一种指认——他既出身农民，又写农

---

① 有资料指出：1947年10月10日，中共中央公布了《中国土地法大纲》。"为贯彻这个划时代的文献，晋冀鲁豫中央局召开了一次漫长的土地会议。在会上，赵树理破天荒第一次登上主席台，《人民日报》也赠以'农民作家'的尊称，又刊登了一幅他的木刻像。这幅画像颇为别致：他头戴瓜皮毡帽，身穿被襟黑棉袄，双唇紧闭，双眉微皱，一对悲天悯人的眼睛忧戚地注视着前方，好像正在考虑怎样才能使贫苦农民彻夜翻身。"（戴光中．赵树理传．北京：北京十月文艺出版社，1993：231-232．）

② 孙犁．谈赵树理．天津日报，1979-01-04．

民、为农民而写；甚至也是对其身体形象的一种确认。至少，在孙犁的描述中，是包含着这一层意思的。于是，长期以来，"农民作家赵树理"就几乎成为一个固定称谓，也成为人们面对赵树理其人其作时的一个"刻板印象"。

在"向赵树理方向迈进"和"文艺为工农兵服务"的历史语境中，农民作家的称谓对于赵树理来说或许首先是一种殊荣。它固然也指认了一部分事实，但依然显得大而化之。尤其值得注意的是，沿用这种称谓，既不能涵盖他在 1949 年之后更为丰富的角色扮演，也是对他本人身份丰富性和复杂性的一种简化。大概正是基于这一原因，研究界开始了对赵树理身份问题的探寻。首先值得注意的是戴光中先生 1982 年的一个说法：

> 我觉得赵树理专注于社会目的是同他的精神气质和创作意图吻合的。在他以前，没有任何一个作家曾经像他那样同农民保持最亲密的关系，对农村怀有最深厚的感情。就其本质而言，他不是一个小说家，而是一个老杨式的好干部、潘永福式的实干家。参加革命后，过去种种颠沛流离、求告无门的辛酸遭遇梦魇般地压在他的心头。作为一个共产党员，一个与人民血肉相连的革命干部，强烈的责任感使他比农民自身还要迫切地改变农村落后、贫穷、愚昧的状况。①

这是一个耐人寻味的判断。表面上看，戴光中依然在强调赵树理作为农民作家的特点，但实际上，他已对赵树理的身份完成了一次拆分。不仅如此，他甚至还以"不是……而是"的句型，淡化乃至取消了赵树理的"作家"身份，强化或凸显了他的"干部"角色。而经过这次拆分和偏离其作家身份的定位，戴光中起码让我们意识到一个问题：在文学场域之内，赵树理固然不可能不是作家，但在文学场域之外，他还有一种并非不重要的身份——共产党员和革命干部。也就是说，戴光中此处虽然并非专论赵树理的身份问题，但他那种不经意的表达却把赵树理的身份带向了文学场域之外。回头来看，我以为这正是他论述的功绩所在。

但许多研究者并未注意到戴光中的这处表述，而是依然在文学场

---

① 戴光中．黎明时期的歌手——论赵树理在四十年代的崛起//陈荒煤，等．赵树理研究文集：上卷．北京：中国文联出版公司，1998：71．差不多相同的论述亦出现在作者的《赵树理传》中：戴光中．赵树理传．北京：北京十月文艺出版社，1993：247．

域之内开掘赵树理的身份属性，这就不得不提到已故赵树理研究专家席扬先生的一篇文章：《角色自塑与意识重构——试论赵树理的"知识分子"意义》（《郑州大学学报》2001 年第 5 期）。也是不满于"现代的农民作家"这一不尴不尬的命名，席扬开始挖掘赵树理身上的"知识分子性"。在他看来，赵树理的"知识分子性"是一个逐渐养成的过程，尤其是 1949 年之后，赵树理更加执着地把自己定位于"农民利益代言人"，在家与国的冲突中捍卫良知，其种种做派则进入社会良知、公正、真实的境界里。因此，"赵树理所恪守的身份并不是'农民性'和'干部性'，而恰恰是'知识分子性'"①。

在赵树理研究史上，席扬很可能是明确提出并充分论证赵树理"知识分子性"的第一人，其重要性自然不言而喻。从此往后，赵树理的身份就既增加了一个维度，也引起了一些研究者的注意。但或许是席扬对赵树理偏爱有加，如此定位也存在着几个问题：其一，没有区分赵树理在文学场域内外的角色扮演，赵树理的身份因此显得单一；其二，把"农民性"和"干部性"等等全部看成是"知识分子性"的转换形式，固然强化了赵树理的知识分子特征，却也因此遮蔽了他的其他气质；其三，在论述赵树理的"知识分子性"时，尽管席扬也动用了中国传统文化的资源，但可以看出，他主要依据的依然是西方学者对现代知识分子的基本界定，于是启蒙、捍卫良知等等就成为"知识分子性"的重要内容。这种思路不能说不对，但对于赵树理来说应该还存在着某种错位。或许正是意识到了这一问题，八年之后他又在另一篇文章中修正、充实和完善了自己的观点。此文认为，赵树理具有"读书人"和"乡野俗民"的双重身份，而他扮演的则是"庙堂"与"江湖"之间的"中间人"角色："赵树理既不是'民'，也不是'官'，而是深受传统儒家思想影响的知识分子。""正是由于对儒家士人群体'忧世'精神和'中间人'角色的认同，赵树理自觉承担起'新政权'与底层民众（尤以乡村农民为最）之间的利益协调者角色。"② 与先前的观点相比，这一思考似更严密，"中间人"的定位也非常精彩。但遗憾的是，所谓的"读书人"和"乡野俗民"却依

---

① 席扬. 多维整合与雅俗同构——赵树理和"山药蛋派"新论. 北京：中国社会科学出版社，2004：24 - 42.

② 席扬，鲁普文. "中间人意识"与赵树理自我身份认同. 文学评论，2009（4）.

然无法涵盖赵树理的全部身份。

基于这一研究背景，钱理群先生的一篇文章便尤其值得关注。在《赵树理身份的三重性与暧昧性》中，作者说他此前只是注意到了赵树理的"双重身份"——中共党员与农民之子（这里的"双重"与席扬所谓的"双重"并不相同），"但在研究过程中，也在其他研究者的启发下，我又注意到了赵树理的第三重身份，即'知识分子的身份与立场'。这样，'党—农民—自我主体（知识分子）'就构成了赵树理精神与心理结构的三个层面，它们之间的相互依存、纠缠、矛盾、张力，又造成了赵树理身份与立场的暧昧、模糊"①。这一研究令人兴奋的地方在于：首先，尽管钱理群早在1998年就把党员看作赵树理的一重身份②，但因为他当时并非专论赵树理，这种片断性的论述就很容易淹没在"天地玄黄"的宏大叙事之中而不大容易被人发现。这一次进一步明确赵树理的中共党员身份，一方面对赵树理研究界是一次提醒；另一方面，无论他是否注意过戴光中的论述，他都接通了1982年的那个戴氏说法。其次，据钱理群言，赵树理的知识分子身份主要是受到了北京大学中文系博士生李国华的博士论文（《农民说理的世界——赵树理小说的文学政治》③）的启发，但由于李文谈及这一问题时引用了席扬《角色自塑与意识重构——试论赵树理的"知识分子"意义》的研究成果，这样，钱理群也就间接接通了席扬的相关思考。这两重身份再加上早已被人认定的农民身份，赵树理便有了三重身份。

但是，钱理群先生的论述也并非无懈可击，这主要体现在以下几个方面：（1）把赵树理看作一个"自成体系的现代知识分子"，这一定位与席扬在如前所述的第一篇文章中的定位区别不大。于是，当席扬错位时，钱理群也跟着错位了；当席扬修正了自己的观点后，钱理群却并没有跟着修正。这样一来，对赵树理在这一层面的定位就无法精准。（2）无论是席扬还是钱理群，都有意无意地不提赵树理的"作家"身份，这多少显得有些奇怪。因为如果借用西方学者的界定，作家并不等于知识分子；即便在席、钱论述的语境中考量，知识分子恐

① 钱理群.赵树理身份的三重性与暧昧性——赵树理建国后的处境、心境与命运（上）.黄河，2015（1）.

② 钱理群.1948：天地玄黄.济南：山东教育出版社，1998：236.

③ 这篇博士论文完成于2012年，现已出版，题名略有变动。其引用部分参见李国华.农民说理的世界：赵树理小说的形式与政治.上海：上海书店出版社，2016：274.

怕也难以与作家画上等号。因此，把"作家"排除在赵树理的身份之外，显然无法让人理解。（3）或许是身份问题并非钱理群论述的重心①，所以他并没有谈论赵树理身份三重性的复杂关系以及在其作品中的投影，也没有在文学场域内外对其身份的交往、互动、矛盾或抵牾予以辨析。凡此种种既让人觉得意犹未尽，也给人留下了继续思考的空间。

因此，我觉得有必要在戴光中、席扬和钱理群先生论述的基础上"接着说"。因为深入辨析赵树理的身份问题，很可能是我们进入赵树理心理世界和文学世界的一个入口，也是我们确认赵树理文学价值乃至它在"十七年文学"中价值属性的一个重要参照。在他们的启发下，我也把赵树理的身份一分为三。其一是政治身份：党员/干部；其二是文化身份：作家/书生；其三大体上可看作民间身份：农民/农业问题专家。

进退失据：老革命遇到新问题

可以先从政治身份说起。

赵树理是党员，也是干部，前者是实打实的，后者则介于虚实之间。如果从 1926 年第一次秘密入党算起②，赵树理显然可以算作一位老党员。而作为党员，他一方面需要接受党组织的规训；另一方面，当他后来成为作家之后，他也就必须自觉地把党性原则置于文学原则之上。列宁在《党的组织和党的文学》（风行二十世纪七十年代之前的译名）中指出："无党性的写作者滚开！超人的写作者滚开！写作事业应当成为无产阶级总的事业的**一部分**，成为由全体工人阶级的整个觉悟的先锋队所开动的一部巨大的社会民主主义机器的'齿轮和螺丝钉'。"③毛泽东《在延安文艺座谈会上的讲话》中曾部分引用了列

① 钱理群先生的这篇长文分为上下篇，上篇以近两万字的篇幅聚焦于主标题"赵树理身份的三重性与暧昧性"，下篇则以近六万字的篇幅谈论副标题"赵树理建国后的处境、心境与命运"所示的内容。因其论述重心已经转移，下篇也更换了新的主标题：钱理群.建国后的赵树理——赵树理建国后的处境、心境与命运（下）.黄河，2015（2）.

② 赵树理有两次入党的经历。第一次是 1926 年，后因逃亡、漂泊和入狱，脱离组织关系达十年之久，直到 1937 年才被动员重新入党。

③ 列宁.党的组织和党的出版物//马克思、恩格斯、列宁、斯大林论文艺.北京：人民文学出版社，1986：183.

宁的这一说法，强调了无产阶级的文学艺术作为"齿轮和螺丝钉"在革命机器中的作用。① 赵树理作为《讲话》的熟读者和《讲话》精神的践行者，应该是熟知文艺的这一功能的。他的那句广为人知的为文原则——"老百姓喜欢看，政治上起作用"——后半句便是这种文艺功能的体现，也可以说是他党性原则的体现。换句话说，假如赵树理不是党员，他的思想境界或许就无法达到这一高度。想一想同一时期活跃在法国文坛的萨特，他虽号称自己是"共产党的同路人"②，其"介入"姿态与赵树理的写作实践异曲同工，但他在1947年却思考过如下问题："作家加入共产党是否好事？如果作家出于公民的信念和对文学的恶心而加入共产党，这样很好，他作出了选择。但是他能否在变成共产党人的同时仍是作家？"③ 但这样的问题是不大可能被赵树理思考的，原因很简单，因为他是党员。

当然，这只是问题的一个方面。问题的另一面是，党员身份也让赵树理获得了一种与众不同的视角，这样他才能够从内部时时用党性眼光打量农村里的干部，从而发现那些被人忽略的问题。一个有趣的现象是，无论是《邪不压正》还是《三里湾》，开会（比如整党会、支委会等等）往往构成了小说中人物短兵相接的重要情节，于是，我们才会听到如下话语从人物之口中呼啸而出——小宝说："我这个党员该开除，他这个党员就还该当支委？"元孩说："有你这种党员，咱这党还怎么见人啦？"④ 组长说："共产党的规定，是不是小党员走社会主义道路，大党员走资本主义道路？"⑤ 这种话语来自最基层，反映了基层党员对党、党性、党员标准的朴素理解，其中自然也融入了赵树理对党员队伍是否纯洁的深刻关切。正是因为他意识到并呈现了这一问题，《邪不压正》才遭到了批评，赵树理也不得不解释这篇小说创作的初衷："我在写那篇东西的时候把重点放在不正确的干部和流氓上，同时又想说明受了冤枉的中农作何观感，故对小昌、小旦和聚

①　毛泽东. 在延安文艺座谈会上的讲话//毛泽东选集：第三卷. 北京：人民出版社，1966：822，835.

②　萨特. 今天的希望：与萨特的谈话//萨特哲学论文集. 合肥：安徽文艺出版社，1998：174.

③　萨特. 什么是文学？//萨特文集：第7卷. 北京：人民文学出版社，2005：278.

④　赵树理. 邪不压正//赵树理全集：第三卷. 北京：大众文艺出版社，2006：315，317.

⑤　赵树理. 三里湾//赵树理全集：第四卷. 北京：大众文艺出版社，2006：284.

财写得比较突出一点。据我的经验，土改中最不易防范的是流氓钻空子。因为流氓是穷人，其身份很容易和贫农相混。"① 虽然早在 1947 年 12 月毛泽东就已指出："这即是有许多地主分子、富农分子和流氓分子乘机混进了我们的党。他们在农村中把持许多党的、政府的和民众团体的组织，作威作福，欺压人民，歪曲党的政策，使这些组织脱离群众，使土地改革不能彻底。"② 而将近一年之后（《邪不压正》完成于 1948 年 10 月）赵树理才在小说中呈现了这一局面，但我更倾向于把这一发现看作是赵树理亲自参加"土改"的经验教训所得。在当时的历史语境中，这一发现固然谈不上惊心动魄，但我以为，假如没有党员身份的"内视角"，赵树理或许很难洞悉这一秘密。

如果说党员身份让赵树理在文学场域之内有了如上作为，那么，在文学场域之外，这一身份也在塑造着他的思维方式和行为方式。赵树理的儿子赵二湖回忆："我爸那时已经红极一时，是八大的党代表，是人大代表，还是政协委员，他的组织观念特别强，下乡回来，只要一放下挎包，就到作协，给党组去报到。他不是巴结领导，而是出自本能的一种组织纪律观念。作家们像他这样的非常少。"③ 这里回忆的是赵树理在二十世纪五十年代的情景，而赵树理本人的做法也验证了此说不虚。尤其是公社化和"大跃进"开始之后，他不得不以"写信"的方式向地委书记、省委书记等上级领导汇报工作，呈现他在农村发现的问题。现存的四封最重要的信件分别是写给赵军（长治地委书记）④、邵荃麟（中国作协党组书记）和陈伯达（中央政治局候补委员，《红旗》杂志总编辑）的，它们既是检讨自己作为作家的失职（如为何写不成小说），更是他通过"组织渠道"给党的部门领导提交的"意见书"。在写给邵荃麟一信的末尾，赵树理特意附上一笔："如

---

① 赵树理. 关于《邪不压正》// 赵树理全集：第三卷. 北京：大众文艺出版社，2006：370.

② 毛泽东. 目前的形势和我们的任务 // 毛泽东选集：第四卷. 北京：人民出版社，1991：1252 - 1253.

③ 陈为人. 插错"搭子"的一张牌：重新解读赵树理. 广州：广东人民出版社，2011：189.

④ 在几种《赵树理全集》的版本中，此信的收信人均以××代替。笔者请教赵树理研究专家及《赵树理全集》（大众文艺出版社）编纂者董大中先生"××"是谁，他告诉我是赵军（时任长治地委书记）。赵树理. 给长治地委××的信 // 赵树理全集：第四卷. 北京：大众文艺出版社，2006：479 - 481.

有机会见到中央管农村工作的同志，请把我的意见转报他们一下。"①
在给陈伯达的第二封信中，赵树理又这样写道："在这种情况下，我
不但写不成小说，也找不到点对国计民生有补的事，因此我才把写小
说的主意打消，来把我在农业方面（现阶段的）一些体会写成了意见
书式的文章寄给你。"② 1959 年 7 月 14 日彭德怀给毛泽东写了著名的
"万言书"，8 月 20 日赵树理则给陈伯达写了《公社应该如何领导农业
生产之我见》的"意见书"。这种惊人的相似只能说明农村、农业和
农民遇到了严重的问题，它们被彭、赵二人在不同的地域同时看到并
不得不秉笔直书。而他们的下场自然也是相似的：彭德怀在"庐山会
议"中被打成"反党分子"，赵树理则成为"右倾"的典型，在作协
党组的整风会上遭批判，被"帮教"，最终不得不屈服"认罪"。在 11
月 23 日写给"荃麟同志并转党组"的信中，赵树理这样写道：

> 我于 18 日在党组整风会议会场上的发言中，对中央决议、
> 粮产、食堂三事说了无原则的话，经你和好多同志们提出批评，
> 我认识到问题的严重性。全党服从中央是每个党员起码的常识，
> 把中央明了的事随便加以猜测，且引为辩解的理由，是党所不能
> 允许的。别人是那样说了我也会起来反对，但为了维护自己的右
> 倾立场（固执己见的农民立场）竟会说出那样的话来，实在不像
> 多年党龄的党员。为了严肃党纪，我愿接受党的严厉处分。③

这场整风会虽然是由作协党组召开的，但所涉及的问题与赵树理
的作家身份已几无关系。而从这封信的内容和遣词造句的形式上看，
也是赵树理在向党认错，话里话外突出和强调的都是他的党员身份。
于是，问题也就变得明朗起来：当他不写小说而向领导写信时，他其
实已彻底移身至文学场域之外，完全以另一套话语表达了他作为一个
党员的担心和忧虑。而当他的言行越过了当时的政治底线时，遭到批
判也便成为顺理成章之事。所有的这一切，大体上都可看作政治举动
而并非文学行为。

为什么赵树理会如此行事呢？首先还是因为他是党员。在"文
革"开始后的第三份检查中，赵树理曾如此检讨过自己："我之所以

① 赵树理.致邵荃麟//赵树理全集：第五卷.北京：大众文艺出版社，2006：298.

② 赵树理.致陈伯达//赵树理全集：第五卷.北京：大众文艺出版社，2006：344.

③ 赵树理.致邵荃麟并中国作协党组//赵树理全集：第五卷.北京：大众文艺出版
社，2006：374.

好向有关领导方面提建议，原因也正在这里。一个共产党员在工作中看出问题不说，是自由主义，到处乱说更是自由主义，所以只好找领导。"① 这就意味着他这样做自认为是在尽党员之责。但更深层的原因或许在于，作为党员的赵树理，其潜意识中觉得自己拥有一种与党商榷的权利。因为早在他第一次准备入党时，就曾找介绍人之一王春讨价还价："入党可以，但不能绝对服从党的命令，只有我认为合理的命令我才接受。"② 王春虽然及时制止了赵树理的这种想法，但这样一种"病毒"或许已潜伏于他的身体之中，一旦遇到合适的时机便会"发作"起来。

其次，我们就必须提到赵树理的干部身份了。关于干部，赵树理曾有如此解读："干部者，群众之骨干也。干部一定要比群众强，要有生产斗争和阶级斗争的锻炼。"③ 这应该只是他对干部的朴素理解。而在他小说所塑造和描摹出来的干部形象中，其内涵则要丰富许多。例如，在《李有才板话》中，上面下来的有两类干部，一类是章工作员，另一类是老杨同志。前者走马观花，有点官僚主义；后者既能与村民同吃同住同劳动，马上融入群众之中，同时又雷厉风行，敢作敢当，三下五除二就解决了村里久拖不决的问题。所以赵树理才说，干部中"章工作员式的人多，老杨式的人少，应该提倡老杨式的作法"④。而他在 1960 年前后实际上已陷入一种创作困境时，依然写出了《实干家潘永福》这样的纪实文学作品。这其实依然是他通过呈现一个好干部的形象而进行的一次写作突围。从老杨到潘永福，他们在赵树理笔下都具有如下共性特征：（1）官位不高（老杨同志是县农会主席，潘永福从村长当到了县委农村工作部的副部长）却能亲近基层，能为老百姓办实事。（2）干群关系融洽，他们在群众中仿佛盐溶于水而不是油浮于水。（3）他们本身就是农民出身，有做一手好农活的本事，同时又非常朴实，完全没有干部的架势。比如，"老杨同志到场子里什么都通，拿起什么家具来都会用，特别是好扬家……大家

① 赵树理. 回忆历史　认识自己 // 赵树理全集：第六卷. 北京：大众文艺出版社，2006：471.

② 董大中. 赵树理评传. 天津：百花文艺出版社，1986：30.

③ 赵树理. 愿你决心做一个劳动者 // 赵树理全集：第五卷. 北京：大众文艺出版社，2006：47.

④ 赵树理. 当前创作中的几个问题 // 赵树理全集：第五卷. 北京：大众文艺出版社，2006：303.

都说'真是一张好木锨'（就是说他用木锨用得好）。"① 潘永福同志的"衣服比他打短工时代好一点，但也还不超过翻身农民，和民工在一起，光凭衣服你还不会发现他是干部。按他应得的干部待遇，下厂矿或工地可以骑骡子（因为山里行车不便，所以有此规定），但是他在百里之内，要不带笨重的东西，他仍是要步行的"②。可以看出，这样的干部与赵树理本人的习性、气质息息相通，甚至其中都有他本人的影子。显然，赵树理在他们身上看到了希望，他们也成为赵树理心中理想干部的化身。而从赵树理最后主动请缨，到山西阳城、晋城两地担任县委干部的情况看，我们甚至可以说这是他向其作品中的老杨和潘永福行的一种致敬礼。他塑造了他们，他们又成了他追慕的榜样。

但实际上，作为干部的赵树理，其所作所为的重要程度都要远远高于老杨同志和潘永福，同时，他也遇到了老杨与潘永福从来没有遇到过的新问题。据赵树理自述，1949 年之前，他虽短暂地担任过区特派员、县公道团团长等职，但更多的时候是在报纸或杂志做编辑。1949 年进京后，他曾担任过工人出版社社长（1949）、文化部戏剧改进剧曲艺处处长（1949）、《说说唱唱》主编（1950）等职务，但时间都不长。1953 年他到中宣部文艺处，"无名义和职务，仍写作"，同年冬天进中国作家协会，"驻会写作，不任其他职务"。③ 1958 年 12 月，他"匆匆跑到太原，请求省委安排工作"，省委任命他为阳城县委书记处书记，任职时间一年左右。1965 年 3 月，赵树理举家离京不久，就被山西省委任命为晋城县委副书记，分管文化工作。④ 但一年多之后，"文革"爆发，他也开始了反复被批斗的岁月。

从以上简要梳理中可以看出，赵树理除 1958 年和 1965 年在基层有实际的职务外，其他更多的时候只可算作徒有虚名的"京官"，或者也可泛泛称作文化干部。作为这样一种形式的干部，他在二十世纪五六十年代一方面频繁"下乡"，不断重新回到他生活过的晋东南地区，以便能在农村中发现问题，从而更好地打造他的"问题小说"；另

---

① 赵树理. 李有才板话 // 赵树理全集：第二卷. 北京：大众文艺出版社，2006：286.

② 赵树理. 实干家潘永福 // 赵树理全集：第五卷. 北京：大众文艺出版社，2006：445.

③ 赵树理. 一份简历表 // 赵树理全集：第五卷. 北京：大众文艺出版社，2006：247；董大中. 赵树理年谱. 太原：北岳文艺出版社，1994：332，348.

④ 赵树理. 回忆历史　认识自己 // 赵树理全集：第六卷. 北京：大众文艺出版社，2006：470；董大中. 赵树理年谱. 太原：北岳文艺出版社，1994：506，606.

一方面，这种"干部下乡"也是他了解民生、民情和农业问题的重要渠道。但实际上，写进小说中的"问题"是非常有限的，且因文学化处理后常常会变形走样；更多的"问题"则无法进入小说，只能以"短平快"的方式向上反映，以求被迅速关注乃至解决。这时候，他的这种干部身份就发挥作用了。赵树理曾经认真思考过他的这种角色扮演：

> 老实说，在那二年，我估计我这个党员的具体作用就在于能向各级领导反映一些情况，提出几个问题，在比较熟悉的问题上也尽可能提一点解决问题的具体建议。我觉得只要能及时反映真实情况，协助领导及时解决必须解决的问题，也算是对党的一点贡献。我为什么这样估计自己的作用呢？第一，我觉得当时接近基层的干部缺乏调查研究的精神和向党说老实话的精神，好多重要问题很不容易上达。第二，我常把自己戏称之谓"通天彻地"的干部——其实这种说法还不全面，应该说是"通天彻地而又无固定岗位"的干部。这种干部在那时候宜于充当向上反映情况的角色——易于了解下情，又可以毫无保留地向上反映。①

这里虽是检讨者言，但可以看出赵树理既说得实在，对自己的分析也非常到位。所谓"通天"，应该是指他能够直接与邵荃麟、周扬、陈伯达以及级别更高的中央领导通上话；所谓"彻地"，自然是他比一般"下去"的干部更了解农村情况。这样，在底层与高层之间（或者借用官方话语，是在党和人民之间），赵树理就把自己想象成了一个中介、一条纽带。然而，这种角色又是很不好当的，许多时候他都不得不夹在中间，乃至瞻前顾后，左思右想。比如，关于粮食问题，他曾经如此表述过自己的这种两难处境："在这个问题上，我的思想是矛盾的——在县地两级因任务紧张而发愁的时候我站在国家方面，可是一见到增了产的地方，仍吃不到更多的粮食，我又站到农民方面。但是在发言时候，恰好与此相反——在地县委讨论收购问题时候我常是为农民争口粮的，而当农民对收购过多表示不满时，我却又是说服农民应当如何关心国家的。"② 正是在这样的两难处境中，赵树理变得进退失据了。

这种进退失据感自然不是单靠政治身份就可以解释清楚的，这样

---

① 赵树理. 回忆历史 认识自己 // 赵树理全集：第六卷. 北京：大众文艺出版社，2006：471-472.

② 赵树理. 回忆历史 认识自己 // 赵树理全集：第六卷. 北京：大众文艺出版社，2006：469.

我们也就不得不面对赵树理那种与农民相关的民间身份了。

内外有别：站在农民一边的双重考虑

之所以把农民看作赵树理的民间身份，是因为从世俗的层面看，"进城"之后赵树理已不再是农民而是国家干部。这样，他才会有"专业化以后，我在农村没有户口了""有些事情人家就没有向你说的必要了"之类的感慨。① 然而，这种身份的转换不但没有影响到赵树理，反而让他对农民有了更多的关怀与体贴。而要想说清楚这一问题，依然需要从文学场域内外入手。

赵树理"进城"不久，就有了"脱离群众"的惶恐与焦虑，也有了"决心到群众中去"的表态。② 而在赵树理的个人词典中，群众实际上是可以等同于农民的。也就是说，赵树理所谓的"到群众中去"，实际上就是通过"下乡"，到农村去，到民间去。而事实上，从五十年代初直至"文革"爆发，赵树理先是不断地频繁"下乡"，后来干脆举家迁出京城，回到省城太原，接着又到故乡晋城任职，越来越走向更接地气的农村大地。即便如此，他还觉得不够彻底，因为"我觉得最理想的办法是在一定的地方立个户口，和农民过一样的生活，与农民的关系才更密切，不然，至少也要到一个核算单位去，不一定要有什么名义，但必须有做主人的思想，不能做客人"③。这种说法显然不是作秀，而就应该是赵树理最真实的想法，是他想让自己（也包括写农村的作家）完全融入农民之中的真情表白。

当赵树理如此行事时，他的民间身份便得以凸显，他与农民、农村的天然联系也开始走向前台。赵树理说："我是在农村中长大的，而且在参加革命以前，家庭是个下降的中农，因此摸得着农民的底。

---

① 赵树理. 生活·主题·人物·语言 // 赵树理全集：第六卷. 北京：大众文艺出版社，2006：130.

② 赵树理. 决心到群众中去 // 赵树理全集：第四卷. 北京：大众文艺出版社，2006：119.

③ 赵树理. 做生活的主人 // 赵树理全集：第六卷. 北京：大众文艺出版社，2006：139.

这是我自以为幸的先天条件。"① 类似的说法也出现在他五十年代之后的各类场合中。而由于他对农民如此熟悉，以至于"当他们一个人刚要开口说话，我大体上能推测出他要说什么——有时候和他开玩笑，能预先替他说出或接他的后半句话"②。这种自信自然来自他对农民生活与习性的了如指掌，也更在于他一到农民中间，立刻就成了其中的一分子，丝毫没有生疏隔膜之感。对此情景，作家康濯便深有体会，并因此比较了两人的异同：

> 老赵和我下农村，不约而同都不用"下去体验生活"一类说法，而干脆是去参加工作，办社，整社等等；同时我们下去后也都能较快熟悉并插手到工作中去。然而这一切在我们之间却有个最根本的区别，即我去农村总还是"下乡"，是从"上面"去"下面"；赵树理却毫无什么上下之分而只是"回乡""回家"，并且这又不仅是指他家乡一带，就是去战争中我早已熟悉的河北那个村庄也是如此。在那个村子里，我们住户的邻居家一个老木匠，我认识多年了，见面无话不说；老赵才认识，还没记住人家的名字，但他在木匠房里随便摆弄了两下人家的斧锯锛凿，那位老木匠马上就撇开了我，而同老赵没完没了地说开了各种工具在河北、山西的不同特点，做犁、耙、桌、椅的把式在河北、山西的不同讲究，以及旧社会学艺、当伙计的种种艰难。……总之就是说，在同工农的结合上，我还有明显的差距。赵树理则几乎都不必提起结合不结合问题。而我这方面的根本原因自又主要并非由于自己是湖南人，乃在于我是个生长于城市的小资产阶级知识分子，虽在河北解放区农村锻炼十多年，却还扎根不深，那儿还并没完全成为自己家乡一样深厚无比的生活基地和根据地。③

康濯的这番说法自然可以从多种角度予以解读，但其中显然隐含着一个身份问题。按其描述，他出身于知识分子家庭，生长于城市之中。在与工农相结合的问题上，他显然是响应《讲话》号召的被动之举。这样，无论他如何"下乡"亲近农民，他的所思所想和所作所为

---

① 赵树理. 决心到群众中去 // 赵树理全集：第四卷. 北京：大众文艺出版社，2006：119.

② 赵树理. 决心到群众中去 // 赵树理全集：第四卷. 北京：大众文艺出版社，2006：120.

③ 康濯. 忆赵树理同志. 新文学史料，1979（3）.

都还与农民隔着一层。也就是说，在与农民的关系上，康濯无论怎样努力，都是一种后天行为，无法做到彻头彻尾，彻里彻外。相比之下，赵树理则显出他的先天优势。他出身于农民之家，"年轻时候种过地，干过泥木瓦活儿，跟牲口赶过脚；还登台演出过上党梆子，甚至也具备着农村土发明家的才能；两只手能变出许多魔术来，唱民歌都能一口气唱上曲调不同的七八个"①。即便是"进城"之后，他依然吸旱烟袋，说家乡话，像华北大车把式那样喝酒②，像潘永福那样习惯于走路而不是坐车③。这种习性和做派往往被城里人视为异类，然而一旦它们被带进农村，却能很快派上用场，它们的主人也能很快被村民们引为同类，并获得他们的极大认同。凡此种种，都意味着赵树理的农民身份（或者也可以说是胡絜青所谓的"由始至终都没有变"的"一身农民气质"④）的重要性：对于自己，这种身份增加了亲和力；对于农民，这种身份又抹掉了距离感。于是，无论赵树理还有着怎样的其他身份，一旦走向民间，他的农民身份便显山露水，呼之欲出了；而农民所认同的也主要是他的这种身份。唯其如此，赵树理才能像康濯所说的那样，把"下乡"当作"回家"，农民也才能把赵树理当成家人而不是外人。

在这里，我之所以如此强调赵树理的农民身份，是想说明如下两个问题：其一，借助于这一身份的亲和性，赵树理便可以像老杨同志那样深入群众之中，有效地开展工作。这种如鱼得水的局面一方面让他对农业社的情况了然于心，另一方面也增强了他的自信心，以至于他干脆把自己看作了农业问题专家。赵二湖回忆说："同样是写农村，他和马烽、浩然、柳青都不一样。首先赵树理认为他是个农业专家，不是科学上的，是农业生产组织形式方面的专家。他一直在想，以什么形式来搞农业生产，为什么他对互助组、合作社、人民公社有那么多看法想法，他一直在想，中国的农业以怎样一种方式组织起来最合

---

① 康濯．忆赵树理同志．新文学史料，1979（3）.

② 胡絜青回忆："赵树理的喝酒方式是华北大车把式的喝酒方式，一路走，一路喝，一个酒铺一杯，一仰脖，一饮而尽，不要任何佐酒的菜，把手往柜台上一拍，一句话不说，出了门，还赶上往前走了的马车。"胡絜青．老舍与赵树理．晋阳学刊，1980（2）.

③ 有人回忆，1961年2月赵树理陪妻子去东四人民市场购物，所购棉花被套，亲自扛上回家。路遇本单位职工汪东林。汪问："为什么不叫车？"赵回说："从市场到家也就一长垄地的距离，还用得上叫车吗？"董大中．赵树理年谱．太原：北岳文艺出版社，1994：541-542.

④ 胡絜青．老舍与赵树理．晋阳学刊，1980（2）.

理最能发挥效率。并且贫富之间，不要拉开太大的距离。"① 可以想见，当赵树理如此思考农业问题时，他也就有了对农业、农民问题发言的底气。而他对"农业专家"的自许或自我体认，实际上又衍生出另一种民间身份。这种身份不是来自官方或科研机构的认定，而是来自他在农村摸爬滚打积累起来的活生生经验。这种经验或许还谈不上有多么科学，但毕竟比那些来自书本和空想的东西要踏实可靠。

其二，也正是因为赵树理的这种身份，老百姓才会把他当成自家人，向他打开天窗说亮话。于是农村问题对于赵树理不再是隔雾看花，朦朦胧胧，而是有了清晰的显影。赵树理说："去到农村，农村就是我的家，这个家我从小一直就没有断过联系"；"我们的村子是一个大队，三个小队，不及一百户人家。我到生产队，群众把我当作他们一个圈子里的人，我既不是支书，又不是队长，但我又像什么都是，那里的干部有什么事情都愿意和我商量，要我出些点子；群众也愿意我在。比如我隔了一个时期回去一次，大家总会想办法召集大会要我讲些什么。"② 农民能够向赵树理敞开心扉，谈天说地，意味着赵树理拥有了一条深入细致地了解民生、民情的重要渠道，也意味着当他给长治地委写信，上书邵荃麟和陈伯达时，表面上看谈的都是宏观的见事不见人的问题，但支撑这些问题的很可能是张三李四王二麻子向赵树理的倾诉。而由于这些问题事先已被民情和民意浸泡过，所以当它们被赵树理整理和表述出来时也就有了特别的分量。

可以说，正是这种民间身份的作用和驱使，才让赵树理的情感天平倒向了农民一边。而无论是为农民争口粮还是认为农民负担重，都可看作赵树理民间身份的觉醒。也正是在这一意义上，当年的山西省委书记王谦对赵树理与马烽的一个比较性评价才值得重视："马烽和赵树理不一样。马烽是为党而写农民；赵树理是为农民而写农民。所以当党和农民利益一致的时候，他们俩似乎没有什么差别。而当党和农民利益不一致时，马烽是站在党的一边，而赵树理是站在农民的一边。"③ 而据赵二湖言，王谦如此比较马与赵其实是在夸前者而贬后

---

① 陈为人. 插错"搭子"的一张牌：重新解读赵树理. 广州：广东人民出版社，2011：164.

② 赵树理. 作家要在生活中作主人//赵树理全集：第六卷. 北京：大众文艺出版社，2006：151.

③ 陈为人. 插错"搭子"的一张牌：重新解读赵树理. 广州：广东人民出版社，2011：97.

者，其隐含的意思是关键时刻赵树理不能与党保持一致。[①] 但或许这种批评之言才更能见出赵树理最真实的农民身份和农民立场。而阅读赵树理最后的检讨之言，我们也会发现其落脚处恰恰也是他在反思自己的小农意识，这与王谦的批评构成了有趣的对照："检查我自己这几年的世界观，就是小天小地钻在农村找一些问题叽叽喳喳以为是什么塌天大事。……这是从前的个体农民小手工业者眼光短浅、不识大体的思想意识的表现。"[②] 今天看来，这种"灵魂深处闹革命"的检讨无论是出于真心还是违心，都正好佐证了赵树理农民身份和农民意识的根深蒂固。

但是，话说回来，所谓"站在农民一边"，所谓"农民利益的代言人"，我以为只有在文学场域之外才是可以成立的。而一旦移身文学场域之内并形成所谓的"问题小说"，赵树理是否还能完全站在农民一边，便要打上一个问号了。试举两例。

据杜润生回忆，中共中央于 1951 年 9 月召开第一次农业互助合作会议时，曾邀熟悉农村的赵树理参会。会议上，赵树理"反映农民不愿意参加合作社，连互助组也不愿意参加"。而陈伯达则批评说："这纯粹是资本主义思想嘛！"争论汇报给毛泽东后，"毛重视赵树理的意见"，于是对决议的初稿作了修订：把注重农民个体经济的积极性提前，把劳动互助的积极性置后，并特别强调："要按照自愿和互利原则，发展农民劳动互助的积极性，但也不能忽视和粗暴地挫折农民个体经济的积极性。"[③] 而在其他人记述的文字中，这次会议则有了更多的细节："会议讨论期间，各方代表基本上唱的是一个调子，都说农业合作化好，唯独赵树理唱了反调。他不管上头的精神，也不管会场的气氛，更不管其他发言人的基本倾向，而是如实地、有根有据地、有一般有典型地反映了各类农民的心理和愿望：'石（实）打石（实）地说，老百姓有了土地翻了身，真心感谢救星共产党。但并不愿意急着交出土地走合作化道路，都愿意一家一户，自自在在地干几年，然后再走集体化道路。'陈伯达听了赵树理的发言，惊而复怒，

① 陈为人.插错"搭子"的一张牌：重新解读赵树理.广州：广东人民出版社，2011：98.

② 赵树理.回忆历史　认识自己//赵树理全集：第六卷.北京：大众文艺出版社，2006：474.

③ 杜润生.杜润生自述：中国农村体制变革重大决策纪实.北京：人民出版社，2005：29-30.

批评赵树理的观点不仅是右倾保守，简直是对合作化运动的攻击。"①

可以看出，在这次会议上，赵树理不畏权势，据理力争，无疑扮演着农民利益代言人的角色。但来年四月，他到山西平顺县川底村深入生活，1953 年年初，他则制定了本年度的创作计划："上半年写一篇关于农业生产合作社的小说，主题是反映办社过程中集体主义思想与资本主义思想的斗争，大约二十万字。"1953 年 3 月至 1954 年 10 月，经过断断续续的写作，他终于完成了中国第一部反映农业合作化问题的长篇小说《三里湾》。在这部小说中，赵树理并没有坚持他在 1951 年会议发言时的基本立场，而是顺着当时的政治或政策东风，极力标举"入社"之好，同时批评范登高等人的个体经济本位的思想。赵树理后来说，他之所以要写《三里湾》，"是感到有一个问题需要解决，就是农业合作社应不应该扩大，对有资本主义思想的人，和对扩大农业社有抵触的人，应该怎样批评。因为当时有些地方正在收缩农业社，但我觉得社还是应该扩大，于是又写这篇小说"②。为什么在会议上赵树理代表农民反对尽快搞合作社，而两三年之后他在小说中呈现的却是另一种样子？当他把"翻得高""糊涂涂""常有理""铁算盘""惹不起"全部归入被批评、被帮教的系列中后，他的小说还能代表农民利益吗？

第二个事例则更耐人寻味。大概从二十世纪五十年代中期开始，赵树理就意识到农村存在着严重问题，其中最重要的问题是农民缺粮。于是他在 1956 年 8 月给长治地委书记赵军写信，并把缺粮问题放在所有问题的首位：

> 一、供应粮食不足：每人每月供应三十八斤粗粮，扣购细粮，不足维持一个人的生活——有儿童之户尚可，只有大人的户不敢吃饱或只敢吃稀的，到地里工作无气力。在产粮区可以享到三定之利，而产棉区则否，这问题在过去提过，但得不到解决。不论说多少理由，真正饿了肚子是容易使人恼火的事。在转入高级社的时候，说了好多优越性，但事实上饿肚子，思想是不易

打通的。①

当赵树理罗列出七个问题之后，他又进一步追问："试想高级化了，进入社会主义社会了，反而使多数人缺粮、缺草、缺钱、缺煤，烂了粮，荒了地，如何能使群众热爱社会主义呢?"② 最后他又直指一些干部工作不力："又要靠群众完成任务，又不给群众解决必须解决的问题，是没有把群众当成'人'来看待的。"③ 这封信可谓疾言厉色，其想群众之所想、急群众之所急的迫切心情溢于言表。而其中尤其值得注意的是，农民吃不饱或饿肚子已被赵树理发现，并被他作为一个重中之重的问题提了出来。此后，这个问题便成为赵树理的一块心病，既延续在他给邵荃麟和陈伯达的信中，也成为他在各种会议（尤以 1962 年的"大连会议"为最）上发言的主要内容之一。④

有趣的是，就在赵树理频繁向上反映农民吃不饱时，他也写出了一篇叫《"锻炼锻炼"》（1958）的小说，而其中塑造的两个落后人物之一便有外号为"吃不饱"的李宝珠。在赵树理的描摹中，李宝珠三十来岁，比"小腿疼"年轻，长相也不错，但她既好吃懒做，也全面控制了家里的经济大权，且支使得丈夫张信团团转。这样，当她制定的家庭"政策"全面执行后，张信就成了她的长工。"自从实行粮食统购以来，她是时常喊叫吃不饱的。她的吃法是张信上了地她先把面条煮得吃了，再把汤里下几颗米熬两碗糊糊粥让张信回来吃。另外做些火烧干饼锁在箱里，张信不在的时候几时想吃几时吃。队里动员她参加劳动时候，她却说：'粮食不够吃，每顿只能等张信吃完了刮个空锅，实在劳动不了。'"时间一长，张信碗里的风景（有时粥里会有一两根没捞尽的面条）就被人发现了。于是队长张太和有一次跟张信说："我看'吃不饱'这个外号给你加上还比较正确，因为你只能吃

① 赵树理 . 给长治地委××的信 // 赵树理全集：第四卷 . 北京：大众文艺出版社，2006：479.

② 赵树理 . 给长治地委××的信 // 赵树理全集：第四卷 . 北京：大众文艺出版社，2006：480.

③ 赵树理 . 给长治地委××的信 // 赵树理全集：第四卷 . 北京：大众文艺出版社，2006：481.

④ 赵树理全集：第五卷 . 北京：大众文艺出版社，2006：297，350 - 351；赵树理全集：第六卷 . 北京：大众文艺出版社，2006：77 - 78，82.

一根面条。"①

时代的大环境是农民们普遍吃不饱，这在赵树理那里早已是心知肚明，而如何解决这一问题也成了赵树理奔走呼号的主要动力。然而，小说中李宝珠的"吃不饱"却是装出来的，她本人实际上并不存在吃不饱问题。我总觉得，"吃不饱"作为人物外号并非空穴来风，而就是外部现实世界真实情况投在赵树理心灵世界的一道暗影，但为什么进入小说之后，"吃不饱"却脱离了客观事象，变成一种调侃落后人物的标签了呢？在"吃不饱"从现实世界到文学世界的转辙改道中，究竟隐含着怎样的征候或秘密？

其实，这是一个很不容易说清楚的问题，但我依然想借助于赵树理的文化身份，试析一二。

相反相成：书生本色与作家初心

如前所述，在谈到赵树理的文化身份时，包括席扬、钱理群在内的一些学者都曾把这种身份定位成知识分子，而赵树理本人恰恰也说过："我虽出身农村，但究竟还不是农业生产者而是知识分子。"② 宽泛而言，如此定位似说得过去，但问题是，当这些研究者自觉不自觉地把西方知识分子的价值理念代入其中，便会与赵树理的身份形成某种错位。因此，这一问题还需要稍加辨析。

自左拉的《我控诉》以来，西方已形成了一种知识分子传统。在这种传统中，怀疑意识、介入意识和批判意识已是知识分子的基本义项，而追求正义、守护理念、批判社会和谴责权势则是他们的日常工作。萨义德曾把知识分子概括为"对权势说真话"的人，可以说是准确地抓住了西方知识分子的共性特征。"五四"以来，受西方思想的影响，同时也通过鲁迅、胡适等人的身体力行，中国实际上也形成了一个现代知识分子的新传统。这种传统既有"道尊于势""从道不从君"等传统文化精神元素的支撑，也有西方知识分子价值理念的灌注，其刚健之气、挺拔之姿同样令人尊敬。但由于众所周知的原因，这一传统并没有很顺畅地落实在二十世纪中国知识分子的实际行动

---

① 赵树理.《锻炼锻炼》//赵树理全集：第五卷.北京：大众文艺出版社，2006：222-223.

② 赵树理.《三里湾》写作前后//赵树理全集：第四卷.北京：大众文艺出版社，2006：378.

中，许多时候，它只是知识分子心中的一个美好意象。

与此同时，在二十世纪的历史文化语境中，知识分子也形成了一种颇具中国特色的定义与表达，这就是《现代汉语词典》中的那种解释：知识分子是"具有较高文化水平、从事脑力劳动的人"。而由于自《讲话》以来，毛泽东既强调知识分子要与工农大众相结合，也在不断批评或批判知识分子自身存在的问题，于是知识分子的动摇性、软弱性、小资调乃至无知识等等便不断被显影、放大，以致知识分子成了"成问题"的人，成了被团结、教育的对象。而经过"思想改造""反右"和"文革"等运动之后，西方知识分子那种价值理念和操守已荡然无存，存在的只是《现代汉语词典》中释义的那种知识分子了。

把赵树理的文化身份代入这两种语境之中，我们可能会发现他两边不靠。一方面，他虽然也是"五四"精神的继承者，但他与鲁迅那代人的知识分子性相比，已处在一种弱化的状态。虽然他那种为民请命的举动颇有"对权势说真话"之风，但就其知识和价值谱系而言，他所接通的主要还不是西方知识分子的那个传统。另一方面，又因其农民出身，他似乎也不在毛泽东所反复批判的资产阶级或小资产阶级知识分子的范畴之内。也就是说，虽然他自许为知识分子，但他作为知识分子只是在词典的意义上才是可以成立的。正是因为上述原因，我以为任何借助于西方知识分子话语来为赵树理定位的言论，或许都有拔高之嫌。

那么，又该如何确认赵树理的这一文化身份呢？我觉得书生（也就是后来席扬"降调"而言的"读书人"）可能是一个较好的选择。而作为一介书生，赵树理更多接通的应该是中国传统文化中的儒家思想与士人传统。据赵树理自述，他从六岁起，便"由祖父教念三字经和一些封建、宗教道德格言"，九周岁开始，又被其父亲送入私塾读书一年。高小毕业那年，赵树理买到一本江神童的《四书白话解说》，此书实为一位接受过王阳明学说的老古董先生所作，其思想为儒佛相混之物。"这恰好合乎我从祖父那里接受的那一套，于是视为神圣之言，每日早起，向着书面上的小孩子照片稽首为礼，然后正襟危坐来读，并且照在《大学》一书中的指示，结合着那些道理来反省自己。"三年中，"对这部书的礼读没有间断过"。[①] 虽然在革命年代这些思想

---

① 赵树理. 自传//赵树理全集：第四卷. 北京：大众文艺出版社，2006：404-405.

全被赵树理看作封建思想和糊涂思想，是被马列主义"打垮"的对象，但从心理学的角度看，包括赵树理所检讨的"'人格至上'（在这以前，我以为革命的力量是要完全凭'人格'来团结的）"① 在内的儒家思想和士人传统无疑已深深植入他的记忆之中，成为他后来建构人格结构模式和为人处世的重要参照。

另一方面，更值得注意的是民间文化对赵树理的长期熏陶和打造。赵树理对民间文化的偏爱是众所周知的，他甚至"热爱到了近于偏执的程度"，以至于有了与"五四"之后的各种新文艺"比一比看的想法"。② 但以往研究者在面对这一问题时，其重点往往聚焦于赵树理的文学作品，以此论证民间文化如何成就了赵树理小说的独特样式，却忽略了民间文化对赵树理本人的人格结构的打造。而在我看来，后者的影响虽然看不见摸不着，几近于无形，但也唯其如此，就更值得引起学界的关注。

于是，有必要引入芮德菲尔德所谓的大、小传统之分进一步分析。在芮氏看来："大传统是在学堂或庙堂之内培育出来的，而小传统是自发地萌发出来的，然后它就在它诞生的那些乡村社区的无知的群众生活里摸爬滚打挣扎着持续下去。"③ 而在后来者的解读中，大传统相当于精英文化（elite culture），小传统则相当于通俗文化（popular culture）。前者属于上层知识阶层，较易集中于城市；后者则属于没有受过教育的一般民众，主要"以农民为主体，基本上是在农村传衍的"④。而在我看来，小传统之所以能够延续，关键在于它通过民间文化或说唱文学把大传统中的伦理道德、价值观念传播了开去，从而让底层民众拥有了一系列与全社会通行的行为准则不相上下的价值观、人生观和世界观。因此，尽管底层民众没有受过正规教育，但他们依然能够明事理，通人情，择善而从，疾恶如仇。正是在这个意义上，我们才能够明白赵树理如下说法的深刻之处："一个文盲，在理解高深的事物方面固然有很大的限制，但文盲不一定是'理'盲、'事'盲，因而也不一定是'艺'盲。一个人长到几十岁，很少是白吃饭的。……而文学艺术在他们的生活中，往往或多或少已经成为构

---

① 赵树理. 自传∥赵树理全集：第四卷. 北京：大众文艺出版社，2006：407.

② 孙犁. 谈赵树理. 天津日报，1979 - 01 - 04.

③ 芮德菲尔德. 农民社会与文化：人类学对文明的一种诠释. 北京：中国社会科学出版社，2013：95.

④ 余英时. 士与中国文化. 上海：上海人民出版社，1987：129 - 130.

成部分，有的甚至精通了某种民间艺术。"①

除去"文盲"与赵树理不符外，我们甚至可以说，赵树理为农民的这番辩护之词也完全可以看作一种自况之语。也就是说，赵树理本人其实也是通过民间文化的耳濡目染使其在"理""事"和"艺"方面拨云见日的。而他本人对评书、鼓词等曲艺形式的偏爱，对看戏、听戏、唱戏的痴迷乃至后来主编《说说唱唱》并亲自写戏的种种举动，一方面可以佐证民间说唱文学对他的影响之深，另一方面亦可说明其所作所为依然是对那种小传统的进一步拓展与延伸。而就在与这种小传统的亲密接触中，赵树理的人格、修养、旨趣与关怀，也就更多与民间文化的滋养焊接在一起。

因此，在对赵树理书生身份的塑造上，可以说是中国文化大、小传统一并发力的结果。而作为书生，他的价值观中既有"士志于道""民贵君轻"的儒家思想，甚至也有"慈悲为本""普度众生"的佛家思想（赵树理谈及青少年时期曾从其祖父那里学来了吃素、拜佛、敬惜字纸、慈心于物等②）。同时，又因为他自幼便有一种"不通世故的呆气"③，及至长大成人后又是很容易发展成一种书生气或书呆子气的。有学者指出："书生气，是一种不识时务、不会做人、不善处世、不懂分寸、缺乏现实感的表现。"④ 还有学者认为："书呆子的真定义不是'只会抱书本''纸上谈兵'，不是这个意思，是他事事'看不开''想不通'，人家早已明白奥妙、一笑置之的事情，他却十分认真地争执、计较——还带着不平和'义愤'！旁人窃笑，他还自以为是立德立功立言。"⑤ 验之于赵树理1949年之后在文学场外的所作所为，这种评价移植到他身上也大体不差。这样，儒性、佛性、书生气，就可以让我们在解释赵树理为什么会不停地"上书"，把农民利益看得重于一切时增加一个维度。但与此同时，我们也不应该忘记"三纲五常""士为知己者死"等等也是儒家思想中的重要内容。于是，在赵树理的书生意气中，便有了相反相成的指向：一方面是为民而呼，不顾一切；另一方面是为党分忧，精忠报国。赵二湖说："深受儒家教

① 赵树理. 供应群众更多、更好的文艺作品——在中国共产党第八次全国代表大会的发言//赵树理全集：第四卷. 北京：大众文艺出版社，2006：483-484.

② 赵树理. 自传//赵树理全集：第四卷. 北京：大众文艺出版社，2006：404.

③ 赵树理. 自传//赵树理全集：第四卷. 北京：大众文艺出版社，2006：404-405.

④ 王彬彬. 过于聪明的中国作家. 文艺争鸣，1994（6）.

⑤ 周汝昌. 红楼无限情：周汝昌自传. 北京：北京十月文艺出版社，2005：3.

育的赵树理对党的'愚忠','武死战，文死谏'的精神多少影响了他的态度。"① 知子莫若父，知父亦莫若子。这种判断我以为是很有一些道理的。

那么，又该如何看待赵树理作为作家的这一文化身份呢？细究起来，这一问题或许更耐人寻味。赵树理之所以能够存在，就是因为他写出了那些独一无二的小说，这样，作家身份就在其所有身份中占据着一个最重要的位置。但对于这一身份，赵树理恰恰并不看重。他曾经说过："我下乡以后就把写作暂且搁过，一心参加工作。我这样想：虽然暂时不能写出东西来，但在另一方面还是做了些工作，这对建设社会主义也有帮助。假如我们下到哪个公社，因为我们和群众一道做了工作，找着了增产关键，粮食多打了几万斤，我觉得这不是件小事；虽然这时没有写出精神食粮，生产出来物质食粮也不错。"② 这里的说法还比较委婉，而在康濯的记忆和转述中，赵树理表达得就更直接了。当一位下乡的作家感叹有个把月没写一个字时，"老赵连忙接过话道：'你是说没写创作？可是这个把月，你在农村做了多少具体工作啊！'他不管人家的话是出自无心，而仍然十分严肃地说：'写一篇小说，还不定受不受农民欢迎；做一天农村工作，就准有一天的效果，这不是更有意义么！可惜我这个人没有组织才能，不会做行政工作，组织上又非叫我搞创作；要不然，我还真想搞一辈子农村工作呢！只怕那样我能起的作用，至少也不会比搞写作小！'"③。

很显然，在赵树理的价值观念中，文艺工作是低于农村工作的，自然，作家身份也就无法高过他所自封的农业专家身份了。而他几次要求从作协调到农业部去工作的愿望④，他在多次讲演中念叨作家"专业"不如"业余"具有优势的思考（例如："我总觉得搞创作，专业不如业余。专业以后，不容易接触生活。"⑤），他不仅劝说女儿赵广建回乡参加生产劳动，而且在小说内外为贾鸿年（《卖烟叶》中的主

---

① 赵二湖. 我对赵树理研究的一点认识和期望. 太行日报，2016-09-11.

② 赵树理. 当前创作中的几个问题//赵树理全集：第五卷. 北京：大众文艺出版社，2006：301.

③ 康濯. 写在《赵树理文集续编》前面//陈荒煤，等. 赵树理研究文集：上卷. 北京：中国文联出版公司，1996：146-147.

④ 陈为人. 插错"搭子"的一张牌：重新解读赵树理. 广州：广东人民出版社，2011：167.

⑤ 赵树理. 生活·主题·人物·语言//赵树理全集：第六卷. 北京：大众文艺出版社，2006：129.

人公）和夏可为指出的那条出路（只有扎根农村踏实务农才是正路，小小年纪光想着成名成家跳出农门则是歪门邪道），无不旁证出赵树理对体力劳动的看重，对脑力劳动以及舞文弄墨的轻视。而在我看来，赵树理之所以会形成这种想法，其原因或许非常复杂。其中既有他对农村工作的偏爱，也有他对劳动至上以及由此关联的农民美德（如勤劳）的崇敬，更有他对那种希望事事立竿见影式的革命功利主义的期待。除此之外，当他的小说不能见容于主流意识形态而屡遭批评时，是不是也隐含着他对写作的某种失望？无论是哪种原因主宰着他，我们所见到的都是一个不得不正视的事实：这位在 1949 年被定为"方向"的作家却在1949 年之后逐渐找不到"方向"，甚至差不多迷失了"方向"，以致他没办法不遭遇写作困境以至于越写越少。当"文革"之初晋城给赵树理贴出许多大字报后，他曾经说过："这时候戏也停改了，乡也不便再下。每天除了听一听学《毛选》的青年们的报告，便读了一本《欧阳海之歌》，这些新人新书给我的启发是我已经了解不了新人，再没有从事写作的资格了。"① 这自然是痛心之言，而赵树理也就是带着这样一种困惑和遗憾永远告别了他的作家身份。

当然，在他无法写作之前，他也断断续续勉为其难地写作着。而一旦他意识到自己是在写小说或写戏剧时，作家的责任感和使命感就回到了他的身上，这时候，"不忘初心"或许就成为他的本能反应。赵树理说过："我在抗日战争初期是做农村宣传员工作的，后来做了职业的写作者只能说是'转业'。从做这种工作中来的作者，往往都要求配合当前政治宣传任务，而且要求速效。"② 由此看来，赵树理的"初心"就是他的"宣传员"情结，以及由此生成的"配合政治"的意识和希望立竿见影的"速效"效果。而这种写作思路和方案又集中体现在他所谓的"老百姓喜欢看，政治上起作用"上。在这个至为凝练的表达中，"老百姓喜欢看"主要涉及怎样写，而通过赵树理对通俗化、大众化、口语化等方面的执着追求，这一问题已得到妥善解决。"政治上起作用"自然涉及写什么，同时也需要作者把自己的是非观、爱憎感渗透到他笔下的人物那里，从而产生一种"劝人"之效。只有如此这般之后，政治上才可能起到一些作用。赵树理曾经

---

① 赵树理.回忆历史 认识自己//赵树理全集：第六卷.北京：大众文艺出版社，2006：482-483.

② 赵树理.《三里湾》写作前后//赵树理全集：第四卷.北京：大众文艺出版社，2006：383.

说过：

> 俗话常说："说书唱戏是劝人哩！"这是对的。我们写小说和说书唱戏一样（说评书就是讲小说），都是劝人的。……凡是写小说的，都想把他自己认为好的人写得叫人同情，把他自己认为坏的人写得叫人反对。你说这还不是劝人是干什么？说老实话：要不是为了劝人，我们的小说就可以不写。①

在我看来，所谓的"劝人说"似可看作"政治上起作用"的降调处理和艺术化表达。也就是说，"政治上起作用"，其落脚点实际上是人，是劝人向善，甚至是通过劝说，使人的思想观念吻合或趋近于党的路线方针政策。于是，尽管赵树理的小说也揭示了农村所存在的问题，但他的写作重心依然"是要借着评东家长、论西家短来劝人的"②。而当他习惯了这种写作路径之后，"老百姓喜欢看，政治上起作用"也就成为一种"程式"或"配方"。在商业性的大众文化生产中存在着"标准化"和"配方"问题，实际上，在赵树理的政治意图比较明确的大众化写作中，也存在着这样一种"程式化"的套路。可以说，无论是他在 1949 年之前写出来的那些成名之作，还是 1949 年之后完成的代表性作品，其实都在这样一种套路之中。

由此看来，即便在赵树理的文化身份内部，也无法不形成一种矛盾冲突：当他面对文学之外的现实景象时，他会奋笔疾书，发出"把人不当人"的痛斥，这时候书生本色便跃然纸上；当他回到文学之中准备营造他的小说时，"劝人"的理念又会主导他的思想，这时候作家兼宣传员的角色扮演就会被一次次唤醒。而这种矛盾，也恰恰构成了赵树理及其小说的迷人之处和失败之处。

和事不表理：身份的撕裂与缝合

九十年代以来，身份、身份政治、身份认同、自我认同等等已成为西方文化研究与文学研究的显学。在身份理论的观照下，许多问题获得了新认识和新理解。但当我们面对赵树理的身份问题时，依然有

---

① 赵树理．随《下乡集》寄给农村读者∥赵树理全集：第六卷．北京：大众文艺出版社，2006：164.
② 赵树理．随《下乡集》寄给农村读者∥赵树理全集：第六卷．北京：大众文艺出版社，2006：165.

"剪不断，理还乱"之感。这意味着赵树理的身份既有彼时彼地的复杂性，又有无法被西方理论框定的中国特色。尽管如此，我依然想依据上文梳理，试图对赵树理的三重身份及其交往互动予以总体性的评说。

在毛泽东时代，政治无疑是人们生活中的头等大事，而政治也通过中共的一系列路线、方针、政策，体现在更加具体的阶级斗争、生产斗争和路线斗争中。1953年，毛泽东在谈及农村互助合作时特别指出："对于农村的阵地，社会主义如果不去占领，资本主义就必然会去占领。难道可以说既不走资本主义道路，又不走社会主义的道路吗？"① 正是在这一思路指引下，中共出台了党在过渡时期的总路线。而"这条总路线，应是照耀我们各项工作的灯塔，各项工作离开它，就要犯右倾或'左'倾的错误"②。随后进行的社会主义改造、农业合作化、人民公社、"大跃进"等等，既是这条总路线的延伸（尽管后来不再提"过渡"），又在很大程度上面向农村，于是广大农村成为被"改造"的重点区域，落后的农民也成了被"改造"成社会主义新人的重点人群。因为对于农民，毛泽东早已形成如下判断："严重的问题是教育农民。农民的经济是分散的，根据苏联的经验，需要很长的时间和细心的工作，才能做到农业社会化。没有农业社会化，就没有全部的巩固的社会主义。"③ 这意味着在教育、改造农民与建设社会主义之间存在着绝对的逻辑关系。

概而言之，这就是赵树理所处的历史语境和政治环境。在这样一种语境和环境中，作为党员的赵树理在政治上不可谓不过硬。他曾经说过："有的人在参加革命前，对党只有几分感情，参加革命后，必须积极补课，发展成热恋，要不，就有可能发生'离婚'的悲剧。这就好比是旧式结婚，结婚时谈不上爱情，结婚后才发生了感情，这就叫做先结婚，后恋爱。"④ 这种运用民间智慧的通俗化解读，一方面既有"劝人"的特殊效果，另一方面也体现了赵树理对个人与党之关系的朴素理解：一个人入党不仅仅意味着"结婚"，而且要发展成忠贞

---

① 毛泽东. 关于农业互助合作的两次谈话. 1957 - 10，1957 - 11.

② 毛泽东. 党在过渡时期的总路线. 1953 - 08.

③ 毛泽东. 论人民民主专政 // 毛泽东选集：第四卷. 北京：人民出版社，1966：1366.

④ 丁宁. 大树必将成林——回忆赵树理同志 // 董大中. 赵树理年谱. 太原：北岳文艺出版社，1994：419.

的爱情，唯其如此，二者的关系才牢不可破。而从赵树理对政治形势的紧跟慢赶中，从他老是检讨更熟悉旧人旧事却写不好新人新事的焦虑中，也可看出他对党的赤胆忠心。于是当他在"文革"中被红卫兵看作"反党分子"时，他才会义正词严地为自己辩解："我自己是共产党员，怎么还能自己反对自己的党呢？""我不反党，我赵树理永远不会反党！党培养教育我几十年，我热爱党，信任党。"① 这应该就是赵树理的肺腑之言。因此，在政治身份认同上，赵树理是不存在什么问题的。

那么，关于民间身份，赵树理又是如何对待的呢？在这一层面，情况似乎要复杂一些。赵树理虽然检讨过自己身上的小农意识，也想真心摆脱这种意识和观念，与党保持一致，但他过去在农村的经历，他每每遭遇到的农村现实问题，又不时提醒着他的民间身份。格罗塞曾引伏尔泰的话说："'只有记忆才能建立起身份，即您个人的相同性。'我今天的身份很明显是来自我昨天的经历，以及它在我身体和意识中留下的痕迹。大大小小的'我想起'都是'我'的建构部分。"② 赵树理曾无数次地"想起"自己的农民出身，也不断以"下乡"或"回家看看"的方式充实和温习着他与农村的情感关联——"隔一段不来家乡看看，心里头怪想念得慌。""离的时间过久了，就有些牵肠挂肚，坐卧不宁，眼不明，手不灵，老怕说的写的离开了农民的心气儿。每次回来走走，神经的感应很灵敏：一听音乐，很入耳；一看石头，也开花！"③ ——可以说，无论赵树理是否意识到他自己的民间身份，他这种与农民、农村浓得化不开的感情都让他的这一重身份有了实实在在的着落。也正是在这一意义上，李洁非才把农民看作是赵树理的"宗教"。④ 既然是宗教，也就意味着赵树理与农民的关系并非一个逻辑或理性层面就可以解释清楚的问题。农民之于赵树理，自然首先是父老

---

① 董大中. 赵树理年谱. 太原：北岳文艺出版社，1994：635，656.

② 格罗塞. 身份认同的困境. 北京：社会科学文献出版社，2010：33.

③ 赵树理. 在晋东南"四清"会演期间的三次讲话//赵树理全集：第六卷. 北京：大众文艺出版社，2006：407.

④ 李洁非在罗列了一系列赵树理对农民、农村和劳动的痴迷之后指出："没有任何人、任何外因非逼着他这么做不可。唯有一个解释：农民，已经是赵树理的'宗教'。人人都有自己的'宗教'。商人的'宗教'是利润，艺术家的'宗教'是美，政客的'宗教'是权力；赵树理的'宗教'，就是农民。一个人为了他自己的宗教情绪，做任何事都是快乐与陶醉的，虽然在别人看来也许不值得；另外，也将忘乎所以、不惜一切、锲而不舍，以至于伟大如圣徒或者偏执如魔怔。"李洁非. "老赵"的进城与离城. 钟山，2008（1）.

乡亲，但更是他情感的寄托之所、灵魂的皈依之地。因此，在民间身份认同上，赵树理同样不存在任何问题。

可以说，在赵树理谱写的身份乐章中，正是这两者奏出了认同的最强音。然而，当这两种身份在赵树理那里安营扎寨时，它们并不能总是相安无事。其原因在于，当党的路线、方针、政策出现问题甚至形成重大的决策错误时，党依然需要全体党员与它保持一致。所谓"个人服从组织，少数服从多数，下级服从上级，全党服从中央"，这既是对党员的要求，也是一条无法突破的政治纪律。但政策问题和决策错误无疑又会殃及底层，使农民成为直接的受害者。而在此情况下，赵树理就必须做出究竟是站在党这边还是农民那边的二难选择。选择前者是安全的，不会面临受批之苦和牢狱之灾，但他的良心却会感到不安；选择后者是冒险之举，需要胆量和勇气，其结果是捍卫了心中的道德律令却无法与党同心同德。这是讲政治和重民意的矛盾，是党性与人性之间的冲突，甚至是赵树理心中"自我"与"本我"的交战。在文学场域之外，他解决这种矛盾的办法是写信、上书、大会说小会讲，以期引起上级领导的重视。如此做法，他既是在替农民说话，又觉得是在尽党员之责。但这样一来，其话语一方面具有很强的僭越性和冒犯性，另一方面又明显违背了政治纪律。这就难怪赵树理在"文革"之初的第二份检查中会专门谈及"身份与纪律"问题了：

> 在工作中看到问题不说固然是自由主义，但应该以一个普通党员的身份通过一定的组织系统正式提出。我的错误在于不知自己懂得多少，又不知天高地厚，在各级领导同志面前妄自尊大，有时像个检查员，大言不惭乱议论一通，有时像个疯子乱开一顿玩笑，连自己也摸不清自己究竟是什么身份。①

很可能这是赵树理第一次直面自己的身份问题。他把自己比作"检查员"甚至"疯子"，倒也十分贴切。因为当那么多党的干部或装聋作哑或人云亦云时，正是他还大睁着"检查员"的眼睛，以便看清事情的真相；而他的越级上报也确实几近于"疯狂"，非常人所能企及。然而，也正如鲍曼所言，当"一个人不能确信如何将自己安置于明显的行为风格和模式中"时，或者是，"当一个人不能确信自身的

---

① 赵树理. 我的第二次检查 // 赵树理全集：第六卷. 北京：大众文艺出版社，2006：461.

归属时就会想到身份"①。此前赵树理似乎从未在意过自己的身份，当他终于"想到"自己的身份时，恰恰面临着受批判的重压，他自身的归属成了问题，他也遇到了严重的身份危机。而那句"连自己也摸不清自己究竟是什么身份"，既是检讨之词，最终也成了无法验明正身的悲凉之语。

如果说赵树理的政治身份与民间身份存在着矛盾和冲突，那么文化身份又在其身份认同中扮演着怎样的角色呢？如前所述，此身份中书生与作家的实际行为指向，本身就是矛盾的统一体。当赵树理在文学场域之外活动时，书生意气协助其民间身份仗义执言，民间身份自然也注入了传统文化的精神底蕴。然而具体到作为作家的赵树理，则又完全是另一种情况。因此，当我们谈及作家这一文化身份时，我倾向于把它看作赵树理政治身份与民间身份的调解者。为了说清楚这一问题，这里需要提及"问题小说"。

"问题小说"是赵树理本人对自己小说作法的一种概括，但仔细推敲，所谓的"问题"又是大有讲究的。赵树理说过："我在做群众工作的过程中，遇到了非解决不可而又不是轻易能解决了的问题，往往就变成所要写的主题。"② 这一说法既是对他1949年之前所写小说的一种解释，也预示了他今后的写作路径。于是他写《三里湾》，是为了解决"农业合作社应不应该扩大"的问题；写《"锻炼锻炼"》，是"想批评中农干部中的和事佬的思想问题"。③ 这些问题一方面是大的政治政策方面问题的回响，另一方面又与农村工作需要紧密相连。这样，问题固然确实是问题，但生成问题的来源却是"事"而不是"人"。或者更准确地说，贴近政治主旋律的"事"更容易生成诉诸小说的问题，而游走于民间的"人"虽然也问题多多，但这种问题可以进入赵树理的现实视野，却很难走进他的文学框架。赵树理认为他的小说缺点是"重事轻人"④，沈从文指出《三里湾》"描写人物不深入"，"有三分之一是乡村合作诸名词，累人得很"⑤，这主要涉及写法

① 鲍曼. 生活在碎片之中——论后现代的道德. 上海：学林出版社，2002：87.

② 赵树理. 也算经验//赵树理全集：第三卷. 北京：大众文艺出版社，2006：350.

③ 赵树理. 当前创作中的几个问题//赵树理全集：第五卷. 北京：大众文艺出版社，2006：303，304.

④ 赵树理.《三里湾》写作前后//赵树理全集：第四卷. 北京：大众文艺出版社，2006：383.

⑤ 沈从文全集：第20卷. 太原：北岳文艺出版社，2009：97，111.

问题。但在我看来，"重事轻人"不仅仅是技术问题，也是取材角度和主题提炼的限度问题。因为它既圈定了赵树理问题意识的重心所在，也规定了形成问题的方向和解决问题的方案。而所有这些，都意味着"问题小说"不可能触及现实中更严重的问题。因此，尽管缺粮饿肚吃不饱是二十世纪五十年代中后期农村问题的重中之重，但赵树理只是让它进入了文学之外的书信中，却并没有把它提炼成"问题小说"的主题。与其说这是当时的政治形势或赵树理的党性原则阻止了他的"揭露"之念，毋宁说是"问题小说"本身阻挡了他把此问题推进到文学领域的步伐。实在说来，"问题小说"虽从"问题"出发，但其"问题框架"的设计或构造是不具备接纳如此重大问题的能力的。这就好比土高炉无论建得如何精致，它也无法炼出成吨的钢铁。

这样，尽管赵树理的小说依然不能见容于当时的主流意识形态，但小说中的小说家言与现实中的赵树理言相比，已温和了许多。而且，即便是批评，其角度已经转移，其锋芒已经弱化，其力度也已大大降低。而由此打造出来的作家身份，自然也就与他的党员、农民身份有了重要区别：如果说政治身份与民间身份不时处在矛盾的两极，那么作为作家的文化身份则处在一个居间调停的位置——往上看，显然要顾及政治政策；往下瞧，自然又不得不顾及民间实情。这两种趋力纠缠在一起，各行其道又各有其理。而一旦它们被带入小说之中，赵树理又总能通过对外界信息的重新编码，对故事情节的重新设计，化解矛盾，平息纠纷，就像他最初把现实中岳冬至被打死的悲剧故事讲述成"小二黑结婚"的大团圆喜剧一样。这其实也是他对自己政治身份与民间身份引发争端的象征性解决。在《"锻炼锻炼"》中，社主任王聚海以及他的"和事不表理"原本是赵树理的批评对象，但已有研究者发现，"真正有人性的干部却是这个人"①。实际上，越到后来，赵树理也越是成了王聚海式的人物。当他的政治身份与民间身份剑拔弩张时，作为作家的文化身份就开始充当"和事佬"的角色了。

然而，如此解决问题，赵树理只会给自己带来更大的尴尬、困惑和痛苦。赵二湖说："在他身上，有两个原则是不可突破的：一是和党保持一致；二是不胡编乱写，实事求是。那个时代，这二者本身就是个自相矛盾的东西，赵树理也始终在这种矛盾中纠结、苦恼着。越

---

① 董大中．为了人的自由、幸福和尊严//赵树理研究文集：中卷：赵树理论考．北京：中国文联出版公司，1996：163.

到后期，这种纠结就越多地反映在其作品中，不批评他认为该批评的东西，但要歌颂他要歌颂的东西（套不住的手、实干家潘永福等等）。"① 席扬则如此描述他的痛苦："赵树理并非不想'两面讨好'，然而赵树理所要兼顾的'政治'与'农民'二者之间的潜在冲突，不但无助于他在身份坚守时获得价值理性的神圣感，而且主体在卫护已有的'中间人'知识者身份所需要的内心平衡也终将失去。"② 而在我看来，这种尴尬与痛苦表面上是身份的撕裂与缝合问题，实际上是价值立场和写作立场的坚守与摇摆问题，最终则演变成了赵树理小说文本中的种种症候：故事的走向不再清晰，主题的呈现比较含混，政治话语既跟不上节奏，民间话语也踩不到步点……这样，赵树理的"问题小说"也就成了那个时代"成问题"的典型文本，他本人则成为作家队伍中除不尽的余数，成为"同一性"美学与文学中"非同一性"（non-identity）的顽固堡垒。时至今日，他的所作所为依然值得我们深长思之。

　　　　2016 年 10 月 4 日至 11 月 17 日初稿，12 月 14 日改定
　　为纪念赵树理诞辰 110 周年而作，亦以此文怀念英年早逝的席扬先生
　　（原载《文艺争鸣》2017 年第 4 期，《新华文摘》2017 年第 19 期转载）

---

① 赵二湖. 我对赵树理研究的一点认识和期望. 太行日报，2016 - 09 - 11.
② 席扬，鲁普文. "中间人意识"与赵树理自我身份认同. 文学评论，2009（4）.

可说性文本的成败得失
——对赵树理小说叙事模式、传播方式和接受图式的再思考

　　现在看来，赵树理的作品之所以在二十世纪中国小说的形式革命中具有特殊的地位，主要是因为他以一种"反革命"的话语方式创造了一种有意味的小说形式。根据赵树理的写作实践和他本人对其写作经验的反复强调和总结，我们可以把他的小说形式归结为一种"可说的文本"。表面上看，可说性文本主要涉及一个叙事、语言的问题，但是实际上，它无疑也制约了作者的思维方式，影响了作品的意义构成，并且还先在地规定了作品的传播方式和读者（听众）的接受图式。从某种意义上说，赵树理所取得的辉煌成就和所表现出的明显缺憾都可以在其可说性文本的话语方式中找到答案。

一

　　从小说形式的转变与更新上看，"五四"时期出现的新小说所具有的革命性和先锋性应该说是不言而喻的，而这种革命性和先锋性的获得在很大程度上又是对中国传统小说做法拒绝和对西方现代小说观念挪用的结果。于是，在叙事方面，"五四"新小说大量采用第一人称的叙事手段、情绪化象征化的叙事结构、开放性的叙事框架等等作为其实践模式；在语言方面，"五四"新小说又呈现出书面化、西洋化、文人化的总体风格。这种话语方式大大拓宽了小说的表现视野，为作者的自由表达和向文本输入更多的审美信息创造了条件。同时，这种小说吁请出场的接受对象又仅仅是具有较高文化水准和较多欣赏经验的"孤独的阅读者"①。因此，它并没有以一种作者给定的"含义"为读者提供某种唯一的承诺，而是呼唤读者在阅读的过程中自身携带更多的"意义"与之进行对话。在作者与读者的共同创造中，作

---

① 陈平原. 中国小说叙事模式的转变. 上海：上海人民出版社，1988：299.

品具有了丰富和完满的最大可能。所以，无论从其自身构成方式还是它与读者的交流方式上看，"五四"新小说都呈现出了"可写的本文"①的基本特征。这种特征标志着"五四"新小说已具有了现代小说的雏形。

然而，可写性文本从它诞生的那一天起却也注定了它必将为其独特构成付出它必须付出的代价。这种代价便是汤因比所指出的："当艺术家为自己或为自己小圈子里的好友工作时，他们鄙视公众。反过来，公众则通过忽视这些艺术家的存在对之进行了报复，由此造成的真空被走江湖的庸医一样的冒牌艺术家作了填充。这既无益于公众也无益于艺术家。"② 回想一下，二十世纪二三十年代的中国文坛所呈现出来的大概就是汤因比所描述的这种景观：一方面，诸多的作家作为启蒙者，他们的启蒙话语从理论上说应该延伸于广大的民众之中；另一方面，小说形式上的先锋性又本能地排斥和拒绝着普通读者的阅读而致使启蒙话语失去真正的目标之后常常扑空。在这一真空地带，武侠、黑幕和艳情故事满足着市民的欣赏趣味，赵树理所描绘的充满封建迷信色彩的地摊文学又构成了广大农民的消费市场。而由于新小说所要求的读者必须具有相当程度的"前理解"，所以真正能与新小说构成交流的读者实际上并不多。于是，当新小说在传播上基本上成了一个小圈子里的事情之后，鲁迅等人的作品遭到赵树理父亲那样的读者拒绝③也就成了情理之中的事情了。

不过，尽管新小说拒绝了民众也遭到了民众的拒绝，但是我们不能把责任完全推到新小说身上，因为"五四"以后中国所面临的问题之多远远不是成百上千篇文学作品能够解决的。仅就启蒙而言，新小说似乎也只能担负起启蒙知识阶层的重任，而且也只有以知识阶层为启蒙对象，新小说才能在精神强度、灵魂深度以及审美方式、欣赏趣味等方面造就出一代新人。这种务虚不务实的形而上启蒙无法运演于以实用理性为中心的形而下层面，但是在启蒙的链条上，却是不可缺少的一环。因此公正地说，在特定的历史背景下，新小说负有特殊的

① 此处借用了罗兰·巴尔特的术语。其具体含义可参见下列文献：马丁. 当代叙事学. 北京：北京大学出版社，1990；91；柳鸣九. 从现代主义到后现代主义. 北京：中国社会科学出版社，1994：107 - 112.

② 汤因比. 艺术：大众的抑或小圈子的//汤因比，等. 艺术的未来. 北京：北京大学出版社，1991；21.

③ 戴光中. 赵树理传. 北京：北京十月文艺出版社，1993：44.

使命和功能，又具有特定的运行层面和服务对象，它本来就是以赵树理这样的青年学生和知识分子为接受主体和服务对象的，无论从哪方面来看，它都无法延伸到赵树理父亲那样的读者那里。（在此需要指出的是，不仅赵树理在功成名就之后有了一种与新小说“比一比看”[①]的“我高你低”的潜意识心理，而且在长期的赵树理研究中也存在着一种明扬赵树理之大众化、民族化，暗贬新小说之精英化、西洋化的倾向。所有这些都显出了某种轻率、偏狭和不负责任，它只能给人带来价值判断上的混乱。）

因此，与其说新小说存在着某种缺陷，毋宁说新小说的话语方式大大超出了普通民众的接受能力，以至于任何企图把它的话语直接传达给民众的努力都会使它成为一种错位的表达。拨开历史的迷雾之后重新面对这一理论难题，我们发现这既不是民众的过错，同样也不应是新小说的失误，关键的问题是在“五四”文学大师和民众之间缺少一种中介式的人物，在“五四”新小说和普通读者之间缺乏一种中间性的文本。而当新小说在农民读者那里的遇挫最终使赵树理具有了一种沉入民间、面向民众、走上“文摊”的朴素愿望之后，不管他意识到没有，他实际上都成了那种中介式的人物，他的作品也成了那种中间性的文本。因此确切地说，长期以来，赵树理所扮演的角色是以一个被启蒙过的知识分子身份去启蒙农民，所做的工作是以一种通俗化的形式去翻译、转述和改写“五四”以来的启蒙话语。而正是由于他和他作品的这种桥梁作用，新小说当中所蕴含的精神意向才一定程度地走向了民间；也正是由于他显在的对话者身份，“五四”文学大师才与民众之间进行了一次潜在的对话。——我以为，赵树理的主要意义应该体现在这里。

二

1949 年，赵树理在他的首次创作经验谈中曾经这样说过：

> 我既是个农民出身而又上过学校的人，自然是既不得不与农民说话，又不得不与知识分子说话。有时候从学校回到家乡，向乡间父老兄弟们谈起话来，一不留心，也往往带一点学生腔，可是一带出那腔调，立时就要遭到他们的议论，碰惯了钉子就学了

---

① 孙犁 . 谈赵树理 . 天津日报，1979-01-04.

点乖，以后即使向他们介绍知识分子的话，也要设法把知识分子的话翻译成他们的话来说，时候久了就变成了习惯。说话如此，写起文章来便也在这里留神……①（着重号为引者加）

在这段表述中，我更感兴趣的是赵树理所说的那个"翻译"问题，因为它一方面对上述赵树理中介者的地位构成了一种隐喻式的表白，另一方面也明白无误地说明了知识分子话语与农民话语之间存在着深深的隔阂。而作为翻译者，要想传达内容，必先转换形式，这意味着赵树理除了必须一刀斩断他与可写性文本的话语瓜葛外，还必须找到一种能够支撑起自己话语方式的"语法结构"。因此，对于赵树理来说，他首先考虑的问题与其说是说什么，不如说是怎样说。

于是我们看到，尽管赵树理在一开始也有追随新小说的模仿之作，但是当他确定了自己的位置之后却马上另起炉灶，炮换鸟枪，一反新小说西洋化、文人化、书面化的理论依据和话语风格，而把自己的视线投向了过去和下层。因此，赵树理的话语方式有两个基本的支撑点：其一是传统，其二是民间。前者我以为主要是解决一个叙事的问题，而后者则主要是解决一个语言的问题。（因语言问题研究者已多有涉及，故笔者在此文的分析中将主要侧重于叙事。）

对于赵树理来说，叙事的所有问题大概都可以归结为这么一点，即在文本中，作者与叙述者是什么关系，叙述者以什么样的身份或面目出现。早在1933年，赵树理就曾经写过一篇名为《金字》的小说，尽管此作的内容是农民所关心的，但是此作并不为农民所欢迎。"因为小说是用第一人称写的，他们闹不清小说中的'我'和念的人是什么关系，老是合二为一，对于倒叙和插叙也感到别扭。"② 现在看来，这篇小说之所以不受欢迎，其原因当然不在于小说本身，而在于作者潜意识中把它当成了可说性文本而它又恰恰不具备可说性文本的叙事特征。从叙述者的角度看，他要把这篇小说念给农民，意味着他本人已经成了这个故事的叙述者，而第一人称的叙述方式又意味着作品中的"我"也行使着叙述者的功能。对于可写性文本来说，第一人称本来是最稀松平常的叙事手段，但是若把它当成可说性文本，这样一来就把简单的事情给复杂化、烦琐化了，因为在说与听的具体情境中，这便不是"我"在讲故事，而是"我"（作者/真实）在讲"我"（叙

---

① 赵树理．也算经验//赵树理全集：第4卷．太原：北岳文艺出版社，1990：186．
② 戴光中．赵树理传．北京：北京十月文艺出版社，1993：87．

述者/虚构）所讲的故事。这种两个叙述者所制造出来的真幻难辨的叙述效果，无疑会把原本就没有多少阅读经验的农民读者搞得如堕五里雾中，糊里糊涂。

显然，若要符合可说性文本的要求，就必须简化作者与叙述者的关系，而最为简便的解决办法便是作者与叙述者的合二为一。事实上，当赵树理意识到这一问题后，他也正是以他本人直接充当叙述者的方式来简化作品的叙事功能的。于是我们看到在他成名之后的所有小说中，不仅再也没有出现过第一人称的叙述方式，而且往往在小说的开头就拟定了"我讲故事"的叙述套路，从而以或清晰或含蓄的暗示把读者置于一种"你听故事"的规定情境中，以避免误导。比如，在《登记》《灵泉洞》《卖烟叶》等作品的开头，作者就明确无误地告诉读者是他在讲故事；在《小二黑结婚》《李有才板话》《李家庄的变迁》《三里湾》等作品中，作者又以"××地有个××人（物）"开头，这依然是一种典型的讲故事的开头模式。经过一番挫折之后，赵树理终于找到了自己的叙事套路，同时也终于明确了自己在小说中的身份和位置——说书人。

说书人的叙述定位自然不是赵树理的独创。我们知道，中国传统白话小说是以宋元话本和明代拟话本为基础发展起来的，而话本又是"民间说话艺人讲唱故事的底本"[①]，所以，尽管明清之际的小说家已不是真正意义上的说书人，他们的作品又基本上是供读者读，而不是供听众听的，但是受话本的影响，小说家在写小说时却往往把自己拟想成说书人。这样，说书人的口吻和叙事特征便在小说中保留下来，这种状况直到"五四"新小说出现之后才发生了改观。从赵树理对古代评话体小说的推崇和他本人的写作实践上，我们可以看出作者具有这样的意图：他想绕过"五四"小说，甚至想绕过在一定程度上已经相当书面化、文人化、主要供人阅读的《水浒传》《红楼梦》等明清小说，而直接接通宋元话本。而在小说中，当他以一个拟想的说书人身份出现时，其真正的目的是想通过更多的说书人把自己的作品变成一种可供听赏的新话本。

如果单单从叙事模式的革命和小说的宏观走向上看，赵树理的叙事借鉴相对于"五四"新小说的叙事挪用来说无疑是一种倒退。然而，把赵树理的所作所为置放于他那种想农民之所想的历史情境中，这种指责又显得没有意义。也许，问题并不在这里，问题在于他所借

---

① 李银珠，等. 中国古代小说十五讲. 北京：北京出版社，1985：53.

鉴的中国传统的叙事模式本身就存在着许多先天不足，而总是照顾农民读者欣赏习惯的创作心理动因又使得他把这种不足给放大了，强化了，这就难怪有着很高鉴赏水平并且深受中国传统小说熏染的小说家孙犁会对他中后期小说作出这样的批评："作者对形式好像越来越执着，其表现特点为：故事进行缓慢，波澜激动幅度不广，且因过多罗列生活细节，有时近于卖弄生活知识。遂使整个故事铺摊琐碎，有刻而不深的感觉。"① 这种景象在长篇小说《三里湾》中表现得尤为突出。

应该说，这些不足还不仅仅是表面的、看得见的不足。典型的传统话本小说在确立了说书人的位置之后，也就顺便确立了与之相对应的一整套叙事技巧。它长于从一个全知全能、无所不在的视角去讲述一个有头有尾、情节曲折的故事，而短于为作品输入多层次的丰富意蕴。究其原因，大概与说书人的话语机制和传播方式有关。当说书人滔滔不绝于听众时，其转瞬即逝的声音是很不容易"挂住"更多的意义的，而刺激听众感官的信息符号只能是显在的故事脉络、场面的气氛渲染。说书人多种手法的运用，其目的主要也是激起听众对情节的期待欲而不是对意义的探寻欲。所有这些，都使得说书人的话本出现了一种故事大于意义、情节淹没意义的倾向。

赵树理从古代话本小说中拿来了说书人的角色，也就决定了他不得不顺便拿来与说书人的角色成龙配套的叙事手段乃至说讲手段，于是，赵树理的小说中也就不可避免地出现了一种故事好、意义少，情节多、意蕴薄的局面。公正地说，这并不完全是赵树理的失误，而是他所选用的可说性文本与生俱来的失误。

三

指出赵树理的作品中存在着意义少、意蕴薄的缺陷或许还只是一种笼统的说法，因为事实上，在他的每篇小说中所能显示出来的基本上都是单一的意义，这种现象的形成固然与他一个时期解决一个问题的实用写作心理有关，但我们依然可以在其叙事套路上找到主要答案。

为了便于把握赵树理所使用的叙事模式与意义呈现的关系，首先

① 孙犁. 谈赵树理. 天津日报，1979 - 01 - 04.

让我们来看看"五四"新小说。新小说中，第一人称叙事导致了主观内省式的心灵体验，第三人称限制叙事带来了空白的增多，叙事声音的多元造成了小说内部的多音齐鸣，叙事视角的变换形成了丰富的叙述层次，营造了小说的立体化空间。而在叙述格调上，新小说的叙述者又多采用一种犹疑、彷徨、感伤、倾诉的语气或口吻，仿佛是喃喃自语，仿佛要寻求理解，似乎一切都处于不确定和待商量的状态之中。所有这些一方面表明了作家试图尽可能多地运用各种叙事手段为作品尽可能多地输入信息，以扩大作品内容，另一方面也含蓄地传达出他们在特定的历史境遇中所特有的心理状态。

然而这一切到了赵树理那里都隐退和消失了，在他的作品中，我们领略到的是一种视角，一种声音，以及一种疏朗、清新、乐观、自信的叙述格调。这种变化显然在很大程度上来自他那种特有的叙事模式。当说书人的身份明确之后，表面看来他是以"上帝的眼睛"这种无所不在、洞穿一切的全知视角建立了一种叙事方式，实际上却标志了一种权威叙事话语的诞生。于是，叙事者（说书人）变成了一个"大权独揽"的人：故事由他讲述，人物任他评说，问题归他解决，意义由他归纳。在布道者的教堂里，与其说听众没有自己的思维，毋宁说布道者以一种清晰而非含混、坚定而非犹豫、不容置疑而非可供商量的声音摧毁了听众的分析判断能力，从而为某种权威话语的输入清理出了一条顺畅的通道。事实上，说书人就是这样一个布道者。

所以，赵树理作为一个权威话语的发送者，他没有理由不自信、不乐观。不过，这样一来，作者在拥有了叙述上的主动性的同时，却也不可避免地做了受动性的俘虏。因为表面上看来，似乎是说书人的特殊身份规定了话语的权威性，但是从更深一层的含义上说，说书人最终也必将为权威话语所规定以致他也成了权威话语系统中的一个符号。于是我们看到，尽管赵树理面对现实世界有着更多更大的困惑，尽管他在现实生活中发现的问题远比小说中的问题更复杂、更令人头疼，但是当他站到说书人的位置上时，困惑便被悬搁起来，问题被权威话语筛选之后也趋向于简化。可以说，权威叙事话语本能地排除着一切不确定因素的信息干扰而保证着某种单一、主要的意义清晰、有力地呈现。

那么，这究竟是一种什么意义，这种意义又具有怎样的性质呢？让我们先来看看赵树理的解释："俗话常说：'说书唱戏是劝人哩！'这话是对的。我们写小说和说书唱戏一样（说评书就是讲小说），都是劝人的。……凡是写小说的，都想把他自己认为好的人写得叫人同情，把自己认为坏的人写得叫人反对。你说这还不是劝人是干什么？"① 这种说法显然与明代拟话本小说的集大成者冯梦龙的看法（喻世、警世、醒世、导愚）有着许多相同之处。只不过在冯梦龙那里，拟话本主要突出和强化的是道德教化意义，而到了赵树理这里，新话本则又在此基础上增加了政治劝诫的含义。赵、冯小说主张的这种承继关系既说明了以实用理性为中心的传统文化积淀给作家带来了巨大的心理投影，也说明了教化与劝诫正是说书人所擅长使用的话语风格；或者说，只要他处于说书人的位置，他就被规定了必须采用这种话语风格，他也必须为作品输入与此相关的意义，否则，他便是严重的失职。在此意义上，赵树理的小说不仅以一种肯定性的权威话语呈现出了"陈述文本"的典范风格，而且以一种鲜明的意识形态色彩、一种宣传加命令的叙事手法呈现出了"祈使文本"② 的特殊神韵。（需要指出的是，作者的命令往往播散在正面人物身上而使之具有一种示范作用，却又能不露出命令的痕迹。但是其效果还是格外明显的，因为接受命令暗示的读者［听众］马上便能行动起来。）

四

小说的总体意义确定之后，剩下的问题就是如何向作品输入这种意义信息并保证它在传播的过程中圆满地呈现出来。在赵树理的讲话中，被他举过的两个例子是富有深意的，它们含蓄地暗示了作者的技术处理手段。

歌剧《白毛女》中的唱词"昨晚爹爹转回家，心中有事不说话"……如果改为洋腔"啊，昨晚，多么令人愉快的除夕，可是我那与愉快从来没有缘分，被苦难的命运拨弄得终岁得不到慰藉的父亲，竟捱到人们快要起床的时候，才无精打采地拖着沉重的脚步踱回家来。从他那死一般的眼神里，可以看出他有像长江黄河那样多的心事想向人倾诉，可是他竟是那么的沉默，以至使人在几步之外，就可以听到他的脉搏在急剧地跳动着。……"这一

---

① 赵树理. 随《下乡集》寄给农村读者//赵树理全集：第4卷. 太原：北岳文艺出版社，1990：573.

① 赵树理. 随《下乡集》寄给农村读者//赵树理全集：第4卷. 太原：北岳文艺出版社，1990：573.

② 胡亚敏. 叙事学. 武汉：华中师范大学出版社，1994：196－201.

段话虽然没有超出"昨晚爹爹转回家，心中有事不说话"的范围，写得细致，感情也丰富，可是乡村里的老头老太太就听不懂，就不感兴趣。①

    ……不鲜明使人看了晦涩，因而也不能生动。应该有什么说什么，干干脆脆的。过去有个笑话：有个不识字的人托老秀才给母亲写信，开头写了"母亲大人膝下敬禀者……"一大套，那个人说，我要给娘寄十两银子，你写上"捎银十两问娘好"不就得了？母亲的回信起先也是请老秀才写，也是先噜苏一阵，这位母亲不满意，要秀才改成"银收母好"四个字，这多痛快。②

这是赵树理为说明语言的口语化、民间化和语言的准确、简洁而举出的两个例子。如果顺着作者的思路来思考这一问题，我们自然也会褒作者所褒，贬作者所贬；但是若把语言的简繁和它们所携带的信息挂起钩来，问题也许便没有那么简单了。"昨晚爹爹转回家，心中有事不说话"和"捎银十两问娘好"作为一种电报式的语言，它清除了无关紧要的信息噪音，突出和强化了所要传达的主要信息内容；与此相反，那段洋化的道白和嘘寒问暖的例行套话虽然冗繁，却显然携带了比前者更丰富的信息。尽管其主要信息有被其他信息干扰而使意义变得含混不清的危险，但是那些多余的信息毕竟不是无效信息，它们协助主要信息使意义变得更加丰富、细腻、微妙而富有人情味。因此，如果不是孤立地把简洁与冗繁作为一个纯粹的语言学问题，而是把它们置放于具体的文学文本中来思考的话，那么，简洁与冗繁式的表达应该是各有优劣的。大体上说，采用前者，宜使意义明晰单一，却也容易使作品流于实用；采用后者，宜使意义含混模糊，却又容易使文本走向审美。

这样来说可能会使人产生误解，因为从实际情况来看，实用性与审美性之于小说文本，语言的简洁与冗繁显然不是唯一的决定因素。事实上，当我借用赵树理所举的语言例子来进行分析时，其目的主要还不在于说明语言与文本的关系，而在于说明作者语言方面的使用兴

---

① 赵树理. 在中华函授学校"讲座"第四学期开学式上的讲话 // 赵树理全集：第 4 卷. 太原：北岳文艺出版社，1990：645 - 646.

② 赵树理. 和工人习作者谈写作 // 赵树理全集：第 4 卷. 太原：北岳文艺出版社，1990：393.

趣如何延伸到了小说做法中而使小说的总体技术处理呈现出化繁就简的语言风格。读赵树理的小说，我们往往会有这样的感受：一方面，事无巨细的详细交代，前因后果的情节缀连等等使叙事显得缓慢、烦琐甚至臃肿了；另一方面，从小说的审美丰富性进行要求，其故事往往又显得格外清瘦、简洁，甚至成了贝尔登所言的"事件梗概"①。究其原因，我认为主要是作者把运用语言时的"排除法"移植到了小说整体营建当中的缘故。所以，他喜欢使用白描。按照较新的解释，白描遵循的是审美简化原理，它要求以尽可能少的情节结构把复杂的材料组织成有秩序的整体。② 但是赵树理小说中的形式简化更多的是"量"上而不是"质"上的。而为了故事的集中和情节的连贯，他又排除了景物、环境的描写，人物的肖像描写，甚至还排除了人物性格内涵的丰富性。这样去繁就简地排除到最后，小说自然也就被砍掉了多余的枝枝丫丫，而只剩下一个故事的主干了。

　　按照赵树理的说法，这样做主要是为了照顾读者的欣赏习惯，节约读者的阅读时间③；然而我以为这仅仅是表层的原因，其深层的原因在于，只要他用说书人的话语方式，他的创作思维方式便不得不受到这种话语方式的制约。它们决定了在求意义的明晰与含混之间，意蕴的单纯与丰厚之间，主题的鲜明与隐晦之间，作者必须选择前者。因此，正如赵树理对电报式语言的偏爱实际上是偏爱一种意义的清晰和强化一样，他对简洁的故事的钟情，同样是为了清除噪音的干扰，以使主要信息内容得以凸现之后格外醒目（醒耳），以避免接受过程中引起歧义形成误区。而他清除和省略掉的，我以为正是那些能够致人以幻觉、供人以遐思、给人以审美冲动而与陶冶、净化等等挂钩牵连的信息内容，突出和强化的则恰恰是能够使人警醒、让人行动的与道德冲动乃至政治冲动密切相关的信息单位。为了满足特殊历史时期的时代要求和读者要求，我们可以说这正是可说性文本的功劳之处；但是从审美价值的层面向它发问，显然这又是可说性文本的缺憾所在。

---

①　贝尔登 . 中国震撼世界 . 北京：北京出版社，1980：117.

②　王定天 . 中国小说形式系统 . 上海：学林出版社，1988：38 - 43.

③　赵树理 . 《三里湾》写作前后 ∥ 赵树理全集：第 4 卷 . 太原：北岳文艺出版社，1990：282 - 285.

五

指出可说性文本与众不同的叙事模式和特殊的信息编码还只是涉及了问题的一个方面。如果向着接受者的方面思考，我们便会发现可说性文本同时还规定了它的传播方式和接受图式。

在谈到自己作品的传播路线时，赵树理曾经作过这样的设想："我写的东西，大部分是想写给农村中的识字人读，并且想通过他们介绍给不识字人听的。"[①] 表面上看，可说性文本似乎也涉及一个读者的问题，但是，由于可说性文本所制造出来的接受行为基本上是听讲而不是阅读，所以这里的所谓读者一方面依然是变相的听众，一方面主要又行使着向真正的听众继续传播的功能。他们以虚拟的听众身份首先接受了作者（作为拟想的说书人）的指令，又以真实的说书人身份出现在听众面前。因此，确切地说，与可说性文本相对应的接受对象只有听众，而不可能有现代意义上的读者；从传播方式上看，这是一种以"说/听"为主的口头传播活动，而不是"五四"新小说式的以"写/读"为表征的书籍传播活动。

如果从传播学的角度考虑，尤其是沿着麦克卢汉"媒介即信息"的经典命题进行思考，那么，不同的传播方式显然不光涉及一个文本构成不同的问题，更为关键的是，它将延伸到接受领域从而使接受呈现出明显的差异。因此，读小说和听小说虽然只是一字之差，但是它们却代表着两种截然不同的接受图式，也注定了接受者以怎样的方式获得信息以及最终能够获得怎样的信息。在谈到阅读方面的接受特点时，陈平原认为："读小说当然不同于听说书（或者拟想中的'听说书'），不再是靠追踪一瞬即逝的声音，而是独自阅读，甚至掩卷沉思。读一遍不懂可以读两遍，顺着读不行可以倒过来读或者跳着读；不单诉诸情感认同，而且诉诸理智思考；不单要求娱乐，而且要求感悟启示。是的，读小说比听说书甚至读故事都要显得孤独，可正是这种'孤独'逼得读者直接与书中人物对话并寻求答案。'我们倾向于把我们的阅读想象成一个提问和解答的过程，一个逼向意义的过程'；'对于书面文学，我们可以使用我们最平常的想象力——我们的追踪

---

① 赵树理.《三里湾》写作前后 // 赵树理全集：第 4 卷. 太原：北岳文艺出版社，1990：281.

与发现，积累与解释，通过我们自己独立的努力取得故事意义的能力'。"①

上面这段精彩的论述我认为可以进一步归纳、延伸为两点。第一，阅读是一种个人行为，因而它最终形成的是一种个体体验，这便是"孤独"的含义；第二，由于阅读不仅使文本的主要意义获得了呈现，而且以潜在的、多余的信息内容，并通过暗示召唤等方式刺激和激活了读者先在结构中的经验内容，使文本和读者所携带的信息处于不断的交换和生成状态中，所以，以写/读为传播方式的书籍传播活动最终导致的是文学接受过程中的信息增值。

指出阅读活动中的接受特点或许有助于我们对说/听传播方式的深入理解。由于现实生活中的说书行为很少面对单个的听众，所以说/听式的传播特点是"点对面"而不是写/读式的"点对点"，这种传播特点决定了处于集体之中的听众个体无法求"孤独"而只能凑"热闹"，于是，在单个的听众那里，个人的体验是不存在的，存在的只是一种集体经验的弥漫和渗透。当每个人都拥有了一种相同的集体经验时，无疑有助于抹平接受者之间的个性差异，而使他们形成一种爱爱仇仇的共同心理。然而这样一来，由于个人的经验无法启动或是个人经验只能被动地汇入集体经验之中使之成为集体经验中的一部分，所以个人的思考力和判断力也便预先被剥夺了。这种景象正如社会心理学家所描绘的那样："集合在一起的集体中的所有的人，他们的精神和思想都是一致的，并朝着同一个方向，而他们的个人意识消失了。"②

另一方面，由于听众的接受姿态和接受图式是可说性文本的内在构成和口头传播的方式事先就给定的，所以他们在接受时只具有被动倾听的资格，而不可能像读者那样拥有主动参与的权利。按照伊泽尔的归纳，我们可以进一步把赵树理的小说看作是一种"用于教诲或者用于宣传"的"主题小说"。主题小说的制作方法是严格限制"空白"的使用以使作品变得易于接受，把人物贴上某种标签（如先进、落后、中间）以使读者容易辨认和进行非此即彼的简单选择（如对错、好坏等等）。为了达到"灌输"的目的，"主题小说把它的内容从读者

---

① 陈平原．中国小说叙事模式的转变．上海：上海人民出版社，1988：295.
② 威尔逊．论观众//世界艺术与美学：第二辑．北京：文化艺术出版社，1983：278-279.

的构造活动中分离出来”，而“读者所需要做的一切，只不过是接受作者为他设计的态度”①。由此看来，可说性文本的内在构成首先便为它的听众设计了一种被动的接受图式。而当作品进入传播渠道后，一方面说书人必将继续延用小说中的权威叙事话语以使他的转述显得自信，一方面其识文断字的能力又把他置于“信息富人”的角色位置。这种传播契约不仅规定了听众的“信息穷人”的身份，而且保证了文本信息流动的单向性——因为听众是没有“对话”资格的，他们唯一的姿态便是仰视和倾听。显然，在听众被剥夺或本身就不具有主动参与能力的情况下，文本的意义也就无法在传播和接受的过程中获得有效的信息增值了。

如果从“文学性消费”的层面考虑，单向的传播路线、被动性的接受图式以及集体经验的生成等等显然既不利于开发可说性文本作为文学的潜能，也不利于培养接受者审美方面的智能和技能；但是如果从“功能性消费”②的角度思考，上面的发问将显得没有意义。因为可说性文本所需的不正是这种传播的单向性听众的被动性和集体经验的共同性吗？唯其如此，文本才能保证其说教的权威性、意义的有效性和接受者身体力行、付诸行动的可能性。因此，这种说/听式的古典传播方式和来者不拒的被动接受图式实际上正是可说性文本那种特殊的制作方法和“填鸭式”的灌输意向的配套产品，它们共同强化了文学的工具行为，也共同保证了“政治上起作用”的功利目的的实现。

在结束此文的时候，让我们重新回到原来的逻辑起点。赵树理之所以要采用可说性文本的小说形式，我认为其最主要的心理动因是要解决一个“怎么说”的问题，而当怎么说的问题被解决以及与之相对应的怎么传、怎么听的方式也被规定之后，赵树理的小说也就顺顺当当地走入了民众之中，赵树理的启蒙话语也就稳稳当当地落到了实处。然而由于“怎么说”的问题不仅仅是一个形式问题，而是最终要影响、制约到“说什么”的内容，所以，“五四”启蒙话语经过了赵树理的“翻译”后，其精神意向也就必然趋于下滑，其丰富意蕴也就必然走向单一。在此意义上，翻译即意味着某种损失，通俗化又意味

① 伊泽尔. 审美过程研究——阅读活动：审美响应理论. 北京：中国人民大学出版社，1988：259-266.

② 此处借用了埃斯卡皮的术语。参见埃斯卡皮. 文学社会学. 杭州：浙江人民出版社，1987：90.

着某种简化。

　　于是我们在这里不得不面临这样一个悖论：可说性文本是成功的次品、失败的杰作，而这成与败、得与失恰恰又是互为因果的。同时，我们在这里也不得不正视这样一个事实："普及"是必要的，自然也是正确的，但是只要选择了"普及"，也就决定了选择者必将为这正确的选择付出必要的代价。

1996 年 5 月为纪念赵树理诞辰 90 周年而作
（原载《通俗文学评论》1996 年第 4 期，中国人民大学报刊
复印资料《中国现代、当代文学研究》1997 年第 1 期复印）

完美的假定　悲凉的结局
——论赵树理的文艺传播观

考察赵树理的文艺思想以及他在这种思想指导下的创作，我们发现他不但对文艺的传播行为怀有浓厚的兴趣并给予了高度的重视，而且一直以自己的写作实践着自己的传播方案。——这实在是二十世纪中国文学史上一个既极为罕见又令人深思的独特现象。窃以为对这一现象的深入分析，将有助于我们对赵树理写作行为的进一步认识。

一

文艺的传播和接受问题，应该说早在二十世纪二三十年代有关大众化、民族化的争论中便已被提上了议事日程。但是，当时众多有识之士见仁见智的看法一方面仅仅是一种理论设计而很难付诸实际操作，一方面他们又大都是从文艺学等角度提出问题，其中鲜有传播学的思想，也鲜有遵循文艺传播内在运行机制的提问与解答。其后，由于解决这一问题的难度较大且缺乏解决这一问题的契机，传播与接受遂成文坛的一桩公案而暂时被悬搁。只是随着抗日战争的全面爆发，当许多文化人意识到"救亡"任务的严峻以及文艺作品的传播和接受与"救亡"存在着深刻的矛盾时，这一问题才又迫在眉睫地重新摆到了他们的面前。

赵树理便是在这样一种文化背景下逐渐孕育、形成他的文艺传播思想的。不过，在进入赵树理传播思想的分析之前，我们有必要先回答这样一个问题：在同时代的作家中，为什么唯有赵树理对文艺的传播思想最为敏感？为什么只有他才自觉自愿地把理论体现到了自己的写作实践中从而极力想疏通他所设想的那条传播路线呢？

原因可能很多，但我以为其中的两个原因应该引起我们足够的重

视。第一个原因是战争。① 抗战的全面爆发一方面要求包括文化人在
内的所有仁人志士无条件地投入抗日救亡的洪流中去，从而使他们形
成了一种特殊的战时文化心理（这种心理无形之中改变着作家打量生
活的目光，扭转着作家的思维、创作方式，也左右着作品内容、意义
的构成），一方面也要求文艺作品的作用和职能必须在战争年代重新
规范和定位。于是，文艺必须成为革命机器上"不可缺少的齿轮和螺
丝钉"②，唯有如此，它才能成为"团结人民、教育人民、打击敌人、
消灭敌人的有力的武器"③。而抗日救亡的主题和最终目的又决定了文
艺必须采用老百姓喜闻乐见的形式，简洁、迅捷、便利、有力的传播
手段，直指人心、事半功倍的传播效果等等作为其技术保障。可以
说，在战争年代，文艺自身价值的有无多寡很大程度上取决于它是否
体现了战争的需要；而为了战争的需要，甚至为了为战争服务，文艺
在被强化和放大某种作用和功能的时候甚至必须以弱化、缩小乃至取
消某种作用和功能作为前提。从实际情况看，抗战期间文艺被凸现和
强化的主要是这样两种作用和功能：宣传和传播。前者基本上是一种
政治行为，后者又基本上是一种新闻行为，严格意义上的文学行为则
退居次要地位。

　　在这样一种总体氛围中，赵树理开始逐渐接近并走向了文坛。对
于许多作家来说，尽管他们也拥有了一种战时文化心理，并意识到了
宣传和传播对于抗日救亡的重要性，但是当他们真要转换自己的文艺
思想并进而使自己的作品具有这样的功能时，却又往往显得下笔滞
涩，捉襟见肘，以至于毛泽东在全面抗战进行到第五年的时候仍然不
得不大谈特谈文艺为什么人的问题、工作对象问题而由此来进一步明
确文艺的宣传职能。这实际上是战争年代国家意识形态对文艺的特殊
功利要求与文艺自身运行规律之间所产生的一种矛盾。然而对于赵树
理来说，他不但没有其他作家的那些尴尬和困惑，反而仿佛是心有灵
犀，如鱼得水。还在《讲话》正式发表之前，他实际上就已凭自己特
有的敏感和写作实践把毛泽东所忧虑的文艺传播和接受问题给初步解

---

① 此观点受到了陈思和先生论文的启发。参见陈思和. 文学观念中的战争文化心理//
鸡鸣风雨. 上海：学林出版社，1994：3-25.

② 毛泽东. 在延安文艺座谈会上的讲话//毛泽东选集：第三卷. 北京：人民出版社，
1966：805.

③ 毛泽东. 在延安文艺座谈会上的讲话//毛泽东选集：第三卷. 北京：人民出版社，
1966：125.

决了。那么，又是什么因素导致了他特有的敏感和写作上的"超前性"呢？这便是我要谈到的第二个原因——赵树理本人在战争年代的特殊工作经历以及由于这种经历而潜滋暗长的宣传情结和新闻意识。

可以把抗战全面爆发看作是赵树理个人生活、政治生涯和文学道路的一个转折点。抗战全面爆发之前，赵树理虽然也参加过学潮，但是随后的入狱、自新、脱党、教书、流浪等等则构成了他这一时期的主要生活内容。可以说，这一时期他在政治上基本上是无所作为；同时，这一时期虽然他已逐渐具有了走上"文摊"、面向农民的朴素愿望，并且已写出了几十万字的作品，但是他的文艺思想还不甚清晰，他的创作风格也没有定型。然而，随着抗战的全面爆发，随着他坚定地投身到抗日救亡的斗争中去，他的个人生活道路则发生了彻底的变化，他的政治理想开始具有了明确的指向和归属，他的文艺主张开始拥有了清晰化、明朗化的契机和条件。这时候，赵树理的生活内容显得密集而充实：加入牺盟会，参加宣传队，重新入党，任区长、公道团长（阳城）、任民宣科长（长治），编报纸（前后共三份），搞调查研究……

这段生活对于赵树理应该说是至关重要的，而这段生活的特点对于我们来说也显得颇耐人寻味，因为假如我们把他这段繁复的生活合并一下同类项的话，其内容便会简化为这么两种：其一是做宣传，其二是搞新闻。而在战争年代，这两种工作实际上又是二而一的，没有本质的区别。因此，无论他是自编自演、走上街头还是办那几份集编、写、校于一身的报纸，其实他做的都是同一种性质的事情——为抗日救亡鼓与呼。这种工作锻炼了他的政治眼光，培养了他的新闻意识。而当宣传意向和新闻意图逐渐进入他的生命结构并成为他生命结构中的重要内容时，它们便使他形成了某种固定的思维方式，长久地、牢牢地左右了他以后的文学创作。从他那种密切配合形势、力求政治上起作用等创作意图上，我们分明看到了一种宣传情结；从他那种讲究"速效"、解决"问题"以及不深入生活便惶恐不安便不敢动笔的写作方式上，我们又分明看到了一种新闻路数（在我看来，赵树理所谓的深入生活实际上就是调查研究，它含有很浓的凭借新闻眼光打量生活的痕迹）。

当然，更重要的收获还是使赵树理真切地意识到了传播与接受的重要性。由于搞宣传和编报纸都面临着一个传播方式和接受效果的问题，所以，赵树理便必须在这两个方面大做文章。比如，为了加大传播力度，他曾在《中国人》做过这样的广告："中国人爱中国，请来阅读书刊，读后讲给别人听，传给别人看，一传十，十传百，功德无量！"① 他认为："一张小报，拿给别人看得懂，起到宣传作用，就是我们的目的。"② 而小报最为理想的传播效果是贴到各县城的街道上，行人驻足观看，交通为之堵塞，或不翼而飞，打入敌后去。③ 当传播与接受成了赵树理心理天平上的一个重要砝码时，他原来处于萌芽状态的通俗化、大众化的思想也就逐渐清晰、豁亮起来了。因为通俗化、大众化的要义不光是解决一个"说什么"的问题，更为关键的是还要解决"怎样说"和"怎样传"，而这些恰恰又是传播链条上的重要环节。

由此可以看出，在赵树理正式进入文坛之前（以《小二黑结婚》发表为界），他已经拥有了相当多的宣传经验，形成了自己的传播观念，积累了一套行之有效的传播方法。虽然赵树理清醒地意识到这时候他"所写的都不是什么文艺作品"④，但是完全可以把这一时期看作是赵树理创作的彩排和理论的演练阶段。有了这种功底和铺垫，也就使他在利用文艺作品这种更高级的形式进行宣传时显得驾轻就熟、游刃有余。而由于宣传对于他来说是出于自愿发自内心的，由于《讲话》发表之前，宣传加文艺已被他做成了香甜可口的"山药蛋"，所以，《讲话》的意义对于他来说只能是批准、肯定、鼓励和鞭策，而不可能有任何生疏之感。还在许多作家不知所措的时候，赵树理早已捷足先登，熟练地进入了角色。

二

美国政治学家哈罗德·拉斯韦尔认为："描述传播行为的一个方便的方法，是回答下列五个问题：谁（传播者）→说了什么（信息）→通过什么渠道（媒介）→对谁（接受者）→取得了什么效果（效果）。"⑤ 这便是著名的"拉斯韦尔公式"。文艺传播虽然有它的特殊性，不过

---

① 戴光中. 赵树理传. 北京：北京十月文艺出版社，1993：136.

② 戴光中. 赵树理传. 北京：北京十月文艺出版社，1993：136.

③ 戴光中. 赵树理传. 北京：北京十月文艺出版社，1993：125.

④ 赵树理. 作家要在生活中作主人// 赵树理全集：第 4 卷. 太原：北岳文艺出版社，1990：563.

⑤ 麦奎尔，温德尔. 大众传播模式论. 上海：上海译文出版社，1987：16.

大体上也遵循着这一模式。

把赵树理的文艺主张和创作实践代入拉斯韦尔公式中，我们首先发现他对传播过程中的五个环节给予了差不多同等程度的重视，其次又会发现他的创作在很大程度上遵循的是传播学本身的规律而并非严格意义上的文艺学规律。被传播图式决定了的创作模式给他带来了巨大的成功，却也使他陷入了某种误区。

让我们先从传播过程的第四个环节说起。赵树理终其一生一直坚持写农民、为农民写的创作指导思想，所以，接受者的问题既是他思考的长期兴奋点，也是他文艺传播观的逻辑起点。既然他把农民作为文艺作品的传播对象，那么他就不得不考虑这一具体对象的接受水平和接受特点。对于农民，赵树理实在是太熟悉了，同时，他又有早年模仿"五四"新文学的作品在农民读者那儿遇挫的切身教训①，所以，作为接受者的农民便很快在他的心目中有了一个定位。他说："我在写《小二黑结婚》时，农民群众不识字的情况还很普遍，在笔下就不能不考虑他们能不能读懂、听懂。"② 又说："一个文盲，在理解高深的事物方面固然有很大的限制，但文盲不一定是'理'盲、'事'盲，因而也不一定是'艺'盲。"③ 这两段表白分别说明或隐含了这么两个意思：首先，农民基本上处于文盲或半文盲状态，文化水平的低下必然带来他们接受水平的低下；其次，尽管如此，农民仍具有一定的艺术感受或接受能力。所以，更应该把他们看作是具有某种古典色彩的"听众"，而不是现代意义上的"读者"。

从听众的角度来规范作为接受者的农民，这个定位可以说既准确又合理，然而这样一来，接受者也就永远处在了一个被动、从属的位置。因为听众毕竟不是接受美学意义上的读者，他们的"先在结构"无法像读者那样提供一种与作品文本进行交换、对话的信息材料，他们往往也就失去了读者那种在理性层面对作品进行分析、判断的能力。而他们并非"艺盲"的事实只是保证了他们对作品的顺畅接受、情感认同和不至于产生歧义引起误解的可能性，却并不能为他们的"先在结构"增添更多的东西。在更多的情况下，听众总是扮演着一

---

① 戴光中. 赵树理传. 北京：北京十月文艺出版社，1993：87.

② 赵树理. 做生活的主人——在广西壮族自治区文艺创作座谈会上的发言//赵树理全集：第4卷. 太原：北岳文艺出版社，1990：552.

③ 赵树理. 供应群众更多、更好的文艺作品——在中国共产党第八次全国代表大会的发言//赵树理全集：第4卷. 太原：北岳文艺出版社，1990：329-330.

种被感化者、受教育者的角色。他们就像置身于教堂中接受牧师布道的听众，被规定的姿态只能是仰视和倾听；又像传播学中那个"枪弹论"命题①所描述的那样，他们将作为靶子接受宣传弹的射击，中弹倒地成了他们唯一的选择。

既然把接受者看作了听众，而听众又是这样一种接受现状，那么便必须对传播过程中的前几个环节进行设计，以使它们与接受者的性质和特点成龙配套。这样，我们便不难理解为什么赵树理对劝说、教化的创作意图一直怀有浓厚的兴趣，为什么他在作品内容上总要配合形势解决问题，在形式上又极力弘扬"能说"的传统小说功能。因为站在传播者的立场上，赵树理在潜意识中实际上一直把自己当作主流意识形态的代言人。那种根深蒂固的宣传情结不仅使他把自己的每一次写作看作是一次政治任务的执行，而且也很容易使他把"传播看作是一种劝服性的过程"②。而从作品的内容构成（信息）看，那里面又必须对农民朦胧地意识到、模糊地感觉到却又仿佛云遮雾罩的东西予以澄清。只有涉及农民的切身利益，只有能对抽象的政策或时事政治作出一种形象化的解释，他们才会对内容感兴趣。而为了保证内容的顺利接受，又必须有作品形式上的技术保证。于是情节的连贯、故事的完整、语言上的通俗化和口语化便成了不可或缺的形式要素，而且，唯有经过这种技术处理使作品变得可说性强了，才能与听众的接受特点相吻合。从技术操作上看，赵树理的作品其实就是伊泽尔所归纳的那种"用于教诲或者用于宣传"的"主题小说"。主题小说的制作方法是严格限制"空白"的使用以使作品变得易于接受，把人物贴上某种标签（如先进、落后、中间等）以使读者容易辨认和进行非此即彼的简单选择（如好坏、对错等）。为了达到"灌输"的目的，"主题小说把它的内容从读者的构造活动中分离出来"，而"读者所需做的一切，只不过是接受作者为他设计的态度"③。

说什么和怎样说的问题解决之后，剩下的问题便是作品与它的接受者怎样见面，这也就是"通过什么渠道传播"的问题。按照通常的情况，作品写成之后出版发行，读者买回书之后阅读体味，如此便标志着传播的基本完成。但是由于赵树理把他作品的接受者定位于农

---

① 施拉姆，波特. 传播学概论. 北京：新华出版社，1984：201 - 202.
② 麦奎尔，温德尔. 大众传播模式论. 上海：上海译文出版社，1987：18.
③ 伊泽尔. 审美过程研究——阅读活动：审美响应理论. 北京：中国人民大学出版社，1988：259 - 266.

民，而农民又绝大多数不识字，只能以听众的身份出现，所以这样一来，问题又变得有些复杂了。那么，该如何解决这一问题呢？赵树理说："我写的东西，大部分是想写给农村中的识字人读，并且想通过他们介绍给不识字人听的。"① ——这便是赵树理为自己的作品设计出来的传播路线。

显然，这条传播路线除了进一步说明以"写/读"为表征的书籍传播只有转换成"说/听"式的口头传播才能走向听众之外，还说明了在赵树理的作品与听众之间须存在中介者。对于中介者的显在要求是他们须能识文断字，有一定的文化功底；但其潜在要求是他们还须具备一定的说书能力。唯其如此，他们才能既接受作品的意义，又能发挥传播的功能——这才是赵树理心目中的"理想读者"。由此看来，真正意义上的读者接受特征在赵树理那里是不明显的，他所强调和凸现出来的是读者的传播特征。与此同时，我们还需要思考的是，由于传播者这一中间环节的加入，由于作者无法通过他的作品与他的听众直接对话，那么，赵树理的作品在出版发行之后会不会处于某种失控状态呢？中介者的加入又能否保证他的作品在传播过程中不受任何损伤呢？

没有多少资料记录下那种按照赵树理所设想的传播方式进行传播的真实图景，我们也无法得知听众最终获得的信息与作品原来拥有的信息之间究竟存在着怎样的出入。不过，按照常理推断，农村中那些善于演讲故事的说书人往往具有添油加醋、节外生枝的本领。他们的兴趣点往往不在于如何才能准确地表述原文，而在于如何才能享受作为话语垄断者的优越感。假如他们成了赵树理作品的传播者，那么他们极有可能把赵树理的作品变为自己"二度创作"的产品。另一方面，对于那些不善于演讲故事的转述者来说，他们固然领会了作品的深意和魅力，却不一定就能把它们传达出来，于是这种说讲又很有可能把作品演化为淡乎寡味的故事转述、删繁就简的故事梗概。

假如这种猜测可以成立，那么赵树理的作品似乎只有在陈荫荣②那样的评书艺人或照本宣读的念书人那里才能基本保持它的原汁原味，而当它被"二度创作"或省略转述的时候，它便在传播的过程中

---

① 赵树理.《三里湾》写作前后 // 赵树理全集：第 4 卷 . 太原：北岳文艺出版社，1990：281.

② 陈荫荣曾"说"过赵树理的《灵泉洞》，并撰文分析过此作。参见陈荫荣.《灵泉洞》的评书笔法 . 北京日报，1959 - 04 - 16.

出现了信息增值或信息减值。这里所谓的信息增值即指说书人不负责任地即兴发挥乃至凭空编造。虽然他们不太可能把"小二黑结婚"演义成"李二嫂改嫁"，却极有可能以额外的情节制造噱头迎合听众。这样一来，所讲述的故事也许比原作更有"意思"，更能满足听众的欣赏趣味，但是其增值的信息是游离于作品之外的，它们无疑会破坏作品的风格，甚至还会消解作品的意义。而所谓信息减值却是一种完全相反的图景，因为对于任何转述者来说，他能转述的只能是故事情节而不是艺术趣味，是意义而不是意味。这意味着赵树理那种寓教于乐式的作品有可能流失大量的"乐"而只剩下干巴巴的"教"，其结果是虽然主题更鲜明了，却也把那原本就不怎么丰富的意义抽演得更单一、更简化了。在这个意义上，转述对于原作来说永远都是一种损失。

　　由此看来，以说书人为中介的口头传播活动将很难确保作品的本真性和严肃性。而当作品在"一传十，十传百"的传播路线上运行的时候，中介者增加的次数越多，则意味着偏离原作的可能性越大。①其结果是使传播者的话语成了"摹本的摹本""影子的影子"。实际上，这也正是口头传播的弊端之一。

三

　　让我们对以上的分析作一简单归纳。赵树理之所以对文艺的传播行为高度重视，其原因概出于战争年代国家意识形态对文艺的功利要求与赵树理本人由宣传情结和新闻意识衍生出来的强烈宣传欲望不谋而合。当他的创作被冠之于"方向"而被高度肯定之后，他的宣传情结得以进一步强化并把宣传视为自己创作的崇高使命。于是在传播的链条上，他本能地把作为第一传播者的自己看成了卡里斯马式的人物：其话语具有权威性和影响性，其劝说具有改变接受者主观意图和实践行为的功能。而作为接受者的农民，由于他们的政治素质不高、文化水平低下，所以必须首先为他们"洗脑"，其次又必须为他们腾空的脑袋装进某些东西；同时农民的"信息穷人"身份也决定了他们只能乖乖地接受洗礼和灌输而不可能有任何拒绝和反抗，这就保证了

---

　　① 信息的重复率越高，失真的可能性越大，这也是传播学中的一个重要命题。参见瓦耶纳．当代新闻学．北京：新华出版社，1986：5.

这项工作的顺利进行。为了实现这一目的，又必须有某些技术上的保障，这样，赵树理便增强了作品"说"的功能以符合听众"听"的接受特点。但是尽管如此，以书籍形式出现的作品仍无法走进不识字的农民手中，于是赵树理又设想在他的作品与听众之间应存在着无数个中介者。以赵树理对农村那些会讲故事和不会讲故事的说书人的稔熟，他不可能意识不到中介者的加入将会对他的作品产生怎样的影响，但是一方面由于这是没有办法的办法，一方面也由于他在这样做时早已把文学的审美功能放到了次要地位而把宣传、教育功能摆到了主要地位，所以信息增值和减值的问题反而显得无足轻重了。因为它们虽然损害了作品的艺术趣味，淡化了作品的审美价值，却并没有完全影响到作品的宣传、教育功能。

这就是赵树理文艺传播的大体思路和基本思想。从理论上说，在特定的年代里面对特殊的读者接受群，这套文艺传播方案或许是最接近于完美也最为实用的，可是在实践中，它究竟又能取得一种怎样的效果呢？现在就让我们来回答传播链上的最后一个问题。

从再版、翻印的次数和发行量①上来看，赵树理的作品确实很受读者的欢迎。而当它们果然按照赵树理设想的传播路线走向听众时，不识字的农民更是倍感亲切，受益不浅。有资料表明，在整风学习、减租减息和土地改革中，《李有才板话》成了干部必读的参考资料。他们首先认真学习，然后又把它像文件似的"念给农民听"，结果反响强烈，收到的实效超过《小二黑结婚》。农民们一边听得乐不可支、哄堂大笑，一边联系实际、对号入座，自动模仿小说的工作方法来解决本村的实际问题。②

尽管有这样的例证，我们依然对这种传播的可行程度感到怀疑。因为对于普通的读者来说，他们并不像上例中的干部或专职的说书人那样负有传播赵树理小说的义务和责任。假如读者的阅读只是为了自

---

① 比如，《小二黑结婚》首版由（华北）新华书店出版，印 4000 册，1944 年再版，印 5000 册，1946 年第 3 版，1949 年第 4 版。翻印版有：冀鲁豫书店版、胶东大众报社版（1944 年），东北画报社版、东北大学版、光明书店版、香港新民主出版社社版（1947 年），东北书店 1948 年版，华北大学 1949 年版。新中国成立后有北京通俗读物出版社 1951 年版、1955 年版，文化生活出版社 1952 年版，人民文学出版社 1953 年版，上海文艺出版社 1960 年版、1961 年版等。从 1943 年至六十年代初，先后有 13 家出版社出版、翻印过，出版、再版、翻印总计 20 余次。再比如，《三里湾》首版印行 38 万册，后来一再重印，累计近百万册。参见董大中．赵树理年谱．太原：北岳文艺出版社，1994：228 - 229，437 - 441.

② 戴光中．赵树理传．北京：北京十月文艺出版社，1993：170.

己的享受，亦即意味着传播的中断，而这部分读者再多，也仍然不是赵树理真正期望的接受者。如此一来，不识字的农民将如何接近他的作品呢？还有，尽管赵树理为了照顾农民，已经把小说通俗化到再也不能通俗的地步，但是农民能理解赵树理的苦心并喜欢小说这种艺术形式吗？

　　事实上，赵树理本人已经回答了这个问题。1967年，他曾对批斗他的红卫兵说："过去我写的小说都是农村题材，尽量写得通俗易懂，本心是让农民看的，可是我作了个调查，全国真正喜欢看我的小说的主要是中学生和中小学教员，真正的农民并不多。这使我大失所望。"① 大多数农民没有当读者的资格，这个赵树理非常清楚，那么他们是否享受到了做听众的乐趣呢？虽然这段苦涩的表白没有明确地告诉我们这一点，但是我们似乎可以隐约地感觉到作为中介者的中学生和中小学教员并没有完成赵树理所期望的说给农民听的任务。假如这种推断可以成立，那么即意味着赵树理精心设计的传播方案并未落到实处，这样，他所预期的效果也就成了一种美好的空想；而更糟糕的是，如此一来，他的整体写作动机和行为便失去了一个最为有力的支撑点。

　　不过，尽管赵树理没能如愿以偿，但广大农民依然熟悉他小说中的故事，记住了他作品中的人物却也是一个不容置疑的事实。那么又如何解释这一现象呢？答案其实很简单：戏剧。赵树理的小说大都被改编成各种种类的戏剧在农村演出过，以《小二黑结婚》和《登记》为例，前者出版一个月后即被改编成上党落子、上党梆子、中路梆子、武乡秧歌、襄垣秧歌等在太行山抗日根据地广为上演，看者如潮。新中国成立后又以评剧、歌剧等等形式"行销"全国，最后还上了电影。后者则大都被易名为《罗汉钱》，改编过的剧种有豫剧、粤剧、秦腔、眉户、评剧、评弹等。② 由此看来，赵树理的小说功能实际上是通过戏剧这种形式来替代实现的。也就是说，只有当赵树理小说的接受者由小说的听众变为戏剧的观众时，赵树理才能获得预想的效果。戏剧的威力如此之大以至于使晚年的赵树理也不得不感叹道，如果还有写作机会，他将放弃小说而专攻戏剧。③ 始而充满自信终而

① 董大中. 赵树理年谱. 太原：北岳文艺出版社，1994：656 - 657.

② 董大中. 赵树理年谱. 太原：北岳文艺出版社，1994：229，371，386，398，402，405，408 - 409，417.

③ 董大中. 赵树理年谱. 太原：北岳文艺出版社，1994：656.

大失所望的赵树理终于醒悟了，但又终于醒悟在他原来的思维定式上，因为这种结局并没有使他对小说的本体特征进行反思，反而使他对小说这种艺术形式的价值和作用产生了深深的怀疑。而当他对戏剧另眼相看时，他所相中的又正好是戏剧的传播效果。

终其一生致力于文艺传播的赵树理便这样为他的探索画上了一个悲凉的句号。实在说来，这并不能怨他，但没有效果或效果不好的传播结局毕竟对他原来设想的那套传播方案的存在价值构成了一种消解或质疑。当这种结局给赵树理带来深深的遗憾时，我想，它给后来者带来的也许更多是警示和启迪：把传播与接受作为支撑写作的一个重要支点，这个支点可靠吗？以政治行为和新闻行为取代文学行为，这种取代合适吗？小说在本质上究竟是"可写的"文体还是"可说的"文体？小说的接受对象到底应该是读者还是听众？与书籍传播的"点对点"相比，"点对面"的口头传播又真正体现了怎样的优势？随着传播学写作背景的淡化，赵树理的小说将会从哪些方面呈现出其价值？……

赵树理是解决问题的小说大师，却又以自己的小说给我们留下了诸多有趣的问题，在文学已进入电子传播的今天，思考一下这些已成"古董"的问题，或许对我们也是一种不可多得的启示。

1996 年 8 月 3 日写于长治

（原载《山西师大学报》"纪念赵树理诞辰九十周年"增刊，
1996 年第 23 卷，正式发表于《浙江学刊》2001 年第 3 期）

口头文化与书面文化：从对立到融合
——由赵树理、汪曾祺的语言观看现代文学语言的建构

一

几乎所有谈到赵树理及其小说的人都会对他的语言产生兴趣，并进而去肯定、赞赏、呵护和倡导这种语言风格。比如，最早论及赵树理的周扬认为，赵树理的作品中很少用方言、土语、歇后语，也不会去专门炫耀自己的语言知识，但他的人物的对话却生动、漂亮。他不光在对话中采用了群众的语言，"在作叙述描写时也同样是用的群众的语言，这一点我以为特别重要"①。赵树理的语言也让郭沫若感到震惊和兴奋，他说：赵树理的作品"最成功的是语言。不仅每一个人物的口白适如其分，便是全体的叙述文都是平明简洁的口头话，脱尽了五四以来欧化体的新文言臭味。然而方法却是谨严的，不像旧式的通俗文字，不成章节，而且不容易断句"②。而在那篇一锤定音式的《向赵树理方向迈进》中，陈荒煤更是把语言概括为赵树理创作的第二个特点："赵树理同志的创作是选择了活在群众口头上的语言，创造了生动活泼的、为广大群众所欢迎的民族新形式。"③ 此后，论及赵树理语言的文章可谓多矣，但都超不出这文坛三巨头的概括。

这样的概括应该说是实事求是、恰如其分的，但问题是，为什么文学发展到今天，赵树理式的语言已几成绝响？如果说赵树理的小说形成于特定的历史语境中，时过境迁之后那种"政治上起作用"的光

① 周扬. 论赵树理的创作//黄修己. 赵树理研究资料. 太原：北岳文艺出版社，1985：186.

② 郭沫若. 读了《李家庄的变迁》//黄修己. 赵树理研究资料. 太原：北岳文艺出版社，1985：190.

③ 陈荒煤. 向赵树理方向迈进//黄修己. 赵树理研究资料. 太原：北岳文艺出版社，1985：198.

芒早已暗淡，而"老百姓喜欢看"应该是它留下的珍贵遗产，但为什么他的小说在今天基本已成为无人问津的对象？这种拒绝是不是也包含着对其语言的不认同？汪曾祺说："写小说就是写语言。"① 赵树理的创作实践无疑对这一命题提供了一种形象的注释，但为什么今天的读者更愿意接受汪曾祺的语言？如果我们承认新文学史以来应该有一种成熟的、理想的文学语言，赵树理的语言是不是意味着这种语言的未成熟状态？或者干脆说，赵树理所实践的这种语言是不是本身就存在着某种先天不足或致命缺陷，以至于在理想的文学语言建构中，它只是提供了一种思路却远远不能成为一种"方向"？

为了能更充分地回答这些问题，有必要从赵树理的文学语言观谈起。

如何让农民读者看得懂或听得懂既是赵树理写作的逻辑起点，也是他写作的最终归宿。既然要考虑农民读者的文化水平和欣赏趣味，那么，采用评书体的小说形式以及和这种形式成龙配套的说书语言也就成了势在必行之举。正是基于这样一个背景，赵树理不仅在其小说的写作中实践了自己的文学主张，而且在不同时间和不同场合反复强调过农民语言的丰富性、向群众学习语言的必要性和小说使用口语的合理性。他说："我似乎对农民有些偏爱，总觉得农民的语言比较丰富、粗野、生动。"② 又说："广大群众就是话海，其中有很多的天才和专业家（即以说话为业务的人），他们每天每时都说着能为我们所欣赏的话。我们只要每天在这些人群中生活，那些好话和那些好的说话风度、气魄就会填满我们的记忆。"③ 还说："我们在写作的时候，要注意口语化，要使用劳动人民所喜爱的语言，我们不仅要从书本上学习语言，还要向群众学习语言。我个人在写作时就感到，从口头上学来的语言，要比书本上学来的多一些。"④ 所有的这些表白虽然都是考虑到接受对象的结果，但是长此以往，赵树理的文学语言观也开始固定和成型，这就是口语化、通俗化、大众化、民族化和在此基础上的艺术化。

---

① 汪曾祺. 中国文学的语言问题∥汪曾祺全集：第 4 卷. 北京：北京师范大学出版社，1998：217.

② 赵树理. 生活·主题·人物·语言∥赵树理全集：第 4 卷. 太原：北岳文艺出版社，1990：543.

③ 赵树理. 语言小谈∥赵树理全集：第 4 卷. 太原：北岳文艺出版社，1990：445.

④ 赵树理. 在中华函授学校"讲座"第四学期开学式上的讲话∥赵树理全集：第 4 卷. 太原：北岳文艺出版社，1990：645.

　　把赵树理的语言观放在那个特定的历史语境中考察，我们现在恐怕依然得承认它的正确性和由此带来的历史成效，因为只有赵树理的写作方式才把大部分是"文盲"却并非"理盲"和"艺盲"的农民带到了文学的新天地，舍此别无他途。然而与此同时，我们恐怕也不得不承认，正是那个特定的历史语境的制约，使得赵树理的语言观丧失了更加丰富的维度。它只是提供了建构新文学语言的一种元素，却因为其本身排斥其他元素，而最终与理想的文学语言失之交臂了。

　　为什么这样说呢？让我们来看看赵树理语言观形成的深层背景。众所周知，赵树理所倡导的语言的大众化和民族化实际上是对"五四"新文学以来语言的书面化和西洋化（欧化）的反驳。根据王瑶的说法，"五四"时期废文言兴白话其实就是大众化的开端："提倡白话文就是提倡大众化，提倡大众化就是要更多的人看懂。"① 但是，由于种种原因，"五四"新文学的大众化并没有落到实处，于是才有了三十年代的大众语之争，也才有了四十年代初毛泽东不厌其烦的关于语言大众化的呼吁。赵树理是毛泽东文艺思想的忠实实践者，《小二黑结婚》创作的成功再加上领袖的倡导，让他在落实自己的语言观时有了充足的底气。然而，这只是问题的一个方面；问题的另一方面是，赵树理在创作实践中凭借来自现实生活的感受和悟性同样意识到语言大众化的迫切性和必要性，这应该是他语言观的一个更坚实的支撑点。这个支撑点的文化底座就是民间文艺。

　　凡是谈到民间文艺的时候，赵树理几乎都是在三个（有时是两个）传统的并举中来思考民间文艺的存在价值的。他认为："中国现有的文学艺术有三个传统：一是中国古代士大夫阶级的传统，旧诗赋、文言文、国画、古琴等是。二是五四以来的文化界传统，新诗、新小说、话剧、油画、钢琴等是。三是民间传统，民歌、鼓词、评书、地方戏曲等是。要说批判的继承，都有可取之处，争论之点，在于以何者为主，文艺界、文化界多数人主张以第二种为主，理由是那些东西虽来自资产阶级，可是较封建的进一步，而较民间的高级，且已为无产阶级所接受。无形中已把它定为正统。"② 考虑到广大群众的接受状况，同时很大程度上为了反抗新文化传统的正统地位，赵树理把民间传统看作

---

　　① 王瑶. 赵树理的文学成就//陈荒煤，等. 赵树理研究文集：上卷. 北京：中国文联出版公司，1998：49.

　　② 赵树理. 回忆历史　认识自己//赵树理全集：第5卷. 太原：北岳文艺出版社，1990：389.

是批判地继承的主要对象。

如果以改造民间传统为主，并辅之以古典传统和新文化传统（主要是外国传统）的改造，那么这种应对方式即使不一定是唯一正确的选择，却也极富有尝试的价值。然而我们看到的情景是，在实际的操作中，无论是建构方案还是他本人的创作实践，赵树理紧紧依傍的都是民间传统，却有意无意地删除了另外两种传统，民间传统于是被抬到了一个至高无上的位置。在谈到为什么语言要走民间的道路时，赵树理曾举出过如下例子：

> 歌剧《白毛女》中的唱词"昨晚爹爹转回家，心中有事不说话"，这既不是古体诗，又不是今体诗，而是一种唱词，是为农民大众所喜爱的。假如把这两句话改为古风的体例："昨宵父归来，戚然无一语"，农民对这便会感到兴趣不大。如果改为洋腔"啊，昨晚，多么令人愉快的除夕，可是我那与愉快从来没有缘分，被苦难的命运拨弄得终岁得不到慰藉的父亲，竟捱到人们快要起床的时候，才无精打采地拖着沉重的脚步踱回家来。从他那死一般的眼神里，可以看出他有像长江黄河那样多的心事想向人倾诉，可是他竟是那么的沉默，以至使人在几步之外，就可以听到他的脉搏在急剧地跳动着。……"这一段话虽然没有超出"昨晚爹爹转回家，心中有事不说话"的范围，写得细致，感情也丰富，可是乡村里的老头老太太就听不懂，就不感兴趣。[1]

这个例子虽依然有一个接受对象的背景，但我们完全可以把它看作是赵树理对三种传统之态度的一个隐喻。在这里，唱词代表着民间传统，古风指代着古典传统，而那串洋腔洋调则毫无疑问意味着欧化了的新文化传统。在他的心目中，古典传统的地位不高，因为这个传统虽来自民间，但经过了文人墨客的雅化处理。而它的成果"为封建统治者利用后，就慢慢发展为只为他们捧场而脱离群众的东西"[2]。雅化已然让群众敬而远之，封建化又使它进一步脱离了群众，这样，古典传统就基本上被赵树理放逐到了视野之外。显然，在对待古典传统的问题上，赵树理更多地沿用了"五四"时期那种激进主义的思路。

---

① 赵树理. 在中华函授学校"讲座"第四学期开学式上的讲话//赵树理全集：第4卷. 太原：北岳文艺出版社，1990：645-646.

② 赵树理. 我对戏曲艺术改革的看法//赵树理全集：第4卷. 太原：北岳文艺出版社，1990：266.

最不能让他容忍的是"五四"以来的新文化传统，这个传统因过多拿来了西方的东西，所以它是食洋不化的外国传统；又因为这个传统是在知识分子手中发扬光大的，且为知识分子所欣赏、把玩和传递，所以它又是冒着酸腐气的知识分子传统（事实上，在许多场合，赵树理都把新文化传统等同于知识分子传统）。如果说对于古典传统赵树理还嘴下留情的话，那么，对于这个不中不西、不伦不类的畸形儿，他则是充满了一种克制不住的愤怒，甚至常常会把它当成讽刺、挖苦、嘲笑的对象。比如："放着在全中国群众中根深蒂固的现成基础不拿来利用、改造、补充、提高，却只想把它平灭了再弄一些洋花洋草来代替它，光从浪费时间上着想也是不合算的。洋花洋草应该搬——多一种有一种的好处，不过那并不妨碍我们同时培养土生土长的东西。"① 再比如："'五四'以来，用知识分子的语言写了很多的书，那部分书不读也是可惜的，群众掌握了文化后还是会读的；但是，不能用知识分子的条条把群众的语言彻底'改革'掉了。不能把群众的文艺风度全部扫掉了。"② 请注意赵树理的措辞，什么"多一种有一种的好处"，什么"不读也是可惜的"，这完全是在公开场合不得不说的衬句，他真正想要表达的是他对新文化传统的愤怒。而在前面所引的那个例子中，虽然那段洋腔洋调是赵树理自编的，但他用极其夸张的修辞手法达到了一种反讽的目的。在这里，他的夸张显然也具有了一种"双声"效果：表面上，它是让人们意识到新文化传统的荒谬可笑，实际上，它又何尝不是赵树理淤积起来的愤怒的变相宣泄？而通过"示众"、嘲讽、哈哈一笑等相关程序，新文化传统也就被赵树理送上了文学的断头台。

除了为农民读者考虑的因素，赵树理对新文化传统、知识分子话语的愤怒讥讽应该还有更复杂的背景。③ 但无论如何，删除了古典传统和新文化传统之后，赵树理文学语言观的建构便失去了两个重要的维度。而当他只是依靠民间传统去打造他的文学语言时，这种语言虽

① 赵树理.我对戏曲艺术改革的看法//赵树理全集：第4卷.太原：北岳文艺出版社，1990：270.

② 赵树理.从曲艺中吸取养料//赵树理全集：第4卷.太原：北岳文艺出版社，1990：410.

③ 比如，东、西总布胡同之争以及赵树理长期受到以丁玲为首的知识分子的挤压，很可能也是赵树理对知识分子话语生气的一个原因。有关这方面的材料及论述，参见席扬.赵树理为何要"离京""出走"//多维整合与雅俗同构——赵树理和"山药蛋派"新论.北京：中国社会科学出版社，2004：1-23。

然顺畅、上口、清新、康健，但是却缺少中国文学语言所特有的韵味和诗意。于是我们不得不说，尽管赵树理注重民间传统以及由此生成的语言功不可没，但是这种语言观毕竟是一种单维结构。在这种单维结构中，文学语言固然长势喜人，但是它也失去了进一步发展的空间。

二

如果引入另一个作家的文学语言观，赵树理文学语言观的偏激和缺陷也许会看得更加清楚。这个作家就是汪曾祺。

二十世纪五十年代初，汪曾祺在参与编辑《说说唱唱》和《民间文学》时曾与赵树理共过事，对赵树理其人其作不可谓不熟悉。同时，赵树理的人格魅力和他对民间文化的兴趣爱好也给汪曾祺留下了极深的印象。只要看看汪曾祺写于 1990 年的《赵树理同志二三事》和 1997 年的《才子赵树理》，我们就会发现汪曾祺对赵树理所充满的敬佩之情。赵树理之于汪曾祺的重要性甚至使李陀作出了如下推测："我以为赵树理对汪曾祺的写作有很深的影响，可能比老师沈从文的影响还深。"① 虽然汪曾祺在公开场合从来没有谈论过赵树理对他的影响（他认为自己受其影响较深的作家有归有光、鲁迅、沈从文、废名、契诃夫和阿左林②），但是李陀的推测是有些道理的。如果从文学语言观的形成方面看，赵树理对他的影响主要应该体现在这里，即由于赵树理的倡导，也由于他在编辑《民间文学》中的亲身体会，汪曾祺从五十年代开始便注意到了民间文化传统。

早在 1956 年，汪曾祺就写过一篇文章《鲁迅对于民间文学的一些基本看法》。借助于鲁迅之口，汪曾祺明确地表达了他对民间文学的肯定性看法，从而也委婉地传达了他在文艺大众化问题上的基本立场。想一想五十年代正是赵树理在大小场合不断呼吁重视民间传统的时期，汪曾祺的这篇文章便完全可以被看作是对赵树理之观点和立场的声援和支持。从八十年代开始，当"大器晚成"的汪曾祺成了文坛上的一颗"新星"，从而也有了更多的"说话"的资本和机会之后，他似乎成了五十年代的赵树理。在许多次介绍自己创作经验的演讲或

---

① 李陀. 汪曾祺与现代汉语写作——兼谈毛文体. 花城，1998（5）.

② 汪曾祺. 谈风格//汪曾祺全集：第 3 卷. 北京：北京师范大学出版社，1998：337.

文章中，他谈论得最多的是文学语言问题，而每谈到文学语言，他总忘不了民间传统。他告诫作家要"读一点戏曲、曲艺、民歌"①，"不读一点民歌和民间故事，是不能成为一个好小说家的"②。"我是搞了几年民间文学的，我觉得民间文学是个了不起的海洋，了不得的宝库。"③ 他说以前北京一家接生婆的门口上写的是"轻车快马，吉祥姥姥"，他认为这样的民间语言就是诗。④ 他还反复谈到过那几句来自民间的求子祷告词："今年来了，我是跟您要着哪；明年来了，我是手里抱着哪；咯咯嘎嘎地笑着哪！"他说："这是我听到过的祷告词里最美的一个。"⑤ 对比一下赵树理的相关论述，我们可能马上会意识到，在对待民间传统的问题上，汪曾祺完全继承、光大了赵树理的思路。

然而，汪曾祺毕竟是汪曾祺。虽然他像赵树理一样同样重视民间传统，但是无论从写作观念上还是从创作实践上他都没有成为第二个赵树理。因为仅从文学语言观的层面来看，除了民间传统外，对于古典传统和新文化传统他并没有偏废。他认为"外来影响和民族风格不是对立的矛盾"⑥，并且希望"古今中外熔为一炉"⑦。不过，在汪曾祺的谈论中，更多的时候他似乎已把赵树理的三个传统简化成两个：口头/民间文化传统和书面文化传统。⑧ 于是，每当谈论民间文化时，总有一个相辅相成的书面文化与之呼应，而作家对书面文化传统和民间文化传统继承的多寡有无，很大程度上又决定了他的语言是否具有"文化性"。他指出：

---

① 汪曾祺."揉面"——谈语言//汪曾祺全集：第3卷.北京：北京师范大学出版社，1998：187.

② 汪曾祺.两栖杂述//汪曾祺全集：第3卷.北京：北京师范大学出版社，1998：203.

③ 汪曾祺.文学语言杂谈//汪曾祺全集：第4卷.北京：北京师范大学出版社，1998：233-234.

④ 汪曾祺.小说笔谈//汪曾祺全集：第3卷.北京：北京师范大学出版社，1998：204.

⑤ 汪曾祺.中国文学的语言问题//汪曾祺全集：第4卷.北京：北京师范大学出版社，1998：220.

⑥ 汪曾祺.我是一个中国人//汪曾祺全集：第3卷.北京：北京师范大学出版社，1998：303.

⑦ 汪曾祺.两栖杂述//汪曾祺全集：第3卷.北京：北京师范大学出版社，1998：202.

⑧ 汪曾祺.中国文学的语言问题//汪曾祺全集：第4卷.北京：北京师范大学出版社，1998：219.

> 语言本身是一个文化现象，任何语言的后面都有深浅不同的文化的积淀。你看一篇小说，要测定一个作家文化素养的高低，首先是看他的语言怎么样，他在语言上是不是让人感觉到有比较丰富的文化积淀。有些青年作家不大愿读中国的古典作品，我说句不大恭敬的话，他的作品为什么语言不好，就是他作品后面文化积淀太少，几乎就是普通的大白话。作家不读书是不行的。①

"语言的文化性"是汪曾祺文学语言观中的一个重要内容，而且，每谈到这个问题他都会既涉及民间文化也论及书面文化，书面文化往往还被他放到了首要的位置。虽然我们不能因此就推断出在这两种文化中他更注重书面文化，但起码我们可以说这两种文化在他的心目中是一个平起平坐的位置。那么，为什么汪曾祺会看重书面文化呢？他所谓的书面文化究竟是一种怎样的文化呢？

从汪曾祺的相关论述中，我们可以发现他所谓的书面文化实际上是以五四新文化革命的成果为其基本构架，以中国古代士大夫的文学/文化为其底蕴，适当吸收外来文学/文化成果的文化系统。对于五四新文化传统，汪曾祺虽然也时有微词，但他反对的是胡适那种失去了文化蕴涵的"白话文"。② 从总体上看，他对五四新文化运动应该是持肯定态度的，因为这与他对五四运动的一个重要观点联系在一起：从中国文化的传承上看，"五四"并非断裂，"中国的新文学一开始确实受了西方的影响，小说和新诗的形式都是从外国移植进来的。但是在引进外来形式的同时，中国新文学一开始就没有脱离传统文化的影响"③。他的论据是，鲁迅、闻一多、郭沫若、沈从文等作家虽均为新文学的开山大师，但他们又深深地受到了中国传统文化和古典文学的熏陶，于是他们才能笔力雄健。而因为从六十年代开始才形成了真正的文化断裂，所以当代作家普遍缺少古代文化的

---

① 汪曾祺．小说的思想和语言//汪曾祺全集：第 5 卷．北京：北京师范大学出版社，1998：49 - 50.

② 汪曾祺说："语言是一种文化现象。语言的后面是有文化的。胡适提出'白话文'，提出'八不主义'。他的'八不'都是消极的，不要这样，不要那样，没有积极的东西，'要'怎样。他忽略了一种东西：语言的艺术性。结果，他的'白话文'成了'大白话'。他的诗……实在是一种没有文化的表现。"汪曾祺．中国文学的语言问题//汪曾祺全集：第 4 卷．北京：北京师范大学出版社，1998：218.

③ 汪曾祺．传统文化对中国当代文学创作的影响//汪曾祺全集：第 6 卷．北京：北京师范大学出版社，1998：357.

底蕴。体现在文学语言上，便出现了白开水似的"大白话"。正是在这一背景下，他反复劝告青年作者"趁现在还年轻，多背几篇古文，背几首诗词，熟读一些现代作家的作品"，同时，也不要拒绝来自外国的翻译作品，他说他就是"从契诃夫、海明威、萨洛扬的语言中学到一些东西的"①。在具体的语言运用上，他反对那种"越白越好、越俗越好"的观点，并积极为雅俗文白交融渗透的文学语言辩护：

> 文学语言总得要把文言和口语糅合起来，浓淡适度，不留痕迹，才有嚼头，不"水"。当代散文是当代人写，写给当代人看的，口语不妨稍多，但是过多地使用口语，甚至大量地掺入市井语言，就会显得油嘴滑舌，如北京人所说的："贫"。我以为语言最好是俗不伤雅，既不掉书袋，也有文化气息。②

俗不伤雅、雅俗互渗——实际上，这就是汪曾祺的文学语言观。这种语言观既向口头/民间文化敞开大门，又向书面文化俯首称臣。借助于民间文化的武库，文学语言富有了生机和活力；依傍于书面文化的底蕴，文学语言又具有了深厚的文化内涵。与此同时，汪曾祺也成了这种语言观的亲身实践者。如果把汪曾祺笔下的语言和同样实践了自己语言观的赵树理笔下的语言作一对比，两者的特点也许会看得更加清楚。

> 有个农村叫张家庄。张家庄有个张木匠。张木匠有个好老婆，外号叫个"小飞蛾"。小飞蛾生了个女儿叫"艾艾"，算到一九五〇年阴历正月十五元宵节，虚岁二十，周岁十九。庄上有个青年叫"小晚"，正和艾艾搞恋爱。故事就出在他们两个人身上。
> ——赵树理《登记》

> 两个女儿，长得跟她娘像一个模子里托出来的。眼睛长得尤其像，白眼珠鸭蛋青，黑眼珠棋子黑，定神时如清水，闪动时像星星。浑身上下，头是头，脚是脚。头发滑滴滴的，衣服格挣挣的。——这里的风俗，十五六岁的姑娘就都梳上头了。这两个丫

---

① 汪曾祺．"揉面"——谈语言//汪曾祺全集：第 3 卷．北京：北京师范大学出版社，1998：187.

② 汪曾祺．谈散文//汪曾祺全集：第 6 卷．北京：北京师范大学出版社，1998：334.

头，这一头的好头发！通红的发根，雪白的篦子！娘女三个去赶集，一集的人都朝她们望。

——汪曾祺《受戒》

表面上看，赵树理与汪曾祺的语言十分相似，因为那里都有口头/民间文学的味道，但实际上，两者又有明显不同。前者是一种评书体语言，它诉诸读者的听觉器官，所以朗朗上口，干脆利索。然而，这样的语言贯穿始终，虽通俗畅达且不乏传神的叙述，却无法从整体上形成一种特殊的话语蕴涵。究其原因，这是赵树理过分倚重口语/民间传统所带来的必然结果。后者虽有口语化的痕迹，甚至使用了"滑滴滴""格挣挣"之类的方言，但总体上看却是一种散文体语言。作为一种书面语言，散文体语言讲究骈散结合，不仅好听，也更容易造成一种视觉效果。而且，从汪曾祺的描写中，我们不光看到了一幅画面，也分明感受到了画面背后浓浓的诗意——正是在这一层面，它接通了中国古典文学的精气神。如果从小说的整体看，赵树理通篇都在讲故事。既然讲故事是主要目的，叙述和少量的白描便成为其主要手法，语言在这种语义场中自然便更讲究实用性。不光在《登记》中，就是赵树理的其他小说我们也几乎看不到像《受戒》结尾处那样的景物描写①，更不用说像《徙》中那几句文言化的抒情句子了②。汪曾祺在小说中自然也在讲故事，但讲故事从来都不是他的主要目的，他更注重形成故事的"氛围"，更看重故事催生的"意境"，于是娓娓道来的叙述、各种手段的描写甚至直接站出来的抒情便参差错落、相互提携。语言被"氛围"笼罩着又被"意境"观照着，便字字珠玑、顾盼生辉、前呼后应、浑然天成。一种崭新的现代文学语言——既有民间清新气息，又有古人所说的韵外之致——就这样诞生了。

汪曾祺说："我的语言当然是书面语言，但包含一定的口头性。"③

---

① 在《受戒》的结尾，汪曾祺这样写道："芦花才吐新穗。紫灰色的芦穗，发着银光，软软的，滑溜溜的，像一串丝线。有的地方结了蒲棒，通红的，像一枝一枝小蜡烛。青浮萍，紫浮萍。长脚蚊子，水蜘蛛。野菱角开着四瓣的小白花。惊起一只青桩（一种水鸟），擦着芦穗，扑鲁鲁飞远了。"汪曾祺全集：第1卷．北京：北京师范大学出版社，1998：343.

② 《徙》中的文言句子如下："墓草萋萋，落照昏黄，歌声犹在，斯人邈矣。"汪曾祺全集：第1卷．北京：北京师范大学出版社，1998：502.

③ 汪曾祺．我和民间文学//汪曾祺全集：第3卷．北京：北京师范大学出版社，1998：427.

又说："写小说的语言，文学的语言，不是口头语言，而是书面语言。是视觉的语言，不是听觉的语言。""小说是写给人看的，不是写给人听的。"① 鉴于赵树理很注重小说语言的听觉效果②，他所经营的也恰恰是一种听觉语言，那么汪曾祺的这番话是否针对的就是赵树理？虽然汪曾祺在其文章中没有做出明确的指认，但我们依然可以形成这样一种假定：正是因为明白了赵树理文学语言观的利弊得失，汪曾祺在建构自己的文学语言观时才获得了重要的参照。而对于赵树理的文学语言观而言，汪曾祺的既是扬弃，同时也是超越。

三

通过比较赵树理与汪曾祺的文学语言观，我以为可以形成如下三点思考。

第一，把赵、汪二人的文学语言观放在二十世纪中国文学的发展史中考察，我们首先会发现它们承担着不同的使命，同时也做出了不同的贡献。如果把五四白话文运动的兴起以及随之而来的新语体的确立看作建构现代文学语言的第一阶段，那么，赵树理对语言的重视和实践则处于第二阶段。他为现代文学语言输入了口头/民间文化传统，从而也在很大程度上对第一阶段过分欧化的语言构成了一种否定。这种否定的功绩不容置疑，然而它又是偏激的甚至是狭隘的，于是再一次的否定便不可避免。汪曾祺的创作和对语言的强调出现在第三阶段。这一阶段是欧化的语言基本消除或已被现代汉语消化、吸纳的时期，同时也是语言的文化性极度匮乏的时期，因此，口头/民间文化和书面文化并重从而增加文学语言的活力、底蕴、韵味和张力便成了迫在眉睫之举。正是通过汪曾祺的倡导和实践，第二次否定在他的手中画上了句号。经过了这样一个否定之否定的过程之后，中国的现代文学语言才算真正找到了属于自己的民族形式。我以为，只有放在这样一个背景下，赵、汪二人文学语言观的价值和意义才能获得充分的确认。

第二，如果从二十世纪中国文学语言观念的演变史来为赵、汪二

---

① 汪曾祺."揉面"——谈语言//汪曾祺全集：第3卷.北京：北京师范大学出版社，1998：182.

② 赵树理说："在语言方面应作到两点：一是叫人听得懂，一是叫人愿意听。"赵树理.语言小谈//赵树理全集：第4卷.太原：北岳文艺出版社，1990：444.

人的文学语言观定位，那么我们似乎可以把赵树理看作"语言工具论"的代表，而把汪曾祺看作"语言本体论"的典范。宽泛地说，这样的定位是可以成立的，因为我们确实可以从两位作家那里获得"工具论"和"本体论"的基本特征。事实上，有人已从这一角度为二人的语言观做了区分。① 但问题是，如此一来，又很容易把复杂的问题简单化。汪曾祺说："语言不是外部的东西。它是和内容（思想）同时存在，不可剥离的。语言不能像橘子皮一样，可以剥下来，扔掉。世界上没有没有语言的思想，也没有没有思想的语言。……小说的语言是浸透了内容的，浸透了作者的思想的。"② 正是在这一意义上，汪曾祺形成了"写小说就是写语言"的论断。实际上，这也正是汪曾祺语言本体论思想的核心观点。以这种观点来衡量赵树理的语言观和创作过程，赵树理显然也是"写小说就是写语言"的实践者，他的小说语言同样浸透了内容和思想。那么，我们是不是可以说赵树理也是一个"语言本体论"者，只不过它的"本体论"是浸透了政治内容的"本体论"？如果我们能从"语言本体论"的层面去看赵树理，同时看到他的文学语言正是在与"意识形态国家机器"的交往、合作中初步建构了"官方话语"的美学形式，那么，也许我们对赵树理的文学语言观及其写作行为才会有更细腻的认识。

第三，文学语言从来都不是独立存在的，在它的背后存在着一整套的世界观、价值观、写作观、接受观和审美趣味，它们与文学语言一道构成了文学作品中的话语系统。在赵树理的那套话语系统中，他让民间话语和知识分子话语处于对立状态，甚至人为地放大了这种对立，这是历史的局限，但又何尝不是对历史的形象注释！而汪曾祺则调解了这种对立，缝合了它们的裂痕，这种调解或缝合不仅在美学意义上引人深思，而且在其他层面也会给我们带来启迪。在二十世纪中国历史上的极左时期，文学迎合着政治，政治也整合着文学。这时候，无论民间话语与知识分子话语在文学中表现为什么状态，它们都无法真正有所作为。汪曾祺"复出"的时期（八十年代初）是一个文学开始远离政治的时期，同时也是文学借助于"审美"这一传统的武器抵抗政治的时期。不幸的是，"审美"这件武器早已锈迹斑斑，它

---

① 杨学民，李勇忠．从工具论到本体论——论汪曾祺对现代汉语小说语言观的贡献．江西师范大学学报，2003（3）．

② 汪曾祺．中国文学的语言问题∥汪曾祺全集：第4卷．北京：北京师范大学出版社，1998：217－218．

必须回炉再造。汪曾祺选用知识分子话语和民间话语作为打造这件武器的基本材料，不仅使文学回到了它应该有的位置，而且隐喻着这样一个事实：没有知识分子话语，民间话语很可能是散兵游勇；失去民间话语，知识分子话语很容易真气涣散。二者只有结成共同体，才有力量对付它们共同的敌人。

2005 年 12 月 7 日于北京洼里

（原载《山西大学学报》2006 年第 2 期）

汪曾祺喜不喜欢赵树理？

近读《汪曾祺全集》，忽然对汪曾祺与赵树理的关系发生了兴趣，于是一个问题在心里挥之不去：汪曾祺究竟喜不喜欢赵树理？

当然是喜欢。岂止是喜欢，简直就是敬佩！如若不信，有文为证。在《汪曾祺全集》中，有两篇散文是以赵树理为题的，一篇是《赵树理同志二三事》（1990），一篇叫《才子赵树理》（1997）。不过细读过来，二文却有一个共同的特点：它们主要谈的是赵树理这个人，却没怎么涉及赵树理的文。比如，他说赵树理是个非常富有幽默感的人，想到有趣的事自己就会"咕咕"地笑；赵树理穿着一件很豪华的狐皮大衣下乡体验生活，却不怕农民见外；赵树理吃饭很随便，常常在一碗馄饨两个烧饼夹猪头肉和二两酒中自得其乐；赵树理喜欢上党梆子，一个人能唱一台戏，但揸手舞脚的"起霸"却有点像螳螂；赵树理喝酒划拳有一绝，善于左右开弓，拳法精到的老舍往往败北；赵树理讲话很"随便"，他称自己的手表是农民可以买五头毛驴的"五驴表"，以此暗示农村很穷，农民真苦，城乡差别很大；赵树理疾恶如仇，但表达的方式却很特殊。市文联有个专搞男女关系的干部，他跟大家一块为调回山西的赵树理送行，赵树理却趴在地上给他磕了一个头，说："×××我可不跟你在一起了！"……

在通篇描述赵树理其人的同时，汪曾祺自然也对其文做了一下点评，却又让人觉得匆匆忙忙，一带而过。比如，在头一篇散文中，他说赵树理的"幽默感在他的作品里和他的脸上随时可见（我很希望有人写一篇文章，专谈赵树理小说的幽默感，我以为这是他的小说的一个很大的特点）"[1]。此文就这么一句算是联系到了赵树理的作品，却并没有说出个所以然。后一篇散文谈到赵树理爱给小说里的人起外号，并举了《三里湾》中的例子，这是为了说明赵树理那种农民式的幽默和老舍那种市民式的幽默的区别，也是对头一篇文章提及的"幽

---

[1] 汪曾祺. 赵树理同志二三事//汪曾祺全集：第 5 卷. 北京：北京师范大学出版社，1998：26.

默感"的形象注释。此外，汪曾祺还写下了这么一段文字：

> 赵树理的小说有其独特的抒情诗意，他善于写农村的爱情，农村的女性。她们都很美，小飞蛾（《登记》）是这样，小芹（《小二黑结婚》）也是这样，甚至三仙姑（《小二黑结婚》）也是这样。这些，当然有赵树理自己的感情生活的忆念，是赵树理初恋感情的折射。但是赵树理对爱情的态度是纯真的，圣洁的。①

似乎还没有谁从"初恋感情的折射"来谈论赵树理笔下的这些女性形象，莫非赵树理向汪曾祺透露过什么秘密？不过，他认为"赵树理的小说有其独特的抒情诗意"，应该是一个重要发现。大概也只有把小说写出诗意的汪曾祺才能够具备这样一种眼光。然而，读了他的评点文字之后我依然有两处迷惑：第一，为什么汪曾祺谈到赵树理时对其作品下笔会那么吝啬呢？如果他真的喜欢某个作家，他往往会把人品和文品联系到一块。比如，对于他的老师沈从文先生，他写了若干篇回忆文章，这些文章大都涉及其作品，有的还会大量抄录沈从文作品中的原话，以此作为点评、分析其语言、文体、风格等特点的例证。但为什么谈到赵树理时大量拿来的却是他性格、人品方面的故事呢？对于赵树理的文品，汪曾祺究竟持一种怎样的看法？第二，从两篇文章为数不多的评点文字中，我们倒是约略地看到了汪曾祺对其小说的看法，但是这种评价是不是汪曾祺看法的全部？除了这种蜻蜓点水式的赞美之辞外，汪曾祺对赵树理的小说还有没有别的看法？

先来回答第一个问题。1950年，《说说唱唱》创刊，赵树理是主编之一（《北京文艺》合并过来后，赵树理降为副主编），汪曾祺担任编辑，30岁的汪曾祺便与45岁的赵树理走到了一起。到1955年2月汪曾祺调至《民间文学》供职为止，他与赵树理相处了5年左右的时间。当其时也，赵树理已是代表着"方向"的大作家，名声不小，而汪曾祺虽然在1940年就有小说发表，1949年还出版了《邂逅集》，却没什么名气，没有人把他当成个作家。在编辑部里，赵树理是他的顶头上司，是领导，而汪曾祺只是一个普通编辑。赵树理没有写散文、随笔的习惯，在他这段时间写的其他文章里也没有提到过汪曾祺。（赵树理在1952年倒是写过一篇《我与〈说说唱唱〉》的文章，但实

---

① 汪曾祺.才子赵树理//汪曾祺全集：第6卷.北京：北京师范大学出版社，1998：324.

际上却是检讨书。他在此文末尾写道："经过这次整顿思想，我和几位有同样毛病的同志们，深深感到错误的严重，因此就和这几位同志约定，今后努力提高自己的理论水平，加强对读者的责任心，务使不犯旧错，并望文艺工作者和读者诸同志随时加以监督。"① 从上下文看，"这几位同志"应该是指编辑部的编辑。那么，其中是不是包括汪曾祺，则不得而知。）查戴光中《赵树理传》、董大中《赵树理评传》和《赵树理年谱》，叙述到这段历史时，也均无汪曾祺的片言只语。可见，汪曾祺在当时确实是个"小人物"，如果不是他后来成了气候，他与赵树理的交往、与《说说唱唱》的关系很可能会湮没无闻。

按照通常的理解，面对既是大作家同时也是自己顶头上司的赵树理，汪曾祺除了仰慕之外，恐怕还有某种敬畏。然而赵树理偏偏是那么一个"有趣"的作家和领导，他的为人处世抽烟喝酒穿衣打扮言谈话语非常富有农民气息，同时又两袖清风一身正气。而且，赵树理在生活中所喜好的事情有许多也恰恰是汪曾祺的喜好（比如喝酒、抽烟、唱戏、写字），于是，赵树理便在汪曾祺的心目中变得可亲可敬可爱起来。汪曾祺说："赵树理同志是我见到过的最没有架子的作家，一个让人感到亲切的、妩媚的作家。"② 又说："赵树理是非常可爱的人。他死于'文化大革命'。我十分怀念他。"③他在这里用到了"最"，话已说得很满；同时又用"亲切""妩媚""可爱"（"妩媚"放在这里尤其传神，可谓一绝）来为赵树理定位，便让人觉得，这真是贴心的话。如果赵树理的有趣和可爱没有给汪曾祺留下极其深刻的印象，他是说不出这番话来的；如果他与赵树理没有处出感情，他也是说不出这番话来的。于是，我们也就不难理解，为什么在那两篇散文中恰恰是赵树理的生活琐事、性格特征、一身正气构成了他叙述、描摹的主要内容。实在说来，汪曾祺一旦进入往事的回忆中，所有这些才是他脑子中首先冒出的同时也是最鲜明、最丰满的意象。

---

① 赵树理．我与《说说唱唱》//赵树理全集：第4卷．太原：北岳文艺出版社，1990：254-255.

② 汪曾祺．赵树理同志二三事//汪曾祺全集：第5卷．北京：北京师范大学出版社，1998：26.

③ 汪曾祺．中国文学的语言问题//汪曾祺全集：第4卷．北京：北京师范大学出版社，1998：219.

　　那么，赵树理的作品呢？汪曾祺对赵树理的小说又是如何看待的呢？要想回答好这个问题，似乎应该从汪曾祺对其小说的接受谈起。

　　虽然找不到汪曾祺阅读赵树理小说的准确数据，但是从那两篇散文和其他谈及赵树理的片断文字中，我们似可以形成如下结论：汪曾祺是熟读过赵树理的主要作品的。尤其是那篇"赶任务"之作《登记》（1950）和长篇小说《三里湾》（1954），就写于他与赵树理共事期间，所以，赵树理"关起门来炮制"① 出杰作的本事一定让汪曾祺敬佩不已。而且，除了敬佩，他对赵树理的小说也确实是或者首先是喜欢。比如在谈到侧面描写（烘云托月之法）的妙处时，他便想到了赵树理的小说："赵树理《小二黑结婚》写小芹，就用过这种方法（我手边无树理同志这篇小说，不能具引）。"② 在评论山西作家曹乃谦的作品时，他又想起了赵树理："学习群众语言不在吸收一些词汇，首先在学会群众的'叙述方式'。群众的叙述方式是很有意思的，和知识分子绝对不一样。他们的叙述方式本身是精致的，有感情色彩，有幽默感的。赵树理的语言并不过多地用农民字眼，但是他很能掌握农民的叙述方式，所以他的基本上是用普通话的语言中有特殊的韵味。"③ 如果不是熟读过并喜欢赵树理的作品，汪曾祺是不会把它们作为例证信手拈来的。

　　那么，为什么汪曾祺会喜欢赵树理的小说呢？这又需要从汪曾祺的创作之路说起。如前所述，早在四十年代，汪曾祺虽然就有作品问世，但是一方面 20 多岁的创作还无成熟可言，另一方面，他也确实没有找到自己的创作路子。从下面这段夫子自道中，我们完全可以明白他当时的特殊心境：

　　　　我年轻时写的那些作品，思想是迷惘的。在西南联大时，我接受了各式各样的思想影响，读的书很乱，读了不少西方现代派作品。我在大学一二年级写的那些东西，很不好懂，它们都没有保留下来。比如那时我写的一首诗中有这样一句："所有的西边都是西

① 汪曾祺．赵树理同志二三事//汪曾祺全集：第 5 卷．北京：北京师范大学出版社，1998：29.

② 汪曾祺．传神//汪曾祺全集：第 3 卷．北京：北京师范大学出版社，1998：359.

③ 汪曾祺．《到黑夜我想你没办法》读后//汪曾祺全集：第 4 卷．北京：北京师范大学出版社，1998：245.

边的东边。"这是什么东西呢？我和许多青年人一样，搞创作，是从写诗起步的。一开始总喜欢追求新奇的、抽象的、晦涩的意境，有点"朦胧"。我们的同学有人称我为"写那种别人不懂，他自己也不懂的诗的人"。……离开学校后，不得不正视现实，对现实进行一些自己的思考。但是因为没有正确的思想作指导，我的世界观是混乱的。解放前一二年，我的作品是寂寞和苦闷的产物，对生活的态度是：无可奈何。作品中流露出揶揄、嘲讽，甚至是玩世不恭。①

这是汪曾祺 63 岁那一年作出的反思，但是，我们似乎有理由相信，这种反思也许从接触赵树理其人其作的时候就已经开始了。新中国成立前，汪曾祺的世界观还没有形成，所以他无法看清生活的意义；又由于过多地沉浸于西方现代派的文学世界中，所以又文风不畅。带着这种创作上的苦闷，汪曾祺走进了五十年代。这时候，他遇到了赵树理。因为汪曾祺也搞过创作，所以我们便可以作出如下猜想：对于赵树理其人其作，他更多是带着作家的有色眼镜去打量、琢磨的。而且每当看到赵树理的作品，他还会与自己以前的创作形成潜在的对比。打量、琢磨、对比之后，他可能会立即意识到，赵树理的作品除了政治上正确之外，关键是它来自自己完全陌生的一种传统，这种传统让赵树理的作品显得青春焕发、清新康健，充满了勃勃生机。而与此同时，自己以前的创作缺陷也就看得更加清楚了——与赵树理的作品相比，自己的作品没法不抽象、晦涩，也没法不是寂寞与苦闷的产物。所以要我说，正是因为遭遇了赵树理，汪曾祺才在很大程度上意识到自己以前的创作不是东西，从而也强化了他否定自己那个"旧我"的决心；而且，更关键的是，因为赵树理，他注意到了那种传统。

或曰：什么传统？说来倒也非常简单——民间传统，或者说是民间文化/文学传统。赵树理以自己的亲身实践光大了这个传统，并且在五十年代大大小小的场合不厌其烦地宣传这个传统。而八十年代的汪曾祺似乎成了五十年代的赵树理，他不但在其小说中继续打造这种传统，而且利用种种机会絮絮叨叨地谈论这种传统。他说要向群众学习语言，他说一个作家应该读点民歌和民间故事，他说民间文学是一个了不起的海洋，他说文学要回到现实主义，回到民族传统……对比

---

① 汪曾祺. 美学感情的需要和社会效果//汪曾祺全集：第 3 卷. 北京：北京师范大学出版社，1998：282-283.

一下赵树理的相关论述，我们完全可以说汪曾祺举起了赵树理曾经举过的大旗。

事实上，当我们如此思考汪曾祺喜欢赵树理的原因时，已经进入了我前面所说的第二个问题的回答中。因为对那两篇专写赵树理的散文心生疑惑，我就把《汪曾祺全集》仔细翻阅了一遍，果然发现汪曾祺在其他文章中，还有六处地方提到了赵树理。而这六处中，大同小异的又有三处，这三处都是要给赵树理及其小说定个位：

> 四十年代是战争年代，有一批作家是从农村成长起来的。他们没有受过完整正规的学校教育，但是他们得到农民文化丰富的滋养，他们的作品受了民歌、民间戏曲和民间说书很大的影响，如赵树理、李季。赵树理是一个农村才子，多才多艺。他在农村集市上能够一个人演一台戏，他唱、演，做身段，并用口拉过门、打锣鼓，非常热闹。他写的小说近似评书。①

这是为了说明赵树理的小说来自与书面文化传统迥异的口头/民间文化传统而举的例子。如此一来，汪曾祺对赵树理的喜欢也就基本上坐实了——因为赵树理来自口头/民间文化传统，也因为汪曾祺后来极力推崇赵树理曾经推崇过的东西，所以，他没有理由不喜欢赵树理。

然而，仔细分析下去，这种喜欢实在又是打了许多折扣的。这个问题可能比前一个问题更有意思，容我慢慢道来。

众所周知，从五十年代到七十年代，汪曾祺的创作生涯基本上处于中断状态。对于这种中断，邓友梅的解释是"他全部精力都奉献给编辑工作了"②，意思是没时间写；林斤澜的说法是"心神不宁"甚至"心灰意懒"③。这里指的虽是汪曾祺七十年代后期复出之前的状态，但用于解释他的中断也还恰当。其实，对于中断，汪曾祺本人也有一个解释。相比之下，这个解释更为明确，原话如下：

> 你看我写作也是断断续续，一九四七年出版《邂逅集》；六十年代初期，写过一本《羊舍的夜晚》，以后停笔，一直到一九

---

① 汪曾祺. 传统文化对中国当代文学创作的影响//汪曾祺全集：第 6 卷. 北京：北京师范大学出版社，1998：359.

② 邓友梅. 漫忆汪曾祺. 文学自由谈，1997（5）.

③ 林斤澜.《汪曾祺全集》出版前言//汪曾祺全集：第 1 卷. 北京：北京师范大学出版社，1998：2.

七九年。长期以来，强调文艺必须服从政治，我做不到，因此我就不写，逻辑是很正常的。①

没办法让自己手中的笔服从政治，所以就只好停笔不写——这样的解释是可以成立的。然而，形成这样的认识并不容易。我们知道，反右之前，不管是出于何种原因，许多作家都曾积极投身于写作事业，文艺战线一度搞得非常红火。面对这种景象，作家出身的汪曾祺一定也有技痒难耐的时候。但为什么在这一时期他恰恰咬着牙不写一字呢？是他当时就有了"我就不写"的思想境界吗？这个问题回答起来其实相当困难。我的猜想是，如果说汪曾祺在当时已有了某种朦胧的意识，后来又把这种意识上升为一种理性认识，则主要是受到了某种刺激。这种刺激又分别来自他身边的两个作家：一个是沈从文，一个就是赵树理。

沈从文是汪曾祺在西南联大时的老师，也是汪曾祺极为推崇和尊敬的作家，然而新中国成立后，沈从文却改行搞开了文物研究，从此离开文坛，再不写文学一字。对于沈从文的"转业"之谜，汪曾祺的解释是"思"与"信"的矛盾。沈从文以前创作由"思"字出发，新中国成立后却必须以"信"字起步，由"思"到"信"无法适应也不容易扭转，于是搁笔就变得在所难免。② 五十年代的汪曾祺不一定会有沈从文那样的痛苦和矛盾，但是老师的决定却很可能让他意识到一个问题：在这个万象更新却又无从把握的时代里③，"不写"也许是一个更为明智的选择。

然而，他身边还有一个赵树理。赵树理是从四十年代一路写过来的，作为时代的歌手，进入五十年代之后他没有不写的理由。但是，偏偏是这个还不断写着的赵树理让他感到困惑：一方面，他惊奇于赵树理的叙述、表达、语言，因为正是这些构成了"老百姓喜欢看"的重要元素，而这些元素恰恰是当时的汪曾祺所缺少的；另一方面，很可能他又不满于赵树理的创作理念，因为一旦让文学靠在"政治上起

---

① 汪曾祺．作为抒情诗的散文化小说//汪曾祺全集：第8卷．北京：北京师范大学出版社，1998：74．

② 汪曾祺．沈从文转业之谜//汪曾祺全集：第4卷．北京：北京师范大学出版社，1998：312．

③ 汪曾祺后来多次谈到，对于旧社会他比较熟悉，吃得也透；对于新社会，却从来没有熟悉到从心所欲、挥洒自如的地步。显然，这个新时代他把握不住，心里没底。参见汪曾祺．道是无情却有情//汪曾祺全集：第3卷．北京：北京师范大学出版社，1998：279．

作用"做文章，文学就成了一种不伦不类的东西。——汪曾祺毕竟是沈从文的学生，大学时期那种深入骨髓的审美主义教育无论如何都无法使他认同赵树理的创作理念。因此，如果说沈从文的不写还无法让他清晰地意识到不写的"好处"的话，那么赵树理的写却明白无误地让他看清了写的弊端。于是，在评点赵树理的小说时，看到如下这段文字我们也就不会感到突兀了：

> 最早提出"问题小说"的是赵树理，他也写过一些这类作品，像《地板》就是解决土地问题的。但是恰恰就是他自己的不少小说，也无法放到"问题小说"里面，比如《手》、比如《福贵》，而往往就是这样一些小说比所谓的"问题小说"的艺术生命力要强。①

在所有涉及赵树理的文字中，这是唯一一处批评他的地方。而且，即使是批评，也显得格外地委婉和温和。这显出了汪曾祺对赵树理的感情和他为人的厚道。然而，在许多没有点到赵树理名字的地方，我却分明看到了那些文字与赵树理的关系。汪曾祺说，有一种所谓的责任感就是"代圣贤立言"，"这就是揣摩上意，发意称旨，就是皇上嘴里还没有出来呢，我就琢磨着他要说什么"②。又说："那时你要搞创作，必须反映政策，图解政策，下乡收集材料，体验生活，然后编故事，我却认为写作必须对生活确实有感受，而且得非常熟悉，经过一个沉淀的过程，就像对童年的回忆一样，才能写得好。"③ 这是在说谁？当然是在说那个年代兢兢业业或勉为其难地写作着的作家，但是，赵树理恐怕也难逃其中吧。

如此看来，汪曾祺对赵树理的小说应该有不喜欢之处，这种不喜欢有政治方面的原因，前面已经说过。除此之外，还有没有其他方面的原因呢？接下来，就让我们进入美学层面再去琢磨琢磨。

赵树理的小说是现代评书体，所谓评书体，说白了就是把小说写得像评书。既然把小说当成评书来写，便要在语言、结构、故事情节

---

① 汪曾祺．漫话作家的责任感//汪曾祺全集：第4卷．北京：北京师范大学出版社，1998：276．这里谈到的《手》指的是《套不住的手》。

② 汪曾祺．漫话作家的责任感//汪曾祺全集：第4卷．北京：北京师范大学出版社，1998：275．

③ 汪曾祺．作为抒情诗的散文化小说//汪曾祺全集：第8卷．北京：北京师范大学出版社，1998：74．

的设计、叙述与描写的关系处理等方面下功夫。赵树理说过："我写小说有这样一个想法：怎么样写最省字数。我是主张'白描'的，因为写农民，就得叫农民看得懂，不识字的也能听得懂，因此，我就不着重在描写扮相、穿戴，只通过人物行动和对话去写人。"[1] 为什么主张白描？为什么要节省字数？离开这个评书体是说不清楚的。那么，干吗又要采用评书体呢？主要是考虑农民读者的需要——我把小说做得可以"说"而不是仅仅可以"读"，你带着耳朵来就能"听"明白。"我说你听"的写作方案和接受模式一旦建立起来，小说就可以顺利地走向农民大众中去了——这就是赵树理的朴素构想。

这种小说文体显然是特殊年代的产物，它的功劳不容低估，它的缺陷也非常明显。最大的缺陷是它要把所有的东西都讲得明明白白、清清楚楚。如此一来，它就藏不住更多的意义，也留不下更多的回味余地。对于这种评书体小说本身的问题，汪曾祺应该非常清楚，所以他后来反其道而行之，他想建构的是一种散文体小说。对于这种小说，汪曾祺曾有如下描述：散文化的小说一般不写重大题材，不过分刻画人物，不注重情节设计，它的外部特征是结构松散，它的语言追求雅致、精确、平易。"散文化小说是抒情诗，不是史诗。散文化小说的美是阴柔之美，不是阳刚之美。是喜剧的美，不是悲剧的美。散文化小说是清澈的矿泉，不是苦药。它的作用是滋润，不是治疗。"[2] 从这种美学观念出发，汪曾祺明确地说出了一些很容易让人联想到赵树理的话："我并不主张用说评书的语言写小说"[3]，"小小说最好不要有评书气、相声气"[4]，"写小说的语言，文学的语言，不是口头语言，而是书面语言。是视觉的语言，不是听觉的语言。……小说是写给人看的，不是写给人听的"[5]。而对于戏与小说的区别，汪曾祺也分析得十分

---

① 赵树理. 在北京市业余作者短篇小说创作座谈会上的发言//赵树理全集：第4卷. 太原：北岳文艺出版社，1990：528.

② 汪曾祺. 小说的散文化//汪曾祺全集：第4卷. 北京：北京师范大学出版社，1998：79.

③ 汪曾祺. 小说技巧常谈//汪曾祺全集：第3卷. 北京：北京师范大学出版社，1998：295.

④ 汪曾祺. 小小说是什么//汪曾祺全集：第4卷. 北京：北京师范大学出版社，1998：45.

⑤ 汪曾祺. "揉面"——谈语言//汪曾祺全集：第3卷. 北京：北京师范大学出版社，1998：182.

透彻:

> 戏要夸张,要强调;小说要含蓄,要淡远。李笠翁说写诗文
> 不可说尽,十分只能说二三分;写戏剧必须说尽,十分要说到十
> 分。这是很有见地的话。……因此,不能把小说写得像戏,不能
> 有太多情节,太多的戏剧性。如果写的是一篇戏剧性强的小说,
> 那你不如干脆写成戏。①

赵树理的小说戏剧味很浓,他的有些小说干脆就是改编成了戏剧之后才获得了更大的成功。赵树理的小说非常重视情节,使用的又是评书语言,他就是专门写给人听的,他想把小说当成"治疗","问题小说"的深层含义就在这里。于是,尽管在谈到这些问题时汪曾祺依然没有提及赵树理,但他似乎已经有意无意地把自己批评的子弹射向了那个遥远的、尘封在历史岁月中的目标——评书体。既然如此,他还能痛痛快快地喜欢赵树理的小说吗?

那么,又是喜欢,又是不喜欢,喜欢中有不喜欢,不喜欢中又有喜欢,对于赵树理的小说,汪曾祺究竟是一种怎样的态度呢? 实际上,这正是问题有趣之处。我想,无论是褒扬还是明里暗里的批评,汪曾祺很可能都是在向那位屈死于"文革"的"铁笔""圣手"致敬。因为如果赵树理对汪曾祺的影响之说②可以成立的话,我们便可以形成如下极端的结论:没有二十世纪四十至五十年代的赵树理,也就没有八十至九十年代的汪曾祺。正是从赵树理那里,汪曾祺看清了小说写作的可取之点和不可取之处。

同时,我们也应该明白,文学毕竟是不断发展的,一个时代有一个时代的文学。为了四五十年代的农民读者,赵树理拿来并改造了评书体,农民读者也确实喜欢上了赵树理的小说;八十年代的汪曾祺写小说时并没有考虑农民读者,他考虑的是文学本身,于是有了所谓的散文体,然而,农民读者同样对汪曾祺的小说情有独钟。汪曾祺听一位公社书记讲,一次开会时,两位大队书记对面坐着,他们一人一句默写下了《受戒》中明海

---

① 汪曾祺. 两栖杂述//汪曾祺全集:第 3 卷. 北京:北京师范大学出版社,1998:
203.

② 关于赵树理对汪曾祺的影响,可参阅下列文献:李陀. 汪曾祺与现代汉语写作——
兼谈毛文体. 花城,1998(5);杨红莉. 汪曾祺小说"改写"的意义. 文学评论,2005
(6);陆建华. 汪曾祺的春夏秋冬. 郑州:河南人民出版社,2005:94-95.

和小英子的对话。① 大队书记也是农民读者，由此可见农民读者对汪氏小说的喜欢程度。我想，如果赵树理地下有知，听到这个故事他也应该感到欣慰了。

2005 年 12 月 15 日

（原载《当代作家评论》2007 年第 4 期，

《新华文摘》2008 年第 6 期转载）

---

① 汪曾祺.自序//汪曾祺全集：第 4 卷.北京：北京师范大学出版社，1998：206.

民间进入庙堂的悲剧
——以赵树理为例

赵树理无疑是二十世纪四十年代以来最具有民间意识的农民作家，他不仅把自己的民间意识体现在自己的创作中，而且在不同的场合反复强调"三种传统"中应该以"民间传统"为主的问题。让我们来看看他的如下论述：

> 中国现有的文学艺术有三个传统：一是中国古代士大夫阶级的传统，旧诗赋、文言文、国画、古琴等是。二是五四以来的文化界传统，新诗、新小说、话剧、油画、钢琴等是。三是民间传统，民歌、鼓词、评书、地方戏曲等是。要说批判的继承，都有可取之处，争论之点，在于以何者为主，文艺界、文化界多数人主张以第二种为主，理由是那些东西虽来自资产阶级，可是较封建的进一步，而较民间的高级，且已为无产阶级所接受。无形中已把它定为正统。……
>
> 以民间传统为主则无上述之弊，至于认为它低级那也不公平。民间传统有很多使他们相形见绌的部分——例如有些民间唱法能使人想听不清也不行，有些洋唱法，就是神仙也听不清楚。不高是可以"提"的，总比先把一大部分人拒于艺术圈子之外好得多，这个道理强烈反对的人也不多，就是愿意那样做的人太少了。①

考虑到这是赵树理在"文化大革命"中（约 1966 年末）写的第一份检查材料中的观点，而这个观点又是对他四十年代以来同样观点的重申、固定和润色，我们便可以得出如下结论：赵树理至死都在捍卫着他心目中的民间传统，他的执着甚至使当代文学研究者形成了这

---

① 赵树理. 回忆历史　认识自己∥赵树理全集：第 5 卷. 太原：北岳文艺出版社，1990：389－390.

样一种看法："赵树理是个典型的民间文化正统论者，他始终把五四新文化传统与民间文化传统对立起来，认为新文化不及民间文化。"①公正地说，这种看法是十分准确的。这既是赵树理的偏激之处，也是他的可爱之点。

那么，为什么赵树理要捍卫民间传统呢？他究竟要把民间文化派上何种用场？一旦提出这样的问题，我们就既无法回避赵树理与知识分子为代表的新文化传统之间的种种矛盾，也无法忽略他与主流意识形态那种错综复杂又非常微妙的关系。赵树理在农村虽然算得上一个"知识分子"，但是在严格的意义上，他从来都不是一个真正的知识分子，而是一个"民间艺人"。②这不仅因为他"出生于农村，对民间的戏剧、秧歌、小调等流行的简单艺术形式及农民的口头语言颇熟悉"③，而且因为在他后来的人生旅途和创作生涯中，他一直在以农民的思维方式、情感方式游走于文坛内外，以至于在许多问题上体现出农民式的执着、焦虑、无奈、天真甚至幼稚。与新文化传统明里暗里的较量便是一个典型的例证。赵树理未成名之前，虽然已经写过许多半文艺半宣传的作品，但是他那些土里土气的东西不但没有得到知识分子的认可，反而遭到了嘲笑。据《赵树理传》记载，当时"新华日报社集中了太行山上最优秀的知识分子，他们大多是在外国文学或新文学的指引下踏进文学殿堂的，从未听说过艺术之宫中还有什么'驴打滚'的场所，更讨厌把高雅的文艺女神同俗不可耐的'打滚驴'搅在一起。因此，他们常常要揶揄一番浑身冒土气的赵树理，给他送上'庙会作家''快板诗人'的外号，或者编派他的'战场轶事''晚会趣闻'"④。与此同时，赵树理也起而反击，他把那些模仿马雅可夫斯基的新诗讥之为"有点（省略号）、带杠（破折号）、长短不齐的楼梯式，妈呀体"⑤。

显然，源自四十年代初期的这些交锋已隐含了这位民间艺人与一

---

① 陈思和. 民间的浮沉：从抗战到文革文学史的一个解释 // 鸡鸣风雨. 上海：学林出版社，1994：33.

② 近年来，有学者把赵树理定位成知识分子，笔者以为有把赵树理拔高之嫌。参见席扬. 角色自塑与意识重构——试论赵树理的"知识分子"意义 // 多维整合与雅俗同构——赵树理和"山药蛋派"新论. 北京：中国社会科学出版社，2004：24-42.

③ 赵树理. 回忆历史　认识自己 // 赵树理全集：第5卷. 太原：北岳文艺出版社，1990：373.

④ 戴光中. 赵树理传. 北京：北京十月文艺出版社，1993：141.

⑤ 董大中. 赵树理年谱. 太原：北岳文艺出版社，1994：195-196.

些知识分子矛盾的诸多征候，而民间文化则是他向新文化"叫板"乃至宣战的得力工具。新中国成立之初，他主张"打入天桥去"，主编《说说唱唱》，并不断在各种场合呼吁人们重视民间文化传统，虽然原因多多，但其中的一个重要原因就是要与新文化传统一比高低。而以丁玲为首的"文协"（后来改称中国作家协会）和以赵树理为代表的"大众文艺创作研究会"所出现的"东西总布胡同"之争，除了"暗寓着对一直被尊为'正宗'的'新文学'的极大威胁"①之外，可能也使赵树理意识到知识分子对他的"欺压"。于是赵树理不得不进一步倚重民间资源，然后向丁玲那样的知识分子继续宣战。孙犁指出："这一时期，赵树理对于民间文艺形式，热爱到了近于偏执的程度。对于'五四'以后发展起来的各种新文学形式，他好像有比一比看的想法。"②所谓"偏执""比一比看"，其实就是赵树理对知识分子话语的反抗。这时候的赵树理颇像一位老实巴交的农民，他在外面受了"欺负"之后毫无办法，只能回家打孩子出气，他希望他的孩子能替他争气，所以就把所有的工夫下在了孩子身上。事实上，民间文化就是赵树理的孩子，也是他唯一可以与知识分子和新文化传统分庭抗礼的"文化资本"。

今天看来，民间艺人与知识分子、民间文化与新文化之争也许有更为丰富的意义，但是我们更应该注意的是这样一个事实：在四十年代以来的主流意识形态面前，这种争论和比试更像是一次妻妾之争，双方都在努力改造自己、展示自己，以便博得主流意识形态的垂恩与青睐。于是，民间文化之于赵树理也就负有了更为复杂的使命。为了能更充分地呈现这一问题，我们可以比较一下二十年代"到民间去"的知识分子与同样面对民间的赵树理之间的不同选择。

表面上看，四十年代以后赵树理的独重民间与二十年代知识分子的"到民间去"异曲同工，但实际上却有本质的区别。总体而言，"到民间去"运动是在思想启蒙和文化救国的思路之下做出的一种选择，这种选择一方面秉承了俄国民粹主义知识分子的流风遗韵，一方面又接通了中国传统文人把乡村世界田园化、浪漫化和理想化的精神脉络。于是，乡村世界相对于已经异化的城市文明而言，成为一个清

---

① 席扬.赵树理为何要"离京""出走"//多维整合与雅俗同构——赵树理和"山药蛋派"新论.北京：中国社会科学出版社，2004：18.

② 孙犁.谈赵树理//陈荒煤，等.赵树理研究文集：上卷.北京：中国文联出版公司，1998：27-28.

新、健康的空间，民间文化成为对抗儒家正统文化的得力工具。洪长泰指出："在中国不少民间文学家看来，唯有在农民身上，才保持了人的善良本性，这些本性已很难从文明化了的都市人身上找到了。顾颉刚就说过，作为民歌的重要体裁，情歌只有在农村才能广泛流传，原因很明显，城市受过教育的人们碍于封建礼教的束缚，是不敢承认情歌的合法地位的。有的学者甚至断言，城里人早由于生活腐败、自命清高而创作不出什么真正的情歌来了。还有的民间文学家讲，即便城里的文人雅士有自己的情歌，他们也难以启齿纵情欢唱。他们灵魂中的桎梏实在比乡村农民要多得多。"① 由此不难看出，"到民间去"不仅是启蒙农民，而且是要去发掘"下层文化"的价值，然后让它参与到中国新文化的建设中来。显然这是文化主义的思路，其中并无政治意识形态的耳提面命。

赵树理自然不存在一个"到民间去"的问题，因为他就"在民间"，这种位置很大程度上决定了他看问题的眼光——如果说"到民间去"的知识分子首先发现的是民间之美，而赵树理首先看到的则是民间之丑。比如，在对农村情歌的看法上，赵树理的眼光便迥然不同："农村的小调倒是农村无产阶级的东西，不过大都是些哼哼唧唧的情歌，不但是唱的人自以为摆不到天地坛上，就是勉强摆上去也不成个气派，因此在过去就不能在公开的场合去唱。"② 对比一下顾颉刚等人的看法，赵树理显然没有去发掘情歌的真正价值。而更多的时候，赵树理则把包括戏剧在内的民间文艺形式看作封建主义幽灵的承载者："在今天决不能仍是'旧瓶装新酒'使内容受到限制，当然更不能完全是旧戏了，而某些地区还是以现代人物穿上古戏服装，新的问题仍是旧的表演手法，不伦不类，群众看着很不起劲。甚至单纯迁就旧的，有的还演出些才子佳人，淫词滥调，投合一部分人的低级趣味，为封建阶级散布毒素。"③ 如此看来，民间文艺在赵树理的眼里就不仅丑陋，而且还存在着比丑陋更为严重的问题。

当然，赵树理所看到的民间之丑还不能仅仅归结为"位置"问题，因为当他这样思考问题时显然已戴上了意识形态的有色眼镜。这

---

① 洪长泰. 到民间去——1918—1937 年的中国知识分子与民间文学运动. 上海：上海文艺出版社，1993：24.

② 赵树理. 艺术与农村 // 赵树理全集：第 4 卷. 太原：北岳文艺出版社，1990：168.

③ 赵树理. 秧歌剧本评选小结 // 赵树理全集：第 4 卷. 太原：北岳文艺出版社，1990：161 - 162.

种意识形态一方面是被简化了的"五四"知识分子的启蒙意识形态，一方面又是延安"整风运动"以后被强化了的政治意识形态。种种事实表明，赵树理无论如何都应该算作五四新文化运动的继承者和获益者，但是他对这次思想启蒙运动的理解并没有超出官方的解释。而当毛泽东在《新民主主义论》中把"反帝反封建"规定为五四运动的基本主题时，这种概括虽高屋建瓴，但五四运动丰富的思想启蒙意义无疑也被纳入"革命"的宏大叙事中而遭到了简化。很大程度上，赵树理所看到的民间之丑就是这种被简化的意识形态打量之下的结果。于是我们也就不难看到，同样是把"反封建"的主题延伸至民间，"五四"知识分子（比如鲁迅）的思考更加丰富复杂，而赵树理的考虑却更为单纯。与此同时，"整风运动"之后，新型的政治意识形态开始确立。为了让民间文化承担起重大的政治使命，政治意识形态之手开始伸向民间。陈思和在谈到这个问题时曾把二十世纪四十年代的秧歌剧运动拿出来加以分析，并形成了如下看法：

> 秧歌剧是陕北地区民间文化固有的品种，它用北方农民喜爱的活泼形式，综合音乐、舞蹈、戏剧等手法，表达出民间生活的内容。这些内容反映了什么呢？周扬在 1944 年写的一篇文章里承认："恋爱是旧的秧歌最普遍的主题，调情几乎是它本质的特点。""恋爱的鼓吹，色情的露骨的描写，在爱情得不到正当满足的封建社会里往往达到了对封建秩序、封建道德的猛烈抗议和破坏。"周扬站在知识分子立场上总结着这一类民间文化的精神，他甚至认为有些秧歌剧中描写爱情的"细腻与大胆"，可以与莎士比亚作品相媲美。秧歌剧里不仅有男女主角，还配有活泼可爱的丑角，这是"在森严的封建社会秩序和等级面前唯一可以自由行动、自由说话的人物"。但是，这些充满民间气息的秧歌剧被改造成新秧歌剧以后面貌就不同了。那一年春节的秧歌剧运动中，主题一律改成生产劳动、二流子改造等政治性的宣传鼓动，其功能不再被当成简单的娱乐，而是一种群众"自我教育的手段"。周扬借群众之口，说旧秧歌只是"溜勾子"秧歌，"耍骚情地主"，而新秧歌则是"斗争秧歌"。"新的秧歌取消了丑角的脸谱，除去了调情的舞姿，全场化为一群工农兵，打伞改用为镰刀

斧头，创造了五角形的舞形。"①

今天看来，完全可以把秧歌剧运动看作政治意识形态整顿、改造乃至净化民间的系统工程，此后的工农兵文艺、新民歌运动、样板戏、"三突出"、高大全等等，均可看作这一工程的进一步延续。而赵树理起码在当时是非常自觉地认同这一政治意识形态的最高律令的。当他后来接触到毛泽东的《讲话》像"翻了身的农民一样感到高兴"，居然能反复研究到一字不落地背下这篇两万字的著作时②，可以想见，政治意识形态是如何地深入了他的骨髓之中，并终于使他形成了"老百姓喜欢看，政治上起作用"的写作宗旨。以这一宗旨进一步打量民间，那里就不光是如何封建的问题，而是还存在着大量的与政治意识形态相抵牾的东西，它们必须被彻底清除、予以扫荡。那么如何清除呢？由于赵树理否定了"旧瓶装旧酒"，又不满意"旧瓶装新酒"，所以他的方案只能是"新瓶装新酒"。也就是说，他一方面要改造那个自在自为的民间文艺形式，同时更要启用符合政治意识形态的内容，如此才能使"瓶"和"酒"一起新起来。

应该说，赵树理很大程度上达到了他想达到的目的。比如，小说在赵树理手中变成了"现代评书体"，便是"新瓶装新酒"的一次成功示范。评书体是中国传统小说的一种特有形式，从它的发生过程（来自话本和拟话本）看，其民间意味是非常浓郁的。然而，传统的评书体小说既有所长，又有所短。长处在于它总是以说书人的口吻来叙述故事，重人物形象的塑造和性格刻画，使用口语化的语言，有话即长，无话即短，有头有尾，交代清楚，且矛盾一定"当场"解决；短处在于用作说书人表演手段的诗词、入话、头回等等最终演变成小说的结构体制，于是，凡此小说，结构便千篇一律，且叠床架屋，甚为臃肿。更关键的是，评书体小说至"三言""二拍"，其中的一些小说"发展了宋元话本的落后面和缺点。小说中的矛盾冲突一般不如话本的直接尖锐。思想上，宣扬封建道德、宿命因果、剥削投机、淫乱奢侈；艺术上，单纯追求离奇曲折，不注意刻画人物，语言夹文夹白、艰涩枯燥"③。凡此种种，都成了赵树理改造的对象。

① 陈思和. 民间的浮沉：从抗战到文革文学史的一个解释 // 鸡鸣风雨. 上海：学林出版社，1994：36.

② 戴光中. 赵树理传. 北京：北京十月文艺出版社，1993：174 - 175.

③ 胡士莹. 话本小说概论：下册. 北京：中华书局，1980：400.

赵树理的改造自然是成功的。即便以今天的眼光看，《小二黑结婚》《李有才板话》《登记》等小说依然散发着某种艺术魅力，这应该是赵树理改造民间所取得的重大成果。但与此同时，我们也不能不为赵树理而感到深深遗憾，因为他的所有小说如果剔除了民间形式，其主题和意蕴便会显得十分单薄。当然，话说回来，形式与内容其实又是无法分离的。汪曾祺认为："语言不是外部的东西。它是和内容（思想）同时存在，不可剥离的。语言不能像橘子皮一样，可以剥下来，扔掉。世界上没有没有语言的思想，也没有没有思想的语言。"①如果我们承认赵树理小说中那种鲜活、灵动、朗朗上口的语言正是一种民间形式，那么，这种形式显然已被来自政治意识形态的内容浸泡过、渗透过，它成了一种"有意味的形式"，成了一种特殊年代政治化了的美学。

政治常常会变成美学，美学中往往会隐含着政治，这个道理自然不难理解。只是如此一来，民间就处在了一个被利用的位置——那个本来是混沌、无序、丰富、驳杂的民间被提炼也被简化，那种充满野性的民间精神也不得不接受驯化，进而成为为政治服务的工具。赵树理在谈到叙述与描写的粗细问题时曾举过一个例子，这个例子我们今天完全可以重新加以解读：

> 相传有个艺人说《西厢记》中的莺莺在进一重门的时候，说了一个礼拜还没有进去，而听众还不觉得厌烦。我以为这是过去评书的一种毛病：过去的茶馆里说书的评书艺人是每说一段收一次费的；而听众又有些是有闲阶级（可以说是职业听众），每天可以误上整天工夫来听书。这一类听众，要求的是轻松扯淡的小趣味，而并不打算在其中接受什么教育。艺人们为了照顾到这一批长期顾客，有时候就得加油加醋以适应他们的需要。不过一般听众仍是要求故事进展得快一点，主要的内容厚一点的。今天那样一类有闲的听众没有了，所以写莺莺的时候，写到她突破封建婚姻制度的地方不妨多花点笔墨，而对她进门的姿态、风度可以少写，至于有闲阶级要求加入的色情的部分则要去掉，以便于使

---

① 汪曾祺.中国文学的语言问题//汪曾祺全集：第4卷.北京：北京师范大学出版社，1998：217.

我们的新的听众尽可能在少的娱乐时间里，接受到一整本足够深刻的《西厢》故事。①

说书无疑是一种民间文艺形式，但是在这里，赵树理打量它的时候动用的却是一种政治意识形态所规训过的眼光，而不是一种纯粹的民间眼光，所以他才会把说书人、听书人认为"有趣"的部分看成一种毛病。"有趣"的部分并不见得好，却也并不见得坏，如果依照民间的眼光看，我们只能说这是一种很"正常"的做法，而且这种做法也恰恰反映了民间艺术的自在与无序。然而，赵树理却认为这样的评书应该"提升"。提升到哪个方面呢？自然是提升到让听众受教育的方面。评书经过如此这般的处理之后肯定会变得"清洁"起来，但是民间艺术那种特有的野性和意味也许就会消失殆尽了。

事实上，"消失"现象首先就在赵树理身上出现了。孙犁谈到赵树理"进城"之后，"他的创作迟缓了，拘束了，严密了，慎重了。因此，就多少失去了当年青春泼辣的力量"②。陈思和进一步指出，"青春泼辣"的丧失其实就是民间精神的失落。③ 这种判断应该是准确的，但是却语焉不详。在我看来，从《小二黑结婚》开始，赵树理就开始了与政治意识形态自觉合作的进程，而合作的见面礼就是把民间文艺加工制作之后带进庙堂。在政治意识形态准备整顿民间之际，一个民间艺人能如此急庙堂之所急，并且提供了治理民间的最佳方案，这就难怪政治意识形态的代言人周扬会张开双臂拥抱、欢迎这位农民作家了。赵树理自然也是高兴的，他的高兴表面上看是他的写作获得了成功，但是在象征的意义上却意味着民间得到了官方的认可，从而取得了一个合法的位置。然而，民间进入庙堂之后也意味着悲剧的开始。因为从此以后民间那个"场"已然失效，它必须接受庙堂的游戏规则。赵树理把民间请进庙堂时已在很大程度上完成了对民间精神的自我去势，但是，庙堂的游戏规则却分明是让它不断去势。作为民间话语的代言人，赵树理自然也有一条底线。在底线之内，民间话语尽管已经委曲求全却依然能与政治话语和平共处，两者形成了某种张

---

① 赵树理.《三里湾》写作前后∥赵树理全集：第 4 卷. 太原：北岳文艺出版社，1990：285.

② 孙犁. 谈赵树理∥赵树理研究文集：上卷. 北京：中国文联出版公司，1998：27.

③ 陈思和. 民间的浮沉：从抗战到文革文学史的一个解释∥鸡鸣风雨. 上海：学林出版社，1994：36.

力——很大程度上，这也是赵树理小说的艺术魅力之所在；一旦突破这条底线，即意味着已经去势的民间话语再无藏身之处。而这时候的赵树理虽然还在勉为其难地写作，但是他无法不迟缓、拘束，因为民间已经荡然无存，形成张力的空间已无所依傍。最终，就是这种勉为其难的写作也无法坚持下去了。1966 年，赵树理读到了金敬迈的《欧阳海之歌》，然后形成了如下认识："这些新人新书给我的启发是我已经了解不了新人，再没有从事写作的资格了。"①

这就是民间进入庙堂的悲剧结局。事实上，这既是赵树理这个民间艺人的悲剧，同时也是民间艺术本身的悲剧。因为既然民间艺术只有被改造过之后才能公之于众，人们长期被这样的民间艺术喂养，也就形成了一种既定的"成见"：民间艺术是封建的、低俗的、野蛮的、粗鄙的、浅薄的、下流的、色情的，它必须经过一个去粗取精、去伪存真的过程。否则，它就不入"文明人"的法眼，就会成为"文明社会"潜在的敌人。——经过时间长河的冲刷，今天的人们尽管已经意识到政治介入民间的危害，但依然会以一种积淀起来的上述无意识心理丑化民间。殊不知，这正是政治意识形态侵犯民间留下的后遗症。人们吃惯了大棚地里的菜，已经不知道经风历雨的野菜是什么滋味了。

赵树理意识到他这样做的后果了吗？恐怕直到他被迫害致死他都没弄清楚。五十年代之后的赵树理倒是对小说渐渐失去了兴趣，他的情感天平倾斜到了那些"小戏"、秧歌和能够"说说唱唱"的鼓词、相声等曲艺形式上，甚至在"文革"中被批斗时他还表示：如果以后还有机会写作，他将再也不写小说，而是专攻戏剧。② 表面上看，他更加关注民间文艺形式了，他设想着一种更行之有效的让农民看懂听懂、与民间沟通的交往方式。然而，实际上，他潜心研究的目的依然是让野性难驯的民间听话，他从来没有想过如何去守护原生态的民间，进而把民间建构成一个对抗的空间。

于是，历史在赵树理身上错失良机。我们当然没办法因此而责怪赵树理，但是我们也必须意识到这样一个问题：赵树理是民间话语的代言人，但是在一定程度上，他又是民间文化的掘墓人。民间文化因

---

① 赵树理. 回忆历史　认识自己 // 赵树理全集：第 5 卷. 太原：北岳文艺出版社，1990：393.

② 董大中. 赵树理年谱. 太原：北岳文艺出版社，1994：656.

他而形成的是非功过，也许更值得人们长久地深思。

2006 年 1 月 25 日写，2 月 23 日改

为纪念赵树理诞辰 100 周年而作

（原载《南方文坛》2006 年第 3 期，收入《21 世纪年度文学

评论选·2006 文学评论选》，人民文学出版社 2004 年版）

《"锻炼锻炼"》：从解读之争到阐释之变
—— 赵树理短篇名作再思考

《"锻炼锻炼"》是赵树理后期写出的一个短篇小说。自 1958 年该作发表以来，学界对其评价可谓发生了戏剧性的变化。1959 年，先是《文艺报》以《文艺作品如何反映人民内部矛盾》为题展开"读者讨论会"，先后分两期（第 7 期与第 9 期）发表读者来稿 11 篇，随后（第 10 期）又刊发著名作家王西彦长文《〈锻炼锻炼〉和反映人民内部矛盾》，使这场讨论显得有声有色。与此同时，在《文艺报》之外，这场讨论不仅延续在其他报刊，也扩展到大学之中（例如山东大学中文系一年级学生便开展过相关讨论①），更是引来了著名学者唐弢为赵树理其人其作的辩护之词。② 这是《"锻炼锻炼"》引发热议的第一阶段。二十世纪八九十年代，《"锻炼锻炼"》在学界的关注度总体上不高，但由于董大中先生和陈思和先生的重新解读，对这篇作品的阐释发生了逆转。这应该看作《"锻炼锻炼"》接受史上的第二阶段，也是至关重要的一个阶段。世纪之交以来，"重读"《"锻炼锻炼"》的论文不断见诸专业性杂志③，这在赵树理的小说解读中并不多见。而尤其值得注意的是，这一阶段的解读除少数研究者有新的角度外，大部分论文延续的还是第二阶段的阐释模式，由此可见第二阶段的解读影响之大。

---

① 也来讨论"锻炼锻炼". 山东大学学报，1959（2）.
② 唐弢. 人物描写上的焦点. 人民文学，1959（8）.
③ 据笔者在中国知网上统计，2002—2016 年，单以《"锻炼锻炼"》为题的论文就达 21 篇。其中较重要的论文有：秦雁周. 锁定政治开放人生——再读赵树理的《锻炼锻炼》. 晋东南师范专科学校学报，2004（1）；白春香. 赵树理的反讽式小说——对《"锻炼锻炼"》的叙事学分析. 晋中学院学报，2005（2）；韩振江. 在农民与现代化之间的思考——重读赵树理《"锻炼锻炼"》. 高校理论战线，2011（11）；罗岗. "文学式结构"与"伦理性法律"——重读《"锻炼锻炼"》兼及"赵树理难题". 文学评论，2014（1）；王再兴. 小说的批评与批评的历史化——重读赵树理的《"锻炼锻炼"》及其他. 文艺争鸣，2015（2）；曹书文. 人的意识与性别意识的双重失落——重读赵树理的《锻炼锻炼》. 文艺争鸣，2016（8）.

本文主要聚焦于《"锻炼锻炼"》被解读的第一、第二阶段，梳理其主要观点，呈现其种种征候，思考其阐释框架，并在此基础上试图提供笔者对这篇作品的一种理解。

政治意识形态阐释框架下的解读之争

当我们思考《"锻炼锻炼"》第一阶段的讨论时，首先值得关注的是《文艺报》的编者按语。此按语指出："这篇小说在读者中引起了很不相同的反应：有些读者热烈地欢迎这篇小说，认为小说真实地反映了1957年整风运动中农村生活的一个片断，具有典型意义，并且已经产生了推动生活前进的积极作用；有些读者却认为这篇小说歪曲了现实生活。我们认为对这篇小说的估价和分析，涉及文艺创作如何反映人民内部矛盾、如何描写生活中的落后现象、如何运用讽刺等问题。这些是目前文艺创作中、文艺作品的阅读和欣赏中普遍存在的问题，我们企图通过《'锻炼锻炼'》以及其他类似作品的讨论，对这一问题作进一步探讨。"[①] 从这个按语中可以看出，这篇小说刊发后确实引发了热议，并形成了正反两种意见。而设计出"文艺作品如何反映人民内部矛盾"的讨论题目并在按语中进一步强调此问题，亦可看作是《文艺报》对这次讨论的规范和引导。

无论从哪方面看，这一讨论题目或主题的设定都是政治意识形态的产物。因为早在1957年2月，毛泽东就在最高国务会议第十一次（扩大）会议上作了题为《关于正确处理人民内部矛盾的问题》的讲话，随后，此篇讲话在《人民日报》（1957年6月19日）上公开发表。毛泽东对这一时期的基本判断是，"革命时期的大规模的急风暴雨式的群众阶级斗争基本结束，但是阶级斗争还没有完全结束"，于是国内的主要矛盾由敌我矛盾变为人民内部矛盾。两类矛盾的性质不同，解决的方法自然也不一样，"前者是分清敌我的问题，后者是分清是非的问题"。具体言之，解决人民内部矛盾是要采用"团结—批评—团结"的公式："从团结的愿望出发，经过批评或者斗争，分清

---

① 文艺作品如何反映人民内部矛盾（读者讨论会）"编者按". 文艺报，1959（7）.

是非，在新的基础上达到新的团结。"或者说是"惩前毖后，治病救人"。① 1957 年 4 月 27 日，中共中央发出《关于整风运动的指示》，决定在全党进行一次以正确处理人民内部矛盾为主题，以反对官僚主义、宗派主义和主观主义为内容的整风运动。5 月 2 日，《人民日报》发表社论《为什么要整风？》，指出在社会主义改造基本完成后，"人民内部矛盾已经在我国历史舞台上代替敌我矛盾而居于主要地位"。"要在全国采取扩大民主生活，扩大批评和自我批评的办法，使领导者和群众之间的矛盾变得容易发现和容易顺利解决"，最终"使领导者同群众打成一片，使人民内部的关系面貌一新，使官僚主义、宗派主义、主观主义、老爷架子，大大减少"。② 随后，全党整风运动逐步展开。

这便是《"锻炼锻炼"》之所以面世的历史语境。也就是说，小说虽然写于 1958 年 7 月，却依然是赵树理配合政治形势，进而想在"政治上起作用"的产物。关于这一点，赵树理并无任何避讳之意，他不但在小说开头部分明确了故事发生的具体时间——"这是一九五七年秋末'争先农业社'整风时候出的一张大字报"③，而且差不多在《文艺报》展开讨论《"锻炼锻炼"》的同时，在《火花》杂志（《"锻炼锻炼"》首发于该刊）撰文发表对创作问题的看法。这篇长文谈及四个问题，其中第二个问题即为"如何表现人民内部矛盾问题"。值得注意的是，当赵树理谈及自己的小说时，他认为《李有才板话》既有敌我矛盾，又有人民内部矛盾，而《三里湾》则是"作为人民内部矛盾写的"。《"锻炼锻炼"》也是如此：

> 再如《"锻炼锻炼"》这篇小说，也是因为有这么个问题，就是我想批评中农干部中的和事佬的思想问题。中农当了领导干部，不解决他们这种是非不明的思想问题，就会对有落后思想的人进行庇护，对新生力量进行压制。这种现象虽然不是太普遍的，但在过去游击区和后解放的地区却还不太少。这是一个人民内部矛盾问题，王聚海式的，小腿疼式的人，狠狠整他们一顿，犯不着，他们没有犯了什么法。可是他们思想、观点不明确，又

---

① 毛泽东．关于正确处理人民内部矛盾的问题．人民日报，1957－06－19.

② 为什么要整风？．人民日报，1957－05－02；董大中．赵树理年谱．太原：北岳文艺出版社，1994：469.

③ 赵树理．"锻炼锻炼"∥赵树理全集：第五卷．北京：大众文艺出版社，2006：221.

> 无是无非，确实影响了工作进展。对于他们这一类型的人，我觉
> 得最好的办法是把事实摆出来，让他们看看，使他们的思想提高
> 一步。现在各地虽然都已经公社化了，但这类思想还是存在着
> 的，我认为写写还有用处。①

如此看来，无论当时的历史语境还是作者的写作意图，都大致决定了这篇小说的主题蕴涵，也在很大程度上规定了它的阐释走向，即这是一篇通过呈现农村整风问题，揭示人民内部矛盾的小说。而我们所能看到的作品讨论中，大部分讨论者也都遵循了这一阐释框架。例如，刘金指出："这篇小说的突出的优点，还在于它真实地反映了人民内部的矛盾，具体地说，是农民阶级内部的矛盾。……当作家们对于反映人民内部矛盾还有点缩手缩脚的今天，这篇小说就尤其显得重要。……作者对于那些落后人物的揭露和讽刺，是尖锐的、辛辣的、淋漓尽致的，但又是善意的、恰如其分的，与对待敌人不同的。这一点很重要。这不仅是作者对于内部矛盾的态度问题，而且是对于矛盾的深刻理解和正确把握问题。理解得不深，把握得不稳，就会把两类矛盾混淆起来，就会使内部矛盾不像内部矛盾，倒像敌我矛盾，或者干脆使矛盾变质。"② 而王西彦则在分析了一番作品后指出："就《锻炼锻炼》所反映的人民内部矛盾而论，赵树理同志对生活的熟悉和理解，是远较我们深刻的，至少我个人的情况是这样。"③ 由此可以看出，一旦采用这一阐释框架，所阐释出来的文本意涵便大致等于作者输入作品中的意涵，这也意味着小说在读者层面形成的客观接受效果与赵树理的主观创作意图是大体吻合的。这是阅读过程中的顺向接受，也应该是赵树理所希望达到的预期效果。

但并非所有的读者都能如此接受，尤其是当他们发现了这篇小说存在的问题时，就越过了人民内部矛盾的阐释框架，进入敌我矛盾的思维方式之中。这就不得不提到武养撰写的那篇著名的批评文章了。作者认为，作为"一篇歪曲现实的小说"，《"锻炼锻炼"》描述出来的故事和塑造出来的人物是不真实的，这主要体现在以下两个方面。（1）群众（主要是妇女）不真实："在作者的笔下，除了高秀兰这个

① 赵树理. 当前创作中的几个问题//赵树理全集：第五卷. 北京：大众文艺出版社，2006：304.

② 刘金. 也谈《锻炼锻炼》. 文艺报，1959（9）.

③ 王西彦.《锻炼锻炼》和反映人民内部矛盾. 文艺报，1959（10）.

理想的进步妇女外，读者看不到农村贫农和下中农阶层的劳动妇女的形象，所看到的只是一大群不分阶层的、落后的、自私到干小偷的懒婆娘。难道这就符合农村现实吗？难道这就是农村妇女的真实写照吗？"(2)干部不真实：这个社的主要领导人本来应该是"党的化身"和"党的政策的具体执行者"，"然而在作者的笔下，他们却成了作风恶劣的蛮汉，至少是严重脱离群众的坏干部"。当杨小四动不动就拿"送到法院去改造"威胁劳动妇女时，"它给予读者的印象不是社干部与社员的关系，而是民警与劳改犯的关系，所不同的只是这些干部没有武器罢了"。但是，对于这些"惯用捉弄、恐吓、强迫命令"的领导干部，作者却"给予极大的支持和同情"，"与其说作者在歌颂这种类型的社干部，倒不如说是对整个社干部的歪曲和诬蔑"。①

在《"锻炼锻炼"》的讨论中，并非只有武养一人提出了这样的批评意见。例如，有人认为杨小四和高秀兰的错误是"以对待敌人的手腕来对待自己的同志，以消极惩罚的方式来代替积极的正面教育"，因此，"这篇作品是存在比较严重问题的"。②还有人从典型性问题入手，认为作者企图把杨小四写成"有魄力、有朝气、泼辣大胆、敢作敢为的农村干部中的新生力量。但是却不能引起读者的美感，因为他一张口就是教训人，动不动就是'罚款''送法院''坐牢'，尽管他解决了社里所未曾解决的问题，但是他的胜利并不表明农村中社会主义力量的胜利，而仅仅说明他捉弄人的成功"。③这样，这篇小说的环境与人物就都难以具有典型性。但相比之下，武养的观点显然更富有刺激性和挑战性，以至于为赵树理辩护者都没办法在它面前绕道而行，而只好先反驳其观点之错误，后正面阐发作品立意之正确，或者总体上肯定作品之好，局部上指出杨小四的工作方法存在问题。但实际上，反驳武养观点和为赵树理辩护并非没有难度，于是这场讨论也就呈现出了值得进一步思考的种种征候。

今天看来，武养的批评文字无疑有着那个年代的上纲上线之辞，其中的荒谬之处自然无须多言。但就其阐释框架而言，他与正方所拥有的显然又是一奶同胞，并无本质区别。因为所谓的"坏干部""作风恶劣的蛮汉"，干部与社员的关系是"民警与劳改犯的关系"等等，

---

① 武养. 一篇歪曲现实的小说——《锻炼锻炼》读后感. 文艺报, 1959 (7).
② 安杨. 这是什么工作方法？. 文艺报, 1959 (9).
③ 李联明. 略谈《锻炼锻炼》的典型性问题. 文艺报, 1959 (9).

这既是武养看出来的东西，也是敌我矛盾关系模式的一种表述。也就是说，当武养解读着《"锻炼锻炼"》时，他是要把赵树理的写作意图与作品的客观效果拽入一种敌我矛盾之中，而辩护者则力图把它们拉回到人民内部矛盾之内，而无论是前者还是后者，它们都脱胎于毛泽东的那篇讲话，也都隶属于政治意识形态的总体阐释框架。只要遵循着这种阐释框架，双方也就只能在二元对立的关系模式（如真实/不真实、歪曲/不歪曲等）中展开问题，进而形成非此即彼的选择。这种阐释框架近似于按图索骥，图之外的样子既然已被索骥者事先屏蔽，他们也就无法从小说中解读出更多的东西了。

这就难怪唐弢有了如下抱怨之辞："有同志说，杨小四这个人物也写得不错，敢说敢为，干劲十足，可就是一点，他的对待落后群众的办法，有点强迫命令，捉弄压服。好些人对此表示不满意。于是艺术作品《"锻炼锻炼"》的讨论，终于集中在工作方法上，成为对'争先社'干部提意见了，这倒是一件有趣的事情。按理说，如果人物塑造很成功，和人物性格直接联系的他的行动——包括工作方法在内，就不应该成为訾议的对象，否则的话，杨小四的性格便被分裂，不再是一个完整的形象。难道一篇小说里能够同时存在一个成功的杨小四，又存在一个失败的杨小四吗？不！不可能是这样。"① 显然，唐弢看待《"锻炼锻炼"》摆脱了政治意识形态的阐释框架，启用了人物塑造的美学原则。这样，他也就看出来与众人所见颇为不同的东西，且有了一定的理论高度。但在那个年代，唐弢的这种看法与评法毕竟是凤毛麟角，大多数人依然沉浸在既定的阐释框架中而不能自拔。于是，一篇小说的讨论也终于落脚于好干部与坏干部问题、工作方法问题，而是否反映了农村的实际或是否对农村工作有效，则成为其评判的一个价值尺度。实在说来，这其实并不违背赵树理的创作本意，因为是否"起作用"正是他写作"问题小说"的原动力。

因此，表面上看，第一阶段的这场争论虽然是正方取得了胜利——因为与反方相比，正方毕竟人多势众，且有重量级的人物出场，但这种胜利只意味着小说在"政治上起作用"层面具有了一种合法性，或者是为赵树理的这一创作主张恢复了名誉。同时，这种胜利也只意味着暂时压制了反方的声音，却并不意味着彻底删除了反方的问题。而事实证明，到了《"锻炼锻炼"》接受史的第二阶段，

① 唐弢. 人物描写上的焦点. 人民文学, 1959 (8).

处于潜伏状态的反方问题重新有了出场的机会。

民间意识形态阐释框架下的解读之变

随着赵树理冤案的平反昭雪（1978），对赵树理的阅读与研究进入了一个相对活跃的时期，但在二十世纪八九十年代，《"锻炼锻炼"》的关注度却很低①，这多少显得有些奇怪。而这种语境也恰恰凸显了董大中先生与陈思和先生关注该小说的重要意义：他们一前一后，重新解读，又同声相应，此伏彼起，直至形成了一种新的阐释框架。但今天看来，我们在充分肯定其阐释价值的同时，也应该意识到其存在的问题。

董大中能够意识到《"锻炼锻炼"》的价值所在，应该是情理之中的事情，因为他是国内最早研究赵树理的学者之一，在《赵树理全集》的编纂、赵树理资料的搜集与整理、赵树理传记与年谱的撰写等方面做了大量工作。或许正是这种工作之便，才促成了《赵树理和他的〈"锻炼锻炼"〉》（1981）一文的写作和发表。这很可能是"文革"之后对《"锻炼锻炼"》全面评价的首篇论文。由于在"文革"期间《"锻炼锻炼"》被批为写"中间人物"的"大毒草"，赵树理则被批为写"中间人物"的"祖师爷"②，因而董文全面肯定这篇小说就有了为它平反的意味。而力论"中间人物"刻画的成功，力论他们并未丑化农民也并未污蔑社会主义，则是董文的核心思想。这是对《"锻炼锻炼"》的拨乱反正，应该也是拨乱反正的总体时代氛围催生出来的一枚果实。

但总体来看，这篇文章依然没有完全摆脱 1959 年的阐释框架。这是因为：第一，作者依然"把描写干部的工作方法当作这篇小说的重点"；第二，作者认为《"锻炼锻炼"》的历史功绩，"除了它所塑造的深刻的艺术典型以外，还在于它及时提出了文艺作品如何正确反映人民内部矛盾这样一个重要问题"。③ 这实际上是对 1959 年争论中正方观点的某种重复。值得重视的是作者对赵树理一封书信（1956 年夏天写给长治地委负责人）的引用。赵树理在信中说："有些干部的群

---

① 查中国知网，二十世纪八十至九十年代，以《"锻炼锻炼"》为题的论文只有一篇。这虽然不能说明全部问题，但也能在一定程度上说明学界对这篇小说兴趣不大。

② 董大中. 赵树理和他的《"锻炼锻炼"》// 赵树理研究文集：中卷：赵树理论考. 北京：中国文联出版公司，1996：60.

③ 董大中. 赵树理和他的《"锻炼锻炼"》// 赵树理研究文集：中卷：赵树理论考. 北京：中国文联出版公司，1996：64，68.

众观念不实在——对上级要求的任务认为是非完成不可的，而对群众提出的正当问题则不认为是非解决不可的。又要靠群众完成任务，又不给群众解决必须解决的问题，是没有把群众当成'人'来看待的。"① 虽然这一引用依然是为了说明干部的工作方法问题，但赵树理所谓的"没有把群众当成'人'来看待"显然对董大中构成了极大震动，于是，被他简化的赵树理说法（"把人不当人"）也就进入他的记忆结构之中，成为他后来进一步思考这篇小说的重要依据。

这就需要提到他写于八十年代、出版于九十年代的《赵树理评传》（此书版权页中写的是 1986 年 10 月第 1 版，却是 1990 年 10 月第一次印刷）了。在涉及《"锻炼锻炼"》时，作者先是更详细地引用了赵树理 1956 年的信中内容，接着说明赵树理在"大跃进"的浪潮中为何没有写出《续李有才板话》，进而认为《"锻炼锻炼"》是"作家在'大跃进'初期所奏出的一支很不和谐的调子"，因为这一次他看出了这篇小说中存在着如下矛盾：第一，农村工作中的主要问题本来应该是"命令太死板"，"把人不当人"，但小说却归罪于"小腿疼""吃不饱"一类人的存在。第二，争先农业社中社员不积极劳动本来是由书信中所谓的"命令太死板"造成的，但小说中问题的根源却来自王聚海。第三，杨小四等干部用计谋整人的做法，"与其说他们在做思想教育工作，不如说他们导演了一场闹剧，一场作弄人的把戏。要说'把人不当人'，只能是杨小四等几个青年干部。奇怪的是，小说批评的主要是王聚海，不是杨小四"。有了这些发现之后，董大中也思考了作家的创作方法与世界观是否发生了矛盾，思考的结果是二者"既矛盾又不矛盾"，因为两种现象最终统一到了作家的创作思想中："把事实摆出来"，"这既是小说中人物的做法，也是作家自己的做法。他给有关领导同志写信，采取这种方法；写小说，同样采取这种方法"。而通过这番解读，作者最终发现了这篇小说存在着两种生活逻辑："表层的逻辑，就是争先社的整风过程，深层的逻辑，只有联系作家自己对农村形势的认识和评价，才能够看出来。"至于 1959 年那场关于《"锻炼锻炼"》的讨论，实际的情况是正方只看到了表层逻辑，"认为小说在正确反映人民内部矛盾上创造了经验"。反方"看到的是深

---

① 董大中. 赵树理和他的《"锻炼锻炼"》//赵树理研究文集：中卷：赵树理论考. 北京：中国文联出版公司，1996：65；赵树理. 给长治地委××的信//赵树理全集：第四卷. 北京：大众文艺出版社，2006：481.

层逻辑，把小说所'摆出'的争先社人们都不好好劳动、偷盗成风、干部作风生硬等'问题'，说成作者对'现实'的'歪曲'"。①

在《"锻炼锻炼"》的接受史上，这种解读可谓一次重大突破。董大中采取文史互证的研究方法，第一次发现了这篇小说的主要"征候"：在小说文本之外，赵树理对农村问题已经形成了自己的重要认识——"命令太死板"和"把人不当人"。但是当他写小说时，这种问题却退隐在幕后，取而代之的是王聚海那种"和事不表理"式的问题。杨小四本来应该是批评对象，赵树理却把他塑造成一个正面人物，这样，若把杨小四与"把人不当人"形成某种关联，又会产生某种错位。更重要的是，董大中已意识到1959年的武养其实是看到了这篇小说的深层逻辑，只不过是囿于当时的主流意识形态思维方式，他采用了一种上纲上线的批评话语。也就是说，虽然武养当时是义正词严地正面批评，但他反而比那些表扬者和辩护者看得更深刻、更透彻，他抓住了这篇小说隐而不露的东西，却使用了当年必须使用的那套修辞与表达。这倒不是武养有意为之，暗藏玄机，而是摔跟头捡了个大元宝——歪打正着。

尽管董大中的"征候阅读"颇富成效，但他依然显得比较谨慎。比如，他没有把小说内外的作者表达等同起来，而是仅仅把它们看作一种矛盾或错位。② 几年之后，我们看到这种解读已被大大推进了一

---

① 董大中.赵树理评传.天津：百花文艺出版社，1986：292-296.

② 1995年，董大中其实已在一篇短文中修正了他的这一看法："在1956年以后的十多部（篇）作品中，《'锻炼锻炼'》是最值得注意的。它有极其丰富的思想内蕴和感情积蓄。它表现了好几种人性。杨小四等人是以正面形象出现的，但是'把人不当人'的却正是他们。'小腿疼'、'吃不饱'是被挖苦、讽刺的两个外号，但那却是一种无法抹掉的现实。在社会主义条件下，劳动本来应该是人生的最大幸福（这好像是哪位导师的话的大意），但对争先农业社的妇女说，却像被赶入'劳改队'一样在受难。社主任王聚海是小说中头号被否定的人物，人们把争先社存在的一切问题都归罪于他那'和事不表理'的工作方法，但是真正有人性的干部却是这个人。这篇小说是一锅粥，它煮了太多的东西。也由于是一锅粥，你已经分辨不出哪是红豆哪是豇豆。也许这正是作者的一种叙述策略，它用一个顺应当时政治的故事包裹了他那一时期对农村生活的几乎全部感受。"（董大中.为了人的自由、幸福和尊严//赵树理研究文集：中卷：赵树理论考.北京：中国文联出版公司，1996：163.）从这段论述中可以看出，他已把赵树理小说内外的表达基本等同起来，而不再是一种矛盾和错位了。考虑到此时陈思和已发表了《民间的浮沉》一文（详见下注）且董大中曾告诉笔者他曾说过，那么此文中有关《"锻炼锻炼"》的相关论断就既是此前书中观点的拓展，很可能也是陈文让他有了进一步推进的底气。但笔者完成此文后请董大中先生审阅并指教，他在给笔者的邮件（2017年4月13日）中指出："我和陈思和的观点有些相近，应该是碰上的，不一定是你影响我或我影响你。"

步，推进者则是陈思和先生。

陈思和并非赵树理研究专家，但作为一个致力于中国当代文学史的研究者和思想者，他也敏锐地意识到赵树理现象及其问题的重要性。尤其是当他把"民间"引入文学史观念之中并在 1994 年发表了那篇改变当代文学史认知模式的重要论文时①，赵树理现象便成了他思考的目标，《"锻炼锻炼"》也成为他重点评析的对象。于是，在简要描述了一番赵树理的创作过程和心路历程之后，陈思和特别指出：

> "大跃进"以后，在放"文艺卫星"的狂潮中，编造民歌是极为吃香的，赵树理本想写《李有才板话》的续编，结果却用极其曲折的笔调写出了欲哭无泪的《"锻炼锻炼"》。这是一篇赵树理晚年绝唱，他正话反说，反话正说，明眼人都能看出，他揭露的仍然是农村基层干部中的"坏人"，那些为了强化集体劳动和割资本主义尾巴的基层干部，不但作风粗暴专横，无视法律与人权，而且为了整人不惜诱民入罪，把普通的农村妇女当作劳改犯来对待，而纵容支持这批农村新型干部为非作歹的，正是极左路线下的国家机器和权力，像"小腿疼""吃不饱"这些可怜的农村妇女形象，即使用丑化的白粉涂在她们脸上，仍然挡不住读者对她们真实遭遇的同情。这篇小说从表面文本上看，等于是把西门庆写成英雄，把武大郎写成自私者，但从文本潜在的话语里，真实地流露了民间艺人赵树理的悲愤心理。②

这里的分析虽然并未展开，却是评论《"锻炼锻炼"》中极其重要的文字。随后作者在引用了小说中"小腿疼"大闹社办公室的一段描述之后，又进一步评论道："这个文本很复杂。哪一方仗势欺侮农民不把人当人？哪一方无权无势，告状无门，处处被欺凌？现在经过

---

① 这里主要是指《民间的浮沉：从抗战到文革文学史的一个尝试性解释》（《上海文学》1994 年第 1 期）。实际上，陈思和先生在当年还发表了《民间的还原：文革后文学史某种走向的解释》（《文艺争鸣》1994 年第 1 期），并与此前发表的《当代文学观念中的战争文化心理》（《上海文学》1988 年第 6 期）构成一个系列。此组系列论文极大地改变或刷新了学界对中国当代文学史的认知框架。因论及赵树理部分主要出现在《民间的浮沉：从抗战到文革文学史的一个解释——当代文化与文学论纲之二》（收入《鸡鸣风雨》中的题目），故笔者此处只涉及这篇论文。

② 陈思和 . 民间的浮沉：从抗战到文革文学史的一个解释//鸡鸣风雨 . 上海：学林出版社，1994：41.

'文革'浩劫的读者当然是能够明白了。虽然作家当时主观倾向仍站在主流意识形态的一边，但在他的笔底下，民间发出了极其激越、刻毒的不平之声，小腿疼最后几句从心底里迸发出来的咒骂，在我读来，正是'时日曷丧，予及汝偕亡'式的现代变风。联系1958年极左路线在农村造成的灾难，这种民间的声音真正体现了现实主义的胆识勇气。"① 不知是囿于版面还是其他原因，此段文字并未完整出现在初始发表的论文之中，但它的重要性依然不言而喻。可以说，这一前一后的两段论述相映成趣，构成了陈思和对《"锻炼锻炼"》的主要解读。

那么，又该如何对待陈思和先生的这一解读呢？具体到《"锻炼锻炼"》这一文本，我倾向于把它看作对董大中先生观点的一种拓展。因为陈文虽然没有正面引用董大中的相关论述，但从其他引用②中可以看出，陈思和是读过《赵树理评传》一书的，这很可能意味着董书中关于《"锻炼锻炼"》的相关论述也引起了陈思和的注意，并让其参与了他的进一步思考。所不同者在于，董书有了新发现之后还显得有些犹疑，而陈文则明确把董书中所谓的"深层逻辑"拓展为"潜在话语"，并提出了一种崭新的解释。这样，尽管陈思和并未言及1959年的那场讨论，但无论从哪方面看，他的思考与表述都可看成对武养观点的一种反转。也就是说，武养是在"歪曲现实"的层面指责赵树理把干部描写成了"坏干部"，把干部与社员的关系描写成了"民警与劳改犯"的关系，而陈思和则在"如实反映"的层面肯定赵树理如此描述基层干部中的"坏人""诱民入罪"具有合理性，并"体现了现实主义的胆识勇气"。前者从反面批判，后者从正面解释，在这一反一正之间，我们可以看到对《"锻炼锻炼"》的文本阐释已发生了巨大变化。

这种变化的原因自然可以罗列出多种，但我以为更值得关注的原因在于阐释框架的位移。如前所述，1959年的那场讨论基本上是政治意识形态阐释框架中的拉锯战，至二十世纪八十年代，董大中开始了跳出这种框架的尝试与努力，但并未形成新的阐释框架。直到陈思和通过"民间""民间文化形态"和"民间隐形结构"来谈论从"抗战"到"文革"这段文学史时，这种阐释框架才初具规模。这一框架或可

---

① 陈思和. 民间的浮沉：从抗战到文革文学史的一个解释//鸡鸣风雨. 上海：学林出版社，1994：54.

② 陈文对《赵树理评传》有一处说明性的引用和一处转引。参阅陈思和. 民间的浮沉：从抗战到文革文学史的一个解释//鸡鸣风雨. 上海：学林出版社，1994：57.

称为民间意识形态阐释框架。在这一阐释框架中，"民间是与国家相对的一个概念，民间文化形态是指在国家权力中心控制范围的边缘区域形成的文化空间"①。而民间隐性结构则可理解为高度政治化的文学文本中除不尽的民间叙事模式，它们乔装打扮，演变为《沙家浜》中的"智斗"、《红灯记》中的"道魔斗法"和《林海雪原》中杨子荣与栾超家习性上的互补关系。而赵树理及其小说正是被纳入这一阐释框架中，才被赋予了更为隆重的意义。于是在陈思和的重新阐释中，我们看到赵树理被看作"典型的民间文化正统论者"，并被定位成"民间艺人"；而三仙姑艺术魅力的胜利"也就是民间文化的胜利"，"小腿疼"的怒骂之语，则被看作民间发出的激越且刻毒的"不平之声"②。在民间意识形态的阐释框架中，这种解读无疑是相当精彩的，它释放并确认了赵树理所坚守的民间文化的意义，也彻底把《"锻炼锻炼"》这篇小说从原来的阐释怪圈中拯救出来，并第一次以如此清晰的方式承认了它的正面价值。这种价值既有赵树理曲笔书写的"揭露"之功，又有民间反抗政治（国家权力）的不平之鸣。这样，《"锻炼锻炼"》不仅在赵树理的写作史中非常重要，而且成为中国当代文学史上不可多得的重要作品。

大概正是基于这一认识和判断，陈思和在其后来主编的《中国当代文学史教程》中不仅规范了"民间文化形态"和"民间隐形结构"等关键词意涵③，从而让该书凸显了民间意识形态的总体阐释框架，而且以"民间立场的曲折表达：《锻炼锻炼》"为题设计专节内容，进一步把原来论文中的相关思考转换成了教材中的表达。教材除补充了赵树理写作《"锻炼锻炼"》此前此后的一些背景材料之外，还有对小说更详细的分析，但其基本观点与此前的论文并无多大出入。值得注意的是，编写者也让后来的场景或赵树理的说法参与了这篇小说的解读。例如，在引用了群众批斗"小腿疼"一段描写之后编写者写道："在后来几年发生的'文化大革命'中，群众批斗会是变相的刑场，它使每一个参加批斗会的群众都失去人性，成了盲从暴力的帮凶。从小说的情节发展来看，是干部们诱民入罪，然后利用群众的盲目性来

① 陈思和．民间的浮沉：从抗战到文革文学史的一个解释//鸡鸣风雨．上海：学林出版社，1994：26.

② 陈思和．民间的浮沉：从抗战到文革文学史的一个解释//鸡鸣风雨．上海：学林出版社，1994：33，52，54.

③ 陈思和．中国当代文学史教程．上海：复旦大学出版社，1999：12-13.

整治落后的农民。"又如，"天聋地哑"是赵树理在 1962 年"大连会议"上对 1960 年总体形势的一种描述，而教材中则说这篇作品让"天聋地哑"落到了实处："作为一个真正的现实主义作家，赵树理抛弃了一切当时粉饰现实的虚伪写法，实实在在地写出了农村出现的真实情况。干部就是这样横行霸道地欺侮农民，农民就是这样消极怠工和自私自利，农业社'大跃进'并没有提高农民的劳动积极性，只能用强制性的手段对付农民。……艺术的真实，就这样给后人留下了历史的真实性。"① 凡此种种，都给人如下感觉：如果说论文中的相关论述还显得比较零散的话，那么经过教材的重新梳理之后，对这篇小说的分析就更加完整和圆融了，对赵树理的定位也就更加准确了。

必须指出，随着二十世纪九十年代以来干群关系的再度紧张，随着"钓鱼执法"的频频曝光，陈思和等学者在干部们诱民入罪、横行霸道、为非作歹等层面如此解读《"锻炼锻炼"》，无疑是大快人心的。它不只是接通了赵树理此前小说中"坏干部"形象系列，而且能让人产生诸多现实联想，这就更显示了现实主义文学的真实性乃至预见性。但是，我也必须同时指出，从董大中到陈思和，这种解读在给人带来诸多启发的同时，也带来了种种困惑：第一，"把人不当人"固然是赵树理的思考和说法，但能否直接对应于小说中的杨小四并对他形成相关判断？进而言之，能否把杨小四等人归入农村基层干部的"坏人"系列？第二，"小腿疼"在大闹社办公室时固然骂过"谁给我出大字报叫他死绝了根！叫狼吃得他不剩个血盘儿"，但这种骂法能否上升到"民间"高度，把它看作一种"激越、刻毒的不平之声"？第三，把赵树理写作这篇小说此前此后的某些说法作为一种解读依据，这种解读是否有效？究竟应该如何理解赵树理在小说内外的话语策略？第四，这篇小说能够呈现出所谓的"正话反说，反话正说"的主观意图和客观叙事效果吗？我们应该怎样面对赵树理的叙述话语？第五，相对于政治意识形态阐释框架，民间意识形态的阐释框架既体现了知识分子的一种批判意识和人文关怀，也体现了一种阐释的进步，但是，这一阐释框架是不是也放大了"民间"的抵抗功能，以至于阐释者把诸多"读者意义"添加到"文本含义"之中，最终形成了一种过度阐释？

这些问题并不是十分容易回答的，但我依然试图勾勒一二，提供

① 陈思和. 中国当代文学史教程. 上海：复旦大学出版社，1999：47.

我对《"锻炼锻炼"》的一种理解。

《"锻炼锻炼"》之我见

赵树理说，《"锻炼锻炼"》是"半自动写的"①，或者也可把它看作"赶任务"之作。当时《火花》杂志向赵树理约稿，并希望他在当年六月写出一篇小说，以便发表在八月号的刊物上。但由于赵树理正沉浸在《灵泉洞》的写作中，迟至七月上旬还未交稿，于是，时为《火花》杂志副主编的韩文洲亲自前往长治催稿。赵树理碍于情面，只好中断《灵泉洞》的写作，花两天时间赶写出了这一短篇小说。②

这就意味着《"锻炼锻炼"》是急就章。从"赶任务"的角度看，虽然赵树理是这方面的老手，且曾经"赶"出了著名的《登记》，但《"锻炼锻炼"》似另当别论。从写法上看，有人已发现这篇小说的"可说性"不浓，倒是显示出"向可写性文本尝试转移的努力"③，我以为这种征候不宜做过度联想，而恰恰应看作急就章的一个结果：因为要把它"赶"出来，赵树理或许已来不及使用他擅长的"评书体"，充分酝酿，结构全篇，以至于与其他小说相比，此篇已无法写得舒展开阔，而是显得相对局促。而所谓的"半自动"很可能又意味着这篇小说在可写可不写之间，如果不是《火花》约稿且副主编亲自到场"逼债"，赵树理能否把它写出来，或许还要打上一个问号。

为什么我要指出这一事实呢？因为按照赵树理的写作习惯，这一素材或"问题"虽然很可能早已装在他的脑子里，但如何提炼出小说的主题，或许赵树理想得还不是十分清楚。而在催稿逼债的情况下，他又不得不尽快写出这篇作品，这就造成了小说的写作意图不甚清晰，主题的呈现也略显含混。陈思和说"这个文本很复杂"，我以为这是原因之一。

更复杂的是，赵树理在小说文本之内与之外的表达很不一致，这就是董大中所发现的那种矛盾。《"锻炼锻炼"》写于 1958 年，所写的

---

① 赵树理.回忆历史 认识自己//赵树理全集：第六卷.北京：大众文艺出版社，2006：473.

② 韩文洲.作品·作家·作风——向赵树理学习记略//董大中.赵树理年谱.太原：北岳文艺出版社，1994：496-497.

③ 秦雁周.锁定政治开放人生——再读赵树理的《锻炼锻炼》.晋东南师范专科学校学报，2004（1）.

事情发生在 1957 年，而恰恰是写作此小说的一前（1956）一后（1959），赵树理写出了几封后来被学界认为极其重要的书信。在前一封写给长治地委书记赵军的信中，赵树理把农村问题概括为七种：（1）供应粮食不足；（2）缺草；（3）缺钱；（4）命令太死板；（5）买煤难；（6）基本建设要求太急；（7）地荒了，麦霉了。在此基础上，便形成了那个有些干部"把人不当人"的著名判断。① 而在后面写给邵荃麟、陈伯达的信中，赵树理除反映出此前说过的老问题外，还有"大跃进"、公社化之后带来的新问题。而核心问题则是在抓好生产的同时如何"抓生活"，"使群众有钱花、有粮吃、有工夫伺候自己"②。但在《"锻炼锻炼"》中，这些问题都没有呈现。

为什么没呈现？这大概正是赵树理的难言之隐。在他的公开表达中，我们看到他说过这样的话："对浮夸，我真恨死了，这是从五六年开始的，我能写上十来八万字，但目前还不能写，外国人要翻译。"③ 所谓"不能写"，自然是当时的客观形势造成的，赵树理即便如何坚守现实主义的创作原则，他也没办法再往前迈进一步。而另一个让人们常常忽略的原因是，对于这种农村中存在的更严重的问题，作为党员作家的赵树理又自觉地用党性原则约束着自己，不去触碰那些与党的路线、方针、政策不一致的东西，这是另一种意义上的"不能写"。赵树理的儿子赵二湖曾如此评论其父亲："在他身上，有两个原则是不可突破的：一是和党保持一致；二是不胡编乱写，实事求是。那个时代，这二者本身就是个自相矛盾的东西，赵树理也始终在这种矛盾中纠结、苦恼着。越到后期，这种纠结就越多地反映在其作品中，不批评他认为该批评的东西，但要歌颂他要歌颂的东西（套不住的手，实干家潘永福等等）。"④ 我以为这是知人论世之言。这就意味着，虽然赵树理写作《"锻炼锻炼"》时很可能已意识到农村的主要问题并非他小说中所写的问题，但一方面，"不能写"阻止了他的主要问题意识，另一方面，"不批评他认为该批评的东西"也成为他无

① 赵树理．给长治地委××的信//赵树理全集：第四卷．北京：大众文艺出版社，2006：479－481．

② 赵树理．公社应该如何领导农业生产之我见//赵树理全集：第五卷．北京：大众文艺出版社，2006：351．

③ 赵树理．在长春电影制片厂电影剧作讲习班的讲话//赵树理全集：第六卷．北京：大众文艺出版社，2006：41．

④ 赵二湖．我对赵树理研究的一点认识和期望．太行日报，2016－09－11．

法摆到桌面上公开谈论的一个为文原则。

那么，又该如何理解赵树理小说之外的那些表达呢？这就是我所谓的内外有别①，即在文学作品之内，赵树理的呈现往往是有原则、有分寸的，而在文学作品之外，他不但会以"上书"等形式反映农村问题，而且常常是直来直去、言辞峻急。因为他觉得这样做既是在为农民说话，又是在尽党员之责，且通过的是一条合理合法的组织渠道："我之所以好向有关领导方面提建议，原因也正在这里。一个共产党员在工作中看出问题不说，是自由主义，到处乱说更是自由主义，所以只好找领导。""老实说，在那二年，我估计我这个党员的具体作用就在于能向各级领导反映一些情况，提出几个问题，在比较熟悉的问题上也尽可能提一点解决问题的具体建议。我觉得只要能及时反映真实情况，协助领导及时解决必须解决的问题，也算是对党的一点贡献。"② 这就意味着，在文学场域之外的这个空间里，赵树理已完成了他在文学中没有完成的表达。这样，赵树理也就形成了截然不同的两套话语。其一是文学话语，此套话语通过所谓的"问题小说"公之于世，温柔敦厚且最大限度地符合主流意识形态的要求，其功能是让广大读者受益，有"劝人"之效。其二是非文学话语，此套话语通过书信等形式向上级主管部门反映问题，其读者对象是少数领导，不公开发行，咄咄逼人但又具有强烈的"直谏"之态。这两套话语并非井水不犯河水，而是会呈现出复杂的交叉互动之状，但一般来说，"直谏"式的非文学话语是不大容易进入"问题小说"中的。一个值得深思的现象是，农民缺粮缺钱吃不饱既是当时的一种现实状况，也是 1956 年赵树理写信时的主要内容，但在《"锻炼锻炼"》中，"吃不饱"却变成了一个人物的外号。这个外号是用来调侃李宝珠的，而实际情况是她并无吃不饱之虞，真正饿肚子的是被其克扣的她丈夫。由此看来，"直谏"时的"吃不饱"虽也进入小说中，但它已变成了无法指称现实状况的空洞能指。或者也可以说，一旦把现实中最严重的问题写入小说，它就已完全变形走样：只是变成了小说中的富有喜剧色彩的情节设计，却彻底游离了现实世界的悲剧情境。

如果明白了赵树理的这一话语策略，理解《"锻炼锻炼"》也就变得相对容易了。作为一篇"问题小说"，赵树理显然想继续通过这篇

---

① 关于"内外有别"更详细的论述可参见赵勇. 在文学场域内外——赵树理三重身份的认同、撕裂与缝合. 文艺争鸣，2017 (4).

② 赵树理. 回忆历史 认识自己 // 赵树理全集：第六卷. 北京：大众文艺出版社，2006：471.

作品呈现他所发现的问题，这种问题被赵树理归结为人民内部矛盾问题，并要"批评中农干部中的和事佬的思想问题"，我以为这既是赵树理本来的写作意图，也是他删除了那些"直谏"式问题之后所能呈现的"最严重"的问题。在这一写作意图下，他设计了一组人物：正面人物——社副主任杨小四、高秀兰等，反面人物——落后社员"小腿疼""吃不饱"等，中间人物——主任王聚海。在故事的讲述中，叙述者（作者）对反面人物的情感态度最为明确：不仅透露了"小腿疼""疼法"之秘密、"吃不饱""装饿"之伎俩，而且不时以讽刺的口吻讲述着这两人的所作所为。这种讲述方式与作者的写作意图是一致的，即通过杨小四与"小腿疼"的矛盾冲突，既教育落后群众，也批评和事佬王聚海。而对于中间人物，叙述者的语气则相对平和，他并没有像写"小腿疼"那样去对王聚海讽刺挖苦，而是一切通过事实说话，并让支书事后以旁敲侧击的方式委婉批王。这种和风细雨的批评应该也有一定成效。在所有人物中，最不易看出的是叙述者对杨小四等人的价值评判与情感态度。小说中，杨小四、高秀兰等无疑是作为正面人物（社会主义新人）出场的，但他们的工作作风正如 1959 年那场讨论中许多人所看出的那样，存在着简单粗暴的毛病。叙述者对于他们的那些做法不置可否，而只是通过支书之口形成了一个模棱两可的评价："这些年轻人还是有办法！做法虽说有点开玩笑，可是也解决了问题！"[①] 这种隐而不发的态度或模糊其词的判断或许也反映出作者的某种困惑。也就是说，在面对反面人物和中间人物时，作者是心中有数的，于是能够爱憎分明，但对于作为新生力量的正面人物，他还有点拿捏不准[②]，所以无法形成合适的评价尺度。这样，他便只好把他们的做法和盘托出，不做评价。而恰恰在叙述杨小四们的故事时，我们甚至看到小说修辞学所谓的"展示"（showing）代替了"讲述"（telling），这与作者那种不做评价的态度大体吻合，也可看作这篇小说的一种征候。

---

① 赵树理."锻炼锻炼" // 赵树理全集：第五卷. 北京：大众文艺出版社，2006：238.

② 赵树理早在 1952 年就说过："同志们、朋友们对我所写的作品的观感是写旧人旧事较明朗，较细致，写新人新事较模糊，较粗糙。完全正确，其所以那样，就决定于这部养料。"其后，类似的说法也不时出现。而在《锻炼锻炼》中，反面人物和中间人物的所作所为恰恰属于"旧人旧事"，正面人物及其做法则又属于"新人新事"。赵树理"拿不准"他们完全是有可能的。赵树理. 决心到群众中去 // 赵树理全集：第四卷. 北京：大众文艺出版社，2006：120.

　　既然赵树理对杨小四们态度暧昧，是否就可以把他们归入农村基层干部中的"坏人"之列呢？我以为这样做似不妥当。周扬在1980年固然说过："赵树理作品中描绘了农村基层组织的严重不纯，描绘了有些基层干部是混入党内的坏分子，是化装的地主恶霸。这是赵树理同志深入生活的发现，表现了一个作家的卓见和勇敢。"① 这一论断成为陈思和论文和教材中的重要依据。但在周扬的上下文中，此论断主要针对的是赵树理1949年以前的作品，并不能以此判断他后来的小说。这倒不是说1949年之后现实生活中的坏干部就绝迹了，而是说出于种种考虑，坏干部已不再是赵树理笔下的主要描述对象。此外，即便打破1949年的分界线，全面检点一下赵树理笔下的农村干部形象，我们也会发现存在着三个系列。一是好干部系列，以老杨同志（《李有才板话》）和潘永福（《实干家潘永福》）为代表；二是坏干部系列，这一系列的情况比较复杂，其中既有金旺兄弟那样的地痞流氓（《小二黑结婚》），又有土霸王村长阎恒元、"抱粗腿"的刘广聚和"坏得快"的陈小元（《李有才板话》），还有滑头分子小旦和唯利是图的小昌（《邪不压正》）等；三是不好不坏的干部（亦可称为有问题的干部）系列，如有点官僚主义的章工作员（《李有才板话》），老想着发家致富的范登高（《三里湾》），"和事不表理"的王聚海等。杨小四虽然是作为正面人物出场的，但是显然不在赵树理的好干部系列之中。如果把他放入坏干部系列，则小说既没有提供他如何"变坏"的逻辑线索，很可能又与赵树理的本意不符。这样看来，他也就只能进入不好不坏的干部系列了。也就是说，虽然赵树理在《"锻炼锻炼"》中本来是想写王聚海的问题，但现实主义的笔法也在不经意间暴露了杨小四的问题。

　　如果结合杨小四与"小腿疼"的矛盾冲突，或许我们对杨小四的定位会更准确些。在赵树理塑造的人物画廊中，"小腿疼"无疑属于三仙姑、二诸葛、糊涂涂、常有理、铁算盘、惹不起谱系中的人物形象。这一谱系中的人物通常既有其可爱之处，又有与其外号相吻合的毛病。所谓的"毛病"往往是赵树理浓墨重彩的用笔之处，而是否可爱，可爱的程度如何，则既取决于人物的性格与行动，也取决于这一人物与其他人物发生冲突的程度。《"锻炼锻炼"》中，赵树理对于

---

　　① 周扬.《赵树理文集》序.//陈荒煤，等.赵树理研究文集：上卷.北京：中国文联出版公司，1996：31.

"小腿疼"的描述应该是毫不客气的：她端起婆婆的架子，"要留儿媳妇，给她送屎尿"；她自称"小腿疼"，却是"高兴时候不疼，不高兴了就疼"；她爱占小便宜，其名言是"拾东西全凭偷，光凭拾能有多大出息"。可以说，赵树理在让她出场时已把不少的人性之病与美学之丑涂抹在她脸上，其可爱的程度已降至最低点。尤其是当她大闹社房时，其吵架之烈与骂人之狠，更是显示出一副农村泼妇的嘴脸。对于这样一个得理不饶人，没理闹三分的农村妇女，王聚海那种"和事不表理"的做法无疑是行不通的，恰恰需要杨小四这种不按常理出牌的愣头青出面才能有所成效。可以说，他给"小腿疼"出大字报，又用计谋让"小腿疼"的自私自利思想彻底暴露，其实就是剑走偏锋、不按常理出牌的一种体现。以知识分子悲天悯人的视角看，这种做法既不人道，又有仗势（国家机器）压人（弱势群体）的意味，更是为提升到"诱民入罪"的高度提供了口实，但是它却大体符合民间的日常生活伦理：卤水点豆腐，一物降一物。于是，当"小腿疼"最终败下阵来时，表面上看是她对法院、乡政府等国家权力机关心怀忌惮，实际上是她不占理，最终变成了理屈词穷者。（这也可以解释广大"吃瓜群众"为什么会站在杨小四一边而没站在"小腿疼"一边，那并非趋炎附势，充当"帮凶"，而是"认理"的一种表现。）而是否占理和讲理，几乎就是民间日常生活中最高的伦理评判尺度，也是赵树理小说中经常思考的问题。有研究者指出："赵树理小说中重复出现最频繁的主题是'理'与'势'的关系以及如何'说理'的问题。……'理'是什么，或者是否有'理'，'把得住理'，合'理'，则是赵树理小说情节的落脚点。"[①]我以为这是赵树理研究中的重要发现。而在《锻炼锻炼》中，"没理占三分"，"老嫂你是说理不说理？要说理，等到辩论会上找个人把大字报一句一句念给你听"，"有理没理常常敢到社房去闹，所以比吃不饱的牌子硬"，"有理没理总想争个盛气"等话语，也常通过叙述者或人物之口说出，这意味着"理"依然是这篇小说的一个重要声部，或者也可以说，"理"才是潜伏于这一文本中的"民间隐形结构"。

　　由此看来，对杨小四的定位显然涉及对"小腿疼"的评价问题。如果我们承认"小腿疼"是得理的一方，那么她就应该代表着某种民间正义，她对杨小四的抗争也具有了隆重意义。但在赵树理的描述

---

① 李国华.农民说理的世界：赵树理小说的形式与政治.上海：上海书店出版社，2016：29.

中，"小腿疼"的所作所为既不合当时的政策主张，也不合公序良俗的乡间伦理。她固然不是什么恶人，但也绝不是什么善茬。这样，杨小四对她的捉弄或整治或许就可理解为以毒攻毒。他的做法自然是比较愣，他也敢下手，但唯其如此，他才能够成为"小腿疼"的克星，也才能够解决王聚海解决不了的问题。我相信，这也是赵树理写作这篇小说的用意之一：因为"他们没有犯了什么法"，"狠狠整他们一顿"自然"犯不着"，因此，所谓的"送法院"云云只是吓唬之词，并未形成实际行动。这种"整法"一方面借助于"整风运动"，这是不得不完成的政治任务；另一方面，又基本上限制在民间道德法庭的审判上。我以为这也是赵树理能够认可的"整风"之法，否则，他写这篇小说干什么呢？赵树理后来说："农村大队是把'吃不饱''小腿疼'当作讽刺教育的对象，说自己队里哪些人是'小腿疼'等等，说明这样写还是有作用的。"① 所谓"有作用"应该就是"政治上起作用"落到了实处，这是赵树理的初始目的，也是他希望看到的一种效果。

以上算是我对《"锻炼锻炼"》的一种理解。这种理解自然无法把赵树理解读得如何"高大上"，但我觉得回到原点，回到具体的历史语境之中，或许才能触摸到这一小说的写作秘密。

结　　语

让我们对以上梳理稍作总结。

在《"锻炼锻炼"》解读的第一阶段，大部分解读者是在政治意识形态的阐释框架之下进行的，这是那个年代解读文学作品的基本特征，自然存在着诸多弊端。但这种解读也并非一无是处，因它除具有一种阐释的现场感之外，还可以近距离地释放赵树理的写作用意，寻找到作家写作意图和读者阅读效果之间的契合点。在这种解读中，武养等人的观点是对此作"反向阐释"的代表，虽不能说全无道理，但我以为把它看作政治意识形态阐释框架之下的过度阐释，似较合理。它的意义在于揭示了作品走向的一种可能性，但实际上并不具有多大说服力。

但是，第二阶段的解读却反转了武养的观点，把其"歪曲现实"

---

① 赵树理. 在长春电影制片厂电影剧作讲习班的讲话//赵树理全集：第六卷. 北京：大众文艺出版社，2006：41.

看作是对现实的"如实反映"，这既是民间意识形态阐释框架的功劳，也是知识分子人文关怀的胜利。这种解读不啻是一次革命，其重要意义不言而喻，但也并非没有问题。这些问题主要体现在：赵树理在1956年以后确实对农村问题有多种看法，由此形成的"悲愤心理"也可以成立，但这种看法主要体现于他在文学场域之外向领导提意见的书信文本中，而写小说时，无论是赵树理的本来用意还是当时的客观形势都让他删除了自己看到的大问题，置换成了文学作品中的小问题。这样，《"锻炼锻炼"》本身也就不大容易形成所谓的"表层逻辑"和"深层逻辑"、"显在话语"和"潜在话语"。实际的情况是，"深层逻辑"和"潜在话语"在小说文本之外，却又很难说它们直接进入了小说的人物和故事情节设计之中。这样，"深层逻辑"和"潜在话语"便只能作为理解这篇小说的一种参考，而不宜参与到这篇小说的解读中来。借助于文本之外的"深层逻辑"和"潜在话语"（如"把人不当人"），再借助于解读者"压在纸背的心情"，把小说文本之外的"意义"添加于文本之中，这种解读在知识分子的话语体系中固然显得"政治正确"，却也容易拔高赵树理的写作境界，形成新的阐释误区。同时，我也想指出，《"锻炼锻炼"》固然使用了一般意义上的讽刺手法，这主要体现在他对反面人物的描写中（有时也面向中间人物），但通篇并非反讽叙事，所谓的"正话反说，反话正说"恐怕也很难成立。

当然，我也承认，与赵树理的其他小说相比，《"锻炼锻炼"》的意旨、主题甚至写法都不是十分清晰明朗，这种含混至今依然是值得我们玩味的一种文本征候。据我理解，造成这种征候的原因更有可能来自"转换"不力，即赵树理在把现实中的"问题"转换成"问题小说"时，必须最大限度地消除书信文本中的那些"问题"与"火气"，让它变成符合当时主流意识形态要求且方方面面都大体可以接受的"平和之辞"。但他消除得并不彻底，擦抹得也并不干净。而那些引起争议和被人过度阐释的地方，恰恰出现在文学与现实弥合得不甚严密之处。这并非赵树理主动留下的缝隙，而是他无意中造成的裂痕。

于是，《"锻炼锻炼"》作为"问题小说"，其重要性并不在于揭示了当时现实中存在着怎样严重的问题，而恰恰在于它是一篇"成问题"的小说。因为无论从哪方面看，这篇小说都意味着他晚年写作困境的开端。从此之后，他虽然也勉为其难地写过几篇小说，但基本是在"不批评他认为该批评的东西，但要歌颂他要歌颂的东西"这一写作框架中运行的。这是赵树理写作的悲剧，也是一个作家在那个时代所能完成的最后使命。

2017 年 1 月 5 日初稿，4 月 28 日改定

（原载《文艺研究》2017 年第 9 期）

与董大中先生的通信
——关于赵树理与《"锻炼锻炼"》

董老师好！

9月晋城赵树理会议以来，我又重读了《赵树理全集》中的小说文章，其中有个地方不太理解，不知您是否知道。

第四卷中收有《给长治地委××的信》，这个隐去的名字是谁？是当时的地委书记吗？王谦当过地委书记，但百度了一下，他在1956年3月就开始当山西省委副书记了。而赵树理这封信是8月写的。

读陈为人先生的《插错"搭子"的一张牌：重新解读赵树理》，看到他引了王谦的一个说法："马烽和赵树理不一样。马烽是为党而写农民；赵树理是为农民而写农民。所以当党和农民利益一致的时候，他们俩似乎没有什么差别。而当党和农民利益不一致时，马烽是站在党的一边，而赵树理是站在农民的一边。"但他没有提供原始出处，您知道王谦是在哪里说的吗？

9月开会，看到您精神矍铄，不减当年，非常高兴。天冷了，请您保重。

祝：好！

后学赵勇敬上

2016 - 11 - 05　13：14

赵勇兄：

《给长治地委××的信》，××是赵军。陈为人书我未看到，他引王谦的话我不知道出处，也没有听说过，我不太相信王谦会说这样的话。话本身是对的。马烽是紧跟中央的，而赵树理常常根据自己的意见写。我早在八十年代前半期定稿的《赵树理评传》中就说过，赵树理最大的矛盾是"为人民"和"为政治"的冲突。当两者一致时，他心情舒畅，写出的作品调子也明快，《三里湾》就是这样。而当两者发生冲突时，他就偏向"为人民"一边，这样就成了"顶风文学"，有些"问题小说"也是这样来的。赵树理把"为人民"放在至高无上的地位，而马则把"为政治"看得十分重要，为了政治，他可以不管实际情况如何，所以有些作品是不耐读的。原来《评传》中有一节，节的题目就是"'为人民'和'为政治'的冲突"，出版社跟我商量删去了。书出来以后，我恢复了这一节，但一直没有再出版的机会。后来我在别的文章或发言中多次说过这个意思。最主要的一次，是在北京通县一带开的农民文学讨论会还是解放区文学研究会召开的会议，我忘了，文章的题目就是"至高无上"那句话。十多年前一丁的《赵树理外传》出版，我和占平到长治参加座谈会，又说了这个问题，并着重谈了"赵树理方向"和"赵树理的方向"两个概念。但后来他们给我加了一段意思，是我根本没有说过的，我非常生气。要让我说那样的话，也该把校样给我看一遍，但没有。我后来状告长治赵研会，这才是主要原因，是不能说出的原因。

我很好。

老董

2016 - 11 - 06

董老师：

谢谢您解释。您当年赠送我的《赵树理评传》就在我手边，最近因为琢磨着写篇关于赵树理的文章，又开始翻阅您的这本评传和《赵树理年谱》，很受益。"'为人民'和'为政治'的冲突"出书时被拿掉太可惜了，因为我觉得这个观点非常重要。应该和现任赵研会会长赵魁元先生说说，让他纳入赵树理系列的出版计划中，再版一下，这样最好。

我看陈为人的书，发现他引用的东西非常多，但绝大部分都无出处，是否可信不好说。而且我还发现其中有张冠李戴的引用文字。但此书似乎影响还不小。

状告长治赵研会的事情我一无所知。以后见面您可以给我讲一讲。

祝：好！

赵勇敬上

2016 - 11 - 06 12：34

赵勇兄：

不要向赵魁元说什么，我有关赵树理的著作，赵魁元都知道。要出，也不是《评传》一本，《年谱》更需要。有人不断向我要《年谱》，但我手边一本也没有，而新发现的材料也有不少，需要补进去。这次编《文集》，以鲁迅研究和现当代文学批评为主，赵树理研究只收了一本，是《论考》。在我，赵树理研究早已结束，而且也不想再提起。提起赵树理研究，只能感到痛心。一共七本书，二百万字，出过四本。能出即出，不能出，也就算了，我不在乎。我的心思早已转到其他方面。

说到1956年那封信（昨天忘了说，赵军是当时长治地委书记），几年前，我给田澍中的书作序，在通信中建议他把这封信的最后一段"把人不当人"这句话好好发挥一下，突出其重要性。九十年代初我有个想法，是把"五四"以来新文学中的人性意识好好研究一下，写一本很好的专著，我自己因为有别的更重要的题目（那时，主要是想解决如何看待胡适的"全盘西化"论的问题，这个问题我以为已经比较好地解决了，就是写了一本《文化圈层论》，是我《人类三部曲》之一，几年前在台湾出版），没有把它列入计划，记得向朋友推荐过，但没有人写。记得当时翻查了一下，说过"把人不当人"这样意思的话的人，有三个。第一个是鲁迅，鲁迅1925年春天写的几篇文章，谈细腰蜂就有这个意思。郭沫若可能也说过，但出处何在，此刻想不起来。再一个便是赵树理，而其出处就在这封信里，这也可见这封信的重要。在四十年代出现的解放区作家中，也只有赵树理有这个意识，其他人不会有。我敬重赵树理，这是主要原因之一，另一个原因是"为人民"高于"为政治"。我那时写了一篇文章，题目是《为了人的自由、幸福和尊严——谈赵树理创作的总主题》，约有三千字，收在《论考》里。我把此文当作我有关赵树理的文章中比较重要的一篇，就因为说到了赵树理心灵深处。现在顺便谈及，也是希望以后有人把"人性意识"问题好好研究一下，写成一本大书。

顺便祝好！

老董

2016-11-07

董老师：

这两天因上课、讲座等事情忙乱，没有及时回复。

您是赵树理研究的开拓者，在赵树理的资料搜集、整理方面做出了很大贡献。如果有可能，我觉得还是要找机会把赵树理研究方面的成果出版或修订再版。您说的《论考》一书是这次赵魁元他们集中推出的那套丛书中的一本吗？我怎么没见到？

我最近在重读赵树理这封信时，也注意到了"没有把群众当成'人'来看待"这句话，此说确实很重要，体现了赵树理的为民请命、为民作主的思想。我也会认真琢磨一下这句话的。

我在重新思考赵树理时，发现他在文学作品内外是不一样的。在文学作品中，他还是"老百姓喜欢看，政治上起作用"的践行者，而在文学作品之外，他则体现了对农民深切的关爱之心，无论是给赵军写信，还是后来给邵荃麟和陈伯达汇报或"上书"，都是在为农民说话。其中一个很有意思的现象是，1956 年至 1959 年，他反复向上反映农民饿肚子和吃不饱的问题，但 1958 年《"锻炼锻炼"》塑造出来的"吃不饱"形象，却是一个落后农民的典型。也就是说，李宝珠本身并不存在"吃不饱"问题。一方面是现实世界的普遍吃不饱，另一方面却是这一现象进入作品中转辙改道式的处理，这种不对位现象或者是"裂痕"很有趣，我觉得也反映出了赵树理在文学内与外之间的矛盾。祝：好！

赵勇敬上
2016 - 11 - 10　09：42

赵勇兄：

《论考》全名是《赵树理论考》，是《赵树理研究文集》中卷，三本书一起出版。这本书这次编入《文集》，除了《自序》最后一句对原出版社表示感谢删去以外，一个字也没有改，全依照原样（是否删去一篇，我记不起来，如果是删去，乃是因为同时收在另一本里，重复了）。这本书以考证为主。大部分写于八十年代，时间过了三十年，当年所考证的事项，没有一件被证伪。

您对《"锻炼锻炼"》还需要从多方面去体会。1980 年或 1981 年我为广东《当代文学》创刊号写《赵树理和他的〈"锻炼锻炼"〉》时，就高度称赞了这篇小说，说它把所有"问题"都摆出来了。写李宝珠，是正话反说，表面是批评这个人，实际上说的是一种现实情况。不然，你如何理解《十里店》的主题？九月份在晋城开会，书法展中有我一幅四扇屏，是十首诗，不知道您看过没有。从写《评传》到写这十首诗，我一直说，赵树理前期最好的作品是《李有才板话》（《评传》中有一个表，对三篇小说做了比较，是打了分数的），它写了太行山上那一群不识字的农民民主意识的高扬，后期最好的小说是《"锻炼锻炼"》，它婉转地表现了许多表面上看不到的内容，是当时中国农村存在问题的全景扫描。赵树理说到问题小说时，这两篇小说好像都当作例子说到了。这一点，我此刻不能完全肯定，需要查一下赵的原作。赵树理1956年信中所说"把人不当人"，最集中最突出的表现就是对这两个落后人物形象的描绘。我评王之元的《三里湾新传》（书名记不确切）文章初稿，说杨小四等人对这两个人物实行的是法西斯专政，后来觉得不妥，正式稿中改为"诱民入罪"。张文君没有征得我的同意，就把初稿发表了。那以后，我的境遇变得非常不好，我百思不得其解，以为是这句话惹了麻烦，这是状告张文君的表面理由，没有说的理由是上次信所说。我十首诗中，这两篇各有一首。《十里店》也有一首，最后一句是"道路斗争变哭穷"，就是说，他本来是要表现当时农村所谓的两条路线斗争的，结果成了"哭穷"，东方妈不是连半根红萝卜（？）也没有么？"哭穷"便是"吃不饱"的发展。这是我的理解，不知妥否？

老董
2016 - 11 - 11

董老师：

还是忙乱，刚去沧州讲了次课回来，现在回复您。

我找出了当年出版的《赵树理论考》，最近又在翻阅，也重点读了您书中《赵树理和他的〈"锻炼锻炼"〉》《为了人的自由、幸福和尊严》等文章，很受益。后一文您写道："'小腿疼'、'吃不饱'是被挖苦、讽刺的两个外号，但那却是一种无法抹掉的现实。在社会主义条件下，劳动本来应该是人生的最大幸福（这好像是哪位导师的话的大意），但对争先农业社的妇女说，却像被赶入'劳改队'一样在受难。社主任王聚海是小说中头号被否定的人物，人们把争先社存在的一切问题都归罪于他那'和事不表理'的工作方法，但是真正有人性的干部却是这个人。这篇小说是一锅粥，它煮了太多的东西。也由于是一锅粥，你已经分辨不出哪是红豆哪是豇豆。也许这正是作者的一种叙述策略，它用一个顺应当时政治的故事包裹了他那一时期对农村生活的几乎全部感受。"这段论述非常好，我尤其认同您所谓的"一锅粥"的看法。

我查了一下，所谓"正话反说"，似乎是陈思和先生首先提出来的，随后一些论者也有所跟进。但这种正话反说、反话正说或许在小说中的其他地方是可以成立的，而在"吃不饱"那里，即他所批评教育的对象与现实生活中的"吃不饱"之间是否还可以成立，我还是有些怀疑。也许我还要再细读一下这篇作品才有发言权。

四扇屏的书法当时未注意到，不知会议主办者挂在哪里，很遗憾。

祝：好！

赵勇敬上

2016 - 11 - 14

赵勇：

现把我十首诗传去。

他人论赵树理的文章，我读得很少。陈思和有关赵树理的文章我只读过一篇，是九十年代。我好像在《赵树理研究通讯》上转载过。

老董

2016 - 11 - 15

题赵树理十首

李金山几次打电话，赵树理诞生 110 周年的日子快到了，他们要举行书法展览，命我写一幅字。大约十多天前吟了几句，昨今两天连催几次，并说他要来取。于是下午停止修改《走向大同》，凑成十首，以打油名之，称"打油十斤"。文如下：

沁水作墨又作魂，农民活在小说中。两千多年开新篇，鲁茅之后是赵公。

先生功在大众化，文学走进百姓家。打入天桥号令出，跟着千军和万马。

文坛崛起称三篇，我给《板话》打百分。长官而今用豆选，民主之风满山村。

不是迷信不是淫，只缘婚姻难称心。仙姑苦闷要排遣，赵翁却当作风论。

刚刚写出就挨批，从兹世无新版本。我来说句公道话，《邪不压正》是精品。

后期佳构数《锻炼》，问题摆出一大片。整风整社又整人，阿娘当作罪犯看。

不忘声中写阶级，《十里店》死《万象》生，紧跟慢跟跟不上，道路斗争变哭穷。

我爱先生打卦歌，语出自然不雕琢。文艺政治结缘后，读来总觉太做作。

出身农家不忘家，抓起电话问邻人。北京下雨心生喜，故乡旱情去几分。

庐山会后遭厄运，万言长信被"右倾"。将军曾经题罕见，而今偶然相呼应。

丙申打油十斤庆赵公诞辰

董大中

2016 - 08 - 31

董老师：

"打油十斤"已拜读。这些诗很形象地描绘了赵树理的一生，且对他重要的节点、重要的作品都有评论，非常好！

陈思和先生《民间的浮沉》是1994年发表的。

我昨晚又读一遍《"锻炼锻炼"》，所谓"正话反说"云云，赵树理使用了怎样的叙述策略等等，也正在琢磨中。有了新想法再向您汇报。

您写作繁忙，就不必再回复了。非常感谢您这几封邮件的解答。

祝：好！

赵勇敬上

2016 - 11 - 15 11：09

董老师好！

去年冬天我曾向您请教过《"锻炼锻炼"》的问题，之后我又反复读此小说，并琢磨赵树理写作的历史语境及相关问题，随后我写了篇文章：《〈"锻炼锻炼"〉：从解读之争到阐释之变——赵树理短篇名作再思考》。

拙文把《"锻炼锻炼"》放到两次阐释之中，既想描述这种阐释所发生的变化，也想呈现第二次阐释时所存在的一些问题。所以在第二部分的论述中，我既强调了陈思和与您思考的关联并肯定其解读成就，又不大同意你们的阐释（尤其不大同意陈思和先生的观点，因他的观点已进入教材，所以影响很大）。而第三部分则是谈我对此小说的一点理解。

因为赵树理诞辰110周年，从去年秋天开始，我又一次进入赵树理的阅读之中，到目前为止，已写出了三篇文章。一篇是《在文学场域内外——赵树理三重身份的认同、撕裂与缝合》，最近完成的是《讲故事的人，或形式的政治——本雅明视角下的赵树理》。关于《"锻炼锻炼"》一文，是这组文章的第二篇。

　　本来早就想发给您关于《"锻炼锻炼"》的文章，请您指教，但我一是写出之后忙于写第三篇，想着这篇随后再琢磨一下，二是我也拿不准我的这种理解是否有点道理。最近忽然想起可以让我父亲读读此文，我再听听他的感受。所以前几日我给他邮寄了这篇小说，今天又与他打电话聊，此前没给他提供什么暗示，只是让他读小说，等等。而聊的结果发现，他对此小说的感觉与我的判断基本一致。

　　我父亲1938年出生，高小文化程度，应该正是赵树理当年预想的那种农民读者。而他又处在晋东南的文化氛围中，对当年的情况也比较熟悉。这是我提交他阅读的基本理由。当然，他的阅读与判断并不具有权威性，但多少让我有了一点底气。

　　所以，现在我把这篇文章发给您，您若有时间就翻一翻，看看我的思考有无问题，并请您指正。

祝：好！

后学赵勇敬上

2017-04-09 22：02

赵勇兄：

　　十日上午给你寄上《文集》，回来看到电邮，近日才拜读了大作。这是一篇很有分量的文章。你把对《"锻炼锻炼"》的解读分作三个阶段，是比较精当的，各个阶段确实不一样。主要决定于时代背景——政治气候，特别是前两个阶段。对大作本身我没有话要说，只说几个有关的问题。

　　1981年初，马烽收到一封紧急电报，是找人写一篇有关赵树理《"锻炼锻炼"》的文章，在他们创办的《当代文学》创刊号发表。发电报的人是黄伟宗，在广东一个大学教书。可能是受到欧阳山的指导，电报中说到欧阳山，或是转述欧阳山的话。马烽收到电报后，立即来找我，要我完成这个任务。在那之前，我已经完成了对这篇小说的基本认识，所以写得比较快，两三天就写出来了，很快给黄先生寄去。后来跟黄先生经常联系，黄先生也成了我在广东的一位好朋友。黄先生后来著有《创作方法史》《创作方法论》以及《马克思主义文艺理论史》（此书约有60万字）等大著。

说"已经完成了对这篇小说的基本认识"，那可真是一个极其痛苦的过程，思想上蜕了一层皮。七十年代后期的政治气氛，不是今天的人能够想象的。就在给赵树理举办骨灰安放仪式时，还流传着总设计师有关赵树理的指示：只给他平反，不可以宣传。当时虽然已有回忆性文章发表，但真正的评论还很少，人们把握不住该如何评价。特别是几篇曾经引起很大争议的作品，主要是《"锻炼锻炼"》和《邪不压正》以及1958年以后的作品，即后来说的"顶风文学"作品。我自己在对这几篇作品的认识上，也是翻来覆去拿不定主意，主要是想给这几篇作品"留个尾巴"，即指出它们在政治上还存在一些问题。就在解读这篇小说的过程中，我反复思考，决定冒一个极大的政治风险，不仅不"留尾巴"，而且给它以最高的评价，把它跟前期的《李有才板话》说成赵树理一生创作的两个高峰。

大约六年以前，杨占平找我，要我拿出一本书，编入他和赵魁元编的一个赵树理研究丛书里。我用了两个月的时间写了一本小册子，介绍我的赵树理研究经过和体会，书名为《为存在作证》。但此后占平没有再说起，我也没有交卷，所以这本书稿一直放在手边，是我七本有关赵树理研究著作中未出版过的三本著作里的一本。这些年赵研会编一种内部刊物《中国赵树理研究》，每年出四期，可能你会看到的，我的文章大部分来自这本书。大约第二篇或第三篇就是谈那个痛苦过程的，题目是《颇费斟酌的两部作品》，是否发表过，我记不清楚。我把它附在这封信之后。

说到第二阶段，我和陈思和的观点有些相近，应该是碰上的，不一定你影响我或我影响你。我那篇文章是1981年写的，但观点此前早已形成，从附上的文章看，大约1979年到1980年期间是形成阶段，最迟在1980年，所以当黄伟宗要稿子的时候，我没有费太大的劲就写出来了，并且很快交出了卷。虽然是冒着很大风险，但由于这是学术问题，不是政治问题，所以顾虑并不是很大。

陈思和的文章发表，我及时读到了，并且在我办的刊物上转载，记不清是《批评家》还是九十年代中国赵树理研究会成立以后所办的内部通讯上。我对他人文章的观点一向不大注意，尤其不会仔细读。我写评传性质的著作，写前，从不读他人同类著作，要读，也只关注其史料内容，绝不看论述部分，我只写出自己的看法。有时写完之后，才看别人的论，以做比较。最近几年写一本胡适评传，前几天刚刚写完，读已出版的几本评传，到论的段落就跳过，只看史的部分。因为我觉得我在写作过程中，自己新的想法层出不穷，许多想法都是别人没有说到的，不需要去看别人。对《"锻炼锻炼"》，后边的说法有些"发展"，也是笔意赶到那儿自然说出来的，跟他人观点没有关系。因为写同一个问题，总觉得不能前后用同样的文字，需要变一变，由于文字和语气不同，所以看起来像是"发展"，其实没有大的不同。

　　这里说一件事。记不清时间，总有十多年了吧。王之元的《三里湾新传》（？）出版，我写了一篇文章，顺便说到《"锻炼锻炼"》，其中有句话是杨小四等人在那个村子实行的是"法西斯统治"。这是初稿，还没有定下来。我把初稿发给之元，可能他马上传给张文君，张文君就在长治《赵树理研究》上刊登出来了。我把稿子传给之元之后，反复想这个句子该如何表达，这样写语气既重，又不能恰切地说明他的做法的实质，就想到"诱民入罪"这个词，于是我把那段话做了修改。这篇稿子定下来后，我交给《太原日报》，在那里发表了。过了几天，看到长治《赵树理研究》上有我的文章。2001年，省文联有个人编造故事向领导告我的黑状，原因是我和省委宣传部温幸副部长主编的《山西文学十五年》没有提到他新出版的作品和他的名字，他质问我时态度不好，我在《山西日报》发表文章说了这件事。当时的宣传部部长（晋东南人），收到密告信后，不分析，不调查研究，不分青红皂白，就相信了那个说法，于是对我采取了极其错误的做法，并且影响到赵树理研究会，使我无法干下去，从2003年起，赵树理研究会基本上处于瘫痪状态，原因在这里。我百思不得其解，不知道部长为什么那样待我。我反复检查过去所写的东西，检查来检查去，以为是这个"法西斯统治"带来的灾难。我后来状告长治赵树理研究会，这是没有说出来的主要原因（因为过了诉讼期），当时提出来的原因是表面原因。2011年初，省文联那个人在长治《赵树理研究》上发表文章，"揭发"我的问题，我才恍然大悟，才知道那位部长打压我是他相信了那个黑帖子。那个黑帖子所说我的事，如在"文革"期间担任山西省"革委"大批判写作小组组长，写了十多篇批判赵树理的文章，以及几次抄赵树理家，把抄家结果写成了《赵树理年谱》等，都是编造出来的，连千分之一的影子都没有，可是那位宣传部部长竟然信以为真。我写信给那位部长，希望他能认识到错误，可那时候那位部长已经成了上一级的副部长，正在等着上升呢，哪能接受我的批评？不用说，他后来的明升暗降跟我有关。至于他因经济问题而被关，那是后来的事，跟我无关。

这是说，如果我在文章中用过"诱民入罪"这个词，陈思和也用过，那是两人不约而同地使用了这个成语，不是哪一个人影响了哪一个人。

我在附上的文章中说过，在对赵树理这两篇作品的解读中，我不仅没有留下尾巴，而且给予很高评价，特别是《"锻炼锻炼"》，三十年后回想起来，感到很不容易。其他所有的"论"，所有的"考证"，当年写作时都是一锤定音，事实证明是准确的。所以这次编《文集》，收入《赵树理论考》，我一个字也没有改。七十年代末所做的评价，经过将近四十年的时间检验，它们都站立起来了。

上次通信中我说到《评传》中所写赵树理的一个矛盾，是为政治和为人民的矛盾。跟你通信后我校对《文集》，看到《文集》中就有这个说法，而且是两个矛盾，另一个矛盾是有丰富的生活积累，却走着狭窄的路子。是在哪一篇文章里，此刻想不起来。有一点可以肯定，不在第五卷，很可能在《三闲居文谈》或者《"山药蛋"这一派》里。

最后，我有一个建议：把赵树理这篇小说作为一个个案，从阐释学的角度对小说及其解读历史做深入研究，最后编成一本书，同时收入有关文章，这也是新中国成立以来中国新文学发展的一个侧影。赵魁元当能够设法让这么一本书出版吧。

《文集》收到，请告。

祝好！

董大中

2017-04-13

董老师好！

先感谢您写来长邮件及文章，昨天我就仔细读了，很受益，对您相关观点形成的语境也有了一个完整的了解。我再琢磨下我那篇文章，一些表达也会进一步斟酌，做些修改。

您的《文集》还没收到，收到我会告诉您的，先感谢。

因为一会儿要出行，先匆匆答复如上。

祝：好！

赵勇敬上

2017-04-14 09：05

附记：2016 年 11 月至 2017 年 4 月，当我又一次面对赵树理并琢磨其中的相关问题时，曾向八十多岁高龄的董大中先生请益。通过电子邮件，他对我提出的问题每次都认真回复，其中涉及的一些史料、分析和判断我觉得很有意思，亦可为赵树理研究提供一些旁证。现征得董大中先生同意，把这组通信公之于世。

［原载《中国赵树理研究》（内部资料）
2018 年第 1～2 期，《中国文学研究》2018 年第 4 期］

讲故事的人，或形式的政治
——本雅明视角下的赵树理

一

　　1955 年，五十岁的赵树理发表（连载于《人民文学》1～4 期）并出版（通俗读物出版社）了他的长篇小说《三里湾》。据说，这部小说的印数和阅读量是惊人的：首印 30 万册，后供不应求，一再重印，累计近百万册。有人曾做过统计，仅在晋东南长治专区十六县一市的新华书店，三个月内就销售四万余册。① 这种人人争读《三里湾》的描述应该是属实的，至少在赵树理的故乡晋东南地区有如此景观。笔者曾向家父求证，他说他没读过赵树理的其他小说，但年轻时读过《三里湾》。提及这部作品，年近八十岁的他依然能回忆起其中的一些细节。

　　《三里湾》出版不久，赵树理又在《文艺报》（1955 年第 19 号）上发表了一篇长长的创作谈：《〈三里湾〉写作前后》。他自问自答，分别对《三里湾》的写作动因、所塑造的几个人物、所采用的写法、所存在的缺点一一交代。这当然不是赵树理第一次面对自己的创作问题，但或许是此文由为《三里湾》俄译本作序而起，所以，里面的各种交代也就比较详细。尤其是在"写法问题"上，他似乎要借这部作品全面总结一下自己，以使自己的写作在小说形式上更具有某种合法性。

　　见诸媒体的评论文章也大都是叫好之声，但那时已封笔不写的沈从文却发现了问题。许多年后，我们从他给儿子、妻子的书信中看到了他对赵树理这部小说的评价。他说，医院中有个小朋友因在城市里长大，看不懂《三里湾》。"我因卖书人介绍是名作家作的，花了六毛

　　① 董大中. 赵树理年谱. 太原：北岳文艺出版社，1994：441，444.

三买一本，看下去，也觉得不怎么好。笔调就不引人，描写人物不深入，只动作和对话，却不见这人在应当思想时如何思想。一切都是表面的，再加上名目一堆好乱！这么写小说是不合读者心理的。妈妈说好，不知指的是什么，应当再看看，会看出很不好处来。"（1956 年 12 月初致沈虎雏）① 大概因为读《三里湾》正在兴头上，几天之后他又给妻子写信，既谈自己的写作计划，又以《三里湾》为例，明确了不应该像赵树理那样写："如照赵树理写农村，农村干部不要看，学生更不希望看。有三分之一是乡村合作诸名词，累人得很！"另起一段后他又说："我每晚除看《三里湾》也看看《湘行散记》，觉得《湘行散记》作者究竟还是一个会写文章的作者。这么一支好笔，听他隐姓埋名，真不是个办法，但是用什么办法就会让他再来舞动手中一支笔？简直是一种谜，不大好猜。可惜可惜。"（1956 年 12 月 10 日致张兆和）②

这种对比的口吻是很能够令人浮想联翩的，而我更在意的是对比的结果以及沈从文所看出来的问题。作为一个有着丰富写作经验的资深作家，沈从文一下子就意识到了赵树理小说的症结所在：动作与对话太多，缺少对人物心理活动的描写（"不见这人在应当思想时如何思想"），因新名词遍布于小说文本之中，让人失去了阅读的耐心和快感。尤其是沈从文拿自己的作品与赵树理小说对照时，如水一般灵动的《湘行散记》或许就更映衬出了《三里湾》的拘谨和枯涩。既如此，赵树理岂能不让他大失所望？

实际上，这并不是沈从文第一次评论赵树理的小说。有研究者推测，早在 1947 年之前，沈从文很可能就接触过赵树理的作品③，于是才有了他后来的看法："重看看《李家庄的变迁》，叙事朴质，写事好，写人也好，惟写过程不大透，有些如从《老残游记》章回出来的。背景略于表现，南方读者恐不容易得正确印象。是美中不足之处。"（1952 年 1 月 20 日致张兆和）④ 更值得注意的是，此前一封信中，沈从文在前面提了一句赵树理（"这里开会时，照例还有要为一点小事争吵，比赵树理写到的活泼生动"）后，转而谈到了他对"农民文学"的预测："由此可以理解到一个问题，即另一时真正农民文学的兴起，可能和小资产阶级文学有个基本不同，即只有故事，绝无

① 沈从文全集：第 20 卷. 太原：北岳文艺出版社，2009：97.

② 沈从文全集：第 20 卷. 太原：北岳文艺出版社，2009：111.

③ 任葆华. 沈从文与赵树理. 新文学史料，2008（3）.

④ 沈从文全集：第 19 卷. 太原：北岳文艺出版社，2009：296.

风景背景的动人描写。因为自然景物的爱好，实在不是农民情感，也不是工人情感，而是小资情感。将来的新兴农民小说，可能只写故事，不写背景。"（1951 年 12 月 26 日致沈龙朱、沈虎雏）[1]

不得不说，沈从文对赵树理小说的初步印象就非常精准。他不但指出了《李家庄的变迁》的优点，而且看到了它的缺陷及其可能的根源。而如此重视风景背景的描写，既是沈从文本人的写作特点，也应该是中国现代文学的主要特征之一。只要想想鲁迅小说《故乡》和《祝福》开头部分的景物描写，我们就会感到一股寒意迎面扑来。它们与叙述者的心境异质同构，一下子就把人带入一种悲凉的语境之中了。一切景语皆情语，王国维的这一断语移植到小说中应该也是可以成立的。一般而言，在小说中，景语丰富了人物的活动场景，撑大了叙述的表意空间，增强了读者的视觉感应能力，显然并非可有可无之物。如果只有故事，没有景物，小说就成了一个光秃秃的文本——有形销骨立之姿，无珠圆玉润之貌。

由此看来，沈从文所预测的农民小说至少对于赵树理来说是恰如其分的，因为《三里湾》中并没有解决故事与景物、叙述与描写并重的问题，而依然是有故事无景物，有叙述无描写。这一问题，就连第一时间读过《三里湾》的康濯（他与赵树理私交甚好）也忍不住指出来了。在充分肯定了这一长篇之成就的同时，他笔锋一转："但'三里湾'却有着叙述过多而展开描写不够的毛病，特别是某些事件的介绍，并不都是与人物的情节紧紧结合着展开的，比如何科长看地的情景和某些会议场面的描写，甚至只是平面地、孤立地通过一般叙述介绍出来的，因而显得有些单调和沉闷，并使整个作品多少显得脉络有些粗大，而肌肉却没能长得更加丰满和结实一些。"[2] 这与沈从文的判断不是很相像吗？看来，在这一问题上，两位作家虽不可能事先商量，却显然达成了某种共识。

然而，如果换一个角度来看这些问题，所谓的问题或许已不是什么问题，至少，它们并非什么大不了的严重问题。现在我们需要追问的是，赵树理写出来的那些标明小说的作品必须放在小说的门类之下加以检阅吗？如果不把它们当作小说而是当成故事看待，我们又会形成怎样的看法？沈从文不是已经有了"只写故事，不写背景"的判断

---

① 沈从文全集：第 19 卷. 太原：北岳文艺出版社，2009：246.

② 康濯. 读赵树理的"三里湾". 文艺报，1955（20）.

吗？为什么我们不能再向前挺进一步，干脆让赵树理的故事和小说分家？

这些问题似乎从来也没有被人认真思考过。也许，它们正是重新打量赵树理作品的一个入口。

二

赵树理虽然后来明确说过他的作品是"问题小说"[①]，但实际上，他并不十分看重小说这种名头，对其作品是否归类为小说也不是十分在意。以他的成名作《小二黑结婚》为例，虽然它早已进入经典化的过程之中，成为解放区文学中的小说代表作之一，但最初却是以"通俗故事"的面目问世的。众所周知，《小二黑结婚》的出版并不顺畅。当时，杨献珍（时任中共中央北方局党校党委书记兼教务主任）、彭德怀（时任中共中央北方局代理书记和八路军副总司令）和浦安修（彭德怀之妻）均读过这篇作品的手稿，感觉不错，但赵树理送交华北新华书店之后却石沉大海。得知此事后，彭德怀有些生气，随即写下了"像这种从群众调查研究中写出来的通俗故事还不多见"的题词。这样，华北新华书店才推出了《小二黑结婚》。而出版时，封面上标明的就是"通俗故事"[②]，这可以看作对赵树理作品的最初定位。

为什么彭德怀特意挑明它是"通俗故事"而没有把它明确为"小说"或"通俗小说"？这是他读作品后的判断还是受到了谁的明示或暗示？为什么随后的这一读物也标明为"通俗故事"？这究竟是"奉旨"行事还是出版部门形成的一种判断？如今这一切已渺不可考。但可以肯定的是，"通俗故事"的定位并不违背赵树理的本意，甚至如果我们结合赵树理此前此后的一些说法及其相关文本思前想后，"通俗故事"之说说不定就是来自赵树理本人。[③] 比如，若往前看，早在

---

　　① 赵树理．当前创作中的几个问题//赵树理全集：第五卷．北京：大众文艺出版社，2006：303.

　　② 董大中．赵树理年谱．太原：北岳文艺出版社，1994：226－228；董大中．赵树理评传．天津：百花文艺出版社，1986：126－127.

　　③ 1957年，赵树理在一次讲话中曾经说："我的《小二黑结婚》创作主题就是在这种背景下产生的。它是通俗的民间故事，老百姓喜闻乐见。"随后他虽又有"这部小说"如何之说，但显然，"通俗故事"亦是其自我定位之一。赵树理．与长治市青年文艺爱好者谈创作//赵树理全集：第五卷．北京：大众文艺出版社，2006：1.

1941 年赵树理就写过《通俗化"引论"》《通俗化与"拖住"》等文章，表达了他对抗战通俗化读本打败旧的"小书"的信心和决心。因此，"通俗化"或"通俗"显然既是赵树理倡导的主张，也是他追求的目标。再往后看，"故事"也常常成为他或所发刊物（出版部门）对其作品的一种指认。例如，《来来往往》（1944）发表时标明为"拥军爱民故事"，《孟祥英翻身》（1944）出版时标明为"现实故事"。《登记》（1950）的开头便说："诸位朋友们：今天让我来说个新故事。这个故事题目叫《登记》，要从一个罗汉钱说起。"① 《表明态度》的开头则这样交代："这是我一九五一年夏天在山西长治专区草拟的一个电影故事，后来因故搁置，今天看来也还可以当个故事看看，所以又把它拿出来了。"② 《灵泉洞》（1958）发表时定位于"长篇评书"，而赵树理后来则说："《灵泉洞》上半部，是写历史故事的。"③ "故事"的各类说法如此之多，一方面说明把写出来的作品称作"故事"是赵树理的习惯之举，另一方面，应该也可以反证，《小二黑结婚》被定位成"通俗故事"或许更具有某种合法性。

另一个征候也值得注意。在第一次发表的创作谈《也算经验》（1949）中，赵树理提到了《小二黑结婚》《李有才板话》《李家庄的变迁》《孟祥英翻身》《地板》等作品，但他通篇没用过一回"小说"，而只是用"几个小册子"加以指认。而在文章即将结束时，他又特别指出："至于故事的结构，我也是尽量照顾群众的习惯：群众爱听故事，咱就增强故事性；爱听连贯的，咱就不要因为讲求剪裁而常把故事割断了。"④ 在他第一次为自己的《邪不压正》辩护时，他也没提及一次"那篇小说"如何，而是说"那篇东西"怎样。写到后面，他又一次点明了里面的"故事"："我所以套进去两个故事，因为想在行文上讨一点巧。""把上述一切用一个恋爱故事连串起来，使我预期的主要读者对象（土改中的干部和群众），从读这一恋爱故事中，对那各阶段的土改工作和参加工作的人都给以应有的爱憎。"⑤ 在以上两例

---

① 赵树理全集：第四卷．北京：大众文艺出版社，2006：1.

② 赵树理全集：第四卷．北京：大众文艺出版社，2006：82.

③ 赵树理．回忆历史　认识自己//赵树理全集：第六卷．北京：大众文艺出版社，2006：473.

④ 赵树理全集：第三卷．北京：大众文艺出版社，2006：350.

⑤ 赵树理．关于《邪不压正》//赵树理全集：第三卷．北京：大众文艺出版社，2006：371.

中，"几个小册子"和"那篇东西"，自然可以理解为作者的一种自谦之辞，但是不是也意味着 1949 年前后的赵树理还不习惯于把自己的作品称为小说？而当后来许多人把他的作品看成小说时，他又在 1963 年有过如此说法："关于写小说问题，我自己不彻底，小说不像小说，今后要彻底，写小说就是小说。《红岩》改成评书，并不是低标准。"① 为什么他说自己的"小说不像小说"？若不像小说那又像什么呢？是不是像（或就是）"故事"抑或"评书"？

关于故事与小说，还是让我们看看赵树理本人最明确的一次说法吧。1964 年，赵树理写出了最后一篇文学作品《卖烟叶》，它的开头是这样的，值得照录如下：

> 现在我国南方的农村，在文化娱乐活动方面，增加了"说故事"一个项目。那种场面我还没有亲自参加过，据说那种"说法"类似说评书，却比评书说得简单一点，内容则多取材于现在流行的新小说。我觉得"故事""评书""小说"三者之间没有严格的界限。例如用评书形式写成的《水浒传》，一向被称为"小说"；读了《水浒传》的人向没有读过的人叙述起这书的内容来，就又变成了"说故事"。
>
> 我写的东西，一向虽被列在小说里，但在我写的时候却有个想叫农村读者当做故事说的意图，现在既然出现了"说故事"这种文娱活动形式，就应该更向这方面努力了。闲话少说，让我先写一个卖烟叶的故事，试试灵不灵。②

这番细致的交代放在《卖烟叶》的正文之前，是颇值得玩味的。这大概也是赵树理文体观的一次最清晰的亮相。在赵树理的心目中，所谓的"故事""评书"和"小说"并无严格区分。而由于他对故事更为看重，所以，我们也可以说他写小说时就是在写故事。或者按照他的说法，虽然他写的东西可以叫作小说，但一定要有一种特殊的功能：能被当作故事说出来。然而，虽然他在大小场合多次讲过他的这种小说做法，但似乎依然显得底气不足，于是他只好借助于现实生活中的"说故事"，一方面概述自己的一贯主张，另一方面也给自己撑腰打气，以使自己的写法具有某种合法性。这样一来，他也就用故事

---

① 赵树理. 文艺面向农村问题——在山西省第三次文代会上的讲话//赵树理全集：第六卷. 北京：大众文艺出版社，2006：209.

② 赵树理. 卖烟叶//赵树理全集：第六卷. 北京：大众文艺出版社，2006：221.

和评书解构了西洋小说和中国现代新小说的神圣和威严，既让它接上了中国传统的地气，也把它完全纳入自己的写作操练和话语谱系中了。从这一意义上说，与其说赵树理是在写小说，不如说他是在讲故事；与其说他是小说家，不如说他是一个讲故事的人。

是的，对于赵树理来说，也许讲故事的人是一个更准确的定位。

三

把赵树理定位成讲故事的人不但不是对他的贬低，从某种意义上说还是一种致敬之辞。由此我们可以想到俄国作家列斯科夫（Nikolai Semyonovich Leskov，1831—1895），想到本雅明在"讲故事的人"的定位之下对他展开的相关论述。本雅明说："描写一位名叫列斯科夫的讲故事的人，这并不是要缩短他和我们的距离，而是恰恰要拉大这一距离。因为只有拉开距离来看，我们才会发现，讲故事的人那非凡而质朴的轮廓在他身上清晰地凸显出来。"① 实际上，把这段文字中的列斯科夫换成赵树理也是可以成立的。也就是说，如果我们只是把赵树理看作小说家，固然也能确认其写作特点，却依然有种种说不清道不明之处。如果把他定位成讲故事的人，就不但让他与那些小说家有了区分，也拉大了我们重新打量他的距离。

为便于打量，我们不妨先来看看本雅明的相关论述。

本雅明是在经验的贫乏或贬值的现实语境中进入讲故事这门艺术的话题之中的，而讲故事的人与小说作者的两相比较，故事听众与小说读者在接受维度上的不同表现，则是他展开这一话题的助力。在他看来，口口相传的经验是所有讲故事的人的灵感之源。这样，由于拥有经验，羁恋土地的农夫和泛海经商的水手也就往往成为讲故事者的古老典型，此谓讲故事者的民间原始形态。然而，进入现代社会以来，讲故事的人日渐稀疏，讲故事的艺术也走向衰落。之所以如此，是因为"讲故事的人诞生于手工业"②，"手工业作坊就是传授讲故事

---

① 本雅明. 讲故事的人——尼古拉·列斯科夫作品考察//无法扼杀的愉悦：文学与美学漫笔. 北京：北京师范大学出版社，2016：43-44.

② 本雅明. 讲故事的人——尼古拉·列斯科夫作品考察//无法扼杀的愉悦：文学与美学漫笔. 北京：北京师范大学出版社，2016：56.

艺术的大学"①。但工业化时代以来，讲故事的物质基础既不复存在，人们在紧张忙碌中也失去了听故事的闲情逸致。例如，在文学生产层面，小说的兴起对讲故事这门艺术冲击极大，因为小说家的创作已完全游离了讲故事的文化传统："讲故事的人所讲的是经验：他的亲身经验或别人转述的经验。通过讲述，他将这些经验再变成听众的经验。而长篇小说家却是孤立的。长篇小说诞生于孤独的个体笔下，他已无法举例说出自己最关心的事情，他得不到他人的忠告，也给不了他人忠告。撰写一部长篇小说就意味着，通过描写人的生活而将生活的复杂性推向极致。长篇小说诞生于丰富多彩的生活中，并致力于描画这种丰富多彩，它证明了生活中人的极度困惑和不知所措。"② 在文学消费层面，当人们对眼前的新闻趋之若鹜时，意味着遥远的故事已不再能让人提起兴致，人们既丧失了倾听的能力，听众的群体也日渐式微。"因为讲故事往往是门复述故事的艺术，而当故事已不再能被保存下来时，这一艺术也就消失了。它之所以消失，是因为人们边听故事边纺线织布的情况已不复存在。"③ 而正是在这一语境中，才凸显了列斯科夫以及类似于列斯科夫这种作家（本雅明还提到了德国作家黑贝尔、戈特赫尔夫、赛尔斯菲尔德、格斯戴克尔）的重要性。尽管本雅明在许多地方并未挑明，但我们似已听到了他的潜台词：列斯科夫还是一位手工业时代的作家，他还没有经过"现代性"之手的抚摸，而是与民间口述传统保持着密切关系。他倾心于"讲故事"而不是"写小说"，是因为他还在"经验"的滋养之中。而这种滋养显然与他的土生土长、长期与民间和民众为伍密不可分。本雅明援引高尔基的话说："列斯科夫这位作家深深地扎根于民众，他完全没有受到任何来自国外的影响。"随后他紧接着评论道："一个讲故事的能手总是扎根于民众，尤其扎根于手艺人阶层。"④ 这是他对列斯科夫的赞辞，也是他在"光晕"消逝的挽歌轻唱中向列斯科夫致敬的原因

---

① 本雅明. 讲故事的人——尼古拉·列斯科夫作品考察//无法扼杀的愉悦：文学与美学漫笔. 北京：北京师范大学出版社，2016：46.

② 本雅明. 讲故事的人——尼古拉·列斯科夫作品考察//无法扼杀的愉悦：文学与美学漫笔. 北京：北京师范大学出版社，2016：49.

③ 本雅明. 讲故事的人——尼古拉·列斯科夫作品考察//无法扼杀的愉悦：文学与美学漫笔. 北京：北京师范大学出版社，2016：54.

④ 本雅明. 讲故事的人——尼古拉·列斯科夫作品考察//无法扼杀的愉悦：文学与美学漫笔. 北京：北京师范大学出版社，2016：68.

之一。

必须对本雅明的用语稍作解释，我们才可能理解他行文中的关节所在。在这篇文章中，"经验"一词频频出现，这其实是本雅明思想中的一个核心概念。根据本雅明的表达习惯，他所谓的经验往往是指 Erfahrung，以此区别于另一种被称作 Erlebnis 的经验。而按照杰姆逊的解释："Erlebnis 指的是人们对于某些特定的重大的事件产生的即时的体验；而 Erfahrung 则指的是通过长期的'体验'所获得的智慧。在把乡村生活的外界刺激转化为口传故事的方式中起作用的是第二种经验，即'Erfahrung'；而在现代生活中人们普遍感受的是第一种经验，即'Erlebnis'。"① 如此看来，当本雅明让经验（Erfahrung）与讲故事这门艺术形成一种绝对关联时，他谈论的显然是一种前现代体验：手工业生产的场景，手艺人阶层的出现，纺线织布的氛围，听众的有闲以及他们在听讲中的配合等等，共同打造着厚实的经验与经验的护栏，它们是讲故事者与讲故事这门艺术诞生并繁荣的温床。而所谓的经验贫乏，应该是对现代性体验的一种描述。在这种体验中，人们获得了更为丰富的经历（Erlebnis），却反而失去了刻骨铭心的经验（Erfahrung）。正是在这种集体性的遗忘和拒绝中，讲故事的艺术走向了终结。

还需要提及本雅明使用的另一组对举性概念：光晕（Aura）与震惊（Chock）。这两个概念虽然并非他这篇文章的论述重点，但根据他的为文原则，此文与《可技术复制时代的艺术作品》（以下简称《艺术作品》）恰恰构成了一种"互补"关系②，而光晕与震惊也正是《艺术作品》一文重点谈论的对象。这样，我们也就不难理解，为什么在《讲故事的人》中本雅明会游离出一笔，思考"一战"结束后从战场中归来的人们沉默不语。因为战争是一种高强度的"震惊"体验，"震惊"的程度越高，意识的防范性就越强，成为"经验"的可能性也就越小。结果，战场归来者"经历"非常丰富，"经验"却反而更加贫乏了。如果沿着本雅明的思路往前推进，这是不是意味着小说更多地关联着"经历"而不是"经验"？尤其是像卡夫卡这样的作家，他们输入小说文本之中的往往是"震惊"之后的现代性"经历"与个人体验，却已无法给人提供某种忠告或教诲了。与此相反，由于"经

---

① 詹明信. 晚期资本主义的文化逻辑. 北京：三联书店，1997：317.

② 赵勇. 法兰克福学派内外：知识分子与大众文化. 北京：北京大学出版社，2016：325.

验在它的核心处是极为深刻地光晕化的"①，故事和讲故事也就走进了一种特殊的艺术传统之中，它已不是单纯的叙事作品，而是"经验"催生出来的富有光晕的艺术。

可以说，正是在这一阐释框架中，列斯科夫才走进了本雅明的视野，他因此拥有了"讲故事的人"的新称号，讲故事的艺术也获得了更为丰富的意涵。

四

赵树理能走进本雅明的阐释框架吗？回答应该是肯定的。只要做一些简单的对比，我们就可以看到这两者的吻合之处。

本雅明说，讲故事者的古老代表之一是与土地为伍的农耕者（tiller）②，赵树理就是从这一农耕者群体中走出来的一员。山西（尤其是晋东南地区）农民的特点之一是安土重迁，务实勤业，形成了鲜明的民间文化传统。例如，平日里的听说书，赶会时的看唱戏，自娱自乐时的八音会等等，既是农民们一年到头的主要消遣，也是民间说唱文学的重要内容。有资料表明，在赵树理的老家，他的父亲不仅是"八音会里一名拉弦的好手"③，而且是"村里颇有声望的说书能手，有一肚子故事，在雨天冬夜，常被一大帮人围着，听他道古论今，说鬼，说狐，说狼，说蛇"④。这种盛况是很能让我心生同感的。因为作为赵树理的同乡，我在童年少年时代的农村也接触过许多能说会道者，他们虽然没有多少文化，却像李有才一样，能自编自演，其创作的能力和说唱的功夫常常让人叹为观止。赵树理生于斯长于斯，长期接受着这种文化的熏陶，"他不但能演戏，也学会了说书，带着浓厚兴趣读过许多弹词、唱本、章回小说。从小培养起来的这种对民间文学和地方戏曲的兴趣，一直保持到晚年"⑤。如此看来，他能成为讲故事者的新式代表，是一点也不值得奇怪的。

---

① 克劳斯哈尔. 经验的破碎（2）——瓦尔特·本雅明：作品、生活、时代和历史的交叠. 现代哲学，2005（1）.

② Walter Benjamin. The Storyteller // Illuminations. London：Fontana Press，1992：84.

③ 黄修己. 赵树理评传. 南京：江苏人民出版社，1981：11.

④ 戴光中. 赵树理传. 北京：北京十月文艺出版社，1993：44.

⑤ 黄修己. 赵树理评传. 南京：江苏人民出版社，1981：15.

本雅明说："讲故事的人所讲的是经验：他的亲身经验或别人转述的经验。"这一点在赵树理那里体现得尤其明显。他的第一次创作谈便是《也算经验》（1949），此"经验"虽然并不完全等同于本雅明意义上的 Erfahrung，但许多地方又有相通之处。赵树理说："我的材料大部分是拾来的，而且往往是和材料走得碰了头，想不拾也躲不开。因为我的家庭是在高利贷压迫之下由中农变为贫农的，我自己又上过几天学，抗日战争开始又作的是地方工作，所以每天尽和我那几个小册子中的人物打交道；所参与者也尽在那些事情的一方面。"① 这里其实并非一个单纯获取写作素材的问题，而是意味着一旦进入讲故事的语境之中，赵树理自动接通的必然是自己亲身经历过的那些经验——烂熟于心的人物（例如，二诸葛的原型就是他的父亲赵和清），与人"共事"后的体会（赵树理多次提到过"共事"，认为"我个人熟悉农村生活的方法就是和人'共事'"②）等等。而无论是人物还是情节，只要他没有亲历过，就心里没底，也不敢让他（它）们进入故事。这大概就是他自己总结的"有多少写多少"③，也是他委婉批评《三千里江山》的原因所在："杨朔同志在朝鲜只一年多，正面的场面见的也不会太多，大概有些是听来的。从别人那里听来的，就是再生动我也不敢正面描写。"④ 这种写作之道，固然可以在"身之所历，目之所见，是铁门限"⑤ 的中国传统文化精神中予以解释，也可以在"山药蛋派"崇"实"的地域文化精神⑥中加以理解，但是，把它看作讲故事的人的一种特点也是可以成立的。小说家固然也从经验出发，但踵其事而增其华、变其本而加其厉式的虚构，往往是其看家本领。相比之下，讲故事的人却更老实一些。像赵树理，当他觉得道听途说都靠不住而必须严格依据亲身经验讲述故事时，他甚至已成为一个经验主义者。

而且，在经验层面，也可解释他的种种焦虑。赵树理是以讲新故事

---

① 赵树理. 也算经验//赵树理全集：第三卷. 北京：大众文艺出版社，2006：349.

② 赵树理. 下乡杂忆//赵树理全集：第五卷. 北京：大众文艺出版社，2006：369.

③ 赵树理.《三里湾》写作前后//赵树理全集：第四卷. 北京：大众文艺出版社，2006：383.

④ 赵树理. 在《三千里江山》讨论会上的发言//赵树理全集：第四卷. 北京：大众文艺出版社，2006：140.

⑤ 王夫之. 夕堂永日绪论内编//李壮鹰. 中华古文论释林：清代上卷. 北京：北京大学出版社，2011：210.

⑥ 朱晓进."山药蛋派"与三晋文化. 长沙：湖南教育出版社，1995：247-250.

而著称于世的，但让其故事熠熠生辉的却并非新人新事，而恰恰是那些旧人旧事。对于这一点，赵树理自然也心知肚明，他的解释是这样的：

> 同志们、朋友们对我所写的作品的观感是写旧人旧事较明朗，较细致，写新人新事较模糊，较粗糙。完全正确，其所以那样，就决定于这全部养料。我已写出的作品，其题材全部是农村的事。要写什么就得了解什么。我和我写的那些旧人物（自然不是那些个别的真人），到田地里作活在一块作，休息同在一株树下休息，吃饭同在一个广场吃饭；他们每个人的环境、思想和那思想所支配的生活方式、前途打算，我无所不晓。当他们一个人刚要开口说话，我大体上能推测出他要说什么——有时候和他开玩笑，能预先替他说出或接他的后半句话。我既然这样了解他们，自然就能描写他们。对新的人物，大半是在会议时间碰一碰头……会议之外，自然也还有些别的接触机会，例如土地改革中的串连诉苦，生产中的访问劳动模范等，但所接触者又和开会一样，都是只接触某一方面，而且时间也很短，就事论事写个印象记还差不多，据以写一个又自然又生动又合乎进步规律的新的完整人物是不行的。①

这是出现在 1952 年的说法，此后，类似的说法便不时被赵树理谈起，似乎成了他的一块心病，也成了他"长期地、无条件地、全身心地到群众中去吸取养料"② 的主要动力。然而，尽管与同时代的作家相比，赵树理"下乡"的频次更高，幅度也更大，但这一问题依然没有得到有效解决。之所以如此，是因为在赵树理那里，新人新事只是一种浮光掠影般的"经历"，却始终无法走进他的经验系统之中，成为一种"光晕"般的存在。此外，在"敢教日月换新天"的时代语境中，互助组、合作社、人民公社、"大跃进"等等中国式的"社会现代性"运动横空出世，赵树理也无时无刻不处在一种"震惊"体验之中。他虽然紧跟快赶，但写得却越来越少，讲故事的水平也日趋下降。孙犁的说法是"他的创作迟缓了，拘束了，严密了，慎重了。因

---

① 赵树理 . 决心到群众中去 // 赵树理全集：第四卷 . 北京：大众文艺出版社，2006：120.

② 赵树理 . 决心到群众中去 // 赵树理全集：第四卷 . 北京：大众文艺出版社，2006：122.

此，就多少失去了当年青春泼辣的力量"①。赵树理本人的愤激之词
是，读了《欧阳海之歌》，"这些新人新书给我的启发是我已经了解不
了新人，再没有从事写作的资格了"②。而在本雅明的阐释框架里，这
其实是"震惊"对"光晕"的驱逐，是"经历"对"经验"的占有，
是现代性对前现代性的全面扑杀。在老经验不合时宜新经验又极度匮
乏的情况下，赵树理的讲述已无所依托，甚至已是一沟绝望的死水；
自然，他已不可能再有多大作为了。

　　然而，即便如此，赵树理依然不忘履行讲故事者的职责——忠告
读者。本雅明认为，小说作者是给不了人们忠告的，因为生活的复杂
性会让作家陷入极度困惑之中，许多问题连他自己都没有答案，他又
怎么可能忠告读者呢？比如，卡夫卡无法明确土地测量员 K 能否走
进城堡，鲁迅也无法解释祥林嫂提出的问题：人死后究竟有无魂
灵。当作家困惑着时，他们的读者就更加不知所措了。但是，注重
效用却是讲故事者的一个特性。这种效用"可能表现为故事包含的
某种道德寓意，实用建议，抑或某一民间智慧或处事原则。简言
之，讲故事的人都懂得如何给读者提忠告"③。按照我的理解，能够
忠告读者的作家，他本人的价值观一定是清晰明朗的。或者也可以
说，在前现代的世界里，由于生活的相对简单，作家也就更容易形成
一种善恶分明的道德观。以这种观念责己度人，他也就拥有了忠告读
者的底气。

　　赵树理正是这样一位作家。他曾经说过："俗话常说：'说书唱戏
是劝人哩！'这是对的。我们写小说和说书唱戏一样（说评书就是讲
小说），都是劝人的。"④ 所谓劝人，实际上就是向读者提建议发忠告，
从而让他们认同作品中作者褒贬臧否过的人物。赵树理有一个著名比
喻：三仙姑喜欢老来俏，"小鞋上仍要绣花，裤腿上仍要镶边，顶门
上的头发脱光了，用黑手帕盖起来，只可惜宫粉涂不平脸上的皱纹，

　　① 孙犁. 谈赵树理. 天津日报，1979 - 01 - 04.

　　② 赵树理. 回忆历史　认识自己 // 赵树理全集：第六卷. 北京：大众文艺出版社，
2006：482 - 483.

　　③ 本雅明. 讲故事的人——尼古拉·列斯科夫作品考察 // 无法扼杀的愉悦：文学与美
学漫笔. 北京：北京师范大学出版社，2016：48.

　　④ 赵树理. 随《下乡集》寄给农村读者 // 赵树理全集：第六卷. 北京：大众文艺出版
社，2006：164.

看起来好像驴粪蛋上下上了霜"①。当赵树理把美学之丑如此这般地涂抹到三仙姑的脸上时，他已充分运用了民间智慧，也一下子亮明了自己的价值观。而当时的读者也正是从这种强烈的暗示中得到了"不可以那样做"的忠告。更耐人寻味的是，当赵树理进入写作困顿期之后，他不仅在1957年集中写了《不要这样多的幻想吧？》《"出路"杂谈》《愿你决心做一个劳动者》《青年与创作》《"才"和"用"》《复"常爱农"同学》等书信和文章，直接劝告夏可为同学和自己的女儿赵广建回乡务农，不要好高骛远，老想着靠写作成名成家，还写了《互作鉴定》（1962）和《卖烟叶》两篇作品，通过讲故事的方式批评主人公刘正和贾鸿年的不安心农业生产，其忠告读者的意图跃然纸上。今天看来，赵树理忠告的内容虽大可讨论，但至少这种忠告本身已显示出一个讲故事者的强烈自信。当赵树理行使着忠告的权力时，他就像一个部落里的长老。显然，他是希望用他自身的经验和由此形成的智慧，形成一种"劝人"之效。

这就是赵树理，他虽然在二十世纪四十年代才正式开始了讲故事的写作活动，却又处处走进了本雅明早已设下的埋伏之中（《讲故事的人》发表于1936年），这或许并非偶然的巧合，而是所有讲故事的人的必然遭遇。

五

实际上，仅仅借助于《讲故事的人》是无法完全解释赵树理的，因为本雅明虽然在"讲什么"的层面谈得充分，却在"怎样讲"的地方所论不多，而赵树理恰恰在这一方面有着极强的实践意识，并形成了一套属于自己的理论。

在二十世纪的中国文学史上，赵树理很可能是最具读者（听众）意识的作家（没有之一）。当他开始出道时，他已非常明确地认识到他是在为广大农民写作，而四五十年代的农民绝大多数无法识文断字，并不具备基本的阅读能力。这一现状决定了他必须在写作技术层面寻找可资利用的资源。于是他绕过"五四"新小说业已形成的"写—读"模式，直接接通了明清时期话本、拟话本的"说—听"文学传统。陈平原指出，"五四"作家"只要采用日记、书信形式来叙

---

① 赵树理. 小二黑结婚//赵树理全集：第二卷. 北京：大众文艺出版社，2006：214.

述故事，就不可避免地要抛弃传统的说书人腔调，突破全知叙事的局限"①，赵树理却反其道而行之——只要他扮演"讲故事的人"的角色，他就必然要抛弃"五四"新小说那种注重人物主观情绪流露的写法，也必然会采用说书人的口吻，用全知全能的叙述视角讲述出一个个有头有尾、情节曲折、"可说性"强的故事。有关这一点，笔者早已有过探讨②，兹不赘述。我现在想谈论的是与此相关的另一个问题。

沈从文认为赵树理的小说有故事无背景（风景），缺少人物的心理活动描写，把这一评论放在"写—读"模式的小说做法中是完全可以成立的。但问题是，赵树理采用的是"说—听"写作模式，而在这种模式中，景物描写和心理描写很可能确实不宜出现。赵树理曾经说过："我过去所写的小说如《小二黑结婚》《李有才板话》《李家庄的变迁》等里面，不仅没有单独的心理描写，连单独的一般描写也没有。这也是为了照顾农民读者。因为农民读者不习惯读单独的描写文字，你要是写几页风景，他们怕你在写什么地理书哩！"③ 这是赵树理对自己之所以"这样写"而不"那样写"的基本认知。而他没有意识到原因或许在于：一方面，由话本、拟话本小说衍生出来的"说—听"模式是一种强大的"话语结构"，写作者一旦采用这种写法，他也就走进了"不是我说话，而是话说我"的结构主义关系框架中，从而不得不遵循早已成型的结构法则；另一方面，无谓的描写一多，又会影响到听故事的人的记忆效果。在这一层面，本雅明恰恰有过精当的论述："使故事嵌入记忆深处的做法，莫过于拿掉心理分析之后的朴实无华和简洁凝练。讲故事的人越是能去除心理遮蔽，把故事讲得自然天成，故事就越是能占据听者记忆，与听者的经验完全融合，听者也就越愿意有朝一日把它讲给他人。"④ 显然，本雅明能够注意到这一点，是他意识到只有这样讲故事才容易激活听众经验，才有助于经验的口口相传。而在赵树理的写作方案中，把故事"写给农村中的识

① 陈平原. 中国小说叙事模式的转变. 上海：上海人民出版社，1988：218.

② 赵勇. 可说性本文的成败得失——对赵树理小说叙事模式、传播方式和接受图式的再思考. 通俗文学评论，1996（4）.

③ 赵树理. 做生活的主人 // 赵树理全集：第六卷. 北京：大众文艺出版社，2006：142.

④ Walter Benjamin. The Storyteller // Illuminations. London：Fontana Press，1992：90.

字人读，并且想通过他们介绍给不识字人听"[①]，本来就是其要义之一。为了使读者（听众）的记忆准确无误，也为了保证再讲述的传播效果，他就必须剪除景物描写和心理描写的枝枝丫丫，这样才能凸显故事的主干。

正是基于这一考虑，重叙述而轻描写，重"讲述"（tell）而轻"展示"（show）就成了赵树理讲故事时的叙事法则。当然，这并不意味着他完全不要描写。为了让描写更符合讲故事的特点，他退回到中国叙事学的传统之中，找到了一件制胜法宝——白描。赵树理曾经说过："我们通常所见的小说，是把叙述故事融化在描写情景中的，而中国评书式的小说则是把描写情景融化在叙述故事中的。"[②] 所谓融描写于叙述之中，其实就是白描。这应该是他从传统评书中琢磨出来的技法之一。几年之后，当他又一次面对这一问题时，则干脆把这一技法称作了白描："我写小说有这样一个想法：怎么样写最省字数。我是主张'白描'的，因为写农民，就得叫农民看得懂，不识字的也能听得懂，因此，我就不着重在描写扮相、穿戴。只通过人物行动和对话去写人。"[③] 验之于赵树理写出来的那些作品，白描笔法也确实俯拾皆是。例如，他写孟祥英进不了婆婆和丈夫的屋门，只好独自站在院子里。"常贞和姐姐在门外低声哭，她在门里低声哭，后来她坐在屋檐下，哭着哭着就瞌睡了，一觉醒来，婆婆睡得呼啦啦的，丈夫睡得呼啦啦的，院里静静的，一天星斗明明的，衣服潮得湿湿的。"[④] 这里的白描极其简约，三言两语就勾勒了婆婆和丈夫的无情无义，也描画了孟祥英的卑贱处境和无奈心情。又如，他写小飞蛾被张木匠暴打："她是个娇闺女，从来没有挨过谁一下打，才挨了一下，痛得她叫了一声低头去摸腿，又被张木匠抓住她的头发，把她按在床边上，拉下裤子来'披、披、披'一连打了好几十下。她起先还怕招得人来看笑话，憋住气不想哭，后来实在支不住了，只顾喘气，想哭也哭不上来，等到张木匠打得没了劲扔下家伙走出去，她觉得浑身的筋往一处

---

① 赵树理.《三里湾》写作前后 // 赵树理全集：第四卷. 北京：大众文艺出版社，2006：378.

② 赵树理.《三里湾》写作前后 // 赵树理全集：第四卷. 北京：大众文艺出版社，2006：378.

③ 赵树理. 在北京市业余作者短篇小说创作座谈会上的发言 // 赵树理全集：第六卷. 北京：大众文艺出版社，2006：126.

④ 赵树理. 孟祥英翻身 // 赵树理全集：第二卷. 北京：大众文艺出版社，2006：381.

抽，喘了半天才哭了一声就又压住了气，头上的汗，把头发湿得跟在热汤里捞出来的一样，就这样喘一阵哭一声喘一阵哭一声，差不多有一顿饭工夫哭声才连起来。"① 这一处的白描也极为传神。在赵树理笔下，张木匠的凶暴呈现得干净利落，小飞蛾的哭法更是令人惊心动魄——那是忍气吞声的哭，是不敢哭又没办法不哭的哭。在这种极为憋屈的哭法中，小飞蛾的心灵痛苦也得到了一种含蓄的展示。就这样，在赵树理的讲述中，白描不仅简化了表达，节约了字数，而且让故事中的人物、人物的行动爆发出了极大的能量。

我以白描为例，其实只是揭示了赵树理故事"怎样讲"的冰山一角。而实际上，在"怎样讲"的层面，可以说赵树理已把他的写作技术武装到了牙齿：说书人的角色扮演，新话本的精心打造，拟书场的空间预设，拟听众的接受预想，可谓成龙配套，样样不落。此外，还有如何借用评书的"扣子"手法吸引读者，如何设置大故事套小故事的结构以使情节波澜起伏，如何使用口语说"人话"让听众听得舒服等等②，不一而足。而当赵树理如此痴迷于自己的写作技术时，他就又一次与本雅明狭路相逢了。本雅明在《作为生产者的作家》（又译《作为生产者的作者》）中指出："在我问一部文学作品与时代的生产关系处于怎样的关系之前，我想问，它在生产关系中是怎样的？这个问题直接指向作品在一个时代的文学创作生产关系之中具有的功能。换言之，它直接指向作品的创作技术。"而创作技术之所以重要，是因为技术既可以消除内容与形式的对立，也能够通过它观察到一部作品政治倾向、文学倾向和文学品质的关系。正是在这一背景下，本雅明形成了两个重要论断："文学的倾向可以存在于文学技术的进步或者倒退之中。""正确的政治倾向和进步的文学技术在任何情况下都总是处于这种依赖性中。"③

我在这里又一次让赵树理与本雅明形成关联，一方面是想对赵树理的所作所为形成一种更有效的解释，另一方面也是想为本雅明的论述提供一个中国例证。如前所述，本雅明喜欢在"互补"关系中展开自己的思考。与《讲故事的人》构成互补关系的文本其一是那篇《艺术作品》，

① 赵树理. 登记//赵树理全集：第四卷. 北京：大众文艺出版社，2006：7.

② 赵树理说："我曾建议出版社成立一个改编部，把各种东西改成通俗的东西，改成各种形式。要把书本上的语言改成人话，改成口语。"赵树理. 文艺面向农村问题——在山西省第三次文代会上的讲话//赵树理全集：第六卷. 北京：大众文艺出版社，2006：209.

③ 本雅明. 作为生产者的作者. 郑州：河南大学出版社，2014：7，8.

其二便是这篇《作为生产者的作家》，而"艺术政治化"正是此二文论述的重要内容。在"艺术政治化"的维度上，本雅明不仅强调了创作技术的重要性，而且在"功能转换"（Umfunktionierung）名义下大谈布莱希特的"叙事剧"与苏联作家特列契雅科夫（Sergei Tretiakov，1892—1937）的形式革命。在他看来，这两位作家简直就是"技术"革新的能手，因为通过其创作实践，他们确实改变了文学生产形式和生产工具的用途，成功地实现了文学的"功能转换"。由此回看赵树理，在"讲故事的人"的维度上，他类似于本雅明所论的列斯科夫，但是在"艺术政治化"的维度上，他又成了特列契雅科夫和布莱希特的精神盟友。作为"行动的"作家，特列契雅科夫响应"作家到集体合作社去"的号召，两次在"共产主义灯塔"公社逗留，"召集群众会议，筹集购买拖拉机的款项，说服单干的农民加入集体合作社，视察阅览室，办墙报，主编集体合作社报刊，给莫斯科的报刊提供报道，推广收音机和流动电影院，等等"①。赵树理的"下乡"更是家常便饭，可以说在"行动的"层面，他为农业合作社和人民公社做的事情不知要超过特列契雅科夫多少倍。布莱希特通过"中断原理"改变了"叙事剧"的内部结构，进而让它具有了政治功能；而赵树理则通过"评书体"改变了故事或小说的内在构成，从而让其艺术形式呈现了浓郁的政治意味。虽然赵树理的技术手段显得土头土脑，远不如布莱希特来得洋气，但不容置疑的是，他同样成了"艺术政治化"方案的实践者。

于是，赵树理除了是"讲故事的人"外，显然还是一位"作为生产者的作家"。而在这样的作家那里，他那些故事的讲法显然不只是单纯的艺术形式，还是形式的政治。

六

伊格尔顿曾经说过："存在着形式的政治，也存在着内容的政治。"② 在赵树理作品与政治的关系问题上，最容易谈论的是"内容的政治"，这也成为赵树理研究界常谈不衰的话题。而不容易思考的却恰恰在于"形式的政治"。现在我们需要追问的是，赵树理之所以采用如此讲故事的形式，除了他本人谈论的那些原因外还有怎样的深层

---

① 本雅明．作为生产者的作者．郑州：河南大学出版社，2014：8.

② 伊格尔顿．如何读诗．北京：北京大学出版社，2016：11.

动因？这种形式又如何体现出了一种政治功能？

可以先从文学场域中的内部斗争谈起。本雅明在分析特列契雅科夫时指出："作家的使命不是报道，而是斗争；不是扮演观众的角色，而是积极进行干预。"① 这一评论也大体适用于赵树理，只不过在他这里要体现得更为复杂些，因为在"斗争"层面，他要斗争的对象不仅仅是作品中指涉的那些封建残余、坏干部和地痞流氓（如《邪不压正》中所写），而且有现实中的文学对手。早在 1949 年，赵树理就曾发出如下宏愿："把旧东西的好处保持下来，创造出新的形式。"②"利用或改造旧形式，来表达一些新内容也好，完全创作大众需要的新作品也好，把这些作品打入天桥去，就可以深入到群众中去。"③ 但实际上，虽然赵树理在改造旧形式和创造新形式上亲力亲为，也颇有成效，但随着五十年代初的"东西总布胡同之争"，文学生产的产品既演变成"窝头与面包之争"，赵树理与丁玲等人的矛盾也浮出水面。而在申报"斯大林文学奖"的提名上，东西总布胡同更是意见相左，对立情绪激烈。在此情况下周扬只好亲自出面，召集双方代表开会，最终各打五十大板了。④ 有研究者指出："'东西总布胡同'的争论，暗寓着对一直被尊为'正宗'的'新文学'的极大威胁。面对'新文学'的态度，已经不是艺术家之间的'审美趣味'的差异，而是渗透着浓烈的'政治暗示性'话语。"⑤ 这一判断是很有道理的。

我之所以重提这桩公案，是因为其中隐藏着种种玄机，也预示了赵树理后来的"斗争"策略。虽然早在 1947 年赵树理就被定为"方向"型作家，但随着《邪不压正》（1948）和《金锁》（此为淑池所作，发表于赵树理主编的《说说唱唱》）遭到批判，他又不得不进入解释、说明、检讨、再检讨的"程序"之中，其"方向"的地位开始动摇。此后，又随着《太阳照在桑干河上》《暴风骤雨》等作品获得"斯大林文学奖"（1951），赵树理所代表的"方向"其实已走向名存

---

① 本雅明. 作为生产者的作者. 郑州：河南大学出版社，2014：8.

② 赵树理. 在连载、章回小说作者座谈会上的发言//赵树理全集：第三卷. 北京：大众文艺出版社，2006：356.

③ 赵树理. 在大众文艺创作研究会成立大会上的讲话//赵树理全集：第三卷. 北京：大众文艺出版社，2006：358-359.

④ 苏春生. 从通俗文化研究会到大众文艺创作研究会——兼及东西总布胡同之争. 中国现代文学研究丛刊，2003（2）.

⑤ 席扬. 赵树理为何要"离京""出走"//多维整合与雅俗同构——赵树理和"山药蛋派"新论. 北京：中国社会科学出版社，2004：18-19.

实亡之途。因为丁玲和周立波的小说能获此殊荣，不仅意味着其主题更符合主流意识形态的需要，而且也是对其写法"政治正确"的间接肯定。而这种写法正是"五四"新小说"写—读"模式的延续。有研究者在对比分析了《邪不压正》和《太阳照在桑干河上》的开头部分后指出：前者以说书人的口吻进入故事，那里"没有静态的描写，也没有让读者感到突兀的叙述，故事讲述得自然明了，交代得清清楚楚，读者一听就懂"。而后者的开头"尽管没有生僻的词汇，也没有欧化的句法，句子是简短的，也吸收了一些农民口头上常喜欢用的语言，如'火烫烫''热乎乎'等，但它显然不是地道的农民口语，而是书面语和农民语言的交糅，本身这样的语言是不适合说，也不适合听的"①。这就意味着，经过一番"思想改造"之后丁玲虽已成功转型，但她的叙事方式和语言表达依然是书面化和知识分子气的，而它们恰恰是赵树理批驳的对象和斗争的目标。

这就不难理解为什么赵树理除了在自己的作品中继续坚决贯彻"说—听"模式外，还要在大小场合反复申明自己的创作主张和写作特点了，这既是与丁玲为代表的"新文学"较劲，也是在文学形式层面的一种抗争。而在抗争的过程中，他一方面通过自己的作品说话，另一方面也不时在种种"发言"和"讲话"中暗藏杀机，直指那些"政治正确"的形式。例如，对于《三里湾》的写法，赵树理曾这样解释道："《三里湾》第一章写玉梅到夜校去的时候，要按我们通常的习惯，可以从三里湾的夜色、玉梅离开家往旗杆院去写起，从从容容描绘出三里湾全景、旗杆院的气派和玉梅这个人的风度仪容——如说'将满的月亮，用它的迷人的光波浸浴着大地，秋虫们开始奏起它们的准备终夜不息的大合奏，三里湾的人们也结束了这一天的极度紧张的秋收工作，三五成群地散在他们住宅的附近街道上吃着晚饭谈闲天……村西头的半山坡上一座院落的大门里走出来一位体格丰满的姑娘……'接着便写她的头发、眼睛、面容、臂膊、神情、步调以至穿过街道时和人们如何招呼、人们对她如何重视等等，一直写到旗杆院。给农村人写，为什么不可以用这种办法呢？因为按农村人们听书的习惯，一开始便想知道什么人在做什么事，要用那种办法写，他们要读到一两页以后才能接触到他们的要求，而在读这一两页的时候，

---

① 白春香．赵树理小说叙事研究．北京：中国社会科学出版社，2008：160-161．

往往就没有耐心读下去。"① 而在另一处地方，赵树理又借《白毛女》举例如下：

> 歌剧《白毛女》中的唱词"昨晚爹爹转回家，心中有事不说话"，这既不是古体诗，又不是今体诗，而是一种唱词，是为农民大众所喜爱的。假如把这两句话改为古风的体例："昨宵父归来，戚然无一语"，农民对这便会感到兴趣不大。如果改为洋腔"啊，昨晚，多么令人愉快的除夕，可是我那与愉快从来没有缘分，被苦难的命运拨弄得终岁得不到慰藉的父亲，竟捱到人们快要起床的时候，才无精打采地拖着沉重的脚步踱回家来。从他那死一般的眼神里，可以看出他有像长江黄河那样多的心事想向人倾诉，可是他竟是那么的沉默，以至使人在几步之外，就可以听到他的脉搏在急剧地跳动着。……"这一段话虽然没有超出"昨晚爹爹转回家，心中有事不说话"的范围，写得细致，感情也丰富，可是乡村里的老头老太太就听不懂，就不感兴趣。②

在以上两例中，赵树理的落脚点虽然是农民听得懂，但他戏仿的对象却显然是那种喜欢洋腔洋调或拿腔作调的新文学作品。而通过其戏仿，也通过戏仿时的适度夸张和调侃，心理描写和景物描写的弊端暴露无遗，他所推举的通俗化表达也更显得弥足珍贵。而当赵树理讲述的故事在政治上越来越跟不上形势时，他唯一可资利用的武器就是讲故事的形式了。于是，他在最后一篇文学作品中依然执着地要"说故事"，在我们现在所能见到的最后一份检查中依然顽强地为"民间传统"争地位——当"五四以来的文化界传统"无形中已被"定为正统"时，赵树理是极不满意的。他觉得这样做虽然很合"那些权威们"和"学生出身"的胃口，"可是这不合乎毛主席所说那从普及基础上求提高，在提高指导下去普及的道理"③。赵树理这里搬出毛泽东，一方面是对其《讲话》精神深信不疑，另一方面是要以此证明继承"民间传统"的正当性与合法性。因为"民间传统"既是讲故事的

---

① 赵树理.《三里湾》写作前后//赵树理全集：第四卷．北京：大众文艺出版社，2006：378-379.

② 赵树理．在中华函授学校"讲座"第四学期开学式上的讲话//赵树理全集：第六卷．北京：大众文艺出版社，2006：281.

③ 赵树理．回忆历史 认识自己//赵树理全集：第六卷．北京：大众文艺出版社，2006：479.

形式之源，也是赵树理的文学命根子，在这一层面，他是不会有丝毫让步的。

然而，在这种形式的抗争中，赵树理也不可避免地成了一名失败者。我在前面引用过赵树理最后的愤激之词：读了《欧阳海之歌》，他觉得自己"再没有从事写作的资格了"。这里所谓的没有写作资格恐怕不仅在于内容层面，而且指向了小说形式。因为《欧阳海之歌》一开篇就是三段冗长的景物描写："舂陵河绕过桂阳县，急急忙忙地向北流去，穿峡出谷，注入碧蓝碧蓝的湘江；……从西北方刮来几团灰白色的云彩，绕着山尖不肯离去，云层顺着山背漫下来，山区隐没在一片雾霭中。"① 这正是赵树理不屑甚至憎恶的写法。他起初还是在与丁玲等人的书面腔或洋腔相抗衡，现在面对的则是等而下之的学生腔了。当这种写法由"九斤老太"变成"七斤嫂"而大行其道时，赵树理岂能没有万念俱灰之感？也正是在这种灰暗的心绪中，他开始了反复被批斗的岁月，至死没再写出一篇文学作品。他的文学生命也终结在那篇"说故事"的《卖烟叶》中了。

七

当然，更重要的政治功能是体现在"说—听"模式的结构关系之中的。

赵树理对其写作宗旨最精练的概括是"老百姓喜欢看，政治上起作用"②，这就意味着普通民众（尤其是广大农民）是其作品的接受主体，而"起作用"自然也是针对这些普通民众的。由于农民在新旧交替时期确实存在着落后、保守、小农意识、封建迷信等思想，无法跟上新民主主义和社会主义前进的步伐，也由于"严重的问题是教育农民"③ 已成为最高领导人的基本判断，因此，赵树理所讲述的新故事一开始就介入农民问题之中，并与主流意识形态高度契合，而"教育

---

① 金敬迈. 欧阳海之歌. 北京：解放军文艺出版社，1966：1.
② 陈荒煤. 向赵树理方向迈进//黄修己. 赵树理研究资料. 北京：知识产权出版社，2010：177.
③ 毛泽东. 论人民民主专政//毛泽东选集：第四卷，北京：人民出版社，1966：1366.

农民"或使干部和群众"知所趋避"①，则成为赵树理写作的一个基本动力。但是，既要教育农民，农民的文化水平又普遍不高，那么如何才能收到好的效果呢？赵树理的办法是"讲故事"，而且在他看来也只有"讲故事"才行之有效，因为农民有"听故事"的传统，或者是"听故事"有广泛的群众基础。赵树理说："不要过低估计农民的艺术水平。老一代的农民，虽说有好多人不识字，可是看戏、听说书都是他们习惯了的艺术生活，一听了那些声音，马上就进入艺术环境。"② 又说："一个文盲，在理解高深的事物方面固然有很大的限制，但文盲不一定是'理'盲、'事'盲，因而也不一定是'艺'盲。一个人长到几十岁，很少是白吃饭的。"③ 可以说，这既是赵树理对农民鉴赏能力的基本认知，也是他坚持以"说—听"模式讲故事的现实依据。

现在看来，在"艺术政治化"或"政治上起作用"的层面，"说—听"模式很可能确实优于"写—读"模式。按照本雅明的看法，在后一种模式中，不仅小说作者孤独无援，小说读者也是孤独的，他甚至比其他任何作品的读者都要孤独。但是，"听故事的人有讲故事的人相依相伴，即便他在读故事，也依然分享着这陪伴之谊"④。这里指出的一个事实是，无论是写小说还是读小说，都是一种个体行为：作者在困惑中苦苦追寻着生活的价值和生命的意义，读者则在困惑中苦苦破解着小说中意义和价值的含混之谜，他们都得不到对方的帮助。然而，"说—听"模式却是以讲故事和听故事的人同时在场为前提的，在"一对多"的讲述中，听者不仅由讲者陪伴，而且听众之间也相互陪伴。这既是一种集体行为，也很容易在相互交流和启发中生成一种集体经验。

实际上，这也正是赵树理所希望看到的图景。在他的构想中，故事自然首先是"写给农村中的识字人读"的，但由于农村中文盲很

---

① 赵树理. 关于《邪不压正》// 赵树理全集：第三卷. 北京：大众文艺出版社，2006：370.

② 赵树理. 不要急于写，不要写自己不熟悉的 // 赵树理全集：第六卷. 北京：大众文艺出版社，2006：145.

③ 赵树理. 供应群众更多、更好的文艺作品——在中国共产党第八次全国代表大会的发言 // 赵树理全集：第四卷. 北京：大众文艺出版社，2006：483 - 484.

④ Walter Benjamin. The Storyteller // Illuminations. London：Fontana Press，1992：99.

多，所以"通过他们介绍给不识字人听"就显得更为重要。而为了方便识字人介绍，他几乎采用了中国传统说书艺术的全部套路，也把故事写成了说书人的底本。这样，即便识字人不具备说书的表演才能而仅凭过硬的底本照本宣科，也能产生说书的效果。有资料表明，《李有才板话》面世后，成了干部必读的参考材料。"他们不但自己学习，还把它像文件似的念给农民听。结果反响强烈，收到的实效超过了《小二黑结婚》。农民一边听得乐不可支，哄堂大笑，一边就联系实际，'对号入座'，自动模仿小说中的工作方法来解决本村的问题。"① 可以想见，假如在田间地头或房间炕头，村村户户都有人手捧《登记》或《三里湾》，一人念而众人听，念者眉飞色舞，听者欢声笑语，那该是何等盛大的景象！② 它不仅生动地诠释了"说—听"关系，而且让"寓教于乐"落到了实处，这正是"老百姓喜欢听"之后产生的"政治作用"。

由此看来，赵树理所构建起来的"形式的政治"最终是通过"声音的政治"发挥作用的。也就是说，在他设计的"说—听"传播方案中，一方面需要说书人和听书人同时在场，另一方面说者又通过底本和讲述建构了一种听觉形象，让它有了一种直指人心的效果。这种效果类似于麦克卢汉所论的广播或收音机的传播与接受："广播是一种深刻而古老的力量，是联结最悠远的岁月和早已忘却的经验的纽带。""书面文化培植了极端的个人本位主义。广播又正好与之截然相反，

---

① 戴光中. 赵树理传. 北京：北京十月文艺出版社，1993：170.

② 这样的景象有文字记载的很少，但还是可以找到一些的。例如，一位名叫范巨通的读者回忆，1966 年因"文革"开始，他初中毕业后断了学业，只好回村当农民"修理地球"。为打发时间，他找闲书来读，其中便有《小二黑结婚》《李有才板话》《李家庄的变迁》和《三里湾》。"那时候，我们的村里还没有电灯，没有广播，更不要说电视，文化生活很单调。母亲不识字，见我经常抱着书看，就问我书里写了啥，怎么就看得那么当紧。我就给她介绍赵树理，介绍书里写的故事，她听了以后感叹道：'还真是有意思！'冬天的夜很长，晚饭后，我就坐在炉火旁边给父母亲读赵树理的书，父亲半躺在炕上侧着耳朵听，邻居们也来凑热闹。大家听得津津有味，念到逗人的地方，比如说三仙姑脸上涂的粉，'看起来好像驴粪蛋上下上了霜'，大家就会开心地笑起来；偶尔也会有人说，你看这个人和咱们村里的谁谁一样。有时候，夜已经很深了，他们还要我把某个故事念完，因为他们想知道故事里人物的结局。当天没有念完的故事，有的人第二天碰到我，还打听故事里人物后来的情况。乡亲们是真正喜欢赵树理写的书。对于我来说，因为赵树理的书，似乎也使我有了用武之地。"范巨通. 难忘老乡赵树理//杨占平，赵魁元. 新世纪赵树理研究：钩沉 考证. 太原：北岳文艺出版社，2016：81.

它复兴的是深刻部落关系的、血亲网络的古老经验。"① 当注重于"写—读"关系的小说诉诸人的视觉感官，进而在个体主义的培育中大显身手时，赵树理则用"说—听"模式的口语文化向人们的听觉器官发出邀请。它作用于人们在场的身体，唤醒了人们潜意识深处的经验，试图改变的则是人们的"情感结构"，而最终建立起来的应该是一种集体主义的价值观。毛泽东曾希望文艺作品"能使人民群众惊醒起来，感奋起来，推动人民群众走向团结和斗争，实行改造自己的环境。"② 但他大概没有意识到，所谓"惊醒"和"感奋"也是需要条件的。一个人雪夜闭门读小说，固然也可以孤独求欢，面壁喟叹，但其"惊醒"和"感奋"却远不如集体听赏来得直接和痛快，因为他失去了互动的启发和情绪的相互感染。可以说正是在这一层面，赵树理无意中解决了《讲话》中的一个技术难题，进而让其"形式的政治"暗合了《讲话》中的群众的政治。

而且，更应该注意的是这种"形式的政治"与主流意识形态要求的同步性和同构性。1949 年之后，集体主义成为社会主义革命和建设事业中的核心价值观，而在农村兴起的互助组、合作社和人民公社运动，无一不是以集体主义的名义鸣锣开道的。如果从"五四"小说叙事革命的角度看，赵树理的写作实践无疑具有某种"反革命"性，它就是陈平原所谓的"小说叙事模式的倒退"③。然而，他的"说—听"方案所形成的隐性结构和集体接受模式又与主流价值观高度一致。这或许并非偶然的巧合，而是所有信奉"艺术政治化"方案者的必经之路。本雅明曾思考过如何在集体、身体、形象与政治的复杂关系中获取世俗启迪和革命能量："集体也是一种身体。……只有身体与形象在技术中彼此渗透，所有的革命张力变成了集体的身体神经网，而集体的身体神经网又变成了革命的放电器，现实才能使自己超越到《共产党宣言》所需求的那种程度。"④ 萨特获得一种"群体价值观"⑤ 之后也曾大声疾呼："文学的命运与工人阶级的命运是联系在一起的"，因此，文学必须"通俗化"，作家"必须直接为电影和广播写作"，因为电影和广播

① 麦克卢汉. 人的延伸——媒介通论. 北京：商务印书馆，2000：371.
② 毛泽东. 在延安文艺座谈会上的讲话//毛泽东选集：第三卷. 北京：人民出版社，1966：818.
③ 陈平原. 中国小说叙事模式的转变. 上海：上海人民出版社，1988：294.
④ Walter Benjamin. One-Way Street and Other Writings. London：Verso，1992：239.
⑤ 列维. 萨特的世纪——哲学研究. 北京：商务印书馆，2005：617.

都是"对人群说话的"。①赵树理显然没有本雅明和萨特那么高的理论水平，但可以确定的是，他所创建的"说—听"模式和追求的共享效果无疑也走进了集体主义的价值谱系之中。说得更直白些，他想建造的是评书互助组和故事合作社，它们简直就是生产互助组与农业合作社的文学翻版。正是在这一情境中，赵树理才以土得掉渣的文学形式触摸到了"艺术政治化"的最高机密。

八

然而，既要"讲故事"，又要"艺术政治化"，这样做很可能会遭遇一系列无法解决的矛盾。我们不妨先来看看本雅明的处理方式。

一个十分有趣的现象是，当本雅明在"艺术审美化"的层面进入问题时，他举的例子是列斯科夫和黑贝尔等作家，核心概念或意象则是"经验""光晕"和"忠告"；当他在"艺术政治化"的维度上展开思考时，他面对的又是布莱希特和特列契雅科夫的作品，而"斗争""行动""中断"和"震惊效果"则构成了他思考的关键词。这很可能意味着，本雅明并非不知道这两者会相互制衡，他的解决办法是分而论之，各言其好。这是一种悬置矛盾的策略，甚至还可能是理论家的一种权宜之计。但是，种种事实表明，赵树理的写作实践却走进了本雅明所预设的矛盾之中：他是讲故事的人，但他同时又是"配合当前政治宣传任务"的"宣传员"②；他在前现代的"经验"之中，却又必须在某种"震惊"体验中讲述社会主义革命和建设的现代性故事；他启用的是寓教于乐的前现代说书法，但他却希望受惠于他的听众能够爆发出某种革命能量。此外，还有文本与现实之间的矛盾：他精心打造着"形式的政治"，却反而离"内容的政治"的要求越来越远；他认为"把旧东西的好处保持下来，创造出新的形式"才是正途，但实际上，旧东西已在主流意识形态的扫荡之列，后来发展到极端的"破四旧，立四新"便是明证。而在这方面，甚至连本雅明也信奉布莱希特的名言："不要从好的旧东西开始，而要从坏的新东西出发。"③凡

---

① 萨特.什么是文学？∥萨特文集：第 7 卷.北京：人民文学出版社，2005：278，289.

② 赵树理.《三里湾》写作前后∥赵树理全集：第四卷.北京：大众文艺出版社，2006：383.

③ Walter Benjamin. Conversations with Brecht∥Aesthetics and Politics. London：Verso，1986：99.

此种种，都让赵树理所讲述的故事表面上看去非常和谐，但深层结构却依然存在着某种紧张关系。而这种局面发展到最后，既是审美前现代性与社会现代性的冲突，也是艺术与政治的矛盾，甚至更有可能走到本雅明所谓的死结之中——本雅明本来是想用"艺术政治化"对抗"政治美学化"，赵树理却把它们煮成了一锅粥。实在说来，无论从哪方面看，这都是他不一定意识到却必须面对的巨大难题。在这种难题面前，赵树理自然不愿意成为一个纯粹讲故事的人，却又不甘心像丁玲、周立波甚至柳青那样去讲土改故事、合作化故事①，于是他便只好在种种矛盾之中纠结，在种种冲突之中寻找支撑其作品的平衡点。这应该是他后来故事越讲越差，"起作用"的功能也越来越弱的原因之一。

而且，更严重的问题还在于听众的不断流失。在"说—听"模式的结构关系中，其理论预设是潜在听众的在场。这种模式在二十世纪四五十年代的中国农村是不成问题的，因为那时的文盲较多，至少在理论上保证了听众的存在。然而随着扫盲运动的开始，随着新一代农民的文化程度逐渐提高，他们即便闲来无事读小说，也往往是以孤独的读者身份出现的，而不再会成为故事的听众。这就意味着"说—听"模式的根基受到了极大的冲击，赵树理构想的那种说书听书的场景也将面临破产。而到八十年代初，"不怎么读"赵树理作品已成赵二湖（赵树理之子）的一个基本判断，因为"眼下的时代，即使是农村的青年人，也喜欢读城市中的爱情故事，像广东的杂志《作品》或北京的杂志《十月》上发表的那种东西了"②。这已不是听众流失的问题，而是赵树理的作品已失去了它的读者和读者群。赵树理在生前并非完全没有意识到这一问题，因为他在 1963 年就曾说过："过去我只注意让群众能听得懂、看得懂，因此在语言结构、文字组织上只求农

---

① 赵树理曾经说过："我在写作上有些别扭劲儿，就是不愿重复别人已经写过的东西。我本来计划写个什么东西，准备怎样写，如果有人这样写了，我就只好改变原来的计划。我在写作之前，也不愿意参考同样性质的作品。土改、复仇、翻身等伟大运动，我没有正面去写，因为我要写的时候别人已经写了好几本。别人把这条道路走了，我就另想别的办法。"（赵树理．当前创作中的几个问题∥赵树理全集：第五卷．北京：大众文艺出版社，2006：309-310．）这种"别扭劲儿"或许可以解释赵树理的所作所为。

② 荻野脩二．访赵树理故居∥赵树理研究文集：下卷：外国学者论赵树理．北京：中国文联出版公司，1998：105．

村一般识字的一看就懂，不识字的一听就懂，这就行了。不久以前我才明白了一件事，就是农民买书的机会很少。"① 买得少就读得少；读得少，念给人听的机会也不多。正是在这种焦虑中他想到了戏剧："农民懂诗歌散文不论古今中外都有一定隔阂；小说也接触得少；戏剧这个形式就成为最接近农民的了。……所以说戏剧虽不是唯一的，但也是重要的为农村服务的好形式。"② 很可能这就是赵树理最后不再倾心于写小说讲故事而是用力打造上党梆子《十里店》的主要原因。不得不说，这一形式显然更符合他那种"说说唱唱"的思路，也比"讲故事"更有效果。但问题是，"自以为重新体会到政治脉搏，接触到了重要主题"③ 的赵树理因在图解政策方面用力过猛，《十里店》也终究成了失败之作。这也意味着，赵树理虽然转换了讲故事的形式，却不但没有走出"艺术政治化"的误区，反而在那里越陷越深。他最终也没能解决如前所述的那些矛盾，而是成了它们的牺牲品。

如果往后看看，在"讲故事"这一写作谱系上，是谁大体上解决了这一矛盾呢？应该是莫言。不无巧合的是，莫言接受"诺奖"时的演讲题目就是《讲故事的人》，这显然是他对自我写作的一次定位和命名。而在演讲中，莫言回顾的是他少年时代如何被集市上来的那个说书人吸引，回家之后复述故事，以至于他的母亲、姐姐、奶奶、婶婶都成了他的忠实听众。及至开始小说创作，他渐渐明白了他的写作方式"就是我所熟知的集市说书人的方式，就是我的爷爷奶奶、村里的老人们讲故事的方式"。而在《天堂蒜薹之歌》中，他又"让一个真正的说书人登场，并在书中扮演了十分重要的角色"④。当他写到《檀香刑》时，他甚至在"后记"中有了这样一番表白："也许，这部小说更合适在广场上由一个嗓音嘶哑的人来高声朗诵，在他的周围围绕着听众，这是一种用耳朵的阅读，是一种全身心的参与。为了适合

① 赵树理. 戏剧为农村服务的几个问题//赵树理全集：第六卷. 北京：大众文艺出版社，2006：180.

② 赵树理. 戏剧为农村服务的几个问题//赵树理全集：第六卷. 北京：大众文艺出版社，2006：181.

③ 赵树理. 回忆历史　认识自己//赵树理全集：第六卷. 北京：大众文艺出版社，2006：473 – 474.

④ 莫言. 讲故事的人//盛典——诺奖之行. 武汉：长江文艺出版社，2013：76，79.

广场化的、用耳朵的阅读，我有意地大量使用了韵文，有意地使用了
戏剧化的叙事手段，制造出了流畅、浅显、夸张、华丽的叙事效果。
民间说唱艺术，曾经是小说的基础。……《檀香刑》是我的创作过程
中的一次有意识地大踏步撤退，可惜我撤退得还不够到位。"① 在这
里，尽管广场上的朗诵与众多听众只是莫言的想象，甚至他的小说的
阅读对象已不再是农民读者，但至少在"说—听"模式的写作技术
上，莫言已成赵树理的同道。与此同时，在"形式的政治"层面，莫
言也很有一套办法，他曾经说过"结构就是政治"②，也在《天堂蒜薹
之歌》《酒国》《丰乳肥臀》《生死疲劳》等多部小说中直面现实政治，
但他显然更明白如何写才能让文学"发端事件但超越事件，关心政治
但大于政治"③。尽管在文学场域之外，莫言谨言慎行，无法与赵树理
比肩，但在文学场域之内，他或许正是接受了赵树理写作的经验教
训，翻转了"政治上起作用"的方向又把政治隐藏于文本之中，才大
体上走出了"艺术政治化"的困境。

由此我们可以联想到阿多诺对本雅明和萨特等人的"艺术政治
化"的批评，也才会意识到马尔库塞如下说法的深刻之处：

> 文学并不是因为它写的是工人阶级或"革命"就是革命的。
> 文学只有在内容转化为形式的过程中而关心自身问题时，它的革
> 命性才富有意义。艺术的政治潜能仅仅存在于它自身的审美之
> 维。它与实践的关系肯定是间接、存在中介并充满曲折的。艺术
> 作品的政治性越直接，就越会弱化自身间离的力量，也越会迷失
> 激进的、具有超越性的变革目标。在此意义上，与布莱希特的说
> 教式剧作相比，波德莱尔和兰波的诗歌很可能更具有颠覆的
> 潜能。④

完全可以把这段论述看作是对赵树理的间接批评。也就是说，无
论从哪方面看，我们都不得不承认赵树理作品的审美形式之维中蕴含
着某种政治潜能，但是革命功利主义的创作理念、过于明显的政治意

① 莫言. 檀香刑. 北京：作家出版社，2001：517-518.
② 莫言. 捍卫长篇小说的尊严. 当代作家评论，2006 (1).
③ 莫言. 讲故事的人//盛典——诺奖之行. 武汉：长江文艺出版社，2013：80.
④ 马尔库塞. 审美之维. 北京：三联书店，1989：206. 据原文有较多改动. Herbert
Marcuse. The Aesthetic Dimension: Toward a Critique of Marxist Aesthetics. Boston: Beacon
Press, 1978: xii.

图、追求"速效"的宣传效果等等，实际上又削弱了它们在艺术层面的革命力量。这当然不仅仅是赵树理个人的问题，而是那个时代所有作家的共同问题。与同时代的其他作家相比，赵树理的幸运之处在于他还处在矛盾之中，而那些矛盾既是其作品的内在紧张之源，也是它们在今天依然可以存活的长寿之根。因为当"内容的政治"过时退场、"形式的政治"无所附丽之后，《三里湾》还可以凭借其审美形式"回家"——回到民间文化之家，回到评书艺术之家，而《不能走那条路》甚至《创业史》等作品却是无家可归的。而对于赵树理本人来说，这个"家"就是"讲故事的人"的那个大家庭。本雅明说："讲故事的人娓娓道来，他让自己的生命之烛放出温暖的光芒，直至这灯烛徐徐燃尽。这就是讲故事的人能散发无可比拟的光晕的根基。"① 本雅明还说过，富有光晕的艺术往往具有"膜拜价值"。毫无疑问，赵树理正是这样一个有光晕的作家，他的作品在今天也依然散发着某种光晕。很可能，这正是"形式的政治"风流云散，"说—听"模式的乌托邦王国土崩瓦解之后，赵树理其人其作留给我们的价值。

2017 年 3 月 18 日

（原载《文学评论》2017 年第 5 期）

---

① 本雅明. 讲故事的人——尼古拉·列斯科夫作品考察//无法扼杀的愉悦：文学与美学漫笔. 北京：北京师范大学出版社，2016：79. 译者把 Aura 译为"气息"，现改作"光晕"。

对话与潜对话
——"山西省高等院校纪念赵树理诞辰90周年暨学术研讨会"述评

　　1996年6月13日，20余名专家、学者会聚赵树理曾经学习和工作过的地方——上党古城长治，参加了"山西省高等院校纪念赵树理诞辰90周年暨学术研讨会"。此次会议是由山西大学中文系和晋东南师专中文系联合发起，由晋东南师专中文系具体承办的。中国赵树理研究会常务副会长、赵树理研究专家董大中先生托人捎来了他修订出版的《赵树理年谱》20余册，作为大会赠书以示祝贺，长治市赵树理研究会寄来了贺信，副会长、赵树理研究专家申双鱼先生把他编撰的《且说"山药蛋派"》《赵树理资料索引》《文坛散记》等三种图书赠给了大会。研讨会进行了三天，共收到论文26篇，取得了圆满的成功。

　　虽然赵树理研究目前正处于低谷，然而在这次小型研讨会上，与会者却真正地坐了下来，扎扎实实地讨论了一些问题。在这个人心浮躁的时代，这种行为本身便已成了赵树理研究过程中的一种重要收获。

　　讨论是在回忆中拉开序幕的。曾经在赵树理身边工作过的申双鱼（长治市文联）回忆了赵树理在人们心目中和蔼可亲、平易近人的形象。张萍（晋东南师专）也回忆到赵树理当年与山西大学学生的座谈。1961年，赵树理还向张透露过，他想向巴金的《家》学习，写一个长篇《户》，反映人民公社作为一个大户的各种各样的矛盾。张萍反复强调：在与赵树理的接触中，给他印象最深的是赵树理让人敬佩不已的人品。

　　回忆仿佛为讨论奠定了一种基调，认真而热烈的学术探讨则成为对赵树理最好的怀念。张谦（太原市委党校）认为，大量事实表明，赵树理的成名作《小二黑结婚》《李有才板话》并不是在《讲话》精神指引下写出来的，而是在体现毛泽东文艺思想的邓小平理论指导下，在杨献珍同志的具体帮助支持下的创作成果。其根据是，1942年

1月16日至19日，八路军一二九师政治部和中共晋冀豫党委联合召开了晋冀豫文化人座谈会。邓小平在开幕式上作了《五点希望》的指示，提出了文艺"要为广大群众服务""成为有力的战斗武器"，文艺工作者"要服从每一个政治任务"，"要做一个村的调查工作来丰富作品内容"等纲领性意见。由于赵树理自始至终参加了这次大会，这种高屋建瓴的理论指导无疑为早已想要大众化的赵树理鼓了气、壮了胆。为了进一步贯彻落实邓小平的指示，时任中共北方局党校负责人的杨献珍把赵树理调到了北方局调研室工作，并给他交代了具体的工作任务：通过调查研究，用各种形式表现群众在生活斗争中的英雄事迹，从而教育群众，提高群众。这样，才有了《小二黑结婚》与《李有才板话》。可以说，邓小平的理论指导和杨献珍的帮助支持最终成全了赵树理的小说创作。

在赵树理研究界，赵树理成名作与《讲话》并无直接关系似已成公论，但似乎还没有人把它们和邓小平的理论指导挂起钩来，于是，张谦的立论显得颇有新意。不过也有人对赵树理当年是否参加过这次晋冀豫文化人座谈会存有怀疑。

崔月恒（晋东南师专）的观点与张谦的看法不谋而合。他在提交的论文《〈小二黑结婚〉成因探秘》中，也强调了邓小平的"五点希望"对《小二黑结婚》的直接影响，与此同时，他还动用了大量资料，从偶然、必然，内在、外在多方面论证了《小二黑结婚》的出现是多种因素综合作用的结果。

对于赵树理与《讲话》的关系，刘阶耳（山西师大）则持这样一种看法。他认为，长期以来，我们总是把赵树理看作《讲话》精神的模范实践者，但是仅仅从这种视角出发又容易使赵树理研究走向误区，因为它容易使赵树理小说本来就裸露得不充分的某些方面进一步被遮蔽。事实上，赵树理小说的叙事和语言是很值得研究界重视的。他的语言纯粹而富有质感，体现了对汉语原创精神的强烈捍卫；他的叙事类型或许与晋东南地区广为流传的民间故事存在着一种深刻的对应关系。现在的先锋文学重新看重语言、看重故事的功能，在这个意义上，可以把赵树理小说看作当今先锋文学的先声。而且，赵树理的作品如《田寡妇看瓜》《求雨》等能一直入选中小学语文课本，这一点本身就极富深意。假如我们在研究赵树理的时候能把《讲话》放入括号，那么赵树理作为一个文章大家、语言家的呈现或许会更清晰、更分明。

谈到赵树理小说的叙事，赵勇（晋东南师专）把赵树理的小说归结为"可说性文本"以和作为"可写性文本"的"五四"新小说形成一个对比的背景。他认为从二十世纪中国小说形式革命的宏观走向上看，赵树理小说是以"反叙事革命"的话语方式获得其存在价值的。赵树理以劝诫式的教化意图构成了小说中的权威叙事话语，又以排除法清除掉了小说中多余的信息噪音干扰，其结果虽然使意义的呈现变得清晰有力了，却也因此丧失了小说审美内涵的丰富性。可说性文本在规定其特殊的叙事模式的同时，也决定了它的口头传播方式和读者的被动接受图式，前者抹平了接受者的个性差异，后者又有助于小说"灌输"目的的实现。从总体上看，赵树理之所以要采用可说性文本的小说形式，其主要心理动因是要解决一个"怎么说"的问题，以使"五四"以来的启蒙话语顺利地走向民间，但"怎么说"的形式最终又制约了赵树理的翻译、转述和改写，从这之后，其精神意向趋于下滑，其丰富意蕴走向了单一。

自八十年代后期以来，指出赵树理创作所存在的不足或缺陷的声音便一直在赵树理研究界忽隐忽现。在这一次研讨会上，一些年轻的研究者的思维兴趣似都集中在这一方面，与以往研究者不同的是，它们往往或采用新方法，或选择新角度，小心地进入文本分析，严密地组织论证过程，无哗众取宠之心，有实事求是之意。它们立论与结论的准确与否或许会见仁见智，但这种科学的批评态度却受到了与会代表的好评。

比如，秦雁周（晋东南师专）认为，四十年代，赵树理以"歌手"的姿态崛起于解放区文坛，影响并带动了解放区的文艺创作，然而随着时间的推移，赵树理的小说写作却出现了无法逆转的衰退。其衰退原因归结起来有：（1）以"速效""劝人"为内容的稳定而偏颇的艺术观念。这种观念使他的艺术作品与主流意识形态保持着自觉自为的认同，然而这种认同又是立足于农民立场的民间艺人式的认同，这种认同本身就与中心意识形态的要求存在距离，中后期由于距离的不断拉大，赵树理的创作陷入了进退维谷的境地。（2）以强烈的农民本位意识为核心的乡村情感。这种情感制约了他由一个农民知识分子向现代知识分子转变的完成，阻碍了他向更高的艺术境界迈进。（3）以"封闭"为表征的体验方式。这种体验致使赵树理的作品不断被边缘化，也使他失去了与时代精神平等对话的前提。于是赵树理在心理上显得惶恐了，在创作上又显得迟缓了、拘束了、严密了、慎重了。

　　同样是有关赵树理创作衰退的话题，陈树义（长治市委党校）则认为，导致赵树理新中国成立前后创作落差的主要原因是：前期因艺术理性契合政治理性这个可贵的前提而使创作获得了自由，作品获得了成功；后期两种理性失去了平衡交融的汇聚点，艺术理性的退让成了势所必然。为了不偏离文艺为政治服务的方向，赵树理以舍弃一些现实主义精神作为应变策略，以文学工具性的党性原则观念作为其创作宗旨，于是便导致了他的作品多失败之作。

　　对于赵树理两篇题材相似的小说《小二黑结婚》与《登记》，段文昌（晋城市教育学院）则认为这两篇小说实际上写的是两个无爱情的爱情故事，它们甚至不如同时期表现同样新主题的叙事诗《王贵与李香香》。或许正是由于这一原因，在以后出现的根据这两篇小说改编的其他文艺品种，如评剧《小二黑结婚》、沪剧《罗汉钱》等中，才都细腻地表现了男女主人公的相恋与相爱，这是对赵树理原作的一个重大发现。在情节结构上，两篇小说均与明清以来"才子佳人"小说的"诗词媒介相爱怜，私订终身后花园。小人拨乱情更笃，奉旨完婚庆团圆"的模式有诸多相似之处。但赵树理对前两个阶段往往一笔带过，而重点描述"小人拨乱"和"奉旨完婚"两个阶段。这种写法契合了时代所要求表现的崭新主题。

　　对于赵树理创作的成败得失，李仁和（晋东南师专）则主要是从赵树理所处的文化环境的角度加以论述的。在他提交的长达两万字的《论晋东南传统与赵树理文学观念之联系》的论文中，他认为赵树理一生六十四年，其中有五十七年生活在晋东南地区，其余七年中有几年生活在太原，在省外主要是北京，仅生活了四年多。一生仅出过两次国，一次是苏联，一次是朝鲜，仅几十天参观而已。因此，晋东南地区传统文化对他的价值观念、审美情趣，对他创作的展扩或滞缩都有着内在的根源性的影响和作用。在详细分析了晋东南地区的地理环境、传统文化、风土人情等等之后，李仁和指出：这种文化环境孕育了赵树理的成功，也给他带来了许多的缺憾，比如，狭窄的生活文化环境、贫穷的家境使他无缘跨入高等学府接触现代人文科学，更无缘和鲁迅、郭沫若、茅盾、巴金、老舍、曹禺等一样漂洋过海或到京、沪、蓉等大都市接受更广博的现代文化和现代思潮的影响；也难以体会到五四新文化运动在青年心中掀起的波涛；也就对封建主义、封建宗法社会、封建伦理道德缺乏上升到哲学层次的深刻的认识；也没有点燃个性解放、自由爱情之火；也难以接触到广泛的世界文学优秀遗产和国际革命文艺；也就使他的创作难以向更广更深的天地开掘。对中国传统文化特别是对民间文化和农民文化以及农民的深知使他在深厚的黄土层中迅速长成大树，但也使他缺乏更为丰富的沃土和水分，难以成为中华民族"扛鼎"式的作家。此外，李仁和对中国传统文艺能否泾渭分明地分为"古典的"和"民间的"两个传统持有怀疑，他认为"五四"新文学并不与古典文学、民间文学相对立，在民族化、大众化的方向上，它们与赵树理的作品是一致的。

赵树理研究是一个不断深化的过程，此次研讨会便呈现出了进一步深化的趋向。在谈到赵树理研究的阶段性进展时，席扬（山西师大）概括道：赵树理研究的深化与文艺新思潮的发展是成正比的。1985 年以前，研究界对赵树理的研究基本上是重新证明，现在看来，其研究成果中的创造性成分不多。1986 年，随着国际赵树理研讨会的召开，人们开始用一种严格的、规范的社会、历史观点来审视赵树理，对赵树理及其作品所处的时代背景给予了客观分析。比如，大家一致认为，赵写《小二黑结婚》时并未看到《讲话》，他的思想和作品与毛泽东的理论产生了一种偶合效应，正是在这个意义上赵成了一位大家，而且，在《小二黑结婚》创作阶段，赵不是奉命行事，而是进入了一种自在自为的自由创作境界。除了这种社会、历史方法外，许多研究者又拿来了许多新方法，试图对赵重新阐释，因此，1986—1989 年是赵研究的活跃期，当然，研究中亦不无偏激观点。1990 年沁水国际赵树理学术研讨会之后，研究呈进一步深化趋势。这说明了赵的伟大，因为一个作家的伟大正在于他能提供给人们一种从多层次、多角度、多方法对之进行研究的可能性。那么，为什么大家要孜孜不倦地研究赵呢？因为把握了赵就把握了"山药蛋派"文学；把握了"山药蛋派"，也就把握了二十世纪四十年代至八十年代的文艺发展。但是，时至今日，赵树理研究中的许多问题还没有说清楚。比如，赵的小说被称为通俗小说，它们与市井通俗小说的区别在哪里呢？与五六十年代港台通俗小说的区别又是怎样呢？还有，赵树理存在的价值和意义又是什么呢？把赵看作农民审美文化的创造者是不是更切近赵创作的本质呢？

这次研讨会上，还有许多人带来了他们有见地、有价值的观点和看法。比如郝亦民（河北大学）从"故事的讲说"角度分析了《登记》为什么是供读者"读"的却始终伴随着"听"的效果；白春香（山东师大）运用文艺心理学的方法分析了赵树理富有"农民情结"

的艺术人格模式；赵秋生（晋东南师专）从特定的时代背景出发，阐述了赵树理的文化选择；秦和（晋东南师专）抓住赵树理作品中出现的"问题"，分析了赵解决"问题"的方式和特点；侯文宜（山西大学）从纵向上指出了当前山西农村小说与赵树理的关系和发展。此外，这次研讨会还收到数篇从语言学角度论述赵树理作品的论文。

最后，中国赵树理研究会理事、《赵树理全集》主编者之一的郜忠武先生（山西大学）总结道，这次会议的主要成果似可以从如下三方面加以概括：第一是理论上的突破，第二是研究方法上的突破，第三是资料发掘上的突破。事实上，郜忠武本人多年来便一直在做着发掘赵树理资料的工作。他在这次提交的论文《赵树理与上党戏曲》中，便披露了赵编《三关排宴》和写《十里店》等剧经过的一些鲜为人知的历史资料。

6月15日，赵树理学术研讨会圆满地结束了。大家在许多问题上达成了共识，又在许多问题上存有分歧。事实上，一次成功的学术对话最终出现的往往便是这种情景。或许，重要的还不在于这次显在的对话本身，而在于由这次对话而引起的人们更为广泛、更为长久的思考之下的潜在对话。

（本文各论者观点根据讨论发言与提交的论文整理归纳而成，未经其本人审阅。）

（原载《通俗文学评论》1996 年第 3 期，以笔名肖力发表）

赵树理的幽灵

——在中国赵树理研究会第四届全国会员代表大会上的书面发言

尊敬的董大中先生、赵魁元先生、各位与会嘉宾：

中国赵树理研究会第四届全国会员代表大会在我的家乡山西晋城举行，我很想回去参加这次会议，但因为会议召开的前后我正好要参加本专业的博士论文答辩，无法成行。我本人深感遗憾，也向各位同仁与朋友致以深深的歉意。

前些日子，我计划在"文学理论专题"课上又一次讲一讲赵树理，查阅资料时偶然发现有人写过《沈从文与赵树理》的文章。我想知道赵树理在沈从文眼里是什么样子，便仔细把这篇文章读了一遍，收获不小。文章指出，从 1947 年到 1970 年，沈从文在其私人信件中多次谈到赵树理及其作品，有褒也有贬。比如，读过《李有才板话》之后，沈从文甚至也有了写一写四川土改的冲动；而读《三里湾》时，他却说出了这么一番话："我每晚除看《三里湾》也看看《湘行散记》，觉得《湘行散记》作者究竟还是一个会写文章的作者。这么一支好笔，听他隐姓埋名，真不是个办法，但是用什么办法就会让他再来舞动手中一支笔？简直是一种谜，不大好猜。可惜可惜。"这番话本身已耐人寻味，而这种以第三人称谈论自己的表达方式更是引人深思。据说，沈从文曾经影响过赵树理，而读这篇文章却让我切实感受到了赵树理对沈从文的影响。用美国文学理论家布鲁姆的话说，很可能这也是一种"影响的焦虑"。但我马上意识到一个问题，如果说赵树理让同时代的沈从文产生了一种"焦虑"，后来的作家面对他时还有没有这种"焦虑"？如果说山西的作家有，其他地方的作家有吗？如果有，他们的"焦虑"是怎样的"焦虑"？如果这种"焦虑"早已稀薄乃至荡然无存，我们该如何确认赵树理在作家谱系中的价值？

但是，赵树理的研究价值却是确定无疑的。法国哲学家德里达曾经写过一本书，叫做《马克思的幽灵》。他认为无论我们是否承认马克思主义，是否接受马克思的学说，我们其实都是马克思的幽灵，是马克思幽灵政治学和谱系学中的一员。我觉得借用并改动一下这个书名，就能够表达我对赵树理的一些认识。我现在得承认，自从我在少年时代第一次接触了赵树理的作品，自从我在 1996 年第一次写出关于赵树理的文章，赵树理的幽灵便在我心中游荡。赵树理当然不是第一流的作家，但他却是那个特殊的年代里最具有创作个性的作家。他想在政治性与文学性之间保持某种张力，他为政治服务却也被政治规训，他是主流意识形态的合作伙伴却也成了主流意识形态的异己分子，所有这些都意味着，赵树理与他的文学构成了问题的巨大丰富性。赵树理喜欢创作"问题小说"，他也最终成了一个"成问题"的作家，而我们今天面对赵树理，又依然有一个把他置于何种"问题框架"中进行思考的问题。这些"问题"加起来，显示了赵树理的研究价值。

我虽然并非研究赵树理的专家，但赵树理却一直在我思想的视线之内。我想，有了赵树理这个文学的维度，我就能对文学的丰富性和复杂性形成更深入的理解。从我自己的研究经验看，每过十年，我似乎都会对赵树理产生新的想法和认识。而从赵树理研究界的情况看，进入新世纪之后，以新视角、新方法、新的问题意识打量赵树理的论文也在逐渐增多，它们拓宽了赵树理的研究思路，也把赵树理研究带入一个新的研究境界中。我希望中国赵树理研究会能为这种研究铺路搭桥，推波助澜，如此，赵树理研究才会有更大起色。

借这个机会，我要感谢前任会长董大中先生。他为《赵树理全集》所做的细致的编辑工作有目共睹，他在赵树理研究中所做的扎实的史料爬梳工作让我们受益无穷。我本人也是在他的引领下，在对他那些赵树理研究著作的阅读中进入赵树理的世界的，所以我在这里要向董大中先生表示我的敬意和谢意。同时，我也希望研究会在新任会长赵魁元先生的带领下，进一步开展赵树理研究的学术活动，让这个研究会在国内乃至世界范围内产生更大影响。我本人也非常愿意为中国赵树理研究会尽自己的一份绵薄之力。

诸位同仁，在马克思那里有"共产主义的幽灵"，在德里达那里又有了"马克思的幽灵"，我希望赵树理也能被"幽灵化"，并且我们也能成为赵树理幽灵谱系学中的一员。成为中国赵树理研究会的会员，那不过是一种身份认定；成为赵树理幽灵谱系学中的成员，可能才是我们进行真正的学术研究和学术活动的开始。

谢谢大家！

2011 年 5 月 21 日星期六

又见假模假式的电视剧

——《赵树理》观后

把十七集电视连续剧《赵树理》从头看到尾，得出来了一个字：假。

先说细节。据戴光中的《赵树理传》记载，四十年代初，每逢日本人扫荡，报社就得行军转移，赵树理虽正当壮年，却成了一个"包袱"，因为赵树理"生性胆怯"。有一次敌人搜山，小组长把他藏好，并再三叮嘱：不要暴露目标，路口有人放哨，有情况会来找他，不来人千万别动。谁知半晌工夫，老赵跑出来足足三趟，每回都是压着嗓门问："敌人来了没有？你们可别睡着了啊。"敌人撤围，集合时唯独少了赵树理，急得小组长浑身冒汗。猛一回头，却发现老赵还趴在洞口，正从嗓子眼里悄声唤道："我在这儿呐！"小组长责问：为什么叫了你那么多遍不答应。老赵说："我答应了啊！你们都听不见啊！""你就不能大声点？""我怕敌人听见啦！"这件事把小组长气得七窍生烟，却让其他人乐得笑疼了肚子。

如此有趣的细节，为什么《赵树理》不去挖掘一下？

据汪曾祺先生的回忆文章，五十年代初，老舍先生每年都要请两次客：一次是秋天，老舍把市文联的人请到家里赏菊；一次是腊月二十三，那是老舍先生的生日。既然请客，就要喝酒。喝酒不是碰碰杯仰脖子的事，而是得划拳行令。老舍拳法极精，打通关很少有输的时候，但是遇到老赵的拳法，常常败北，因为老赵善于左右开弓，这种不按常理出拳的拳法让老舍不知如何应对，结果就输得一塌糊涂。

如此生动的细节，电视剧里却找不到。电视剧倒是把老舍、老赵安排到那个饭馆的"雅间"里吃饭喝酒，却没敢让他们在老舍家里"哥俩儿好呀五魁首"。吃喝斯斯文文，说话冠冕堂皇，一看就是演戏，里里外外透着一个"假"字。

据李辉先生的文章，1965 年 10 月，晋东南地区在长治市举行过"戏剧观摩会演"大会，会上赵树理曾发表过如下意见："最近下乡看了几次戏，不是学《毛选》，就是开会、积肥、担粪，你把台上搞得'臭烘烘'的，谁还愿意买票看戏呢？这样的戏把观众都看瞌睡了。旁边有人问他，你怎么睡着了？他说：'白天我担粪，晚上看担粪，因为白天担粪担乏了，所以晚上乏得不能看。'对于观众的这些反映，我们搞戏剧工作的应该很好地考虑考虑。"

此处的"讲话"细节非常精彩，电视剧里虽有赵树理的大会发言，却是清汤寡水，毫无味道，让人怀疑是否真的出自赵树理之口。

这种细节还有许多，不再一一列举。

为什么我要强调细节问题呢？因为对于任何一个作品来说，有没有细节、有没有好的细节直接关系着作品的成败，也在很大程度上决定着作品的真实程度。有了好细节，人物活起来了，形象变得丰满了，观众看了就会过目不忘；没有好细节，人物就只能走概念，走那些大而无当的情节。情节生成故事，细节刻画人物。不幸的是，《赵树理》中恰恰有情节而无细节——没有那种让人眼睛一亮的细节。让孩子把相机套的皮带偷偷剪掉赶驴，让孩子把门帘的竹棍儿悄悄拆掉扎风筝，大概可以算作细节，但思路却如出一辙。放着现成的好细节不用，编出来的细节又只会重复，《赵树理》岂能不出问题？

为什么《赵树理》中缺少细节呢？也许还有更复杂的原因，但依我之见，主要应该是《赵树理》的创作理念在作祟。或曰：《赵树理》的创作理念是什么？说白了其实很简单，就是编导要把赵树理塑造成一个高大全式的人物。你看赵树理一出场，人物的性格、内涵等等就定型了，剩下的就是沿着"想农民之所想"的路数去往里放材料，于是我们的主人公就不得不一趟趟地回尉迟村，说媒送钱送温暖，开山种地摘棉花。这是福斯特所谓的"扁平人物"的做派，跟赵树理所讽刺的"把台上搞得'臭烘烘'的"的戏路没有本质区别。既然要把赵树理造得高大全红光亮，那些有意思的细节自然就必须砍尽删光，因为它们有损于主人公的光辉形象。只是如此一来，也就封死了赵树理成为"圆形人物"的去路。赵树理地下有知，恐怕也会大撇其嘴，说："这是演了个甚嘞！"

再说环境。只要是读过《一九五九年冬天的赵树理》（陈徒手）和《赵树理为何要"离京""出走"》（席扬），都会对赵树理当年的处境印象深刻。自从写出《公社应该如何领导农业生产之我见》之后，赵树理便屡遭批判。其间虽有"大连会议"的"平反"，但赵树理一直处在焦虑、苦闷、无奈的精神状态中，不得不在 1965 年举家迁回山西。这一时期，政治生活的阴晴不定，左翼知识分子（以丁玲为首）的挤兑，理论家一会儿地下一会儿天上的批判和褒扬，都让赵树理左右不是无所适从。汪曾祺回忆，赵树理回山西，市文联有个专搞男女关系的干部也来送行。老赵与其他人一一握手，却唯独趴在地下给此人磕了一个头，说："×××我可不跟你在一起了！"（又是一个精彩的细节）这个故事岂不是也隐含着他对北京文化圈的失望和拒绝？

电视剧虽然对上述事情有所涉及，却大大简化了赵树理处境的险恶。我们看到的批判是轻描淡写，而"离京出走"则变成了"组织调动"。——赵树理固然不可能"离京出走"，而只能以"组织调动"的名义返回山西，但是"组织调动"只是事实层面的真实，这种真实遮蔽了更为丰富、复杂、微妙的事象。你不去揭示更残酷的真实，你的真实性就会大打折扣。

而且，更不可思议的是，电视剧中，赵树理在"文革"期间的挨批被斗不知去向。个中原因似乎可以猜测，因为据说"文革"如今又成了一个敏感话题。但问题是，这五年的生命经历不作交代，赵树理对批斗者的机智应答（这是让人物出彩的地方）就无法呈现，赵树理之死也会变成一笔糊涂账，人们只能看到赵树理不温不火的一面，顽强刚烈的一面（比如即使被摔断肋骨也"死不认罪"）却没了踪影，赵树理作为人物形象的可信度还有几分？

关于环境问题，不需要动用新潮理论，只要拿恩格斯的老话就能把《赵树理》量出个七七八八。恩格斯说："据我看来，现实主义的意思是，除细节的真实外，还要真实地再现典型环境中的典型人物。"赵树理是一个现实主义的作家，编导们显然也想把《赵树理》拍成一部现实主义的作品，但如此对待环绕着赵树理并促使他行动的环境，甚至让典型环境（比如"文革"）退居到背景之中，岂不是自己给自己下套儿？这样一来，赵树理作为典型人物还能站起来吗？《赵树理》还能真实起来吗？

写到这里，我想我已经把问题大体说清楚了。我说《赵树理》假模假式，不是说它胡编乱造，而是说它呈现了温情脉脉的真实却回避了残酷复杂的真实。这种真实是被创作理念过滤了的真实，是让"二老"（老百姓和老干部）满意的真实，却远远没有达到现实主义所要求的真实境界，因此它就必然流于虚假。从某种意义上说，赵树理也算是鲁迅的传人。老赵敢于直面惨淡的人生，敢于正视淋漓的鲜血，所以才有了"问题小说"。如果有什么"赵树理精神"的话，这就是。然而，《赵树理》的编导们却把赵树理的精气神儿丢到了爪哇国，如此打造赵树理，说轻点是懒惰（或者也许是迫于某种压力？），说重点依然是鲁迅先生所谓的瞒和骗。

至于李雪健演的那个赵树理，不说也罢。在如此轻飘的创作理念下，李雪健的表演很难有多大出息。所以，我怎么看都有点像宋大成、宋江和焦裕禄，就是不像赵树理。

2006 年 5 月 27 日

（原载《粤海风》2006 年第 4 期）

长安大戏院里的《赵树理》

9月2日晚，受朋友之请，我坐到了长安大戏院里，看来自家乡的大型现代戏——《赵树理》。

看过《赵树理》的电视剧，我对其他形式的改编本已不抱什么希望，但晋城市上党梆子剧团的《赵树理》还是让我有些吃惊。它没有让赵树理在社会的大舞台上人五人六，耀武扬威，而是把他请到了"家"里，家也就成了整个故事的生产基地。

可是，家里会有什么故事呢？在那个年代里，家的联想是革命者四海为家，投身革命即为家，舍小家顾大家，革命人赵树理也概莫能外。打开几本《赵树理传》，家外的赵树理总是风风火火、浓墨重彩，家里的赵树理常常轻描淡写、一笔带过。赵树理膝下有儿女，太湖、二湖、广建；赵树理屋里有老伴，大名唤作关连中。但他（她）们都是赵树理的陪衬人。人民作家赵树理，赵树理写作为农民；堂堂大作家，只应在广阔天地里奔走呼号，岂能在宅院厅堂上儿女情长？于是，那些关于赵树理的故事就全部成了宏大叙事。

然而，编导却把《赵树理》还原成了小叙事，显然这是一个大胆的主意。正是因为小叙事，关连中才从历史的幕后走到了前台。"解放"了关连中，也就挖掘出许多被人遗忘的小故事。我们看到，在赵、关二人先结婚后恋爱的故事轴上，有了亲戚王天佑进京求信说情的故事，女儿赵广建上山下乡的故事，赵树理离开京城把四合院交给公家的故事。这些家风家事虽不起眼，却贴近老百姓的接受心理，也有助于让赵树理走下神坛。当年的赵树理为了"老百姓喜欢看"曾绞尽脑汁，今天的编导为了老百姓喜欢看《赵树理》是不是也算煞费苦心？

这样一来，赵树理的形象反而显得血肉丰满，气韵生动。当然这也得益于张保平的演技。对于上党梆子，本人纯粹外行，不敢妄加评论。但从小耳濡目染，似乎也能感受一二。戏要夸张，戏有造型，戏还得通过唱腔唱词表现人物的心理活动。所有这些，张保平都拿捏得恰到好处，编导也处理得恰如其分。赵树理苦闷时对着酒瓶喝酒，高兴时屹蹲在椅子上吃面，离京返乡时意绪难平，于是，小二黑与小芹、李有才、《三关排宴》里的人物挨个儿走来，轮番做他的思想工作——是赵树理想到了他们，但他们却反客为主，诚邀老赵回归故土。这就是戏剧的优势。更值得一提的是，批斗者把赵树理从三张桌子上推下来的事情也设置成了一场戏。据《赵树理传》记载，这件事情就是当年晋城的造反派干的。如今，由家乡戏把它演出来，是不是也意味着晋城人有了正视历史的勇气？

但是，这个《赵树理》也同样有点问题。戏里有几句唱词："（男）我不嫌你小脚没文化，（女）我不嫌你二婚有个娃；一辈子咱俩不变卦，谁要是变心是癞蛤蟆。"这几句唱词至少出现过三次。如果我的理解不错，这应该是这出戏的"主旋律"。单从唱词唱腔的设计上看，俚词俗语，土里土气，相当"山药蛋"，非常赵树理；赵、关二人的爱情戏（少年夫妻老来伴？）因此有了着落。但问题是，编导对小脚如获至宝，大做文章（比如专门设计了一场因脚大脚小夫妻反目的戏），似又不妥。现代作家中，鲁迅先生与朱安女士琴瑟不调原因固然复杂，但朱安的小脚显然难辞其咎；郭沫若对第一位夫人张琼华大皱其眉，个中原因是他第一眼看到了"一朵三寸金莲"；胡适开明达观，但对小脚太太江冬秀亦婉言相劝，一旦初有成效，便载欣载奔："前得家母来信，知贤姊已肯将两脚放大，闻之甚喜。"周作人写过《天足》一文，开头段的开头句是"我最喜欢女人的天足"，结尾句是"我最嫌恶缠足"。赵树理之于关连中，小脚大脚未见史料大肆渲染，但老赵作为受过"五四"新文化洗礼之人，对于小脚文化不可能没看法。戏里让赵、关二人互不嫌弃、相濡以沫，境界本来不俗，但为什么非得用小脚作为故事的支撑点和生长点呢？这个点以畸趣取胜，不牢靠，还让舞台上有了一股裹脚布味，看了不舒服。

唱词编得也不理想。"十余载皇驸马南柯之梦！此一番管教你转眼成空。我杨家保大宋满门忠勇，岂容你小畜生叛国求荣。"——这是赵树理为佘太君编写的唱词，十字一句，一韵到底。据说赵树理为推敲这四句唱词整整花了四天时间。但《赵树理》中的唱词却常常中途换韵，长短不齐，拖泥带水，听着费劲。唱词也是韵文，韵文写不好大家就记不住，记不住一些好韵文，戏的艺术效果就会打一些折扣。这出戏从头看到尾，我只记住了那四句词，是不是也能说明一些问题？

还有演员。除赵树理的扮演者长得清瘦外，不少演员都是团头大耳，肥肥硕硕。尤其是众多群众演员往台上一站，哪里还像五六十年代的沁水农村，分明是列宁所说的"胖得发愁"的集体亮相。但是，这个问题似没法讨论，谁让咱们今天过上了好日子呢？那就就此打住，不说它了。

2006 年 9 月 7 日

在主文本与副文本之间寻寻觅觅
——《赵树理小说的改编与传播》序

　　文昌兄把他的《赵树理小说的改编与传播》发送给我，让我为这部书稿提提意见。拜读之后，我有些想法，权且写到这里，算是我的一点读后感吧。

　　我虽然并非赵树理研究专家，但出于多年的兴趣与爱好，却也时常关注着赵树理研究界的动静。在我的印象中，二十世纪九十年代的赵树理研究是比较沉寂的，而进入二十一世纪以来，赵树理研究则渐趋升温：一些著名的专家学者开始重新打量赵树理；一些年轻的学人先后以赵树理为题撰写硕士、博士论文，乃至申报国家社科基金项目；一些学术期刊也舍得拿出版面，聚焦于此——在我刚刚收到的《现代中文学刊》（2014 年第 3 期）中，就有一个"赵树理研究"小辑，那里收录了五篇最新的研究成果。这些事实表明，赵树理正在成为一个"说不尽"的人物，他穿过历史的风沙，向我们迤逦而来，仿佛在检测着我们这个时代的精神向度和研究高度。

　　把文昌兄的这部书稿置于这一研究语境中，我首先意识到的是它的别具一格。就我目力所及，如今做赵树理研究者，要不依然从其文本内部出发去释放意义，要不就是让他在与另外一些作家（如丁玲、孙犁甚至沈从文、汪曾祺等）的比较中去发现其价值，而把目光对准赵树理小说的改编与传播进而大做文章，这种情况似极为少见。按照我的理解，赵树理的小说是主文本，也是诉诸听觉系统的文本（众所周知，这种特点与赵树理的自觉追求有关）；而那些被改编的作品一方面是副文本或亚文本，另一方面，无论是连环画、年画还是戏剧、电影，它们无疑都在追求一种视觉化的效果，或者说它们把视与听糅合到一起了。因此，研究赵树理小说的改编与传播，实际上就是研究主文本与副文本之间的关系，或者也可以说是研究听觉文化与视觉文化之间的关系。

　　段文昌正是沿着这样的思路展开自己的分析的。于是我们看到，凡是被改编过的赵树理小说——像《小二黑结婚》《登记》《三里湾》《李有才板话》《李家庄的变迁》《传家宝》《小经理》《邪不压正》《福贵》《灵泉洞》《套不住的手》——作者都把它们拎出来，进而在主文本与副文本之间寻寻觅觅。也正是通过作者的梳理、比较和分析，我们才知道有那么多的副文本参与了对主文本的再生产过程。以《小二黑结婚》为例，小说还未正式出版之前，它就被改编成襄垣秧歌剧而被搬上舞台。小说出版之后，更是掀起了一轮又一轮的改编高潮：先是在山西境内的改编——上党梆子、武安落子、中路梆子、沁源秧歌、襄垣秧歌、武乡秧歌、小花戏、蒲剧、歌剧、话剧等等；其后又是在全国各地的改编——歌剧、话剧、评剧、豫剧、山东快书、弹词、电影等等。据不完全统计，截至"文革"开始，总共有 2000 多个乡、县、地、省及国家级剧团用 30 多个剧种把《小二黑结婚》搬上了舞台。

这种改编盛况让我很是感慨，我能联想到的方面是：（1）今天的许多小说固然也在被改编着，但这种改编基本上已局限于电影电视剧，它们似乎再也享受不到被如此全方位改编的待遇了。而在这种待遇的背后，我们似可发现彼时改编的诸多秘密。例如，改编不仅是为了更形象地讲述一个故事，更在于它能否转换成一种说唱艺术。而受到地方戏曲影响的小说最终又变成了地方戏曲，这似乎也把赵树理那种"说说唱唱"的理想落到了实处。（2）套用麦克卢汉的说法，我们可以把小说这种形式看作"冷媒介"，而把戏剧、电影等形式看成那种"热媒介"。"热媒介"为了增加故事情节的"清晰度"，自然不可能不对原著增、删、调、改。这也意味着仅从技术层面考虑，赵树理小说被改编的过程也是不断"调焦""实焦"的过程。（3）与此同时，改编作为一种文学再生产活动，虽然会顾及原作，但更主要的还是要服从改编者的意图。而在那个年代，由于改编者不可能有多大的自主空间，所以改编者的意图很大程度上体现的也就是政治意识形态的意图。因此，特别关注改编中被政治意识形态动过手脚的部分是非常必要的，因为那是我们破译改编密码的起点。（4）受众通过改编固然熟悉了那个故事，但许多人心目中的《小二黑结婚》却并不相同，因为那些剧种、唱腔事先已让那个故事有了地方性。这就意味着面对改编本，受众首先是一种"方言"式接受（地方戏），然后才是定于一尊的"普通话"式接受（电影）。这种现象非常有趣，也颇值得玩味。

以上联想，有的是基于段文昌本人的思考，有的则是我个人的一些考虑。沿着作者的思路，我们看到他在对主文本与副文本进行比较时，特别指出了副文本的那些增删与改动之处，令人过目难忘。作者指出：小说《三里湾》和依此改编的电影《花好月圆》，主题方面，前者表现的是渐进而实际的路线斗争，后者呈现的则是纯粹意识形态层面上的不可调和的敌我冲突。情节方面，前者主要写农村现实生活中新旧思想的斗争，电影则是以三对青年的恋爱作为主体。而拍成电影的《小二黑结婚》与原作相比，其命意也发生了很大变化。因为"影片一开始就立场鲜明地为故事确立了一个'政治救赎'的基本框架，把'小二黑结婚'的故事纳入民族政治解放的时代主题中，将小说演绎成一出'政治救赎'下的现代婚姻传奇。为了完成这一创意，主创人员对小说实行了大胆改编"。在我看来，这正是文学再生产过程中被植入的"新质"，它们改变了原作那种朴素的诉求，也把赵树理的小说打造成了一种宏大的"国家叙事"。正是在这个意义上，我觉得有必要指出一个基本事实：虽然赵树理的小说本来就有"政治上起作用"的实用功能，但由于这种功能依然被小说的审美逻辑约束着、框范着，因而它还不至于剑拔弩张。而一旦打破这种平衡，即意味着"审美意识形态"转变成了"政治意识形态"。于是，那些改编本固然满足了当时的政治需要，但相对于主文本来说，它们也确实已被打造成了"次文本"——那是低于原作的文本或仅能作为次品存在的文本。

然而，许多人接受的却恰恰是这种"次文本"。以笔者为例，我记得自己在未读《三里湾》之前便看过《花好月圆》这部电影了，观看的时间应该是1978年某一天，而地点则在我们村大队部的露天场院里。三十多年之后，我依然能想起这部电影的基调是喧闹或吵闹；而一边呈现针锋相对的斗争，一边表演紧张热烈的爱情，这种套路似乎又与我看过的《金光大道》《艳阳天》区别不大。如此感受在我的脑海中存留多年，甚至后来读小说时依然挥之不去。从传播学的角度看，这种先入为主式的"占领"已形成了"第一印象"，要想把它清除到记忆之外已难乎其难。而即便我后来阅读小说，试图"还原"一个真正的"三里湾"，电影中的情景也仍然会有意无意地参与到小说"意义"的建构之中，我已无法完成较为纯粹的意义寻找了。由此推想那些只看过改编本的广大受众，他们印象中的《三里湾》或许与小说文本已相去甚远，但这就是赵树理的小说被改编之后有可能出现的传播效果。

由此看来，传播涉及编码与解码，也涉及受众与改编本之间种种错综复杂的关系。这部书稿在编码的层面用力颇深，值得肯定，但对解码似乎还关注不够，略显遗憾。假如能在这一层面再下些功夫，我以为就更加圆满了。当然，这样给作者出主意，我也意识到是站着说话不腰疼。因为解码问题要想从容展开，那得做大量的调查研究工作。而时过境迁之后，即便能找到观看赵树理小说改编本的受众，他们的记忆或许也早已模糊。所有这些，都给调查取证带来了极大的难度。

文昌兄是我的老乡，又是我大学时同年级同专业的同学，他能写出这部书稿，我并不感到意外。在我的心目中，他一直都谦虚低调，同时又聪颖好学。我现在依然记得大学毕业我们同在上党古城混日子时，不时会相互走动，交换一些学界的信息。一旦发现我那里有什么新书，他也会借走先睹为快。他都借过哪些书我现在自然已不可能悉数想起，但路翎的《财主底女儿们》上下卷他肯定是借过读过的，因为那是我 1985 年夏天在水东供销社买到的小说。一个乡政府所在地的杂货店里居然会摆着这种书，现在想来依然觉得有几分神奇。

大约是九十年代中期，文昌兄随工作单位迁至晋城，从此他便在我们的老家安营扎寨了。我知道他原来就主攻中国现代文学，由此把赵树理作为他的研究对象自然就显得顺理成章。而更重要的是，因为他一直生活在赵树理曾经挥洒过汗水和才情也十分钟爱的那片土地上，他对赵树理的理解也就更妥帖、更到位、更能入乎其内也更接"山药蛋"地气。前些日子，我的导师童庆炳先生还在跟我念叨：既然你研究过一阵子"西马"，为什么不把"西马"这架探照灯用起来呢？你东探探，西照照，或许就能照出一些东西来。比如，你们老家的赵树理你就可以照一下嘛。如今，面对文昌兄的这项研究成果，我在欣喜之余也好生羡慕，甚至都有点蠢蠢欲动了。受文昌兄启发，说不定我哪天也真的会重操旧业，打回老家去，研究赵树理。

2014 年 7 月 31 日

（原载段文昌《赵树理小说的改编与传播》，

山西人民出版社 2014 年版）

赵树理能"熟读英文原著"吗?

赵树理能否读英文原著并且熟读,本来是一个不需要争论的问题,然而近读韩毓海先生的一篇文章,却还是让我大吃一惊。此文名为《"春风到处说柳青" 再读〈创业史〉——当代文化启示录之二》(见《学术中国·星期文摘·2007 年 1 月 A》,发布时间:2007 - 01 - 18),为现其全貌,兹引相关文字如下:

> 1978 年,《创业史》英文本出版,柳青临终前在病床上翻看的书,就包括这本英文《创业史》。讽刺性的是:尽管八十年代开始了中国文学"走向世界"的时代,而"当下"的中国作家能够阅读、翻译和运用外文写作者,却始终寥寥无几(张承志可以用日文写作,也许是唯一的例外),当下的中国作家其实是靠穆旦等翻译家的语言来完成他们对于西方文学大师的崇拜的,而可以肯定的是,迄今为止,当代中国小说家中英文最为熟练或者说可以熟读英文原著的,其实是两个最土的"农村作家":柳青和赵树理。

柳青英文熟练与否,笔者不甚了解,也就不敢妄加评判,但赵树理似乎是没法"熟读"的。不光无法"熟读",而且整个不懂。证据之一是新版《赵树理全集》中收有赵树理本人在 1958 年 7 月填的一份《干部简历表》,其中有一项内容是:"懂得我国哪一种民族的语文,懂得哪一种外国语文,熟练程度如何",赵树理填报如下:"只懂汉文。"[①] 考虑到此表来自档案材料,又为赵树理亲手所填,其真实性应该不容怀疑。

而且,如果对赵树理的生平经历比较熟悉,也就不可能得出他能"熟读英文原著"的结论。道理很简单,从 1925 年他去长治上学,到 1969 年去世,赵树理其实是没有学习英文的时间和机会的。我读过几本关于赵树理的传记作品,里面也没有赵树理学外语懂外语的相关

---

① 赵树理.一份简历表//赵树理全集:第五卷.北京:大众文艺出版社,2006:246.

记载。

然而，韩文中却言之凿凿，这让我好生奇怪又大惑不解。我想知道此一判断的依据何在，但文中并未再作任何说明解释，也没有相关注释。于是想起朋友聂尔曾在博客中写有一文，其中提到阿城曾说过赵树理家有外文书的事情。查查建英主编的《八十年代：访谈录》，马上有了结果。阿城说："邻居中我记得还有一个赵树理家，好多外文书，长大之后，看他的小说文章，丝毫不提外国，厉害。"[①] 莫非这就是赵树理懂外文的依据？

如果以此作为依据，其实问题也不小。第一需要考虑的是这里的"外文书"究竟指什么，是"外文原著"还是翻译过来的"外国文学作品"？第二，即使把"外文书"理解成"外文原著"，有这种书也并不就等于能读这种书。第三，阿城此说法凭的是记忆，记忆是否准确，需要打个问号。第四，即便此说法准确无误，"外文书"也是一个很宽泛的概念，它是如何转换成"英文"的，让人觉得很是费解。当然，以上联想到的依据，只是本人的一个猜测，也许韩文还有更厉害的证据吧，要不如何就说得如此绝对？但如果有的话，我倒是希望能公之于众，也算是为赵树理研究做出了个贡献。

关于赵树理能否熟读英文原著的辨析，本来可以就此打住了，但其中的一个问题却萦绕不去：为什么要把赵树理打扮成一个能熟读英文原著的作家呢？想了想，有了一个大致的答案。

据"左岸"网站介绍，韩毓海先生是当下中国新左派的"健将"和"代表人物"，而读其近作（比如他与黄平、姚洋的对话录《我们的时代——现实中国从哪里来，往哪里去？》）可知，新左派的策略之一似乎是要在社会主义、集体主义、公有制、革命、人民民主等等大词之下怀旧说事。于是，当年如丁玲、柳青、赵树理者，其文学生产活动就成了新左派人士可资利用的话语资源。既然要加以利用，就必然要对他们进行全方位的包装——不仅要挖掘其思想境界之高迈，而且要叹服其知识结构之合理，以此才能衬托出当今中国作家的一些"小"来。很可能正是在这样一种思维框架或惯性中，赵树理才被生拉硬拽，变成了熟读英文原著的好手。由此也就让我想到，为了某种特殊的政治目的，作家的形象原来也是可以被重新打造的。张广天先生曾把鲁迅打造成高唱《国际歌》的无产阶级战士，已遭人诟病；如

① 查建英. 八十年代：访谈录. 北京：三联书店，2006：64.

今韩先生也如法炮制，莫非是故伎重演？果如此，中国的新左派还是多练几招为好，老这么"善搞"，是很容易搞出一大堆问题的。

至于赵树理，我想，承认他是一个不懂洋文、土里土气的农民作家，这并不是一件多么跌份的事情。赵树理就是赵树理，增之一分则太长，减之一分则太短。他的为人为文，其实依然在考验着当今学者的那点诚实。

2007 年 1 月 19 日

（原载《太原日报》2007 年 2 月 12 日）

附记：

写《赵树理能"熟读英文原著"吗？》（见《太原日报》2 月 12 日第 9 版）一文时，心里不踏实，就给赵树理研究专家董大中先生打电话，得到的却是"你拨打的电话号码是空号"的提示。只好给另一位赵树理研究者发电子邮件，我问："读到一篇文章，里面说赵树理能熟读英文原著。你见过相关的资料吗？我看到的资料及形成的判断都是赵树理不懂外文，这是怎么回事？"他的回复是："纯粹是胡说。"然后我就把这篇小文贴到了自己的博客上。

后来忽然想起，董大中先生那里也是可以发电子邮件的。去年晋城的赵树理会上，董先生曾给过我他的电子信箱，会后我把几张照片发送过去，将近两个月之后才得到董先生的回复。他一方面告诉我回复迟的原因，一方面也提醒我他只能"回复"却不会写邮件，而我已经大喜过望了。因为董先生听力不好，以前有什么事我首先想到的是写信而不是打电话，每次收到的回信都觉得既稀罕也珍贵。他用毛笔，字写得方正有力。读其信，品其字，不亦乐乎。

于是，我找出董先生的电子信箱。我问："在一篇关于柳青的文章（作者韩毓海）中，我读到了赵树理'能熟读英文原著'的判断。我的印象是赵树理不懂外文，且新版赵树理《一份简历表》中赵亦承认，却不知韩的判断依据在何处。所以就向您请教：赵树理是否懂英文，且能熟读？"几天之后（依然很慢），董先生回复如下："韩的说法不确。赵在四师时学过英文，但那是青年时代的事，而且只学了很少一段时间，不会到'熟练阅读'的程度。赵能熟练背诵一些外国小说，却是真的，到五十年代他还能背诵契诃夫小说的一些段落，因赵有极好的记忆力。五十年代他还演算过代数习题，作为休息。当是误把赵能背诵外国小说当成背诵外语原文。错不一定在韩，可能在柳青或其他人，韩听说而来。"

董先生的来信让我意识到，赵树理在长治四师是学过英语的，这就意味着笔者小文中"不光无法'熟读'，而且整个不懂"之类的话还是说得太满，这是很不应该的。后又查赵树理在长治四师的读书情况，董先生的《赵树理评传》和《赵树理年谱》并无与英文相关的记录，只是在戴光中先生的《赵树理传》中读到了以下文字："长治四师和檀山高小一样，也是在'五四'春雨的滋润下突然冒出来的一枝新笋。表面上生气勃勃，内里却空虚得很。校长姚用中，虽曾去日本镀过金，却不知教育为何物，他取舍教师的标准，不在于学识的高低，而是取决于个人的亲疏，结果，师资配备不足，许多课程，如英语、历史、物理、化学，无人讲授，长期停课。其余如国文课也没有新式课本，赵树理记得，老师选的讲义，是《古文辞类纂》上选下来的古文。"①

如果以上说法无误，则赵树理在长治四师究竟学过多少英语，将再次成为一个问题。可惜，我手头再找不到相关资料了。

当然，在赵树理研究中，这只是一个很小很小的问题，但若能弄清楚，也并不是全无价值。

2007 年 1 月 27 日

---

① 戴光中.赵树理传.北京：北京十月文艺出版社，1993：39-40.

景观的生产与消费
——赵树理与沈从文、全域旅游与家乡风景

非常感谢这次高峰论坛的主办方，也感谢我的老同学段文昌先生对我的邀请。关于"全域旅游与职业教育"，我完全是一个外行，所以当文昌兄邀我参加这一论坛时，我的第一反应就是婉拒，觉得不合适。但他后来又反复相劝，让我有了一种不答应以后就无颜见江东父老的感觉。于是我今天只好勉为其难地站在这里，谈一个外行人的看法。

我是研究文学的，所以这个话题我想先从文学谈起。

赵树理是我们家乡的著名作家，他的作品想必大家都或多或少读过一些。二十世纪四五十年代，当赵树理成为一个代表着写作"方向"的作家后，他的作品每写出一篇，总能引来一片赞誉。但是当时已经封笔不写的另一个著名作家沈从文，却看出了赵树理写作的问题。五十年代初，他在给他儿子的一封信中先是谈论一番赵树理，接着开始预测未来的"农民文学"。他说："由此可以理解到一个问题，即另一时真正农民文学的兴起，可能和小资产阶级文学有个基本不同，即只有故事，绝无风景背景的动人描写。因为自然景物的爱好，实在不是农民情感，也不是工人情感，而是小资情感。将来的新兴农民小说，可能只写故事，不写背景。"（1951 年 12 月 26 日致沈龙朱、沈虎雏）[1]

不得不说，沈从文对赵树理小说的这一评判和预测是非常精准的。大家知道，赵树理写小说很善于讲故事，很擅长写人物，也很热衷于给人物起外号。比如，"二诸葛""三仙姑"，比如，"小腿疼""吃不饱"，比如，能押着韵叫起来的"糊涂涂""常有理""铁算盘""惹不起"。一想到这些外号，他笔下的人物立刻就活灵活现地站在我们面前了。但是，赵树理的小说也有一个重大缺陷，这个缺陷就是沈

---

① 沈从文全集：第 19 卷．太原：北岳文艺出版社，2009：246.

从文所谓的只写故事，不写风景背景。我曾经琢磨过一阵子赵树理，也非常理解赵树理之所以不写风景背景的用意。但是今天看来，赵树理如此写作所带来的一个后遗症是，假如我们把赵树理当作一个文化符号用于家乡的旅游业，我们就会突然发现，他的作品虽然可以让我们联想到他笔下的人物、故事，甚至某些民风民俗，却没办法与"晋高阳陵沁"、与整个晋东南的风景形成某种关联。《小二黑结婚》中有风景吗？没有！《李有才板话》《三里湾》中有吗？也没有！《灵泉洞》呢？有那么一点点。相反，假如我们读过沈从文的《边城》，读过《湘行书简》《湘行散记》，就会发现他笔下的人物、故事与风景形成了一个有机的统一体。也就是说，我们读他的散文小说，不仅是在读翠翠、三三、萧萧们的故事，也是在欣赏他笔下古朴的湘西风景、凄美的家乡风情。下面我从他的《从文自传》中拿出一段文字，大家听听他是怎么写自己家乡的：

> 地方东南四十里接近大河，一道河流肥沃了平衍的两岸，多米，多橘柚。西北二十里后，即已渐入高原，近抵苗乡，万山重叠，大小重叠的山中，大杉树以长年深绿逼人的颜色，蔓延各处。一道小河从高山绝洞中流出，汇集了万山细流，沿了两岸有杉树林的河沟奔驶而过，农民各就河边编缚竹子做成水车，引河中流水，灌溉高处的山田。河水常年清澈，其中多鳜鱼、鲫鱼、鲤鱼，大的比人脚板还大。河岸上那些人家里，常常可以见到白脸长身见人善作媚笑的女子。小河水流环绕"镇筸"北城下驶，到一百七十里后方汇入辰河，直抵洞庭。[①]

这样的景物描写在沈从文的作品里比比皆是。因此有人说："凤凰城的苗家话语是因了沈从文的存在，才变得缠绵了一些；凤凰城的沱江水因了沈从文的存在，才变得缓冲了一些；凤凰城的石板路因了沈从文的存在，才变得弹性了一些。"[②] 十多年前我特意去参观凤凰城，就是因为读过沈从文的许多作品。我相信，沈从文不仅在给我做导游，也在给许多人当领队。就是说，许多人去凤凰游览，肯定是冲着沈从文去的，肯定是想看看他笔下的吊脚楼、石板路和青山绿水。

但遗憾的是，赵树理因为他那种特殊的写作风格，似乎还无法像

---

① 沈从文全集：第13卷．太原：北岳文艺出版社，2009：245-246．
② 孙立峰．沈从文的凤凰城．（2015-08-10）．http://www.360doc.com/content/15/0810/10/9570732_490690346.shtml．

沈从文一样有那么大的号召力。或者也可以说，晋城这里虽然并不缺少北方风景，但赵树理却没有"发现"风景，也没有通过他的作品"生产"出风景。

我从这一文学现象谈起，是想说明在晋城开展全域旅游的难度。就我对旅游的有限认知，凡是人们喜欢去的地方，不外乎具备这么几个条件：（1）那里是名山大川，有丰富的自然景观（比如新疆、西藏，比如泰山、黄山）；（2）那里是多朝古都，有着丰富的人文景观（如北京、西安）；（3）那里经过文人墨客的书写而名扬天下（比如范仲淹笔下的岳阳楼，沈从文笔下的吊脚楼）；（4）那里因为特殊的历史原因而闻名于世（比如所谓的"红色旅游"，像井冈山、延安这些地方）；（5）那里经过重新制作而形成了某种人造景观（如张艺谋的"印象系列"：印象·刘三姐、印象·丽江、印象·西湖、印象·海南岛、印象·大红袍等等）。如果拿这些条件来衡量晋城，我们就会发现它的旅游资源并非得天独厚。我知道陵川那里有王莽岭，阳城那里有蟒河，晋城去阳城的路上有皇城相府，我家乡的门口也建起了丹河湿地公园，但无论是自然景观、人文景观还是人造景观，虽然在本地名气不小，但它们还无法与全国各地的风景名胜和人文地理相提并论。

那么，在这种不太有利的情况下，晋城如何搞好自己的全域旅游呢？我想起前两年读过的一本书，名叫《被展示的文化：当代"可参观性"的生产》（Culture on Display：The Production of Contemporary Visitability），作者是英国社会学学者贝拉·迪克斯。这本书从"文化是一个可以观赏的去处"（前言）谈起，设七章内容，分别以"展示的文化""从旅馆窗户中看到的风景""被展示的城市""将文化与自然主题化""遗产社会""走出陈列室""虚拟空间中的目的地"为标题，谈论了她对相关问题的看法。书中有大量欧美发达国家如何做旅游文化的例子，很值得一读。这本书给我最大的启发是，任何一个地方的文化都是可以展示的，但如何展示却很有讲究。要想使你的文化具有观赏效果，你就必须把这种文化的"可参观性"生产出来。如何生产这种"可参观性"呢？必须得让你的景观有"地方性"，必须让景观"说话"，变成一个"会说话的环境"（talking environments）。

下面我要以我两个家门口的公园为例，简单做一点对比分析。这两个公园，一个是北京家门口的奥林匹克森林公园，另一个是晋城老家水北村家门口的丹河湿地公园。

记得 2005 年，我乔迁新居，奥林匹克森林公园也正好破土动工。当时那里是一片荒郊野地，但因为 2008 年的奥运会，在三年时间内，这个占地 680 公顷，以北五环为界分成南北两个园子的公园就建成了。可以说我是亲眼见证了这个公园被生产出来的全过程，因为从我家窗户望出去就是南园。那几年里，我每天都会瞧一瞧看一看，看着它一天一个样，三年大变样。

如今，这个公园被生产出来的景点有：露天剧场（位于南入口的北部，背靠奥海仰山，是城市中轴线陆地的终结点。面积约 4 万平方米，可容纳 2 万人同时观看演出，主要由舞台广场、媒体区、观演区和地下建筑组成，配合喷泉水景和山水舞台，形成户外演出场所）；奥海（位于公园的南入口北侧，南岸有露天演艺广场，与奥林匹克景观大道连为一体；广场的北侧，主湖内还有一套大型的音乐激光喷泉，主喷高 80 米）；仰山（坐落在北京市中轴线上，主峰高 48 米。森林公园的主山取名"仰山"，不仅使得"仰山"这一当地传统地名得以保留，更与"景山"名称呼应，暗合了《诗经》中"高山仰止，景行行止"的诗句，并联合构成"景仰"一词，符合中国传统文化对称、平衡、和谐的意蕴）；天境（位于森林公园的"仰山"峰顶，"天境"上有一块高 5.7 米、重 63 吨的景观石，当年特意从泰山运至北京，周围 29 棵油松寓意第 29 届奥运会）；人造湿地（在芦苇、香蒲、球穗莎草、菖蒲和美人蕉林尽头，下桥走 500 米可到达水下沉廊，水下沉廊修建在水下。廊道四周是玻璃扶手，透过玻璃可以看到水下景色）；大树园（位于北园，是香港李小雪女士无偿捐赠给朝阳区政府的礼物。大树园占地 1200 亩，水面 10 万平方米。截至 2010 年，园内有紫薇、白蜡、枫杨、白玉兰、银杏等 176 种树，近 3 万株。其中一些大树是来自三峡库区的"移民"）；奥林匹克宣言广场（外形呈五个同心圆，自中心部位一个 2.9 米见方的正方形铜地板，波状扩展，象征北京第 29 届奥林匹克运动会后奥运精神的承继和接力传播。其上刻有 1896 年至 2016 年各届现代奥运会举办城市、届期与会期，形成向心凝聚于五环的图案。最外圈圆的北半辐，以三段总长 29 米的弧形铜碑构成法、中、英三种文字的《奥林匹克宣言》载体。中文《奥林匹克宣言》的弧形碑体居中，上立主碑。主碑高 2.9 米，宽 1.99 米，厚 0.38 米，正背两面，分别刻有奥林匹克之父顾拜旦和国际奥委会主席罗格的浮雕形象）等。（资料来自《百度百科·奥森公园》，下同。）

除此之外，因为这是一个主题公园，所以从 2010 年起，有 63 尊反映体育和运动的精品雕塑在奥林匹克森林公园落户。"和平柱""同一个梦想"和"探求勇气——入中国之道"三件大型雕塑，与园内已有的比利时巨型雕塑"运动员之路"共同构成了奥运雕塑园的核心区域。其余精品雕塑分散安放在整个园区内，与公园原有的 13 座奥运雕塑共同营造出奥运文化氛围。同时，由于公园周边就是鸟巢、水立方等场馆，因此它建成后就成了北京旅游的一个新景点。2013 年，公园被国家旅游局正式授予"国家 5A 级旅游景区"称号。

按照迪克斯的说法，这个公园体现的应该是最先进的设计理念，也把自然与文化最大限度地主题化了。除此之外，公园的景观、雕塑、周边的建筑、从早到晚健身的人们，似乎都在让这个公园讲述着体育运动和奥林匹克的故事。这样，它也就变成了一个"会说话的环境"。可以说，这是一个把公园主题化的成功案例。

我再谈谈我对丹河湿地公园的认识与理解。

我的老家以前叫晋城县水东公社水北大队，如今叫作泽州县金村镇水北村。我老家的村外就是丹河湿地公园的中心地带。从 2008 年启动丹河人工湿地工程开始，我每年回老家一两次，也是看着它一点一点变成今天这个样子的。之所以会有这个工程，是因为随着晋城市煤化工行业的快速发展，大量工业废水、生活污水排入丹河，致使丹河流域水环境受到严重污染。因此，这个工程首先是一个污水处理工程。它采用垂直流人工湿地，通过布设 1.5 米不同规格碎石填层，表面层种植芦苇、香蒲、花叶、水葱等十多种植物净化水质，再通过层内微生物吸收净化水质。作为一项民生工程和生态工程，丹河湿地是晋城市政府为当地老百姓做的一件大好事，功德无量；而它成为一个公园后，也越来越受到人们的喜爱，成为当地人们观光、游览、休闲的一个好去处。

但是作为一个主题公园，就我目前看到的样子（我又有半年没看到过它了），我还是觉得它不够完美。为什么呢？因为所有的风景都与湿地工程有关，所有的介绍也都聚焦于这一工程。这固然是必要的，但同时我们也知道，丹河是晋城的母亲河，这条河是具有悠久历史的。比如，关于丹河之名的来历，历史上的传说之一是与战国时期的"长平之战"有关。《史记》中记载：秦、赵交兵，赵军败北，"卒四十万人降武安君"，武安君白起担心降卒生乱，"乃挟诈尽坑杀之"，

"赵人大震"。① 就是说白起用欺骗手段，活埋了赵国的全部降兵，赵国上下一片震惊。而在《东周列国志》里，这场杀戮有了更多的细节：

> 白起与王龁计议曰："前秦已拔野王，上党在掌握中，其吏民不乐为秦，而愿归赵，今赵卒先后降者，总合来将近四十万之众，倘一旦有变，何以防之？"乃将降卒分为十营，使十将以统之，配以秦军二十万，各赐以牛酒，声言："明日武安君将汰选赵军，凡上等精锐能战者，给以器械，带回秦国，随征听用；其老弱不堪，或力怯者，俱发回赵。"赵军大喜。是夜，武安君密传一令于十将："起更时分，但是秦兵，都要用白布一片裹首。凡首无白布者，即系赵人，当尽杀之。"秦兵奉令，一齐发作，降卒不曾准备，又无器械，束手受戮，其逃出营门者，又有蒙骜王翦等引军巡逻，获住便砍。四十万军，一夜俱尽。血流淙淙有声，杨谷之水皆变为丹，至今号为丹水。②

最后一句话，为什么是"杨谷之水皆变为丹"，因为丹河的原名就叫"杨谷涧"。为什么"血流淙淙有声"？杀的人太多了嘛。这里用"淙淙"二字形容，有声音也有画面，多么让人毛骨悚然！这就是所谓的"白起坑赵，血染丹河"。

我现在想说的是，这个历史故事丹河湿地公园要不要讲述？如果讲的话它该怎样讲述？

如果往近处看，四五十年前，丹河还没被污染，完全不是后来这个样子。我记得我小时候，丹河从我们村前流过。夏天河水暴涨，洪流滔滔；春秋时分，它又瘦成一条浅浅的溪流，踩着搭石便能移步对岸——晋城话叫作"紧过砟，慢过桥"；冬天河水结冰，我们这些小屁孩儿就自制冰车，在冰面上滑冰玩耍。二十世纪六七十年代，要工业学大庆农业学大寨，农村要大搞农田水利基本建设。当时不是要"人定胜天"吗？所以就贴标语喊口号——"让高山低头，叫河水让路！"贴得满大街都是，喊得地动山摇。正是在这样一种时代氛围中，我们村前的丹河也修建了一条拦河大坝，靠大坝的里边一侧则打通一处河道。河水原来是在水北、水西和水东之间绕圈，绕成了一个躺着的 S 形。河道开通之后，我们村前的"河落头"基本上就没河了，因

---

① 司马迁. 白起王翦列传第十三 // 史记. 长沙：岳麓书社，2012：1067.
② 冯梦龙. 东周列国志. 北京：人民文学出版社，1979：999.

为河水顺着打通的河道走成一条直线，直接流向了水东。我小时候，从水北到水东，两三里的路程，要过三次河。河滩上有树有草，有花生玉米大豆高粱，有吃水的井，有犁地的牛。那里当然不可能"芦花放稻谷香岸柳成行"，但"黄昏的乡村道上，洒落一地细碎残阳"的意境总该有一些吧？

如今，这一切已荡然无存。

——像这种历史又该如何讲述？

因此在我看来，这条河，这条河两边的风景，是只有"今生"没有"前世"的。也就是说，我们虽然造出了一些风景，却是没有历史感的风景，取消了"景深"范围的风景，处在沉默状态还没让它"说话"的风景。这样的风景表面上看光华亮丽，但实际上还隐藏着一些问题。

由此我想到了迪克斯的一个说法：在今天，"一车日本游客被领到预先挑选的景点旁，在人行道上拍拍照，然后又爬上车，这已是陈年往事，已经不能反映当代旅游的现实要求了"[①] ——我们这里的说法更形象，叫作"上车睡觉，下车尿尿，景点拍照，回来一问，什么都不知道。"——那么，游客想要什么呢？迪克斯说："游客真正要的似乎是亲身参与'文化交往'"，"而不是踩着时间点赶往各个景点拍照"。"游客今天不再参观石头纪念碑或空荡荡的宫殿所代表的'死'文化，而是寻求人以及他们的多彩习俗所代表的'活'文化。因此文化成了旅游业的核心，旅游业也成了文化的核心。"[②] 在这里，文化、活文化、文化交往、旅游与文化的互动显然是关键词。既然如此，我们在发展全域旅游的时候，是不是应该深入思考以下问题：晋城有丹河，丹河文化的特点是什么？我们怎样把这种文化特色体现出来？晋城还有许多煤矿，我们是否形成了一种煤矿文化？这种煤矿文化能否成为我们开发的旅游资源？迪克斯曾举例说，呈现活态历史的主要场地是遗产博物馆，于是南威尔士那里在废旧煤矿的基础上建成了两个煤矿博物馆："格温特郡大矿坑"（Big Pit in Gwent）和"朗达遗址公园"（Rhondda Heritage Park）。原矿工可以带着旅游者穿过地下通道

----

① 迪克斯. 被展示的文化：当代"可参观性"的生产. 北京：北京大学出版社，2012：46.

② 迪克斯. 被展示的文化：当代"可参观性"的生产. 北京：北京大学出版社，2012：46，47.

进入矿坑，让旅游者加入自己的体验。① 晋城的一些煤矿煤已被挖光，矿也被废弃，那么，我们是不是也可以建成一座属于我们自己的煤矿遗产博物馆？

还有，我在一开始提到了赵树理。赵树理虽然几乎不描写风景，但是他却描写了大量的民风民俗。有研究者特别指出，赵树理每当准备写民风民俗时，习惯性的开头句是"这地方的风俗是……"，并且有大量例子加以佐证。② 我们能否把赵树理有关婚丧嫁娶、民间文艺、上党戏曲等等方面的民俗风情挖掘出来，让它们加入当下全域旅游的景观生产和空间生产之中？

总之，就我对晋城有限的了解，我觉得我们这里有丰富的旅游资源。我小时候就听说，晋城东有"珏山吐月"，西有"松林积雪"，南有"孔子回车"，北有"白马拖缰"，这是已有的风景；今天，我们又有了像丹河湿地公园这样的人造风景。在全域旅游的观念下，我觉得更为关键的问题是，如何为这些景观输入活生生的文化元素，让它们说话——它夸"大吊车，真厉害"③ 当然提气，但是，让它"痛说革命家史"就会抹黑晋城吗？完全没必要有这种顾虑。我觉得只有它们发声了，只有让它们开口说话了，它们才会成为吸引外地游客的吸铁石。

各位专家，各位朋友！法国诗人兰波有句名言，叫作"生活在别处"。我模仿他造句，说"风景也在别处"，以此表达我的一个观点。我的看法是：自己的家门口是没有风景可言的。"水光潋滟晴方好，山色空濛雨亦奇"是苏东坡的眼中风景，常年住在西湖边的杭州市民很可能会熟视无睹；"脚著谢公屐，身登青云梯"是李太白的梦中感受，常年生活在锡崖沟王莽岭的乡村老汉很可能早已见惯不惊。为什么会出现这种情况？因为它是我们日常生活的组成部分，我们对它又太过熟悉。陌生的东西能让人惊奇，熟悉的东西人们就会毫无兴趣，这早已被人概括为一种"陌生化"原理。所以，晋城的风景吸引了本地人（insider）休闲、娱乐，固然可喜可贺，但更重要的是要能吸引外来者（outsider）游览观光，让他们觉得"晋善晋美"。也就是说，你让本地人唱响了"清凌凌的水来蓝格莹莹的天，小芹我洗衣裳来到

① 迪克斯. 被展示的文化：当代"可参观性"的生产. 北京：北京大学出版社，2012：128-130.

② 朱晓进. "山药蛋派"与三晋文化. 长沙：湖南教育出版社，1995：154-155.

③ 解放军文艺丛书编辑部. 海港. 北京：人民文学出版社，1968：71.

了河边"，这当然是件好事情，问题是，你能不能让外地的"亲圪蛋下河洗衣裳，双圪腔跪在石头上"？能不能让长城内外大江南北的小二黑和小芹们来走一走，看一看，"把你那好脸扭过来"？因为说到底，文化展示的目的是培养模范消费者，而不是打造模范市民；是让人们在集中的地域住下来，花出去，流连忘返，而不是让人们上车睡觉，下车尿尿，景点拍照，拔腿就跑。因此，那个被展示的地域必须集风景、零售、设计、建筑、娱乐和其他休闲产业于一体。只有"自然"与"人文"组合到一起，景观中有文化，文化中有风景，你所生产出来的景观才能卖出去，才不会成为库存积压产品；游客也才不会走马观花，镜花水月，而是能在心中长留一片晋城的风景！

　　谢谢大家！

> 2017 年 6 月 28 日写，7 月 3 日讲，2018 年 3 月 6 日改
> （此为 2017 年首届晋城市旅游职业教育集团
> "全域旅游与职业教育"高峰论坛上的发言）

第二辑

山西当下作家论笔

失去的和得到的

——山东山西作家抽样分析

在很多时候，人并不能靠自己来选择自己的生活。他被抛进了生活的洪流之后，往往失去了左右自己的能力和力量，他只能被动地接受生活所赋予他的一切。对于作家来说，这意味着什么呢？山西作家郑义、李锐，山东作家张炜、王润滋的生活经历和创作实践会不会给我们提供某些答案呢？

一

首先我们不应当忘记的是这样一个事实：郑义和李锐的名气虽然都是靠着山西的那份贫穷、愚昧和落后的生活打响的，但他们都是北京人。从个人的角度讲，他们都是那个特殊时代下的牺牲品。当郑义高中毕业迎接高考之际，轰轰烈烈的时代来临了，他无权选择自己的命运和生活，于是"串联……夺权……武斗……斗私批修……上山下乡。那潮初落时，我同我的插队的朋友们便被搁浅到太行山一隅。一个九户人家的小山村，在山腰上狭狭的一溜土窑洞，村名却唤作大坪"①。他在那儿一下子待了六年。而李锐，在插队这一点上几乎和郑义一模一样。他也是当了六年的插队知青，所不同的是他去了山西吕梁山区的底家河村。一个与太行山为伍，一个与吕梁山做伴。

张炜是在芦清河边长大的。"芦清河（泳汶河）在胶东西北部小平原上。我出生在河边，在这个可爱的地方生活了近二十年，后来我就离开了，到山区、到城市……我再也没有遇到比那儿更好的地方。"②"王润滋出生于山东文登县一座山村的农民家里，当他刚刚咿呀学语、蹒跚学步之时，不幸失去父教母爱，从此开始了与年迈的祖

① 郑义.向往自由//远村.北京：人民文学出版社，1986：跋.
② 张炜.芦清河告诉我.济南：山东人民出版社，1983：后记.

母相依为命的艰苦生涯。"① 在一个师范学校毕业之后，他曾担任过中学教师。张炜和王润滋都是在那块养育他们的土地上长大成人并步入文坛的。他们生于斯长于斯，农民的艰辛和苦痛他们体验了，农民的欢乐和欣喜他们也领略了，他们没有理由也没有必要像郑义和李锐一样，以小小的年纪，闯进一片与自己完全陌生的天地里。

二

有人在分析郑义时曾说道："对中国人来说，无家可归大概是一种最沉重的折磨，我们可以承受种种非人的待遇，却受不了身边没有亲人的孤独。"② 他进而分析出，正是这样孤独中的软弱，形成了郑义"软弱的痛苦"。在此，我并不想去探讨郑义那种"软弱的痛苦"，而只想说明的是孤独对郑义、李锐所具有的意义。孤独，对于每个个体生命来说，并不是他必然的组成部分。从最本来的意义上讲，人类希求的是孤独的对立面：和谐、和睦及其乐融融的生存状态。但是不可避免的是在追求这个总的目标的过程中，又总是伴随了孤独。孤独是违背人性的，但孤独又造就了人的许多宝贵素质，正如合乎人性的孤独的对立面也会制造出平庸一样。

离乡背井对于郑义和李锐意味着什么呢？应该说，他们最初的孤独和大多数人所体验到的滋味是一样的。生活的变迁所产生的那种文明的反差和现实的对比必然给他们的心灵上投上阴影，使他们刚刚步入人生时就带上了冷峻的目光。但太长的孤独又会使他们的心理天平倾斜，而且慢慢习惯了的插队生活和渐渐熟悉了的风土人情也会逐渐稀释他们的孤独。为了寻找支撑点，他们很容易就地取材，选择了他们插队地方的山民们。所以一开始，他们就是生活在两重心境之中。理智上，他们无法容忍落后的、丑恶的甚至近乎残忍的陋习，但感情上又渐渐地与当地的山民们拉近了距离。然而，命运注定了他们不能脱胎换骨成为真正的农民，也注定了他们始终无法以农民的眼光来打量农民的生活。因此他们对农民必然是又爱又恨，哀其不幸，怒其不争。

① 王树村. 底气足，情感真. 文学评论家，1988（6）.

② 王晓明. 不相信的和不愿意相信的——关于三位"寻根派"作家的创作. 文学评论，1988（4）.

　　对于张炜和王润滋来说，他们很可能失去了像李锐和郑义那样在对待农民时的心灵上的辗转反侧、痛苦不安和爱憎的机会。自然，我们并不是由此就说他们没有对农民深切的爱和恨，但他们的观点和思考的角度却绝对不可能和郑义、李锐处于同一地平线上。张炜早期作品呈现出的基调是欢乐的。芦清河清澈而明快，没有忧伤，没有愤懑，这很大程度上可归结到他的生活阅历上。他在园林里住了近二十年，那里"到处是青青的嫩草，芬芳的野花，丰硕的果子"①，而他所看见的也只是在丰收和欢乐之中农民们美的生活。王润滋则公开宣称过自己是站在农民的立场上进行写作的。"在我心灵的标尺上农民是最高的，农民的喜怒哀乐，农民的富裕和贫穷，农民的幸福和苦难，没有比这个更高的了。"② 这说明了什么呢？这意味着他们那种和农民天然的天衣无缝的联系，起码在某种程度上封闭了他们的视野。因而他们要和农民一起爱爱仇仇，农民式的眼光使他们表现出对农民少有的率真、失望和企盼，却又使他们最终满足于农民式的情感、态度和解决问题的方式。

三

　　李锐和郑义，当他们步入青春的年华时，遇到了孤独。从社会意义上讲，他们走进了一个和他们以前所受的熏陶完全不同的世界里，无亲无故使他们经受着社会上的孤独。从心理意义上说，他们必须粉碎他们已经砌起来的心理大厦重新适应和选择生活。《红房子》里写的虽然是童年的生活片断，但这个自传性很强的小说某种程度上就是李锐早年的心灵写照，而插队生活却必须使他们和过去割断。对于他们来说，仿佛得开始一种没有自己心灵历史的生活，靠新的世界来重新书写自己的心灵史。然而，正是这种孤独使他们的心理断乳期提前了。因为社会的风云变幻、家庭的变故（如李锐），再加上必须走进的那个世界……所有这一切，没有理由不使他们早熟。

　　心理断乳意味着一个人的真正成熟。成熟的自我使他们清醒和冷静，但也是成熟使他们感到了生活的悖谬、生存的尴尬和对生命的那种困惑。于是郑义在《远村》中，对杨万牛的爱情悲剧，对那种扭曲

---

　　① 　张炜. 为了那片可爱的绿色. 江城，1984（3）.

　　② 　王润滋. 从《鲁班的子孙》谈起. 山东文学，1984（4）.

了的人性，对那种把丰富的生命简单化的现象，既感到吃惊，又不知如何去解决那个存在了多年的矛盾，只能让叶叶一死草草了事。而李锐也在他《厚土》系列之一的《驮炭》中，描写了那个插队知青北京娃对山民们那种近乎原始、简单的性爱方式所表现出的不满。可是当他对照自己那种被文明梳理过的、始山盟海誓终各走一方的恋爱时，那些山民的简单和原始却又分明比自己那缠绵的过程和悲剧性的结局多了几分粗俗的洒脱。孰是孰非，作者并没有告诉我们答案，只是给我们留下了思考，也给我们留下了他自己的困惑。自然，这些作品都是作者在离开那片土地之后反思那段生活时所得出的困惑，但并不能说他们原来贴近那片生活时就没有这种困惑。

像郑义和李锐的这种成熟既是个人意义上的，又是社会意义上的。中国是个表面上温情脉脉的社会，这种温情散布在文化中、社会中、家庭中和人们的交往中，如果没有大的动荡，那么，不仅家庭而且整个社会也会使人们心理断乳的期限无限地抻长。这里，我们就可以看到张炜、王润滋的欠缺所在了。家庭的变故，过早地训练了王润滋对痛苦的敏感、对农民处境的忧虑和担心，但他并没有因此而走向深刻。当然，他也有自己的困惑，但他的困惑却永远地停留在了金钱与良心这个道德的层次上。《鲁班的子孙》《残桥》和《小说三题》基本上是这一命题下演绎出来的。每每涉及这个问题，作者都把自己的同情倾注在了良心上。王润滋是真诚的，因为他思考了农民最关心的问题，也像农民一样把人性的美好建立在了良心的复归和重铸上。但也正是他的真诚导致了他作品的道德化倾向。因为他过分地相信了自己的感情，而感情是可以异化的，包括审美感情。

从张炜谈到自己的一些文章来看，他的童年和青年时代基本上是幸福的、幸运的。个人的阅历和他的创作宗旨，使他宁愿讴歌农民的善良、淳朴，而他捕捉到的也就只能是农民们生活的美丽瞬间。这些瞬间被文字放大延长并凝固之后，无疑会使人陶醉于他为我们设计的艺术氛围中。我们感到了身心的净化和审美享受之后的赏心悦目，但细细一想，若把作者所描绘的生活放在农民们纵的历史和横的画面中考察，我们不是又会感到它的过分纤细吗？

当然，这里我们说到的是他的早期作品。在张炜的《一潭清水》《拉拉谷》中，我们已看不到纯粹的讴歌，在《秋天的思索》和《秋天的愤怒》里，已有了那种尖锐的对垒和交锋，而到《古船》中，这一切已变得更复杂和更深刻了。但不可否认的是，由于作者对于"黑暗的东西"总是显得有分有寸，因此也就使他的悲剧呈现出一种悲哀的秀美。悲剧固然是悲剧，但悲剧的力量却淡化了。而对立面的双方又往往像是虚幻圣境中演出的一幕幕人间悲喜剧。这种创作倾向在某种程度上必然要归因于作者的生活阅历和创作态度。"我厌恶嘈杂、肮脏、黑暗，就抒写宁静、美好、光明；我仇恨龌龊、阴险、卑劣，就赞颂纯洁、善良、崇高"。[①]他在1982年说的这番话虽然早已被现在的创作实践改变和超越了一些，但不能不说他改变自己的过程是艰难的。

四

郑义和李锐插队的晋中地区和晋西地区是山西数得着的偏远而贫困的角落。穷山恶水不仅使那山民们的肉体紧紧拴在了贫困上，使他们终生受苦而无法奢望有苦尽甘来的机会，而且，他们的精神也被打上了贫困的印记。但是这并不能说他们没有自己的道德和信仰，然而可悲的是，他们的种种准则也都建立在了贫穷的基石上。贫穷以及由贫穷衍化出来的种种生息繁衍方式、礼仪道德形式等等，构成了只属于他们的独特的文化。杨万牛的"拉边套"对于那里的人们来说是见惯不惊的。亮公子们在欣赏完辈曲儿之后会哈哈大笑，却又在这近乎残忍的笑声中得到了某种宣泄和满足。（郑义《老井》）车把式副手的女人被车把式占有之后，副手怒火中烧，然而当他以同样的方式得到了车把式的女人之后，报复的满足和胜利使他找回了失去了的平衡。（李锐《眼石》）他们生活在他们自己所约定俗成的行为准则中，这种行为准则反过来又造就了他们特有的人之为人的素质，他们习惯了这一切在他们看来是合理的东西。

而郑义、李锐却是来自和那些人完全不同的文化群体之中。地域和习俗的差异，文明和愚昧的对垒，给他们带来的是惊异、同情、愤恨和不满。两种文化的碰撞给他们带来了痛苦，但他们对这种痛苦又无能为力。因为，文化移入无法依靠单个人的力量，而散布于全国荒山僻壤的知青所构成的小小文化团体是无法与那个巨大的文化群体相抗衡的，甚至有时还会被那巨大的文化群体同化。当两种文化在本质上无法交融贯一的时候，作为这一文化系统中的个人就无法在感情上

---

① 张炜. 芦清河告诉我. 济南：山东人民出版社，1983：后记.

真正介入另一文化系统中。郑义和李锐正是处在了这种文化的夹缝中。他们在现实生活的绝大多数情况下失去了与农民们共鸣的机会，却迅速地提高了自己辨别美丑曲直的能力，也训练了自己审美（实际是审丑）的目光。李锐的《厚土》系列，往往显得冷峻而苛刻，这很大程度上得力于他作为一个局外人的超然。而正是这种超然，又使他的目光伸向了农民心灵中的最深层，伸到他们的"劣根性、惰性、奴性、兽性和一切肮脏污秽丑恶的沉淀物"[①]上。

正如山西一样，山东这块土地上生长了富庶，也生长了贫穷，隐含了美，也潜藏着丑。这块土地上的人民有着人性被愚弄被践踏的呻吟，也有着愚昧给他们带来的悲歌。但在张炜、王润滋的多数作品（张炜《古船》除外）中，我们见到的却是一个基本上被净化了的世界，丑和恶的东西被过滤掉许多人性中最为杂乱却又最为丰富的含义，而仅仅形成了道德伦理意义上的丑和恶；美和善也被剔除了许多杂质，甚至提炼和升华成了宗教意义上的善和美。当他们发现这一倾向试图改变时，过去的思维定式又总是给作品留下了人工斧凿的痕迹。这种抽掉了多种丰富内涵的二元对立，这种既想表现多元复杂的人性却又总是走进道德牢笼中的困惑，很大程度上不能不归因于他们多年来由文化熏陶出来的道德的眼光上。张炜和王润滋是在这一文化系统中成长起来的。这种文化培养了他们的人格，培育了他们的感情，也训练了他们的思维方式。而最终，他们却又要用笔来讴歌和鞭挞这一文化系统中的人们。他们没有像郑义和李锐一样经历过两种文化碰撞之后的心理阵痛和阵痛之后审美上的超然洒脱，却走向了这一文化系统所培养出来的沉重的道德感。中国农民感受最深的是良心上的折磨和道德上的忧虑，尽管人性的扭曲在他们身上已打上鲜明的印记，但麻木的灵魂并不能使他们看到这最深层的压抑和不幸。他们赞叹德行上的崇高，深恶痛绝德行上的堕落，岂不知这种赞叹和痛恨本身就是建立在人性的不健全之上的。

当然，这并不是说张炜和王润滋的目光就完全等同于这一文化系统中其他人的目光，但是我们应该看到，他们的目光仅仅是这一道德整体上的道德的升华。因而，他们虽然也爱也恨，但爱和恨在这里都打了折扣：爱是恨不得与农民成为一体，以他们的灵魂为自己的灵魂，恨却又因为那过于执着的爱而显得轻淡了。他们的恨仅仅是爱的

---

① 李国文．好一个李锐．小说选刊，1987（2）.

一种演化形式，爱是一往情深的，恨却是不深刻的。

文化的原因甚至造就了作家主体痛苦方式的不同。郑义、李锐的痛苦是跳出那片土地之后冷静清醒地反省而咀嚼出来的；张炜、王润滋的痛苦是由那巨大的苦难的包围所滋生出来的。他们的痛苦是那个群体痛苦的一部分，甚至有时个人选择怎样痛苦的权利都被剥夺了。因此，前者是审美上的痛苦，后者则是道德上的痛苦。

作家成败得失的原因是多方面的。在这里笔者只是想提出一个隐藏在作家创作背后的文化现象问题和由此而带来的作家心理构成问题。我们没有理由责备作家为什么要这样生活而不去那样生活，却能够去分析这样生活和那样生活的所失与所得。

1989 年写于山东师范大学

（原载《文学评论家》1989 年第 2 期，中国人民大学报刊复印资料《中国现代、当代文学研究》1989 年第 4 期转载）

在公共性与文学性之间
——论赵瑜与他的报告文学写作

　　无论从哪方面看，赵瑜在中国当代报告文学的写作实践中都是一个独特的存在。他写作时间长（从 1985 年发表第一篇报告文学《新形象之诞生——马朝亮的高度》至今，赵瑜已让他的报告文学写作延续了 25 个年头。与中断于二十世纪八十年代末的许多报告文学作家相比，这种不屈不挠的写作姿态本身就意味深长，引人深思），作品数量多（据笔者粗略统计，赵瑜笔下可称之为报告文学的作品已有 19 部/篇之多，这还没算他已经写就却未出版的 70 多万字巨著《牺牲者——太行文革之战》），社会影响大（几乎每部作品问世，都会形成一种"爆炸"效果，成为专业读者思考、评论、争议的对象，成为普通读者茶余饭后谈论的话题。像《中国的要害》《强国梦》《兵败汉城》《马家军调查》《寻找巴金的黛莉》等作品，更是如此）。与此同时，赵瑜的报告文学也越写越精致，业已形成了报告文学才有的艺术魅力。比如，重读他那部近 40 万字的《马家军调查》，我依然能被作品紧紧抓住，仿佛初读般新鲜。而远离了当年纷争的语境之后平心静气地面对这部作品，那些思考与写法依然能够称得起大气磅礴，韵味十足，从而显示出赵瑜写作的成熟气象。这也意味着《马家军调查》并非速朽之作，它穿越了 12 年的时光隧道向我们走来，风采依然不减当年。

　　所有这些，都构成了我关注与解读赵瑜及其报告文学写作的重要理由。我感兴趣的问题是：究竟是什么东西构成了赵瑜报告文学与众不同的特点？把赵瑜的报告文学置于新时期以来 30 多年的"文学场"中，我们究竟该如何为它定位？赵瑜报告文学的根在哪里？为什么赵瑜的写作能够长盛不衰？而凡此种种，我们大都可以在公共性与文学性的关系框架中寻找到某种答案。

体制批判：文学公共性的彰显

曾经担任过《山西文学》主编的张石山说过："赵瑜文学起步，始于散文创作；发表作品，始于《山西文学》。"① 这里说的是赵瑜在1985 年发表的《我的日本兄弟》。此说虽然不尽准确（赵瑜最早的散文作品发表于 1978 年，在《山西文学》之前，发表作品较重要的刊物还有《时代的报告》），但关系不大。因为赵瑜尽管有结集成册的《赵瑜散文》（中国青年出版社 2006 年版）行世，但他并不以散文成名。让他有了名气的是他的报告文学。而在报告文学领域，赵瑜应该成名于《中国的要害》（1986），名声大震于《强国梦》（1988）和《兵败汉城》（1988）。也就是说在八十年代，赵瑜已凭借自己的实力登上了中国报告文学写作的历史舞台。

我之所以旧事重提，是想把赵瑜的写作还原到八十年代的历史语境之中。按照我的理解，整个八十年代是文学公共性彰显的年代；经过作家与学者的共同努力，八十年代业已形成了哈贝马斯（Jürgen Habermas）所谓的"文学公共领域"。而所谓的文学公共性，是指"文学活动的成果进入到公共领域所形成的公共话题（舆论）。此种话题具有介入性、干预性、批判性和明显的政治诉求，并能引发公众的广泛共鸣和参与意识"②。

从文学公共性的角度加以思考，我们不得不说这一时期的报告文学在文学公共性的建构中扮演着重要角色。新时期报告文学从《人妖之间》开始，就形成了一种介入社会、批判现实、揭露问题、警示世人的传统，而这一传统又通过《洪荒启示录》《解放》《西部在移民》《唐山大地震》《丐帮漂流记》《倾斜的足球场》《"乌托邦"祭》等作品发扬光大。与此同时，报告文学作家一方面开始关注更加具体的现实问题，形成了所谓的"问题报告文学"；另一方面，此类作品也把思考的力度从政治、社会层面推进到了文化层面，试图揭示问题形成

---

① 张石山．穿越——文坛行走三十年．台北：秀威资讯科技股份有限公司，2009：231.

② 赵勇．文学活动的转型与文学公共性的消失——中国当代文学公共领域的反思．文艺研究，2009（1）.

的深层原因。有人在概括这一时期的问题报告文学时指出："之所以将其作为一种文学现象加以命名，是因为到了八十年代中后期，这一类作品被集中地批量地推出了。这一类作品反映的问题涉及社会生活的各个方面，有交通问题（《中国的要害》）、独生子女问题（《中国的'小皇帝'》）、婚姻问题（《阴阳大裂变》）、教育问题（《神圣忧思录》）、人才外流问题（《世界大串连》）、高考问题（《黑色的七月》）、体育问题（《强国梦》）、环境问题（《北京失去平衡》）等。……这一类作品以一种规模化的强势，警示我们民族应该怀具一种忧患意识、危机意识。"① 而在我看来，问题报告文学之所以能呈"井喷"之势，集体出击，一方面说明了八十年代中国积累的问题之多，另一方面也意味着八十年代理想主义、启蒙主义的总体氛围造就了一批敢于直面问题、揭示问题、暴露问题、反思问题的优秀报告文学作家。像徐迟、刘宾雁、苏晓康、柯岩、理由、黄宗英、陈祖芬、贾鲁生、李玲修、孟晓云、乔迈、李延目、钱钢、袁厚春、麦天枢、刘亚洲、胡平、张胜友等等，他们既有敏锐的问题意识，又有提出问题的胆略和勇气。而他们提出的问题最终又进入受众层面，影响到决策层面，成为改造社会、启迪民智、批判国民劣根性、提升民族素质的重要手段。从这个意义上说，报告文学与这一时期的诗歌、小说等等一道，拓宽了文学公共性的空间。而由于报告文学与其他文学种类相比具有更直接的介入性、干预性、参与性和批判性，它也就更容易成为"文学公共领域"和"政治公共领域"的纽带与桥梁。

　　这就不得不涉及报告文学作家的角色扮演问题。从宽泛的意义上说，报告文学写作者也是作家，但作为作家，他们与写诗、写小说、写散文的作家其实是很不一样的。比如，小说家固然也在面向社会现实发言，但他们往往是通过虚构的形式，通过迂回曲折的方式，通过自己营造的文学世界和塑造的艺术形象来传达他们对现实人生的看法的。而报告文学作家却必须把自己的所思所想附丽于现实问题之上，直陈其事，直抒胸臆。他们的言说不大可能借助于什么艺术伪装，也失去了种种艺术手段的保护。在此意义上，他们的言说与其说是一种作家的行为，不如说是一种知识分子行为。这也就是说，与其他作家

① 丁晓原．文化生态视镜中的中国报告文学．上海：复旦大学出版社，2008：139．

相比，报告文学作家更容易行使知识分子的角色扮演；与其他写作相比，报告文学写作也更能够成为一种知识分子写作。①

这样一种角色扮演与写作方式自然是由八十年代特殊的历史文化语境所决定的。我曾指出，八十年代至今，中国知识界经历了一个从知识分子到知道分子的文化转型。因为在八十年代，知识界的种种活动都带有浓郁的知识分子文化特征，也非常接近于西方人对知识分子的经典定义，这就是："知识分子具有怀疑意识、介入意识和批判意识，而追求正义、守护理念、批判社会和谴责权势则是他们的日常工作。除此之外，知识分子的话语和行动还必须具有公共性，这是区分知识分子与一般意义上的专家、学者、作家的重要标志。简言之，当左拉（Émile Zola）只是埋头于自己的小说创作或萨特只是致力于自己的哲学研究时，他们只能算作单纯的作家或哲学家，而一旦左拉写出了《我控诉》并介入德雷福斯事件中，萨特一旦在许多重大的社会问题上发言、签名、请愿（比如公开支持阿尔及利亚抵抗运动），他们就变成了知识分子。"② 对于八十年代从事报告文学写作的作家来说，他们已省略了"变成"知识分子的过程。因为八十年代的总体文化氛围既让知识界人士不同程度地具有一种知识分子的责任感、使命感和担当意识，而报告文学的文体形式又对写作者提出了一种要求：只有当他"是"知识分子时，他才能写出真正意义上的报告文学。在此意义上，报告文学文体所形成的绝对律令与知识分子的天然使命异质同构，深刻遇合，二者结成的神圣同盟造就了八十年代报告文学的辉煌。

赵瑜便是在这样一种历史背景下开始他的报告文学写作的。而他一出手，就进入了问题报告文学的写作阵营；他的报告文学也成为文学/政治公共性建设的一个重要组成部分。《中国的要害》面世后，当时致力于报告文学研究的谢泳敏锐地捕捉到了这一作品所渗透着的"参与意识"，并认为它的出现具有双重意义："一是它对报告文学从

① 丁晓原教授对"报告文学作为知识分子的写作方式"之命题多有论述，他指出："以现实报告为基本特征、以社会批判为重要价值取向的报告文学与以人类基本价值守护为使命，以人文关怀和启蒙性、批判性为基本职志的知识分子之间，具有相互契合的内在逻辑。知识分子自我实现的方式有很多，但毋庸置疑，报告文学是其中的一种重要方式。"（丁晓原. 文化生态视镜中的中国报告文学. 上海：复旦大学出版社，2008：25 - 26.）笔者认同这一观点。

② 赵勇. 大众媒介与文化变迁——中国当代媒介文化的散点透视. 北京：北京大学出版社，2010：43.

高层次宏观展示社会生活有一定的启示性；二是这篇报告文学的出现，正代表了新时期文学第一个十年接近尾声时报告文学发展的一个基本趋向。这一趋向具体说就是从宏观上驾驭生活素材，直接将作者对社会问题的思考渗透到报告文学中，既写事件中人物的情感、性格，更偏重于对所描写的事件进行高层的评价。其独特的优势就在于能从纯经济、纯技术的圈子里跳出来，面对现实，反观历史，对事件进行多角度、多层面的剖析，使报告文学超越了它的新闻价值和文学价值，为决策者制定今后的方针、政策提供了一个值得重视的侧面，也为决策者制定某些方针、政策提供参考。"① 今天看来，这一判断依然是切中肯綮的。因为此作品既在当时引起了交通主管部门的高度重视（晋城市交通局从编辑部一次提走 500 份，并以正式通知形式，向本系统上下级做了广泛推荐；山西省公路局晋东南分局也从编辑部先后提取 1400 余册，发至所属部门②），也应该对后来山西乃至全国公路系统的飞速发展起到了某种促进作用。据报道，截至 2010 年 4 月，"山西省在建高速公路达 27 条，在建里程达 2086 公里，项目总投资1267 亿元。按照规划，今年年内再开工 1000 公里，使全省在建高速公路达到 3000 公里；建成 1000 公里，使全省高速公路通车里程达到3000 公里。到 2013 年，全省高速公路里程将达到 5000 公里，基本建成'三纵十一横十一环'高速公路规划网"③。山西公路的这种发展势头，很可能与《中国的要害》存在着某种隐秘的逻辑关系。

由此也可以看出赵瑜的报告文学在文学/政治公共性建设中的主要特点。如果说在八十年代报告文学的格局中，其中的一脉更注重批判性、更疾言厉色因而也更偏激一些，那么，赵瑜则采用了一种相对平和的写作姿态和相对温和的话语策略：他既提出了问题并在问题之中融入了自己的批判性思考，同时又抱着一种理性建设的心态，试图通过自己的写作与决策层对话沟通，从而促进问题的有效解决。于是，赵瑜既成了民意的"代言者"，同时又成了面向决策层的"进言者"。在这个意义上，我们可以把谢泳所谓的"参与意识"具体理解为"参政议政意识"。由于众所周知的原因，中国知识界群体参政议政的渠道并不通畅。而八十年代的文化氛围又催生了他们参政议政的

---

① 谢泳. 报告文学及其态势评价. 文学自由谈，1987 (3).

② 《中国的要害》反响综述. 热流，1986 (7).

③ 石中生，石忠明. 山西高速公路今年将达 3000 公里. (2010 - 04 - 07). http：//www. zgjtb. com/content/2010 - 04/07/content _ 158514. htm.

冲动，于是报告文学这种形式便成为作家与政治家对话、作家向政府主管部门进言的重要手段。在这种局面中，赵瑜应该算是最早也最理性的温和的实践者。

这种意识与冲动也延续在他的"体育报告文学三部曲"中。尽管赵瑜在"三部曲"之后又写有《革命百里洲》《晋人援蜀记》和《寻找巴金的黛莉》等作品，却都不及"三部曲"轰动一时，影响深远。"三部曲"中的前两部《强国梦》与《兵败汉城》同时发表于1988年，这一年既是学界所谓的"报告文学年"，同时也是八十年代报告文学走到最后辉煌的年头，而赵瑜的重拳出击则为这辉煌涂上了绚丽的一笔。整整十年之后，赵瑜又推出了《马家军调查》，但他显然也延续了前两部的问题意识：对体制的批判与反思。在《强国梦》中赵瑜说："今天体育方面的种种弊端，不是哪一些人的责任。关键在于体制。"① 而在《马家军调查》的结尾部分，赵瑜又发出了如下感慨："就在一九九八年的春天里，种种关于机构改革的传说得到验证。……这一次，中国的政治体制改革至少在表面上有了重要内容，有了干货。真不容易啊，皇城一片震荡。"② 这种表白让我们意识到，揭示计划经济体制带来的种种问题，关注政治体制改革，应该是"三部曲"中的一个重要声部。同时，通过体育界呈现的问题引起全社会的重视并向高层进言，进而促进体制的转型或改革，也该是赵瑜的良苦用心和政治诉求。大概正是在这一意义上，长期从事报告文学评论且一直关注赵瑜的李炳银先生才把"三部曲"直接归纳为"对中国现实体育的谏言"③。

尽管"三部曲"具有相同的问题意识，但我依然想指出前两部与后一部在文学/政治公共性建构上的主要区别。《强国梦》与《兵败汉城》诞生于1988年，自然也就不可避免地带上了八十年代"宏大叙事"的诸多特征。比如，它们都从问题出发，不设计主要人物，不描摹核心事件，这样，作品自然也就不可能有多少故事情节。既然如此，为什么它们又会产生震撼人心的社会效果呢？应该是那种立论的气势、古今中外的征引和启人深思的论述，它们构成了作品的出彩之处，也形成了作品的艺术骨架。兹举两例，以供欣赏：

---

① 赵瑜. 中国体育三部曲. 杭州：浙江文艺出版社，2008：64.
② 赵瑜. 中国体育三部曲. 杭州：浙江文艺出版社，2008：481.
③ 李炳银. 对中国现实体育的谏言 // 赵瑜. 中国体育三部曲. 杭州：浙江文艺出版社，2008：跋.

　　体育在中国一开始就变了形。是的，鸦片战争之后，屈辱的民族心理，低落的民族情绪，赢弱的民族体质，以至丑陋的民族外观——小脚女人、长辫阿 Q、遗老遗少等等，在长达一个世纪的岁月中，像浓重的阴云笼罩着世界上最大的人群。正是这些，整个民族在对外活动中期待着任何一种形式的胜利，不能容忍中国运动员的任何一次失败。越是屈辱的便越是脆弱的。中国运动员这一职业从诞生那天起，就肩负着同胞们无法用语言表述的深切的期望。于是，现代竞技运动在这样极其强烈的民族色彩的背景下，一开始就谱写着充满民族气节令人荡气回肠的"正气歌"。体坛上的胜利，极大地震撼着亿万国民的心灵。这一切，不可能不给中国体育事业在以后的近一个世纪的发展进程中留下深刻的烙印。换句话说，我们对待体育运动的态度在很大程度上是一种民族忧患意识的转移，受压抑的民族心理得到宣泄得到安慰的最便当的形式，莫过于在直接的公开的相对平等的体育大赛中取得胜利了。①

　　自从女排三连冠之后，女排就不再是一支排球队，而变成了全国人民学习的英模。奥林匹克"摒弃一切政治因素"的精神被她们超越了，"女排精神"挂在嘴上成了一句"鼓舞亿万人民进行四化建设"的政治口号。因此女排成了政治工具。这些天真无邪的姑娘几乎在一夜之间，便成了中国大地上最圣洁的天使，成了祖国的骄傲、民族兴旺的标志。②

　　这样的议论在《强国梦》与《兵败汉城》中俯拾皆是，它们构成了赵瑜报告文学雄辩滔滔的气势和不容置疑的逻辑力量。同一时期的报告文学作家苏晓康敏锐地捕捉到了赵瑜报告文学的这一特点，并指出："他的作品逻辑力量很强，逻辑大于感情。他的作品得出的结论人们无法不接受，也无法推翻。"③ 由于这种报告文学靠议论取胜，以逻辑见长，我们甚至可以把它称作一种"政论式的报告文学"。

　　这种文风当然是八十年代的产物。陈平原在谈到八十年代的文风和学风时指出："八十年代的学人，因急于影响社会进程，多少养成了'借经术文饰其政论'的习惯。……换句话说，表面上在讨论学术

---

①　赵瑜. 中国体育三部曲. 杭州：浙江文艺出版社，2008：3.

②　赵瑜. 中国体育三部曲. 杭州：浙江文艺出版社，2008：71.

③　洪清波. 文学的双峰跨越——报告文学《强国梦》讨论会纪要. 当代，1988（5）.

问题，其实是在做政论，真正的意图在当代中国政治。这一方面体现了我们的现实关怀，但另一方面，也会导致专业研究中习惯性的曲解和挪用。有好多人，八十年代出名的人，一辈子也改不了这个毛病。在专业研究中，过多地掺杂了自家的政治立场和社会关怀，对研究对象缺乏必要的体贴、理解与同情，无论谈什么，都像在发宣言、做政论，这不好。"① 如果我们把陈平原论述的学人与学术置换成文人和报告文学，大体上也应该是成立的。比如赵瑜，他表面上做的是报告文学，但实际上做的却是政论文章。如此写作的好处是高屋建瓴，气魄宏大，振聋发聩，直指人心，它在理性层面能迅速作用于人的公共意识，从而拓宽言说与思考的公共空间。但其弊端也显而易见，由于理性高于情感，思想大于形象，因而它们能对人形成某种震惊效果却很难在艺术感染力的层面让人折服。同时，由于作品呈现出了强大的公共性，因而势必会对本来就不多的文学性构成某种挤压，结果，文学性便显得越发稀薄微弱。简言之，在"体育报告文学三部曲"的前两部中，公共性与文学性是不成比例的。直到第三部《马家军调查》问世之后，这一问题才得到了妥善解决。

在以上的梳理与分析中，我一直想把赵瑜及其报告文学还原到八十年代的历史语境中，确认其写作的价值。现在看来，赵瑜像当时的许多报告文学作家一样，是带着知识分子的精英意识形态进入问题报告文学之中的。而由于赵瑜把交通问题、体育问题做成了报告文学，由于这些问题又是关乎国计民生、民族精神的大问题，所以，赵瑜的报告文学便能在同类的报告文学中独树一帜，具有更大的轰动效应，从而也成了文学/政治公共性建设中的一支特殊力量。然而，作为时代的产物，赵瑜的报告文学也带着这一时代文学写作的通病，这就是公共性有余文学性不足。陈思和曾把这一时期的文学命名为"广场上的文学"，并指出："孤军作战的传统现实主义文学的最后辉煌是 1988 年前后的纪实文学，但既称'文学'，又忌言虚构，用公开的新闻效应来取代文学艺术的力量，这就有点像中国古代的现实主义讽刺小说走向晚清的谴责小说一样，实在是表明了一种英雄气短。"② 显然，此论断也从另一个角度触及了文学的公共性过度膨胀和文学性萎缩的问题。而当政论式的愤怒、谴责、批判、呼吁依然无济于事时，就只有

---

① 查建英. 八十年代：访谈录. 北京：三联书店，2006：138–139.
② 陈思和. 鸡鸣风雨. 上海：学林出版社，1994：70.

付诸行动一条路了。于是"广场上的文学"终于变成"广场上的演讲","书斋里的革命"也最终演变成"大街上的行动"。众所周知，行动的结果带来的几乎是全军覆没。就这样，赵瑜连同那支优秀的报告文学队伍，由八十年代末的辉煌走向了九十年代的暗淡之中。

文体创新：公共性与文学性的平衡

按照笔者的判断，从二十世纪九十年代开始，一方面是知识分子退守书斋困守学院，一方面是"知道分子"风生水起如火如荼。这意味着秉承八十年代流风遗韵、作为知识分子写作的报告文学生产将难以为继。而根据报告文学界的研究成果，九十年代以来报告文学的发表数量虽依然可观，但好作品不多，问题却不少。其中最主要的问题是躲避现实前沿、对历史题材的过度开采、作家主体意识的淡化。而"报告文学的退化甚至异化，本质上导源于知识分子本身的退化或异化。他们人文精神的流失，或出于历史的无奈，或出于自我自觉或不自觉的放逐……必然会抽空报告文学的文体精神"①。这一论述显然挑明了报告文学由变异而走向衰落的深层原因。

在这一背景下，赵瑜也进入了他的调整期。据《赵瑜文学活动简记》记载，1990 年，赵瑜的一个"壮举"是组建"山西青年自行车远征团"，行程 5000 公里，然后留下了一篇报告文学：《我们寻找什么》。除此之外，这一年他还完成了六集电视文献艺术片《赵树理》。1991 年，他写出了两篇影响不算太大的报告文学：《钢铁是怎样炼成的》和《第二国策》。1992—1994 年，他出任山西电视台大型纪录片《内陆九三》总编导、总撰稿和主持人，前后历时两年半。② 直到1995 年赴辽宁采访该省女子中长跑队并写出《马家军调查》，赵瑜似乎才走出了他的调整期，让他的报告文学写作上升到了一个崭新的高度。

在这一调整期，赵瑜关于报告文学一定有了许多新的想法，而根据我所掌握的资料，这些想法往往能在报告文学的"文学性"方面聚焦。往前追溯，其实早在八十年代赵瑜刚刚出道的时候他就开始关注

---

① 丁晓原. 文化生态视镜中的中国报告文学. 上海：复旦大学出版社，2008：164 - 170，34.

② 柴然. 赵瑜文学活动简记//谢泳，等. 赵瑜研究资料（内部资料）. 山西文学院，2006：887 - 888.

文学性了，只不过那时候他的想法很可能还不甚清晰，而落实到实践中也存在着不小的困难。比如，1986 年，赵瑜曾给评论家李国涛写信，信中说："我的创作准备以及不多的实践，都没有在语言上下大功夫，花大力气！致使自己的文学作品不能征服更多的读者，继而又派生了青春短暂的急躁……几年下来，手忙脚乱，偏偏荒了语言。"① 赵瑜之所以会给李国涛写信，是因为他看到了后者的文章：《文学不必退让》。在这篇文章中，李国涛反复论述的一个观点是"文学的优势在于语言"，面对电影电视的蚕食鲸吞，文学没必要退让自己的领地，因为再好的电视片也无法传达文学语言所描绘出来的神韵。② 这一观点显然给当时也在从事影视剧本写作的赵瑜带来了极大的震动，以至于让他有了反思自己的机会。

如果依照严格的文学理论眼光来思考"文学性"（Literariness），从文学语言入手显然是其正道。因为自从雅各布森（Roman Jakobson）发明了这一概念之后，俄国形式主义理论家往往是在文学语言的层面上展开他对文学性的相关思考的。这也意味着，虽然 1986 年的赵瑜和李国涛都不一定知道俄国形式主义论述的文学性意味着什么，但他们已凭自己的审美感悟触及了文学性的理论机密。当然话说回来，具体到报告文学，其文学性问题也并非如此简单，这意味着打磨语言进而提升语言的文学品位虽然思路正确，却还不能解决报告文学文学性不高的全部问题。这样，除了语言还需要让报告文学具备什么样的文体特征，便成了赵瑜后来重点琢磨的对象。于是我们看到，在 1988 年的"报告文学创作研讨会"上，赵瑜虽然明确强调了文学性对于报告文学的重要性，也意识到了"当前的报告文学作品文学性较差"③，但究竟如何让文学性变得多起来，他似乎还没有更好的办法。1991 年，在回顾新时期报告文学的创作情况时，赵瑜意识到了问题所在："由于理性色彩过重乃至后来干脆演变成一种赶时髦——从而影响了作品中反映生活原色的客观性。"而"如何在创作中解决好理性精神与生活真实之间的关系，我以为对将来的中国报告文学的深化和发展是个关键。"④ 这意味着赵瑜对八十年代包括自己的作品在内的报告文学作品已有了一个清醒的反思。而处理好主观理性精神与客

① 李国涛. 答赵瑜——谈文学语言. 热流, 1987（2）.

② 李国涛. 文学不必退让. 文学自由谈, 1986（4）.

③ 石松峰, 等. 报告文学家谈报告文学. 热流, 1988（9）.

④ 赵瑜.《赵瑜报告文学选》自序//赵瑜散文. 北京：中国青年出版社, 2006：203.

观生活真实之间的关系，也应该是打造报告文学文学性的组成部分。此后，如何革除报告文学的积弊，如何对报告文学进行文体创新，也就成了赵瑜经常性的思考内容。到 1998 年《马家军调查》面世的时候，赵瑜关于报告文学文体创新的思路已经清晰，他说："报告文学的前途，是往宽里走，往深里挖。在遵守真实性原则的严酷前提下，认真地向小说和其他艺术取经求宝，以拿来主义，以杂交优势，以优势互补，赋予报告文学新的血液，新的面貌。""我一直想把报告文学这匹马驹，赶向小说的骏马群中。我羡慕小说家叙事中那灵动的神思，那活力四射的语言，惟如此，报告文学始可驰骋疆场。"① 这意味着经过《马家军调查》的写作实践之后，赵瑜已明确了文体创新的方向。而到了2001 年，赵瑜已能够在如下层面去总结报告文学的文学性了：

> 报告文学的现实特点恰恰使作者最容易忽略了它的文学性。如果想让自己的作品有长远的价值，始终引起人们的阅读与欣赏兴趣，有几点务必注意：一、语言的文学化、个性化；二、结构的艺术化、有机性；三、主体与轴心，应以人为本。同一题材不同的作者介入，完全有不同的可能性与多样性；你以一个作家的身份介入，你用的是文学眼光，抱着的是终极关怀的态度，你要比一般的作者思考的深得多，比如说性的因素，比如说人道主义思想，比如说人的心灵情感与爱恨情仇……包括形成作家自身的风格。一句话，好的纪实作品，更需要作家去进行文学创造。如果要讲新闻性，你肯定赶不上报纸、电视，更赶不上网络信息。②

我之所以梳理出赵瑜对报告文学文学性的思考过程和认识过程，是想说明如下问题。从八十年代报告文学界的情况看，赵瑜对文学性的认识显然处在一个先知先觉的位置，但他当时依然写出了公共性大于文学性的作品，又该如何解释这一现象呢？在我看来，一方面是他对文学性的把握和理解还不够充分；另一方面，由于功力不到，因而即便他在文学性的某些方面（比如语言）已有所警醒，他也依然会在写作中力不从心。同时，那个时代的文风也不可能不对赵瑜构成潜移默化的影响。于是，他虽然心里想着文学性，但在实际操作中却很可能不自觉地滑向公共性的一极，从而很难在报告文学的公共性与文学性之间找到一种平衡。九十年代之后，整个知识界进入一个"思想家

---

① 赵瑜 . 风雨同舟 // 赵瑜散文 . 北京：中国青年出版社，2006：214，215.

② 柴然 . 赵瑜访问 . 山西青年，2001 (5).

淡出，学问家凸显"的时代。学者不问政治，埋头学问，他们的著作文章出现了一种学术性大于思想性的倾向。整个文学界则开始"向内转"，"写什么"让位于"怎么写"，启蒙的文学开始退隐，私人写作渐成时尚。同时，当作家无法在公共性的层面有更大作为时，转而在文学性的层面上精雕细刻便成为必然之举。如何评论知识界与文学界的这种集体转型不是本文的目的，我只是想指出，九十年代开始的这种时代风尚既让赵瑜有了一个收心内视的机会，也让他拥有了沉潜发力的时间。而一旦他瞄准文学性上的努力方向，他便既能对以往的写作进行纠偏，也能让公共性与文学性在自己的报告文学中达到一种有机的统一。因为赵瑜毕竟是从八十年代走过来的，他知道那个年代报告文学的精神遗产是什么；同时，报告文学又毕竟不是小说、散文，一旦一个作家理解了什么是真正的报告文学，他是断然不可能把报告文学做成私人写作的，因为公共性本来就是报告文学的题中应有之义。

正是因为有了这样一种调整和反思，从《马家军调查》开始，赵瑜已在追求公共性与文学性的最佳结合点。笔者以为，在九十年代以来的报告文学写作中，赵瑜这两者结合得最好的作品是《马家军调查》（1998）和《寻找巴金的黛莉》（2009）。下面我将对这两部作品的文学性略作分析。

《马家军调查》问世之后之所以能够出现洛阳纸贵、争相评说的局面，固然与"马家军"造就的体育神话和引发的种种公共事件有关，但更重要的是赵瑜调动了多种文学手法，把报告文学的文学性推向了一个高度，让人真正体会到了只有报告文学才有的艺术魅力——这就是"事"（真实可信）、"情"（让人五味杂陈）与"理"（启人深思）的有机结合。它既在"事"的层面从容展开，不急不躁，也在"情"的层面张弛有度，不温不火，同时还在"理"的层面娓娓道来又见好就收，不蔓不枝。它的叙述干净流畅，语言朴实自然，描写生动传神，结构也颇为讲究（全书以黄帝陵功德坛的"天鼎""地鼎"和"人鼎"设计全书，既有结构功能又有象征意味）。《马家军调查》写得如此出彩，甚至连文笔老辣同时也一向挑剔的宋谋玚先生也忍不住叫好。他说："这一期《中国作家》在晋东南师专（笔者注：这既是宋先生的工作单位也是赵瑜的母校）引起了轰动。我也很喜欢这部作品，我认为，这是近年来写得最好的长篇报告文学。赵瑜把马俊仁、王军霞、曲云霞、刘东等人都写活了，着墨不多的阎福君等人也写得很好。语言十分流畅，真有苏东坡所赞许的行云流水之概。也就是孔夫子所说的'辞达而已矣'。这是语言艺术的最高境界，比新潮派那种做作的语言有吸引力得多！"[1]

　　既然《马家军调查》文学性如此之高，那么它最突出的特点又体现在哪里呢？在我看来是人物形象的塑造与刻画。如前所述，在写作《强国梦》与《兵败汉城》时，赵瑜关注的重心是"问题"，支撑作品的主要元素是"宏论"。虽然那里面也写到了人物，但那种结构与文风已不可能给赵瑜留下多少塑造人物的空间。于是，那些人物也就成了作者招之即来、挥之即去的过场人物，成了为他的政论体文章提供证据的"注释性人物"。这种报告文学读过之后，读者脑中会留有气势、论述和名言警句，却唯独不可能留下鲜活的人物。《马家军调查》解决了这一问题。虽然表面上看，这部作品也是从"是谁重创了马家军"的问题出发的，但问题最终包裹在了事件的叙述与展开中，渗透在人物的描摹与刻画里。被媒体称为"民族英雄"的马俊仁，长跑冠军王军霞、曲云霞、刘东等，体育官员阎福君，与马俊仁合作开发"生命核能"的商人何伯权，为女儿担惊受怕的王军霞父母和曲云霞父母……这些人物一个个走向了作者叙述的笔端，又在马家军的故事中穿梭往来，他们在赵瑜的指挥调动下，共同演出了一部角色齐全的马家军大戏，也共同把赵瑜提出的那个问题演绎得更加丰富和复杂了——作者不再扮演高高在上的问题回答者和阐释者，而是让人物的言行把问题展开并让一些问题的答案潜藏于人物的言行之中，这种做法显示了赵瑜的成熟与高明。

　　赵瑜在通过人物呈现问题的同时，也刻画出一批活灵活现的人物形象，其中又以马俊仁刻画得最为成功。现在看来，马俊仁这个现实生活中的人物之所以能成为文学人物，一方面得益于作者挖掘出来的事实：打骂队员时的残酷、与商人谈判时的精明、养猪喂猪训练猪的手段、拜梅花鹿大仙的虔诚、撕乳罩的野蛮等等，这些事实本身就富有某种传奇色彩；另一方面，赵瑜也动用了细节描写、语言描写等多种文学手段，最终让马俊仁活脱脱地站在了读者面前，如闻其声，如见其人。比如，关于马俊仁撕队员们乳罩的那场戏，赵瑜是如此叙述与描写的：

　　　　这是个阴云密布的早晨，越是担心的事情就越要发生。老马

---

① 宋谋玚来信//谢泳，等.赵瑜研究资料（内部资料）.山西文学院，2006：209.

果然发现她们胸部的异常。现在的乳罩大部分都垫点海绵，队员们用上之后显然胸部有些高耸。好啊！戴上这些累赘玩意儿还能训练好吗！在老马一顿疾风暴雨式的嘶吼声中，姑娘们遵命在大操场上列队站成一排，老马认为她们严重背离了队伍的一贯作风，并且这种步调一致的团伙作案又分明是向教练权威的抗议和挑战，这是决不允许的！老马站在队前破口大骂：你们这帮小贱×！又想什么啦！你们想野汉子啦？学会臭美啦？非得找几个大老爷们操你们不可啊？我越来越管不住你们啦是不是！他越骂越气，终于怒不可遏。这时操场上的人也越聚越多，但见愤怒的老马径直冲上前去，不管三七二十一，冲到第一名队员背后，骂一句：叫你们臭美！呸！伸手从运动衫的后领口猛然掏入，揪住乳罩硬撕下来，狠狠地抛在足球场上，队员们不敢反抗，眼泪在眼眶里打转，随之而来是压抑的抽泣却又不敢哭出声来，任凭老马连骂带揪，揪出一个抛掉一个，又扑向下一个。轮到刘东的时候，刘东强压怒火毫不客气地对老马说：不许动！我自己摘！老马大吼：那你就自己摘！转身疾扑王军霞而来，王军霞既不同于忍辱吞屈任凭揪抓的其他队员，又不同于个性冷峻敢于捍卫女性尊严的刘东，她的特色是撒丫子掉头就跑。老马更加愤怒，紧扑两步没扑着，弯腰抓起地上的一块大砖头就砸了过去，王军霞跑得快，算是没砸着。老马又砸又骂，气喘吁吁，他不可能追上这位全世界最善奔跑的女性……此时的操场上东一个西一个，到处扔着姑娘们的乳罩，那情景惨不忍睹让人过目不忘。[①]

撕乳罩事件是赵瑜听老队员讲述的，他并非这一事件的亲历者。然而当他重新叙述时却让这一事件有了一种现场感。在赵瑜的笔下，众队员的屈辱与敢怒不敢言，刘东的刚烈与凛然不可侵犯，王军霞的机警乃至急中生智而形成的几分顽皮，跃然纸上。当然更重要的是赵瑜通过这段细节、动作与语言描写，勾勒出了马俊仁火爆的脾气、愤怒之后失去理智的表现和封建家长制的管理作风。类似的叙述和描写在这部作品中还有许多，它们前呼后应，蜂拥而至，共同完成了对马俊仁的塑造。

这样的文字之所以生动形象，一方面是动用了小说的运思和笔法，一方面又最大限度地经过了文学语言的摹写。因为同样是这件事

---

① 赵瑜. 中国体育三部曲. 杭州：浙江文艺出版社，2008：345－346.

情，马俊仁后来也有过如下叙述："那一次她们因为偷偷派人去买乳罩，一下子买回那么多，型号当然不对。站队的时候我可没看出来。作为教练我只注意队员的腿和臂，我没时间也没工夫盯着人家的胸。跑起来了，有个小个子队员的乳罩带子紧着往下出溜，一边跑她还一边用手往上拽，那臂怎么还能摆起来。我一看就火了，这才注意到所有的人的胸前都鼓鼓囊囊的。我当时真是气昏了头，立刻让站队集合，没问三七二十一就开始从她们身上往下揪。刘东确实是自己解的。数王军霞最鬼，我还没到她跟前她就跑了，她跑得快，我没追上。"① 在赵瑜的笔下，马俊仁可称得上一位演讲大师，这件事情经过他的口述之后也果然有趣。但马俊仁毕竟不是赵瑜，他不光不会动用赵瑜的全知叙述视角，更没有经过赵瑜的文学语言加工，自然也就缺少了文学的诸多韵味。它的出现只是表明，赵瑜所写一方面并非杜撰虚构，另一方面又反衬出了赵瑜的文学再造能力。马家军队员张林丽反复读过《马家军调查》后给赵瑜写信："我简直不敢相信，您居然写得那么真实。""尤其是写搬到大连以后的生活和出走前的那个晚上同马指导的对白，简直就像您和我们一同经历了一样。"② 在我看来，这部作品无论是被当事人肯定还是否定（比如马俊仁就很愤怒），其实都是对这部作品的最高奖赏，因为他们其实是以不同的接受心理感受到了来自文学力量的巨大冲击，而普通的新闻报道显然无法产生这种效果。

如果说《马家军调查》的文学性主要体现在人物的塑造与刻画上，那么《寻找巴金的黛莉》（以下简称《寻找黛莉》，这也是它最初发表时的题目）则是通过精心结构故事，巧妙谋篇布局体现出它的文学性的。《寻找黛莉》有两条故事线，一条是巴金与黛莉交往的故事，这个故事早已被历史尘封，只有巴金写给黛莉的七封书信留存于世，它正需要作者去挖掘、充实和叙述。另一条是赵瑜本人"寻找黛莉"的故事，这个故事就发生在最近几年。由于寻找的艰难曲折，这个故事又派生出许多个小故事。于是，历史故事的打捞与现实故事的推进相互交叉，大故事与小故事又彼此嵌入。这种故事套故事，悬念跟悬念，时而山重水复，时而柳暗花明的写法颇似侦探小说，让人捧读在

---

① 李炳银 . 在成功与遭受重创的背后——评赵瑜长篇报告文学《马家军调查》// 谢泳，等 . 赵瑜研究资料（内部资料）. 山西文学院，2006：289.

② 张林丽来信 // 谢泳，等 . 赵瑜研究资料（内部资料）. 山西文学院，2006：326.

手就不忍放下。人们当然可以说是因为题材的特殊，赵瑜才采用了这样一种处理方式，但在我看来，这种写法显然也体现了赵瑜文体创新的一种思路。

其实早在写作《马家军调查》时，赵瑜就已经有了这种思路。因为对于这部作品，他曾有过如下表白："在讲述客体的故事时，要严格运用真实的细节，而在马家军的故事之外，又何妨有一个充满了寻觅、求索、自省、感喟的作家故事的存在？我愿意像小说家、散文家那样，高扬着强烈的主体意识而激扬文字。在报告中'无我'，在文学中'我在'，糅合而成为报告的文学或文学的报告。"① 而实际上，《马家军调查》中也确实镶嵌着一个作家的故事。只不过由于马家军的故事过于强大或抢眼，因而作家本人的故事反而被人忽略了。而在《寻找黛莉》中，赵瑜终于找到了让写作主体和叙述客体的故事平起平坐的机会，于是，那个"寻觅、求索、自省、感喟的作家故事"最终强有力地浮现在了人们面前。

这种作家本人故事"在场"的叙述显然具有多方面的艺术效果，我这里只对其中的两种效果略加分析。

第一，它的加入意味着作品具有了横生枝节的可能性，而枝节一多进而盘根错节，作品的内容既会变得丰富起来，叙事也会变得饱满起来。比如，《寻找黛莉》中有一节内容名为"血溅《牺牲者》"，说的是古董商老赵不明不白被人杀死在自己的店铺里，而当时《牺牲者》一书就放在老赵的身边。赵瑜是从这位古董商那里得知巴金的七封书信的，但为了把这些信件弄到手，赵瑜却颇费了些心机。起初，古董商喊出五万元的高价位，赵瑜自然嫌贵，于是两人开始长时间的斗智斗法。后来赵瑜得知古董商"文革"时是一位激进的革命战士，两人的话题遂稠密，关系渐近乎。而在此期间，适逢《牺牲者》告竣，赵瑜便"借"给他一册，联络感情。古董商读之爱不释手，甚至想久借不还，昧下此书。正是在这个节骨眼上，赵瑜把这桩买卖做成了，古董商只让赵瑜出了一万元。这一节与此前几节的叙述其实是具有多重目的的，它既交代了七封书信的来历，又让人感慨书信的来之不易和差点失之交臂，同时还引出了一个与他共同寻找黛莉的人物——警官杨志强，甚至我们还可以说，作者利用这一细节为他的《牺牲者》做了一个小小的广告。而赵瑜与老赵你来我往的交道又为

---

① 赵瑜．风雨同舟∥赵瑜散文．北京：中国青年出版社，2006：203．

全书增加了一种趣味性和可读性。

第二，从叙述学的角度看，作家本人寻找的故事进入作品之后，既延缓了客体故事的讲述时间，又能不断制造出一种悬念效果。关于悬念，戴维·洛奇（David Lodge）的说法是"只有推迟给出答案，才能造出悬念"①，而艾柯（Umberto Eco）则把这种叙事称作"徘徊的艺术"。他解释说："在任何小说里，文本都会发射出悬念的信号，好像叙述放慢了，或干脆停滞不前，又好像在说：'现在你来继续吧。'"另一方面，艾柯认为一部小说往往会出现三种时间形式：故事时间、叙事时间和阅读时间。在多数情况下，叙事时间与故事时间并不一致，"时不时的大段描写、成批的叙事细节，与其说是表现手法，还不如就被看做用来放慢读者阅读速度的技巧和手段，直到读者达到了作者认为合适于充分享受文本的阅读速度"②。用以上两位小说大师的说法来衡量《寻找黛莉》，我们可以说作家本人的故事构成了作品的叙事时间。作者的寻找既生发出希望，又制造了希望的破灭；这一过程既形成了一个又一个的悬念，又构成了艾柯所谓的"林中徘徊"。客体的故事不断被主体的故事打断，实际上是叙事时间干扰了故事时间，让客体故事的呈现出现了延迟、中断等现象。如此一来，读者的阅读时间也就通过文本的技巧达到了有效的控制。《寻找黛莉》的写作实践表明，赵瑜既吃透了艾柯所谓的"徘徊的艺术"，也把"用技巧诱使读者迷路的那些步法"③ 运用到了得心应手的地步。

以上我主要分析的是《马家军调查》与《寻找黛莉》在文学性上最突出的特点。话说回来，像这种文学性增强的作品，我们又该如何考量它的公共性呢？在我看来，《马家军调查》的公共性不仅是延续了八十年代赵瑜对体制的批判与反思，更重要的是作者借助于人道主义的思想武器，把对体制的批判推进到了对于人的异化的批判。在作品中，马俊仁是被"金牌战略"异化的教练，而他的整个训练手段又把全体队员逼向了异化之途。马家军的遭遇总会让我想起马克思关于"异化劳动"的相关论述："劳动对工人来说是外在的东西，也就是说，不属于他的本质；因此，他在自己的劳动中不是肯定自己，而是否定自己，不是感到幸福，而是感到不幸，不是自由地发挥自己的体

① 洛奇. 小说的艺术. 北京：作家出版社，1998：15.
② 艾柯. 悠游小说林. 北京：三联书店，2005：53，63.
③ 艾柯. 悠游小说林. 北京：三联书店，2005：53.

力和智力，而是使自己的肉体受折磨、精神遭摧残。因此，工人只有在劳动之外才感到自在，而在劳动中则感到不自在，他在不劳动时觉得舒畅，而在劳动时就觉得不舒畅。因此，他的劳动不是自愿的劳动，而是被迫的强制劳动。因此，这种劳动不是满足一种需要，而只是满足劳动以外的那些需要的一种手段。劳动的异己性完全表现在：只要肉体的强制或其他强制一停止，人们会像逃避瘟疫那样逃避劳动。"① 这里我们只要把工人换成运动员，把劳动换成长跑运动，我们就会发现马克思的论述依然适用于马家军的训练。于是我们不妨说，赵瑜用一部当代中国的报告文学作品，为马克思在 1844 年的论述提供了一个生动的个案。这一个案提醒人们注意，历史并没有走远；而政治、商业乃至封建主义的意识形态进驻人们的思想，作用于人们的行动之后，异化一方面获得了隆重的包装，一方面又变得更加诡异了。

如果说《马家军调查》的公共性是对人的异化的批判，《寻找黛莉》的公共性则既是对普通人的关注和同情，也是对伟大作家道德人格的礼赞。在这一作品中，黛莉只是当年与巴金交往的众多读者中的普通一员，而七封书信的发现，激发了作者对这位普通读者强烈的好奇心，于是有了作者的寻找。而寻找黛莉的过程既是作者大面积接触普通人的过程，也是后辈作家向前辈作家遥遥致意的过程。因为寻找的艰难曲折，那些平时很难进入文学作品视野的平民百姓走向了赵瑜的笔端，他们的生活、遭遇和命运构成了赵瑜关注的目标。在此层面上，赵瑜仿佛成了"流浪汉小说"里的主人公，他的所见所闻呈现出了人间的世态百相，而那些小人物艰辛、坎坷的人生遭际又通过赵瑜的叙述，激发了读者的道德同情。另一方面，巴金在七封书信中与黛莉谈人生理想，谈读书心得，为黛莉解疑释难，与黛莉平起平坐的事实，又构成了作家的一种精神标高和人格典范，于是寻找黛莉的过程既是赵瑜带领读者学习前辈作家的过程，也是作者与读者精神境界升华、道德感与责任感共同提升的过程。作品中，赵瑜抚今追昔，不时会发出如下感慨："一个作家，如若拥有真学问、真信仰、真道德、真品位，那么，占有哪怕其中一样都会大成。而我们，惶惶然十三不靠，心中没谱，不知朝着哪一路和牌。在这里，我们丝毫不必讳言文学艺术的社会功能性，只是该问，你要发挥什么样的社会功能？替怎样的人生发挥怎样的功能？好作品进而大作品，从来都不是一个庸人

---

① 马克思.1844 年经济学哲学手稿.北京：人民出版社，2000：54.

为名利的产物，而是高贵的文化理想结晶。"① 这种感慨是中国当代作家与现代作家的对比之物，是让当代作家变得谦虚起来、不要盲目自大的清醒剂。而通过对前辈作家道德文章的追慕与高扬，赵瑜也完成了对中国当代作家与文学的潜在批判。

正是因为如上事实，我们才可以说，只是当赵瑜写出了《马家军调查》和《寻找黛莉》这种作品时，报告文学的公共性与文学性在他那里才达到了一种平衡。而这种平衡无论是对于赵瑜还是对于当代报告文学，其意义与价值都不可低估。当八十年代的赵瑜与更多的报告文学作家主要在公共性的层面左右奔突时，他们的思考与言论虽然具有震惊效果，但由于往往注重于"理"，所以还不能对读者与社会产生深刻、久远的影响。九十年代以来，赵瑜既看重文学性的提升，又没有放弃公共性的追求，而"情"的周流以及"情"对"事"与"理"的渗透，反而让他的报告文学有了一种韧性和力量，也有了深入人心的社会效应。阿多诺指出："如果说艺术真有什么社会影响，它并不是通过夸夸其谈的宣讲，而是以微妙曲折的方式改变意识。任何直接的宣传效果很快就会烟消云散，原因大概在于甚至这类作品也往往被看作完全的非理性之作，结果是介入的审美原则反而中断了原本可能会引发实践的机制。"② 阿多诺是反思了萨特的理论主张和文学实践才说出这番话的，而萨特也恰恰是倡导"文学介入"并把文学公共性推向极致的典型代表。经过历史的沉淀之后再来面对萨特的主张与阿多诺的论述，我们不得不说后者更有道理。而阿多诺的论述仿佛也在提醒包括赵瑜在内的中国作家注意：文学之所以有公共性是因为它站在社会的对立面批判性思考的结果，但这种公共性又必须是以文学的文学性为其前提条件的。没有文学性，文学便成了标语口号式的作品，其公共性必然会失去介入社会的力度；而失去公共性，文学又成了私人化的东西，成了作者自己或少数人手中的玩物。这样的作品不管它有多高的文学性，都不可能具有广泛的社会价值，也不可能有益于世道人心。而当赵瑜终于写出了公共性与文学性俱佳的上乘之作时，我们可以说他已经吃透了艺术的辩证法，他的写作也给中国当代的报告文学实践提供了一种不可多得的示范。

---

① 赵瑜. 寻找巴金的黛莉. 北京：人民文学出版社，2009：55.

② 阿多诺. 美学理论. 成都：四川人民出版社，1998：415. 根据英译本有改动。Theodor W. Adorno. Aesthetic Theory. London：Routledge & Kegan Paul，1984：344.

精神传承：赵瑜的文学之根

到目前为止，我只是分析了公共性与文学性在赵瑜报告文学作品中的呈现。接着需要追问的是，为什么赵瑜的报告文学会如此呈现？他的文学之根究竟在哪里？若要对这些问题做出回答，我们大概需要涉及赵瑜与故乡、土地和山西文学传统的关系。

在中国现当代文学史上，山西的文学传统是由赵树理开创并由"西李马胡孙"为代表的"山药蛋派"继承而发扬光大的。而赵树理对于山西作家的重要性正如柳青对于陕西作家、孙犁对于河北作家的重要性一样，他不仅影响了老式的"山药蛋派"，而且不同程度地影响到了八十年代中期崛起的"晋军"。李国涛曾说："在山西文坛、在中国文坛，得赵树理真传者，张石山一人而已。"① 这当然是对当年"晋军"主力之一张石山的褒奖之辞。但在我看来，赵瑜也应该是赵树理的传人。如果说张石山更多是通过小说在语言风格上继承了赵树理的写作传统，那么赵瑜则是通过报告文学接通了赵树理写故乡、讲真话、从问题入手等方面的实录精神。

让我们从赵瑜与赵树理的关系谈起。关于赵树理，赵瑜曾有过如下说法："赵树理是我最尊敬最热爱的作家之一。我小的时候，父亲在长治做宣传文教工作，父亲和赵树理因工作互有来往，赵树理也多次到地委家属院去，我在家中见过他几次；文革之初又见过一两次。但我与他并没有直接的接触。"② 当时的赵瑜年纪尚小，与赵树理没有直接接触实属正常。但耐人寻味的是，当赵瑜走上文坛之后却开始频繁"遭遇"赵树理，从而与他有了诸多间接"亲密接触"的机会。1985 年，赵瑜的散文作品《玉峡关纪事》获首届赵树理文学奖，2005 年，《革命百里洲》再获第二届赵树理文学奖。1990 年，赵瑜担任编剧，完成了六集电视文献艺术片《赵树理》，次年播出后因其新式新颖而获得好评。1991 年，赵瑜又当选为中国赵树理研究会首任秘书长。赵瑜的这些经历，再加上他的报告文学所体现出来的思想风貌和艺术风格，让他家乡的人们有了如下感受："在我

---

① 张石山 . 穿越——文坛行走三十年 . 台北：秀威资讯科技股份有限公司，2009：57.

② 柴然 . 赵瑜访问 . 山西青年，2001（5）.

们的家乡，乡亲们一直把老赵（赵树理）和小赵（赵瑜）同样都看作是家乡的骄傲的；……乡亲们对老赵和小赵有一个相同的评价，说他们'都是最有良心的作家'。"①

这种赞誉虽然让赵瑜产生了"愧不敢当"之感，但在我看来，基本上还是符合实际情况的。因为不管怎么说，赵瑜应该是熟读过赵树理的作品的，而作为电视剧《赵树理》的编剧，他对赵树理的生平事迹、精神气质、人格魅力乃至写作的成就与缺陷等等也应该有过深切的体会。这样，赵树理也就不可能不成为赵瑜写作的一个参照系，从而对自己构成一种潜移默化的影响。而这种影响又主要体现在如下几个方面。

（1）题材选择。赵树理终其一生写农民，为农民而写，这种创作主张决定了他的题材来源——紧紧围绕着晋东南那片土地展开其小说叙事。而一旦如此叙事，他以往的记忆资源和平时的生活积累就全部调动起来，从而达到了左右逢源、游刃有余的程度。这种就地取材的方式很可能对赵瑜构成了一种潜在的影响。赵瑜是 1955 年生人，30 岁以前，他一直生活在当年赵树理所生活过的那片土地上。少年时代的赵瑜在长治度过，耳闻目睹了"文革"两派武斗的惨烈，而平生第一次见到的死人居然是地委第一书记、自杀而死的王尚志，那一刻曾吓得他魂飞魄散。作为毛主席的红小兵，赵瑜与他的小伙伴会有意模仿红卫兵的举动，造老师的反。而开批判会、打群架、跟工宣队闹事、偷吃东西等等，更是生活中的家常便饭。许多年以后赵瑜反思少年时代的这段经历，曾把他受到的教育看成是"狼孩儿的教育"："狼孩儿吃狼奶，走狼道，发狼声，随狼群，交流无人语，尽是血肉腥。"② 这应该是赵瑜刻骨铭心的生命体验。

对于一个作家来说，童年、少年时代的记忆往往会构成他写作的主要动力和重要资源，而由于这种记忆又与其故乡的人和事紧密相连，故乡的一切也就理所当然地进入了他的写作视野。于是我们看到，赵瑜虽然以"体育报告文学三部曲"知名，那固然也与他当过运动员、做过篮球教练的个人经历有关，但毕竟还没有触动他的少年记忆和故乡记忆。而当赵瑜在起步阶段写出《但悲不见九州同》（1986），后来又写出《牺牲者》（2007）等作品时，他才算完成了一

---

① 张不代. 对现实的关注、正视、思考是文学的基本品格//谢泳，等. 赵瑜研究资料（内部资料），山西文学院，2006：164.

② 赵瑜. 少小之乱//赵瑜散文. 北京：中国青年出版社，2006：22.

次与记忆和故乡的真正对接。由于这种书写牵动着自己的生命体验，作者也就把它们看得更加珍贵。2000 年，赵瑜出版了自己的自选集，选的却全部是与山西有关的作品。对此，赵瑜曾有过如下解释："如在过去，出一部自选集，我首先会把我的几部体育题材的作品或收入或节选入册，生怕没有这些东西不红火，读者不买账。现在我却不这样看。我愿意把过去在山西完成的《但悲不见九州同》《中国的要害》《太行山断裂》《根据地》等一系列作品合集在一起，使自己不忘一个山西作家的本土精神，那里面有许多原创性的深刻记忆。这些东西不一定是热点，不一定卖钱，但那又有什么关系。也说不定将来值钱的正是这些。"① 把写故乡、写记忆的作品提到"不忘一个山西作家的本土精神"的高度加以认识，一方面体现着赵瑜的写作走向成熟之后的某种自信，另一方面也意味着经过多年的写作历练之后，他已明白了一个道理：最有价值的作品应该是那种与自己的生命体验联系得最紧密的写作题材，只有对那种题材不断开掘（如《牺牲者》便可看作对《但悲不见九州同》的展开、扩大和全景式书写），才能写出让自己心安、满意的作品。

（2）调查功夫。赵树理虽然写的是小说，但许多小说是建立在调查研究的基础之上的。比如他的代表作《小二黑结婚》里的故事便是实有其事，当年赵树理也确实对岳冬至（小二黑的原型）事件做过一番调查。而彭德怀当年为《小二黑结婚》写的题词也直接点明了这种写作的性质："像这种从群众调查研究中写出来的通俗故事还不多见。"1949 年之后，赵树理虽然北上京城，但他仍然不断在强调长时间深入生活的重要性，并身体力行，"每年都有几个月下乡"②，以使自己与农民的联系更紧密一些。

赵树理那种调查研究的功夫在赵瑜这里演变成了一种采访的功夫和能力，这同样是深入生活的一种形式。比如，为写《马家军调查》，赵瑜在大连、辽阳、鞍山、沈阳等地采访近 80 天。为写《革命百里洲》，赵瑜又四去湖北田野调查，短则一两个月，长则一个冬天。为写《牺牲者》，赵瑜用 20 年左右的时间搜集素材，又于 2004 年"放下手头的一切工作，遍寻当年太行风云人物，突击采访了一年"③。这

---

① 柴然. 赵瑜访问. 山西青年，2001（5）.

② 赵树理. 做生活的主人// 赵树理全集：第 4 卷. 太原：北岳文艺出版社，1990：549.

③ 赵瑜. 牺牲者——太行文革之战：致读者（征求意见稿）. 2007 - 12.

种上天入地、穷尽所有的采访既是一种功夫，也体现了作者一种超常的能力。关于赵瑜的这种能力，韩石山曾有过如下说法："若单说文字的功夫，我自信不在赵瑜之下，但写出这样的作品，文字只是一个因素，还需要吃苦的精神，与采访对象融为一体的本事，需要一种综合的能力、奇强的素质。在我的周围，在我所认识的作家中，说句不怕得罪人的话，就赵瑜有。"① 韩石山对赵瑜知根知底，他的这番赞辞，显然能丰富我们对赵瑜的理解。

不过，在赵瑜本人那里，如此采访却另有解释："我是长期采用这种办法采访的，这或者算是一个思想方法问题。我觉得走马观花的东西，根本不可能写好。也许我属于比较拙的作家，也许跟山陕文学传统有关，我的前辈们为真实反映生活，在农村一扎好多年，根本不以为意。这时人们往往会把栩栩如生的最真实最有特色的故事讲给你，你会很有意思地跟大家生活在一起，而不是目的单一的采集数字，你会跟他们产生一种很近的同歌哭的情感。包括他们的口音方言，都要重视。这需要时间，需要努力。"② 赵瑜在这里直接点明了他的这种采访与山陕文学传统的关系，显然会让我们联想到当年赵树理与柳青的所作所为。而更重要的是，他的这种做法又与当今那些写小说的所谓大家拉开了距离——他们住在北京或省城，已经过起了中产阶级的生活，却又在靠自己的想象虚构着一个又一个的乡村故事。当他们的记忆资源已经匮乏或变形却还要充当乡村世界的代言人时，他们写出来的东西也就打了许多折扣。这时候，像赵瑜或像当年的赵树理那样，沉入底层，贴近人物，或许才是走出写作困境的一条出路。

（3）实录精神。实录的精神并非来自赵树理，而是司马迁开创的一种文学和史学的优良传统。班固在《汉书·司马迁传》中赞扬《史记》"其文直，其事核，不虚美，不隐恶，故谓之实录"，实为对《史记》的最高赞辞。以这种实录精神来衡量赵树理的所作所为，或许他还不够彻底，但在当时的历史条件下，他已经算是做得最好的作家之一了。正因为赵树理秉笔直书，他在 1949 年之后才一方面越写越少（赵树理在"文革"中曾反复讲过："近年来，我几乎没有写什么。因为真话不能说，假话我不说，只好不说。"③），一方面又屡遭批判，最

---

① 韩石山．双雄并立　各铸伟业——我看《马家军调查》．太原日报，1998 - 06 - 15.

② 《北京青年报》记者．赵瑜：报告文学清醒才有前途．北京电视周刊，2001（47）.

③ 朱晓进．"山药蛋派"与三晋文化．长沙：湖南教育出版社，1995：249.

终在"文革"中被反复批斗，受伤致死。

赵瑜非常看重赵树理的这种实录精神，他说："作品敢不敢于讲真话是作品能否受到欢迎的标志，赵树理本人过去在艰辛的岁月中有讲真话的精神，我写赵树理就是要宣传讲真话，敢于直面人生，揭露生活的矛盾。"① 把讲真话作为电视剧《赵树理》中的一个重要内容，既体现了赵瑜对赵树理那种思想境界的认识和理解，同时，这种思想境界也应该成了赵瑜追求的一个目标。于是我们看到，在迄今为止赵瑜所发表的报告文学作品中，他差不多已把讲真话的功能发挥到了最大限度。而在今天这个时代，讲真话虽依然会受到种种限制，但毕竟已与赵树理所处的那个时代不可同日而语。这样，当作家拥有了属于自己的思考空间和写作自由之后，敢不敢写和想不想说就成了一个至关重要的问题，而写什么和说什么又成了衡量作家思想境界的一杆标尺。从这个意义上说，赵瑜的写作是值得尊敬的，因为虽然他明知道一些题材依然是禁区，但责任感与使命感却促使他秉笔直书，直逼人们遗忘的记忆。比如，《牺牲者》就写出了1966—1969年晋东南地区武斗的血雨腥风，惨无人道。它虽然还不尽完备，却已最大限度地抢救出了这段历史。而这段地方"文革"的武斗史又是全国"文攻武卫"的一个缩影。它的写作，无疑为中国"文革"史添上了凝重的一笔，让人痛彻心扉地意识到了那个时代的残酷、野蛮和非理性。

然而，这样一次写作既是一次守护良知的写作，同时在某种意义上说也是一次绝望的写作。赵瑜说："我从2004年春节开始采访，到2006年夏末写起前一章，前后两年半时光，手脚不停，我没有心思做别的事。其间不断有人问我：你这样做值得吗？这书有意义吗？写完后出版得了吗？我常常无言以答。在这里我想说，太行地区的民众，以伤亡上万人的代价，试验了一段惨痛历史，她的子弟不应该去记载吗？作家手中笔，理应努力书写我们民族备忘录的某一个章节，哪怕是一个很小的章节。何况这段历史，完全是我的同胞以生命和鲜血浸染而成！把这段历史尽力写出，应是我们义不容辞的责任。暂时不能出版问世，也要写下去。"② 这种不能出版也要写下去的执着在今天是值得提倡的，因为这种写作有可能成为一种最有价值的写作。

（4）问题写作。在前面的论述中，我曾把赵瑜的作品归类于"问

---

① 张志敏. 解放思想　直面人生——访《赵树理》编剧赵瑜. 太原日报，1992 - 06 - 06.

② 赵瑜. 牺牲者——太行文革之战：致读者（征求意见稿）. 2007 - 12.

题报告文学"，这自然是借用了报告文学评论界的说法。如果从山西文学的传统看，这种问题式的写作路径显然也是对赵树理的继承，因为赵树理便是写作"问题小说"的高手。他说过："我的作品，我自己常常叫它是'问题小说'。为什么叫这个名字，就是因为我写的小说，都是我下乡工作时在工作中所碰到的问题，感到那个问题不解决会妨碍我们工作的进展，应该把它提出来。"① 在这种创作思想指导下，赵树理的许多小说都隐含着一个提出问题、解决问题的套路。提出问题显示了赵树理的敏锐，但问题的想象性解决（通常是大团圆结局）却往往"导向对主流意识形态权力意志的倚重"②。正是在这一层面，体现了赵树理的创作局限。

赵瑜在他的多数报告文学作品中也提出了问题，这一点与赵树理相似。但或许是囿于报告文学的文体，或许是为了避免落入赵树理式的窠臼，赵瑜只是铺陈问题、展示问题和分析问题，却并不去提供解决问题的方案。从接受美学的角度看，这种做法显然要高明许多，因为问题的提出和展开是激发读者思考的过程，也是吁请读者参与解决的过程。读者因其"前理解"不同，问题的解决方式也就呈现出了多种可能性，这样就避免了赵树理小说那种封闭式结构。同时，这种提问方式与呈现方式，也往往会引导人们超越简单的政策层面（而赵树理小说的落脚点却往往是政策），从而在政治体制、文化精神、民族素质等层面驻足沉思。正是在这一意义上，我们可以说赵瑜既是赵树理"问题写作"的继承者，同时又是其创作局限的克服者。这样，"问题写作"在报告文学领域也就发挥了它应有的作用。

（5）人物塑造。在人物塑造方面，赵树理的小说可以说达到了一个很高的水准。而在所有的人物中，写得最让人过目不忘的又是那些老派的、不好不坏的"中间人物"。像"二诸葛""三仙姑""糊涂涂""常有理""翻得高""小腿疼""吃不饱"等等，既是人物的外号，又是对人物性格特点的主要概括。对于这些人物，赵树理往往几笔下去就勾勒出了他们的神态，几个事例交代过来又写活了他们的性格特征。同时，这些人物形象之所以能够成为小说画廊中的一道风景，一方面在于这种人物背后拥有丰厚的文化内涵，另一方面也与赵树理的

---

① 赵树理．当前创作中的几个问题//赵树理全集：第4卷．太原：北岳文艺出版社，1990：428.

② 席扬．多维整合与雅俗同构——赵树理和"山药蛋派"新论．北京：中国社会科学出版社，2004：61.

情感态度有关。对于这些人物，作者总体上是持一种批判态度的，但这种批判又是一种诗意的批判。当他以同情、温情甚至几分理解的目光去打量并处理这些人物时，这些人物也就变得复杂起来了。

赵瑜的多数报告文学作品虽然不以人物塑造见长，但一旦他把写作重心调整到人物塑造那里，人物便有了文学风采。这一点我以为是颇能见出赵树理的流风遗韵的。比如，对于劳模李顺达，赵瑜既写出了他作为农民的朴实、耿直和心机，又写出了他在"大革命"面前如何变成了一个"小人物"。而作为小人物，他身不由己，被人利用，已无法主宰自己的命运。与此同时，在与同是劳模出身的陈永贵的较量中，他已不再是这位"大人物"的对手。而对于陈永贵的所作所为，李顺达的心情应该是颇为复杂的。他想与之抗争，常常又只能无奈作罢。作品中写道，李顺达外出必更换装束，呢子大氅干部装，为的是不给农民丢人。但身边人劝他，陈永贵总是一副老农的打扮，既政治正确，说不定也更招人待见。无奈之下李顺达接受了老伴儿做的那身行头：对襟蒜疙瘩粗布小白褂一件，小布衬衣一件，中式甩裆裤一条，老布袜一双，爬山虎布鞋一对，白毛巾两块。但李顺达试穿在身，不禁哈哈大笑："这像啥老区干部？倒像是过年儿串亲戚的小商小贩！脱脱脱！"① 这一细节一下子便写活了李顺达的尴尬与无奈。

再比如，马俊仁之所以能被刻画得栩栩如生，主要在于作者呈现了这一人物的复杂性与两面性。对此卢元镇曾有精彩分析："作为文学形象的马俊仁是立体的、丰满的，是头上既不带光环也不带荆棘的活生生的人，因此他是有文学感染力的。他时而充满真诚，泪流满面，时而又诡诈狡黠，要一点中国农民的小把戏；他坚信科学，但又迷信占卜算卦；他顽强刚烈，但有时又刚愎自用，还常常怀疑自己的力量。他不是政治斗争的干才，却每每把自己投到政治斗争的旋涡中瞎扑腾。他十分大度，可一掷千金，但有时又像悭吝人、守财奴。他可以无所不能，却也常束手无策。在作品中，他是一个充满矛盾的、变了形的农民形象。"② 实际上，赵瑜也确实是把马俊仁当成一个农民形象来加以塑造的，而刘再复所谓的"性格二重组合"原理的动用，又让这位农民形象变成了一个福斯特（E. M. Forster）所谓的"圆形人

---

① 赵瑜自选集. 太原：山西教育出版社，2000：354 - 355.
② 卢元镇. 浅谈《马家军调查》//谢泳，等. 赵瑜研究资料（内部资料）. 山西文学院，2006：167.

物"。对于这个人物，赵瑜像赵树理那样，理解中有批判，批判中又有同情的理解，这种情感态度的投射，让马俊仁变成了一个可恨、可气、可笑却又可爱甚至有几分可敬的人物形象。面对这一形象，我总会想起赵树理笔下的二诸葛和三仙姑，也许他们确实存在着某种隐秘的关联。

以上，我从五个方面分析了赵瑜与赵树理的关系，这虽然还不是他们关系的全部，却也足以让我们看到赵瑜的文学之根究竟扎在了哪里。而弄清楚这一问题，对于我们理解赵瑜及其报告文学写作显然不无意义。因为用今天的眼光看，赵树理当年的小说创作既有鲜明的文学特点，又有广泛的社会影响，应该是那个年代把公共性与文学性结合到很高水平的一种范本。赵瑜后来追求公共性与文学性的统一，寻找二者的平衡，原因多多，但前辈作家的示范进而让他生出追摹之心，恐怕也是其中的一个重要原因。当然，我们也必须承认，由于时代局限，赵树理还只是体制的修复者而不可能成为体制的反叛者，这意味着他虽有为民请命的精神和说真话的勇气，却终于无法使他的写作成为真正意义上的知识分子写作。这样一来，文学公共性的表达也就在他那里变形扭曲，打了折扣。这种写作缺陷，也正是需要赵树理的继承者加以克服的。赵瑜说过："我痴迷于赵树理的语言，那是提炼了的民间话，生动传神，干净有味儿，但不喜欢他的非独立性立场，他很多作品是为政策而写作，当然那个时代也不能苛求于他。"①这说明，赵瑜既是赵树理精神的继承者，同时也是赵树理问题的审视者和批判者。而只有批判地继承，才能依傍这一传统又不拘泥于传统，让自己的报告文学写作呈现出越来越多的超越之姿、创新之象。

如今的赵瑜依然在马不停蹄地调查着、写作着，这意味着他以后如何在公共性与文学性之间闪展腾挪，对于我们来说还是一个未知数。不过，以我对他近年来作品的观察，凡是公共性与文学性结合得好的作品，大都是沉潜用功之作，而结合得差时，往往是他在"赶任务"。"赶任务"也是赵树理的一个写作传统，这个传统要不要继承，如何继承，看来赵瑜得认真琢磨一下了。

2010 年 8 月 23 日

［原载《中国作家》2010 年第 10 期，《太行文学》（内部刊物）2010 年第 5 期。收入《新批评文丛》2011 年第一辑］

---

① 黄宾堂．与赵瑜同行．中国作家，2009（7）．

报告文学的荣与衰（外二篇）

策划编辑李向晨先生寄送我一套《独立调查启示录》（陕西人民出版社 2014 年 4 月版），打开看，收录的是赵瑜三十年创作的代表性作品《马家军调查》《寻找巴金的黛莉》《革命百里洲》《火车头震荡》《王家岭的诉说》《篮球的秘密》等，也才发现，笔者前几年写的那篇专论赵瑜报告文学创作的长文被节选后，放在每本书的最前面。这些书还没顾上仔细翻阅，便又看到对赵瑜的专访已经见报：《"歌功颂德已经把报告文学全毁了"》。紧随专访的是记者采写的一篇报道：《报告文学能否万岁？》（《南方周末》2014 年 6 月 12 日）这么说，赵瑜这次旧书新出，造出来的声势还不小，把一些媒体都给惊动了。

但报告文学是否就能进入读者视野，我却有些担忧。据我观察，报告文学创作最辉煌的时代是二十世纪八十年代。1979 年，刘宾雁采写的报告文学《人妖之间》在《人民文学》（1979 年第 9 期）发表，一时洛阳纸贵。1980 年 2 月 8 日，《人妖之间》的主人公、"建国以来第一个最大的女贪污犯"王守信在哈尔滨伏法。从此开始，一批揭露问题、警示世人、介入社会、批判现实的报告文学作品相继问世，一批优秀的报告文学作家也横空出世。

这一时期的报告文学也被称为"问题报告文学"，有人归纳道："这一类作品反映的问题涉及社会生活的各个方面，有交通问题（《中国的要害》）、独生子女问题（《中国的'小皇帝'》）、婚姻问题（《阴阳大裂变》）、教育问题（《神圣忧思录》）、人才外流问题（《世界大串连》）、高考问题（《黑色的七月》）、体育问题（《强国梦》）、环境问题（《北京失去平衡》）等。"① 这也难怪，八十年代拨乱反正，除旧布新，"问题"便也层出不穷。就像四十年代的赵树理发明了"问题小说"那样，八十年代的作家也曾集体扎堆儿，在"问题报告文学"上用过力。而从八十年代走过来的读者，恐怕也很少有不去追踪阅读报告文

---

① 丁晓原. 文化生态视镜中的中国报告文学. 上海：复旦大学出版社，2008：139.

学的。这样，一旦我们像哈贝马斯那样谈及"文化批判的公众"，报告文学是一定不能落下的。我甚至觉得，与其他文体相比，报告文学更具有打造如此公众的能力。

然而，进入九十年代之后，"问题报告文学"却一落千丈，并且从此一蹶不振。形成如此局面，并不是说各类社会问题都已妥善解决，"问题报告文学"已无事可做，而是它的存在碍手碍脚，不能见容于那个大气候了。与此同时，报告文学作家也或远走他乡，或闭门思过，仿佛已经集体下课。其中虽也有如赵瑜者，还延续着八十年代的流风遗韵，写出了《马家军调查》（1998）这种厚重之作，但独木不成林。报告文学的黄金时代确实已一去不复返了。

不过，报告文学并没有死亡，而是悄悄变换了其存在方式。当那些经营企业的老板完成了自己的原始积累，当一些大大小小的官员在自己的位置上坐稳了屁股，他们想为自己树碑立传、青史留名的念头也便油然而生。这时大概就有"拉皮条"的文化商人适时出现，向他们庄严承诺：你们的光辉业绩可变成铅字，成书见报，流芳百世。文体嘛，就用那个报告文学。当然，"为弥补该书编辑、印刷及发行等亏损，请贵单位补贴一定的认刊工本费"①。传主的虚荣心一膨胀，这事就算做成了。就这样，一批又一批的歌颂型报告文学应运而生，这种文体也因此"脱胎换骨"：原来它是"吃"问题，自然吃得满脸凶相，营养不良；自从改"吃"老板和官员后，顿时便富态相十足，显得心广体胖，满面红光了。

说出这番话来也算不上信口开河，因为二十年前，本人就有过一次捉刀代笔当枪手的亲身经历，约略见识了这一处的交易与行情。当其时也，我还在山西的一所地方院校供职，一天，有朋友引荐一人，来找我商量写报告文学一事，传主分别是某市、县、镇财政局（所）的局长或所长，写成的东西则要进入一本书里。他给我开出的价码是，写县里局长、镇里所长，千字 25 元，但市财政局长是重头戏，稿费翻番，千字 50 元。所附的另一条件是，我只能挣稿费，不能署名字，署名权归他所有。我从来没写过报告文学，一是想练练手，二是当时也穷得叮当响，便应承下来。为了把点银子挣回来，我还煞有

---

① 在笔者保存的一份《关于出版报告文学集〈当代上党人才荟萃〉的通知》（1994）中，第二条写道："该书约 200 万字，32 开精装本，分集陆续出版。为弥补该书编辑、印刷及发行等亏损，请贵单位补贴一定的认刊工本费。"

介事地去一个县里跑了一趟，当面采访。不久，这本书出版了，打开看，天呢，我写的那篇重头文章居然署了四个人的名字。而我因此也挣了一大笔钱：1730 元。

那人见我好说话，便又介绍别人找上门来，带着他写的一张纸条："小赵：您好！现有去人请您写实验小学校长，看有时间没，具体面议。"我没答应，而且我再也不可能答应做这种事了。因为那三篇写下来，没练了手，似乎还写坏了笔，也把我写恶心了。

现在看来，我这种情况只能算是黄鼠狼娶媳妇——小打小闹，因为我还见识过专门经营此业的写家，也知道好多文人也会偶尔为之，因为它来钱容易。而那些功成名就的报告文学作家干起这种事来，更是轻车熟路。如今，他们写一篇，给个十万八万的，恐怕都不能算多。众人拾柴火焰高，大家都挤到报告文学里讨生活，你还能指望这种文体有多大出息？它不是一堆甜言蜜语堆砌起来的车轱辘话，还能是什么？

当《南方周末》记者问"中国报告文学如今处于一个什么样的地位"时，赵瑜的回答是这样的："越来越矮化、犬儒化。歌功颂德的东西已经把报告文学的形象全给破坏了。"① 所以，以上所言，也算是给赵瑜的这番话做个注脚。赵瑜是圈内人，他知道的内幕应该更多。而这番话由他说出，其分量不可谓不重。但报告文学界的人士是否会因此反省一下这件事，我就不得而知了。

2014 年 6 月 15 日

（原载《南方都市报》2014 年 6 月 22 日）

有图有真相，一竿插到底
——读《野人山淘金记》

刚在前面的一篇文章中提到赵瑜，赵瑜就出了本新书——《野人山淘金记》（作家出版社 2014 年 5 月版）。与他以往的报告文学不同的是，这部作品的封面上还写着"中国首部长篇摄影报告文学"的字样。

野人山在哪里？在缅甸北部，离中缅边境不远。所谓淘金，是指

---

① "歌功颂德已经把报告文学全毁了". 南方周末，2014 - 06 - 12.

山西的几位冒险家当起了"国际个体户",长期驻扎于此,与荒蛮瘴毒为伍,与战火黑帮相伴,建场挖掘,沙里淘金。对于许多人来说,野人山分外遥远,淘金的故事也极度陌生,若不是书里配了 800 多幅图片,大家还以为是天方夜谭呢。

这就不得不说到书里对图片的大量使用。德国思想家本雅明很可能是最早意识到摄影重要性的人之一,因为许多年前,他就说过这样的话:"有人曾说:'将来的文盲并非不懂阅读与写作的人,而是不懂摄影的人。'但是一名摄影者若不能解读自己的照片,岂不是比文盲更不如?对图片的说明与描绘会不会变成摄影最重要的部分呢?"[①] 本雅明在这里不可能提到摄影文学,但他似乎已在为这种文学新品种的诞生进行着某种理论铺垫。因为在他的思考框架里,一边是摄影,一边是对摄影的解读——文字,图文关系已开始显山露水。

按照我的理解,摄影文学很大程度上便是对图片的一种解读。它用文字把一系列图片串起来,生发其情节,释放其意义,然后去完成一次故事的讲述。因此,摄影文学应该算是"图片中心主义",即便文字再好,它也只能充当配角。

那么,赵瑜这部"摄影报告文学"的图文关系又是怎样的呢?我觉得还是以文为主。赵瑜写报告文学至今,故事的讲述、人物的描绘等等功夫已很是了得,文字也变得平实、简洁、洗练。而不时的议论穿插其中,又呈现了作者即时即地的思考。可以说,正是通过多年驾驭报告文学的功力,他才把这个没有多少故事情节的作品写出了许多意思。坦率地说,这部作品我几乎是一口气读完的,这说明它依然呈现出一种文学文本的魅力。

既如此,又该如何理解图片在文学文本中的作用呢?应该是证据,是现场记录,也是对文字的必要说明和注释。如今是一个"有图有真相"的时代,在这句网络流行语的背后,我们看到的是对文字的某种不信任,对信息真实的高要求。在报告文学中,新闻纪实本来就是其主打功能,但长期以来,作家只是在妙笔生花,却忘了用图片记录事实,还原现场。从这个意义上说,赵瑜的这次报告文学实践具有某种示范性。这也意味着,如今的报告文学作家下去采访时,不仅要带好笔,还要像赵瑜那样带上两台照相机。

这就不得不说到赵瑜的采访功夫了。在我看来,与其说赵瑜的报

---

① Walter Benjamin. One-Way Street and Other Writings. London:Verso,1992:256.

告文学是写出来的，不如说是他跑出来的。比如，当年为写《马家军调查》，他曾去大连、辽阳、鞍山、沈阳等地采访近 80 天。为写《革命百里洲》，他曾四去湖北田野调查，短则一两个月，长则一个冬天。为写《牺牲者》，他用 20 年左右的时间搜集素材，又于 2004 年"放下手头的一切工作，遍寻当年太行风云人物，突击采访了一年"①。这种上天入地、穷尽所有的采访既是一种功夫，也体现了作者一种超常的能力。山西作家韩石山对此有过评论，他说："若单说文字的功夫，我自信不在赵瑜之下，但写出这样的作品，文字只是一个因素，还需要吃苦的精神，与采访对象融为一体的本事，需要一种综合的能力，奇强的素质。在我的周围，在我所认识的作家中，说句不怕得罪人的话，就赵瑜有。"②

我也觉得，在中国当代作家中，赵瑜实在算得上是个另类。许多稀奇古怪的素材，恐怕也只有他才能把它们搞到手，然后写出谁也写不出的东西来。比如，这次他之所以能揭开淘金者的神秘面纱，其本事是他敢装扮成黄金技师，随朋友一道偷渡到野人山区，过上那么一段风餐露宿、心惊胆战的生活。这种做法，用朋友夸他的话说是"一竿子插到底"③，赵瑜本人也颇欣赏这种说法。而这句话背后隐含的深意很可能是，在当今这样一个一切都浅表化的年代，报告文学若还想赢得其他文体的尊重，写作者不仅要能够吃大苦，耐大劳，甚至还要像战地记者那样不怕死，零距离地置身于事发现场。著名战地摄影记者罗伯特·卡帕（Robert Capa）有句名言："如果你的照片拍得不够好，那是因为你靠得不够近。"这一次，赵瑜是真正像卡帕那样拎着照相机靠近了他的写作对象。下过这番功夫之后，他怎么能不写出别人写不出的作品呢？

由此我便想到，在今天，"趋零距离"很可能需要成为报告文学进一步强化的理念。距离产生美，但抹掉距离才能产生报告文学。距离如何抹掉？只能是像赵瑜那样，与你的写作对象同吃同住同劳动。大概只有在这个时候，许多问题意识才油然而生，许多思想火花才噼里啪啦。赵瑜在这本书中说："二十多天的观察体验，我深深感到：老霍老龙阿圪蛋诸君，不谈黄金时，做善人、当侠客、重情义、讲道

① 赵瑜.牺牲者——太行文革之战：致读者（征求意见稿）.2007 - 12.

② 韩石山.双雄并立 各铸伟业——我看《马家军调查》.太原日报，1998 - 06 - 15.

③ 赵瑜.独立调查启示录.西安：陕西人民出版社，2014：13.

德，一谈黄金便近乎魔鬼。每一天，霍兄都在不经意之中，表现出了人性的多重含义。淘金的人们在人与兽的两极间挣扎着。"① 我想，很可能这就是赵瑜写这篇报告文学想要探查清楚的问题。而弄清楚淘金者的冒险与疯魔，也就明白了我们这个时代的种种症候。实在说来，老霍等人固然是名副其实的淘金客，我们中的许多人又何尝不是其他意义上的淘金者？与老霍等人相比，我们与其区别或许只是五十步与百步而已。

2014 年 6 月 26 日

当我们谈论篮球时我们在谈论什么

拿到赵瑜这本《篮球的秘密》之后我很快就把它读完了。吸引我去读这本书的原因有二：一是写到了东莞，二是说的是篮球。我没去过东莞，以前就像赵瑜书里所说的那样，甚至连"莞"字也读不准，但是 2008 年底，我却对东莞有了一点印象，因为我读到了塞壬新出版的散文集《下落不明的生活》。在这部散文集中，塞壬写出了对东莞的感觉，写出了这座城市喧哗与骚动的声音、勃发的欲望、性感的气味以及奔波者内心世界的荒凉，让我一下子领悟到这座城市一些深藏不露的秘密。从此往后，东莞在我心目中挥之不去，那是一个阴冷、潮湿、乱糟糟、黏糊糊的意象。

但在赵瑜笔下，我却看到了另一个东莞。由于这座小城市有几百个正规的篮球场，又有那么多人在打篮球，一个乡镇的农民代表队早在 1984 年就夺得过全国冠军，宏远男篮（现为广东东莞银行队）曾经取得过六次 CBA（中国男子篮球职业联赛）总冠军，一次全运会冠军的好成绩，篮球甚至成了这座城市的人们的一种生活方式。因为篮球和篮球文化，这座城市显得朝气蓬勃，充满了生机与活力。它在某种程度上颠覆了我脑子中已经构建的那种意象。

我想，这也是一种真实。由于赵瑜的描述，我对东莞有了许多好感。看来我以后真需要去那里走走看看，顺便检测一下我的眼睛还能发现什么。

回到篮球。在描述 1984 年常平镇农民队的夺冠之路时，赵瑜引

---

① 赵瑜. 独立调查启示录. 西安：陕西人民出版社，2014：215.

用了当年一位运动员的全部日记。读过这些日记之后我很是感慨。当常平代表的广东队在郑州取得第一阶段的胜利后，大会举办了音乐联欢活动，各个代表队轮番上场。等到广东队表演节目时，他们用广东话唱《霍元甲》的主题歌《万里长城永不倒》，一人领唱，其他队员即兴伴舞。演唱完毕，他们又跳起了迪斯科群舞，把整个晚会推向了高潮。而这篇日记之后，赵瑜也忍不住发表议论："这日记写得实在是好。对那一段时光，特别是开放之初新潮文艺对内地的冲击，我们记忆犹新。'昏睡百年，国人渐已醒'，至今我们还能吟唱。一时间，广东的故事，广东的方言，广东的文艺，当然也包括源自广东的中小型'走私'，都曾是内地青年们谈论最多的话题。来自广东的录音机歌曲盒带，还有电子表、墨镜、牛仔裤、短袖衫，录像机稍显豪华一点，都是内地青年们最时髦的装备和'饰品'。"[1] 由此我便想到，篮球文化以及它所携带的其他流行文化，其实经历的是一个北上的过程。港台文化先是影响了广东，然后通过广东向内地渗透，它撕裂了内地的封闭和保守，也给内地带来了改革开放的新气象。遥想当年的革命便是从南到北，二十世纪八十年代改革又依然如此，莫非这种惊人相似的一幕有什么玄机？

赵瑜这部报告文学作品通篇是以"答问"的方式设计全书内容的。在这些答问中，我特别注意到他对"我们为什么挚爱篮球？"的回答。赵瑜认为，足球以地面战斗为主，手球和排球是往地面砸个不停，网球、羽毛球、乒乓球无须在空中求变。而篮球是唯一由地面向空间拓展，并且在空中争夺然后得分的运动。因此，运动员要有灵活有力的腿脚，腰腹肌的控制，手臂的功夫。"我想，人类总是长久地盼望向高空延伸，不仅要跑得快，而且要跳得高，飞得远，还要投射准确。这一来，就把竞技体育当中的跑、跳、投三大基本要素结合在一起了。"[2] 他的这番议论启人深思，也让我想起多年前曾经读过的一本书：《人体文化》[3]。此书作者比较了中国的古典舞和西方的芭蕾舞，认为前者的舞姿是内聚性形态：拧、倾、曲、圆；后者的动作是外拓性形态：开、绷、立、直。因此，芭蕾舞的跳跃造型有一种放射感，它强化了跃离地面、向空间拓展的动力趋向。打篮球当然不是跳芭

① 赵瑜.篮球的秘密.北京：中国青年出版社，2011：127-128.
② 赵瑜.篮球的秘密.北京：中国青年出版社，2011：34.
③ 谢长，葛岳.人体文化.成都：四川人民出版社，1987.

蕾，但那些只有 NBA 球员才能做出的动作不是也有一种芭蕾舞的神韵吗？很可能篮球打到最高境界也就变成了一门艺术。它是传切配合的艺术，也是人体力与美的艺术。

许多年以前，我也是喜欢打篮球的。有十年左右的时间，几乎每天早上我都在篮球场上度过。那时候我有腰肌腹肌腿部肌，便能一蹦三尺高。滞空时间一长，还能做几个花哨动作。但是去年，当我的家门口终于有了篮球场，我与儿子决定去这个球场一试身手时，我却悲哀地发现我已经跳不起来了。想想也是，我像《断魂枪》里的沙子龙，身上已经"放了肉"，哪里还有蹦跶得动之理？于是我成了我儿子取笑的对象。所以，当我读这本《篮球的秘密》时，当我随着大伙儿一道煞有介事地谈论篮球时，我是无法完全进入篮球与民族国家的宏大叙事之中的。因为谈论篮球，于我便是在谈论身体的信息，谈论遥远记忆中的青春与速度、弹跳与豪情、敏捷与反应。如今，所有这些只剩下了缅怀。

而且，我揣测，那些热衷于看球、谈球的中老年球迷，他们很可能也像我一样有着类似的情感体验。这时候，谈论篮球的心情可能就会复杂起来。而这种复杂性，也许正是我们思考篮球另一种秘密的开始。

2011 年 4 月 18 日
（原载《南方都市报》2011 年 5 月 1 日）

在散文的时代里诗意地思考

——聂尔其人其作

一

　　2001年后半年的某一天，我收到了聂尔寄来的《隐居者的收藏》①。他在"自序"中说："把写作时间不同、体裁不一、写法各异的一些东西收为一集，没有别的原因，只为出书而已。"这种坦诚的自白让人感受到真正的个人写作在我们这个时代的无奈。我们总是喜欢把一些作家制造成我们这个时代的"流行歌手"或"大众情人"，而他们在积累了足够的文化资本之后通常又会忘记写作的本质。在我看来，像聂尔这样能写出如此纯粹文字的人已越来越不多见了。

　　聂尔能把文章写成美文，在我已是一件预料中的事情。不太严格地说，我们应该算是同学。二十多年前，我们一同走进了晋城一中那个名声大噪的"复习班"，当时许多人就说，那个一瘸一拐的家伙很厉害，他考上过北大，只是因为身体原因才名落孙山。如今，这个神话的制造者忽然来到了我们中间，不由得让人肃然起敬。一年之后，果然又是他制造了神话。他成了晋城县（现泽州县）的高考状元，然而，还是因为身体原因，他没有进入他梦想的北京大学。

　　用社会学的术语说，这应该是一起"聂尔事件"。我不知道这样的事件会不会发生在今天，但是它实实在在地发生在二十世纪八十年代初期。这样的事件表明，拨乱反正与思想解放的"宏大叙事"关心的不过是过去的和群体的事情，而没有纳入那种"叙事"模式的个体则被打入了另册。他们一开始就失去了分享"社会公正"的资格，只能在喜气洋洋的时代氛围中眼看着新的"伤痕"落在自己身上。二十年之后，尽管当事人以轻描淡写的笔调讲述出了自己的这个故事，但

　　①　聂尔. 隐居者的收藏. 北京：中国华侨出版社, 2001.

是我依然能感受到那次事件给他带来了怎样的心灵伤害。因为从此以后，他不得不把"命运"带入自己的意识和思考之中。当然，他也以种种方式反抗过"命运"对他的不公与嘲弄，然而，这种反抗最终却是溶化在《战争与和平》面前。聂尔说，《战争与和平》中的"每个人都表现为一种独特的命运，他们看到了自己的命运，他们步伐坚定地向命运走去。我和他们走在一起，一起呼吸着俄罗斯冬季那又清新又寒冷的空气，我忘记了自己的命运，不，我理解了我自己命运的独特性，从此以后我将不奢望去开创生活，我只是要守护自身的独特性，我将不再怨恨，我要对自己充满信心"①。

我惊异于作者在弱冠之年就能对"命运"作出如此精湛的理解。一个能清醒认识并精心守护住自己命运独特性的人是幸福的，因为很可能这才是生命最本质的东西。而我们这些人却只想到了那些外在于生命的功名利禄，我们已忘记了倾听自己的生命之音。

一

1985 年，我被分配到了晋东南师专②，来到了聂尔几年前就读的这所大学任教。在我这个外来人眼中，师专显得破败、荒凉，没有一点大学的迹象，这让我感到有点绝望。我不知道聂尔最初面对这所学校时是一种怎样的感受，但我想他的那种绝望一定比我体会得更加深刻。我来到这里，又忝列为这里的教师，我可以把这所学校当成人生的一个驿站，然后制订出一个逃离它的计划。而聂尔却是这里的学生，学生与母校的关系就像儿子与母亲的关系，这是一件终生都无法逃离的事情。当然，在那种悲愤的迷狂中，他也曾有过种种象征性的"叛逃"举动，他说他旷课，他抵触所有的教学活动，但最终的结果是并没有多远的路供他逃跑，他只能逃到简陋的图书馆里。

十多年之后，聂尔如此记录下了那座图书馆给予他的馈赠："我终生热爱的一些作家就是首先在这家简陋的图书馆里结识的。比如，托尔斯泰、尼采、卡夫卡、普鲁斯特、加缪、萨特、乔伊斯、弗洛伊德，等等。我在那里读了他们少量的作品，有的甚至就是一些片段，

---

① 聂尔. 回忆多年前读《战争与和平》//隐居者的收藏. 北京：中国华侨出版社，2001：255.

② 晋东南师专全名为晋东南师范专科学校，位于上党古城山西省长治市。该校创办于1958 年，2004 年升格为综合性本科院校，并改名为长治学院。

这些作品闪电般地将我击中之后，却使我终生不能自拔。"① 从这些作家身上，聂尔一定汲取了许多人从来也不可能汲取的东西。因为在他后来的写作之旅中，我看到这些作家的幽灵不断地徘徊在他的作品中，他们构成了聂尔精神世界和写作世界的重要部分。

这里我必须指出我们这些人与聂尔的距离。像聂尔所提到的那些作家，同样也是二十世纪八十年代许多文学青年所喜爱的作家，然而，我们的喜爱也许更多是一种文化思潮催生出来的产物。当这种文化思潮消退之后，我们的喜爱也随之烟消云散。我们唯恐自己落伍，我们匆匆忙忙去捕获着下一个喜爱的目标，却轻易地抛弃了我们的初恋对象。我们缺少聂尔那种终生不能自拔的痴情，自然我们也就失去了让这些作家长久滋润我们生命的机会。或者更准确地说，我们缺少与这些作家长期厮守的能力。大概，这就是我们与聂尔的距离。

这样的距离也许永远也无法缩短了，因为我们当初就没有被他们"闪电般地击中"，我们因此也就丧失了理解他们的先机，这应该是问题的关键。比如，对于卡夫卡，聂尔曾做出过如此精微的理解。他说："卡夫卡成为中国青年知识分子心中至高的福音，是因为在个人普遍受挫的时代，回到自身以寻求自我拯救，是他们所以为的唯一的道路。而在这唯一的道路上，先哲卡夫卡为我们铺满了温柔、呢喃、果决和爱的话音。我们自尊而软弱的心难以拒绝卡夫卡地狱一般巨大的诱惑。"②

聂尔对卡夫卡写下的这段动情的文字总是会让我想到本雅明。本雅明是生活中的失败者，当他把卡夫卡作为一个失败者的形象加以理解时，他的理解具有了极大的穿透力。从世俗的角度看，聂尔也是现实世界中的失败者。他考了那么高的分数，却没有走进一所像样的大学；他应该是心高气傲之人，却至今没能走出生养他的故乡；他写出了那么多精美的文字，却依然没有什么文名。他说过他的疾病是他生命中重要的基础，这意味着他的疾病也许注定了他一生的奋斗都难以摆脱失败的阴影。我猜想，只有对自身的境遇有过深切体悟的人，才可能把卡夫卡理解得入木三分。本雅明是如此，聂尔也是如此。

这又是我们与聂尔的距离。我们总是想着俗世的辉煌，却忘记了

---

① 聂尔. 青春与母校的献礼//隐居者的收藏. 北京：中国华侨出版社，2001：104.

② 聂尔. 道路//隐居者的收藏. 北京：中国华侨出版社，2001：52.

社会总是赢家，而个人不过是微不足道的一粒棋子。实际上，在厚厚的社会之墙面前，又有谁不是这个世界里的失败者呢？

三

当然，聂尔也曾有过辉煌的时刻。1985 年，他的一篇评《人生》的文章获得了"全国首届青年影评征文一等奖"。许多年之后，他为我们讲述了他的领奖过程。

> 在中组部招待所，我被训练如何走上主席台领奖，如何走下主席台。在政协礼堂，我看到陈荒煤走在老人们的行列中，落座在主席台上。一排锃光瓦亮的脑袋在居于上方的主席台组成一个威严肃穆的阵势。威权的亮相，竟可以扼杀所有的幽默。我理解到，无论如何政治有它独特的有效的形式。在掌声和镁光灯的闪烁中，我从陈荒煤手中接过获奖证书。在随后的一次影评界座谈会上，我战战兢兢地发言之后，记者们在厕所里将我包围。我立刻作了心理调整，故作大人物姿态回答他们的问题。
>
> 以后我逃脱所有的会议，和我的一位在京的同学逛公园，下馆子，把我的奖金全部吃光。我对他说，这将是我今生唯一的一次荣耀。[1]

庄严肃穆的领奖过程被聂尔叙述出了一种荒诞意味，这大概会令许多人感到失望。然而在当时的晋城与长治，这个故事却成了轰动一时的新闻。他成了晋东南师专的骄傲，被中文系请回去做一次演讲。我现在还依稀记得他用略加改装的晋城话讲述了一遍关于自己的故事梗概，也大致介绍了一下获奖论文的内容。他的演讲让师专的学生深受鼓舞。现在想想，这应该是一次被利用的演讲，因为自此以后，师专人在谈到聂尔的时候，便可以轻易地把他定位在"身残志坚"之类的意义层面。当然，这既是主办者的意图，也是当时那个时代的需要。但是对于聂尔来说，其中的荒诞意味也许就更浓了。

在这种种的荒诞之后是他那篇非常严肃的评论文章。聂尔说，高加林是大西北高原传统社会的叛逆者，他的性格促使他走出去，而传统思想占统治地位的农村却要把他拉回来。本来，这种矛盾中蕴含着

---

① 聂尔. 道路//隐居者的收藏. 北京：中国华侨出版社，2001：53-54.

极其丰富的思想与情感的内容，但是编导没有顺着这一思路开掘下去，而是极力渲染传统的温柔、黄土地的善良与刘巧珍的痛苦和不幸，结果高加林反抗的必然性与深刻意义荡然无存，这部影片也终于落入了"痴心女子负心汉"的俗套。这是影片最大的失败之处。①

可能这就是聂尔所说的"处女作"。在当时那个为《人生》一片叫好的声音中，他的这种见解的独到与犀利是显而易见的。不过，我更感兴趣的是为什么聂尔会有如此发现？高加林是我们那个时代的一个悲剧式英雄，他不愿重复父辈走过的道路，而是被现代文明之光引领着，踏上了"进城"的漫漫历程。他是乡村世界与传统社会的叛徒，实际上他也是我们这代人的精神写照。在潜意识中，很可能我们都希望这个"叛徒"修成正果，因为我们期待着他的成功实际上也是期待着自己的凯旋，但是他最终却跪倒在黄土地上与他所背叛的东西握手言和了。他回归到了传统之中却背叛了我们，也背叛了我们与他达成默契的某种信念。他的这种举动的象征性含义很可能会让我们无所适从。

这就是聂尔写作此文的潜在动机吗？我说不准。不过在他的所有文章中，我发现有一条"叛逆"的主线在时隐时现地浮动。高加林无疑也在叛逆着，但他的叛逆实在又太单薄了，它无法承载起聂尔的叛逆情结。

四

1985 年的那篇获奖论文表明，聂尔已经具备了一个文学批评家必须拥有的全部素质，然而，尽管后来他也写了一些评论文字，他的兴趣却越来越远离了文学批评，他真正的理想是成为一名作家。

现在看来，与其说作家是他选择的结果，不如说他被选中成了作家。海明威说：一个作家最好的早期训练是"不愉快的童年"。② 这样的经典论断在今天看来或许已显得冬烘，但是，它依然给我们一种真理的启示，也影响着我们对作家的判断。然而，聂尔却说："童年无法决定我们目前的状况，相反，我们目前的状况却决定着或改变着自

---

① 聂尔．总体构思的失败——我看电影《人生》//隐居者的收藏．北京：中国华侨出版社，2001：212 - 214.

② 海明威．谈创作//董衡巽．海明威研究．北京：中国社会科学出版社，1980：92.

己遥远的童年，使它加入我们现在的眼下的生活中来。"①

我理解他所说的这番话的含义，因为他相信本雅明的论述："对于回忆往事的作者来说，重要的不是他经历了什么，而是对他的记忆的编织。"因此，记忆的实在是不存在的，存在的只是记忆的虚无。"只有这种记忆的虚无才能放射出所谓创造的辉光，以此辉光来遮蔽或有或无的记忆之实体，将其投入其后的黑暗之中。"②

只要想一想本雅明那篇充满了梦幻迷离的《柏林纪事》，我们就没法不同意聂尔的说法。但是我依然想指出，对于一个作家来说，"经验的"童年仍然是至关重要的，因为这种童年经验的性质很大程度上决定了他是否具有回忆的能力。也许，把海明威与本雅明的说法加在一起，我们才能对童年记忆作出一个正确的解释。

这样，我就可以把聂尔的童年记忆定位在"不愉快"的层面了。在我的想象中，聂尔的童年记忆是不愉快的。我原来以为，这种不愉快主要应该来源于他的疾病，但是聂尔的叙述却更多地指向了他的父亲：

> 在童年时代的我看来，我的父亲也像上帝一样威严。……我父亲阴沉着脸，永远都在苦恼着，他随时都可能使任何人难堪，他的训斥像天上的电闪雷鸣。他苦恼的原因我无从知晓。而且，因为恐惧我甚至从来没有想过去了解这一点。那是天国里的秘密，是上帝的法宝，是上帝据以主宰人类的宝剑。……我的父亲使我这样一个微小、胆怯、敏感而又脆弱的灰尘一般的存在物，深深地，每日每时地，刻骨铭心地体会着自己的卑下、可耻和无用。③

在聂尔的回忆文字中，他曾多次提到过他的父亲，他的父亲因此也作为一个文学形象不断地走进了他的叙述当中。从以往的文学作品中我们已经获悉，父亲常常是理性的化身、权威的代表。不过，尽管他们对待儿子可能性格暴躁、专断、蛮横，我们的文化传统却总是要把这些解释成父爱。儿子最终也在温柔敦厚的文化传统面前束手就范，成为"父爱"的权威阐释者。朱自清的《背影》是如此，最近流行的《激情燃烧的岁月》中也有这样的故事。这意味

① 聂尔. 童年辩说//隐居者的收藏. 北京：中国华侨出版社，2001：17.
② 聂尔. 童年辩说//隐居者的收藏. 北京：中国华侨出版社，2001：18.
③ 聂尔. 童年辩说//隐居者的收藏. 北京：中国华侨出版社，2001：19-20.

着儿子必须经过一个反叛/认同的过程才能确认父亲的位置，才能扮演好儿子的角色。我们的文化传统认可了这样一个少小逆反、老大皈依的过程。

但是，聂尔的叙述却游离了这一文化传统，因为他那些关于父亲的文字让我想起了卡夫卡。卡夫卡终生生活在他父亲为他制造的阴影之中，他的胆怯与勇敢、倔强与恭顺、狂妄与谦卑，构成了他独特的气质，也成就了他独具魅力的思想。卡夫卡说："我写的书都与您有关，我在书里无非是倾诉了我当着您的面无法倾诉的话。这是有意的离别您的延长，只不过，这种离别虽然是由您强加在我头上的，但它却是按着我所规定的方向进行的。"①

这是 1919 年卡夫卡写给他父亲那封长信中的一段话。在 1999 年的一篇短文中，聂尔对他与他的"儿子"的关系曾作过如此的想象：

> 我往往一个人呆想，如果我有一个儿子，我和我的儿子就像当年我父亲和我一样，我们没有共同的语言，没有很多的家庭情感，我们之间的关系由对抗、恐惧、厌恶和逃避来组成。对于我的儿子来说，我，一个无可理喻的父亲，意味着家庭的墙壁，社会的铁门，道德和非道德的无可逃避的开端，等等。我儿子，我亲手种植的一棵疯狂成长的小树，将会以他的蛮野和勇气，推倒墙壁，撞开铁门，像一支利箭从开端处射走……
>
> 这就是我儿子，我那未曾有的儿子。
>
> 他给过我幸福的感觉，我却不知道他成长在何处。②

这就是说，聂尔不仅像卡夫卡那样在书里倾诉了当着他父亲的面无法倾诉的话，而且设计了另一场并不存在的父子之间的战争。这场战争的模式显然来自他的童年经验，而他却把胜利的花环挂在了他儿子的胸前，因为他信奉弗洛伊德的那句名言："反对父权并赢得胜利者，才是英雄。"③

让他的儿子成为英雄起因于聂尔的一种补偿心理吗？我想是的。因为在对父权的反抗中，卡夫卡没有成为英雄，聂尔也没有成为英雄，然而，也唯其如此，他们才拥有了刻骨铭心的经验，获得了编织记忆的能力。于是，他们的文字变成了文学。

① 卡夫卡 . 致父亲的信//卡夫卡小说选 . 北京：人民文学出版社，1994：541.
② 聂尔 . 我的儿子//隐居者的收藏 . 北京：中国华侨出版社，2001：30.
③ 聂尔 . 我的儿子//隐居者的收藏 . 北京：中国华侨出版社，2001：31.

五

可是，我们这个时代好像已不需要文学，作家也越来越变成了一个可疑的角色。我们每天生活在图像的世界中，我们用"看"代替了"读"，并把这种新型的接受功能称作消遣。而真正的阅读活动——比如阅读那些经典名著——却逐渐成了一件奢侈的事情。

如同许多写作者一样，聂尔也遇到了这个时代所制造出来的这种尴尬。他要成为一个真正的作家，就必须坚守既定的信念，继续成为自我记忆的开掘者、编织者与守护者，但是这种写作方式所生产出来的产品又意味着没有多少读者，也没有什么销路。那些没有形成生产规模不想投入批量生产的人肯定会被推到更加边缘的位置，这就是文人在我们这个时代的生存状态。

从这个意义上说，聂尔注定要成为这个时代的落伍者，因为他似乎并不打算调整或改变自己的写作方式和姿态。当然，为了感受这个时代的气息，他像波德莱尔笔下的游手好闲者一样，也时常漫步于城市的街头。变幻万端的时代梦像让他感到"震惊"，但他并没有在人群中寻找避难所，他只是退回到自己的居所里，检点着那些被城市扔掉的"垃圾"——一些无用、过时、碍手碍脚的精神碎片，然后，他把自己的震惊体验整理成了这样的句子：

> 喜剧的时代展开了其迷人而又骇人的原野，我们是其中受惊的奔跑的兔子。
> 没有任何乌龟。
> 没有惊吓的主词。
> 没有可供描述的边界。
> 写作是没有希望的逃跑。[①]

这样的思考表达出来的是真正的个人写作在我们这个时代的必然命运。聂尔厌恶种种宏大叙事的东西，所以他逃到了个人写作的天地里。这是一种对抗，也是能守护住文学秘密的最后形式。然而，在电子媒介时代，这种对抗已失去了原来的纯粹性。因为你不可能不使用电脑，不可能不上网，也不可能拒绝把自己的作品变成网络中的资

---

① 聂尔．网络时代的个人写作//隐居者的收藏．北京：中国华侨出版社，2001：209．

源。于是，真正的个人写作逐渐变得形迹可疑，它为新的写作方式、传播方式和接受方式所篡改，实际上，它已经无路可逃。

本雅明说："文人的生活是纯粹精神庇护下的存在。"[①] 依我的推测，聂尔现在依然追求着这样一种文人的生活。但问题是，支撑这种生活的东西已越来越少了，他又去哪里寻找这种生活的支点呢？

六

受马克·波斯特（Mark Poster）《信息方式》《第二媒介时代》的启发，我曾把孤独地思考、审美地想象看作是印刷文化的产物。他的观点之所以会让我大受震动，是因为我想到了我们这代人的命运。我们的童年、少年时代还没有所谓的卡通片，我们的思想或者理念是通过青年时代的文学读本建立起来的。然后，我们开始遭遇到了电子文化。为了与时俱进，我们必须去熟悉和掌握那些电子媒介的相关产品，它们也逐渐成了我们生活中的重要组成部分。但是，与电子文化耳鬓厮磨的时间一长，我们又觉得自己的情感失去了弹性，思想没有了力度，想象变得呆头呆脑，于是，我们又开始怀旧。我们慌慌张张地搭上电子文化的这架战车，仿佛就是为了对那些养育过我们的印刷文本频频回顾。当然，也许我们从来就未曾割断过这条精神纽带，因为它是我们的生命之根。

这条生命之根同样也生长在聂尔的精神世界里，它没有排斥他接受电子文化的产品，却提醒着他与这个世界的距离。比如，他较早地用起了电脑，他说他是个"网虫"，他把他的作品搬运到了"亦凡公益图书馆"里。但是，当他谈到阅读的时候，他的印刷文化情结却依然呈现得那么清晰：

> 读书现在有了很多方式，用电脑，用电视，听录音，等等，我自己也几乎每天都要面朝电脑显示器几个钟头，但是，对我来说，所有那些都不是适当的阅读方式，只有用双手捧读那些光滑的纸页时，我才觉得自己在阅读。这里关键的一点是，我使用了双手，我把握住了那试图从流畅的视觉中溜走的东西。而别的几种方式，因为没有使用到手，我都觉得的确是溜走了什么，溜走了的不仅是隐藏于字里行间的，而且还有双手不知置于何处的呆

---

① Walter Benjamin. One-Way Street and Other Writings. London：Verso，1992：276.

瓜一样的我们自己。①

陈平原先生担心数码时代的读书人很可能会用"快速浏览"取代"沉潜把玩",我想,起码对于我们这一代的读书人来说,他没有如此担心的必要。比如聂尔,尽管他曾经半真半假地告诉我他已经不读书了,但是他那条粗大的生命之根却不断地把他拽入书的记忆之中,他温习着书里面的情感与思想,这些东西构成了他接受视觉文化时的心理障碍。

聂尔曾经把书看作是他的精神故乡,也曾把手持书本看作是一种美学姿态,那么,可不可以把书,也就是把印刷文化看作他所追求的那种生活的支点呢?我的结论是肯定的,我想聂尔也一定会同意我的观点。因为失去了这样东西,我们将变得一无所有,两手空空。

七

我必须结束我的这篇文字了,但是我依然无法对聂尔其人其作作出一个准确的判断。我自以为比别人更了解聂尔,可面对他的作品,却还是感到了把握的困难。聂尔的思想是以"碎片"的方式存在的,青春、疾病、衰老、城市、黑夜、卡夫卡、波德莱尔等等,构成了他叙述的基本元素。早晨从中午开始的时候,他抽烟喝酒聊天下围棋,以此体验着世俗的生活和书外的世界;他把阅读与写作交给了黑夜,因为他认为黑夜可以使你成为真正孤独的人,卡夫卡的作品就充满了夜的幽灵。

我又想起了本雅明。阿伦特在评论本雅明时指出:"如果把他完全说成是我们通常的框架里的作家,就得做出许多否定的陈述。……我想把他说成是诗意地思考的人,但他既不是诗人,也不是哲学家。"② 我以为,这段评论文字也能够表达我对聂尔的看法。我也想把聂尔说成是诗意地思考的人,但他既不是诗人,也不是哲学家。

在这个散文的时代里,能够做到诗意地思考已经很不容易了。我知道我还在思考着,但我的思考中早已没有了诗意。所以我想,那些

---

① 聂尔. 记忆及其他. 太行文学,2002(2).

② 阿伦特.《启迪》(本雅明文选英译本)导言 // 刘北成. 本雅明思想肖像. 上海:上海人民出版社,1998:219-220.

还在以这种方式思考着的人，必定是一些孤独而痛苦的灵魂。他们那种微弱的声音尽管有可能被这个喧哗的时代淹没，但是唯有他们的存在，才会让我们感受到这个时代的贫困，我们也才会想起自己的心灵之泉已经干涸很久了。

或许，这就是聂尔其人其作的全部意义。

2002 年 8 月 25 日

（原载《文艺争鸣》2003 年第 2 期）

创伤经验的智性表达

——读聂尔《最后一班地铁》

因为网络和博客，聂尔《最后一班地铁》[①] 中的大部分文字我在它成书之前就已经读过了，所以这一次的读实际上是重读。重读意味着温习与缅怀，却也依然有不时的惊奇和心有所动——那应该是一种突然的发现吧。如此说来，我在他的书中究竟发现了什么呢？

首先的发现是聂尔对底层世界的关注。像《中国火车》里的小偷，《为谁而颠狂》中的老业根，《人是泥捏的》中的老女人，《与宋海智博士对谈》中那个不在场的"失踪的姐姐"，李荣昌，老 G，小 b，小姨夫，"看不见的"清道夫，瘸子和聋哑人，这些人太普通也太平常，以至于很容易被人视而不见。但是，他们却进入了聂尔的视野，并被作者感受、感叹、琢磨和思考着，他们也就成了这本散文集中一处处暗哑的风景。说其暗哑，是因为他们作为底层世界的小人物，常常无法发出自己的声音。即使有声音响起，也大都暗淡、纤细、缥缈。它们显然是被时代强音淹没的对象。然而聂尔却让他们说话了，而他们一旦说话，便充满了一种忧伤、无助和令人绝望的美。当表妹要跟那个精神病人小 b 离婚时，"小 b 跪在表妹面前，哭着说：'你是好人，你不要走！'表妹泪流满面，为这句话，为这个人，为他们共同拥有的黑暗前程"[②]。而那个老女人常常"在没有任何缘由的情况下，长叹一声：'唉，人是泥捏的呀！'说这话的时候，她的身体慢慢向后仰去，像是要从小凳子上仰面跌倒。她说的这句话，她说这句话时的语气，以及她危险的后仰动作，完美地结合为一体，成为一种无可辩驳的人生观"[③]。这些话自然全部都是出自那些小人物之口，但是一经聂尔的叙述与描绘，它们就拥有了现实主义的力量和唯美主义

---

① 聂尔. 最后一班地铁. 广州：花城出版社，2009.

② 聂尔. 小 b 回家//最后一班地铁. 广州：花城出版社，2009.

③ 聂尔. 人是泥捏的//最后一班地铁. 广州：花城出版社，2009.

的韵味，底层声音因此也获得了一种丰富而精致的表达。在后殖民主义理论家斯皮瓦克那里，"底层能说话吗?"曾是一个巨大的疑问。读了聂尔的文字，我意识到这种理论的脆弱。

这么说，莫非聂尔是一位底层生活的观察家？或者套用流行的说法，他成了一位"底层写作"的践行者？宽泛而言，如此品评似无多大问题，不过倘若谁真的这么去定位聂尔，我就会觉得是对作者的一种委屈。事实上，无论聂尔写到了谁，他最终写的都是他自己的思考与理解。或者也可以说，他用自己的思想穿透了社会之墙，我们顺着他的思想线路前行，也就获得了进入底层世界的秘密通道。底层世界本来是杂乱无章的，那些游走于其中的小人物也大都面目模糊，但是，聂尔却让他(它)们有了形状和模样。这其实是一种美学赋形的过程。在悲悯地看与贴着他们想的过程中，他们有了心灵的驿动和灵魂的呻吟，也仿佛像作者那样开始了思想的呼吸。"我的小姨夫一定是在大病之后，看清楚了一切，于是他不再说话了，因为原来那个清晰的世界消失了，出现在他眼前的是一个完全陌生化的东西，越出了他的逻辑世界之外，于是他只好呆在外面张望。"① 这是比较典型的聂尔式表达。在这里，作者用他的思想呵护着也击打着他笔下的人物，而那些人物也在他思想的光辉中慢慢苏醒。人物被他的思想激活了，他们因此成为栩栩如生的艺术形象。

如果说面对现实中的底层作者还只是粗线条地勾勒，那么一旦面对自己记忆的底层，他的笔墨一下子就变得细腻而绵密了。这本集子中有相当一部分篇幅是作者对往事的追忆，然而这又是怎样的往事啊。在《审讯》中，母亲的钱包丢失了，全家人却理所当然地认为"我"是作案对象。在全家人组成的"法庭"上，"我"虽被判定无罪，但他们依然等待着"自然的诡计"，而这一天果然不期而至。在《我的恋爱》中，因为母亲身患重病，"我"的婚姻问题成了母亲治疗方案的一个组成部分。起初"我"拒绝着这种粗暴的介入与干涉，后来当"我"终于进入恋爱的状态中时，"我"的恋爱却突然被父亲宣布必须终止，"我"又一次成为家庭暴政的牺牲品。还有许多篇什中那个无处不在的"父亲"，他像"幽灵"一样潜入作者的无意识深处，成为作者恐惧、惊慌、耻辱、沉默地拒绝或无助地反抗的对象。作者

---

① 聂尔.小姨夫//最后一班地铁.广州：花城出版社，2009.

说："很多年之后，我产生了一个怀疑，如果没有我父亲那一次的撕书，我对书的爱好可能不会延续得这么长久。我可能会像我家族里多数的人们一样，投身于更为实际的事业，并且鄙视书本。父亲撕了我的书，使我的阅读除了阅读本身的含义，更具有了一层象征意义。"①这么说，作者人生的重大选择——阅读与写作，依然是父亲幽灵作用的结果。只不过这种作用并非助力，而是反向用力之后激发了作者长久的抵抗。

如此看来，在这些文字所构成的自叙传里，全部往事几乎都成了作者的一种创伤记忆。这种创伤记忆固然打着浓郁的个人化烙印，但我并不认为它们只属于作者本人，而是具有了某种社会性或政治性。在中国，传统的君臣父子模式已经塑造了渺小的个体在家庭与社会中卑微的位置，而当代集权主义的社会体制又打造了无数个与这种体制成龙配套的家庭结构。因此，当儿子体验着父亲的威权统治时，他或许已在提前体验着社会的威权政治；当家庭成为一个专制的场所时，也许它正是那个更大的专制主义"管理"之下的必然成果。1968 年的"五月风暴"中，西方世界诞生了一句名言：个人的事情就是政治的事情。我从聂尔的创伤记忆中也读出了这种东西。所以，当聂尔"审父"的时候，他其实也是在拷问着我们的这个社会与时代。他以非常私人化的叙述，又以非常迂回曲折的方式完成了他对社会的批判。

如果我的上述理解不错，那么聂尔的这些很个人的文字就不再单纯。通过它们，我们看到了私人话语与文学公共性之间隐秘的逻辑关系。正是在这个意义上，我觉得聂尔的如下文字是值得注意的，它们或许构成了理解这本散文集的关键段落："想想我自己，我无论每日家中面壁，或者有时置身于自然的荒野，我的精神从来没有得到过解放，没有获得过自由，我总是惴惴然于一种无形的抽象的社会压力。我把世界看作不成比例的两极：一极是海洋一般颠顶强大的社会，另一极是沙粒一样渺小的我自己。我，以及如我一样的人们，因此而成为循规蹈矩者，谨小慎微者，成为'沉默的大多数'，尽管沙粒的内心有时也会翻卷起愤怒的波涛，但大海对此完全可以视而不见。"这是《小 b 回家》中作者生发的感慨。结合他的其他文章，我们不妨对这段文字做出如下解读：对于渺小的个体来说，他们在进入社会之前

① 聂尔 . 道路//最后一班地铁 . 广州：花城出版社，2009.

就已被家庭提前去势了，于是许多家庭成为颠顸而强大的社会的得力帮手。他们带着自己的脆弱与恐惧走进社会，本来已具有了充当顺民和良民的种种潜能，但社会依然不依不饶，结果，许多人就只能像小b一样，成为一个潜在的精神病患者。而他们的存在，他们没有感受过自由也没有获得过解放的身心世界，则对这个外表光鲜的社会构成了巨大的反讽。

于是，沿着作者创伤记忆的视角重新打量他笔下的那些小人物，他们或许就获得了新的解释：那些小人物像作者一样，同样也有着种种创伤经验。他们在社会之网中挣扎、碰撞，却终于无法修成正果，而是成为这个社会的失败者，多余者，边缘人，惨遭遗弃者和精神病患者。时代的战车呼啸而过，他们或者被甩到一边或者被卷入轮下，他们也就成了这个时代的殉葬品。聂尔用自己的创伤记忆感受着也阐释着那些同样有着创伤经验的人，又用别人的创伤经验回望着也咀嚼着自己的创伤记忆，二者相加便形成了一种复调叙事：那是自我与他者之间的彼此呼应，也是历史与现实之间的暗中对话。

又是自己的创伤记忆，又是他人的创伤经验，这本散文集一定被作者搞得凄凄惨惨戚戚了吧？实际情况却并非如此。集子中虽然也有一些凄美的故事，但总体而言，它们大都流动着清隽、健朗、舒展、自然的气息，似乎是哀而不怒，怨而不伤。为什么聂尔的散文能写到如此境界呢？

我想到了他文章中不时出现的冷幽默。比如，当老G被学生暴打一顿后，"我"去看老G，文中有了如下描述："他躺在医院病床上，简直不成人形，脑袋全部变成暗颜色，并且膨胀到原形的三四倍之大。他当时只能像蚊子一样低声说话，但因为脑袋已不是原来的脑袋，所以他的悲愤之情既无法表现到脸上来，也无法体现到语言中。"[①] 再比如，当作者领奖回来在转车之地的小旅馆中担惊受怕时，"听到脚跟前的一个人说梦话说的竟是阳城（与我的家乡晋城相邻的一个县）话，我恐惧顿消，于是放心大睡"[②]。这种幽默常常能让人会心一笑，它稀释了生活的辛酸与坚硬。然而这样的文字毕竟在文中只占很小的比例，它们还不足以构建整个文章的风格。

① 聂尔. 老G纪事//最后一班地铁. 广州：花城出版社，2009.
② 聂尔. 道路//最后一班地铁. 广州：花城出版社，2009.

我又想到了他文章的写法。聂尔的散文以写人叙事为主，然而所写之人与所叙之事却常常置于他思想的观照甚至覆盖之下。也就是说，当他开始他的描述时，固然也为"情"所引领，但更为"理"所控制。于是那些外在于他的故事已非单纯的故事，而是被作者思想渗透过的故事；那些内在于他的往事也非单纯的往事，而是被作者的智性与理性梳理过的往事。因为经受了思想的洗礼，他的文字就富有了一种特殊的张力和魅力。在这套文丛的序言中，林贤治先生特别提到散文的语言是一种自由的、富有个性化的语言。这种语言"由于来自生命的丛莽深处，带有几分神秘与朦胧是可能的；又因为流经心灵，所以会形成一定的调式，有一种气息，一种调子，一种意味涵蕴其中"。聂尔的语言正是这样一种具有"气息"的语言，请看他如下的表达："当八十年代最后一个春天以我从未见过的热烈，以我有限生命所能看到的最为绚丽的色彩怒放到那年夏天的初始，并最终被时代之手轻轻掐灭的时候，九十年代的酷暑寒冬正式来临，八十年代'哗啦'一声坍塌成记忆中的废墟。"这是《最后一班地铁》中的结尾句，作者用诗意的语言轻叩着八十年代如烟的往事，但叙述中蕴含着风云雷动的力度。在这里，情与理、诗与思已达到一种有机的融合。而这样的表达在这本集子中可以说是俯拾即是。

那么，是不是这种智性与诗性的表达让聂尔的散文具有了一种特殊的韵味？是的，我想说的就是这个意思。许多年以前，我在聂尔的文字里就读到了这样一种表达，但我一直不知如何去解释这种表达。而这一次的集中阅读，我却忽然发现这种解释其实已隐藏在他的叙述之中了。作者的奶奶去世后，人们希望他在葬礼上大哭一场，以此证明他对奶奶的感情，但是他却终于没有哭出来。他说："真实是无法这样来表达的，更无法当众这样来表达。对我来说，所有的感情都不单纯。它们不光是感情，它们也凝结着思想的血。它们需要细致、曲折、独特的表达方式。"[①] 在这里，凝结着思想之血的感情，细致、曲折、独特的表达方式，这几乎就是我要寻找的答案。而找到这个答案时，我也长出了一口气。我想到了艺术辩证法，想到了艺术生于节制死于放纵，想到了诗性表达与智性表达的关系，也想到了美文中的思想和思想者的美文，甚至还想到了阿多诺关于文学的诸多论述。而所有这

①　聂尔. 奶奶//最后一班地铁. 广州：花城出版社，2009.

些都是起因于我读到了聂尔的这几句话。

或许，这也是我阅读《最后一班地铁》的一个重要发现吧。

2008 年 12 月 9 日

（原载《博览群书》2009 年第 2 期）

高调地笑，低调地写
——关于聂尔的闲言碎语

我大概是在第一时间收到了聂尔送给我的新作——《最后一班地铁》①，也在第一时间读完了书中的全部文字。面对那些精美的篇章，我已写出一篇读后感——《创伤经验的智性表达》，但依然有一些想法没写进去。那我就趁着这个热乎劲儿，再来一篇吧。

这本集子中有一篇文章，名叫《瘸子的自尊心》。聂尔说："一个普通人的自尊心与一个瘸子的自尊心是根本无法相提并论的，二者之间一定有着某种本质的区别，就像梨子和苹果一样，虽然同属水果，却断不可混同为一。实际上，此二者差异之大甚至要超过梨子与苹果。如果把普通人的自尊心比喻为一棵树的话，那么这棵树可由小树长为大树，可以长到枝繁叶茂，甚至可成风景一片；即使长不太大，亦可与风共舞，摇曳可观。但是瘸子的自尊心（为论说方便，瞎子、聋子等就不说了，现在专讲瘸子）就不是这样的，瘸子的自尊心是一根木头桩子，是已死的树，它既已无法长高，也永不会长出任何一小片绿叶。"

读到这里时，我心里是颤动了好几下的。我想到了聂尔也是一个瘸子。瘸子很容易进入人们的视野，是因为他们走路的姿势。我与聂尔相识于1979年的秋天，他当时大概就是这么走进我的视线中的。记得当时有一个愣头小伙几乎与聂尔形影不离，他来自聂尔所在的那个发电厂，似乎也充当着聂尔的保护神。许多年后我与聂尔谈起这段往事，聂尔大笑说，哪里是他保护我，明明是我保护他嘛。要不是我从中斡旋，他就被几个人给揍了。

以我对这个愣头小伙的了解，聂尔的话应该是可信的，但当时却给众人造成了一种假象。因为愣头小伙胳膊腿健全，喜欢跟人较劲，一急，脖子上的青筋就暴得老粗，这就让人产生了错觉：为了聂尔，

---

① 聂尔 . 最后一班地铁 . 广州：花城出版社，2009.

他大概会暴着青筋，挥着老拳，把胆敢侵犯之敌打他个落花流水。愣头小伙骑一辆自行车，我不时见到聂尔会坐到那辆车子上，随着车子款款而去。我忘不了的是聂尔上车时的姿势。而有几个捣蛋学生原来也是与聂尔相熟的，他们唤聂尔时常常不叫他的名字，而是直呼为"老拐"，以此显示他们的大大咧咧和与聂尔关系的亲昵。被叫作"老拐"时，聂尔似乎也不生气，或者也可以说，他是被他们缠得没了脾气。他无可奈何，也没办法生气。

然而，当聂尔用两个比方让人意识到瘸子与普通人的自尊心存在着令人绝望的区别时，我突然意识到那个年代，聂尔甚至无法守护自己的木头桩子。但有时我又会想，其实直呼聂尔为"老拐"的时候，或许并没有让他怎样难堪。敢于把他叫成"老拐"，可能是童心未泯时的童言无忌，也可能是一种赤诚相见的体现。真正的伤害应该是来自那个文明社会。文明社会里发明了种种新说法，以淡化人们对残疾人的语言歧视。然而这种歧视却又渗透在文明社会的实际操作中，它甚至训练出人们打量残疾人的眼神。而聂尔当年的三次高考一次比一次发挥出色，他成了晋城县的文科状元，却只能在其父亲的说情下去了晋东南师专，这件事情在我看来就是落入了文明社会设计的诡计之中。那是整个社会对聂尔"老拐"身份的一次确认，其伤害程度显然远远大于同伴们的呼唤。许多年之后聂尔说："我在二十岁以前或许还曾经抱怨过命运的不公。但二十岁以后，我对命运已经是那样的虔诚和热爱，这使我甚至产生了一种挚爱的强烈愿望。我觉得此时此地的我，已经降生和已经成长的我，被命运选中和被命运接纳的我，没有什么可愧悔的。"[①] 写出这些话时聂尔显得从容坦然，但我似乎从这种过于明亮的文字中读出了某种深刻的绝望。

我之所以先写到聂尔的足疾，是因为我从他的集子中读到了一种谦卑。我无法确定他的谦卑是否与他终生的疾病有关，但《屋子里的阳光》却给了我某种暗示。聂尔说因为足疾，幼年的他只能每天埋伏在巨大土炕的角落里，觊觎着户外遥远的阳光。为了躲过大人的监视，他不得不在中午等奶奶也小睡之后才敢向着门口的那块石头爬去。他沐浴在阳光之中，也享受着阳光给他带来的巨大喜悦。然而，他又不得不在大人睡醒之前爬回到土炕上，以免被人发现。这里的描述已让人心疼，更重要的是此文的结尾出现了这样一段文字：

---

① 聂尔．道路//最后一班地铁．广州：花城出版社，2009.

8 岁那年，我上了小学。我的足疾终于不能把我彻底阻隔于阳光之外。我能够不靠别人帮助走路了。只是我走得太慢，姿势也难看了一些。但我终于能够缓慢地，难看地，然而却是独自地走进我所渴望的阳光里。阳光普照每一个人，就连我这样的人也能沐浴在阳光之下，这让我的心中满是惭愧。

能够独自走在阳光里的时候，心中却满是惭愧，这该是一种怎样的感受啊。或许，从那个时候开始，聂尔的心里就开始生长出了这种谦卑，而时过多年之后，他又把自己的谦卑植入了自己的文字里。

这就不得不涉及我对聂尔文字的感受。好的作家有好的语言，也会通过所有的表达形成一种独特的语体。聂尔的语体是平静的，和缓的，从容的，睿智的，低调的，我暗自猜想，也许正是那种与生俱来的谦卑让他的语体具有了如此风格。按照我的理解，谦卑首先是因为心存敬畏，于是在命运、爱情、神秘的自然、伟大的艺术面前，他不得不低下高昂的头。《道路》一文中，聂尔在引用了卡夫卡的一句话之后说："我永远写不成他那样的柴禾一般能够直立的句子。我的句子像烂苹果，只有一股腐败的味道，甚至没有紫色的果核。这是我唯一的绝望之处。"在没有收入他这本集子里的《师专往事》中，聂尔又有过如下表白："有一位老师在课堂上公然说，来到师专就别指望考什么研究生当什么作家，那是痴心妄想！我在课后对同学们说，如果我想考研究生就能考得上，那没有什么难的。但我没有说我想当作家就能当成。那是我的理想，如果我把它说成是容易的，就是对这一理想的亵渎。"类似于这样的表达，在我看来就是敬畏，那是虔诚与敬畏之后生成的谦卑。

于是聂尔有了一种低调叙事，那似乎是一种低到尘埃里的叙述。在这种叙述中，每个人每件事情在他的笔下都有了一种悲悯、宽容的表达。就像唱歌，他总是要降一个调，或者干脆低一个八度。这时候，乐音反而变得格外醇厚了。在《李荣昌》中，聂尔叙述的是一个下岗工人对强大的体制不屈不挠进行抗争的故事。然而文章末尾聂尔却说："他的一个下午的诉说使我感觉到人生如战场的高度紧张和疲惫，但是，当我把他的故事重新讲述时，我很惭愧地发现，我根本无法把洋溢在李荣昌身上的战斗气息带入这个文本之中，我怀疑自己把一个满怀着希望的人写成了一个无路可走的人。"为什么聂尔会出现这种怀疑？实际上是他对李荣昌的故事做了降调处理。李荣昌像堂吉诃德一样沉浸在战斗的快意中，聂尔却看到了那种战斗的荒诞性。他用这种低调叙事既让别人的故事与自己的叙述之间呈现出一种张力，也在很大程度上呈现出事情本身的残酷性。

文章中的聂尔是谦卑的、低调的，但生活中的聂尔却并非如此。聂尔喜欢笑，那是一种彻头彻尾、彻里彻外的笑。一件事情别人不笑时他会笑，别人微笑时他大笑，别人大笑时他的笑可能就收拾不住了。那种笑中气十足，拔地而起，声振林木，响遏行云。我与聂尔相见时听他大笑不止，常常会感叹他居然有如此纯粹的笑声。这种笑是具有感染力的，它能把我带到笑的情境之中，让我这种本来习惯于皮笑肉不笑的人也开怀大笑，仿佛大杯喝酒般痛快。这本集子中正好有一篇《笑声响起来》的短文，聂尔说，为了弄清楚自己为什么总是笑得肆无忌惮，他甚至买回来两本专门研究笑的书，却依然不得要领。于是他有了如下解释："因为找不到笑的真正原因，我只好把自己暂时列入疯人之列，说得学术一点，可能应叫做隐性神经症患者，其表现可概括为：发声器官会脱离大脑独自运动；面部肌肉有花蕾一般全面开放的欲望；两只眼睛过小不能全面胜任心灵窗户之职责，不得已而用前仰后哈、狗窦大开、鼻涕眼泪予以补充。"

这种解释是相当有趣的，但我还是另有看法。聂尔的笑自然不是无缘无故的，否则他就成了个神经病。当他发笑的时候，常常是面对着可笑的人或事。生活中那些小的滑稽和荒诞扑面而来，那是万花筒般的喜剧时代生产出来的一个个插曲；而当集权、威权、强权盛行之时，它们固然造就了种种不幸和眼泪，却也以它们的颠顸制造了种种笑料。一旦这些笑料来到聂尔面前，它们就会引发聂尔惊天动地的笑。他在笑可笑之人之物的愚蠢、浅薄、无知，也让那些东西在笑声中现出了原形。于是面对聂尔高调的笑声，我常常会想到伏尔泰。我自然是不可能听到伏尔泰的笑声的，但在聂尔那里，我仿佛听到了伏尔泰笑声的巨大回响。所以，我倾向于认为聂尔的笑是一种特殊形式的社会批判。他在文章中低调写作，却又在笑声中高调出场，看上去不可理喻，实际上却是一种矛盾的统一。在文章无法触及的地方，他用宽音大嗓的笑建构了他的另一种作品。

或许正是因为聂尔本人喜欢笑，他对笑的思考才那么别致。他说："欧洲文艺复兴是一种放荡的笑，著名的蒙娜丽莎的微笑已经表现出她看见现代的价值虚无主义深渊的入口，那是一种临危不惧的无道德的笑。"他说："忧郁是深渊，微笑是深渊之上开放的花朵。忧郁是唯一的月亮，微笑是满天的星辰。"他还说："恋人脸上的微笑不是微笑，它是狂喜的抑制性形式。绝望与狂喜都是近于疯狂的边缘状态，而爱情简直就是一种疯狂。"这些文字全部出自他的《日常的喜悦》，他把微笑看作一种日常的喜悦，他也就常常被这样一种笑容打动。这么说，自己喜欢大笑的聂尔却把那种"发自内心，轻微地，悄悄地绽放在人的脸上"的微笑看作一种美的表情。这似乎又是与他日常的行为相抵牾的，但我觉得并不矛盾，因为这里涉及美学中的一个重要范畴：自然。

我想到《我的恋爱》一文刚被聂尔放到博客上时，我和他的朋友们曾有过一次说正经也不正经说不正经也算正经的讨论，讨论的内容主要在于该不该把退婚的原因写出来。聂尔在文章里只是写到他父亲突然对他宣布，必须终止这桩婚事，否则就与他断绝家庭关系。但为什么他的父亲会做出如此决定，聂尔没写。于是这种写法遭到了一些朋友的质疑。而我是赞成他做出如此处理的。我现在才想清楚的是，这么来写就很自然。我还想到的是，呈现于文学中的自然与一五一十如数家珍般的自然是很不一样的。后者也许更真实，但真实的并非就是自然的，而自然的却往往维护着真实的另一种尊严。以前的文学概论教科书中有个概念叫作艺术真实，我不知道如何表达这个意思，就姑且借用一下这个概念吧。

而事实上，聂尔其实就一直是生活在自然中的（我在这里已偷换了自然的含义）。他住在我曾熟悉如今却已生疏的家乡的那座小城里，他结交了许多三教九流的朋友，他一出家门或许就面对着真正的民间。这是一种更接近自然的生活。不像我，我现在每天把自己关在书斋里，走出户外见到的是拥堵的车流，闻到的是污浊的空气，听到的是喧哗与嘈杂。我过的日子不接地气，我就想象聂尔每天都被那个宽大的民间社会包围着、感染着；他倾听着天籁之音，呼吸着新鲜空气，也汲取着写作的养料与灵感。说心里话，我很羡慕他。

2008 年 12 月 13 日

（原载《都市》2009 年第 2 期）

美文是怎样炼成的

——读聂尔《路上的春天》

好几年前，一位外校的考生报考我们这个专业的硕士研究生。进行复试时，面试小组的一位老师没听说过这位考生的所在高校，就问：能否简单介绍一下你们那所学校的情况？考生闻听此言，似乎一下子松弛下来，便以"我们那所烂学校"作为开头语，开始了他的讲述。那位老师很敏感，马上打断考生，说：怎么能以这么一种口吻谈论自己的母校呢？考生自知失言，很是尴尬，只好重新选择语气、用词进行叙述。然而，他的这一失误毕竟已给老师们留下了比较糟糕的印象。后来他没被录取，这应该是原因之一。

如果这位考生读过聂尔的《青春与母校的献礼》，我想他就不会那么不恭不敬且不屑地去谈论自己的母校了。聂尔的母校是晋东南师专，那是一所蜗居于山西上党古城长治市的师范专科学校，比那位考生的学校不知又要差多少，但是当聂尔谈起自己的母校时，他的笔调是谦卑的、柔和的，充满了感恩之心与怀恋之情。在他的笔下，"我的母校是小小的，简朴的，在这个喧声四起的越来越大（小？）的世界上，她甚至是沉默的"。他说："我觉得自己仿佛是母校的一个卑微的儿子。"他还说："如果我这样的人也算有一段知识生涯的话，那么我的知识生涯的起点只能是发生于我的母校。母校是当年青春年少之时追求知识与正义的纯真之地，但是这多少年来我所能拿出的报答有几何呢？我或许可以借用别人说过的话，'我只是一个乞美的丐人'，我望着天空，双手空空。"① 正是凭借着这种叙述语调，聂尔走进了对青春往事与母校的怀想之中。

如今，这篇散文就收在他的新著《路上的春天》② 里，而重读这

---

① 聂尔.青春与母校的献礼//路上的春天.北京：中国人民大学出版社，2012：206-207.

② 聂尔.路上的春天.北京：中国人民大学出版社，2012.

篇散文，也勾起了我的许多记忆。1998 年，我还在聂尔的母校任教，那一年学校要搞建校 40 年复校 20 年校庆，我也被抓到校庆办公室当差，负责一本回忆性文集的征稿和编辑工作。我现在已记不清楚只是给聂尔寄去了例行公事的征稿函，还是专门写信提醒过一番，但总之我是希望他能写出一篇好文章的。果然，他写来了这篇美文，让我大喜过望。因为征稿函虽发出上千封，但应者寥寥，而在所有的 59 篇来稿中，像样的文章又没几篇。我想利用编辑之权把聂尔的文章置于文集之首，却终于没有成功，原因是原师专党委书记也写了篇回忆文章，领导说，总不能把人家的文章放到后面吧。这样，聂尔的文章就只好屈居第二了。

我无权把聂尔的文章排到第一，却有权在课堂上把这篇美文念给学生。二十世纪整个九十年代，我在晋东南师专主要是讲写作课。讲到文体写作部分时，我便会选一些好文章读给学生听。像孙犁的《亡人逸事》《母亲的记忆》，史铁生的《我与地坛》，徐晓的《永远的五月》等等，它们都成了我诵读的篇什。聂尔的文章到来后，我立刻决定扩大诵读的阵容。而诵读完他的文章，我也总会跟学生们说：你们知道聂尔是谁吗？学生原本还沉浸在美文的意境里，等知道聂尔原来也是前师专学生，他们便啧啧有声，表情也变得丰富起来。我知道那是惊叹、感叹和赞叹的声音，也从学生的脸上读出了许多羡慕嫉妒恨。其实这也正是我所需要的效果。我想用美文震撼他们，还想让聂尔鼓励他们，此谓让他们克服自卑心并增强写作自信心的小伎俩。可惜的是，这种诵读和伎俩并没有延续太长时间。我大概只给一届或两届学生诵读过两遍或四遍（当时上两个班的课）聂尔的文章，因为1999 年的秋天我就离开了那所学校，否则，我是会把这篇文章一直诵读下去的。

《路上的春天》中有篇短文，名为《禁止朗诵》，说的是见到好文章，聂尔便忍不住要向别人朗诵，却常常遭到冷遇和拒绝，结果"多年来，我的朗诵的欲望被深深地掩埋起来"[①]。他在此文中也陈述了朗诵的理由，但在我看来，诵读除了会带来与人分享的快感外，更重要的一点理由是，能经得住诵读的文章才是好文章；而一旦经受了诵读的考验，文章似乎也就经过了某种形式的确认。因为许多时候，我们对于好文章其实只有一种模糊的感觉。这时候，我就觉得不妨诵读一

---

① 聂尔. 禁止朗诵//路上的春天. 北京：中国人民大学出版社，2012：62.

番，看它能否上口，句子有无嚼头，可否产生一种和谐的音响效果。也只有在诵读之时，文章内部的肌理、纹路与节奏，乃至句子与句子所组成的旋律，段落与段落所形成的声部等等，才能纤毫毕现地裸露出来。本雅明曾说过，书抄一遍如同在一条乡村道路徒步跋涉，人们因此看到了景致的千变万化，那比浮光掠影的默读不知要强多少倍。①而在我的心目中，诵读就是另一种意义上的抄写。

事到如今，我也终于想清楚了我选择《青春与母校的献礼》作为诵读篇目的全部理由——除了那是一篇能产生音响效果的美文外，它还为莘莘学子明确了对待母校和师长的情感态度。聂尔说："至于师生之间的情感，我更觉得是无法言表的一种秘密。和我有过深厚私交的一位老师于几年前弃世，每逢想起他生前的容颜我都震惊不已，我和别的老师一起追悼和缅怀他，但我无法向局外人，那些并非我的老师和同学的人，讲述我的悲痛与震惊，因为这只是我们——母校、老师、同学——之间的情感。……后来我想，是老师给予我关怀和教导，使我从一个卑贱的少年成长为充满自信、尊严和骄傲的青年人，这是我一生中的又一个起点，是我生命中的又一个开端，而我用一辈子的时间都难以表白我对启蒙者的感激之情。"②记得当年读到这里时，我的心里是涌起过一阵感动的。师道之不存也久矣，而在与聂尔的漫长交往中，我也意识到他的内心深处其实是打了一层自负和狂傲的底色的。但让我略感意外的是，当他谈及母校与老师，他的狂傲与自负便化为乌有，取而代之的是一种谦卑、虔诚与感激。他懂得什么是敬畏，也明白为什么在无法言说的地方必须沉默，他甚至不愿意提及那位老师的名字。在这里，聂尔似乎是在践行一种"隐"的传统，于是，直己不直人、直内不直外便构成了他的言说的边界。

然而，又经过了十多年的情感沉淀之后，那位老师的名字终于还是在聂尔的笔下出现了，他就是活到45岁英年早逝的魏填平。而聂尔之所以会去写魏老师，或许还是受到了我的逗引。因为在纪念宋谋旸先生逝世十周年的2010年岁尾，我忽然有了写一写魏老师的冲动，于是便把《逝者魏填平》这块砖抛出来。不久，我便见到聂尔的《回忆魏老师》也贴到了他的博客上。在这篇散文中，聂尔讲述了他与魏

① 本雅明.单向街//孙冰.本雅明：作品与画像.上海：文汇出版社，1999：21.

② 聂尔.青春与母校的献礼//路上的春天.北京：中国人民大学出版社，2012：211-212.

老师的私人情谊，魏老师的形象也一下子变得清晰了。那是一个苦恼人的形象，也是用没日没夜的贪玩（下象棋）试图消除其苦恼的形象；同时，那又是一个爱护、呵护乃至袒护学生的班主任形象，而那种爱心最终又变成了一种坦诚的、不容置疑的行动——亲自撮合学生在毕业之前赶紧谈对象，并因没有给聂尔趸摸一个而感到失职："有一天晚上轮到我来睡在这间宿舍，看管那些行李。我的班主任老师来和我一起高高睡在行李堆上，他和我进行了一场推心置腹的彻夜交谈。他说他最后悔的事情是没有帮我在本班女生中找一个对象，以便我可以带着女朋友去经历社会，因为他认为我这样的人到了社会上肯定找不到一个志同道合者，于是就只能组建一个像他的家庭一样的无爱的家庭。而他对无爱家庭的苦楚显然已经尝够，所以他为我惋惜，并因为他没有尽到可能的责任向我致歉。"①像这样的师生关系我不知道会不会出现在今天，但它确实出现在八十年代初期。如今，八十年代已成为缅怀之物，成为艾略特所谓的投放情感的"客观对应物"，甚至成为本雅明所谓的"爆破"之物——一些研究者正试着把八十年代从那个历史统一体中爆破出来，形成某种拯救计划。而在这些泛泛的怀想和专门的研究中，我们尤其需要注意像聂尔笔下的这种历史细节，因为只有丰富而生动的细节在场，历史才不会成为一幅扁平的画面。

除了魏老师，聂尔还写过《我的老师宋谋玚》《师专往事》《我的同学聚会》《老 G 来访》等，它们与《青春与母校的献礼》一道构成了一个小小的写作系列。我也专门写过魏老师和宋老师，还在师专待了十多年的时间，于是读着聂尔的这些散文时，便不免会暗暗比对——看他如何运笔，怎样行文；而面对同样的人和事，我又是如何展开叙述的。比对的结果是，我下笔铺张，事无巨细，浓墨重彩，泥沙俱下，用聂尔的话说是"连皮带肉地叙述"②。这种笔法往好处说是详尽，往差处讲就是啰唆，提起筲箩斗动弹。而聂尔通常喜用白描，所以他用笔简约，不蔓不枝，点到为止却又能写意传神。读他的散文，我常常会想起苏东坡的说法："大略如行云流水，初无定质，但常行于所当行，常止于所不可不止，文理自然，姿态横生。"比如，他在《师专往事》写到做读书报告时曾有如下描述："我同时非常留

---

① 聂尔. 回忆魏老师//路上的春天. 北京：中国人民大学出版社，2012：203.
② 聂尔. 在高岸上//路上的春天. 北京：中国人民大学出版社，2012：315.

意在场旁听的外国文学老师对我的读书报告的反应。她是一位年轻的女教师，据说她是师专仅有的一名校园女诗人。她对我的读书报告的反应只是微微笑了一下。那一笑令我惭愧数年。我明白了我对卡夫卡和西方现代文学的领悟将会是一条漫长的道路。"[1] 这是几个快速切入的句子，在结构上有承上启下的功能；同时它们又是高度浓缩的，里面蕴含了丰富的语义信息，又完美地实现了叙述的目的。这种写法就像一个足球巨星在禁区前沿的表现，他只是稍作盘带，就完成了几个干净利落的过人动作，接着便是足球砸向球门划出的漂亮弧线。而在这篇散文的结尾，聂尔则如此写道："从此以后，师专就成为回忆和述说的对象。1985 年，我的一篇文章在北京得了一个小的全国性的奖项之后，师专中文系请我回去做了一次演讲。我的很多老师坐在下面听了我幼稚而匆忙的演说。看到他们欢喜的眼神，我也油然生出欢喜之情。我为我是一个师专的毕业生而感觉到欢喜。这种欢喜是安然、隐秘、长久和无法言说的。它至今仍在我的心中长存。"[2] 这里依然是快速的叙述，除呈现出"常止于所不可不止"的韵味外，还有"欢喜"一词的选用和几度使用，隐而不发的描绘，它们共同构成了叙述的妙音，让人回味不尽。像这些句子，我就只剩下喜欢和欣赏的份儿了，自己却是断然写不出来的。

为什么聂尔能写出如此漂亮的句子呢？原因应该是多方面的，但我觉得如下的原因更值得关注。

如果读者仔细阅读《路上的春天》，就会发现那里面还蜿蜒着一条关于阅读与写作的主线，它直接呈现在《我的外国文学流水账》《我的青少年阅读小史》《凝视，你就会看见》《我的写作故事》《书房的记忆》《说缘》等散文中，也间接隐伏在《师专往事》《钢笔》甚至《我的女儿》等描述里。在不止一处地方，聂尔曾用不同的文字表述过他很早就开始做着的作家梦。比如："我在课后对同学们说，如果我想考研究生就能考得上，那没有什么难的。但我没有说我想当作家就能当成。那是我的理想，如果我把它说成是容易的，就是对这一理想的亵渎。"[3] 这是非常明确的说法。再比如："最初的反叛性阅读成为我永远的经典，最初的追求成为我永恒的梦想，最初的道路成为我

---

① 聂尔. 师专往事//路上的春天. 北京：中国人民大学出版社，2012：184.
② 聂尔. 师专往事//路上的春天. 北京：中国人民大学出版社，2012：189.
③ 聂尔. 路上的春天. 北京：中国人民大学出版社，2012：183.

清澈的人生。一个在初始阶段即有所皈依的人，一个生活在不变的梦境里的人，一个从不变易其道路的人，一个从未真正悔恨过的人，这就是我所理解的古典主义者。而我就是这样一个人，或者我希望自己是这样的人。"① 这又是比较委婉的表达。成为作家需要天赋，这一点已成定论，估计没人会提出反对意见。在这方面，聂尔是具备这种资格的。但许多人可能不太清楚的是，成为作家还需要大量的阅读，这一点则往往容易被人忽略。

我曾批评过中国当代作家所存在的问题，这些问题有很多，但我现在意识到的一个问题是，许多作家乃至一些优秀作家虽然不可能没有阅读，但他们的阅读量显然不够。这里的阅读量不光是指经典文学作品，还指文学作品以外的哲学、美学、文学理论等著作。而据我所知，许多作家是不读理论书的。他们或者读不懂理论书，一读头就大，或者把理论书看作妨碍创作的劳什子，轻蔑地加以拒绝。结果他们就只凭才气写作，而才气是很容易挥洒一空的。每当看到一些好作家写着写着就露出了破相败相疲软相，我就觉得可惜。我觉得他们是写得太多了而读得太少了。

但聂尔不是这样，他是一位始终"把阅读置于写作之上"② 的作家，他不光读文学作品，理论书甚至也不比专门做理论的读的少。大约是 1985 年或 1986 年，他就从我那里借去了黑格尔的四卷《美学》，那时候我只是买回了这套书却还没敢阅读。他散文中描写的书房我也多次去过，在那些转圈的书架里盛放的不光有作品，理论书也占据了相当的规模。《我的外国文学流水账》有这样的文字："直到近 30 年后的 2009 年我才找到可以支持我的内心感受，对托尔斯泰的小说议论进行了深刻哲学阐释的思想史家伯林。在一家快捷酒店的大床上捧读伯林的那个昏暗的夜晚里，我独自一人重新回到了阅读《战争与和平》的激动难安而又幸福快乐的我的青年时代。"③ 一些读者读到这里可能会感到好奇，或者会返回到《河曲笔会》中寻找答案。但我一下子想到了那本书是伯林的《扭曲的人性之材》。还是因为聂尔在读这本书，我从河曲回来之后才买回了它，也买回了伯林的《浪漫主义根源》。

---

① 聂尔. 说缘//路上的春天. 北京：中国人民大学出版社，2012：141.

② 聂尔. 活在永恒的回忆中//路上的春天. 北京：中国人民大学出版社，2012：302.

③ 聂尔. 我的外国文学流水账//路上的春天. 北京：中国人民大学出版社，2012：280.

　　英国诗人奥登在《论阅读》中曾描述过自己的伊甸园。当我们读着聂尔读过的那些书时，实际上也走进了他的伊甸园，在那里，我们应该可以找到聂尔写作的标高，也可以找到哪些作家作品与聂尔的写作构成了一种隐秘的关系。写到这里，我又不由得比对我与聂尔阅读的差异了。我曾写过引起聂尔"复杂的感受和思绪"①的长文：《一个人的阅读史》。当我去写自己的阅读心史时，我一方面依然是"连皮带肉地叙述"，以致阅读史成了自己的私人生活史；另一方面，我那些阅读也只是作为普通读者的阅读，这固然是因为写作此文时我不想端起研究的架子，也是因为那些文学作品对我的震动已经久远，我只能写出一些朦胧或模糊的感受。但聂尔的阅读却是内行阅读，专业读者阅读，接通自己生命体验并让这种体验观照文本的互动式阅读。在这个意义上，他成了接受美学所谓的"隐含读者"或"理想读者"。卡夫卡、托尔斯泰、屠格涅夫、陀思妥耶夫斯基、别林斯基、海明威、波德莱尔、萨特、马尔克斯甚至伯林等作家和理论家，就是被他这么读过来的。唯其如此，我们才能理解为什么伯林的论述能一下子点燃和照亮他对托尔斯泰的阅读记忆，为什么谈到卡夫卡时他会说："我现在之所以不再经常打开他的书，恐怕只是因为卡夫卡所连接着的我的个人阅读史过于长久了，以至于打开他的书我就望见一条我本身的蜿蜒曲折的所来之路。他的书已不仅仅是他的，同时也是我的。那巨大的温柔与黑暗的体验从未有第二个人能够再次给予我。"②这已不光是阅读，不光是"长久地凝视它，字与字之间的空虚处就会有意外的蝴蝶飞出"③，还是人书合一的灵魂交融，是把阅读变成一种宗教的皈依之旅。如此，阅读在这里也就呈现出了它的最高境界。

　　但聂尔已是作家，这意味着阅读之外他还要写作。我总觉得，当聂尔写作时，他不光从那些他熟读的经典名著中汲取着精神元气，而且也在学习着他们的表达，揣摩着他们的行文用笔。而所有的这一切经过了创作心理学所谓的神秘转化后，才造就了聂尔独特的叙述风格：简约、干净、凝练、疏朗、蕴藉，既风清骨峻又摇曳生姿。大概这就是所谓的"读书破万卷，下笔如有神"，大概这也是所谓的"气盛言宜"。

---

① 聂尔．在高岸上//路上的春天．北京：中国人民大学出版社，2012：316.

② 聂尔．我的外国文学流水账//路上的春天．北京：中国人民大学出版社，2012：283.

③ 聂尔．凝视，你就会看见//路上的春天．北京：中国人民大学出版社，2012：20.

没有收到这个集子里的两篇文章让我意识到了聂尔文学写作的追求，也让我意识到他在散文写作方面的用心。在一次演讲中，聂尔曾说过他反对"非经典或反经典的写作"："所谓非经典的写作我指的是，有的作家宣称他们不需要阅读和借鉴经典作品，既不需要中国典籍也不需要外国文学名著，他们可以独自进行创造。在这些作家的文本中，文学成为对个体经验和当代生活的即时反应，成为一种被赋予了某种文学形式的条件反射。"① 若从反方向理解，我们可以说聂尔所践行的正是一种追摹经典的写作。在另一次演讲中，我特别注意到了他对散文的说法："我们通常认为，散文最能体现一个人的语言功力。所谓语言功力就体现在你写的每一个句子上。"而对散文语言重视不够的原因是，"你没有把每个句子作为你写作的基本单元，你可能过多地考虑了主题和别的因素，你没有紧盯住句子来写作"。因为"好的文学语言不是那么顺溜的，不像高速公路一样畅通无阻，而是经常会绊住你，甚至每个句子都要绊你一下，让你不能顺利通过，这样你就会反复停留下来，把注意力集中在某个句子上，甚至在每个句子跟前都得停留一下，这样，作品的意义才会充分显现出来，这才是好的文学作品"②。汪曾祺说"写小说就是写语言"③，聂尔说"写散文就是写句子"。这都是说到根儿上的话。当聂尔这样说时，我想其中既有他的散文写作心得，也应该是他长期浸淫于名著之中，反复比较各类文体顿悟之后的结果。如此，我们就可以说，聂尔的散文好，是因为他写好了每一个句子。雨果说过："学着阅读就是去点燃火种，每一个词的音节都拼写出火花。"④ 我们现在也不妨说：写作（尤其是散文写作）也是一个点燃柴火的过程，一个个句子就像一根根劈柴，它们必须爆裂，炸响，然后才能充分燃烧，把整个文章照得通体透亮。

如果把聂尔的散文风格做延伸思考，我们或许就会触及一个更为本质的问题了：在今天，文学写作与我们这个时代究竟是何种关系？文学写作如何能最大限度地体现出今天这个时代的本质特征？

应该说，这是一个回答起来难度很大的问题。我曾在多篇文章里

---

① 聂尔．我心目中的好文学．黄河，2004（4）．

② 聂尔．文学写作的若干基本问题．太行文学，2012（1）．

③ 汪曾祺．中国文学的语言问题∥汪曾祺全集：第 4 卷．北京：北京师范大学出版社，1998：217．

④ Charles E. Bressler. Literary Criticism：An Introduction to Theory and Practice. 5th ed. Boston：Pearson Education，Inc.，2011：xi.

谈到过我们这个时代的特征：这是一个全面提速的时代，因此"越来越快"成为理解我们这个时代精神的主要入口。然而，一旦让文学与速度发生联系，我又变得犹疑了。一方面我欣赏卡尔维诺的写作，也欣赏他把"轻"与"快"作为当代文学乃至未来文学的主要价值观；另一方面，我又觉得昆德拉去追问"慢的乐趣怎么失传了"很耐人寻味。为了倡导这种价值观，昆德拉甚至写出了一部名为《慢》的小说。我曾写过一篇《文学与速度札记》长文，很大程度上就是在书写我的这种困惑。

如今阅读《路上的春天》，我又不得不重新面对这些问题了。因为这本书中不仅有一辑"轻的叙述"的内容，而且在我看来，收在这个集子里的文章，许多篇章都体现出了轻、快、微和小，还有一些篇章以瞬间、片断、闪念、顿悟等等选材立意。这种笔法甚至让我想起了卡尔维诺的论述："我的工作方法往往涉及减去重量。我努力消除重量，有时是消除人的重量，有时是消除天体的重量，有时是消除城市的重量；我尤其努力消除故事结构的重量和语言的重量。"① 莫非聂尔是在学卡尔维诺？

好像有些道理，但延伸到文体层面似乎又无法成立。因为卡尔维诺写的是小说，而这个集子却是散文。散文与小说虽然也时常交融互渗，但它们显然又有一些本质区别。困惑之际，我读到了《河曲笔会》中那两句看似随意的文字，忽然才若有所悟："我说伯林是一个开启认识之门的人，我现在要说，本雅明是一个可以打开我们身体内部感性之窗的人。本雅明轻轻拉起我们的感性之眼上原本沉重的一层眼皮，于是，我们眼前陈旧的现实景物立刻焕发出一种历史的清新。"② 我知道本雅明也是聂尔熟读的作家，而本雅明不光对波德莱尔、卡夫卡情有独钟，他还是梦幻般的柏林童年的书写者，是微小物件的迷恋者和收藏者，是对碎片与废墟的凭吊者，是光晕消逝年代的挽歌轻唱者，是看的辩证法的实践者，是文学蒙太奇手法的发明者，是语言问题的形而上思考者。如果说聂尔更像哪一个外国作家，我觉得应该是本雅明，区别只在于：前者是文学写作，但文学中有哲学意义上的沉思冥想；后者是哲学写作，但哲学中又有文学意义上的绵绵情思。本雅明打开了聂尔的感性之眼，说不定也真的开启了他的写作

① 卡尔维诺. 新千年文学备忘录. 南京：译林出版社，2009：1.
② 聂尔. 河曲笔会//路上的春天. 北京：中国人民大学出版社，2012：152.

之窗呢。

如果我的猜测有些道理，我们就可以通过本雅明的视角重新认识聂尔写作的意义了。今天这个时代既是全面提速的时代，也是许多事物被现代化这架战车碾成碎片的时代，于是历史失去了连续性，生活失去了稳定性，心灵也失去了黑格尔所说的"忠实于自己的情致"的坚定性。在现代性的碎片面前，宏大叙事已成虚妄之举，而生命、生活的价值与意义很可能正是隐藏于那种片断、偶然、悖论、反讽、断裂的缝隙、混沌一片的虚无之中。生存于这个时代的作家如果还想写作的话，他就必须捕捉和审视这些东西，让它们为我们的生存底片显影。本雅明说，对于那些天才作家来说，"正是那些断章残篇，构成他写作的美好环境"①。我不敢说聂尔是天才作家，但他确实成了断章残篇的实践者。而那种片断式写作，又让他变成了写作奇迹的制造者。因为他说过："无论多么庸常的生活，一当被人谈论，就变成了闪光的奇迹。"② 我们也可以说，无论多么平淡的素材，一旦被聂尔写作，就变成了闪光的奇迹。他还说过："写作只是为了使我们的生存具有一种清晰感。"③ 那么，我们是否还可以说，因为如此写作，聂尔成了从混沌的生存状态中抠出意义并确认意义的存在主义者？

当我这样解读着聂尔的散文时，我其实已指向了他这本书的第一辑内容："诗意盎然"。那里面写到了新衣与新鞋、钢笔、九华佛茶、暗中的苹果、清早的鸟鸣声等等，篇篇短小精致，如一件件小巧的艺术品，也确实是不折不扣的片断式写作。这辑内容大部分写到了"物"，但如何去谈论这些"物"，我一下子还说不好。我只是在演讲现场听他说过：小说中的物是功能性的或结构性的，诗歌中的物是象征性的，电影中的物是坚硬的，只有散文中的物更柔软，最具有物的本性。

这就不得不说到他今年四月的北京之行。让他来北京的高校做一做讲座的想法我早已有之，这个愿望在今年终于实现了。来回几次邮件之后他报来了讲座题目：《漂泊的文学：散文与人和物的关系》。依我的直觉判断，这是一个富有哲学意味的题目，或者更准确地说是富有海德格尔哲学意味的题目，于是我对他的这次演讲充满了期待。但聂尔既不是易中天也不是罗永浩，口若悬河滔滔不绝显然不是他的强

① 本雅明. 单向街//孙冰. 本雅明：作品与画像. 上海：文汇出版社，1999：20.
② 聂尔. 山上的办公室//路上的春天. 北京：中国人民大学出版社，2012：44.
③ 聂尔. 河曲笔会//路上的春天. 北京：中国人民大学出版社，2012：157.

项。而且，他的演讲似乎还使用了本雅明的"文学蒙太奇"，甚至因为脑子断电、稿子零乱而不得不使用布莱希特发明、本雅明欣赏的"中断"技巧。他在演讲之初讲到了狄金森、纳博科夫口头语言表达能力如何退化，那一刻他就成了纳博科夫。他可真行，居然在演讲方面也找到了学习的榜样。在座听他演讲并且读过他散文的同学可能会心里嘀咕：能把文章写得遍体光华的作家为什么如此不善言辞？大概只有我知道一点内情，因为在办讲座之前，我刚好读了他那篇《文学写作的若干基本问题》，那篇演讲有一个长长的开场白："海德格尔的'烦'和作家的木讷"。他分析了一些作家木讷的原因，而把本质原因归结为海德格尔提出的存在困境："因为在实际生活的言说过程中，无论你使用怎样的言说策略，人生之'烦'仍旧是一个无法解决的问题，所以只有转到写作上来。这是作家埋下头来专心写作的根本原因。用卡夫卡的话说是，用一只手写作，另一只手挡开生活。"

我佩服他用海德格尔的理论对作家木讷的解读，但问题是，他的北京演讲也确实留下了接受美学所谓的许多"空白"，而填充这些空白并非易事，那是需要有与他同等创作经验的那种人才能完成的事情。记得他当时说过，回去之后要把演讲提纲整理成文，但他似乎没了动静。那就让我们共同期待聂尔一只手挡开生活，另一只手写出那篇《漂泊的文学》吧。

2012 年 6 月 9 日写，12 日改

（原载《读书》2013 年第 2 期）

"在地性"写作，或"农家子弟"的书生气

——鲁顺民与他的《天下农人》

一

回家过年时，我决定把《天下农人》[①]带在身边。这本书写的是山西的事，农村的事，那我把它读到山西老家水北村，就算是实实在在接上地气了。

从初一到初五，走亲访友之余，我大都"骨缩"（"骨缩"是我老家的晋城话，身体不展阔之谓也，盖因天寒地冻而起）在父母老屋的炉火边读这本书，先是感慨，后是沉重。加上外面天冷，屋里也不暖和，书里又不时渗出一股寒气，读得我就更加"骨缩"了。读完之后，也让我对鲁顺民这厮有了新认识。

欲说新认识，先谈旧看法。

我知道鲁顺民是作家、编辑，长期经营《山西文学》，从副主编一直当到主编，但许多年里，我都是在跟他的后一种身份打交道。大约十年前，他就开始跟我要稿，有时还要命题作文。2008 年，他给我出题，命我写篇《一个人的阅读史》，我一激动就答应下了，答应了之后却很后悔。盖因当其时也，我既无忆往昔峥嵘岁月稠之雅兴，又长年写论文，不会写散文，就想拖着赖着，让这事黄了。但顺民老弟不依不饶，他过一个月打一次电话，一会儿称老兄，一会儿喊老汉，软硬兼施，一脸坏笑，仿佛是要笑出我的斗志。后来，他见我依然慢腾腾，懒洋洋，死猪不怕开水烫，就跑到我博客上撒泼打滚，说："指头支着磨扇等，你看着办吧。"又吓唬我："我不说话，我就在这儿哼哼。"他这一招挺管用，我怕磨盘倒了压住驴，就一咬牙，一跺脚，紧赶慢张结，一口气写到两万五。他也不含糊，先是分两期刊发

---

① 鲁顺民．天下农人．广州：花城出版社，2015．

我这篇长文，第二年，又邀我去他老家河曲开会，给我颁了个散文奖。

这编辑当得让我心服口服，从催租逼债，到授奖发钱，整个就是一条龙嘛。

但是，作为作家，鲁顺民都写过些什么，我却不甚了了。两三年前，他给我寄本书——《礼失求诸野》[1]，那是他与另一位作家张石山先生的长篇对话录。这本书很有趣，也很让我长见识，但它却是两个人侃出来的。他写的书是什么模样呢？

初见《天下农人》时，我吃了一惊：540多页，小32开，厚得像块半头砖，这可不是两三袋烟工夫就能读完的。（为了与他这本书搭调，我得采用久违的农业时间进入叙述。）而一篇篇挨着细细读过去（确实是挨着读，没有挑三拣四，更没有走马观花），让我对这个"黄世仁"生出了许多敬意。

鲁顺民的老家紧挨着黄河，这本书头两篇写的就是那条河。在我的印象中，能把河写出神采的是张承志。记得当年读《北方的河》，作者写到了黄河的"燃烧"，写到主人公游黄河时与河水的搏击，很豪迈也很悲壮，理想主义的精神，甚至革命英雄主义的气概跃然纸上。但读了鲁顺民笔下的河，就觉得张承志的河还是有点"红光亮"。那是外人眼中的河，书生意气的河，也是"以我观物"的河，所以，他大概只能写出河的表象。这也难怪，谁让他没生在长在黄河边呢？

鲁顺民就不同了，他从小到大与黄河厮守，写出来的河就特别地道："黄河不愧是一条大河，河水流动的声音也绝不同于一般的小溪小水，小溪小水哗哗哗哗地流过去，浅着一条青色身子，在石头上划动出哗啦哗啦的声音。黄河绝不是。大部分时候，黄河几乎不动声色，没有什么动静，河水像烫平的布一样蜿蜿蜒蜒游动过去，难以想象，一条那么大的河，流在那么大的山川之间不动声色的情景。……河水流过去的时候，是在喘，是在呼吸，或者是潜伏的兵阵，在河底下追亡逐北。水互相搓揉着，使人疑心水底下一条水怪陡然搅动，或者，竟是什么能量被霎时崩破，远远地，袅袅地，多年的艄公能够听得出河底下暗伏的阵阵杀机。"[2] 这是深谙黄河习性的摹写，既传神写照又不张牙舞爪，稍稍几笔，气象全出。从此入手，他写艄公如何

---

① 张石山，鲁顺民．礼失求诸野．太原：北岳文艺出版社，2013.

② 鲁顺民．河流四章//天下农人．广州：花城出版社，2015：4.

"听河"，河水如何"饱"得可怕，又写七九河开时，河水怎样最为凶险。他讲述了一件往事：当年他在河曲老家当中学老师，班上三个愣货学生憨大胆，踩着凌块子验证数学几何、物理浮力，结果一人掉进河里，差点丢了性命。当三个家伙嘻嘻哈哈若无其事说"掉河里了"时，鲁老师来了一句："惊得我，肝花像被狼掏了。"[①]

读到这里，也让我想起一件往事。那年在河曲，这边正开会，那边三个作家还在船上喝酒，喝到兴奋处，三人比赛似的跳进了黄河，仿佛要验证"洗不清"是何境界。鲁顺民得知消息，立马让张石山前去"救"人。张石山赶到，想把那三个王八蛋骂上来，但他们志如铁，意如钢，高声断喝：你不下来，我们就不上去。张石山斗不过酒鬼，只好宽衣解带，下河捞人。当鲁顺民听说三个酒鬼跳进黄河时，他是不是想到了当年那三个愣货？是不是又一次惊得狼掏了肝花？

我想，只有清楚黄河的脾气，心里才会时刻装着凶险，那是局外人根本无法窥破的秘密。

我从顺民意识到的凶险谈起，实际上是想说我对这本书中一些篇章的整体感受，因为在许多地方，我其实也读出了凶险和后怕，比如煤矿透水、土改打人。即便他写自家往事，字里字外也是怕。比如，当年高考，顺民像我一样也是个糊涂蛋，头一年自然名落孙山。于是他说："若不是风摆杨柳连担了三天大粪，若不是连着几夜在地头浇水，若不是碰见一位温厚的老师，若不是自己暗恋的女孩子突然不理你了，好家伙，我很清楚第二年不回课堂重新补习，现在是个什么样子。"[②] 这是不是后怕？再比如，假如没有卖户口那出戏，顺民的父亲即便家有存款，又哪能给全家子弟买回城市户口？这不也是后怕吗？

写到这里，我要特意谈谈他那篇《1992，我们的蓝皮户口》了。此文讲的是顺民父亲得知可以买户口后，拿出积攒的一万二，给全家四人买回城市户口的故事，而托关系、排长队、受屈辱、办此事的，正是作者本人。但在我的记忆里，好像根本就没发生过这回事。究其因，大概顺民家是农民，但毕竟还是"城里的农民"[③]，而我家则是村里的正版农民，离城里还有三十里地。当年我父亲听说过这档子事吗？不知道。即便听说，我估计他也只能当成天方夜谭，却是断然不

① 鲁顺民. 七九河开//天下农人. 广州：花城出版社，2015：13.

② 鲁顺民. 改革初年记//天下农人. 广州：花城出版社，2015：18.

③ 鲁顺民.1992，我们的蓝皮户口//天下农人. 广州：花城出版社，2015：34.

敢起意的。这意味着同样是农民，城里是一番景象，城外则是另一个世界。而由此形成的感受和体验虽不相上下，但我与他还是有一些细微区别。顺民说：

> 要知道，一个农民户口糟害过我们多少农家子弟，我们1960年代出生的人，从上小学开始就受农民户口之累了，考学的时候，报志愿，有一栏就是填写你的户口属性，我们只能填"农应"或者"农往"，不能填报技工学校，技工学校是专为市民户口的同学准备的。因为是农村户口，我们没有被招工的权利，我们在学校里只配在集体劳动的时候积极一些，我们在那些市民户口的女同学不理不弄的眼光中发育严重滞后。我清楚地记得，上小学的时候，老师说：市民同学举手！我举起了手。因为我家住在县城边上，根本不知道"市民""农民"的区别，以为住在城边子上便是市民无疑，不想，老师从隔着四排的教台上奔驰而下，就像一个嫖客发现身底下的处女竟然没有出血，狠狠地打落我举起的手，说：你家是个什么我不知道？你个烂农民装甚装？①

这是鲁顺民的创伤体验，但刚刚九岁就能收获如此重创，显然与他住在县城根儿有关。他在《怀念一种》中说，我们这个群体，"一色的农民子弟，一色的贫穷和单调，一色的窘迫和荒芜，因为是一个近城村落，从小学到中学，同学们不是县委大院里的干部子弟，就是城镇职工的子女，构成非常驳杂，几乎就是县城与城郊人口构成的一个翻版，不必说，同样复制着校园外社会里的高低贵贱"②。这就是说，因为住在城乡接合部，他小小年纪就已把自己的"童年经验"搞得丰富多彩了，而我在他那个年龄却"不知有汉，无论魏晋"。原因很简单，因为我的小学、中学都在大队、公社的庙里上，前后左右的同学，一水儿的农家子弟，半斤八两，彼此彼此，谁敢看不起我？我能看不起谁？只是活到十五六岁，我进县城读补习班时，我才进入了鲁顺民的叙述框架，"烂农民"的感受才扑面而来。所以，这一窍我比顺民开得晚了好几年。

开窍之后，我就觉得自己的臀部盖上了"农家子弟"的圆形印章，就像崔健、王朔、姜文等人胸前别着"大院子弟"徽章一样。但同样是农家子弟，我又与顺民不同。迄今为止，我一直浑浑噩噩着，

---

① 鲁顺民.1992，我们的蓝皮户口//天下农人.广州：花城出版社，2015：30.
② 鲁顺民.怀念一种//天下农人.广州：花城出版社，2015：83.

对自己的这种身份毫无反思。而从上大学开始,我这三十多年似乎一直是一种"进城"的姿态。每进一次城,就远离农村一回,直到一不留神混成北京市民,距离我的农村已是 750 公里。我也是个码字的,但这么多年里,我既写不出赵园那样的《北京:城与人》,更写不出威廉斯那样的《乡村与城市》。做出来的东西不接地气,就惭愧,就惶惶然,就像顺民书里说的那样,"恨不得对着镜子自己扇自己两个耳光"①。所以,我读《天下农人》,除读出其他意味外,还读到了一种重要功能——提醒。我得向顺民同志学习。

顺民却完全是另一番模样。他大学毕业后,在老家当过八年中学语文教师,成了乡下的市民。后来他入省城,进作协,一片风光,却始终没有忘记自己的农家子弟身份。或者是,由于他不停地"上山下乡",不断地常回家看看,他的农家子弟身份就不断被唤醒,被确认,然后又推动着他收心内视,直到打量出它的卑微与屈辱,反思出对它的爱恨情仇。《怀念一种》是他的沉痛之作,因为他的发小赵俊明意外身亡,而赵俊明并没有像鲁顺民那样幸运,他半辈子活在河曲的大山里,始终是"烂农民"中的一员。于是顺民思考道,自己能够走出大山,很可能是一种侥幸,甚至是一个意外。他进而由小到大继续追问:"现在才明白,我们出生的六十年代,成长的七十年代,在整部中国史中,是何其糟糕的时代,……我们这一茬人,出生在那样一个时代,并且活着,或者死亡,都是在干着一件又一件不该干错的错事,在出现一次又一次的意外? 可不可以说,我们如此活过,又如此走向归宿,除了我们自身的错误之外,还可以找到别的责任认领者?"②

这是对我们这代农家子弟之命运的沉重反思。实际上,这种反思也断断续续地穿插在他的其他文章中,让本来不是演奏这一主题的乐章多出了一种低回的乐音。例如,那篇《失忆的蛟龙》的长文,本来写的是河曲一家敬老院的凋敝和衰败,但顺民却时不时地宕开一笔,拐到农家子弟那里,开枪放炮。他说,我们那一茬高中生若是农村户口,要想不回家种地,只有两条路可走,其一是高考,其二是参军,如此,才能改变自己的身份,换来一纸城市户口。③ 这是感叹赵俊明们的命运,但又何尝不是对整个农家子弟出路的一种描述? 今年过年

① 鲁顺民 . 这样的送别,这样的怀念//天下农人 . 广州:花城出版社,2015:78.

② 鲁顺民 . 怀念一种//天下农人 . 广州:花城出版社,2015:90 - 91.

③ 鲁顺民 . 失忆的蛟龙//天下农人 . 广州:花城出版社,2015:226 - 227.

回家，母亲跟我讲起我那个外甥的心愿时，居然与鲁顺民的说法一模
一样。外甥对我母亲说：姥姥啊，我这辈子有两个心愿没有实现，一
是没考上个大学，二是没当成个兵。说完这番话没几天，他就像赵俊
明那样，也意外身亡了，年仅 26 岁。那么，我这个外甥作为高中毕
业的农家子弟，是不是早已窥破了自己的命运？

鲁顺民宕开的另一笔是："我，杨凡以及许许多多昔日的农家子
弟，拼命地读书进考，还不是为了脱去'农皮'出人头地？"[①] 由此说
开去，他想到了费正清的一段论述，又延伸出自己的一番思考：

> 在乡村社会的普遍观念中，就人运用的体位而言，谋生使用
> 的肢体愈多，则身份愈低下，使用的肢体部位愈靠上，则身份愈
> 高贵。在乡村社会里，那些最为高贵的人往往是只动动脑子就可
> 以谋得一碗饭的人。这种粗糙朴素的等级地位观念与其说是中国
> 特有的文字造成的结果，不如说是乡村社会一个有机的组成部
> 分。所以从农家出来的子弟，首选的职业就是进入行政单位，案
> 牍劳形，最后谋得一官半职。实际上，在乡村，一个走出农村的
> 人的社会地位高低首先是行政级别的高低，其次才是从商从工及
> 其他。而所谓工作岗位，在乡村人看来，充其量是一个"领工资
> 的地方"。……我们这些靠着头脑吃饭的家伙其实远远没有走出
> 乡村，这与你熟悉和不熟悉乡村关系甚少。[②]

验之于我本人的乡村生活经验，顺民的这番总结可谓千真万确。
拿我自己来说，我现在混成这般模样，或许并非我父母最初所愿。但
我就这么不管不顾，硬是把生米煮成了熟饭，他们也就只能无牛狗拉
车，将就着使，凑合着用了。山西青年作家浦歌写过《一嘴泥土》，
小说中，困在柿子沟里的王大虎没事常常瞎琢磨，他想以后写小说当
作家，结果不时被他父亲拾掇一顿："'作家？'父亲说：'我不反对，
不过那是闲余时间做的事，你可不敢当主业，那样的话（父亲略微瞪
大眼睛，像老虎紧盯猎物一样盯着他，投下似乎有千钧之力的看透一
切的精明目光，同时上嘴唇微微翘起一点，鼻子随即上皱一点，显示
出无限的轻蔑和担心，所有动作到位后，再有力地顿一顿头）——连
你都养活不了，好我的娃。'"[③] 他父亲为他规划的身份是，首选当秘

① 鲁顺民. 失忆的蛟龙//天下龙人. 广州：花城出版社，2015：219.
② 鲁顺民. 失忆的蛟龙//天下农人. 广州：花城出版社，2015：221.
③ 浦歌. 一嘴泥土. 太原：北岳文艺出版社，2015：10.

书，紧跟市委书记县领导，其次做记者，在报社混成无冕之王。不得不说，这个父亲何其心明眼亮，他太熟悉乡村社会的行事逻辑了。

但为什么"我们这些靠着头脑吃饭的家伙其实远远没有走出乡村"呢？鲁顺民在这儿并未展开，我倒是想顺着他的话"接着说"。

我们这代农家子弟有些特别，如果说"80后"是"尿不湿一代"（张颐武的概括），那我们这些"60后"就是"屎布一代"。在买布也要用布票的年代，我们听说过驴肉夹火烧，没见过"芝麻烧饼汉堡包"（汪曾祺的说法），便只能吃高粱面，煮山药蛋，滚铁环，打弹弓，在田间地头疯玩瞎闹穷开心。及至年齿稍长，乳臭未干，又唱着《我是公社小社员》，"放学以后去劳动，割草积肥拾麦穗，越干越喜欢"了。于是，固然都是农家子弟，我们这代人或许比后来者更熟悉乡村，更亲近土地。因为这个缘故，后来即便念了个大学，有了点出息，终于在城里落脚，也常常舍不得大块吃肉，没学会大碗喝酒，无法迅速融入城市生活。其装扮行头，脾气性格，便都有了农民的种种特征。我儿子小小年纪时就笑话我：你怎么像个民工？我说，你小子还挺有眼力，但准头稍差，你爹我好歹也算个包工头吧。又想起当年高校改系建院，我们这个院下面就设了研究所，我也差不多干了十年文艺学研究所的所长。这种建制我不喜欢，明明就是文艺学生产队，干吗搞得那么神秘兮兮？如此高大上，那你还怎么"出水才看两腿泥"？

作为农家子弟，鲁顺民却是这样一类作家——别看他现在混得人五人六人模狗样了，他还牢记着自己屁股上打过印，盖过戳，他腿肚子上的泥巴多着呢。

二

我已写出一堆东西，但其实只涉及《天下农人》的一小部分内容。这本书在我看来，实际上是在两个层面运行，一是自己的故事，二是别人的生活。前者顺民是收心内视，后者他则在以己度人。而后者，又构成了本书更重要的篇章。

这大概与他的写作性质有关。顺民并非专攻小说的那种作家，而是主打散文和报告文学。我记得二十世纪八十年代，写报告文学的作家是很吃香的，他们写得风生水起，读者读得也心惊肉跳。但随着八十年代的终结，报告文学的地位也一落千丈，其中的道道非三言两语说得清楚——关于这个话题，前几年我写《在公共性与文学性之间——论赵瑜与他的报告文学写作》① 时有所触及，或可参考。当然，不死不活期间，它又鸟枪换炮，转世再生了。现如今，它的名字叫"非虚构写作"，代表性作家是写出《中国在梁庄》《出梁庄记》的梁鸿。

可以说，《天下农人》的许多篇什就在报告文学或非虚构写作的谱系之中，而依我拙见，要想把一篇报告文学写好，关键在于你有没有问题意识，能否直戳社会的痛点。由此再来看顺民的这路作品，我就觉得他扎得稳，沉得深，立意高，一些篇章起笔看似漫不经心，但读下来却又让人悚然一惊。例如，《公办王家山》，表面上聚焦全国劳模——王家山小学校长马世奎，但实际上写的是乡村教育之痛。《扶贫流水》初看散漫一片，但实际上写的是扶贫困境之痛。作协须扶贫，作家去扶贫，许多事情"只能通过平时积攒下的私人关系才可以奏效"②，这种状况我在季栋梁所著的《上庄记》③ 中已见识过，这自然已是困境；而更大的困境还在于，扶贫表面上搞得轰轰烈烈，实际上却违背了"救急不救穷"的古训。进一步追根溯源，此种补救又与对乡村社会秩序的破坏有关。乡土中国本来有一套对付贫困的方式，"但是，这一切以革命的名义全部砸碎"，这样，当大饥荒（如1958年，1962年）来临之时，"因为这一套救助机制的消失，导致全国几千万人口被活活饿死"④。我前面已点到了《失忆的蛟龙》，它的主旋律是沉痛的——那个乡村敬老院已名存实亡，而亡故的老人中，九人里就有五人自杀（此文虽写于2001年，但如今农村老人以此了断自己的非但没有绝迹，反而愈演愈烈）；它的副旋律同样令人揪心。在不断的旁逸侧出中，鲁顺民其实想要呈现的是几乎没被人关注过的问题：对于一个高考落榜生来说，没能跳出"龙门"本来已是一种失败；而返入"农门"，却很难一下子融入农民固有的生活方式之中，不得不经受第二次失败。当然，经过一番"思想改造"的过程之后，他们变成地地道道的农民已毫无悬念，但问题来了："现代教育之目的，就是要培养和造就有别于传统的'另一类人'，十年寒窗苦读，

① 赵勇.在公共性与文学性之间——论赵瑜与他的报告文学写作.中国作家，2010 (10).

② 鲁顺民.扶贫流水//天下农人.广州：花城出版社，2015：211.

③ 季栋梁.上庄记.北京：北京十月文艺出版社，2014.

④ 鲁顺民.扶贫流水//天下农人.广州：花城出版社，2015：212.

结果最后和一个没有读过书的农民别无二致，那要学校干什么？"① 当鲁顺民如此思考时，我想到了涂尔干（Émile Durkheim）的说法："应当在'疼痛'的地方，也就是在某些集体的规范与个人的利益发生冲突的地方去认识社会，而社会正是存在在这里，而不是在任何其他地方。"② 正是在这一意义上，我以为鲁顺民虽拐弯抹角，绵里藏针，但最终却揭开了伤疤，指向了社会的痛处。而这些疼痛，往往有伤大雅，很可能已被主流意识删除。这个时代鼓励的是"有了快感你就喊"，你怎么可以疼得吱哇乱叫呢？

更疼痛的是山西的矿难。山西煤多，煤矿就多；煤矿多，矿难也就多。王家岭矿难发生时，顺民与赵瑜等五人第一时间赶赴事发地，然后撰写了报告文学《王家岭的诉说》③，而《王家岭矿难采访手记》应该是他参与这篇报告文学写作的副产品。尽管这次矿难有 115 人获救，出现了所谓的奇迹，但在他这篇大块文章中，我依然读出了锥心之痛。下煤窑的都是农民工，至少在山西，这依然是农家子弟脱贫致富的重要出路。我的一个弟弟在一家煤矿已干了多年，他已彻底厌倦了井下的日子，但不做这样生活又能去做什么呢？

在这次矿难中，顺民记下的几个细节颇为惊心。当他遇到一个求援的老乡时，老乡对他说："小老乡啊，死了谁苦了谁，女人悲伤上一阵，拿上一笔抚恤金，再寻个男人，又还不是一家人？吃男人穿男人，男人死了嫁男人。哪里也是个这。"④ 这种说法很残酷，却也道出了乡村世界的逻辑，更是说出了农民对待拿命换钱的基本态度。当被困的王吉明等人有了被救的希望时，他们并不敢贸然应答。因为有着丰富经验的王吉明知道，每遇事故，煤老板不是先想着救人，而是先打算灭口。⑤ 这种做法悖天理，灭人欲，却很可能是煤老板对付矿难的基本逻辑。当王家岭矿难的营救出现奇迹后，一个电影剧本马上被编写出来：一位来自中国矿业大学的实习生与 150 多名工友被困井下，互助自救。谁都不知道，这个大学生的父亲，正是井上指挥救援的省长。省长强忍悲痛，度过八天八夜的不眠之夜，谁都不知道他唯

① 鲁顺民．失忆的蛟龙//天下农人．广州：花城出版社，2015：268.
② 转引自阿多诺．道德哲学的问题．北京：人民出版社，2007：20.
③ 赵瑜，等．王家岭的诉说．北京：作家出版社，2010.
④ 鲁顺民．王家岭矿难采访手记//天下农人．广州：花城出版社，2015：389.
⑤ 鲁顺民．王家岭矿难采访手记//天下农人．广州：花城出版社，2015：405.

一的儿子被困在井下。① 这是丧事当成喜事办的宣传逻辑，如果这部电影拍出来，就有了所谓的"满满的正能量"。而所有的这些逻辑加在一起，疼痛固然还是疼痛，却也变成了说不清道不明的无言之痛，成了扯不断理还乱的无理之痛。它一方面降低了疼痛的质量，一方面又拉高了疼痛的指数。

鲁顺民就这样在疼痛中行走着，调查着，思考着，实录着，他时而上山，时而下乡，时而访谈煤老板（如《小经历——一位山西煤老板的自述》），时而面对村支书（如《村支书老苗》）。许多时候，他的写作其实已越过了文体边界，既不像散文，也不像规整的报告文学，而只是以手记、口述实录、即时记录等方式存在着。这似乎是小道，是写作的剩余，但往往又能让作品爆发出特殊的能量。他显然不是那种关在书斋里苦思冥想的作家类型，而是靠不断地行走截获写作素材，形成创作灵感。于是他不断走出作协大院，不断返回老家河曲，不断行走在三晋大地上。他就这样走来走去，满脸风沙，两脚泥土。我甚至觉得他是在用脚来思考的作家——思考的范围与幅度取决于他丈量过的距离，取决于他眼到心到之后是否走到。

套用一个新译法，这不正是一种"在地性"（locality，一译"地方性""本土性"）写作吗？在通常的使用中，"在地性"是相对于"全球化"而言的，那是被全球化挤压出来的不得不重新面对的地方性，其中隐含着地方性与全球化之间的互动与交往，矛盾与冲突。但我所谓的"在地性"，首先是一种写作姿态。这是一种植根于本乡本土的写作，紧贴地面的写作。从现实土壤中生长出来的紧迫问题，常常成为其写作动因。其次，在中国的当下语境中，对于城市而言，"在地性"的"他者"应该是全球化，但是对于乡村世界而言，这个"他者"更应该是城市，是一个"地方"之外的全省乃至全国。再次，"在地性"写作既是记录当下的写作，也是介入当下现实的写作。如此写出来的作品甚至有可能速朽，但这并不要紧，因为它本来甩掉的就是"千年蛤蟆万年鳖"的思想包袱，就像列维评论萨特那样："打'介入'这张牌，就是不要像瓦勒里生前所做的那样，就是抵制'为后世写作'的诱惑。介入的作家，就是'在死之前曾经活过'的作家。捍卫介入，不是别的，正是抛弃死后扬名的幻影。"②

---

① 鲁顺民.王家岭矿难采访手记//天下农人.广州：花城出版社，2015：409.
② 列维.萨特的世纪——哲学研究.北京：商务印书馆，2005：109.

把鲁顺民及其《天下农人》代入如上分析，我觉得他（它）非常符合"在地性"写作的特征。他把自己的写作之根牢牢扎在生养他的这块土地上，而他的"介入"与其说是因为报告文学或口述实录等等文体，不如说是因为他农家子弟背后的另一种身份——他是一个读书人，是他所谓的被现代教育培养出来的"另一类人"。这样，农家子弟只是其身份底色，而作为知识分子的观察与思考、调查与分析，才是他身份中的重要支点。因此，如果我们在这部反思农民命运的书中看出了一种书生气，这是毫不奇怪的，因为那正是知识分子的幽灵在书中徘徊。或者也可以说，顺民时常在用"另一类人"的眼光打量着自己的同类：入乎其内时，他是在悲悯，是感同身受，是"了解之同情"，他们的痛苦变成了"我"的痛苦；出乎其外时，他又能从自己的同类中拔地而起，成为爱伦·坡、波德莱尔和本雅明提出、欣赏和论述的"人群中的人"（the man of the crowd）。① 于是他东瞅西看，南下北上，反观、反思乃至反躬自省，目光中就多了一种冷峻。他像我一样，骨子里恐怕还是乡下人，一回到河曲，他大概就能进窑洞，上土炕，盘腿而坐，抡圆了家乡话与农民唠嗑，一副农家子弟的嘴脸。也唯其如此，他才好访贫问苦，受访者才愿意向他敞开心扉。当然，他又是城里人，走进作协时，他则抖落尘土，换身行头，成为一个忧国忧民的知识分子，于是他不得不伏案操觚，不得不把自己的书生气诉之于文本而后快。就这样，鲁顺民裂变成两种人，有时一分为二，有时合二为一。或者是，他像一个导演，随时给自己发出指令，以便自己能在两种身份、两种角色之间自由穿行，迅速切换。

鲁顺民的"在地性"还体现在，他总是从相对于市民的农民，相对于城市的乡村，相对于全国的山西，甚至相对于现代文明的传统秩序进入问题之中。比如，矿难采访之时，他依然琢磨着农民的定义："农民意味着什么？农民怎么去定义？其实，农民并不复杂，农民者也，不就是那些没有任何福利保障为生存而四处奔波的人吗？"② 再比如，走访王家塔时，他思考的是煤炭与农民、与山西、与中国的关系："一边是源源不断往外运送煤炭，一边是当地老百姓无法支付昂贵的薪炭价格。中国改革开放三十年，对于资源富省的索取大于补

---

① 奎恩．爱伦·坡集：诗歌与故事（上）．北京：三联书店，1995：388-450；本雅明．巴黎，19 世纪的首都．北京：商务印书馆，2013：114-136.

② 鲁顺民．王家岭矿难采访手记//天下农人．广州：花城出版社，2015：388-389.

偿，一个个曾经富足的村落的日益衰落仅仅是表象，而它的背后却是产业结构的严重失调与经济活力的严重不足。"① 而在《扶贫流水》中，这种思考又有了升级版：

> 成也煤，败也煤。黑色的煤带走山西太多的东西，也强加给山西太多的东西，这都是这些年来的极度不合理的产业结构带来的恶果。如果说，中国的经济是一艘大船，北京、上海、广州这些大都市，永远高踞一等舱的位置，而东部江浙诸省，则可能由二等舱上升为一等舱，其他中部省份，甚至如内蒙古、宁夏等西部地区，也有可能由三等舱晋级为二等舱，但山西不可能，长期的能源重化基地定位，制造业消失殆尽，根本没有晋级的资格，它永远是中国这艘大船的一个提供动力的锅炉房。②

我的老家晋城就是一个产煤大户，我自然也清楚，这么多年来，这种掠夺式开采给全国带去了什么，给山西带来了什么。而顺民的这番思考更是让我确认了山西目前面临的困境。当能源结构开始调整之后，山西现在恐怕连"锅炉房"的位置都守不住了，它当然进不了三等舱，如今却更是被逼到了甲板上，茫然四顾，心里恓惶。而几十年的开采，也给我家乡带来了严重后果，其中之一是，大部分地方已成采空区，想找一大块坚实的地面都难乎其难。今年过年回家，听说晋焦高铁即将动工，但去哪里建"晋城东站"呢？专家们琢磨来论证去，最终选定了离我家门口不远的一块地盘，因为据说，唯独那片土地还算结实，下面没被采成大窟窿。

从传统秩序去反思现代文明（主要是政治文明），更是鲁顺民笔下的一个固定视角，《天下农人》中许多篇章都有这种视角，兹举一例。关于赵树理，我也读过不少著作文章，但鲁顺民说他有"乡绅情结"，我还是第一次听说。为什么有这种情结呢？因为赵树理出身于"自耕农"（土改时被划为"中农"成分），而在1942年前后，自耕农占到乡村人口的60%以上，地主、富农与贫雇农均为小比例存在。这种中间大、两头小的纺锤形结构成为乡村社会稳定的基础。赵树理熟悉这种乡村社会结构，于是1949年之后，无论他在全国第一次农业合作化会议上唱反调，还是后来冒死写万言书，都是因为他太了解传统乡村社会秩序，"太知道农田里的那点事了"。于是当他洋洋万言不

---

① 鲁顺民. 感慨王家塔//天下农人. 广州：花城出版社，2015：129.
② 鲁顺民. 扶贫流水//天下农人. 广州：花城出版社，2015：196.

能自已时，他已非作家，"但他是一个农民吗？显然也不是。这时候的赵树理，是一位面对自耕农完全消灭、传统乡村秩序完全塌陷而痛心疾首的士绅面孔"。因为有士绅情结，他"哪里能够容得乡村社会秩序陷入混乱？所以，他的作品，无一例外都在营造和维护着关于乡村社会的某种秩序，他心目中肯定有一个理想的乡村国的"[1]。先不论这种观点的好赖，单单这种思路，就已刷新了人们对赵树理的认识。这是"在地性"思考开出的花朵，而那些高高在上的专家，动不动就想借助新理论、新名词把赵树理装扮一番的学者，是断然想不到这一层的。

因为"在地性"写作，我发现鲁顺民的语言也很有特点。从整体上看，他的语言有书卷气，但又往往就地取材，穿插其中。这样一来，用词就地道，句子也灵动，充满一种乡村智慧和乡野之趣，甚至有一种改良山药蛋味。例如，他说高粱"钢丝面"难吃难咽难消化，"刚刚下肚不到三分钟，经过高压加温压缩的面条会一根一根站起来，撑得肠绞胃拧，没有人不吐酸水"[2]。他说刚有"大哥大"那会儿，"通话的时候就跟拿着一块砖头捂在脸上一样"[3]。他说："黄老师特别厉害，他瞟一个眼神都让我们骨软三分。鸡不敢踏蛋，狗不敢吃屎。那是真怕。"[4] 他说马世奎的媳妇当年嫁给他时，没有嫌他成分高，但从民办教师等他变成"公家人"，却用了整整十八年时间，"就像是守了十八年的寒窑的王宝钏终于等到西凉军马的滚滚烟尘"[5]。这些比喻、描写，多取自乡村世界的农业意象，再加上他不时用农业时间进入故事，不时拿来久违的用词或鲜活的表达（如"贫农、地主、成分高""起浮财、挖底财""吐苦水、挖穷根""有钱不住东南房""咱割上球敬神呢，咱自己疼，人家还不高兴""皮裤套棉裤，必定有缘故，不是棉裤太薄，就是皮裤没毛"），就更使语言脸红脖子粗，一蹦三尺高。有时候，他又下笔凶狠，有了汪曾祺所谓的"生吃大黄猫"的效果。[6] 有一次，他问一位老干部是如何走上革命道路的，是不是为报

① 鲁顺民. 赵树理的乡绅情结//天下农人. 广州：花城出版社，2015：152.

② 鲁顺民. 向一九八〇年的麦子致敬//天下农人. 广州：花城出版社，2015：21.

③ 鲁顺民. 1992，我们的蓝皮户口//天下农人. 广州：花城出版社，2015：37.

④ 鲁顺民. 这样的送别，这样的怀念//天下农人. 广州：花城出版社，2015：75.

⑤ 鲁顺民. 公办王家山//天下农人. 广州：花城出版社，2015：169.

⑥ 汪曾祺. 铁凝印象//汪曾祺全集：第6卷. 北京：北京师范大学出版社，1998：331.

家仇国恨。老干部说哪里哪里,那年村里唱戏,请来七大姑八大姨在家吃住五天,瓮里白面下去两指厚,老爹心疼,说这日子没法过了。"从此之后,又是一连五天,家里天天吃糠,直吃得眼前的老干部拉不下屎来,好不容易拉出屎来,又止不住劲,一直拉得脱了肛,他爹在炉沿儿上温热鞋底子才好不容易揉回去。"老干部怕再吃糠,再脱肛,就拍屁股走人,当八路去了。① 这段描述不仅是生吃了大黄猫,还解构了以往那种庄严的革命叙事。

这就是鲁顺民的"在地性"。对他来说,"在地"就是在河曲,在山西,在农民,在语言;"在地"不仅是要在地面走,还要挖地三尺,起获一批鲜为人知的史料。

走笔至此,我们需要面对他那部分关于"土改"的文字了。

三

关于"土改"(即"土地改革"),许多人都是通过历史教科书、文艺作品予以了解的。这时候,教科书是第一文本,它具有不容置疑的权威性、正当性与合法性;文艺作品则是第二文本。在特殊的历史年代,后者原本就是对中共路线、方针、政策的演绎或演义,而一经面世,又反过来成为教科书的参证文本,让那些干巴巴的内容有了情感走向和叙事逻辑。若此二者一并发力,它们便能以非同寻常的方式植入人们的记忆。此后再谈起"土改",人们脑子里便只有教科书中的"知识点"和文艺作品中的"故事会"了。网上有篇关于《土地改革》(新人教版《中国历史》下册第一单元第三课,供八年级使用)的教学设计,设计者导入新课时说:"你看过电影《白毛女》吗? 故事发生在河北省某县杨格村。……请讨论一下:在旧中国的农村地区,为什么会发生这样的人间悲剧?""你听过《听妈妈讲那过去的事情》这首歌吗? 歌中唱道:'那时候,妈妈没有土地,全部生活都在两只手上,汗水流在地主火热的田野里,妈妈却吃着野菜和谷糠。冬天的风雪狼一样嚎叫,妈妈却穿着破烂的单衣裳,她去给地主缝一件狐皮长袍,又冷又饿跌倒在雪地上。'这首歌反映的是什么时代的内容? 当时是一种怎样的情况?"此外,设计者还要播放歌剧《喜儿哭爹》,组织学生演出学生剧《分马》片段,以此"巩固知识点","使

---

① 鲁顺民.改革初年记//天下农人.广州:花城出版社,2015:19.

学生把所学的知识上升为情感认识"①。经过第一文本与第二文本的里应外合,"土改"内容就成功抢占了初二学生头脑中的神经元高地。

有没有第三文本呢? 有,这就是民间记忆。但要想使它成为"文本",采访者首先需要走街串户,然后还得有能耐让受访者打开话匣子——"说吧,记忆。"只有当声音变成文字,它才珍贵,才货真价实。我听说鲁顺民有段时间就在做这个事情,但一直未见其访谈真容。《天下农人》收入五篇这方面的作品,各篇副题均为《1947年晋绥土改田野调查》,算是让我们看到了冰山一角。

这一角已足够惨烈。其中既有受访者关于"人民法庭"的恐怖记忆,也有关于打人的办法、工具和处决方式的详细记录,花样繁多,令人触目惊心。除此之外,鲁顺民还在那篇《关于土改,我给你说》中特意说明:"'我给你说',并不是写作者的叙述角度,而是受访者在讲述过程中的装饰性用语,或者说是语病,每当他表达受阻或者思绪犹疑,总是用'我给你说'作为过渡、铺垫,有时候,则表示信息之确凿无疑,总之,含义十分丰富而且零乱。"② 而在我看来,受访者不断念叨"我给你说",既有顺民概括出来的这些意思,但似乎也是他终于有了言说机会之后的一种情绪反应:兴奋,紧张,作为打人"帮手"(受访者当年是少先队员)的豪迈,作为"受害者"(妻姥娘之死意味着他也是间接受害者)的无奈,以及事隔多年后因残忍而起的心有余悸,因借"土改"吓唬现任村主任吓唬成功的开心。③ 情绪既然如此复杂,讲述时可能就情动于中,慌不择路。它是鲁利亚所谓的"内部言语"④,既被复杂的情绪浇灌,又有了"冲口而出,纵手而成"的文学效果。这时候,实录已是恐怖片,鲁顺民是导演,受访者则成了民间艺人,直把这个"土改"故事讲述得跌宕起伏,杀声震天,谁看了都得做一晚上噩梦。

当受访者讲到"人民法庭"的场景时,我想到了"土改"小说中的描述,也想起了钱理群的那番分析:

> 这类小说模式结构上的另一显著特征是,无一不是以"斗争

---

① 第3课《土地改革》教学设计. http://www.sqedu.net/nc9z/newsInfo.aspx?pkId=13641.

② 鲁顺民. 关于土改,我给你说//天下农人. 广州:花城出版社,2015:428.

③ 鲁顺民. 关于土改,我给你说//天下农人. 广州:花城出版社,2015:439.

④ 鲁利亚. 神经语言学的主要问题. 国外语言学,1983(2).

会"作为"顶点"，小说一切描写、铺垫，都是为了推向这最后的"高潮"，也即群众性郁愤情绪总爆发的暴力行动，两部小说对此都有"绘声绘色"的描写："人们都拥了上来，一阵乱吼：'打死他！''打死偿命！'""人们只有一个感情——报复！他们要报仇！他们要泄恨，从祖宗起就被压迫的苦痛，这几千年来的深仇大恨"（《太阳照在桑干河上》），"从四方八面，角角落落，喊声像春天打雷似地往前面直涌"，"赵玉林和白玉山挂着钢枪，推着韩老六，走在前头……后面是一千多人，男男女女，叫着口号，唱着歌，打着锣鼓，吹着喇叭"（《暴风骤雨》）。这里，群众性的暴力，被描写成革命的狂欢节，既是阶级斗争的极致，也是美的极致：作者所欣赏的正是这种强暴的美。——党的意识形态就这样最终转化为新的美学原则。①

可以看出，小说中所叙所描，与这些民间记忆是大体一致的。在这个意义上，你不能说它们违背了生活逻辑。但问题是，那个时候的小说又完全是为政治服务的。所以，小说作者一方面要删除那些不利于"政治正确"的内容，以免暴力得太血腥，以致引起人们的心理恐惧；另一方面，他们既要借助于政治的威力，又要借助于"诗性正义"的小说法则，努力"缝合"暴力之恶与"政治正确"之间的裂痕。于是暴力不但可以被安全生产，而且最终能够顺理成章地提升起来，成为可供人们欣赏把玩的"仇恨美学"和"暴力美学"。这就是本雅明所谓的"政治美学化"②。

而民间记忆却是另一种情况。鲁顺民特意指出，这种记忆关于时间是如何表述的，那里积淀着灾变和政治运动对乡村结构和秩序的改变。③他没有指出的是，民间固然也会被政治裹挟，但其基本的是非观、善恶观却依然健全。加上山高皇帝远，许多年之后他们再来讲述，已不可能有所顾忌，所以，民间记忆应该是最接近历史真相的文本。但这种文本能进入初二学生的历史课堂吗？中国向来有"正史"和"野史"之分，野史当然无法撼动正史，但它并非可有可无。表面上看，正史光明正大，招摇过市，但实际上却破绽百出，这时，就需要野史去修补、丰富和完善，去呈现更多的历史细节。当然，无论是

---

① 钱理群 . 1948：天地玄黄 . 济南：山东教育出版社，1998：205.
② Walter Benjamin. Illuminations. London：Fontana Press，1992：234 - 235.
③ 鲁顺民 . 黄豆豆　黑豆豆//天下农人 . 广州：花城出版社，2015：444.

正史还是野史，它们都无法逃脱本雅明的责难："任何一种文明的文献无不同时记录着野蛮。"①

从时间上看，鲁顺民的这轮田野调查是在 2005 年前后完成的，而那时候，他的访谈对象大都已是七八十岁的老人了。所以，这种访谈更带有"抢救"性质。而能把这部分口述历史捞上来，晒出来，我以为是一件功德无量的事情。我想，理解了他的这番举动，也就理解了"在地性"的引申义，他的"在地性"写作就可以增加一个重要的维度了。

2016 年 3 月 13 日

（原载《名作欣赏》2016 年第 6 - 7 期）

---

① Walter Benjamin. Illuminations. London：Fontana Press，1992：248.

厚描的力量与小说的尊严

——读《一嘴泥土》致作者

浦歌好！

    我决定继续以写信的方式谈谈我对大作《一嘴泥土》（北岳文艺出版社 2015 年版）的感受，就像当年马克思恩格斯致信拉萨尔或哈克奈斯那样。这样，我们就都抬高了身价，哈哈。

    记得我第一次读完《一嘴泥土》的时间是 2014 年 6 月 17 日，当时便写了个千把字的邮件，谈我的感受。但那一次读的是尚未发表的电子版，这一次读的当然是印成铅字的书。我之所以强调这一点，是因为"路遥文学奖"的评委老萧去年提醒过我，说读电子版和读纸版，其感觉是大不一样的。他觉得我之所以会形成先前那种感觉和判断，便是因为读电子版的缘故，自然也就不足为训。他的潜台词似乎是，只有经得住纸版检阅的小说才是好小说。所以，这一次读纸版，我还真想看一看两者究竟有何不同，他说的是否有道理。

    经过二次阅读和一番比对后，我觉得他说得既有道理也没道理。所谓有道理，是因为数码时代的阅读往往是性急滚鼠标，草草翻屏幕。它甚至已非一目十行，而是一目满屏，几眼完事。结果快速浏览者多，沉潜把玩者寡矣。但老萧的顾虑在我这里是不存在的。我查了下记录，上次读电子版，用了一晚上、一下午和一个白天的时间；这次读纸版，是整整两个白天，与上次的阅读时间基本持平。这部小说电脑的统计字数将近 19 万字，印成书后"膨胀"成将近 25 万字。粗粗算一下，若一天除去吃喝拉撒睡，我应该有 10 小时的阅读时间。这意味着我的阅读速度是每小时一万字，一天 10 万字左右。以这样的速度读小说，我自认为无论是电子版还是纸版，读得都还算是比较细的。

    所以，这一遍读，对我来说既是印证——印证我此前的第一感觉与判断是否准确，也应该是反思。此小说被两位"路遥文学奖"评委审读之后，他们质疑的幅度似乎不小。我当初把他们的意见原封不动地转给你，也是想让你听到更多的声音，所谓兼听则明。我觉得尤其在你创作的起步或起飞阶段，能够听到各种各样的意见是有好处的。但说心里话，他们的质疑又让我不敢苟同。虽然我也非常感谢他们的阅读，但当他们的判断与我的判断距离较大时，我需要反思一下究竟是谁出了问题，究竟是哪里出了问题。

现在，我可以告诉你结果了。我觉得你的小说没问题，我的感受也没问题，问题可能出在他们那里。所以第二遍之后，除了我要重复先前形成的那个判断——这是一部"高大上"的作品，同时我还想再强调一句，这是一部非常具有小说品质的作品。但为了说清楚我的判断，这一次我得从容道来。

不知你是否意识到，你这部小说其实是没有多少故事情节的。小说从王大虎大学毕业离开那所大专院校起笔，接着就进入王大虎一家在柿子沟的生活之中：母亲叶好永远打着嗝"张结"着——洗衣晒粮蒸馒头，父亲王龙永远带着三个儿子忙碌着——开着那辆破破烂烂的四轮拖拉机，装沙送沙，清理结土，开山修路。后来，见过世面的奎叔要找人去鉴定王龙发现的所谓钻石，小说增添了一个人物；再后来，老态龙钟的爷爷王荣被接进沟中，小说又增添了一个人物。而在大虎对爱情的追忆或向往中，安忆和李文花也不时出现在他的想象中，但她们只能算作甫一亮相旋即消失（安忆）和从未出场（李文花）的幕后人物。主要人物就这么多（六七个），情节就这么简单（多拉快跑送沙忙），叙述的时间也这么短（一个月左右），但为什么你却能把故事讲述得如此跌宕起伏？除了这个简单的情节框架，还有什么东西进驻了你的小说？

我觉得是描写。记得上次阅读时我就意识到描写在这部小说中的重要性，但我当时并未深究。而这次，我则想到了"厚描"（thick description）——当文学写作教科书中一般意义上的描写已无法概括我的感受时，我只好被迫启用文化人类学发明的这个术语了。在我们翻译你也读过的那本《文学批评：理论与实践导论》中，厚描是这样被定义的："文化人类学家克利福德·格尔茨发明的术语，经由**文化诗学**引入文学批评。文化诗学批评家用该术语来描述那些在任何文化实践中都会出现的、看上去无足轻重却又丰富的细节。通过聚焦于这些细节，文化诗学批评家认为他们能揭示在某种文化中正在起作用的内在的矛盾力量。"① 在这个定义中，呈现细节，尤其是呈现那些"看上去无足轻重却又丰富的细节"，进而揭示文化中内在的矛盾性，是厚描的关键所在。这原本是文化人类学家使用的一种方法，但我觉得用来概括你这部小说的特征之一，也应该是恰如其分的。

我无法精确统计出厚描在你这部小说中究竟占有多大比重，但即便保守估计，我觉得也有一半甚至三分之二的篇幅吧。你的写法常常是这样的：稍稍交代几笔故事情节之后，厚描就开始跟进了。它有时也比较简约，但更多的时候则呈乌云滚滚、密密匝匝之势，排山倒海地向读者压来。我不知你在写作时是否很享受这种状态，我只能谈谈我作为读者的感受。每当你如此运笔时，我就实实在在地感受到一种厚描之力和厚描之美。我开始欣赏它的威仪，享受它的力道，品味它给我带来的震撼效果或巨大冲击。

举个例子吧。那处送沙路上必经的 S 形大坡凶险无比，它也曾被你数次厚描过。第一次出现在王大虎回家坐的蹦蹦车上，那是他回忆"跟车"（跟着父亲的送沙车）时插入的描写，但那一处似乎只是厚描的彩排。随着王大虎重新进入送沙的叙事中，S 形大坡又开始频频出现了，但你似乎还在反复彩排，直到第 15 节开始奏出厚描的最强音：父亲王龙决定在暴风雨来临之前再送一趟沙，而大虎"担心那个恐怖的 S 形大坡，他第一次跟车上了这大坡，就开始担心他们总有一天会滑落到沟里，尤其是车突然熄火，而他又在急切中找不到石头或者疙瘩来垫轮子，或者以四档急速下坡，他往往被颠得飞起来时。他觉得父亲总是在他的生活中制造巴洛克式或者哥特式繁复的障碍和意象，这极大地丰富了他们的命运曲线。他有些怨恨地站着，但是他从来不敢与父亲对立，或者说出他的想法，这僵硬的动作就是他抗争的极限。"（63 页）但是，在凶眉暴眼的父亲面前，王大虎的抗争以失败告终。于是，经过第 15 节的铺垫之后，16、17 小节全部变成拼了命的父亲与惊恐万分的儿子在送沙路上与暴风雨作战的厚描。准备向恐怖的 S 形大坡冲刺时，父亲喊儿子压车头，但"父亲龟缩的脖子暴烈地一动，他依旧什么都没有听见。大虎突然戏剧性地想起《第二十二条军规》里尤索林在飞机里同战友之间绝望的疯狂对话。然后又谨慎地拔起脖子听，这时父亲没有动静。"（64 页）当大虎终于明白了父亲的用意后，他一会儿跳上去压车头，一会儿跳下来找垫石，一会儿又不

---

① 布莱斯勒. 文学批评：理论与实践导论. 北京：中国人民大学出版社，2015：431.

得不推住打滑的车。终于，四轮车开始颤巍巍前行了，他又赶紧跳上车头。"从他的角度，正好看到深沟里不断升腾的浓雾，他明显感到速度在降低，而震动的频率和幅度在增大，这让他极度恐惧。车头的震动从他的脚面传递到腹部、胸腔、五脏，以及他的脖子、头、脸、鼻子、眼皮，震动引起肌肉的波浪状弹跳，他的头像得了老年帕金森症一样摇晃。突然，喜剧性地，他身体的紧张和不适最后集中到膀胱，他有了尿急的感觉，就像考试结束而他的答卷没写完，监考老师伸开手将要收他卷子时一样，他开始羞愧于自己的尿急，有时候他在桌位上只好紧紧夹住，而卷子一旦被唰啦一声拿走，就不再有尿急感。现在，是车头呐喊般的轰鸣和狂乱震动、雨水的浇灌、父亲龟缩的脖子、车辆细微的随时可能停止的前进、近在咫尺的沟壑，这些事物无法解脱他的尿急感，最后，尿急感突然转化成微妙的性欲的感觉，随着震动和摇晃，那个东西开始变大、勃起，似乎为了抗争什么一样硬绷绷地挺起。也许它在表达活的欲望，最后关头它站出来，暴怒和震惊于这种境遇。"（66－67页）

　　我以为这是非常精彩的厚描，它确实也足够厚，足够深（这个术语的另一种译法便是"深描"），因为你用了大约一万字的篇幅把那种惊心动魄的场面从容展开了。仔细琢磨，这种厚描已并非单纯的景物描写、动作描写和心理描写，而是把父子对峙，父子共舞，风雨交加，风雨同舟，主人公的感觉、联想（那些以前读过的小说中的画面、场景、声音和话语不断从大虎的脑海中弹出）、心理状态和生理反应等等不断地揉到一起，烩成一锅，让它们互帮互助互动乃至互文，于是残酷的生活纹理开始显影，密实的生存细节、心理细节开始毛茸茸呈现。我前面说过，表面上看，小说的故事情节简单到了不能再简单的地步，但厚描之后，小说顿时有了精气神。就像一个被饿得饥肠辘辘的人，他原本双目无神，印堂发暗，形销骨立，风吹即倒，但他随即得到了源源不断的食补和体贴入微的调养，于是他印堂发亮了，满面红光了，进而生龙活虎了也神采奕奕了。而厚描就是猪肉炖粉条小鸡炖蘑菇，是葱花大肉饼驴肉夹火烧，甚至也可以是刘宝瑞相声里说的珍珠翡翠白玉汤。经过生命有机体的吸收和转换，它们全部变成了小说的血肉。

　　而且，小说中那种内在矛盾（我更愿意使用"紧张关系"）也是在厚描中逐渐显山露水的。那里有父子之间的紧张，兄弟之间的紧张，爷爷王荣进入故事之中后母亲叶好与他的紧张，父亲王龙与仇人村支书王金合的紧张，住在沟里的全家人与沟外全村人的紧张。同时，你也一直通过反复的厚描，让这种紧张关系"引而不发，跃如也"，只是绷到了极限，才会突然迸发出一种力量。例如，当王龙被讨账者百般谩骂污辱之后，他终于爆发了："王龙站起来，手里提着二刺镬，满脸涨得通红，像直立的红色大虾：'快鸡巴给我滚，再不走看把你日塌了！'"（169页）这是在捍卫自己的尊严。当刘黑不断地向邻居兜售他的碎碎念（"你说说，以前一家人一顿吃一个鸡蛋，现在人家亲爹来了，一个人碗里放一个……你说说，他还有糖尿病……"）（208页）时，王荣爆发了。这位前国民党老兵，身患糖尿病脚趾溃烂的老人，愤而离开闺女家，一个人走回了沟里。为此他付出了歇息二百多次，蹲一百多次，花费五个多小时的代价。这还是在捍卫自己的尊严。而在父亲的狂吼与怒骂下，大虎也终于爆发了："等他回到一叠地跟前时，他突然近于愤怒地大吼一声：'停一下！'车停了，大虎从车上跳下，没有任何解释回到小屋，他回到小屋也没有任何事情要做，而是仅仅回到小屋，出于愤怒，出于愤怒。"（219页）这也是在捍卫自己的尊严吗？爆发是对紧张关系的暂时解决，但它并没有完全消除矛盾，化解恩怨，于是小说就这么一直绷着，绷出了各种各样的张力。

　　我以为这正是这部小说的迷人之处和魅力所在。老萧说这个小说文学性差，这不就是文学性吗？我不知这位老兄为何能形成如此判断。另一位评委说："王大虎厌恶农村的生活，厌恶自己身边的一切人，如果作者从一个知识分子的角度批判农村文化，这本没有问题。但是王大虎不能蔑视正在辛勤劳作的父母。他总是为父母劳作的姿态感到羞愧，并认为这是用书中的目光审视自己的父母，书如果读成这样，真让人无言。"这个判断也有问题，我的感觉是她似乎没读懂你这部小说。你当时回应说："对父母的态度是本着真实诚恳的现实依据，不伪饰。惊心的真实状况下，才能写出真正的情感。是极端状态下人与人的关系，是否定之否定。我不相信知识分子跟衣衫褴褛的父亲走在街上就会没有羞愧感，尤其是在被人歧视的氛围之下，那不真实。也不相信有了羞愧感就是不爱父母，是对父母的叛逆，那是两回事。"我现在想到的是，要想真正读懂你小说中所写，是需要一种乡村生活经验和底层体验的。在农村，儿子与父母的关系确实不能按通常的父慈子孝模式去理解，否则就太书生气了。它更粗粝也更奔放，但又有它自己的运行法则。在饱读诗书的人看来，这种法则似乎不近人情，甚至有悖伦常之理，但这就是底层现实；同时，它也在种种悖论中体现出了人性的丰富和深邃。例如，前面所引的那场父子冲突在我看来是非常真实的，而当王龙意识到儿子的抗争后，他不再大吼大叫了，而是叫上了已经吃过饭的妻子叶好跟他走一趟。这就更加真实。随后，父母迟迟回不来，三兄弟开始为父母担心，开始顺着送沙的路线寻找父母。而当大虎非常羞愧地迎来了拎着方向盘、四轮摇把和拿着坐垫、铁锹的父母后，他们居然满脸喜气。按常理，连接四轮车身与车斗的轴断了，他们应该垂头丧气，但因为大虎的抗争，他躲过了一劫，父母又为他庆幸，觉得他命大福大，所以才欢天喜地。这就是乡村世界的逻辑，它完全颠覆了书本上常见的亲情伦常，却又更耐人寻味，更令人过目难忘。谁又能说这不是另一种意义的父慈子孝呢？

我似乎离题了，所以要重新回到厚描。为什么我如此看重你这部小说的厚描呢？因为我觉得现在的许多小说家正在丧失这种技能。本雅明写过《讲故事的人》，也曾思考过《小说的危机》。在他看来，"正是小说阅读的泛滥彻底地杀死了讲故事的传统。"① 而我现在意识到的一个问题是，影视剧的泛滥正在围剿着小说的传统。我曾经琢磨过影视思维如何入驻小说，从而改变了小说的内在构成等问题。近年来，我也读了不少国内作家的当下作品。说实在话，让我满意的小说还真不是很多。而之所以不满意，原因自然不少，但其中的一个原因是，我发现许多小说家会叙事不会描写，会写对话不会写场景，会展开粗枝大叶的故事情节不会描摹丰富多彩的心理细节。他们似乎已经中了影视逻辑的埋伏，正在被它蚕食鲸吞。所以，当我读到你的这部小说时，其兴奋和激动真有点无以言表。你像推土机那样叙述，像播种机那样厚描，这种功夫和能力常常让我叹为观止。记得我跟聂尔兄都感叹过：浦歌可真会写小说啊！现在我想说的是，你恢复和捍卫了小说的尊严，写出了真正意义上的小说。

本来我还想谈谈父亲与三兄弟之间的那种喜剧般的结构关系，谈谈小说中所塑造出的那几个栩栩如生的人物，谈谈那种悲苦甚至蛮荒的环境为什么常常会生发出一种喜感，甚至更想谈谈主人公王大虎为什么会时常"羞愧"。他的羞愧感究竟来自何处？为什么他脑子中不断晃动着那些文学大师笔下的精彩片段？这些吉光片羽在你这部《一

① 本雅明. 写作与救赎——本雅明文选. 北京：东方出版中心，2009：70.

嘴泥土》中具有什么功能？我甚至都想到一个题目——《文学青年的白日梦》，想以此展开我对王大虎的分析。但我只是谈了谈厚描这个写作技术问题，就已经把这封信写得很长了。

而且，我也没想好如何谈你这部小说的缺点，或者也可以说，两遍之后我依然没看出有多少缺点。单从这一点看，我就既不马克思也不恩格斯。何况，我也写不出恩格斯那样的名句："据我看来，现实主义的意思是，除细节的真实外，还要真实地再现典型环境中的典型人物。"① 这么说，戏仿的风险还是很大的嘛，哈哈。当然，《一嘴泥土》也不是《城市姑娘》。我甚至想到，假如恩格斯在世，他又会如何评价你的这部小说呢？

那就只好暂时打住吧。上面所说的那些想法我准备再捋一捋，也许我会在下一封信中谈，也许我会专门写成文章。

即颂

写作顺利！

赵勇

2016 年 1 月 24 日

（原载《博览群书》2016 年第 4 期）

---

① 恩格斯致玛·哈克奈斯//马克思恩格斯选集：第四卷．北京：人民出版社，1995：683．

让石头开花

——浦歌与他的小说创造工程

一

浦歌又一次进入我的视野是五年前的那个冬天，那时候他还没用笔名，本名叫作杨东杰。

2010年12月初，我从我的朋友聂尔兄那里获悉，"宋谋玚先生逝世十周年纪念活动"即将举行。宋先生是聂尔的老师，他肯定是要去参加这个活动的，而我却不知能否脱身前往。就在我犹豫不决的时候，忽然发现聂尔的博客里代贴出一篇文章：《关于宋谋玚老师的回忆》，作者杨东杰。我读过后立刻转到了自家博客，并在聂尔那里跟帖留言："写得好，转过去了。与杨东杰还比较熟悉，但也是多年没有联系了。"

我说"写得好"绝非例行公事，随便一夸，而是确实觉得杨东杰把宋老师写活了。宋老师当年是与丁玲一起被点名的大右派，可谓响当当的一号人物；平反之后，他又锋芒毕露，四面出击，仿佛小说里个性十足的典型人物。对于老黑格尔所谓的"这一个"，如何能把他写活写好，写出他的精气神，其实是一件不太容易的事情。2006年夏，当我准备写《寂寞宋谋玚》[①]一文时，就深知这种不易，最后只好泥沙俱下地叙，"连皮带肉地"写（聂尔语）。这种笔法可能许多人读得也还过瘾，却是很容易惹是生非的。许多年之后，我从师专一位老师那里果然得知，宋老师的家属就很不高兴。但我积习难改，忘了自己有过前科，去年写出《接童老师回京——六月十四日纪事》一文

---

① 拙文首发于笔者天涯博客"赵勇专栏"（http://blog.tianya.cn/post-362739-6501373-1.shtml），亦收入笔者的散文随笔集中。参见赵勇.书里书外的流年碎影.北京：中国人民大学出版社，2011：249-261.

后，又惹得家属不高兴了。我怎么这么不长记性？

何况，我也不会描写。文章只叙述不描写，无论怎么写都像秃头歌女，一股山药蛋味。杨东杰就不同了，他几笔下去，宋老师就活灵活现活脱脱了，仿佛曹雪芹笔下的人物："就在那一瞬间，我心领神会地看出了那个唯一的教授是谁——谁也不会有如此奇崛的面孔：额头宽广，豪放的大背头，一双奇特的，显得古气、天真、暧昧的环状眼始终笑吟吟地打量着，没有真切的目标，似乎在打量中不断得到什么启示，脸膛很大，所有的皱纹统一在一种漫画般的笑意中，仔细看会发现左边笑纹长，而右边笑纹短，所以总觉得有些偷着乐的坏笑的感觉。最后发现他天天如此，时时如此，唯一的区别是笑意的深浅略有区别。"这番肖像描写勾勒出了宋老师的神采，相信熟悉宋老师的人都能心领神会。接着，杨东杰也写到了我文中提到过的那次讲座，他先是铺垫了一番讲座爆满的盛况，然后，宋老师就闪亮登场了：

> 几分钟之后，门开了，宋老师那张奇崛的漫画般的笑脸出现了，这张脸也满是汗，有一层水光，因为他也曾被挤在人群中，他也是从教学楼那边急匆匆赶过来的。这笑脸加深了笑意，在空中停顿了片刻，大家发出会心的笑，然后，宋老师才走向前面中央，开始他的讲座：
>
> "大家都知道，有一本书叫《废都》（笑声），是一个叫贾平凹的年轻人写的，这贾平凹是个什么鸟人呢？（笑声）……"宋老师的嗓门很奇特，有一种接近沙哑的磁性，有一种绵延的抑扬顿挫的机制在调控他的语气，这抑扬顿挫的点恰恰符合一种调侃和轻松的节奏，配合上他那张喜剧般的面孔，就有了一种格外的不驯服、谐谑、智慧的气场。[①]

因为《废都》，我在那个时间点上也开过讲座，其实那是跟宋老师较劲，是在打学术擂台。所以，我太清楚宋老师关于《废都》的观点了，也太熟悉宋老师那阵子的一举一动了。事过多年之后，杨东杰还能如此逼真地把那种场景、表情、语气、神态和盘托出，举重若轻，乐得我都哼起了样板戏："大吊车，真厉害，成吨的钢铁，（它）

[①] 以上以下所引，均出自杨东杰《关于宋谋玚老师的回忆》一文及其跟帖，故不再频繁作注，见 http://blog.tianya.cn/post-12615-28990043-1.shtml。此文亦收入《轶才最可思：宋谋玚先生逝世十周年纪念文集》（非正式出版物），2010 年 12 月。

轻轻一抓就起来！"①

我还想到了卡尔维诺所论的"精准"（Exactitude）。

已在美利坚安营扎寨的曹雅学女士（网名 ycritter_）也赞不绝口，她跟帖道："写得好。下到那么细的表情与动作细节上，不外乎是要传神；但弄得不好，不仅传不了神，还会给读者造成很大负担。这篇完全没有这样的问题：既下去了，也上来了。另外看不到人们在写老师时常见的造作相和腻歪话。是一个学生对老师、一个人对另一个人的真情流露。"那个时期，被我称作 Y 兄的曹雅学正琢磨小说写散文，她三天两头在博客里巡视督察，溜达到聂尔那里偷艺，晃悠到我这里抬杠，酷评不断，人气飙升。在她眼里，许多文章都是没头没脑缺心眼的，shit 得很，杨东杰的散文能入她老人家法眼，不容易。

而当我的老师童庆炳先生去世，我也开始写怀念文章并因编辑那本《追思录》不得不面对更多的怀念文章时，我才真正意识到，学生写老师可真是一门学问，既真情流露又不造作腻歪，其实是一个很高的境界。有时我不免会暗暗比对一番：童老师弟子中写童老师者众，但能写到杨东杰写宋老师那种份上的，究竟能有几篇呢？

杨东杰写出这篇散文不久，聂尔的《我的老师宋谋场》② 也新鲜出炉了。读过之后我又是一阵嘀咕：怎么一个比一个会写？

二

杨东杰的亮相很是惊艳，惊艳之后我也才真正意识到，我与他"失联"，确实已有些年头了。

二十世纪九十年代，我一直在晋东南师专教书，分配给我的是一门谁也不愿意上的"写作"课。在我的要求和努力下，我还讲过"美学""文艺心理学""二十世纪西方文论""中国当代文学史"等，但"写作"一直是我的主讲课程。讲写作需要看作文，看作文就总会发现能写会道的学生。但或许是因为那所大专院校已事先决定了其生源不佳，或许是因为高中应试教育的后遗症还僵硬着学生头脑，总之，每届学生中，能写出锦绣文章的寥寥无几，有写作天赋的更是凤毛

---

① 解放军文艺丛书编辑部. 海港. 北京：人民文学出版社，1968：71.

② 此文首发于聂尔天涯博客"呆屋"（http://blog.tianya.cn/post-12615-28247197-1.shtml），亦收入作者的散文集中。聂尔. 路上的春天. 北京：中国人民大学出版社，2012：190-196.

麟角。

　　大概，杨东杰就是那时候走进我的视野中的。但他的作文好到何种程度，事过多年之后我已记忆模糊。我只是记得我们课下有过交流，而一旦交流我才发现，这个其貌不扬有些腼腆的小伙肚里有货，是一个不折不扣的文学青年。他读书很多，谈起文学作品滔滔不绝，如数家珍。他似乎更迷恋诗歌，我就是从他那里知道"后朦胧诗"的。我甚至还牢牢记着他毕业后漂在省城时，曾经要送给我一本《后朦胧诗选》。后来我提起这件往事，他告诉我确实寄过，但因为没挂号，寄到爪哇国里去了。他说："那大概是我最困窘的日子，身上常常只有十元左右的生活费。所以在发包裹时，我仔细问了不挂号的后果，邮局人员说：'一般丢不了。'我反复问过几遍，从她的嘴里感觉到估计也问题不大，才没有挂号。但您没有收到书，这让我很沮丧和后悔。"（2011年1月18日）[①]

　　在邮政史上，这样的失误完全可以忽略不计，但在我与杨东杰的交往史上，这却是一次不大不小的美学事故。因为邮寄失败，杨东杰心里不是滋味，阮囊羞涩的日子也就被映衬得更加窘迫，或许他写小说又多了一个细节？而在我这里，是不是因为没有收到书而更加激发了我对后朦胧诗的关注，如今已确实"后"得"朦胧"一片了。唯一能够确证的是，我现在还保存着一本诗集：《灯心绒幸福的舞蹈——后朦胧诗选萃》[②]，定价6.25元，购书时间1997年6月，地点就在太原。那应该是我去省城出差时亲自买回来的作品，但为什么不可以是杨东杰送的呢？"荃者所以在鱼，得鱼而忘荃；蹄者所以在兔，得兔而忘蹄"，杨东杰送给了我"后朦胧诗"的概念，难道还有比这更重要的吗？

　　他还告诉我，我在课堂上表扬过他的诗歌。这么说，他上大学时应该就是一位校园诗人了？而诗歌，或许也是他九十年代写作的主要文体，因为聂尔就是通过诗歌与他相识的。聂尔在五年前曾经写道："在比这个前八年更早的不知哪一年（浦歌一定记得），他还是晋东南师专的学生时，我就读到他的诗歌并与他有了通信和交往。我能记得的一件事是，他给我写来过一封长信，他在那封信中罗列了他对很多

[①] 引自杨东杰发给我的邮件，以下也将会引用到他的邮件，故只随文标明发信日期。

[②] 唐晓渡. 灯心绒幸福的舞蹈——后朦胧诗选萃. 北京：北京师范大学出版社，1992.

部外国文学名著的阅读心得。我和我的一位朋友分享了那封信带给我们的喜悦，以及浦歌新鲜而独特的认识和结论。我当时一点都不清楚他处于怎样的生存困境之中。"① 其实，那时我对他的生存困境也一无所知，甚至包括他在省城时，他是否跟我讲过他的困境，我也了无印象了。只是在我们恢复联系我从信里信外知道了他的大量信息之后，我才意识到，二十世纪九十年代乃至新世纪以来的许多时候，他都生存在窘迫、焦虑、寂寞和荒诞之中，他的处境总会让我想起西川讲述的那个海子的故事。八十年代后期，海子待在北京的昌平。有一次他走进一家饭馆，对老板说："我在这里给大家朗诵诗歌，您能否给我酒喝？"老板很痛快，说："我可以让你喝酒，但是请你别在这儿给我朗诵诗！"②

这是海子的困境。九十年代以来，那些胆敢与诗相依为命的人，或者更要延续海子的困境，或者比海子更不如。"你干吗呢？是不是有病？去去去。"我仿佛听到九十年代的老板高声大嗓门地呵斥着，把浦歌们轰出了门外。

轰出去后浦歌干吗去了？那是不是他后来作品中无数次写到的羞愧体验之一？抑或，那是不是他准备创作小说的开端？萨义德曾经认真思考过"开端"（beginning），在他看来，**开端是意义的意图生产的第一步**，"当一个人真正开始写作时，他所面对的一系列复杂境遇就获得了描画一项开端大业的特征"③。那么，后来成为浦歌的杨东杰思考过开端之于他之写作的意义吗？通过回溯（萨义德认为开端总是存在于回溯之中），他将怎样面对他的开端？

准备写这篇文章时，我想确认一下我与杨东杰交往的开端，但回忆已漫漶不清，于是我翻腾了一遍旧书信，发现他当年的一封来函。因这封信也提及聂尔，我便搂草打兔子，捎带着找出聂尔一封，一并扫描给他们。杨东杰礼尚往来，他很快把我的回信拍成照片，还了回来。我们各自打量着自家笔迹，仿佛面对出土文物。聂尔说："读这种自己写出去的'老信件'，感觉真是奇怪。"东杰说："写的时候总害怕写错，也害怕写得字体太差，有一种谨慎和凝重的感觉。"而我则看到字们个个头角峥嵘，伸胳膊撂腿，映衬着我在九十年代的某种

① 聂尔 . 在存在的暗层里游走——浦歌和他的小说 . 山西文学，2011（4）.

② 西川 . 海子诗全集：死亡后记 . 北京：作家出版社，2009：1160-1161.

③ 萨义德 . 开端：意图与方法 . 北京：三联书店，2014：21，14-15. 译文有改动.
Edward W. Said. Beginnings: Intention and Method. New York: Basic Books, Inc., Publishers, 1975：5，xi.

矫情。我在想，假如德里达依然健在，那么思考过"明信片"问题的他又该怎样面对这种前现代和后现代杂交在一起的美学事件呢？

杨东杰在信中写道："您的时间好像是很宝贵的，当时您可能计划考博士，我们不好意思打扰您，我们都是很希望同您谈一谈的。您使我们明白了二十世纪西方文论是怎么回事，武老师使我们明白了西方现代派是怎么回事，这是不幸中的万幸。"他还说："《当代文坛》上基本上都是我写的东西，除了《距离》和博尔赫斯的那篇文章，希望您能看一看，给予些微指教，我将非常感激。"我回复道："知道你正在折腾，很好。这是年轻人特有的气魄，……还记得我们的那次聊天，也正是那次聊天我才认识了你并且记住了你，……唯有从你们身上，我才看到了我希望看到的东西。"我还说："你的功底很好，且灵气十足，沿着这条艰辛的路走下去，定能有所成就。"

这次通信发生在 1997 年 1 月底 2 月初，那是杨东杰大学毕业的半年之后。但我彻底忘了《当代文坛》是怎么回事，便立刻询问过去。他答复道："《当代文坛》是我手写复印的自办小报，利用了《山西日报》的复印机。一共办过五六期。"（2016 年 1 月 31 日）这么说，办《当代文坛》，莫非也是他的开端之一？

也是因为这种回溯，我才意识到《马桥词典》是杨东杰帮我买下的。我立刻从书架上找出这本小说，发现它依然包着当年的牛皮纸封皮，打开扉页瞧，上面果然写着"1997 年 2 月代购于太原"。

现在我可以告诉杨东杰了，这本书没寄丢，而且我认真读过两遍。

三

2011 年 1 月 9 日 23 点 56 分，杨东杰给我发来第一封电子邮件，邮箱地址是他从聂尔那里打听到的。这意味着"失联"多年之后，我们终于又有了通信往来。

话题依然是从读书写作开始的。简单的寒暄之后，他告诉我这些年的生活状况、工作动态，随后他便写道："这么多年，我一直没有写什么东西，直到去年，我开始试着再写一些，还不精到，需要磨炼一两年。倒是在闲暇看了一些书，不能算多，但也有一些，也看了大约两千部经典电影，这大概就是这些年的收获。"收到邮件的第二天，我正准备给一些朋友寄书（我那本散文随笔集《书里书外的流年碎

影》刚刚面世），便立刻跟他索要地址。几天之后，他写来一封 1700
多字的邮件，谈对这本书的阅读感受，恶狠狠地夸我一番。他说，读
我这本书本来是想睡前寻找睡意，"结果越看越清醒，越精神"，"这
本书接通了许多东西，让我无法入眠，我已经差不多两年没有失眠
过，这本书又让我度过了一个失眠之夜"（2011 年 1 月 18 日）。经过
多年的修炼，尤其经历了开博几年的风风雨雨之后，我本已变得刀枪
不入宠辱不惊了，但看到学生对老师的夸赞，我还是觉得温暖和感
动。我的回复立刻又逗引出他 1400 多字的内容，他继续谈我这本书，
谈我的散文与聂老师散文的区别，谈我写作存在的问题。我意识到，
无论褒贬，他都很真诚，很实在，而且说的都是内行话，那是饱读诗
书之后训练有素的文学之眼。

　　因为我那篇《一个人的阅读史》引起了他的共鸣，于是他又谈他
对《小世界》、昆德拉、穆齐尔的看法。他说，与穆齐尔相比，昆德
拉的气象、格局和力度都小了许多。又因为我曾打算读《没有个性的
人》却未能如愿，原封不动把书还给了图书馆，他立刻就记起太原的
一家小书店还有穆齐尔，他要买回来送我，以补十多年前把书寄丢之
憾。当天他就跑到解放路，然后兴高采烈地对我说买到了，"这可是
我在太原见到的唯一一套书了，哈哈。（后来我才知道他对太原的大
小书店、图书品种了如指掌。）这次寄书，打死我也不敢不挂号了"。
更惊喜的是，"刚到那个小书店拿上书，就接到聂老师电话，他马上
就要到小书店的附近下榻"（2011 年 1 月 20 日）。

　　就这样，我们通过邮件交谈起来。写到第十封邮件时，他的主题
词变成了"思想汇报之一：关于开博与哈金"。他先是说："很高兴能
开这个小博"，"我主要是抽上班时间的空隙，在搜狗匆匆忙忙的即兴
指引下，即兴写十几分钟到半个小时的话。把思想汇报给老师。"然
后就谈起了哈金："昨天见面聂老师推荐了哈金，回来就先上网查到
电子版，漫长的等两会稿子过程中，看了大约 50 页哈金的长篇小说
《等待》。从第一句开始，我就发现，这文字应该是原本由我来写却由
别人写出来了。所以我万分诧异，一边寻找已经被他发现的金矿，一
边仔细在里面寻找弱处。"（2011 年 1 月 21 日）那是我第一次听说哈
金，没读书就没有发言权。几天之后，杨东杰又发送一个邮件："思
想汇报之二：关于《太行文学》及其他"。他开始对《太行文学》评
头论足了："《太行文学》小说最大的特点是，鲜活，少匠气。匠气有
两种：一种是小说月报体，那就是专门讲故事的那种絮絮叨叨、陷于

无聊的匠气，一种是披着先锋外套，但文字略显空洞的形式主义匠气。"接着，他笔锋一转，开始指点江山："有原发力、给人一种苗壮之感的小说，中国现在非常缺少，山西大概只有杨遥早期一些篇目，手指的一些东西算得上这种力量。其他大都陷于越来越深的匠气。许多人陷入王安忆的琐碎笔触里不可自拔，但忘了最重要的精神，许多人在古典意象里意淫，没有真正体现出现代人的丰富性。……十多年前，我给赵老师推荐过朱文、韩东，以及邱华栋的一个小说，邱华栋是一个失败的形式主义者。只有朱文和韩东有一定的价值，韩东后来的长篇我没有看（只看了不太好的《我和你》）。"（2011年1月21日）从这些品评中，我看到了杨东杰的自信乃至自负，他就像小将岳云，手持两柄80斤重的大铁锤，攻城略地，如入无人之境，不由得让人惊叹：好俊的身手。但我也有些疑惑：他从哪里获得了如此底气？

更让我疑惑的是这"思想汇报"的对象。他说他开了博客，博客在哪里？明明把邮件发给了我，怎么开头又称"老师们好"？我说出我的疑惑，杨东杰解释道，所谓博客就是发邮件给您和聂老师呀。我说原来如此，就两个人，怎么还一趟一趟发，你就不嫌脱裤子放屁？试试群发。杨东杰"噢"的一声开窍了："我从来没有想过可以群发，哈哈，以后就省事多了，听您说了，我才第一次注意到收件人上面有添加抄送和添加密送功能。"（2011年1月27日）

从此往后，他就开始给我和聂尔群发邮件了，有时三言两语，有时长篇大论。他总是匆匆忙忙地说，偷工摸夫地写，早请示，晚汇报，弄得聂尔跟我像毛主席和林副主席一样。他自然也会谈自己的生活工作父亲孩子，但更多的时候是在谈读书心得，写作构想，小说做法，近期目标，长远打算。他深入到了小说构造的各个部分，故事、情节、视角、人称、氛围、形式、标题、风格、声音、速度、结构、空间、虚构、回忆、百年孤独体，谈到任何一处都头头是道，引经据典——普鲁斯特是怎么写的，卡尔维诺是怎么说的，卡夫卡如何处理，布洛赫怎样讲述，仿佛外国的作家知道一半，中国的作家他全知道。他把自己的作品拿出来，让我们评点指教，但他似乎早已明白了自己的成败得失，他自我分析着、比对着、不满着、亢奋着、谦虚着也傲娇着。有时候他谈及诗歌，兰波长艾略特短，好像走进了根据地；有时候他"卖弄"一番电影，巴赞、扬乔、布列松，似乎回到了大本营；有时候他还溜达到我的地盘，阿多诺高萨特低，骑着骆驼赶着鸡，甚至《克尔凯郭尔：审美对象的建构》也被他读得津津有味。

他读书极快，我刚把 45 万字的《文学批评：理论与实践导论》寄给他，气还没喘匀，他就已经读完了，而且居然读得那么细，还顺带用"批评之眼"检阅了一遍他正在写的小说。有一天，他订购了阿多诺的《文学笔记》，书还在路上，就兴奋得大呼小叫，说，这两本书翻译过来了，赵老师老是念叨，还以为你看的是英文版。我说，肯定没译过来，那是国内直接印出的原版书，不信你瞧瞧。果然，他收到的是英文版，然后他告诉我，根本看不懂，目录也只看懂了一个，The Essay as Form，相当沮丧。我说这就对了，连我都看不懂，你哪能看懂？呵呵，嘿嘿，哈哈哈哈。

但他小说读得可真多，比我多得多，或许也比聂尔多？有次我读到国内的一篇小说，整个倒着写，又不是通常所谓的倒叙，便立刻问东杰，你见过这种写法吗？这是在学谁？他立马告诉我两个作品，一位是古巴作家卡彭铁尔的《返源旅行》，一位是英国作家马丁·阿米斯的《时间箭》。

我终于明白杨东杰的底气来自哪里了，那就是博览群书，博闻强识，然后一起发力，把所读所想所见所感统统作用于他的创作。[①] 他似乎完全活在他的小说世界里，张嘴就是小说家，文本之外无他物。他一直在跟自己较劲，如同一个人的战争。而写出自己最满意的小说，既是他开端之处的梦想，也是他毕生为之奋斗的远大理想。

他的来信我和聂尔差不多都要回复的，这是锵锵三人行；有时候聂尔犯懒，就成了我和杨东杰的二人转；连我也忙得昏头昏脑时，就剩下他一个人在唱独角戏了，仿佛是普鲁斯特的喃喃自语。

准备写这篇文章时想翻翻他的邮件，发现邮箱里密密麻麻，到处都是他的踪迹。一狠心，我决定逐封下载，逐年整理，结果下载下到手抽筋，看信看得眼发紧。据不完全统计，五年来，杨东杰共给我们发送邮件 910 多封，我们回复 530 多次，每年通信 8 万多字。而看现在这架势，这样的邮件还将继续下去，此信绵绵无绝期。

于是，我想弱弱地问一句：偌大的中国文坛，还有谁能像我们一样，以锵锵三人行的方式，持久地、不懈地、动物凶猛地窃窃私语出

---

① 2015 年 4 月 10 日，他给我与聂尔罗列出 2014 年读过的书目，完整读完的达 55 本之多，其中包括重读《战争与和平》那样的大部头作品。那天我正好上课，于是掏出手机给学生逐一念过书名，鼓励他们多读书，读好书。

40 多万字的文学问题?

四

当杨东杰的第二个思想汇报到来后，聂尔把它贴到了自己的博客，署名浦歌。我问聂尔："怎么是浦歌?"聂尔答曰："他暂时不愿意让人知道他在写东西，所以是浦歌。"[①]

好吧，现在我们就鸟枪换炮，说说浦歌和他的小说。

实际上，当我与浦歌恢复联系后没几天，他就给我发送过来一部长篇小说。他说："我打算把去年9月份写的未完成的练笔长篇发给您看看，那是为一个类似《百年孤独》的长篇做准备，先写一个类似纪录片的长篇，九成的事实都是真的，是为了揣摩一下自己的生活。……不管怎样，我打算把它写完，打算每年写上三十万字左右的东西，其中有二十万字能拿出手即可。"（2011年1月20日）我当时就把它下载到一个名为"别人的文章"的文件夹里。现在回头查，发现它正是《一嘴泥土》。

但我却没有读过它的任何印象。我把它下载并妥善保存，肯定是计划读的，后来却被各种事情淹没了，直到把它忘得一干二净。

现在查阅邮件，我读浦歌的第一篇小说应该是《圣骡》（后刊发于《山西文学》2011年第4期），然后是《盲人摸象》（《都市》2012年第1期）、《看人家如何捕捉蟑螂》（《山西文学》2011年第7期）、《某种回忆》（《山西文学》2011年第4期）以及创作谈《生活逼着我表演戏剧》（《山西文学》2011年第4期）。除《某种回忆》外，以上小说我读的都是浦歌发给我们的电子版。他是让我们提意见的，我也就老实不客气地把我的直感告诉了他。但我同时也跟他说，我这些年做大众文化，做得我都没文化了，我对小说的感觉可能已经退化，要多听听聂老师的意见。后来我还读过《愤怒的狗皮》（从中游离出的《狗皮》刊发于《山西文学》2015年第11期）、《埋在土中的岁月》（从中游离出的《叔叔的河岸》刊发于《黄河》2015年第4期），这两个小说读的是打印稿，阅读时间是2011年8月。据浦歌说，《合影留念》（《都市》2015年第4期）是十多年前的作品，我读毕于2012年

---

① 浦歌. 关于《太行文学》及其他. http://blog.tianya.cn/post-12615-30715438-1.shtml.

11 月。《孤独是条狂叫的狗》（《黄河》2015 年第 6 期）初稿叫《赖活》，我甚至建议浦歌以何勇歌名《姑娘漂亮》为题。此小说读毕于 2015 年 4 月 26 日。这大概就是到目前为止浦歌发表在期刊上的所有作品。（《黄河》还曾发表过《一嘴泥土》的部分章节。）当然，我读过的中短篇还不止这些，但因为它们有的还是半成品，浦歌还在修改打磨中，有的虽已定稿但还未面世，可暂且不表。

我之所以老实交代出我初次阅读的时间，是想与我后面的重读形成某种比较。卡尔维诺曾论述过重读之于经典的重要性[1]，布鲁姆甚至说："一项测试经典的古老方法屡试不爽：不能让人重读的作品算不上经典。"[2] 如此引述，当然不是要论证浦歌小说如何经典，而是想借此说明重读对于一个作家、一部文学作品的意义。许多人都有过如下感受：有些作品初读时感觉不错，但过上三年五载或十年八年重读，可能已读不出感觉，甚至不堪卒读。作品还是那个作品，为什么前后阅读却大异其趣？原因有很多，但我觉得最重要的，可能是那个作品成色不足。就像借化妆，靠整容，也能打扮成美女招摇过市，可一上点年纪，即便弄成三仙姑模样，还是要露出破绽的，因为本来就不是美人胚子。莫言获诺奖那阵儿，我曾问聂尔、浦歌对莫言长篇小说的看法，聂尔说："《丰乳肥臀》我大概是在 1996 年读的单行本，记得当时读得很激动，立刻推荐给朋友们读。但现在重新打开这本书，当年的感觉完全消失不见了，满眼看见的只是那些粗糙和玩闹一般的句子。"[3] 这至少说明，《丰乳肥臀》没有经得起聂尔的重读。

但浦歌的所有小说都经住了我的重读。例如，当初读《圣骡》，觉得既魔幻又精致，现在依然觉得精致而魔幻；当初读《盲人摸象》，觉得荒诞中有一种悲音，现在依然觉得悲音在荒诞中鸣响。当初读过《看人家如何捕捉蟑螂》后，我写下了这样一封邮件：

东杰：

　　这两天忙乱得感冒了。明天有博士生的预答辩，我本来是要看他们的论文的，却读起了你发来的这篇小说。读完这篇后我甚至有些兴奋，觉得写得好，很会写。心中一句话油然而生：你天

———————————

① 卡尔维诺. 为什么读经典. 南京：译林出版社，2006：1-2.
② 布鲁姆. 西方正典. 南京：译林出版社，2005：21.
③ 赵勇. 莫言这个"结构"主义者——关于《生死疲劳》致友人书. (2012-11-08). http：//book. ifeng. com/shupingzhoukan/detail _ 2012 _ 11/08/18966542 _ 0. shtml.

生就是个写小说的。

小汤被女友拒绝，老头闯入小汤所住小旅馆后的威胁，电视教人捕杀蟑螂的节目，小汤与女友交往中失败、失意或者是失魂落魄的片断，被你如此精巧地组合在一起。叙述很轻快，切换很迅捷，让我想到了卡尔维诺和电影中的蒙太奇。记得你说过你看过两千多部电影，电影的那种叙事方式一定已进入你的小说之中。

当然，更重要的是我从你的小说里看出了一种卡夫卡的味道。荒诞，渺小，无奈，屈辱，人像蟑螂等等，但又充满着喜剧色彩。那种复杂的感受我一下子还说不好。

这篇小说我还没发现什么问题，只是觉得这样写，写到这种程度，就挺好。

2011 年 3 月 25 日

如今我重读这篇小说，依然叹服其构思巧妙，失意的小汤、跟小汤要钱的老头和那个电视节目构成了一种非常奇特的结构关系。原本是二元对立（小汤与老头），但因为节目中马大妈的讲解，增加了一元。它消解着眼前的那种紧张，却又不断通过蟑螂，指向了小汤的过去和痛处，于是女友与其父母"潜入"小说，成为第四元。它们相互缠绕又相互指涉，乱作一团。小汤原本是郁闷的，但老头的出现对他构成一种压迫，这其实已在间离他原先的痛苦，而声情并茂的电视讲解制造了一种喜气，这既是另一个层面的间离，却又与他的郁闷不即不离。这种布局以及由此叙述出来的荒诞效果，让人玩味不已。

而且，这次重读，我还注意到浦歌对蟑螂的描写非常到位："就在那时，他看见一个小小的虫子正爬过副社长油光光的黑桌子，它爬得非常小心，两个长长的触须轻轻晃动着，似乎在偷听他们的谈话。在某个瞬间，它还会警惕地闪电般走上一截，快到他几乎捕捉不到它的踪迹，但它一停下来，他就再次看到它和它摇晃的触须。它的壳是那种油亮的深黄色，他很少注意到有这样的虫子。他看着它顺着桌面的边沿走了下来，很快他看不到了，接着它又出现在桌子侧面的黑色平面板上，直到接近地面时，它才犹豫起来，动了动触须。接着它终于走了下来，出现在方格水泥地面上，它似乎正要向竖立的几个高高的铁皮柜子进发。"我现在要向浦歌透露的一个秘密是，我也是活到三十多岁没见过一只蟑螂的，直到我住进北师大的"团结户"里。团结户里很团结，连蟑螂都过得挺滋润。我与蟑螂打了三年持久战，用尽各种办法，但依然赶不尽，杀不绝。有一天深夜回家，醉眼蒙眬中见成群结队的蟑螂在乳白色的地板砖上欢快地穿梭，幸福地舞蹈，看得我头皮阵阵发麻。经浦歌描摹，我才意识到蟑螂的动作颇像王景愚表演的哑剧，这是不是意味着蟑螂在这篇小说中不可小视，它已成为催生喜剧效果的一个元素？

还有《某种回忆》，还有《合影留念》。后者是浦歌像聂尔那样写出来的"师专往事"（聂尔写过《师专往事》的散文，收在《路上的春天》一书中），基本上是非虚构写作，但我读出来的却是小说的味道。这次重读，我还发现了其中的精彩比喻："我、陆辛、小欧都是在这个中国地图上几乎找不见的地级市上的师范类大专，我们都羞于说出自己的母校名称，母校像痔疮一样是个难言之隐。""我激动万分，就像核弹即将引爆那一刻，我携带即将引爆的核弹在操场里走了整整一个中午。"我一直认为，张嘴就能比喻的人极其聪明，而是否会设比，能否在喻体和本体之间制造出一种夸而有节、饰而不诬的艺术效果，往往又是考量一个作家才气高低的重要标志。浦歌的其他小说中，好比喻也摩肩接踵，成群结队，就像当年我家载歌载舞的满地蟑螂。

浦歌小说的价值是被聂尔率先发现的。聂尔是作家，也是《太行文学》主编，这个眼界极高的家伙见了浦歌的小说，居然高兴得忘乎所以，不吝夸赞之辞。于是《太行文学》一而再、再而三地推出浦歌小说，甚至制作"浦歌作品小辑"，打包推送。在某期的"编后絮语"中他写道："像这样连续刊发同一位作家的多篇作品，对于本刊确是一个不寻常的举动，这意味着我们对于浦歌小说价值的一种绝对的认定。就山西省内文坛来观察，如《山西文学》主编鲁顺民所说，在著名小说家吕新爆发期的作品之后，浦歌的小说属于'多年不见……仿佛天赐'的珍品。"① 鲁顺民高兴的境界是"拍着地皮哭"，哭过之后他就忘了"八项规定"，顶风作案，大讲排场：不但要集中发表浦歌小说，而且动员浦歌写创作谈；不但搞到了创作谈，而且发动聂尔配评论，直到把浦歌"包装"得花团锦簇。

在对浦歌小说的阅读中，我往往会慢半拍，聂尔则总是捷足先登，他像蔡振华一样环抱双臂，端坐教练席，看着刘国梁打比赛，打完一局就要纠正一下他的技术动作。他说，小说语言的"声音"还不

---

① 聂尔 . 编辑絮语 . 太行文学，2011（2）.

够高，"光线"还不够强①，我就听成了正手弧圈要凶一些，直拍横打要狠一些。有时候，他心里也拨拉着算盘打小鼓，需要我的配合和确认。比如，当我终于读完《一嘴泥土》并把一千多字的读后感汇入锵锵三人行的交谈中后，聂尔立马回应："好。这样我就更感踏实了。"（2014 年 6 月 17 日）

五

如前所言，关于《一嘴泥土》，浦歌是在与我恢复联系的第一时间就发给我的，但我却没顾上读。而实际上，那时的《一嘴泥土》他还没写完。我知道的情况是，这部小长篇被浦歌念叨了整整五年，一直念叨到它被专家审读小组审读，并被收入"三晋百部长篇小说文库"之中隆重推出。②记录几笔念叨的次数和重心所在也许有点意思，因为读者看到的是成品，却不知道小说诞生时还有画外音。

浦歌对《一嘴泥土》的念叨是伴随他对其他小说的构思、写作同时进行的。据我粗略统计，2011 年，浦歌念叨过 3 次，其重心是要"写完"。2012 年，他念叨过 17 次，其重心在于写完之后的自查自纠，发现问题。2013 年，念叨减为 8 次，重心转移到如何修改上，他想把 25 万字砍掉三五万甚至七八万。其时，聂尔已读过并给出了审读意见，念叨遂成为复调音乐。2014 年，念叨飙升为 36 次，重心变成了发表、出版和专家审读。那时我也读完了这部小说，念叨转为三重奏。2015 年，我们念叨过 34 次，内容涉及刊物发表、等待出版和出版后的阅读反馈。有时候，我们佴要共同面对一些反馈意见，分析问题出在哪里，是小说的问题还是读者的问题。这样，他者的声音也加入进来，念叨遂成多音齐鸣，一种巴赫金所谓的狂欢效果开始出现。

既然念叨了五年，《一嘴泥土》又是一部怎样的小说呢？我准备在这里稍作分析。不过，在呈现我的分析之前，我觉得有必要把聂尔阅读的第一印象端出来，这样或许会有助于我们形成某种判断：

> 在住处的时候就用手机读《一嘴泥土》，读了四分之三。如果不是后来在杭州遇见亲戚，那几天就可以读完。结果是回到家

---

① 聂尔. 编辑絮语. 太行文学，2011（2）.

② 《一嘴泥土》于 2015 年 8 月由北岳文艺出版社出版，以下所引该小说内容，只随文标注页码。

在电脑上读完了。我的感觉是这部长篇包含非常棒的东西，有些段落堪称名作，比如在暴雨中开四轮运沙、出殡五爷爷、为大虎当了《华北日报》记者全家请客等处，都显现出了惊人的力量。整部小说到处都是金光闪闪的细节。只是结构上或许还有一点问题，几乎所有情节都发生在柿子沟里，稍显沉闷，透气不够，如果是短篇或中篇大概是可以的，但作为长篇可能会有点问题。总的来看非常好。这是我的初步感觉。（2013 年 9 月 19 日）

在这番评点中，聂尔既指出了《一嘴泥土》的长处，也说出了他意识到的问题。或许是因为这种暗示，我在阅读时更想看到的是，浦歌是如何把那个稀松平常的故事"撑开"的。本来，他在揉面时可能要做一碗刀削面，为什么却把它抻成了一锅拉面？揉面时他做了什么手脚？抻面时他用了怎样的动作？带着这些问题读，自然就读出了一些心得，于是我写了那个一千多字的读后感。重读之后写评论，我又进一步琢磨这个问题，最终把浦歌的写作技术概括成了"厚描"（thick description）。①

只是又一次阅读那些邮件，我才发现浦歌早已回应过我的问题了："我主要是借鉴了有长镜头纪录片风格的电影的特性，就是尽量不打断一个场景的叙事，尽量不用蒙太奇那种随意的切换，这样就能逼迫主人公在一个时时刻刻受煎熬的处境中做出反应，并让人体会到这种坚硬的现实，现实里那种粗糙和本色的成分。而且一直处于此时此刻，有纪录片跟拍的感觉。只是对这样做的效果，一直没有把握。"（2014 年 6 月 18 日）而在更早的"思想汇报之十一：巴赞和电影"中，他已对长镜头在影片中的运用做过长篇大论。在他看来，《偷自行车的人》等影片之所以成功，与长镜头的运用不无关系。"它把生活从过于浪漫的美国电影放置到地面上，增添了生活本身的复杂意味；它率领这种貌似混沌的生活意象迸发到事物的深处，直到最深和最高处，直到上帝那里。"（2011 年 3 月 27 日）在浦歌的指引下，我重读巴赞，重看《偷自行车的人》，终于找到了巴赞的相关论述：

> 影片没有编造现实，它不仅力求保持一系列事件的偶然性的和近似轶事性的时序，而且对每个事件的处理都保持了现象的完

---

① 读后感的部分文字进入《2014：忙里偷闲读小说》（《博览群书》2015 年第 1 期）一文中，正式的评论名为《厚描有力量　小说有尊严——读〈一嘴泥土〉致作者》（《博览群书》2016 年第 4 期）。

整性。在找车的过程中，小孩突然要撒尿，那就让他撒；阵雨袭来，父子只好躲在能走车辆的大门旁避雨，我们就不得不跟他俩一起搁下找车的事，等雨过天晴。这些事件基本上不是某个事物的符号，不是某个必须让我们相信的真理的符号；它们保持着自己的全部具体性、独特性和事实的含糊性。因此，如果你自己没有眼力看不出门道，那就随你的意，把事件的结果归咎于倒霉和偶然吧。[①]

以上是巴赞对《偷自行车的人》的分析片段。而之所以会有含糊性，是因为它关联着景深镜头（即长镜头），那似乎是运用这种镜头的必然后果："景深镜头把意义含糊的特点重新引入画面结构之中。"这样做的好处之一是能让观众积极思考，"甚至要求他们积极地参与场面调度"，而分解性蒙太奇则无法让观众动起来。[②]

这里我把巴赞的长镜头理论拿过来，其用意大体有四：

（1）可以与浦歌对长镜头的解读形成对照。我甚至觉得，巴赞对《偷自行车的人》的分析，很大程度上也适用于《一嘴泥土》。当然，与电影相比，小说运用长镜头，其"跟拍"的难度系数要大得多，它需要用密实的描写把所有的空隙填满，于是我想到了厚描。

（2）当我谈论《一嘴泥土》的厚描时，并没有意识到它背后有个长镜头。但现在看来，厚描与长镜头，前者虽是文化人类学方法，后者则是电影的表现手法，但二者似乎又殊途同归，它们都逼向了存在的本质。而一旦存在的褶皱被拽平，被延展，被呈现在众目睽睽之下，从不被人注意的那一面就显露出真相。许多时候，我们只是看到了平展光滑的部分，却无法深入皱褶之中，这是因为我们无法打开皱褶。长镜头或厚描很可能就是打开皱褶的重要技术之一。

（3）长镜头一旦进入小说叙事，便会变成一种"慢"的艺术。因此，当读者觉得《一嘴泥土》比较"闷"（类似于电影中的"闷片"）时，那是好不奇怪的。读这种小说不能急，不能萝卜快了不洗泥，要学会"慢慢走，欣赏啊"。只有入乎其内，才能引发思考，才能像巴赞所说的那样，让观众动起来。

（4）茂莱在谈及电影与小说的关系时，曾引用过宝琳·凯尔的一

---

① 巴赞. 电影是什么？. 北京：中国电影出版社，1987：315.

② 巴赞. 电影是什么？. 北京：中国电影出版社，1987：315，78.

句话："从乔伊斯开始，几乎所有的作家都受过电影的影响。"① 由此展开，他开始论述电影对小说家的正负影响。浦歌看过两千部电影，那也应该是他写小说的重要武库。而当他果然写开小说后，电影化的想象、技法便开始发威。以往我思考小说与电影的关系，往往是从负面入手的②，《一嘴泥土》却丰富了我的思考，让我意识到浦歌这样的作家还在孜孜不倦地从电影中汲取营养，这是正面影响的一个重要例证。所以，我打算这学期就把《一嘴泥土》引进课堂，详细分析电影的语法怎样改进了小说的修辞。

以上所言，算是我对那篇评论的补充，点到为止，不再展开。这一次，我想谈论的已非技术层面的操作，而是小说中人物的设置和结构关系，羞愧的根源，荒诞的本质，喜感的由来，以及那个深藏不露的主题。

六

可以先从小说的主人公王大虎说起。

王大虎是一所师范专科学校的毕业生。小说起笔时，他与他的同学们正准备毕业离校。与其他同学不同，当所有的人都哭天抹泪时，他镇定自如地阅读着一本又一本的外国文学名著，那可能有"表演"的成分，但也是他梦想升起的地方。

这就有了与其他同学的更大不同。在九十年代中前期，师专毕业生还是包分配的，他们的必然去处往往是某所乡镇中学。如果安分守己不思破局，他们将在中学教师的工作岗位上老死终生。事实上，那也正是许多年轻人一眼就能看到头的命运。当然，他们大都不愿听天由命，却又无力改变自己的现状。这种困境，聂尔早在《师专往事》中就已写过："师专的大部分学生都有一个共同的理想，那就是毕业之后能够不当教师。这个理想的名称叫作'改行'。三年的专业学习就为了离开所学的那个专业。最后只有极少数人能够实现这个理想并因而自鸣得意。这真叫人匪夷所思。"③ 为什么会匪夷所思？我觉得与我们的大环境有关。在我们的文化传统中，本来就有"家有三斗

---

① 茂莱. 电影化的想象——作家与电影. 北京：中国电影出版社，1989：129.

② 赵勇. 影视的收编与小说的末路——兼论视觉文化时代的文学生产. 文艺理论研究，2011（1）.

③ 聂尔. 路上的春天. 北京：中国人民大学出版社，2012：176.

粮，不当孩子王"的古训，而到九十年代初期（1992 年前后），更是有了《十等公民》的现代民谣。于是，"九等公民是园丁，鱿鱼海参分不清"便成为对教师的基本定位。这意味着，当教师的经济收入平平社会地位不高时，他就低人八等。或者也可以说，教师这种职业也许还能满足马斯洛所谓的生理需求和安全需求，但是却无法与归属、尊重和自我实现等等形成关联，一旦上升到这些需求层面，它马上就左支右绌，捉襟见肘。教师当得既然如此灰头土脸，哪个还敢爱上它？

这便是王大虎毕业时面临的时代大语境。这个语境既不是二十世纪八十年代高加林（路遥《人生》的主人公）的语境，也并非二十一世纪涂自强（方方《涂自强的个人悲伤》中的主人公）的语境。王大虎是二十世纪九十年代中期的小说人物，那个时期正是历史的转型期，在包分配（计划经济）与自主择业（市场化）之间，已经出现了一道缝隙，它诱惑着那些不安分的人，也让他们看到了一线希望。

拒绝师专生命定职业的力量也来自王大虎自身的小语境。一方面，父亲王龙绝不允许已经毕业的儿子从教——在他的心目中，只有市县领导的秘书或报社记者才能满足他的虚荣心，也才能使全家走出屈辱，获得解放，这其实是无数农民的世俗考虑；另一方面，王大虎这个文学青年已做起了自己的白日梦："有一天他写出《百年孤独》那样的惊世巨著，领到至少有一千万人民币的诺贝尔奖奖金，他住到北京，他彻底甩开这个不断产生羞耻的地方，他觉得自己终于打败了他面前的所有敌人。甚至他会得到安忆……之后，他又为自己如此功利的想法羞耻。"（9-10 页）既然有了这个作家梦，无论如何是不能去乡镇中学教书的，因为一旦到了那里，梦就破灭了。

然而，实际情况是，他回到了他父亲承包的柿子沟，他担心自己再也走不到沟外，那样，作家梦碎了一地，就更加无法收拾。何况，他耳边又不时响起父亲的警钟长鸣："'作家？'父亲说，'我不反对，不过那是闲余时间做的事，你可不敢当主业，那样的话……连你都养活不了，好我的娃。'"（10 页）于是，在一个月左右的时间里，王大虎困在沟里，与父亲和两位兄弟干起了最低端的事情：一车一车地送沙，十块八块地挣钱。

就这样，王大虎走进了这个时代为一个专科生所设置的困境之中，而这种困境，同时又是他自己心高气傲的产物。他没办法走出困境，便只好在沟里过起了三种生活。第一种自然是现实生活——他必须面对荒凉的沟壑、原始的结土和不时暴怒的父亲，并不得不屈服于父亲的威权之下。这种生活与巴赫金所论的"第一种生活"颇有几分神似："一种是常规的、十分严肃而紧蹙眉头的生活，服从于严格的等级秩序的生活，充满了恐惧、教条、崇敬、虔诚的生活。"① 第二种是文学生活——在艰苦的劳动之余，他不但读着《追忆似水年华》，而且他以前读过的所有的文学作品都在那条沟里发作了，它们无时无刻不在参与着他的"第一种生活"。第三种或许可以称为爱情生活，然而，这既是肉身缺席的爱情，也是无望的爱情。他深爱着女同学安忆，毕业时却被她冷淡拒绝，这样，他就只能在沟里"追忆"一种逝去的甜蜜，甜蜜的忧伤。与此同时，他又在父亲的逼迫下，给另一位女同学李文花发出一封含糊其词的求爱信，不得不陷入新一轮的无望等待中。后两种生活似又可合二为一，成为巴赫金所谓的"第二种生活"，但它显然还不是"狂欢广场式的自由自在的生活"②，虽然它不时游离于"第一种生活"，体现出一种出位之思、出神之乐，但它毕竟还无法"笑"得舒展。

这两种（或三种）生活搅和在一起，叠加在一起，一并向王大虎发力，便时常让他处在一种荒诞剧的情境之中。

关于荒诞，我曾对它略有思考。在我看来，"今天的作家若想写出真正的荒诞文学已变得非常困难。困难不在于他无荒诞可写，而在于当荒诞的现实扑面而来、应接不暇时，他将如何开掘荒诞、反思荒诞、穿透荒诞、呈现荒诞，他将如何超越段子的叙述框架和认知水平，他将如何把公众已经熟悉的荒诞进一步陌生化，从而为读者提供一种不一样的荒诞叙事"③。当我说出这番话时，其实我是对《第七天》和《我不是潘金莲》那样的荒诞叙事很不满意的。作为大牌作家，余华和刘震云当然不缺少荒诞的理念，但他们小说中所写的那些却只能算是荒诞的皮毛，并未触及荒诞的本质。

荒诞的本质是什么？应该是人与世界（他人）的"紧张关系"。④《一嘴泥土》恰恰把这种"紧张关系"书写到了一种真正的位置，而实际上，这也正是浦歌创作这部小说的初衷：

---

① 巴赫金. 陀思妥耶夫斯基诗学问题. 北京：三联书店，1988：184.
② 巴赫金. 陀思妥耶夫斯基诗学问题. 北京：三联书店，1988：184.
③ 赵勇. 荒诞的处境与不那么荒诞的文学——"日常与荒诞"之我见. 文艺争鸣，2015（1）.
④ 福勒. 现代西方文学批评术语词典. 成都：四川人民出版社，1987：1.

等植物的根伸进石头，等它发现自己别无去路，只有面对无尽的石头世界，它一定感到了某种荒唐，为了使自己挤进微微裂开的缝隙里，它不得不将自己的根变形，不得不将自己的根与石头合为一体，不得不顺着纹路形成古怪的直角、锐角，与刀子般的石头棱角相磨砺，它的生长姿势也会因此变成奇怪的模样。一个路人看到石头上的树，可能会惊叹：这是一株多么顽强的植物。但它忽略了植物根部的感受。作为根部，它也许体会到的更多是绝望和荒诞，是存在的忐忑和不安，根部的变形意味着与石头每时每刻的僵持，意味着走投无路时的惶惑，以及偶尔得逞时的悲喜交集，而那些变形的根，在植物自己眼里看来是可笑的。每一寸都是可笑的，是绝望逼出来的，饱含着狼狈和荒诞。对于这株艰难生长的植物来说，畸形的根部才代表了它真实的存在。

创作《一嘴泥土》的时候，我希望能描述这僵持的时刻，我找到的承受者是小说主人公大虎和他的家人，在差不多一个月里，他们面对的是紧迫的困境、受辱的环境和沟壑里的原始坚硬的结土。他们居住在柿子沟。①

可以把"僵持的时刻"看作"紧张关系"的文学化表达。王大虎及其家人确实一直与外界僵持着甚至对峙着，而与之僵持的对手既是柿子沟的原始与荒凉（自然环境），更是社会环境中的各色人等：王龙的仇人村支书王金合，前来讨账的年轻人会生，把爷爷王荣念叨回沟里的刘黑，还有沟外全村人那种不解却想窥探的心理，同情、嘲讽乃至看笑话的目光。在他者的"凝视"（regard/gaze）中，沟里如同人间地狱，沟外则成为"他人即地狱"的存在主义世界。"凝视"的目光交错闪烁，又一并聚焦，像探照灯的强光一样射向沟里，以至王大虎全家不得不以毒攻毒以眼还眼，如此才能维持其必要的尊严。也就是说，在"第一种生活"中，王大虎作为一个受过大学教育的先知先觉者，他既要面对柿子沟的贫穷与荒凉，又要面对被贫穷因而也被村里人的藐视轻视乃至敌视挤压出来的屈辱，于是他时常处在一种羞愧之中（据我统计，小说中直接出现"羞愧"字样的多达 40 处，出现"羞耻"或"羞耻感"的地方有 12 处）。这种羞愧体验令人揪心，也与家人（尤其是父母）的不知不觉或某种错觉构成了一种有趣的

---

① 浦歌．等植物的根伸进石头——长篇小说《一嘴泥土》创作谈．博览群书，2016（4）．

对照。

更值得注意的是王大虎的"第二种生活"。在一个月的时间里，他一直断断续续地读着《追忆似水年华》。前两卷他已读过，他需要从第三卷读起。而前两卷他又借给安忆读过，安忆还给它们包上了漂亮的蓝色封皮。这样，《追忆似水年华》就不再单纯是普鲁斯特的小说，而是也成了大虎恋爱的证据。一旦阅读这套小说，他就必定要睹物思人，无望的爱情更显得无望。但恰恰是因为这种阅读，他又"通过普鲁斯特的笔间接感受自己无望的爱情，他为有这么个同盟而暗自高兴"，他开始"喜出望外地琢磨爱情的钝痛"（29-30页）。就这样，大虎的爱情生活汇入文学生活，而两者叠加在一起的"第二种生活"又与"第一种生活"毫不搭调地缝合在一起，它们奏出一种时而粗粝时而精致、时而暴烈时而温馨、时而很农民时而特小资的古怪乐章。而这种生活，实际上也正是作者本人面向自己的一次真实书写。浦歌在一篇文章中曾经写道：

> 毕业后，我回到偏僻村庄，回到我们全家居住的沟壑里，由于找不到合适的地方，只好滞留在家中干活。在那里，我继续读《追忆似水年华》，在非常辛苦的拉沙间隙，我用变得粗大、有了老茧的手指翻开书页，有时会有沙粒唰啦一声掉进书页中间，我并没有因为那是一个富丽堂皇的世界而排斥它，我觉得普鲁斯特正在写我，他的爱情可以置换为我的爱情，他的嫉妒可以置换为我的嫉妒，他对记忆的发现也带来我的发现。性格暴烈的父亲在我的周围走来走去，而我的化身正坐在亲王夫人的沙龙里，那里正有一种暧昧的气息在蔓延。等我后来独自到都市里漂泊，差不多孤立无援的时候，我又开始重新阅读它，这时，在沟壑里的艰苦生活也活跃在文字周围，就像我暴烈的父亲依然在我的周围走来走去一样，就这样，屡次的阅读都氤氲着对过去的回忆。①

这段夫子自道可以帮助我们理解王大虎的所作所为。这意味着，当王大虎沉浸在普鲁斯特的世界中时，他不但可以用小说疗伤，而且可以用"第二种生活"稀释"第一种生活"的坚硬、粗陋和贫困。由于阅读《追忆似水年华》以及由此生发的故事贯穿在《一嘴泥土》的始终，原来的《黄河大合唱》中就响起了另一种乐音，它像《小罗曼

---

① 浦歌. 普鲁斯特与我. 博览群书，2016 (5).

司》，又像《悲伤的西班牙》，更像是《阿尔罕布拉宫的回忆》。这种特殊的背景音乐疏导着主人公的情绪，调整着小说的节奏，让这个荒诞的处境有了一种幽怨之美。

与此同时，在许多个特殊的瞬间，王大虎的耳边又会响起文学大师的声音——莎士比亚、巴尔扎克、陀思妥耶夫斯基、卡夫卡、爱伦·坡、杜拉斯、海明威、昆德拉……，脑中浮现文学名著的场景——《第二十二条军规》《静静的顿河》《悲惨世界》《鲁滨孙漂流记》《神曲》《白鹿原》……例如，当他走到沟门口时，"他想起《静静的顿河》里主人公回到家门口时那种惊心动魄的感觉，觉得变得有些陌生的熟悉情景风一样逼近额头和心脏，使他喉头紧缩"（14 页）。当他与父亲在暴风雨中送沙相互听不见对方的喊叫时，他"突然戏剧性地想起《第二十二条军规》里尤索林在飞机里同战友之间绝望的疯狂对话"（64页）。当父亲正在拓宽路面时，他"想到《神曲》里，但丁跟随维吉尔走在地狱，父亲那种褴褛中山装、高高举起二齿镂的姿势，让他想到这也许就是地狱中的一个受罚的情景"（106 页）。这些声音与场景如同电影中的"闪回"，它们插入小说的叙事之中，让王大虎的生活变得生机勃勃了——那是被众多文学大师之眼检阅着的生活，因为他们的审视，沟里的生活不再那么枯燥乏味了。

于是，两种生活就有了更为不同的意味。如果说"第一种生活"是黑白片，那么"第二种生活"就是彩色片，它让灰暗的沟壑有了某种亮色；如果说"第一种生活"是摇滚乐，它愤怒着甚至咆哮着，那么"第二种生活"就是咏叹调，是如歌的行板，是《加州旅馆》的solo（独奏）；如果说"第一种生活"是拉康所谓的"符号界"，是王大虎需要顺从父亲权力法则的场所，那么"第二种生活"就是充满激情的"实在界"，它看不见摸不着，却往往能带来高潮（jouissance）体验。而在拉康看来，恰恰是"文学拥有一种特殊的捕捉高潮的能力。换句话说，就是去唤起一个或快乐、或恐怖、或充满欲望的短暂时刻"[①]王大虎恰恰被文学之光照耀着，恰恰用文学之眼打量着，他在现实界与文学界穿梭往来，在符号界与实在界快进快出或淡入淡出。他的肉身必须待在符号界，但他又常常灵魂出窍，在遥不可及深不见底的实在界漫游。前者坐实了他的屈辱和苦闷，后者又间离了他的痛苦，在间离的瞬间，他获得了反思的能力。

---

① 布莱斯勒. 文学批评：理论与实践导论. 北京：中国人民大学出版社，2015：166.

这就是王大虎，一个在我们的文学谱系中从未见过的人物形象。他很可能是高加林和涂自强的表兄弟，但在精神世界的复杂性上已远远把他们甩在了身后。

七

1958 年 4 月，阿多诺看过贝克特的荒诞剧《终局》之后喜不自禁，他给霍克海默写信谈观后感，随后又写出一篇长文《〈终局〉试理解》，试图把它的美学价值固定到一个合适的位置。他说：当萨特的戏剧依然采用传统形式聚焦于戏剧效果时，贝克特的形式却压倒了内容并改变了内容。这样，他的作品就有了一种冲击力，"已被提高到最先进的艺术技巧的水平，提高到乔伊斯和卡夫卡的水平。对于贝克特来说，荒诞不再是被稀释成某种观念进而被阐述的'存在主义处境'（existential situation）。在他那里，文学方法屈从于荒诞并非预先构想的意图。荒诞消除了存在主义那里所具有的普遍教海，清除了个体存在不可化约的教义，从而把荒诞与西方世界普遍而永恒的悲苦连接在一起"[①]。阅读《一嘴泥土》的时候，我想到了阿多诺的这番说法。这当然不是说浦歌就是贝克特，也不是说《一嘴泥土》就是《终局》，而是说在对荒诞的把握上，浦歌已在向西方的荒诞大师们看齐了。他的小说中有悲苦，有屈辱，有愤怒，更有无处不在的羞愧，它们构成了小说的底色。但是，它又常常引人发笑，充满了某种喜感。众所周知，荒诞中必然有喜剧性因素，但喜剧性的笑又与荒诞性的笑大不相同。如果说前者是胜利、智慧和自由在笑，笑得酣畅淋漓，那么后者则应该是尴尬的笑、苦涩的笑、伤心的笑、痛并快乐着的笑。在《一嘴泥土》中，我听到了荒诞发出的笑声，它构成了这部小说的特殊音符。

这就不得不面对王大虎的家人。表面上看，王大虎全家生活在悲苦之中，但他们个个仿佛都是喜剧演员。父亲王龙像所有的父亲一样行使着"父权制"的权力，说一不二，指挥得儿子妻子团团转。而且，他还有一种"无法无天的乐观精神"（180 页），为自己的远大理想——培养出三个大学生——永不停歇地劳作着，战斗着。他就是柿

---

① Theodor W. Adorno. Trying to understand *Endgame* // Notes to Literature（Volume One）. New York：Columbia University Press，1992：241.

子沟里的堂吉诃德。母亲叶好总是打着嗝忙碌着，在强大的王龙面前，她永远处在弱势的位置，但她似乎又像一个老游击队员，永远与王龙进行着"敌进我退，敌住我扰"的游击战。她那种标志性的打嗝声和标志性的"额悕惶地"的感叹，仿佛也成了一种喜剧性的乐音。大虎二虎三虎是父亲王龙指挥的队伍，龙王下面三只虎，强将手下无弱兵，但这种组合似乎更有一种反讽效果，因为三只虎只是在抵触中劳动着，在不满中忍受着，敢怒而不敢言，由此展开的摩擦常常是一出轻喜剧的开端。而家人之外，那个夸夸其谈、吹嘘自己很有办法的奎叔就更是一个喜剧演员了，正是他以一本正经又近乎玩闹的方式把王大虎带进了省城的城乡接合部，让主人公落入一个更加荒诞的迷宫之中。凡此种种，都可看作喜感的来源。

喜感还来自这个文学之家。在王大虎的带动下，这个家庭的成员都成了小说的阅读者，二虎三虎在读大虎带回来的小说，连父亲王龙都读过《复活》《白鹿原》《第六十一根蜡烛》和苏童的《三盏灯》。由于他们都读过《罪与罚》，因而回忆这部小说的人物和情节便成了父母亲的对口相声：

> 等父亲突然想不起某个人物时，母亲就会以她特有的记忆能力来提醒父亲。
>
> "那个爱说话的人，是主人公的同学，唠唠叨叨个没完的那个是——"
>
> "拉走煤心（拉祖米欣）！"母亲用土话说出大虎都无法记住的人名。
>
> "后来有个一本正经的律师——"
>
> "绿人（卢仁）！"
>
> "对，叫路人……"
>
> 父亲和母亲的发音也略有偏差，就像一些作家对大师的模仿一样，总有些以讹传讹。
>
> "……路人（卢仁）来找主人公，主人公住在棺材一样的小阁楼里，你看作者描写这个律师的做派……"大虎常常羞愧于不如父亲对情节了解得细致入微。
>
> "好娃哩，你能写出陀什么基那个作家的水平，你就成事了。"
>
> "拖死唾液扶死鸡（陀思妥耶夫斯基）。"母亲赶紧补充说。

（70 页）

荒凉的柿子沟里居然能出现这样一场对白，这会是什么效果？而当没读过几本小说的父亲开始教训儿子如何写小说时，这里便更有了一种喜感。但谁又能说这种被农民价值观调理之后的文学价值观毫无道理呢？由于王龙经过了几本小说的文学武装，因而他在王大虎面前也就更加自信。他逼着大虎写求爱信，又逼着他交出来审读，在"人家大虎写的句子多么优美，词语用了多少？"（43页）的评点声中，他已升格为沟里的文学评论家。

在喜感的各种来源中，人物配置所形成的结构关系似更值得玩味。如果把《一嘴泥土》的故事稍作简化，那么这应该是一个"父亲和三兄弟"的故事：三兄弟中，老大命运不佳，他只上了一所专科学校，但也是大学生；老二在这个暑假等来了结果，考分正好压住了本科院校的分数线，家里又多了一名大学生；老三已念完高一，考上一所大学既是他的梦想，更是父亲王龙的大团圆之梦。当老二修成正果时，王龙的革命乐观主义精神就更加膨胀："这还不是：三虎，只存在能不能考上北大清华的问题，不存在能不能考上的问题。"（180页）但一方面因供养一个大学生并不容易，需要大把花钱，王龙挣钱的工具又只有一辆破破烂烂的四轮拖拉机，所以，把三兄弟拽入装沙、拉沙、修路之中就成了这位父亲的本能。另一方面，为了实现自己的上大学找工作之梦，三兄弟也必须成为父亲的重要帮手。于是，每当他们偷奸耍滑犯懒之时，就会点燃父亲的怒火："你们羞先人哩，日他妈干这点活十几天干不完，你们都别上学了！"（160页）由此看来，浦歌的这部小说固然是如实摹写，但这个故事却在不经意间进入一个"三兄弟叙事模式"的母题之中。在西方，"三兄弟模式"是常见的童话或民间故事类型；在中国，借用"三兄弟模式"叙事的长篇小说也不在少数，《激流三部曲》《财主底儿女们》《四世同堂》便是其代表。① 这就意味着，若在母题、原型或叙事类型的层面细细琢磨，则《一嘴泥土》并非没有讲究。

当然，因《一嘴泥土》只是呈现了一个月左右的生活，它便不可能展开三兄弟的命运，它也没有落入"三兄弟模式"的民间故事叙事套路（老大老二往往扮演负面角色，老三则充当正面人物）。但说来

① 盖钧超．"三兄弟模式"童话的原型探索．文教资料，2008（11）；潘晓娟．通往幸福的窄门——民间叙事"三兄弟"类型的母题解读．常州工学院学报，2013（3）；李星辰．论中国现代小说中的"三兄弟"叙事模式——从《激流三部曲》《财主底儿女们》《四世同堂》谈起．湖南师范大学学报，2014（11）．

也是巧合，它虽避开了老套路，却在不经意间暗合了一种新套路，这就是前些年广为流传的那个"三种青年"模式。

2011年10月24日，网友"大仙"在豆瓣网上发起了一个"普通青年VS文艺青年VS二逼青年"的线上活动，短短几日内有十多万网友参与，并成为开心网、人人网和各网站微博等社交网络的热点话题。无数网友用五花八门的段子和照片去解读三种青年，顿时成为一种网络奇观。有段子说：普通青年用杯子喝水，文艺青年用小碟，二逼青年则抱着暖壶直接灌下去。撞人之后，普通青年：完了！撞死人了！我这辈子算完了。文艺青年：难道我的后半生要在监狱里度过？没有自由我宁愿死……二逼青年：我爸是李刚！吹牛时，普通青年：我北京大学毕业的。文艺青年：我毕业于Academy of Art College。二逼青年：我就读于家里蹲大学。甚至还有人以这种模式给巴金的《家》做过总结："《家》讲的就是高家三少嘛。普通青年高觉新，文艺青年高觉民，2B青年高觉慧。"①

大虎二虎三虎是很能够代入这种类型之中的。在小说中，三虎应该是普通青年，他年龄最小，作者对他也着墨不多，确实很普通。大虎则无疑是文艺青年，他在饱读诗书之后常常感物伤怀，是不折不扣的文艺范儿。而二虎，无论怎么看都有一种2B青年的神韵。在网络用语中，2B是一个不大容易解释的用语。说某人2B，意味着这个人举止言谈不靠谱，很另类，甚至有些缺心眼，但其怪诞中又常常有可爱之姿。三种青年中，普通青年的言谈举止是正常行为，如同"走路"的散文；文艺青年的言谈举止是文艺行为，好比"跳舞"的诗歌，那是被文学修辞装饰过的正常行为；2B青年的言谈举止则可以算作一种反常行为，他不按常理出牌，说话愣，动作大，像是神经病，又像荒诞剧里的人物，但亮点笑点反思点也常常体现在这里。

二虎并不缺心眼，甚至还很有心机（放榜时他去学校看分数便是一例），为什么又要把他归入2B的一类呢？让我们先来看看作者的描述。

大虎回到柿子沟还未见二虎时，就把他这个熟悉的弟弟想象了一番："他设想二弟走在补习的路上，用那种轻蔑和厌烦的神态看着路、房子、田地，遇见村民的询问，二虎会抬起那双单眼皮下的小眼，咬

① 普通青年高觉新 文艺青年高觉民 2B青年高觉慧．（2013-02-20）．http://tieba.baidu.com/p/1302207828.

着牙，不躲闪地斜蔑着，常常显出别人欠了他似的那副冷冷的神情。很小的时候，二虎就扬着有点桀骜不驯和漠然的头，走在村间的小路上。可是一旦只有他们兄弟三个在一起时，二虎就显出那种体弱的、连头都懒得抬的病蔫蔫的神气，天然的卷发细柔地散开在头上，好像连自己的头发都无法直立起来。"（19-20 页）这就是二虎将要出场时的神态。在文学语境中，我们可以说二虎很高傲；在网络语境中，我们又可以说二虎很高冷；但在三种青年的语境中，2B 大概就非他莫属了。而此后二虎的种种做派，似乎都有了点不按常理出牌的味道。例如，挑拨起父亲的脾气进而让他"收拾"大虎，是二虎惯用的伎俩。当大虎思谋着以后要当作家时，二虎挑拨道："他想写别人看不懂的书。"结果换来了父亲对大虎的一顿呵斥："别人看不懂，那还叫书，书就是要让别人看懂哩，你写球一个别人看不懂的书，谁看球你的书！"（71 页）再比如，大虎像宝贝一样对待着自己带回去的那些文学作品，唯恐别人读他的书时把书弄脏，尤其是那套《追忆似水年华》。普通青年王三虎通情达理，他"总是保证手上没有泥沙和汗水时才看，或者不停地在裤子上擦手"（83 页）。而 2B 青年王二虎就是另一番模样了："二虎从来不留意他投来的目光，甚至还在挖过鼻孔之后继续看他的书。他只是希望二虎尽快地看完，或者只挑他认为不太珍贵的书看。他看到二虎轻率地将他的书放到有土的窗台上时，小心地说过一次，二虎厌烦地哎呀呀一声，翻着不屑的小眼，不做理会地走过去。在二虎眼里，书不过像课本或者复习题一样，只要能看到上面的黑字就可以。所以大虎的目光总是跟踪着二虎手的行迹：胡乱翻、将其中一页紧紧捏在手中、伸进鼻子、用手掌按压书形成折痕。"（83-84 页）当二虎终于决定看《追忆似水年华》时，大虎更是心疼，他"心中唯一的期望是二虎减少抠鼻子的次数，那可是他恋爱的证据"（84 页）。然而，他的加倍小心并没有让他的爱情证据获得有效保护，一场阵雨之后，他发现放在窗台上的《追忆似水年华》被雨水浇湿了：

> 他走过去，心疼地将放在窗台上沉甸甸、滴水、皱缩的《追忆似水年华》第一卷拿在手中，几乎要晕厥。蓝色封皮浸出蓝色的颜色，染色一样染到书里，还被雨水冲刷到泥墙上。他像捧着女友的尸体一样，想轻轻翻开书页，书页已经如同被胶黏住一样结成一个注水的整体，这不仅仅是爱情被浇湿，由于地方闭塞，他以后也很难买到这本书。他颤抖着，看到另一侧的窗台放着同

样命运的《玩的就是心跳》。他觉得心中充满了火药，正有一只颤抖的手在点燃。他看见二虎起初有些惊愕和沮丧的表情，这给他些许安慰，接着二虎的表情很快换成不屑、烦躁，为即将到来的责备感到厌恶。

"为啥不拿回家！我跟你说过没?!"

二虎像抵挡耀眼的强光一样，不耐烦地低着眼皮。

"日他妈的！"大虎学着父亲的声调骂着，抖抖书，书滴答着水珠，他将"日你妈的"换成了更客观的"日他妈的"。

他把想象中千钧之力的目光移向三虎，三虎低着头，没有看他，他又移向二虎，二虎现在像被惹烦的蛇一样，梗着父亲一样的头。

············

现在，大虎憎恨二虎的狡猾和冷淡，他觉得自己的责备总是在无限接近二虎的时候离开了二虎，无法形成真正的威慑力。

············

"行了行了！"二虎厌烦地挥挥手，用一种特别的姿势走着——脚后跟着地，像企鹅或者领导，或者是蔑视者的脚法，一边用背心下摆扇着脸，好像很热或者被人弄得很烦一样。

他再次体会到老大的地位被挑战的那种羞辱，不过二虎已经进了家门，不再理会他们。

三虎在雨中不动，之后慢慢走到屋里，背影体现了无限的反抗意图，这无疑真正刺激了他，三虎从来没有作出过反抗。他所有的怒火都来自无法说出的爱情的失败和凭证的毁掉……（84 - 86 页）

这是一处非常精彩的描述，三种青年的语言、动作、神态跃然纸上。在这里，三虎不是低眉顺眼，而是有了一种无形的反抗，普通青年不再普通；二虎依然故我，把 2B 状"表演"到一个最佳的状态；而大虎则在特殊的情境中爆了粗口，一改此前的悲天悯人温文尔雅，文艺青年顿时变成了愤怒的青年。这处故事的底色是悲、怒和怨，但经过三种青年的演绎，特别是经过文艺青年对自身角色的反转并与 2B 青年形成对峙之后，立刻就有了十足的喜感。而且，由于许多时候三兄弟都是同吃同住同劳动，作者又总是像端着摄像机那样依次给出三兄弟的特写镜头，三种青年也就有了更多比对着表演的机会。当大虎的工作有了着落之后，他们在等待着创造了传奇的奎叔时互相打趣："二虎笑嘻嘻地叫大虎：大虎记者。大虎则拿出那个黑色生殖器，向他们晃晃。他们一起大笑。三虎爬上一棵柿子树，学猴子吊在上面，最后扑向他们。他们大笑。二虎脖子里插了根茅草，茅草晃悠悠地抖动，加上二虎现在卷曲的高耸的头发，加上二虎媚人地挤眼，他们大笑。"（226 页）这里当然已不是喜感，而仿佛是"北京的喜讯到边塞"般的欢乐。这个时候，大虎还不知所谓的工作只是一场骗局。而当他晃动着那块生殖器状的黑色石头时，那种得意简直可以说是出神入化，它让我想起聂尔在《最后一班地铁》中的那处描述："我"与 J 在街头百无聊赖地闲逛，看到市委礼堂打出了《最后一班地铁》的广告，"我"认为是国产片，不想看，而 J 则把"我"强拉进影院。"当我被黑暗中的光亮晃得睁大了眼睛时，我发现这竟然是一部法国片。紧接着光艳照人的德纳芙出场了。只看了第一眼，J 就捅我腰眼一下，以表示他的决定的英明和我的反对的愚蠢。"[①] 晃动生殖器状的黑色石头与捅腰眼，都是完美的细节，简直妙不可言。

　　当然，无论怎样喜庆，无论怎样具有喜感，它都是一种表象，而表象的背后则是切肤之痛。当父亲被逼债的年轻人辱骂而王大虎又一次感到屈辱，又一次意识到家中惊心动魄的贫困时，他也就又一次露出了文艺青年的本来面目：

　　　　他仔细打量和品味眼前的景象，就像他重新察看自己惊人的形象，他明显体会到黏稠的失败感和触目惊心的荒谬感。就像他每次照镜子看到自己的大脸和大鼻子一样，他不由得在心中发出羞愧的感叹，并起了一身鸡皮疙瘩。他脱了鞋，躺在炕上，满脸流着汗。他已经以局外人和儿子的身份蔑视过父亲王龙，将王龙看作一个滑稽和可笑的人物。但当父亲重新在他眼前发挥出强力，震怒，瞪起可怕的眼睛，冲着他们大吼，大虎发现自己再次变成被王龙统治的一个更小的人物，他的蔑视被吓得无影无踪。他仔细品尝这种无边无际的失败感，仔细琢磨自己的处境，最后，他只好在对窗外父亲的戒备中自艾自怜着。

　　　　每天中午他们都有片刻的休息时间，他现在就在合法地享用这片刻时间。他也听着窗外，窗外依然沉默。他突然听见母亲叶好一边打嗝一边收拾碗筷的声音，这是一个怪异的打嗝声，他几乎没有意识到他为此突然笑了，接着他发觉自己流出了眼泪。他

---

①　聂尔 . 最后一班地铁 . 广州：花城出版社，2009：95.

的汗水也很响地滴到脏床单上，就在他耳边炸响。（171页）

读到这处描述时，我又想起了阿多诺的论述。在阿多诺的心目中，真正的艺术应该像莫扎特的音乐那样，于和谐中有不谐和音的鸣响；也应该像荷尔德林的诗歌对句那样，喜中含悲，悲中见喜。因此，艺术中仅有欢畅的快感只是浅薄之物，严肃性才是所有艺术作品的巨大底座。"作为逃离现实却又充满着现实的东西，艺术摇摆于这种严肃与欢快之间。正是这种张力构成了艺术。"同时，也正是"艺术中欢快与严肃之间的矛盾运动"构成了"艺术的辩证法"。①

于是，当众网民一窝蜂地编排着三种青年的段子时，那只是搞笑，是失去了所指的能指滑动，是又一次找到兴奋点之后的全民狂欢，甚至是阿多诺所谓的 kitsch（媚俗）。而《一嘴泥土》的人物设置虽然暗合了三种青年的叙事模式并因此生发出许多喜感，但它有一个严肃的内核，所以它才是艺术。大概，这就是艺术与大众文化的基本区别。

八

许多时候，小说都是作家本人的自叙传、心灵史和血泪书，何况浦歌说过《一嘴泥土》是纪录片一样的小说呢？实际上，这部小说只是披了件小说的外衣，它其实是浦歌的一次非虚构写作。

但它确实又是一部比许多小说还小说的小说，它具备小说的所有要素，更具备小说的品相。这尤其让我感到惊奇！为什么非虚构写作能够变成一部不折不扣的小说呢？这是一个不大容易回答的文学理论问题，也是一个需要探讨的美学问题。在这里，我并不打算展开这个话题。

我想说的是，就我目前对浦歌的了解和认知，他现在发表的所有小说都具有某种非虚构性，那实际上就是他本人的切身经历和生命体验。像他小说里描述的主人公那样，他就是从柿子沟里走出来的，他经历了触目惊心的荒凉与贫困，承受着刻骨铭心的屈辱和渺小。他走进了上党盆地，然后又漂在省城太原。许多年里，他都像散文作家塞

---

① Theodor W. Adorno. Is Art Lighthearted? // Notes to Literature（Volume Two）. New York：Columbia University Press，1992：249.

壬所写的那样，过着一种"下落不明的生活"①。那时候，他就更加真切地感受到了自己的卑微和渺小，更加深切地体会到了自己的孤独和脆弱。他说，生活逼着他表演戏剧，所以他时常感到羞愧。那是农家子弟与生俱来的羞愧，是贫穷面对奢华和物欲横流时的羞愧，是穷困中居然也有各种欲望的羞愧，是"孤独的人是可耻的"一般的羞愧。"等我写不出任何东西的时候，我为写不出任何东西而羞愧，我斗胆写出任何东西的时候，我怀着各种羞愧的感情在写，就像第一次写情书的人。我第一次吐露我的内心，我用文字的表演代替我的僵硬表现，文字在虚无的世界里表演，我笨拙的身体自豪地隐居起来，我把我容易羞惭的内心奉送给这个世界。"② 于是，羞愧成为他的基本表情，羞愧也成为他小说的基本主题。

除了羞愧，还有荒诞、孤独、卑微、渺小、沉重的喜感和耻辱等等，它们都是浦歌着意开掘的东西，也是读懂浦歌小说的关键词。在精神气质上，他接通的可能是卡夫卡、普鲁斯特和马尔克斯的写作传统，那是一种不折不扣的现代性体验。

然而，这种现代性又不是与西方观念的简单嫁接，而是土生土长的中国经验，具有鲜明的"在地性"（locality）。写完《孤独是条狂叫的狗》之后，浦歌曾如此描述过他的创作心理：

> 我看着他们二十岁左右的面庞，就像看到自己屌丝时期的翻版一样。那是没有钱，没有房子，除了身体的欲望之外一无所有的时期，就是在那时，一种气质慢慢洋溢并凝结在自己的脸上，并造成一种无可挽回的屌丝气质。之后，等你不断去掩饰，甚至拿涂料去粉刷，屌丝气质依然会在自己内心和面容上浮现出来。
>
> 也是在外地，比如说最大的城市北京，我走着走着，我觉得我的感觉越来越放松，我忘了自己是谁，因为北京足够大到让你走着走着忘了自己是谁。就这样我边走边恍惚起来，一股屌丝气有时就会重新弥漫在我的心间，伴随着屌丝气的，是屌丝时期的一种孤独，那是一种浮在表面生活里的孤独，周围世界都与自己毫不相干的孤独，那是一种孤立无援的气息。③

卡夫卡写出了卑微、孤独和荒诞，但他决然写不出屌丝气质，这

① 塞壬．下落不明的生活．广州：花城出版社，2008.
② 浦歌．生活逼着我表演戏剧．山西文学，2011（4）.
③ 浦歌．屌丝的喜感与孤独．黄河，2015（6）.

种气质只可能出现在浦歌笔下。而这种气质，很可能就是当下中国的一种气质——表面上财大气粗，土豪得很，实际上却穷酸饿醋，骨子里还是屌丝。而由此生发的喜感，就不仅仅属于浦歌的小说，也是一种中国特色，更是制作中国特色式荒诞的基本原料。

到目前为止，浦歌把他的小说触角伸向了两端：一端在乡村世界，在柿子沟；另一端在现代城市，在省城太原。在沟里时，他笔下的人物挣扎着，那是一种绝望中的挣扎，显得蛮荒而原始，沉重且忧伤；在城里时，他笔下的人物又游荡着，大大咧咧，满不在乎，但实际上却是装出来的表情，做出来的姿态，因为只有如此这般，才能消解往日的创伤与疼痛。他们似乎是波德莱尔笔下的游手好闲者，但又远没有那些人的资本和实力，于是就只好穷逛穷聊穷开心，让压在心中的火气怨气和无可奈何在城市的犄角旮旯里随风飘散。这时候，他们就有了 2B 样、屌丝气。

无论伸向哪里，浦歌面对的都是小人物，小到不能再小，小到可以被这个喜欢大的时代忽略不计。这些人物生活在绝对的底层世界，甚至是底层中聂尔所谓的"存在的暗层"。他们在暗层中游走，像蟑螂一样活着。

那么，浦歌应该是位底层作家了？我觉得是，但我并不想把他简单纳入汉语语境中的那个底层，因为底层叙事往往悲悲切切，苦大仇深，却又仅限于此。它们当然也能做成文学，但我觉得还不是好文学。如果把浦歌看作这种类型的作家，那么我更愿意让他接通葛兰西和斯皮瓦克所谓的底层。这个底层不在意识形态霸权的控制之内，这个底层的人们像王龙那样无法言说自己，即便言说也不能被人听到。浦歌应该是这种意义上的底层作家（subaltern writer）。[①]

这么说，浦歌是这个底层的代言人了？也许是的，但首先是他自己开口说话了。当他言说的时候，他自己都被吓了一跳，于是他心怀忐忑，他不知道这种言说是否终归也走向虚妄："现在，我坐下来，面对想象中的话筒。我知道，对着浩瀚的时间和空间，我说的任何话都是荒唐的，我的表演成就了荒诞戏剧，我即将说的话，只是卑微事物试图说出无限的一个尝试。就像放送到天空的礼花，是一次不知道能否成功的爆炸。"[②] 这是长期失语后的紧张，也是初次在大庭广众之

---

① 布莱斯勒．文学批评：理论与实践导论．北京：中国人民大学出版社，2015：248．

② 浦歌．生活逼着我表演戏剧．山西文学，2011（4）．

下张嘴说话时的惯常表现。

从此往后，浦歌就一直在寻找着自己的言说方式，也一直把自我的存在作为他不断开掘的丰富矿藏。他说："刚刚离开'此刻的我'的那个我，也就是已经变成'过去'的我，才是真正的我、神祇一样的我。"他还说："我阅读中的世界也汇集到了'过去的我'那里，在那个世界，大海中漂泊回家的尤利西斯和我曾经在沟壑里辛苦劳作的母亲并肩在一起，脾气暴怒的父亲在 K 的周围走来走去，堂吉诃德的长矛就差点指向我憔悴而老实的叔叔，我的兄弟姐妹身后是一大群圣经里冒出的圣徒，曾经是国民党高官的爷爷，或许正跟哈姆莱特拉家常，他们之间有一种微妙的关系，这种关联也滋长了那个世界的空间，所有这些，都让'此刻的我'感到敬畏和妙不可言。"①他甚至对"自我"做一番颇为另类的解释：可以"把自我的'自'当作介词，意思就是从我，也就是从我出发。在我看来，所有成熟艺术的创作都基于自我的存在，只有通过自我的独特性，他才能发出有价值的独特声音"。②

这样，浦歌就成了自我的勘探者和开采者，而这个自我（过去之我/从我出发）可能涉及弗洛伊德的"本我"，更可能触及拉康的"实在界"。在拉康眼中，实在界充满了欲望和激情，可"欲"而不可求，是缺席的在场。浦歌要把笔伸向这样一个世界，想起来都觉得壮观，壮观得妙不可言。

而《圣骡》《狗皮》《一嘴泥土》《叔叔的河岸》等等，其实就是浦歌对自我的一种开采。他每开采一次，我和聂尔都会感到一种惊喜。《叔叔的河岸》刊出时，《太行文学》（2015 年第 4 期）的《编后絮语》这样写道："浦歌的《叔叔的河岸》，我细细读了两遍，越读越有味道。……尤其是那种细微的、稍纵即逝的心理、动作，被作家像摄影高手抢拍一样，恰如其分地固定下来，把当下的农民那种愚昧、固执、疼痛和窘迫表现得淋漓尽致，让人惊讶。"我也感到惊讶啊。浦歌非常优雅地叙述着一个非常荒谬的故事，这不是形式与内容之间的相互征服吗？我的导师童庆炳先生不正是在这一处发现了一个创作秘密吗？于是我决定把《维纳斯的腰带：创作美学》推荐给浦歌，那是让莫言、余华、刘震云、迟子建、毕淑敏等作家受益的课本，我希

① 浦歌．与自己相遇．黄河，2015（4）.

② 浦歌．对小说创作的观察和体会．太行文学，2012（6）.

望也能让浦歌受益。

但我也知道，无论是《一嘴泥土》，还是《叔叔的河岸》，都还不是浦歌最满意的小说。他的远大理想是写出一部类似《百年孤独》的作品。而以浦歌目前的创作势头看，我以为这个理想并不夸张。《一嘴泥土》中反复出现过《白鹿原》，陈忠实就是读过《百年孤独》之后很受震动，才在 44 岁那年下决心写一部"可以垫棺材做'枕头'的书"的，于是有了《白鹿原》。[①] 为什么浦歌不能写出他自己的《百年孤独》或《白鹿原》呢？

我想起我与浦歌恢复联系不久，他就写过这样一封邮件：《思想汇报之十：穆齐尔和昆德拉的区别》。此邮件其实是借两位作家说事，思考的重心则是"小说之根"。他认为穆齐尔的根在他隐秘的家世之中，所以他比昆德拉伟大得多。昆德拉的小说"一直没有逃脱穆齐尔建造的王国，他一直在其中扮演一个通俗化的角色，就像零点乐队跟崔健相提并论一样，他的东西顶多在泪里长大，而穆齐尔的长在自己的血中"。随后他进一步写道：

> 我也一直在找我的根，发现侮辱和羞耻是我比较关切的事物，有很长时间，有人抬起胳膊挠痒，我都觉得似乎是一个挥来的巴掌。在这样的情景里待得久了，我都无法面对许多幸福的事物，比如现在，我在这个稳定体面的单位总觉得不自在，觉得不牢靠，好像哪天就会失去，似乎自己不配待在这样的地方似的。无法像别人那样稳稳地坐在那里，每天还嫌这嫌那地骂娘。我发现自己如果去写东西（当然还没有真正去写），总把以下人物当做主人公：电影《偷自行车的人》里看到父亲偷车的儿子，《白痴》里的那个得肺痨死去的姑娘和那个中风死去的老人和他的儿子，那种深陷在绝望和侮辱中的人物。我的父亲之所以对《罪与罚》比较喜欢，是因为它触及了他的内心，感受到侮辱被宽恕的感动，尤其是小说还深深抚慰了他这样的穷人，当然他从来没有想自己其实就是其中那个退职军官的角色（当然父亲不饮酒），他的家庭其实就像那一大群孩子生活在"过道里"。而这一家人才是我真正的主人公。我熟悉那种感觉，那种没有期望、没有明天的感觉。
>
> 只有在这样的场景里，我的感官才分外敏锐，能得到别人无

---

① 邢小利．陈忠实传．西安：陕西人民出版社，2015：153 - 159.

法体会的许多感触。（2011 年 3 月 23 日）

这是一个非常重要的思考。有的人写了一辈子小说，可能也没思考过这个问题，更不明白自己的根在哪里，而浦歌在他准备出道时就已经在琢磨这个问题了。一个搞清楚自己根在哪里的作家是可怕的，因为他已经找到了起飞的跑道。

而现在，浦歌已经起飞，已经上升到五千米的高度，他在这个高度盘旋着，反省着，总结着。他说过，他想让石头开花，而"真正让石头开花，还需要对小说艺术完全的掌握，以至于使形式不再形成障碍"（2011 年 12 月 16 日）。而在我的理解中，这块石头是存在之石，也是自我之石。守着这块石头，把它焐热，让它开花，像西西弗斯一样推它上山，很可能都是浦歌的热身动作，是他升到万米高空之前的彩排。

在最近一轮的邮件中，我们的话题转移到了继续深造上。浦歌已参加过中国人民大学文学院创造性写作专业的考试，初试成绩不俗。如果复试不出意外，他将成为一名硕士研究生。此后三年，他将从繁忙的工作中，从总是被打断写作节奏的现实处境中解脱出来，他也将拥有可以潜心于创作的大把时间。对于这个即将到来的成功，我与聂尔都欣喜着，感叹着，因为这是一个新的台阶，也是他进一步升高的云梯。

但是，浦歌也可以试试我这里的考题嘛。浦歌考试那两天，我们这里也在进行着硕士研究生的考试。专业课中，我出的一道 25 分的分析题是这样的：

> 布留洛夫替一个学生修改习作的时候，只在几个地方稍微点了几笔，这幅拙劣而死板的习作立刻就活了。一个学生说："瞧！只不过稍稍点几笔，一切都改观了。"布留洛夫说："艺术就是从'稍稍'两个字开始的地方开始的。"他这句话正好说出了艺术的特征。……一切艺术都是一样，只要稍稍明亮一点，稍稍暗淡一点，稍稍高一点，低一点，偏右一点，偏左一点（在绘画中），只要音调稍稍减弱一点或加强一点，或者稍稍提早一点，稍稍延迟一点（在戏剧艺术中），只要稍稍说得不够一点，稍稍说得过分一点，稍稍夸大一点（在诗中），那就没有感染力了。只有当艺术家找到了构成艺术作品的无限小的因素时，他才可能感染

人，而且感染的程度也要看在何种程度上找到这些因素而定。①

以上是托尔斯泰的论述。为什么他在这里反复强调"稍稍""一点""无限小的因素"？其中隐含着怎样的写作秘密？请试着把它提炼出来，并在提炼、概括的基础上，结合相关的文学理论或艺术理论知识及具体的文学作品或艺术作品，展开分析。

如果浦歌来做这道试题，我相信他有拿到最高分的实力。但我的用意不在这里，而是想让他记住托尔斯泰的这番论述。

而对于我来说，首要的事情是把浦歌给我买的那套1200多页的《没有个性的人》读完。我记得他说过，这部小说前面较沉闷，只有读到200多页之后才能看出气象，但我第一次读，只读到了60页。

我想，只有读完这部小说，我对浦歌小说的理解才能增加一个维度，也才能明白昆德拉说的那番话究竟是怎么回事："小说家有三种基本可能性：讲述一个故事（菲尔丁），描写一个故事（福楼拜），思考一个故事（穆齐尔）。"②

于是，我期待着200多页之后的辉煌，也期待着浦歌下一部长篇出现穆齐尔那样的气象！

> 2016年2月1日（腊月二十三）起笔，
> 25日（正月十八）写就，4月8日改定
> （原载《文艺争鸣》2016年第9期）

---

① 列夫·托尔斯泰文集：第十四卷.北京：人民文学出版社，1992：248-249.

② 昆德拉.小说的艺术.上海：上海译文出版社，2004：155.

警察怎样写散文
——读张暄《卷帘天自高》

　　有一次冯小刚见刘震云腰里挂着一串钥匙，便手指其腰间，郑重其事地说："摘下，像一大队会计。"① 记得读到这里时，我会心一笑，马上想到自己多年也是一个大队会计。为了淡化会计形象，我裤兜里装一串，裤腰里别一串，分而治之，很见成效。

　　大概因为如上原因，今年八月见到张暄时，我对他腰间的那串钥匙产生了浓厚兴趣。那串钥匙拴在钥匙链上，浩浩荡荡，叮叮当当。心中不免暗想，这哪里是大队会计，分明是在公社当差嘛。我问他何以有这么多钥匙，他就给我讲那些钥匙的去处：哪串钥匙通向家里，哪串钥匙在办公室落户，还有哪串，哪串……好家伙，他居然在裤腰带上建起了分类系统，实在是高。

　　我要谈张暄的散文集《卷帘天自高》②，却首先说起了他那串钥匙，完全是因为书里的描述激活了我的记忆。这本散文集中有一篇《防盗门》，说的是修家里防盗门的事情。写到最后，张暄说："此门共两个锁孔，六套钥匙，每套钥匙两把。一把钥匙小些，专事开关镶嵌在门页上能伸缩两个锁舌的门锁；另一把大些的，能扭转安装在门页里并从不同方向伸缩并松贯门框的钢筋。"这里的描述一下子让我明白了他钥匙多的原因。你瞧瞧，光是他家的防盗门就与众不同，居然有一大一小两把钥匙。而另一篇《临时工陈钟》也写到了钥匙。陈钟丢三落四，常常把钥匙忘锁在打字室里。于是"我驱车过去，开门，数落他几句，教给他我带钥匙的方法：一条链子拴了系在裤子上，裤带上穿一个钥匙扣挂钥匙，开门时只需把钥匙从扣上取下来，而钥匙还被链子拴在裤子上。这种挂钥匙的好处就是，只要裤子在，钥匙就在，双保险，万无一失"。读到这里时我笑了，我又想到生活

---

　　① 冯小刚. 我把青春献给你. 武汉：长江文艺出版社，2003：16.
　　② 张暄. 卷帘天自高. 北京：中国文联出版社，2011.

中的张暄一定是个精细人。估计他的办公桌拾掇得井井有条，书桌也整理得纹丝不乱。不像我，只要是桌子，那上面准是垛着几摞书，小山似的，结果我就常常找不到要找的书。

或许正是生活中的这种精细成就了张暄观察的仔细，也让他笔下呈现出一种描述的细腻。他写十岁左右的男孩坐自行车，"正坐"需要更高的技巧："在跃身起跳的时候，得让一条腿抬高跨过后座并骑乘之上，像是在从侧面跳一个跑动着的鞍马。"（《自行车》）这种写法一下子会击中许多中年男子，让他们的记忆蠢蠢欲动起来。他写狼，小狼被淘气的孩子敲打着叫唤，母狼身体轻微地震颤。"然后，我真切地看到，一滴眼泪缓缓地从它眼睛里流了出来。它的眼睛外围有一块发白的毛发，那滴眼泪淌过那块白色区域，渗入它通体的毛发之中。"（《最后的狼》）这种描写，一下子让人意识到狼也是有感情的动物，它在疼痛、无奈和绝望时的表现或许与人并无太大区别。他写书签，居然能生发出如此思考："书签是善意的休止符，是对读书活动的一种间断，或者说是对两次读书活动的承续，这种承续貌似无意，却有着颇具内涵的积极力量。所以在这本书里，它很少有机会发挥自己本质的用处。它的身体，呈裁纸刀模样。更多的时候，我让刀尖伴随目光划过那一行行文字，或者在沉思的时候，绕于指间，掠过皮肤、嘴唇，感受想象中的刀锋。"（《书签》）这枚有着特殊造型的不锈钢书签是张暄的爱物，他拎着派不上用场的书签读完了年轻时读不进去的《复活》，书签也仿佛经受了一次名著的洗礼。像这些描述与思考，我就觉得十分妥帖，让人过目不忘。这里显然有细描的功劳。

散文虽然有种种写法，但我觉得大体而言，可分为内向型和外向型两种：前者是对内心宇宙的逼视，故所叙所描，多与自我的生活与思想有关；后者则是对外部世界的摹写，故用笔常常在自身之外。这本散文集，张暄虽然也写到了自己，但更多的时候却是在写别人，写外界。有时他写的是一处场景，有时写的又是一种物象，而更多的情况下，他写的则是一些陌生和熟悉的人。比如，那位卖袜子的老妪，推销演出票的"漂泊者"，怒气冲冲的"怨妇"。这些人只是偶然与作者发生了某种联系，却被张暄逮了个正着。而几笔下去，她们又能活脱脱地站在你面前。我暗自琢磨，散文若去写陌生人，难度其实是很大的。因为你对那些人并不了解，全看你有无瞬间捕捉的能力，就像摄影记者那样。张暄敢去写陌生人，说明他有一种自信。

那么，熟悉的人就好写吗？我觉得也不好写。有时候因为太熟悉，你甚至不知从何处下笔。像陈钟、老王（《排队》）、老莫（《老莫开车记》）、卓然（《卓然的幽默》）、老樊（《与老樊闲坐》）等等，这些人与张暄或者交道多多，或者交情很深，他们往往从一个侧面、一个片断进入了张暄的散文，或者说张暄只是截取了这些人最有神采的一个或几个瞬间。比如，他笔下的那个老莫我也认识，老莫开车出事的那个地点我甚至更熟悉一些，因为我那位村里的朋友就是在那个水泥隔离墩上出的事故，离开了人世。散文中，作曲家老莫开着一辆破车在我家乡的道路上走神违章掉轱辘，本来可恨可笑，但张暄一写，极度喜欢开车，且把开车看作人生最大享受的老莫却变得可爱起来了。读他这篇散文，我的脑海里总会浮现出一个吉卜赛人的形象。这说明通过张暄，老莫可能已充分文学化了，他变成了一个文学形象。

其实，不光是老莫，进入张暄散文中的好些人总会让我想到小说里的"刻画人物形象"之说，这大概与他的散文写法有关。张暄既写散文又写小说，有时散文就带上了小说的笔法。对这一点他并不避讳。他在自序中说："最初的《临时工陈钟》，就有编辑说像小说。到了《母子》《小心眼儿》《最后的狼》等篇，几乎完全称得上小说了。回头来看，不过是顺从兴致，加了虚构，浓化了情节，就成了这副模样。"我虽然对散文的看法比较保守，觉得散文不应该虚构，但张暄以小说笔法去写散文，确实又写出了许多新意。像《临时工陈钟》，就显得舒展大气，收放自如。这么说，莫非跨文体写作有一些道理？

张暄是我晋城老家的一名警察，起初做刑警，后来当交警。2009年春节我初次认识张暄时，只是觉得他有一种警察才有的干练和精气神，而这一次读他的散文，又让我意识到他还有一种侦探心理，这是不是也与他的职业训练有关？这本集子中有篇散文写到了我本人，张暄从读我的散文集《书里书外的流年碎影》说起，然后纠结于我究竟有没有本事。经过一番铺陈和考证，他终于在书中的一幅图片里找到了答案。那张图是一封信，放到书里后，图片上的字已小得不好辨认，但张暄还是从那里摘出了一段话。由于我当年的中学老师在信的末尾说过："当一个教授多好啊！我们所追求的就是当教授，不当书记和官僚。"张暄便说："原来赵勇的'没本事'，是被这帮人害的！"（《从〈碎影〉里扯出来的闲话》）我记得当时为书找图时，偶然发现我还保存着三十年前中学老师的这封信，很是惊奇。而由于写到了这位老师，我就把他的信放在那里，图与文之间的内容并无必然联系，但张暄却从这封信里抠出了他所需要的东西，就像警察发现了一个人的犯罪证据。他的这个发现甚至也让我吃了一惊，于是我想到，虽然这封信早已被我遗忘殆尽，但三十年前的那番教诲是不是已经进入我的潜意识，以至于我在"没本事"的道路上越走越远，成了一名潜藏多年的逃犯？我藏着掖着装着，却还是被目光如炬的警察看出了破绽。这样，在遥远的"教唆犯"和今天的"罪犯"之间，他便成功地建立起一种严密的逻辑关系。那一刻，张暄俨然就是福尔摩斯，你不服都不行。

说张暄有一种侦探心理，我当然不是在骂他。因为我觉得，好作家其实都有一种侦探心理。唯其如此，他才能不放过生活中的蛛丝马迹，也才能深入人物的内心世界。由此我便想到，张暄那种细致的观察、细腻的描摹、对笔下人物的准确定位，还有那种冷静从容的叙述方式，或许都与他的职业习惯和侦探心理有关。凭着这种习惯和心理，那些很容易被人忽略的场景、物象、片断、人物的瞬间等等，才能进入他的散文。而如此一来，他的散文也就变得与众不同了。

《卷帘天自高》是张暄的第二本散文集。据他说，他最近几年主要是在写小说，散文并没怎么去刻意经营。他不光写小说，而且不断通过读小说来提高自己的写作技巧。我们一见面，他总会给我推荐一些小说。听着那些陌生的书名和同样陌生的作者姓名，我就愧从心头起，就觉得自己研究大众文化多年，果然把自己鼓捣得没了文化。比如，这本集子里写到的舍伍德·安德森的《暗笑》，他最近推荐给我的《逃离》（艾丽丝·门罗）和《大眼睛的女人》（安赫莱斯·玛斯特尔塔），我就没听说过。后两本小说我已买回来置于床头，正准备补课。记得我的一位大学同学读过张暄的一篇博文后说："向张警官表达敬意！一个读麦克尤恩的警官，值得我们敬佩。"我现在也想说，一个懂得不断用文学阅读丰富自己、武装自己的作家确实是值得敬佩的，因为他还知道自己的不足，还在偷偷丈量自己与这些优秀作家的距离。而这种阅读、揣摩、丈量的过程，其实也就是他进步的过程。我想，等张暄再读了一些好小说也再写了一些好小说之后又生产出的一批散文，它们一定会有一种新的境界。

于是，我开始期待他的第三本散文集了。

2011 年 9 月 24 日

（原载《博览群书》2012 年第 6 期）

小时代里的小欲望

——我读张暄《病症》

　　张暄的中短篇小说集《病症》^① 我认真读了两遍，寒假一遍，暑假又一遍。读第二遍时，我也同时读着托马斯·福斯特的《如何阅读一本小说》。福斯特在这本书的开篇处说："阅读小说可以让我们遇到另外的自己，也许是我们从未见过或不允许自己成为的那类人；可以让我们身处一些我们不可能去到或未曾关注的地方，又不必担心回不了家。"^② 这番话似乎也说出了我读《病症》的感受。许多时候，读着张暄的小说我都在想，这样的人这样的事为什么我就从未遇到过，为什么他（它）们又偏偏出现在张暄笔下？

　　比如《刺青》，司机小柯虽然与顾娜同居，甚至把顾娜的名字文到了自己胳膊上，但他们依然在争吵和打斗中结束了所谓的爱情。《眼镜》说的是情感出轨：有妇之夫林那终于约出了有夫之妇孙凌，去梦幻水皇体验了一把心跳的感觉，但因为一副眼镜，两人最终不欢而散。在《曾经》中，康彤突然接到十年前暗恋对象梅妮的电话，于是他陷入重温旧梦的遐想和兴奋之中。但梅妮的真实目的不过是想利用康彤岳父的官位，为其老公谋职。康彤得知用意后立刻终止了两人的交往，他错位了，也扑空了。

　　《病症》中的大部分小说讲述的就是这样的故事，人物不好不坏，关系不清不楚，味道不咸不淡，读后让人莫名所以，唯有一声叹息。

　　叹息之后，我似乎也发现了《病症》的写作秘密：张暄笔下的故事常常衍生于为人所忽略的犄角旮旯，它们或者是生活的褶皱处，或者是情感的幽暗处，或者是人性的不阴不阳处。这样的地方通常会被人屏蔽或删除，但张暄却聚焦于此，然后用显微镜反复观照之，仔细揣摩之，铺陈渲染之，结果便催生了一篇篇小说。这很有意思。

---

① 张暄．病症．太原：北岳文艺出版社，2015.

② 福斯特．如何阅读一本小说．海口：南海出版公司，2015：1.

比如《眼镜》。林那的老婆杜琴是银行白领，工作忙，挣钱多，同时又有点高冷，几乎没有笑脸，这让混成小领导的林那很不满足。不满足就生出几分闲心，就动了寻找"辣椒酱"的心思："就像吃饭，辣椒酱再爽口，也不能当主食。但辣椒酱，有时的确能刺激人的食欲。现在，林那的那种小欲望，就像吃饭时盯着辣椒酱，心里痒痒的。"① 这是林那在眼镜店与导购白小薇相熟之后的心理活动。这个时候的林那需要辣椒酱刺激胃口，却也不敢或不愿对白小薇有所造次，不仅因为二人地位悬殊，更关键的是他担心被小姑娘缠上无法收场。于是他在脑海里把认识的女性排查一遍，准备对自己的同事孙凌下手。当林那蠢蠢欲动时，孙凌的婚姻也恰好出现了危机——老公不忠，曾被她捉奸在床。正是由于这种契机，两人开始了暧昧的进程。林那盘算出来的进度是清晰明确的：先牵手，再拥抱，然后向接吻等等过渡。而孙凌却不紧不慢，似乎很享受这种暧昧的过程。为了在"肌肤相亲"的层面有所进展，林那选择了梦幻水皇之行，而故事也就在这里出现了意想不到的变化。在玩"海啸"时，林那丢落了近视眼镜，他既无法在孙凌身上大饱眼福，也败坏了玩的兴致。回到沙滩，他灵机一动，在孙凌的眼皮底下"顺"走了别人的一副眼镜，这让孙凌感到诧异和惶惑。回程的旅游车上，林那又与人发生口角，遭到了几个小青年的围殴，可谓在孙凌面前颜面尽失。下车时，林那把无名火发到了导游那里，理由是他的眼镜被人打掉，必须赔钱。而事实上，被他偷来也被人打掉的眼镜已被导游捡起，放在了车门附近的小吧台上。林那趁导游不备，把这副眼镜扔掉了。这一举动又让孙凌惊诧不已。最终，林那虽然从值班经理那里获赔八百元，但他似乎也被孙凌看透了。

这篇小说在《病症》这个集子中具有一定的代表性。从最初的情节走向上看，这显然是一个关于偷情的故事。但实际上，作者的用意却并不在此。或者说，偷情之旅只是提供了一种呈现人性灰色地带的特殊情境。通过这种情境，通过林那在婚外恋人面前伤了面子恼羞成怒最终有点破罐子破摔的微妙心理，作者渐渐逼向主人公内心世界的幽暗之处。用弗洛伊德的话说，这一地带既非黑暗无光的无意识领域，也非神清气爽的意识世界，而很可能就是所谓的"前意识"（pre-consious）。它夹在意识与无意识之间，带着无意识领域的浅薄欲望，

---

① 张暄. 眼镜//病症. 太原：北岳文艺出版社，2015：21.

左冲右突，跃跃欲试，一旦找到时机，便会冲口而出，纵手而成。张暄的本事就是能逼住主人公的前意识，让它张嘴说话。它原本潜伏着，暧昧着，哼哼唧唧着，但在作者的追逼下，突然就迸发出一种响亮的声音，仿佛是与规规矩矩的世界叫板。我想只有写到这个份儿上，张暄才算是尽兴了。

由此再来看《病症》中的其他短篇小说，它们似乎或多或少都有那么点《眼镜》的套路：表面上是明恋、暗恋、婚外恋，实际上却是项庄舞剑，意在沛公。但反过来想，舞剑又并非可有可无，它增加了人物的情感维度，左右了人物的心情，丰富了情节内容，甚至拉动了故事的内需。例如，《洗脚女关婷》里的"沛公"应该是尊严，但关婷与其丈夫的冷漠，或者是那种没有爱情的婚姻却一直推动着故事和人物的走向。《小保安》中的赵小闷，平时不吭不哈，腼腆内向，最终却成了见义勇为的斗士。之所以如此，是因为他暗恋的薛丽红遭人欺负。为了一场无望的爱恋，他献出了三颗牙齿并且进了局子。《孩子生病时我们都做些什么》写的是婚姻之后庸常的生活，吵架、斗气已成夫妻之间的常态。但因为雷融去参加大学毕业十五年聚会时挖空心思给初恋女友买了一套丝绸睡衣，夫妻吵架时也就有了一种画外音。甚至在"不谈爱情"的《上下左右》中，也飘荡着一丝暧昧的情愫，很值得玩味。

《上下左右》似乎可称为官场小说。午夜时分，乡镇副书记乔桑接到组织部一个电话，让他火速为赵部长拿出一份总结材料，但材料的事情归组织委员孔芳芳管，乔桑只好给她打电话，结果吃了闭门羹，因为她正与一个男人温存，又明知道半夜"机"叫一定不是好事情。乔桑又给党办秘书小陈打电话，小陈倒是接了电话，但他正在打麻将，又把写材料的事情推给了孔芳芳。无奈之下，乔桑只好让一把手童书记出面，亲自给孔芳芳打电话，最终才约好小陈，三人一并到镇政府整材料，但镇政府恰好停电了。半夜三更，为商量究竟去谁家工作，三人又各动一番心思。而当材料终于在乔桑家整出来时，组织部却说第二天的会议取消了。

这篇小说写的是一个芝麻小官的无奈：上有市（县）组织部秘书耍威风，下有镇组织委员不合作，乔桑两边受气却又无从发作。与此同时，乔桑的老婆又小寡妇长小寡妇短地在乔桑面前喊着孔芳芳，不断敲打着自己的老公，以免他明修栈道，暗度陈仓。而乔桑本人对孔芳芳也并非没有好感，只是两人同时升迁之后，他们的关系才发生了微妙的变化。就这样，在短短的篇幅中，作者通过一件很小的事情，就把乡镇一级的官场政治演绎得淋漓尽致。

实际上，《病症》中的所有小说似乎都可用一个"小"字概括：小官场、小领导、小人物、小欲望、小伎俩、小心思、小欢喜、小忧伤……这似乎与我们这个小时代也搭调合拍。当"解放政治"变成"生活政治"，当"宏大叙事"变成"微小叙事"，我们这个时代确实已无法称大。而小说又该如何呈现我们这个时代的特征，也确实是摆在小说家面前的一个课题。在这一方面，我以为张暄自觉不自觉地触摸到了时代的脉搏，其小说也就与这个时代形成了某种互动或同构。而在他小说呈现的所有"小"中，小欲望显然更值得关注。在不同的人物那里，这种小欲望又衍化为林林总总的小诉求：林那惦记着出轨，然后功成身退；乡党委组织委员孙强希望不被人叫成"委员"，而是被喊成"部长"（《孙部长》）；康彤的欲望是重温旧梦，而梅妮的诉求则是为老公说情；关婷梦想着自己的男人像霍栋那样出色；田晓敏渴望着痛痛快快吃一次冰激凌（《贫困生》）；而小保安赵小闷的欲望和诉求更是小得可怜——能不断为薛丽红效劳，去饭店为她买回一盒排骨盖饭或一只红烧猪蹄。尽管这种欲望小里小气，却也容易搞乱了身心。当关婷准备放下身段改变生活态度时，烦恼也接踵而至，"就像里面爬着一只小虫子，挠得她的心一直痒痒的"①。而一旦小虫子爬出来，也就意味着主人公将要付诸行动，这时候他（她）又需要动点小心思，要点小聪明，或者下点小决心，以便皆大欢喜大团圆。但结局往往并不美妙，于是主人公只好在尴尬、郁闷、悲伤、无奈、无语中走向故事的终点，他们的脸上也写满了我们这个时代的流行表情——囧。

当然，话说回来，这种"小"我以为也与作者的生活环境不无关系。张暄是我老家的一位作家，而晋城市或泽州县则是晋东南地区的一座小城。小城故事多，但所有的故事似乎都是些凡人小事。即便有大事见诸媒体，好像也还是透着一股小家子气。2016 年 5 月，晋城黑社会老大程三出狱，据说有数十辆豪车接风，有上百万响鞭炮开道，更有百余名弟兄统一着黑衣黑裤，列队相迎。而程三则白绸锦衣，威风八面，颇有"我胡汉三又回来了"的架势。斯人斯事在网上迅速蹿红，其动静不可谓不大，但在我看来，这种招摇过市的做派恰恰是土

① 张暄. 洗脚女关婷//病症. 太原：北岳文艺出版社，2015：115.

得掉渣的典型表现。张暄在这样的城市待着，所见所闻应该就是这种连黑社会老大也能被榨出皮袍下的"小"来的货色。加上他本人是警察，他的取材估计也就很难离开身边左右。记得四年前的某一天，张暄陪同一位乡镇干部匆忙进京，试图托关系解决镇里出现的一个小乱子。那一回的相见让我有些吃惊，也让我意识到在中国最底层当个一官半职何其不易。如今想起这件往事，再对比张暄小说中乔桑孔芳芳孙部长们的所思所想，我也就对他们多了一种"了解之同情"。

张暄是写散文起家的，这些年他则致力于中短篇小说的写作。他曾记录过葛水平的一个发言："她感激鲁顺民先生。在她还写散文的时候，鲁顺民提醒她要写小说，否则不会有前途。她苦恼自己不会写小说，鲁说你写的本身就是小说。她茅塞顿开，随后一举成名。"① 我不清楚张暄是否受到过这番话的启发，但他现在确实已更多把心思用在小说的经营上了。而从《病症》这十三个中短篇中，我也看到了张暄苦心经营的成效：这些作品自然并非篇篇都好，但好多篇章能够看出他在技法上的用心和追求。他很讲究谋篇布局，很擅长尺水兴波，很注重把人物之间复杂微妙的关系捋得清晰，叙得流畅，这时候我就想到了他是一名警察，这种人天生机警。而呈现人物前意识的心理（如前所述），更是他的拿手好戏。这个集子里有篇《还有一滴泪》我未提及，此小说显然是从散文《最后的狼》改写而来。此番改写，也让我看到了散文与小说的不同技法：前者似如实摹写，虽有小说笔法，但依然中规中矩；后者的主干还是那个故事，却有了娓娓道来的意味。而一前一后加进的《飞天》歌词和"我"参军当兵摆弄枪的感受，也与故事主体形成了一种对位关系。这样一来，故事的空间也就被撑大了。

当然，读张暄的小说，我也有一些不满足的地方。比如，那些小说确实"小"得精致可爱，但如何才能以小见大，张暄似乎还没想出更好的办法。同时我也意识到，《病症》中的大多数故事是很抓人的，这意味着它们的可读性都很强。但读过之后往往只是留下了故事的轮廓，却没留下多少让人咀嚼回味的空间。或许这可称为可思性弱？究其因，我以为张暄有时过分迷恋于故事的讲述，过分醉心于情节的安排，而淡忘了对主题的开掘。在这个问题上，鲁迅先生的那句名言——"选材要严，开掘要深"——依然值得张暄认真琢磨。读着张

① 张暄. 卷帘天自高. 北京：中国文联出版社，2011：120.

暄的小说我会想，他把生活的褶皱处打开了，它们被翻晒到了阳光之下，这很好。但翻晒仅仅意味着呈现和展示。展示的目的是什么，我说不清楚，估计张暄也说不清楚。

但我对张暄以后的写作并不担心。记得他非常推崇雷蒙德·卡佛，也是艾丽丝·门罗的"脑残粉"。我初识张暄时，他就给我推荐了门罗的小说，说很值得一读。门罗获得诺贝尔文学奖的第二天，《读药》周刊的编辑约我写《逃离》的书评，我说我不行，门罗的小说张暄读得通透，可请他来写。我想，一个以短篇小说大师为标高的作家是不需要担心的，因为他已取法乎上了。他需要的可能是境界的修炼，是"出乎其外"的反观或鸟瞰。

最后，我也建议，张暄在多读外国作家作品的同时，不妨也多揣摩一下中国作家汪曾祺的短篇小说，那里面很可能正好有他作品中需要的东西。

2016 年 8 月 5 日

（原载《扬子江评论》2017 年第 1 期）

车祸还是人祸
——读小岸《车祸》

　　小岸的《车祸》(《山西文学》2011 年第 9 期)讲述了一个看似荒诞却又让人心酸的故事。美容师袁小月去外地做美导,带着为老板要回来的八千元现金准备返回,这时她收到一位陌生女人的短信。女人说,她怀上了小月丈夫的孩子,问小月怎么办。这条短信如晴天霹雳,让小月不知所措。恍惚中,她的包被人偷走,身无分文的她只好滞留下来。第二天,她得知未能乘坐上的那趟长途汽车发生了车祸,而因为能证明她身份的包在车上被发现,她便出现在死亡者的名单中。借此机会,她开始了人间蒸发——隐姓埋名在南方的一个小城重操旧业。几个月后,她回到了母亲的家,但母亲与弟弟并没有因为她的"复活"而兴高采烈,而是埋怨她"活"过来得不是时候。因为车祸的死者每人获赔二十五万元,母亲已用这笔钱多弄回一套房子,弟媳妇也与其弟弟重归于好;小月的丈夫则从美容院获得七万元的赔偿,已与那个身怀六甲的女子出双入对。于是小月陷入巨大的惶恐之中。

　　这个故事应该是我们今天这个时代的真实写照。小说从小月的弟弟向她借钱开始,钱的气息便随着故事开始流动。小月并不富裕,每月的工资只有两千多元;小月的姐姐嫁给了有钱人,但也就是每年春节给家里寄一千元;小月的弟弟不务正业,自己的工资常常输在赌桌上;小月的母亲老想着通过女儿嫁人索要大笔彩礼,结果小月的婚姻一开始就蒙上了一层阴影;小月玩失踪不敢返回,原因之一也是钱——她无法还上被偷的八千元钱。及至最后,当二十五万元的巨额赔款出现后,小月也才知道了自己究竟值多少钱。于是,钱成为这篇小说的核心要素。

　　不知何时,"金钱不是万能的,但没有钱是万万不能的"的说法开始广为流传,金钱观念也开始深入人心,我们大踏步地进入金钱社会。金钱社会形成了许多游戏规则,袁小月本来是以"死"的方式进入了这个游戏规则之中，但她又"活"过来了，这样，她就成了这个游戏规则的破坏者。于是，她的母亲和弟弟才会对她的"死而复生"感到为难。如此行事，如此表达情感，或许会让人感到不近情理，但很可能这就是今天这个世道人心的真相。因为在金钱社会里，我们已经异化或者物化；与金钱相比，爱情成为次要的东西，亲情也变得风雨飘摇。而在这种社会情境中，处于底层的人或许更容易成为受害者，因为他们更加脆弱。

小说的题目是《车祸》，但袁小月的经历与遭遇仅仅是因为车祸吗？每当现实世界发生车祸之后，我们总爱追问究竟是车祸还是人祸，读过这篇小说之后我们就更有追问下去的理由了。而正是在这一意义上，作者完成了她的社会批判。同时，让读者忧心的是，作为一个不该"活"过来的人，袁小月的"活"已成为他人的障碍，她该如何活下去呢？小说没有告诉我们答案。作者在结尾处只是写，袁小月把自己戴着的口罩扔到了河坝下面，那似乎是对小月命运的象征性解决。读到这里，我相信许多读者都会有揪心般的疼痛。迪尔凯姆说过："应当在'疼痛'的地方……去认识社会，而社会正是存在在这里，而不是在任何其他地方。"[①] 这篇小说能形成这种效果，我想它的目的已经达到了。

2011 年 10 月 21 日

（原载《南方日报》2011 年 10 月 30 日）

---

① 阿多诺. 道德哲学的问题. 北京：人民出版社，2007：20.

看白琳如何八卦

——读《白鸟悠悠下》

一

多亏了这次新世纪"三晋新锐作家群"研讨会，才让我有了全面、系统、认真、细致地阅读白琳散文的机会。

7月28日晚10时许，我正与摄影家李前进和作家聂尔走在返回晋城的高速路上。那天下午，在高平韩家庄周边刚被雨水冲得豁牙漏嘴的山路上，李大侠已尽情显摆过他那辆丰田FJ酷路泽的强大越野功能，爽歪歪之后他的情绪已基本稳定。我与聂尔晚饭时喝了几口酒，正有一搭没一搭地聊着闲天，忽然听到手机铃声响起，打开看，是李骏虎先生的一条短信。短信中说，山西作协与中国作协准备在北京开一次研讨会，邀我参加，并就我"熟悉的山西'60后'及以降作家作品发表高论"。我把这条短信念给刚从山西作协回来的聂尔，问其故，他给我解释一番。我说，那我要参加的话说说谁呢？我的注意力一开始就被短信前面的"新锐作家群"揪着，居然忘了身边的聂尔就很现成。短暂考虑后我说，谈杨东杰（浦歌）的话不费劲。聂尔说，是啊，那你就说他。

回到村里，我给李骏虎回了短信。

没想到刚到北京，白琳追过来一条微信。她说她是这次会议的工作人员，见我只评杨东杰比较孤单，问我能否搂草打兔子，把她捎带上。我说好啊，不是一个萝卜一个坑？那就把张暄也算上，锵锵三人行。她说，您要是能把张暄说了就太好了，他的作品我常读，今年写得越来越好。我说，一只羊是赶，一群羊也是放，每人给多长时间？她说，时长八分钟。我说，八分钟能说个甚？

我狮子大开口，装得豪情万丈，但实际上心里却在打鼓。谈论杨东杰我并不发怵，因为我熟读过他的所有作品，还写了两三万字的评论，已在一家刊物备用。而张暄，他的中短篇小说集《病症》我也刚读过第二遍，一些想法正蠢蠢欲动。唯有这个白琳却心里没底。2015年冬天的某一天，白琳微信我，说，赵老师，我出了一本散文集，可不可以给您寄一本？我立马呵斥过去，什么叫可不可以？应该寄啊！让我欣赏一下。她说，我怕遭嫌弃。我说哪里哪里，用你们鲁主编的话说，是给我提供了"拍着地皮哭"的机会，此乃感动的最高境界。不久我收到了她的《白鸟悠悠下》[①]，当晚即读。第二天我就对她说，昨天收到了大作，昨晚已读了一点，初步印象是你感觉很好，写得细腻、稠密。待多读几篇再谈感受。她则这样回复我：都是在冲动下写的，毫无技巧。只是有好多话想要讲，感觉就像是憋坏了的兔子，开始会说话以后就滔滔不绝。谢谢您愿意看我那些唠叨，其实我希望您会喜欢看。我紧接着夸她一句，所以才天然去雕饰。然后……

然后就没有然后了。那一阵子，我正处在空前的忙乱中。再有不到十天，"童庆炳先生学术思想座谈会暨《童庆炳文集》首发式"就要举行。而童老师过世后，这是我第一次操办百余人的大型会议。经验不足，便不得不事必躬亲。我把会务组的老师学生召集到一起开会，大谈"酒好备，客难请""办事就是办不是""细节决定成败"的道理。我们建了一个微信群，我则不时在上边念叨：领导的发言稿谁来起草，当天的摄影谁来负责，喷绘背景上的文字怎样修改，PPT中的背景音乐如何选用，会场怎样布置，文集何处摆放……我婆婆妈妈，神经兮兮，耳边不时响起童老师的声音：开会其实是一个惹人的事情，开得越多，惹的人就越多。我所能做的，就是把事情预先想到犄角旮旯，把可能存在的问题消灭在萌芽状态，不求人人满意，但愿惹人最少。会议即将举行的前两天，我又收到白琳的一条长微信，她说：

> 赵老师，一分钟之前把您写童老师的文章校完了。这一次，因为校对，每个字每个字都看了过去。看着的时候，我想这些编辑里面，大概只有我会有那么深那么深的感触吧。考博的经历我不陌生，和导师的交集也不陌生，甚至很多时候你写你，就是我看我，那些感受我也活生生有过。2013年冬天我忙着写开题报告，您跟我说过童老师，所以我还买了他的书。更早的，我在您

---

① 白琳. 白鸟悠悠下. 太原：北岳文艺出版社，2015. 以下凡引该书内容，皆只随文标注页码。

的阅读史里读到了他。没有哭天抢地地怀念一个人，您写得很平实，而我的喉咙里像是卡了今天中午吃的包子，卡得我的扁桃体都疼了。

她说的是我那篇《蓝田日暖玉生烟——忆念导师童庆炳先生》。此前《南方周末》发表过一个五千字的删节版，随后我又把最全的版本给了《山西文学》。

我感谢着她，却已无心思再提她的散文一字。

会议结束后，我稍事休息，便开始了过年前的疯狂还债。而白琳的书则被后来者逐渐掩埋，直至越埋越深，不见了踪影。这次若不是她亲自提醒，我真不知《白鸟悠悠下》还要在书堆中沉睡到何时，它还会"寒波澹澹起"吗？

所以，我觉得对不住白琳。

于是，与白琳微信互动几下后，我立刻找出她的散文集，拉开了深阅读的架势。

二

《考博未遂记》是这个集子的首篇散文，我需要重读这一作品。

对于白琳的考博，我当时还是略知一二的。因为那年的冬天我们往来过几轮邮件，关键词就是考博和开题报告。她问我有关考博的一些问题，我则对考博之前就要拿出开题报告很是惊奇。随后她把《中国古代画论文体学研究》的开题报告发送给我，而那时我已回老家过年了。在我这个外行人看来，她所报考的专业以及她准备从事的研究都很高大上，我不敢置一词，唯独对"文体学"还有所耳闻。于是我把我的导师童老师的《文体与文体的创造》一书推荐给她，让她参考。有一回她来邮件，我正与童老师通电话，便顺嘴讲白琳的情况，问《文体与文体的创造》有无再版，甚至向他请教文体学方面的书还可关注哪些。童老师很热心，说，中山大学的吴承学教授、北师大的郭英德教授都写过文体学方面的专著，徐复观先生也写过一篇重要论文——《文心雕龙之文体论》，收在他那本《中国文学论集》中。但这本书是台湾版，大概只能到国图的港台书库找。白琳很听话，我把童老师提供的信息转述给她，她立刻下单买书。而开题报告中，有关童、吴、郭、徐的著作已罗列了一堆。

可不可以说，在考博这件事情上，童老师才对她有了一些实质性的帮助？大概，这也正是她读我怀念童老师文章会心生感慨的原因之一吧。

但是，为什么这个小丫头放着好好的编辑不做却动了考博的念头？难道她不知道"男人、女人、女博士"是世上三种人的最新划分吗？还有，山西作协会放任这种"不务正业"的做法吗？考中之后她拍屁股走人，鲁主编会不会因为失去一位得力助手"拍着地皮哭"？2014年大年初三的上午，面对着白琳的开题报告，我的脑子里迅速闪出这些问题。当然，我并没有把这些疑惑抛给白琳，而只是祝她金榜题名好运气。

不幸的是，白琳并未吉星高照，而且，她似乎也不是一个坚定的考博主义者。一锤子买卖之后她好像就"金盆洗手"了，例证之一就是她写出了《考博未遂记》，这仿佛是收兵回朝的信号，也仿佛是自断后路的告白。而从此之后，果然她不再研究画论，而是专攻散文，三下五除二就写出了一本散文集，让许多人都刮目相看。白琳说她这是憋坏了，我则觉得她不知不觉就走进了司马迁所谓的套路中："此人皆意有所郁结，不得通其道，故述往事、思来者。"或者说得更通俗些，白琳写了这么多散文，很可能是她没当成学者的后遗症。

要我说，这样其实挺好。放着现成的作家不当，干吗非得当学者呢？

但作为一个资深考博者，我依然对她考博的动机充满好奇。很快，我就在她的书中找到了答案："我仔细研究了一下，终于弄明白自己开始将考博的念头从尘嚣书屑中翻出来并不是因为我爱慕那女老师的放大镜，而是出自感到对未来的深深的恐惧。"（13页）这样的想法我也有过，并不陌生，但再往下看，她似乎已有点跑偏："假如我，面若桃花明眸皓齿，肤如凝脂吹弹可破，前凸后翘跌宕有致，或许可以沉浸在自己美艳无方的世界里受到娇宠，或者就不去追求我那沉睡的小宇宙复苏了。但是我先天不足，因为不足更感到无限悲哀，尤其是我发现自己开始沉沦，而奋斗中的同侪们已经在各国飞奔，在行业内建树，每每我阅读着他们的消息便愈发体会到少壮不努力老大徒伤悲的真理。"（13页）而在另一处地方，她又换了一种说法，大体上讲的还是自己的心病：

> 那好几年里我一直有自己努力的研究方向，心心念念去做学者。我总是把自己想象得无比聪明，觉得那一隅的学术缺了我还真的没有办法往下做。我由衷觉得自己伟大光荣，如果不把脑袋

里的几个设想搞出什么惊天动地的大阵仗，就太对不起老天恩赐的智商。后来回想，发现自己原来并没有那么聪明不是一件痛苦的事，真正让人心疼的是那几年坐在家里"做学问"荒废的青春。有一天晚上，读了一阵古代画论，临了一会帖，在不大的书房里来回走走，在书柜前乱翻书，时光过得缓慢而绵长。那几年我好像就是这么过日子的。重复过多少个像那样的片断，是数不清楚了。总之最后我坐在书柜前面，披头散发，妖怪一样。（90 - 91 页）

这段文字夹在关于脸上痘痘、闭合粉刺的叙述中，一下子就提升了美容养颜的文化含量。而它所呈现的问题至少在我这里是不成其为问题的。想当年，我也是屡战屡败、屡败屡战的考博老手。备战期间，吃喝拉撒一概从简，蓬首垢面更是家常便饭。但我是男生，且不修边幅已名声在外，所以，再怎么邋遢也不怕对不起观众。白琳却不是这样，她一方面痛说革命家史，大尺度暴露她不洗脸不梳头，头上不抹桂花油的鬼样；另一方面，她又对这种顾了考博顾不上美的生活很是心疼。这是小女人的小心思，我尚能理解，而所谓的"荒废青春"云云，就让我这样的大老爷们儿理解起来比较吃力了。就这样，本来是一个很励志的考博故事，白琳却生生把它做成了一锅有点正能量有点顾影自怜一步三回头且行且珍惜外加各类八卦的什锦饭。这就是白琳的能耐。

因此，谁要是想在《考博未遂记》中读出一些经验教训，然后把它提炼到考博宝典之类的高度，估计是比较困难的。白琳说的是考博的失败，实际上写的是自己的生活。而这种生活因为种种八卦，一下子焕发出勃勃生机。

三

实际上，在我认真阅读白琳的这本散文集时，有一个问题就挥之不去：为什么她的散文如此好看？为什么她能把那些陈芝麻烂谷子的事情写出花来？我当然知道，这与才情有关，并不是每一个考博未遂的家伙一咬牙一跺脚就可以放下屠刀立地成佛的。但除此之外，还有什么主宰着、推动着她的叙述呢？当我读到这本书的末尾，尤其是读完《太原爱情故事》和《有多少欲望等待发射》时，我突然开窍了。是八卦！正是那些八卦构成了这些散文的主旋律。想到这里我甚至有点小激动，立刻上网侦查，看有没有人与我撞车，没想到韩石山先生也这么夸她。① 那一刻，我真想把手伸向太原，对着那位"山林间枯坐的老僧"（韩石山自谦语）大声吆喝：缘分啊。

只是，韩老师惜墨如金，点到为止。这个问题且容我慢慢道来。

关于八卦，首先我注意到白琳并不忌讳，她以此说别人也借此涮自己，含着那么一点调侃、自嘲甚至小得意。例如："她丝毫不以为意与我胡乱讲着八卦，她不知道细菌正慢慢啃食着她的脸庞就像她啃食着手中的排骨。"（87 页）"关于她的八卦我会重新起草，这里说的是她的假双眼皮。"（92 页）"学生们脸皮薄，心里想什么嘴巴上倒不敢逾矩，总不如三姑六婆念叨八卦的快意。……我才二十二，怎么也过了二十四本命年再想结婚的事吧。搞得几个八婆挤眉弄眼笑她秀逗。"（184 页）这主要是在拿别人说事，而说起自己她也不含糊："又过了好几年，我大概老了更爱八卦，有一次就对抱着小孩的乔安娜又说起了这个人。"（204 页）"但是这些都不能与我对八卦的热情相提并论，我感觉到语言在我的脖颈里抖动，我开始给我妈打电话。"（233页）"除了兴奋八卦，其实我更多地感受到的是一种愤愤不平。"（260页）这些都是信手写出的小打小闹，还有两段较长的文字也值得一提：

> 那一段学院生活真可谓鸡飞狗跳。我在众多是非中左闪右躲，仍然禁不住躺枪沉沦。我开始和大家一样八卦，也被八卦缠住了自己的口足。很多个晚上，我从八卦的茧中爬出来，发现自己并没有变成蝴蝶哪怕是飞蛾，而是成为更加丑陋的蠕虫。（14 页）

电话听筒不知道怎么搞的声音大得就像功放，叫我听得一点

---

① 韩石山在引用了白琳的一段文字之后评论道："所谓的八卦，在我看来，就是一种趣味叙事的能力。会八卦的，每一个不经意的地方，都暗藏着玄机。一个一个小的玄机的连接与破解，便是一个大的引人入胜的故事。"顺便指出，韩文谈及《我与地坛》时，其中的一个说法（"编辑们左看右看，都说是散文，史先生硬要说是小说，编辑无奈，只好按小说发表"）有误。据《我与地坛》的责编姚育明女士回忆，组来史铁生的《我与地坛》，她与副主编周介人都很兴奋，于是决定把稿子编发到《上海文学》1991 年第 1 期上。每年第 1期的稿子编辑部都很重视，但那期稿子他们发现小说的分量不够，于是周介人就让姚育明与史铁生商量，看能否把《我与地坛》作为小说发表。史铁生不同意这种做法，他说得很坚决：这篇作品"就是散文，不能作为小说发；如果《上海文学》有难处，不发也行"。最终，编辑部变通了一下：《我与地坛》既没放到小说栏目中也没放到散文栏目里，而是以"史铁生近作"为栏目标题发表出来了。[韩石山. 白琳——一个灵慧的女作家. 都市，2014（12）；姚育明. 史铁生和《我与地坛》. 上海文学，2011（2）.]

也不费心费力。我鬼鬼祟祟像是安置在舅妈身边的间谍，总想着窃取一点情报。后来我觉得自己八卦的个性根本就是天生的，我这么爱爆料，下辈子没准会罚我当一只兔子，肚子里憋无数的料却根本无法排泄。（245 页）

通过白琳的自我爆料，我们至少获得了如下信息：（1）白琳同学原本也是个好孩子，但那段学院生活毁了她。这充分说明"跟好人学好人，跟上师婆跳大神"的古训所言不虚。（2）经过反省，她觉得"自己八卦的个性根本就是天生的"，我却认为她一不留神说出了一个真理。弗洛伊德说："每一个人在内心都是一个诗人，直到最后一个人死去，最后一个诗人才死去。"① 我觉得每个人在内心也都是个 gossiper（八卦者）。因人人都有八卦的慧根，白琳发现自己天生是一个八卦者也就毫不奇怪了。那并非她有特异功能，而是被开发出来的诗人般的潜能。（3）白琳说，一遇八卦她就兴奋激动，这也容易解释。心理学家贝克博士的研究表明，八卦像巧克力一样，可以刺激人脑分泌内啡肽，所以八卦可以给人带来快感。②

但所有这些，并不是我要谈论的重点。我们知道，生活中许多人（尤其是许多女人）都喜欢讲八卦，听八卦，但他们最终不过仅仅止于讲和听而已。为什么"普通八婆"是嚼舌头，"二逼八婆"更是不靠谱，而"文艺八婆"一上手就能使八卦变成一门艺术？八卦进入散文或散文成为八卦，这之中有什么讲究？这些问题才是我感兴趣的，而我也恰恰从白琳及其写作中看到了我想要寻找的答案。

顺着白琳给出的路标，我很快就发现她从小就具有一种八卦气质或八卦精神。比如，当她无意中发现副校长与一个女人在黑暗中哼哼哈哈一阵子后，马上琢磨出这件事情的不同寻常："我在我的语言中抽丝剥茧，我跟着它们的第一个脉络走下去，渐渐懂得了所谓暧昧。我的一切启蒙都来源于自己的领悟，它不需要别人教习，生发得自然而然。"（66 页）这大概算是她对八卦故事的最早敏感。而她自己人来疯之后，做出的一些事情也很八卦。那个被称作"李公子"的同学喜欢上了她，用野花给她做了一个戴不到头上套不到手上的花环，"李公子圆乎乎的脸在太阳下被晒得通红，我盯着他，不无恶意地突然

---

① 弗洛伊德．创作家与白日梦//伍蠡甫．现代西方文论选．上海：上海译文出版社，1983：139.

② 盛力．人们为何喜欢八卦．百科知识，2014（10）.

问，你是不是很喜欢我？李公子的脸更红了，扭扭捏捏像他编给我的花环一样，不合适也不舒服地坐着。我抠起身边一只辛勤劳作的蚯蚓，拎着它，追着失色的李公子，大声叫着，要是你敢吃了它，我就喜欢你！"（68 页）

这就是传说中的小学生早恋。你可以说白同学那种不着四六的做法是恶作剧，但解读成一种疯疯癫癫的八卦精神似乎也顺理成章。也就是说，还在白琳是黄毛丫头的时候，她就既对成人世界的八卦事情充满好奇，也能无师自通亲自导演八卦剧，把本来很纯情的李公子吓得屁滚尿流，号啕大哭。解决问题的方式如此霸悍，剧情的走向又如此狗血，我们大笑之后估计都不得不对这个柴火妞儿点赞。

要我说，这都是她今后成为作家的宝贵素质。李贽曾谈论过童心与诗心的关系，并说："夫童心者，绝假纯真，最初一念之本心也。"而在我看来，这种"本心"，应该是包括好奇心的。因为好奇，儿童才更关注成人世界的秘密；也是因为好奇，长大成人后，他们才会去探究他们无法破解的人生之谜。从这个意义上说，八卦精神简直就是推动作家写作的内在驱力。想想看，假如刘义庆不八卦，他能写出《世说新语》吗？如果福楼拜对黛尔芬·德拉玛的八卦新闻不敏感，他能写出《包法利夫人》吗？这样的例子可谓多矣，一举一大堆。

于是，我们简直可以说文学起源于八卦，伟大的作家个个都是八卦大师。

当然，如此颠覆文学估计我会被人人喊打，但为了把白琳写作这件事说圆，就先这么着吧。

四

大概正是因为八卦精神的推动，白琳的散文才显得与众不同。不妨先从取材说起。

可入散文的东西虽然很多，但大致过脑子，就会发现以前的散文大都还是写的正经人正经事。十年前史铁生的散文结集出版，集子的名称分别是《以前的事》《活着的事》《写作的事》《灵魂的事》。您瞧，这些"事"一件比一件大，一件比一件隆重。汪曾祺是散文写作的老手，在他那里，《豆腐》《干丝》《手把肉》也能被他写得津津有味，可谓老不正经。但他不是"中国最后一个士大夫"吗？所以，无论他如何取材，都能飘出文化的味道。高尔泰也是散文高手，他写

"梦里家山""流沙堕简"和"天地苍茫",也都是个人的事,但怎么看又都能上升到民族国家的高度,力拔山兮气盖世。面对这种散文,许多人估计只能宾服,是断然不敢羡慕嫉妒恨的。因为想写出此类散文,你先得回到荒诞的年代九死一生。当代女性散文作家中,我还认真读过徐晓的《半生为人》和塞壬的《下落不明的生活》,两者虽年龄不同风格迥异,但她们笔下的私人生活依然跌宕起伏,有刚健挺拔之气。细究起来,入其散文者,依然是正经人正经事。

以此作为衡量尺度,就会发现白琳散文的取材往往不正经或不那么正经。比如《正畸》,写的是矫正牙齿的故事;《我们都要脸》,写的是脸上痘痘并与闭合粉刺和美容会所作斗争的故事。按惯例,这些事情既难登大雅之堂,也无多少写头,即便有作家有此经历,恐怕也会把它们自动屏蔽。但白琳不但写了牙与脸,而且全部写得张牙舞爪,满面红光。如此有趣的形而下叙事,至少对于我这个老生来说是一次不折不扣的启蒙。它让我意识到,在女人那里,脸上的一颗痘痘就是天大的事情,女人的痛苦指数要远远高于男人。

这些事情主要是在写自己,而像《谢晓婉》《有多少欲望等待发射》和《太原爱情故事》写的则是别人的生活。谢晓婉是作者的高中同学,也是每天能翻看几本言情小说的阅读能手,但她最终因婚恋之变,把自己的日子过得乱七八糟。《有多少欲望等待发射》写的是"我表姐"的故事,这个表姐受其母亲鼓励,想尽办法逼退原配,当上了"正宫娘娘"。然而,故事结束时,新一轮的小三上位正向她款款走来。《太原爱情故事》由 32 个一两千字的短故事组成,大都是作者同学或同学的同学、朋友或朋友的朋友的故事,而这些故事的关键词似可概括为出轨、劈腿、小三上位、婚变、凑合,千奇百怪,令人眼花缭乱。在这些故事中,男人通常很"极品",女人往往很"三八",加上故事雷人剧情狗血,再加上作者一本正经讲着讲着忽然就不正经起来,凡此种种,都让散文有了一种八卦的画风。

可不可以把白琳的这些散文称作八卦散文?

当白琳讲述着这些故事时,我发现她通常都有一股狠劲。她笔下的那些事情往往是情爱之殇、生活之丑或生存之窘,好多又涉及同学朋友亲戚,按照"家丑不可外扬"的古训,有些事情可能是不能讲、不便讲或不好讲的,但她就那么不管不顾地讲出来了。不但要讲出来,还要讲得一波三折,余音袅袅。我想,如果缺少一种八卦式的好奇心,它们就无法被记住;如果再缺少一种爆料或自我爆料的勇气,它们又很难被言说，进而在散文中安营扎寨。但所有这些假设在白琳那里都不是问题。正是因为没有这些条条框框和清规戒律，所以白琳一上手就扩大了散文写作的取材范围。

集子中也有几乎不八卦或不怎么八卦的散文，那就是另一种味道了。例如，《我的年少在你的怀抱》讲述的是她大学四年在太原这座城市里打工做家教的故事，初恋、青春往事、苛刻或善良的雇主、城市的烟雾和尘埃、淡淡的感伤和怅惘，一并在她记忆的底片上显影，让这篇文字有了一种追忆逝水年华般的忆旧之美。《白鸟悠悠下》则是对更早往事的回忆，写的是作者七岁那年跟随母亲从新疆走进山西盘海那座小城之后的生活。作者起笔依然是那种舒缓悠长的语调，但装进的内容却更为丰富：秃头男子的求婚，母亲陈老师的困扰，副校长的暧昧，李公子的示好，体育教员的荷尔蒙，作者性意识的启蒙，作者与小伙伴为看黄河差点被河水冲走的冒险，还有压在纸背的家庭变故，都被作者组装在一起，文章也就有了时而伤感时而欢快的旋律。而主宰着散文叙述基调的应该是这几句凄美的文字：

> 我的母亲陈老师躲避悲伤的路途远比想象漫长，她走了又走，走了又走。她走得那么盲目，又那么坚定。在她的脚下，只有那些陌生的，却可以告别过去的道路，在她的手中，只有我。我像是一只包裹，或一件行李，被她拎着，无声移动。很多个瞬间，无声黑白的我，突然会被某种巨大的情绪攫住，那是孤单的，茕茕孑立形影相吊之感，在我未曾学会这些词语之前，它们已预先占领了感知的空白。（59 页）

这类散文似可仿照"成长小说"称其为"成长散文"。但即便如此，那里面也有八卦。《白鸟悠悠下》中作者起笔写道："七岁那年，和母亲陈老师一起，坐渡轮到了对岸的小城。"（57 页）此后，"母亲陈老师"或"母亲陈女士"就不但成为这篇散文的叙述称谓，也成为其他散文中提到母亲时的固定称谓。我们可以说，这种称谓具有布莱希特所谓的间离效果，母亲不只是母亲，而是一个男人的妻子，一群老师的同事。另外，我们也可以说，一旦起用这种称谓，作者把母亲带入八卦阵的叙事之中也就可以无所顾忌了。而许多时候，我们也确实看到"陈老师"已从"母亲"的身份中游离出来，被迫选择了单飞。例如：

> 体育老师和他的太太相携而去，在我们的房间里留下了诡异的尾气。那个女人坐过的沙发垫子深深陷了下去，将蓬松的海绵

压成一块坚实的面饼。我等待着这个饼弹起来，想要用等待的动作化解我没来由与陈老师之间生出的尴尬。但是，那一天它用在自我修复上的时间磨掉了我的耐性。并且，在那一个窝窝里，女性私处没有处理干净的特殊气味散发出来，呛得我头晕。我可以看出来陈老师的厌烦。她在那个女人离开后往那里喷洒花露水。喷了一遍又一遍。然后，有一两天，我们都避开那个位置，等待海绵弹起来。（64 - 65 页）

这段描写直指下三路，很精彩，但也比较八卦。需要注意的是，这时候出场的不是"母亲"而是"陈老师"。也就是说，白琳准备对这件事情吐槽时，她请走了"母亲"，只留下"陈老师"在场。这是作者有意无意的叙述诡计吗？或者是为了方便八卦六亲不认的节奏吗？所有这些我都不大清楚，唯独能够确认的是，这样一来，作者已不再向"母亲"移情，主观化叙事一下子变成了零度叙事。

五

光有选材还不能保证八卦故事出彩，更重要的是如何叙述。也就是说，当那些故事本身比较八卦时，如何贴近它们行腔运调才能跟上故事的节奏，传达出故事的神韵，顺便再把叙述者的种种情绪反应——可气、可笑、可叹、可悲，甚至哀其不幸，怒其不争——代入其中，应该是一个更值得解决的问题。在这一方面，简直可以说白琳是八卦故事的段子手。似乎在不经意间，她叙述的语气、腔调、用词、句式就达到了"随物以宛转，与心而徘徊"的境界。

比如用词。白琳的散文中满目都是网络流行语和新潮用语：无底线、闷骚、重口味、都教授、铁壁男、龟毛、躺枪、霸悍、好基友、意淫、违和感、渣男、猥琐男、婴儿肥、代入感、美眉、恐龙、花木兰眼、男神、泪崩、猪脚、拉拉、傲娇、拼爹、小清新、很三八、盘靓条顺、宅男、乌泱泱、人头冒黑线、狗血、大而二、单身狗、土豪、脱单、极品、奇葩、劈腿、浮云、嗖乎、比较扯、颜控、蛇精病、小三上位、俗辣、高富帅、矮穷矬、女汉子、下盘、揪心吸睛……这些语词上了点年纪的比如说段崇轩老师就有可能看不懂。①

---

① 这里提到了段崇轩先生，是因为我拜读了他写白琳的一篇文章。[段崇轩. 走近"80后"——白琳和她的散文. 山西文学，2016（4）.]

我本来也该归入看不懂之列的，幸亏我装模作样地研究着大众文化，才不至于在它们面前彻底晕菜。但即便如此，也依然有拦路虎挡道，比如"龟毛"是个什么鬼？"BA"指的又是哪路神仙？这时候就得知之为知之，不知百度之了。当我终于弄清楚它们的本义和引申义，顿时觉得自己学问大长。

所以，仅从用词上看，白琳散文就呈现出鲜明的代际特点。这是一种活生生的语言，它的典或梗主要来自网络或电视剧。一旦这些语词在文章中大规模亮相，青春色调网络气息甚至后现代风格就会扑面而来，很潮很时尚。按说，"80后"的小说散文我也是读过一些的，但白琳这种一上来就更换语言行头的散文我却是第一次读到。它不但更新了我的语言观，而且刷新了我的三观，甚至让我想到了维特根斯坦的名言："想象一种语言就意味着想象一种生活方式。"① 我意识到，在语言变更的背后，关联的更是思维方式、情感方式和生活方式的变更。大概，白琳也只有用这种语言与这些新新人类打交道，才能捕捉到他们的精气神，才能像沈从文说的那样"贴着人物写"②。

再说句子，先上几个例句："封闭性粉刺是最闷骚的痤疮。"（85页）"所以这个故事我大概只把它归结到那天她大姨妈到访得不是时候。"（15页）"她穿了黑色的厚底人造革松糕鞋，斑马纹，黑一圈白一圈，好像始终在过人行横道。"（115页）"这药有时候是酸的，喝完嗳气，有时候是苦的，喝完排气。有一阵我觉得她的身体就像一条长长甬道，两头都以通风为要。"（77-78页）"我偶尔也专门去看看别的女生的缺陷，以缓和自己的越来越浓烈的自卑。或者捏着阴暗心理把几个有名的女明星烂脸照拷贝下来，做桌面背景。"（87页）

谁都知道作文的第一步是造句，但造得平实者易，整得奇崛者难。不过，我总觉得这种难在白琳那里简直就不是个事，她似乎只是信手拈来，略施小技，便成佳句，根本不需要用洪荒之力。更值得注意的是，这些句子往往或者直接涉及身体，或者经她转换之后变成了巴赫金所谓的"物质-肉体下部语言"③，读之令人嘿嘿，还有了那么点狂欢化的味道。

还有段子。我发现许多时候，白琳都能把叙述或描写写成段子。

---

① 维特根斯坦.哲学研究.北京：商务印书馆，1996：12.

② 汪曾祺.沈从文先生在西南联大//汪曾祺全集：第3卷.北京：北京师范大学出版社，1998：465.

③ 巴赫金.拉伯雷研究.石家庄：河北教育出版社，1998：458.

既然是段子，就有了一些长度。为节省篇幅，我在这些段子中左挑右选，只举三例：

> 我大概写过谢晓婉的故事，十五年前。几乎写成了《少爷，请你不要离开我》这样的模式。谢晓婉上大学之后给我留下了若干本言情小说，看到我上了大学还没看完。但是这些小说成为我的暗器，它们迷惑了我们班的所有少女，所以在考试中我就那么轻松愉快地击败了几个假想敌成为至尊无上的女王。（131页）

> 小保安没有在商场里留下来。他消失在某一天，很突然也似乎在意料之中。而我的表姐和化妆品总监的故事也相当狗血，还没等我舅妈心里踏实下来准备跟亲戚们大肆宣扬的时候，他们就彻底决裂了。据说我的表姐拿着一串钥匙捅开那男人办公室门的时候，他正和另外一个BA在沙发上嘿咻。多年以后我表姐当玩笑一样说起这件事，她的语气里仅仅带着一点调侃。她说，那个男人看到她来了，还在继续。甚至，他仍然喘息着对她说，反正你都看到了，让我完了事再说。（240页）

> 有一天我正在无所事事地往口语课本上画一个我自己都认不出什么玩意的糟糕一团，突然一个细脖子男人从我的身后探出他扁平的头部，他呼着气说，哎呀，你画得真好呢。他的口腔里蕴含着浓厚的湿气，还有一点点绿箭口香糖和韭菜盒子混合的味道，令我毛骨悚然。他大大方方在我身边坐下，表现得十分自信——虽然我并不知道他的自信来自何处。这是我第一次和尼安德特人近距离接触，我对于他的夸奖哑口无言，翻着眼睛想要不要道声谢，谁知道他下一步的动作就是把手臂撑在桌上，支着头看我，说，教教我怎么画好吧？大哥，拜托你泡妞再多点招！我看着他细长的脖子，很担心它撑不住那头颅的重量，我庆幸他很明智地用手帮它撑住了它。（5-6页）

在白琳写出的所有段子中，有时是主人公活得就像段子，长得就像表情包，作者只需依样画葫芦，便可立此存照或传神写照。但更多的时候是她把可笑的事情进一步段子化了。于是她用网络修辞、微博语法，大大咧咧，满不在乎，透着稳准狠损，含着反讽和自嘲，带着四两拨千斤的一脸坏笑，轻而易举就把那些糗事囧事龌龊事解构得体无完肤。有时候，当她写出满意的句子或段子，还忍不住要嘚瑟一下，透出一种语言报复的快意："和她的下盘一样，她的上半部分也拥挤着几乎破衣而出，动如脱兔。最后这四个字是我在看到这张照片时的一瞬间所感受的语言精华。"（260页）——这就是白琳的叙述风格。

于是我想到了王朔。王朔的语言风格和叙述腔调透着一种痞子气已不需要我多讲，我想说的是，男人文章中有痞子气，女人文章中有八卦相，都属于离经叛道之举，但又都显得酷。事隔多年之后，我们已经接受了王朔，接受了他那种胡谈乱侃、爱谁谁和满不吝。而经过了王朔的启蒙，再接受白琳我觉得已完全没有心理障碍了。因为我们接受的不仅仅是她的散文，还有我们今天的时代精神和话语风格——当正经严肃的事情越来越无法进入话语系统，越来越无法诉诸言语表达，我们就只好八卦。我们用八卦缓解自己的焦虑，也把八卦当作堂吉诃德式的武器，以此享受着我们的言论自由。这就是我们这个时代的精神状况。

当然，幸好我们还可以八卦。

六

就在我琢磨着白琳的八卦技巧时，忽然来了一个大八卦：王宝强深夜怒发微博，自曝妻子出轨经纪人，宣布与马蓉离婚。于是八卦记者纷纷出动，吃瓜群众翘首围观，一时间，爆料的，洗白的，掐架的，扒皮的，碰瓷的，好不热闹。粉丝们力挺"许三多"，说，心疼宝宝，宝宝不哭！群众真心看不懂，说，贵圈真乱，细思恐极。还有网友表示，这竟然还是"出轨不是两三天，每天却想你很多遍"的狗血剧情。

这一出名人八卦有点与众不同。王宝强来自底层，原是一名北漂群众演员，后经自己努力又靠伯乐导演相助，如今才功成名就。他的"傻根"相惹人喜爱，他的逆袭的传奇经历又具有励志色彩。大概正是因为这一缘故，他自曝人被绿钱被转才牵动了亿万吃瓜群众的心。当然说到底，他的八卦依然走不出被围观、被消费的套路，道理很简单，谁让他是明星呢？明星就是用来被人消费的。

这样的八卦故事在白琳的散文中也比比皆是，只不过那都是草根们的故事，是依然生活在农村或城市边缘的王宝强的兄弟姐妹们的故事。这些故事原本只配在小范围内窃窃私语，然后风流云散，自生自灭，如今却被白琳郑重其事地记录下来。而它们一旦被诉诸文字，也就有了不同寻常的意义。马蓉的出轨据说与脸和钱有关，白琳所讲的八卦故事中也大都涉及钱钱钱，脸脸脸。在这个看脸的时代，她甚至记下一家美容会所每周变换的标语："小三的脸是白白的，你的脸是黄黄的。小三的脸是水水的，你的脸是干干的。小三的脸是化妆的，你的脸是长斑的。……小三赞美你男人有本事，你抱怨你男人不忠诚。"（89 页）这种公然拿小三说事的商业广告既反映着全社会道德指数的普遍走低，也直指广大正室们的深层焦虑。而这种焦虑其实也是我们这个时代的焦虑。

我在前面已提及《太原爱情故事》，其中的故事大都与出轨和劈腿有关。单个来看，每个故事虽也奇特，但似乎还不值得大惊小怪。可是，一旦 32 个故事列队而来，组成一个情爱方阵，它们仿佛就成了艾未未的装置艺术——《一亿颗陶瓷瓜子》或《1200 辆永久自行车》，一下子爆发出巨大的能量。于是，故事与故事相互指涉，相互映衬，勾肩搭背，阔步前进。这时候我们才会突然发现，原来出轨与劈腿并非名人的专利，而是有着强大的群众基础。或者也可以说，这是生活在模仿艺术——当谢晓婉们看多了言情小说和爱情电视剧后，她们便生出追摹之心，结果把自己的生活过得一地鸡毛。不管是哪种情况，名人八卦和草根八卦的互动与交往都意味着这样一个事实：如今，我们已填平鸿沟，全面抹平，上下一条心，全国一盘棋，莫非这就是所谓的新常态？

我想，这就是白琳散文写作的意义。当八卦记者在娱乐圈里忙活时，白琳则成了本雅明所谓的"拾垃圾者"。她书写着底层的喧哗与骚动，搜集着底层的焦虑和困惑，然后把它们做成了时代的证词。而八卦，这固然是我们这个时代的兴奋点，但许多人并未意识到，它就像长在人们脸上的痤疮一样，其实也是我们这个时代的痛点。八卦记者只会在兴奋点上下功夫，为的是让娱乐至死来得更猛烈；白琳当然也兴奋，但许多时候，她又把八卦当成了时代面孔上的闭合粉刺。她在那些故事面前着急、叹息，甚至想在它们那里寻找爱情的真相。大概，这就是作家与八卦记者的最大区别。当然，无论白琳如何着急，她都似乎还没有膨胀到"揭出病苦，引起疗救的注意"的高度。她只是无可奈何地叹息，干着急却一筹莫展。

估计谁也束手无策。这时候，我想起白琳散文中的一个说法：

"好多人都说，痘痘等年纪大一点就慢慢没了。我想，这绝对是个暗喻。它其实是在说，等你的胶原蛋白流失掉之后，痘痘也就没有营养可以吸收了。"（84 页）我觉得还可以把这个暗喻扩而大之：时代的面孔上既然有闭合粉刺，它的肌体中也应该有胶原蛋白。当时代这张脸上的痘痘艳若桃花时，是不是意味着我们这个社会的胶原蛋白过于丰盛？假如它有一天也会流失，我们又会面临怎样的景象？

我想不出答案，只好把这个问题推给白琳，让她在以后的散文写作中继续思考吧。

2016 年 8 月 17 日写，19 日改

（原载《中国图书评论》2016 年第 11 期）

蓝色的心迹
——葛水平诗集《美人鱼与海》印象

友人向我推荐了一本诗集——《美人鱼与海》①，作者名叫葛水平。看这名字，起初以为是男性，待翻开诗集从头到尾一路读下去，不料却读出了许多柔媚。于是便对作者的性别产生了疑惑，又急忙去诗集中寻找答案。诗集的末尾并排放着作者的两篇后记，那里分明写着如下文字："我在妈妈和世人的目光里，在时代潮和人情潮日新月异的拍击里，走出了自己的心迹。从一个黄毛丫头走成水灵灵的季节，走成人妻人母……"

果然，葛水平是位女诗人。当我得知作者是"她"而非"他"后，我便想到了山西女作家蒋韵曾经说过的一句话：想事的时候，男人和女人不同。男人是用脑子想，女人却是用肚子。脑子要想事这好理解，可是肚子又如何能想事呢？其实这一点也不玄乎，因为说到底这还是由于性别而形成了两种不同的思维方式：脑子类的可能更科学一些、精密一些、理性一些，肚子类的大概更艺术一些、模糊一些、感性一些。

葛水平的诗正好也印证了这一说法。坦率地说，她的诗谈不上如何深刻，但是却显得非常充实、饱满。作者仿佛就是要把自己的全部感觉和盘托付于诗，而并不考虑这些密密麻麻的感觉会使诗产生怎样的清晰度和明朗度。所以，从总体上看，她的诗并不怎么好读。在诗人所设置的那个迷宫般的意象世界里，你感觉到的更多是断断续续、朦朦胧胧、闪闪烁烁，甚至还有些滞涩。

然而，诗的意味却也在这样一种形式中诞生了。于是，我们在她的诗中发现了一种一以贯之的颜色——蓝色，也发现了与这种颜色吻合对应的基本情感基调——感伤、忧郁。所以，无论她是在演唱故乡的歌谣，还是在弹奏爱情的旋律，大都没有热烈奔放如火的味道，而

---

① 葛水平．美人鱼与海．香港：亚洲出版社，1992.

更多的是感伤沉静如水。仿佛一切都在感伤的意绪中浸泡过了，因此一切也就被渲染成了蓝色：思考、思念、等待、焦灼、企盼、渴望……

我想，这大概就是诗人创作个性的一种体现吧。在"后记"中，我们知道生活中的葛水平就是一个"喜欢独自忧伤"的人。在普通人那里，忧伤是沉重的，是锈，它提前衰老了青春的心，也提前暗淡了明亮的眼；然而，在诗人那里，忧伤却在一个诗意的层面上接通了"我"和"物"，同时也使诗人有了感觉、解释世界的一个窗口。因此，忧伤在诗人那里便构成了一种价值。

当我在葛水平的诗中读出了这种感伤的基调时，我便想到了舒婷。舒婷的诗中有一种忧伤，这忧伤被人誉为"美丽的忧伤"。那么，忧伤如何才能美丽呢？我以为关键还是一个表现的问题。忧伤本身是冷色调的，当诗人一味地沉浸于忧伤又去浓墨重彩地渲染这忧伤时，诗歌便显得灰暗、凄冷、暗哑，给人的感觉则是压抑、沉闷、悲悲切切。这种忧伤尽管也真实，却谈不上美丽。聪明的诗人虽然也去表现忧伤，却是努力把这忧伤淡化、提纯，让这忧伤化为一缕轻盈浮动的意绪，或是借助于别的意象去冲淡那忧伤造成的沉闷与滞重。于是，忧伤显得晶莹了、透明了、空灵了、明亮了，而美丽的忧伤便在这样一种表现方式中获得了生命。

葛水平大概很得这种写法的神韵，所以尽管也是表现忧伤，却总是那么玲珑剔透，挥洒自如。"细雨拍动潇洒的羽翼/庇荫一个寂寞的心蒂/总像是无所依托的忧郁/许是想起了冬/许是想起了夏/许是想起了脑畔上鸟啼/哦，还有越水溪畔/浣纱的少女……"（《是一个回忆》）鲜明、富有动感的意象净化了那种忧伤的沉郁。再如："含泪的风韵勾勒出/无法演绎的梦/母亲，宝玉说女儿是水做的/不然何以水汪汪满地星泪雨"（《星泪雨》），这当然也是在表现忧伤，然而，一声对母亲的呼唤，一句贾宝玉的名言，却又把这忧伤写得柔弱妩媚，楚楚感人。

在《美人鱼与海》中，作者把她的近 70 首诗编成了五个部分，并分别冠之以"萌动""眸子""雨季""秋塬""雪国"的主题。除"眸子"外，它们分别对应着人生的四季。于是在"萌动"中，我们看到了作者正在生长着的思考；在"眸子"中，是一种极力想打量这个世界的渴望；在"雨季"中，又多了一份湿润的情怀；在"秋塬"中，一切都在成熟，同时还荡漾着夏天的余热；在"雪国"中，"男人和女人的世界是苍白的"，于是有了宁静，骚动的声音似乎也渐渐平息。尽管作者还非常年轻，但在这里她似乎已领略了人生的主要风景，用自己的心触摸到了人生运行的大体轨迹。

在上述这些诗中，我以为写得最好的还是爱情诗。那份相思、回忆、欢乐、忧伤和意乱情迷，在圣洁的爱情之光的照耀下，全都显得那么率真、纯情、浪漫而富有诗情画意。欢快处如春花烂漫，酣畅淋漓；忧伤时如夜雨潇潇，那点点滴滴的相思缓缓、轻轻地叩打着心扉。比如，在《那方》中，我们读到了这样的诗句："我站在你的对面／如一扇门窗／你俯下你的额头让我踮起脚尖读你的阳光／然后相携走向远方"。一幅美丽、明净的画面跃然纸上。又比如，在《雪寄》中，我们看到了"遥远处星月弯弯／风掠走我的如意"，然后是坚定执着的"等你，等你，等你／一个黎明映衬寒夜／我等待一抑一扬／抑扬顿挫的心韵"。在思念中等待，同时又要等待那种思念的感觉和心情，让它成为自己寂寞时细嚼慢咽的食粮。

葛水平是学表演的。十多年前，当她从沁河旁边的一座小山庄里来到长治时，上的便是戏校，学的就是那个表演专业。然而，后来她终于又放弃了表演，选择了文学，选择了诗。其实，写诗又何尝不是一种表演呢？只不过在这种表演中，需要技艺，但更需要真诚。所有这些，葛水平都拥有和做到了，并且在诗中还依稀有了一种表演的风格。在无论把摆弄文学当成职业还是事业都显得寂寞起来的今天，我们不但看到了她的收获，同时还看到了她与文学相依为命的坚定和执着。我想，一个人只要有了这种弥足珍贵的情怀和难能可贵的精神，就一定能在自己开辟的园地里获得满意的收成。

1994 年 5 月 1 日写于长治

（原载《太行日报》1994 年 5 月 25 日）

用颤抖的心拨动青春的琴弦

——程旭荣诗歌印象

一

一本薄薄的诗集摆在了我的案头，它的名字叫《不沉的地平线》①，作者是程旭荣。

对于诗人，我向来是非常崇敬的。因为从以往的读诗经验中，我感到诗人做的是一件既神秘又神圣的工作。而诗歌是文学作品中反映生活，表达生命最集中、最凝练的艺术形式。更何况，程旭荣和我周围的许多人一样，生长、生活在上党老区这片"富饶且贫瘠、欢乐却沉重的黄土地"（87页）上。基于这种崇敬之情，也基于一种亲切感和好奇心，我打开了这本诗集。

很难用一句话概括程旭荣的诗，可是，我又总觉得一句话能够概括它们。因为从这60余首诗中，我读到了沉郁和悲凉。

在他的诗中，无论是"由我及物"的移情，还是"由物及我"的观照，都笼罩在一片强烈的情感氛围中。诗歌是抒情的最好工具，这自然无须多言，关键是这感情的旋律主要是被孤独、痛苦、焦灼、忧郁、惆怅、沉重、悲哀、凄凉、绝望等等的音符左右着。于是，在程旭荣的眼中，过去变成了一支淡淡的忧伤的歌谣："记忆中的风蚀小镇/母亲迈动裹脚/如船一簸一颠划过残阳/划过秋天"（《仲秋节》）。现在则是在期盼的放纵和失望的刺伤下灵魂的呐喊和呻吟。"我空空地望着北方/那里太阳从不直视/只有一只蜜蜂/围着湿润的眼/安慰无名的黄花"（《致远方》）。而未来又显得迷蒙且困惑。"我匍匐在山岩上/倾听万物的回声/隐隐的曦微外/洪水如旋风/裹着黑夜的残片/我

---

① 程旭荣. 不沉的地平线. 哈尔滨：哈尔滨出版社，1991. 以下凡引该书内容仅随文标注页码。

永远只是走着/从山里走向山里/心里揣着神圣的训言"(《箴言》)。于是，他的诗中也才有了许多黯淡、飘零的意象。秋天显得那么寂寞，星星是那样孤独，连蝈蝈的歌声也在单调中透出了凄冷。

这种情调也许并不是作者的刻意追求，而是他的生命体验在诗歌中的必然投影。在《后记》中，作者谈到了自己的一些感受："这简单经历覆盖下的心境，却总是变化无常，多是忧郁、痛苦，时间久了就滋长出这一首首诗来。"（86 页）自然，这一首首诗也就成了对这痛苦的最好注释。对于诗人来说，去表达、宣泄、展览自己的痛苦似乎要容易些，而且，在这种释放中，自己可能也会体验到一种不可多得的快感。然而，当无奈于这些痛苦时，去仔细地咀嚼、玩味这些痛苦，似乎就更需要一些勇气了。而这种玩味痛苦的过程不管如何豁达、潇洒，却仍然是痛苦的。正是在《一杯浓茶》中，我看到了作者这种玩味痛苦的痛苦。

我想，诗人与芸芸众生的区别在于诗人不仅敢于正视痛苦，而且敢于拥抱痛苦，在痛苦中，诗人走向了深邃；而芸芸众生却总是回避痛苦，甚至有意无意地去淡忘痛苦，以浮浅的乐观去取代痛苦。对痛苦的不同态度应该是我们衡量生命体验质量的尺度之一。

二

在对青春的所有理解中，把青春与花、草、欢乐、笑声等等简单合并，从而使青春显得飘逸、轻盈，大概是一种最通俗化的理解。青春应该是人生中最荒诞也最真实、最萎缩也最舒展、最贫穷也最富裕的永远无法复归的境界。青春之所以美丽，是因为青春中的对应两极无不浸泡在审美的意绪中。度完了青春的蜜月，人们也就告别了审美的人生。

抽去了青春中的骚动、焦灼和渴望，把青春制成精美诱人的甜点心是做作和虚伪，这样的青春是不真实不自然的。程旭荣似乎意识到了这一点，所以我们才在他的诗中看到了青春的本然状态。这里既有"我准备着你把我从椅子上敲起来/敲成一只小鹿去吃长在你嘴上的/苜蓿"的爱之等待，也有"我情愿自缚/扑进痛苦中煎熬/升化一条丝绸之路"的爱之执着，还有"拘谨地，坐成石头/道德有形得无形无形得有形"的爱之无奈，更有"勃勃激情之后是生命的疲倦"的爱之困乏。

爱，支撑着青春，这青春是庄严的；爱中有了痛苦的渗透，这青春也显得沉重了许多。这是青春的皱纹，但青春并不因此苍老，而是增加了力度，显现出一种凝重的美。青春变得沉甸甸了。

不知怎么，在阅读这本诗集时，我想到了杨炼的那句诗："欲望像三月/聚集起骚动中的力量"（《诺日朗》），也想到了海子营造的"麦地意象"。也许，诗人与诗人的心都是相通的。痛苦是诗人的财富，青春是诗人的生命。诗人仅有一颗斑斑伤痕的心是不够的，因为除此之外，他这颗心还必须年轻。

三

在一首诗中，意象是最富有表现力的成分。因为意象具有可感性、不确定性、象征性、流动性等诸多特征，如果在此基础上还能形成意象的韵律和节奏，那么，真正的诗歌才会诞生。

在旭荣的诗中，我们看到了这种意象的魅力。"杨花满天飞着/星星满天飞着/春天满天飞着/心满天飞着"（《在春天》）——四个简单的陈述句其实造就的是一幅流动的意象图。"乡下，有了太阳就有了草帽/金黄的麦秸如唱片/心静时，生活就凉下来/你就躺在太阳下/让梦溢出来/弥漫麦地"（《草帽·太阳》）——这是一组美丽的意象群，一个个分散的意象迅速地交融、切换、重叠，构成了一个简洁、明快的乐章。

把古人化入诗中使他们成为诗歌的构成元素，大概不是程旭荣的发明，不过，作者确实很擅长使用这种技巧。在这本诗集中，这样的诗句俯拾皆是。比如"风正展读李商隐给妻子的夜雨"，"青蛙讲着/江州司马湿了的青衫"，"李白徘徊成古迹"，"李清照在街角吟咏"，"挂于马致远栽下的那棵老树"，"郑板桥拄着它/穿过大街小巷月月年年"……

说到李清照，我们便想到了"冷冷清清"；谈到马致远，我们便看到了"枯藤老树"。这些古人的人品、诗风、业绩浸透在他们的名字中，使他们的名字形成了一个独特的文化场，也形成了一种固定的美学氛围。于是，这些名字不再是一种抽象的符号，而是变成了一个个鲜明的意象。

让古人站立于自己的诗中，应该是作者对一种超越历史的心与心的碰撞、感应、交流的表达方式之偏爱，但又何尝不是作者对一种既定的情境、一种古老而又新颖的意象的偏爱呢?

如果说程旭荣的诗有什么缺陷的话,那就是纤巧有余而厚实不足。诗风也因此显得柔弱,这在某种程度上也影响到了他的诗路。不过,我觉得倒也不应当太去苛求他,因为当一个人能够用诗去泄露自己内心的秘密时,他已经被自己的童年记忆、个性、气质、性格决定了,并且以后仍然被这些东西决定着。一个诗人,只要他能像舒婷所言,"我表达了自己/我获得了生命"(《馈赠》),那么他恐怕也就没有什么遗憾了。

只是,做一个真正的诗人是很难的。尤其是在今日这个喧嚣、嘈杂的年代里,想要保持住自己诗人的那份清纯,他就不仅要有向世俗挑战的勇气和毅力,而且得忍受心灵的孤独和寂寞。所有这些,我想无须多说。程旭荣在选择了这条神圣而又艰难的路时,肯定已做好充分的心理准备了。

1992 年 7 月写于长治

(原载《太行日报》1992 年 7 月 24 日)

烟火气重　书卷气浓

——弱水诗歌印象

弱水是从我家乡走出的一位作家，她写散文也写诗歌，这是我当年读她博客就知道的事情。但散文和诗歌结集出版，却依然是一个不大不小的事件，因为那仿佛就是对她写作身份的再度确认。前年，她的散文集《如果你叩我的门》[①] 面世，我在忙乱中没顾上发言；今年，她的诗集《在时间里》[②] 亮相，我似乎该说几句了。

这本诗集中有首《厨房》，诗不长，兹录如下："夜晚封锁了窗子/厨房很热闹/一只锅炖排骨/一只锅熬中药/我琢磨着时间　作料/调整火候　看窗外飞驰而过的车灯/心里盘旋着新出炉的诺奖诗人那句著名的诗/'黑暗如何焊住灵魂的银河'/排骨飘散出肉欲的死亡的现实的香/中药咕嘟咕嘟地冒泡　给我精神的/魔幻现实主义般的梦想/我要守着厨房　当好女主人/还要忙着描述这个世界"[③]。如果把这首诗与她那篇《饼在煎锅里》的散文对照着读，一定会读出二者的同构关系。弱水在散文中写道，"饼在煎锅里，是主妇的自由时光"，因为那个短暂的空闲可以让她发呆，以及思考为什么发呆，还可以让她读完那本《邓肯自传》——"每看一页，我就得停下，把锅台上的一盆菜糊，舀一勺放到煎锅里；然后拿起书，等待菜糊凝成饼；再放下，翻过饼的另一面；再拿起，等待。如是反复。这样，在邓肯薄如蝉翼的舞衣，拂过上流社会沙龙里绅士们的视线时，在她的美丽的裸足，在奥林匹斯山头的神庙里划着动人的弧线时，在她激情的心灵和柔韧的身姿，体验着舞蹈的自由，享受着爱情的愉悦，经受着失子的痛苦，追寻着梦想的欢乐时，一张张香薄酥脆的饼自我的手下生成。"（34页）这里的描述让我会心一笑，却也暗自惊异。一般来说，女主人都

---

① 弱水 . 如果你叩我的门 . 海口：海南出版社，2011.

② 弱水 . 在时间里 . 武汉：长江文艺出版社，2013.

③ 弱水 . 厨房//在时间里 . 武汉：长江文艺出版社，2013. 以下凡引用该诗集内容皆仅随文标注页码。

会在厨房里忙碌，但她们似乎只是在进行纯粹的家务劳动。她们当然也会走神出神想心事，但那些思绪往往与现实生活紧密纠缠。她们甚至也可能翻书，但那通常是对着《菜谱大全》找佐料。弱水却很有能耐，她把厨房当成了伍尔芙所论的那个"房间"，读书、冥想、琢磨诗、熬药、摊饼、炖排骨，抓革命、促生产，革命生产两不误。这种快进快出的功夫，让她完成了两件作品———一件自然是美食，另一件应该是审美的瞬间生成。严格意义上，后一件还不能算作作品，但那些审美思绪分明已在为某首诗或某篇散文打前站，作品已呼之欲出了。于是，她的排骨或煎饼中有文学，文学中又有煎饼或排骨。或者说，她把煎饼、排骨做成了诗与散文，也把散文与诗做出了香薄酥脆的味道。

我从弱水的《厨房》谈起，是因为我发现了一个小小的秘密。在我的想象中，女诗人或者倚着窗户，薄雾浓云愁永昼，或者守着"自己的房间"，书写着"我必须是你近旁的一株木棉"之类的诗句。如果这个女诗人足够先锋，她甚至可以把诗歌做成肉身叙事。我想，这样的女诗人很可能是排斥或厌恶厨房的，她们仿佛不食人间烟火，空虚寂寞冷，人比黄花瘦。然而，弱水却颠覆了我的这种看法。那句"我要守着厨房　当好女主人/还要忙着描述这个世界"，仿佛是宣告，也仿佛是对她人生姿态、写作姿态的一种定位。有这种姿态支撑，她便能在时间的缝隙中自由穿行，在现实界与想象界迅速切换，在诗人与女主人之间从容换位。大概正是因为如上原因，她的诗歌中洋溢着浓郁的日常生活气息，既有烟火气，也有书卷气。

诗集中的第二辑有相当一部分诗歌是对一些诗人、作家、思想家的致敬之作，他们是索尔仁尼琴、哈维尔、赫塔·米勒、杜拉斯、波伏娃、汉娜·阿伦特、苏珊·桑塔格、西蒙娜·薇依、雷蒙德·卡佛、芒克、海子……我相信，当这些人成为弱水诗歌的写作对象时，她也肯定是读过这些人的作品或著作的。这样的阅读估计不可能全部在厨房完成（那得摊多少张饼啊），却很可能是她从厨房进入思想殿堂的秘密通道。弱水与他们相遇，在他们的思想中锤炼自己的思想，以诗人的敏感感受他们的心灵，然后再用诗歌为他们塑形。即便在那些高度生活化的诗里，她读过的书，她热爱的人也会顽强地跳出来，寻找在诗中的合适位置。比如，她写《生活》（26 页），《城堡》和卡夫卡跳了出来；她写《观察雪的若干种方式》（77 页），帕慕克和《雪》跳了出来；她写《本·拉登之死》（139 页），萨特与海狸跳了出来，她写《窗外有雨，祝你平安》（169 页），海德格尔跳了出来。我甚至想到，也许就是那些人和书，构成了她写某首诗的触机。而当他（它）们果然在诗中落地生根后，诗也就有了一个思想的支点。通过这种方式，弱水让自己读过的书变成了诗，又让自己的诗滋润了书。书在诗里，诗中有书，她的书卷气就是这样体现出来的。

不过，我更想说的是弱水的烟火气。根据我对诗的理解，大概只有那种漂泊不定、无家可归的思绪才适合诗歌表达，但弱水入诗的材料却非常丰富，让我略感吃惊。她不仅会去写流浪猫，一头牛，父女对话，过年回家，而且会让诗的范围无限扩大，把那些在我看来很难入诗的东西也写成诗。比如，卡布奇诺怎么写成诗呢？她写成了——"卡布奇诺的泡沫/比楼市的泡沫　或者股市的泡沫/甜蜜　虚幻　缺乏痛感"（86 页）。再比如，开会的会场能写成诗吗？她的回答是肯定的。而那首《会场：直线》（152 页）也果然写得有趣、富有哲理。鲁迅不是说过毛毛虫之类的东西不能入诗吗？但弱水却写了蟑螂，并让它"死在海明威的书下"（32 页）。这更让我感到惊奇。就这样，一次梦境，一次练车，一次旅行，一次沙尘暴的袭击，都可能成为弱水关注的对象。在她的打量下，生活中、思绪里犄角旮旯的那些东西就会倾巢出动，它们毫不客气地走到诗歌前台，在上面跳起舞来。

我无法解释这种现象，只好用烟火气来加以描述。在我看来，烟火气其实就是生活和热爱生活的气息。许多人应该都是热爱生活的，但许多人又被日常生活修理得没有了感觉，许多人似乎又认为日常生活没有意义，如同列斐伏尔所谓的"剩余的生活"。当大家在日常生活中失聪失明失忆或失语时，正是诗人把日常生活审美化了，而这种审美化或许就是什克洛夫斯基所说的奇特化或陌生化。诗人把我们拉到那些熟视无睹的事物面前，让我们凝神观照，世界因此在我们面前重新打开。

我想，弱水大概就是这样一种诗人，她既能沉浸在日常生活之中，倾听来自生活的妙音，又能用训练有素的诗之眼来反观生活，反思生活，赋予生活以意义。她在诗中曾把生活看作"一只虫蛀了的苹果"，"只有抵达它的深处/为甜蜜而腐烂的芬芳/忧郁的人/才是深刻地爱恋着它"（26 页）。达到这种境界是不容易的，而弱水似乎已经抵达。她用诗歌描述着那些虫眼，又用诗歌吸食着它的芬芳，她的爱恋、陶醉抑或忧郁，让她变成了一个守着残缺之美浅吟低唱的唯美主义者。

那首《数字化时代》，或许就是对这种残缺生活的书写。弱水在第一节写道："在古代，思念是一首诗/一笔一画渗入宣纸/用最好的锦做囊/在马背上驰往一颗/等待中战栗的心/现在，思念是满天飞的数字/匆匆飞离手指的温度/匆匆检验末梢神经的敏感"（148页）。这首诗的写法与翟永明的《在古代》①颇为相似，但立意却不大相同。如果说翟永明是在古今对比中写古人的潇洒与从容，弱水则同样是在古今对比中写今人的尴尬与无奈。其实，数字化时代就是把人变成数字的时代。人被数字化之后，感觉也就空心化、虚拟化和虚头巴脑化了。这是一种残缺，甚至有一种残缺之美。面对这种残缺，弱水也只能无奈叹息，大概她当时就忧郁了。

聂尔在这本诗集的序言中说："弱水诗歌有着一种忧郁的底色，这是她所有诗歌的一个统一的色调。"我想说的是，弱水打上这层底色之后，还在上面涂抹上了五色油彩，日常生活的断面因此显出了丰富的层次。由此我便想到，"诗生活"还"在时间里"的弱水是幸福的，因为她还能澄怀味象，悉心体验。而来到北京之后，估计她的感觉也会随之而变。因为北京是一座没有时间的城市，它只有空间。那么，她的下一部诗集是不是会叫作《在空间里》呢？

让我们拭目以待。

2013 年 4 月 28 日

（原载《文艺报》2013 年 10 月 28 日）

---

① 翟永明的《在古代》我非常喜欢，但我没问过弱水是否读过。兹录此诗片段："在古代，我只能这样/给你写信 并不知道/我们下一次/会在哪里见面//现在 我往你的邮箱/灌满了群星 它们都是五笔字型/它们站起来 为你奔跑/它们停泊在天上的某处/我并不关心""在古代 我们并不这样/我们只是并肩策马 走过十里地/当耳环叮当作响 你微微一笑/低头间 我们又走了几十里地"。

与词语搏斗
——读悦芳《虚掩的门》

《虚掩的门》① 是山西青年诗人悦芳的第一部诗集。读里面的诗之前，我先翻阅的是她为这本诗集写成散文的后记。她说："我曾不止一次，迷失于文字的丛林。不知是把琐屑的生活写成诗，还是把诗变成实实在在的生活。我时常发现一种紧迫感旋转在我的指尖，不停地跳跃，我知道，美在用这种方式召唤我。"——这是一个不断被诗神眷顾的人，我想。滚滚红尘中，还能与诗神为伍，至少说明她的顽强和执着，她还坚守着心中的那份诗意。再往下看，就发现了她写下的这段文字："诗，不过是每个人灵魂深处的一个固有情结，每个人身上都萦绕着一种天生的自然的诗意。只是在人生的路上，有的人放逐了诗歌，有的人却坚定地要抵达诗歌的本质。诗与我们，近在咫尺却远在天涯。它在时间之中，和我们平行，之间的距离肉眼看不见、摸不着，只能感应，语言是它的本质。通往语言之途，就是和经验搏斗之途，每个诗人都筋疲力尽。"

说得真好！而我也从中读出了弗洛伊德和海德格尔的某些意味。因为前者曾经说过一句名言："每一个人在内心都是一个诗人，直到最后一个人死去，最后一个诗人才死去。"② 后者则写过《在通向语言的途中》一书，里面探讨的是语言、经验与诗歌的关系。那个广为人知的命题"语言是存在之家"就是他在此书中思考的一个结晶。

这么说，悦芳读过海德格尔？我觉得应该读过。或者至少，她是熟悉海德格尔的许多论述的。带着这样一种"前理解"走进这本诗集，果然也就发现了海德格尔所谓的"思"与"诗"的许多痕迹。

这部诗集分为五辑，分别命名为"囚禁""对话""时光""存在"

---

① 悦芳 . 虚掩的门 . 太原：北岳文艺出版社，2016.

② 弗洛伊德 . 创作家与白日梦 // 伍蠡甫 . 现代西方文论选 . 上海：上海译文出版社，1983：139.

与"幻象",把它们串在一起看,那里面就有了一种浓浓的哲学意味。或者也可以说,她选中的每个词语似乎都是那些大思想家(比如加缪、巴赫金、伯格森、海德格尔、萨特、拉康、贡布里希等等)须穷其一生苦思冥想的重要范畴。在这些范畴之下,是诗人时而写得显豁但更多的时候却让人略感神秘的诗句。显豁者中,我首选《我哭了》:

> 八岁那年。父亲对我说/你该上学了/我从他手中接过书本、铅笔、三角板/我上学了。父亲却走了/我没有哭
>
> 二十八岁那年。母亲对我说/你该成家了/我从她手里接过尺子、剪刀、针和线/我成家了。母亲也走了/我没有哭
>
> 今天,我三十八岁了/没有人再对我说什么/家乡的紫荆芥也该成熟了吧/想着想着/我哭了

这是一首明白如话的诗。在这种朴素的表达中,我们除能读出一种无法遣怀之情外,还能读出诗人的一种创伤经历和伤痛体验。记住她的这种经历与体验,我们再去读她的一些诗时便不会感到突兀。那是作者创伤记忆的一次次发作,以及发作之后借助于诗歌的一次次治疗。例如:"春天也长不出嘴唇/雨,是清明最忧伤的语言/把耳朵贴近墓碑,期待一场/隔世的对话。飞舞的黑蝶/唤醒过往的岁月"(《隔世的对话》)。

我从悦芳的创伤记忆谈起,是想说明我对这部诗集的一个总体感受。在许多首诗中,无论她写到了什么,那种语调都是低回甚至压抑的,它们仿佛带人走向一个下行的矿井之中,眼前是越来越浓的黑暗,还有黑暗带来的各种生理反应和心理感受。于是,她的诗中常常出现孤独、忧伤、黑夜、死亡、紧张等等心绪或意象,它们相互指涉又彼此映照,让这本诗集呈现出一种特殊的现代性意味。如此想来,创伤记忆是不是它们的发动机?或者,它们是不是创伤记忆结出的一枚枚青涩或成熟的果实?

这是我所无法确定的。我能确定的是,为了这种心绪和意象,诗人似乎一直处在一种焦灼和搏斗之中——因焦灼而搏斗,或者是为搏斗而焦灼。而这种搏斗感又突出地体现在她与语言、词语、文字的较量中。

可以以她的几首诗略作说明。

有一首诗名为《词语即梦境》。诗人写道:"总想将你植入诗歌,种进梦里/又一次次把你剔除/驱逐出梦。语言与情感的角力/难分胜

负，紧张、对立/无休无止。拒绝你又亲近你/你的诱惑在我的耳畔/低语。它越过界线的黑暗/发出呼叫、呻吟、欢唱、倾诉/在无法触及的地方闪烁，无处不在/又无迹可寻。"按照我的理解，这里记录的是一次诗人与词语搏斗的过程。在她的描述中，词语就像梦境那样似有若无，朦胧美妙，她在用力地捕捉着，以便寻找到情感的对应物，却又不断扑空。最终，"在一个很稀有的时刻/有一行诗的第一个字/在它们中心，形成/词与梦坚硬的内核/脱颖而出"。这就意味着经过这番较量，语词终于浮出水面，而诗人也成了胜利者。

还有一首叫作《倾听一种声音》，我把它全部征引如下：

> 在时光黑下来的时候/低伏于虫鸣花香，倾听/一些故事情节/与某个词语相遇的声音/这是柳林的夜晚/幸福就像那些花儿/我叫不出名字，但它们一直在生长

> 明月高高在上。小路没入灌木丛/我们走着，说着/重新安排内心的秩序/语言在路上，追逐或逃逸/呼吸一阵紧似一阵。石头沉默/风，仿佛是今夜的中心/轻轻啃噬我寄居的身体/时光突然黑下来的时候/在一种声音里/我找到了落叶一般的存在

诗中呈现出一种奇特的感觉。可以想象这是诗人与友人在一次漫游之中的闲聊。诗人在倾听着故事的讲述，但是故事情节又撞击到了某个词语。在这里，诗人显然是通过特定的语词感受着那个故事的脉络或走向。而一旦语词乃至语象被唤醒，故事便有了新的理路。大概这便是"内心的秩序"需要重新安排的缘由。"语言在路上，追逐或逃逸"一句，表达得尤其奇妙。它既可以理解成讲述者的语言，更可以理解成不断被激活或唤醒的诗人的内心语言，就像鲁利亚描述的"句法关系较为松散、结构残缺但都黏附着丰富心理表现、充满生命活力的内部言语"[1] 那样。在对他者故事与自己心音的不断倾听中，"我"找到了自己的"存在"。但这种存在又很不稳定，因为它形同落叶，是一种飘零的意象。至此为止，诗人似又完成了一次通过语词捕获诗意的过程。

我还想提到一首名为《文字三部曲》的诗歌。在这首诗中，诗人先是感受着"文字的温度"，其中的诗眼在于，"生命的四季在五指并拢/手心，始终握不住/一把字词的温暖"。在这种情境中，诗人是焦

---

[1] 鲁利亚. 神经语言学的主要问题（1975）. 国外社会科学，1983（2）.

灼的。而到第二章中，诗人已可以"借文字取暖"："在最后，接近辉煌的灰烬中/我必以微弱的喘息/用文字的方式将自己/点燃成/触痛的火焰"。这似乎可以理解成一种凤凰涅槃似的放手一搏。而经过这番搏斗，文字已"变成呼吸"："多年前语言的光辉/睁着石头的眼睛/在向日葵的镜子里/伫立成喋血的夕阳/以轻描淡写的面具/深藏唯一的结局"。或许，"当文字变成呼吸"只是诗人的一种想象，但这已是一个大团圆结局了。因为文字抑或语言已在自己手中变得驯服，它不再外在于我，不再是抓不住的物件，而是与我的知、情、意融为了一体。

把悦芳的这几首诗集中呈现如上，是想说明我的一个感受：许多时候，我们都生活在一个庸常的世界，了无诗意。但是，在某个场合、某个瞬间或某种情境之下，我们又确乎感到了诗意的袭击。或许那只是惊鸿一瞥，却至关重要，因为那几乎就是我们存在的理由。然而，普通人对这种诗意的光顾是毫无办法的，他们只能任它来去匆匆，事如春梦了无痕。而诗人却必须抓住这个瞬间，把它洇染成一片初春的原野。这时候，语词便成了关键。也就是说，在日常话语之外，能否找到最适合这种诗意的语词，以及与此相伴的语象和意象、旋律和节奏，就成了诗人必然经历的重大事件。从古至今，真正的诗人都在与语词搏斗，他们上天入地，穷其所有，带着转瞬即逝的诗意杀入语词的密林里，寻寻觅觅，披荆斩棘，为的是让诗意与语词形成深刻的遇合、完美的对接，为的是把诗意固定到一个恰如其分的位置。

悦芳显然在这一诗歌写作传统之中。我甚至觉得，就连她"邂逅策兰""夜读兰波""遭遇卡夫卡"等等，都不仅是在聆听一种域外的声音，也是在寻找一种最高端的诗歌语言。要知道，策兰正是把德语经营到极致，才写出了《死亡赋格》那样的杰作，进而打破了阿多诺所谓的"奥斯威辛之后写诗是野蛮的"之禁忌。悦芳写道："你的诗句在我身体最深刻的地方/不停地发酵/你死去，我开始呼吸"（《邂逅策兰》）。我想，这里的"呼吸"也应该包括文字或语词的呼吸吧。

因为悦芳的这种执着，我也就毫无悬念地想到了海德格尔。海氏曾引用斯特凡·格奥尔格的一首题为《词语》的诗，然后对最后一行展开了强劲的解读和分析。在他看来，"词语破碎处，无物存在"（Kein ding sei wo das wort gebricht）涉及词与物的关系。所谓词语破碎，也就是词语缺失。当词语残缺时，物就处于缺席状态。"唯当表示物的词语已被发现之际，物才是一物。""唯词语才使物获得存在。"正是在这个意义上，他提出了"任何存在者的存在居住于词语之中"和"语言是存在之家"的著名命题。①

把悦芳的所作所为代入海德格尔的描述之中，似可发现一个小小的秘密：她如此执着地与语词搏斗，并非语言洁癖症或语词偏执狂，而是为了揭示或证明一种存在的可能性。从通常的意义上看，我们似乎都存在着，因为我们无疑也居住在词语之中。但问题是，我们赖以存在的日常语言其实早已被磨损和污染，就像顾城所说的那样，那是一种类似于钞票的语言，它在流通的过程中已被用得又脏又旧。借助于这种语言存在，我们实际上是存在于不在。诗人的职责就是要在这种破烂不堪的日常语料库中翻检，寻找，如同波德莱尔笔下的拾荒者。他们拯救了语词，也就拯救了经验；拯救了经验，也就拯救了存在。从这个意义上说，悦芳的语词勘探工作也就有了特殊的价值：不仅镀亮了自己的存在，而且让人明白了如何才能诗意地存在。她写诗的时间虽然不算很长，但一开始就走到了一条正路上。那是海德格尔所谓的"大道"（Ereignis），是用语词、诗句和诗行正在搭建的一个存在之家。

走笔至此，我似乎也能对聂尔为悦芳的这部诗集写下的序言做一个回应了。聂尔把他这篇序言命名为《在诗之途》，这当然是通常意义上的"在诗之途"——诗人走在诗歌写作的途中。但是，如果把这个表达移植到海德格尔的语境里，"在途中"（Unterwegs-sein）马上就有了一种形而上的意涵。因为他说过："经验某事意味着：在途中、在一条道路上去获得某事。从某事上取得一种经验意谓：这个某事——我们为了获得它而正在通向它的途中——关涉于我们本身、与我们照面、要求我们，因为它把我们转变而达乎其本身。"② 我希望悦芳结结实实走在海德格尔所描述的这种途中，因为那里有语词的诗意经验，或是有被诗意经验浸泡过的语词。

就像她在《到春天里走走》中所写的那样：

　　　　一个词的咒语。不知
　　　　最初被谁脱口而出
　　　　刚一言爱，就满树花开

---

　　①　海德格尔. 在通向语言的途中. 北京：商务印书馆，1997：132，134.
　　②　海德格尔. 在通向语言的途中. 北京：商务印书馆，1997：145.

这是一种绚丽的意象，但更是一种写诗的境界。如同苏东坡所言："好诗冲口谁能择，俗子疑人未遣闻。"

2016 年 12 月 2 日

（原载《黄河》2017 年第 2 期）

乡村情结与散文化笔法
——漫谈崔太平的小说创作

据说，早在 1979 年，崔太平就开始写小说了，但他的作品大量变成铅字却是最近几年的事情。对于他来说，这将近十年的"阵痛"一定很不轻松，也很不容易。因为他首先是一位农民，为了生计他必须像千千万万的农民一样日出而作，只是他无法享受许多农民能够享受到的日落而息的轻松；对文学的痴情使他必须抓住一切可资利用的时间去读书写作。白天，他实实在在地浸泡在生活里；晚上，他又要审视浸泡着自己的生活。这也许是一种更高级的享受，但又何尝不是一种不折不扣的炼狱？而且，也就是在这十年期间，中国的文坛热闹红火，异彩纷呈。一茬一茬的作家出名了，一批又一批的作品叫响了，这对于做着文学梦的崔太平来说，既是一种强有力的刺激和鞭策，却也很可能给他带来了淡淡的苦涩和失意。所幸的是，他沉住了气，没有放弃，于是成功向他招手了。渐渐地，他在长治乃至山西文坛还有了点名气。于是我们对这位青年作家的奋斗不得不肃然起敬，对他那些传达出某种特殊意味的作品也不能不刮目相看了。

一

一个作家在创作之初往往写的都是他所熟悉的生活，崔太平也不例外。由于长期待在农村，他在一开始建构自己的艺术世界时，眼前呈现的、脑海中浮现的恐怕也只能是他所稔熟的农村生活。于是，在他的作品中，我们听他讲述了两个半疯人的故事（《疯人恋》），关于化肥的故事（《八月的印象》），老师的故事（《老师》），村长的故事（《二叔》），一个对种菜痴迷得不愿挪窝的石祥的故事（《土地情》），一个为了脱贫致富付出惨重代价的故事（《没有哭泣》）……作为故事来说，也许它们并不怎么迷人，却又带着特有的泥土芳香，不由得使人心醉。而当崔太平的笔触离开农村生活时（比如在《啊，妹妹》《二姐》

《来凤凰山之路》等作品中），由于他仍以写惯农村题材的视角、思路去描摹城市生活，因而他所描写的题材和提炼主题的方法之间的错位就不可避免地给他带来了认识生活的表面化，与此同时，作品也露出了较明显的编的痕迹。

因此，真正能体现崔太平创作水平的还是他的农村题材小说。然而，若想靠农村题材在文坛上露出头角也并不十分容易。远的不说，仅就山西作家而言，前面有赵树理和"西李马胡孙"老一辈正宗的"山药蛋派"鸣锣开道，后面有以郑义、李锐、张石山、韩石山、曹乃谦等为代表的一批新军崛起。他们都以农村题材见长，又都有一套自己的看家本领。所以，崔太平要想在这片菜园里把自己种的那点菜摆弄得水灵、鲜活，也必须拥有自己的秘密武器。怎样才能写出自己的特色呢？如何突破又如何超越呢？我想这大概是他经常思考的两个问题。

从作品中可以看出，他所思考的第一个问题已经有了一些答案。他笔下的生活并不粗糙，而是细腻、圆润，有玲珑剔透之感；他作品中的男女主人公并无剽悍、刚烈、勇猛之气，而是多有柔弱、柔媚之态；他的语言婉约、清丽、单纯、明净，虽然揉进了许多民间谚语、俗话、顺口溜，使人觉得明显地受到了"山药蛋派"风格的熏陶，却依然带有浓浓的文人气。因此，他的小说从整体上呈现出了淳朴、秀美、婀娜的风格。

崔太平的作品总让我想起山东作家张炜早期创作的中短篇小说，那是一种依靠营造氛围取胜的小说。仔细瞧瞧崔太平精心制作的那些篇章，除了《疯人恋》采用的是通俗文学的套路，且故事具有传奇色彩之外，其他的故事大都极为平淡，缺乏故事的魅力。而作者在讲述这些故事时，似乎也缺乏使它们充分展开的耐心。所以我猜测，崔太平写小说时并没有把故事放在首位。在他的心目中，那种独特的情调和氛围，也许才是他所刻意追求的，而故事仿佛就是那种情调和氛围的一种构成元素。

当他理顺了故事、人物、情节、题材、主题与情调和氛围的关系之后，他所建构的艺术世界才呈现出了一种较为完整、充分的和谐状态。他笔下的主人公是悲剧性的，比如《二叔》中，那个可亲可爱的作为村长的二叔得知他们开办的电石厂发生了一起惊人的爆炸事故后，在烈性酒的醺醉中结束了自己的生命。他没有必要死，然而他却死了。他的死带有一丝神秘色彩，又颇有点艺术化的味道。在《没有哭泣》中，因为那个木工厂，父亲失去了一只手，三叔则失去了他的恋人兰姑。而当父亲为"我"讲古、三叔用笛声驱散寂寞时，那种奋斗之后的凄凉心境跃然纸上，不由得悲从中来。然而，崔太平笔下的悲剧并不是大哀大悲式的。他抽去了悲剧场面，淡化了悲剧色彩，压缩了悲剧内容，有时甚至只是点到为止。他的作品中的那种格调融化了悲剧，把它融化成了悲哀的秀美。

在打量周围的生活时，每个人都会戴上自己的有色眼镜。而崔太平则用自己的眼镜过滤掉了农村生活的嘈杂和喧嚣、芜杂和零乱，因此，他笔下的世界是一种净化过了的世界。也只有在这样一个世界里，才会有静谧和安详、单纯和优美，也才会有诗情画意、田园牧歌色彩。我想，如今这年月，不对农村生活采取一种苛刻、冷漠、俯视、批判、嘲讽和调侃的态度，而是能爱能恨且爱得绵长恨得很有分寸的人，一定是一个具有某种乡村情结的人。当我们的生活渐渐变得单调乏味，缺乏温情，充满枯燥时，这种乡村情结尤其显得珍贵。

二

小说是虚构的，同时又是真实的。在虚构中求真实，在真实中制造幻觉，这似乎是小说的一个境界，大概也是许多小说家的一种美学追求。

然而，读了崔太平的小说之后，你会觉得他的小说并不怎么像小说。他的小说当中倒是不缺少小说的要素，但他似乎又统统对这些要素进行了一些特殊的处理。因而，故事是松弛的，读者在故事轴上并不能获得一种期待欲，小说因此失去了必要的张力；情节是冲淡的，小说中没有大的波澜起伏，没有激烈的对垒、交锋、冲突，给人一种平静的感觉；人物是静态的，小说中更多地展示了人物的内心世界，而行动则处于次要地位。再加上他在小说中更愿意呈现状态而不注重再现过程，更讲究结构的随意性而不强求结构的严谨性，更欣赏语言的抒情表意功能而有意弱化了语言的叙事功能，所以，他的小说从整体上显示出了一种散文化的倾向。可以说，崔太平一开始走的就不是做小说的传统路子。

而且，在阅读他的小说时，我还注意到他较喜欢用第一人称写作。若仔细对比，又觉得他用第一人称的叙述方式经营的小说往往比全知全能的叙述方式写出来的小说更出色些。究其原因，我想可能是这种叙述方式更易于与他小说的那种气质合拍。而当小说中的"我"或者作为一个人物与别人发生关系，或者仅仅以"我"的视角去观照别人的生活时，虽然我们并不会老实到把"我"当成现实生活中的崔太平本人的地步，但是我们却又感到他的小说确实带有较浓的自传色彩。

所以，崔太平的小说是绝对真实的。不过，若把这种真实仅仅看作是真实地反映了生活，那么这只是对其小说的一种大众化的理解。实际上，他小说中的真实度已真实到了脱离小说真实而逼近散文真实的地步。这种真实使我们对他所描述的一切深信不疑。我们甚至自觉抵制住了小说的虚幻性，仿佛只要想到了虚构，就会觉得是对他小说的一种亵渎。究其原因，这种阅读效果大概能追根溯源到作者建构文本时对读者的潜在引导上。因为在小说中，他不仅用散文真实驱逐了小说真实，而且用散文真实粉碎了小说的虚构功能。可以想见，如果在《老师》和《二叔》中，作者没有使用那种散文化的笔法，没有创造一种回忆的气氛，且完全使"我"消失，而是把它们做得更像小说，而不是散文化的准小说，那么，它们或许也就不容易形成特色，读者看完之后或许也就不会产生那种心里为之一动的感受了。所以我以为，崔太平小说的价值和意义恰恰体现在他本人把小说当散文一样来写，读者把他的小说当散文一样来读这种写作和阅读的双重错位上。

在《没有哭泣》中，当作者写到兰姑的死时，他曾从作品中站出来，说了这样一段意味深长的话："我的笔写到这里，浑身战栗，在文学作品中，在小说里我是厌烦用死来做结局的，特别是一些一看就知是虚构出来的故事里，表现出无能的创作。我不明白我为什么要写到兰姑的死，这使我震动、惊讶，我不能玩点艺术手段把往日的岁月把往日的兰姑写得活起来吗？"（着重号为笔者所加）也许这段话是作者在作品中使用的一种写作技巧，但我更愿意把它看作作者艺术主张的不经意流露。在这里，对真实他已经不只是维护了，而简直就是膜拜。

小说散文化的意义正如佘树森在《散文创作艺术》中所言："作者不只停留于对社会生活、人物关系作客观真实的描绘，而且努力去体味与把握人生的经验和况味、生活的总体气氛和情调，从而加以凝聚、浓缩，给人以深沉的内在感受。"除此之外，由于作者总是触摸着自己真实的心迹，写作时又依凭真实性原则，所以无形中对自己将要虚构的文本进行着某种约束，从而避免了作品的生硬和矫情。记得汪曾祺不但提出了"小说散文化"的主张，而且以大量作品实践了这一主张。在老作家的笔下，小说脱去了小说的粗鄙、芜杂，小说因此变成了美文。

这样的话，崔太平虽然没有去走做小说的传统老路，却又确实找到了自己做小说的感觉，也寻摸到了一条适合自己开掘、发展的通道。古人云，文无定法；今人说，条条大路通罗马。谁又能说散文化的小说不是小说的另一境界呢？

三

当我指出崔太平以心中郁积的乡村情结和为文时的散文化笔法使自己的创作有了某种特色时，这仅仅说明了他创作的一个方面，而另一方面，他小说中所存在的较为明显的缺陷，又正好是使他作品生色的乡村情结和散文化笔法所带来的。因此，指出它们的负效应同样是至关重要的。

从整体上看，崔太平的小说像一幅淡淡的风俗画，又像一支绵绵的忧伤的歌谣，若想从他的小说中读出更多的东西似乎不大可能。这实际上是作品意境浅淡，没有从生活中提炼出深刻主题的缘故。像张炜、莫言、张石山等人的早期作品一样，崔太平的作品同样也显得单纯、精巧有余，厚实、粗粝不足，所以他犯的其实也是初写小说的人所犯的通病。

于是我又想到了他的乡村情结。乡村情结实际上是暖色调的，它能把人带入温情脉脉其乐融融的意绪里，使人不知不觉地对真与假、善与恶、美与丑等等的对应两极事物都带上一种宽泛的爱意。更为关键的是，它使人的思维、情感、想象具有了一种指向过去的路线。它不但给作者创设下了一种温馨可人的回忆情调，甚至能把正在发生的和将要发生的一切融化成美好的"过去时"。在乡村情结的烛照下，痛苦被消解了，痛苦变得轻淡缥缈，如烟如雾；愤恨被稀释了，愤恨变得摇摇晃晃，弱不禁风；悲剧被淡化了，悲剧由悲痛欲绝变成了淡淡的忧伤。由此打量生活，生活怎样都富有情调；由此体验生命，生命怎么都富有诗意。乡村情结最终给予人的是对待生活的特殊姿态和眼光。

崔太平作品中所透露出的乡村情结大概与他的生活阅历有关。一般来说，一个长期生活在某种环境中的人，极容易被这种环境同化，也极容易对这种环境产生一种依恋之情。所以，久处农村的崔太平很可能在自己的现实生活中一方面与村民们建立起了天然的情感联系，一方面又逐渐培养起了珍惜乡情的感情。由于这种感情和对待感情的态度基本上都是肯定式的，所以这就给他带来了两种可能：其一是视线的遮蔽和固定使他看不到生活的另一面，其二是即使他能发现那种生活的残酷，却又往往害怕伤害了自己心目中那份纯真神圣的乡情而不愿正视生活的另一面，仅仅把残酷解释为不尽如人意的无可奈何。因此，他选择的题材大都是温和型的，在这种题材中很难开掘出深刻的主题；或者他虽然选用貌似严峻的题材，却仅仅呈现了一种现象，最终又放弃了主题的开掘。所以，我觉得崔太平在对待农村生活题材上基本采取了一种平视的眼光和容忍加超然的态度，所缺乏的则是高屋建瓴的鸟瞰、痛定思痛的反观和愤世嫉俗的冷峻。

如果说乡村情结束缚了崔太平的手脚，那么散文化笔法又反过来强化了这种束缚。而且时间久了，这种写作法则所逐渐积累起的写起来得心应手、踏实可靠的心理定式，甚至会使作者无形之中认可这种束缚，或者是明知道自己被束缚着却不知如何解脱。散文化笔法的艺术效果之一是含蓄内在，无须说透，犹如隔雾看花，朦朦胧胧。采用这样一种写法其实是作者对自己乡村情结有意无意的巧妙装饰和维护。当他不能或不愿诅咒生活时，他便躲藏到了他所制造出来的朦胧含蓄的意境里。因此，虽然作者在使用散文化笔法时可能更多是出于想使自己的作品充分艺术化的考虑，客观上却又为自己写作上的偷懒和投机提供了一种托词。

另外，当我在前面指出他的小说过于真实时，这真实又总是使我想到老实。散文化的笔法必定是或多或少地衍生于一种散文化的心态的。这种心态使人容易积攒起情感，却不容易派生出情感；容易勾起现实性的联想却不容易激活再造性的想象。因此，这种真实只会给人以一种跟在现实之后爬行的感觉。

写小说除了需要才气之外，也还是需要具有一点灵气和鬼气的，而这种灵气和鬼气我以为主要体现在作者那种既定的虚构能力上。老老实实做人是一种美德，但老老实实写小说却不一定就能使小说越来越结实健壮。福克纳虽然说过他家乡那块邮票大小的地方恐怕他一辈子也写不完，但他同时也强调了只有"化实为虚"，才有这种可能。如果崔太平注重真实忽略虚构的创作倾向继续发展下去的话，我担心他的创作很可能会陷入某种困境，甚至会如李子干所言，"重蹈有些业余作者只凭生活'底子'拼老本，导致过早枯竭的老路"。

而且，我总觉得年轻作者初写小说时，胆子不妨大一些，路子不妨野一些。只有在充分经历了人生的过程和写作的过程之后，比如只有在老作家汪曾祺那里，小说才能达到真正意义上的返璞归真。这样的话，崔太平现在的小说是不是做得过分纤细也过于小心了呢？

由此看来，乡村情结使他过分滞着于生活，与生活粘连得太紧又使他的视野显得不够开阔。他的作品虽不是生活的如实展览，却只是对表层生活的一种提炼，所以作品也就失去了穿透生活之后的博大精深；而散文化笔法又是对他提炼表层生活的一种定格，这又影响了他的开掘。创作很类似佛家的参禅："老僧三十年前参禅时，见山是山，见水是水。乃至后来亲见知识、有个入处，见山不是山，见水不是水。而今得个体歇处，依然见山只是山，见水只是水。"这是参禅的三个境界，又何尝不是创作的三个境界呢？只是，崔太平现在还仅仅徘徊在第一个境界里。

不过，在他最近发表的那篇《没有哭泣》中，我倒是看出了某种变化。这篇小说虽然仍保留着他以前那种散淡的叙述风格，却分明折射出了一种人生的悲凉意味，作品因此而显得驳杂也显得厚实了。由此也可以看出，作者并不缺少生活，而缺少的正是对生活的重新组装和调配。我想只要他能解决好这一问题，他一定能尽快走进创作的第二、第三个境界里。

1992 年 9 月 30 日写于长治

（原载《漳河水》1993 年第 5 期）

反英雄的英雄叙事
——我读《纸炮楼》

不知道杨晋林是否读过薛荣的中篇小说《沙家浜》。反正是，我读《纸炮楼》（《黄河》2018 年第 1 期），一下子却跑到了《沙家浜》。

十五年前，《沙家浜》发表于《江南》（2003 年第 1 期）杂志，随即掀起轩然大波。因为作者重新叙述了样板戏《沙家浜》里的那个故事，把阿庆嫂、郭建光写得很不堪，于是便引发了新四军老干部和沙家浜镇的抗议。有批评文章甚至说，"它违反了当代民法'公序良俗'的原则"[①]。面对滔滔舆论，《江南》杂志不得不在当年第四期封二显著位置刊登道歉信，信中说："不应该受西方价值观念的影响，以完全错误的所谓'后现代主义'、所谓'实验文本'来取代严肃的革命文学。"因这个歉道得还算诚恳，得到了"二老"（老干部和老百姓）的谅解，这起事件才逐渐平息。

由《沙家浜》联想到《纸炮楼》，当然不是说后者存在什么政治问题（实际上，《沙家浜》是否存在政治问题也依然可以讨论），而是觉得这两篇小说的故事结局惊人地相似。在小说《沙家浜》中，原来样板戏里"去上海跑单帮"的阿庆不但出场了，而且成了其中的主要人物之一。他原本活得窝窝囊囊，但最后却有了非凡之举：炸掉了鬼子的炮楼，并为此献出了自己的生命。《纸炮楼》中的马芬婵，自从她被迫成了日本鬼子的慰安妇之后，便在屈辱中苟且偷生着。谁也没料到的是，鬼子的炮楼居然被她点着了，李化之们的迫击炮于是有了准确目标。结果，游击队端掉了炮楼，马芬婵却死得很惨。小说中写道，战斗结束后，村长牛四牵着头毛驴回村了，毛驴背上驮着个死人，"死人的两条胳膊和两条腿在毛驴的肚子两边晃荡着。胡五十六挂着扁担问牛四，这是谁呀？脑袋咋看不见了？牛四起初没有说话，过了一会儿，都快把毛驴牵进牛公街了，方说，十全家的，死得惨，

---

① 郝铁川．小说《沙家浜》不合理不合法．文汇报，2003 - 04 - 25．

头都插进腔子里了。胡五十六追着问，谁把她的头弄进腔子里了？牛四火了，大声嚷嚷道，谁能把她的头弄进去？还不是她自个儿？估计是她用煤油把炮楼点着了，爬上炮台头朝下栽下来了"。小说至此戛然而止。

我从故事的结局说起，是想说明杨晋林的用心之处。小说从牛四与李化之说起，娓娓道来，给人的感觉似乎主要是讲述他们俩的故事。当然，他们也有故事，牛四是凤台村的村长，自然也是敌伪时期的维持会长。为了把那个局面"维持"下去，他不得不周旋于村民、游击队、二狗子和日本鬼子之间。李化之原本是襄城县立三高小的教书匠，后来加入抗日游击队，成了负责一哨人马的李区长。李化之要跟鬼子对着干，牛四则得顺着鬼子来，后者就只好躲着前者走。但小说也不能只写"躲猫猫"啊，于是，马芬婵上场了。

马芬婵是凤台村的寡妇，也是牛四的相好。本来，她的相好不止牛四一人，但自从与牛四好上之后，牛四在村里的霸气就逼退了其他的相好。但是，当二狗子乔乔把川本小队长交代的任务（安排一个花姑娘去炮楼上陪小鬼子睡觉）交代给牛四之后，麻烦来了。牛四不想昧着良心做这种事，便只好去找马芬婵商量，想让她去当这个差，结果被骂得狗血喷头。但牛四这边又交不了乔乔的差，便只好供出马芬婵，让乔乔把马芬婵强行抓走了。

从炮楼里回来的马芬婵恼羞成怒，于是她有了惊人之举：自己在牛四的院门外屙一泡稀屎，然后手抓一把，黏黏糊糊地抹在牛四的门扇上，叫骂而去。这是村妇之勇，也是乡下人表达愤怒、羞辱他人的一种方式。从此之后，马芬婵去炮楼为鬼子服务不哭不闹了，"据胡五十六讲，马芬婵每次进据点，都把自己打扮得油光水滑，要模有样的。时间一长，就不需要乔乔来村里带马芬婵了，一般的，都是马芬婵自己主动过去。牛四有次听乔乔说，马芬婵伺候日本人一晚，能净落一块现洋，有时不是现洋，是花花绿绿的准备票"。这个变化让村里人都看不大懂，他们大概以为马芬婵是见钱眼开，直到她点着了鬼子的炮楼。

我把马芬婵的故事简要复述如上，是因为其中隐含着可供进行精神分析的诸多信息。毫无疑问，马芬婵是一个被污辱和被损害的人，而仔细琢磨，她的心理创伤至少有三：其一是被自己的情夫牛四出卖；其二是不得不为鬼子提供性服务；其三是没办法不承受村里人的白眼和误解。而与后两种创伤相比，前者给她带来的心理刺激应该更大。而她之所以会被牛四交出，或者是牛四被人相劝并最终琢磨到她的头上，主要又是因为其身份——她是寡妇，把她送给鬼子要比送别人家的黄花闺女成本更低，挨骂更少。作者没有为我们交代马芬婵的心理活动，我们也无从知晓既羞且怒的马芬婵究竟想到了什么，这也为她最后的举动留下了许多难解之谜。

这样，我们就可以对马芬婵的"英雄壮举"稍作分析。如前所述，炮楼确实是被马芬婵点着的，而她如此行事时，并非不知道这样做的后果——或者被鬼子发现当场打死，或者无法逃离火场而被活活烧死。当然，这两种情况都没有发生，我们看到的结局是她跳楼而死。但为什么她要跳楼呢？是准备行动时就已做出的选择，还是点着炮楼之后自己慌不择路？无论是哪种情况，她的点炮楼之举都应该与必死之心联系在一起。也就是说，当她决定点炮楼时，也就基本上没给自己留下多少活路。但话说回来，为什么她要点炮楼呢？从最表层的原因看，这似乎很容易解释：因为她痛恨日本鬼子，是鬼子蹂躏着她，所以她要报复。而当她偶然看见李化之的游击队已埋伏在炮楼附近时，正好给她的报复提供了一个契机。但是，如果再往深层分析，原因或许就没这么简单了。她的恨意当然与日本鬼子有关，但在我看来，更重要的是其中还夹杂着她对牛四与村民们的刻骨之恨，因为正是他们抛弃了她，把她推向了万劫不复的深渊。于是，在表面的义举之下，携带的或许是她更为私人化的爱恨情仇，以及绝望。她想以这种方式一死了之，既完成她对日本鬼子的报复，也向抛弃她的情人和村民射出一颗仇恨之弹。

如果我的分析有些道理，那么问题就变得复杂起来了。在相当长的时间里，抗日战争题材的处理往往都笼罩在某种光环之下。这种光环因为加入了国仇家恨而具有宏大叙事的种种特征。比如，小说中的主人公往往是一个境界不俗的正面人物，假如他（她）最终会成为英雄人物，一定是其身心世界早已藏着英雄的基因或潜质。"高大全"的郭建光、"红光亮"的阿庆嫂就不必说了，即便像余占鳌（《红高粱》中主人公）那样的"土匪种"，莫言也是按照一张特殊的英雄图谱为其塑形的。然而到了《沙家浜》和《纸炮楼》这里，承担英雄使命的功能性人物则成了那些不起眼的小人物，而他们的英雄之举往往又都牵涉着更为复杂的心理动因。阿庆起初怀疑自己被戴了绿帽子，随后又中了日本鬼子的毒子弹，活着既然已无多大意义，不如死了干脆。马芬婵被自己的心上人拱手交出，如此奇耻大辱，活着已然如行尸走肉，死掉对她来说既是一种解脱，也是一种洗刷。或许正是在这种心理的驱使下，他们才选择了自己的英雄末路。

在我看来，这其实是一种反英雄的英雄叙事。也就是说，在《纸炮楼》中，承担英雄叙事的主角已不再是堂堂正正的李区长李化之了，而是一个已被污名化了的农村寡妇。寡妇门前是非多，而作者又把那些小是小非融入大是大非之中，或者是让这两者彼此观照，比肩而行。这样一来，他就打破了原来的那种叙事格局，把战争的残酷性、人性的灰暗性、小人物心理的复杂性融汇在一起，做成了耐人寻味的叙事单元。这种微小叙事肯定不如那种宏大叙事看得过瘾，但那里面又有一种残酷得让人不忍面对的真实。正是这种赤裸裸的真实，才把这篇小说撑得丰满起来了。

《纸炮楼》的语言也值得一提，它流畅、生动，有丰富的生活气息，同时又在冷静的描摹中不时加进一点幽默的佐料。例如："牛四顾不上照顾狗的心情，他忙着剔除狗心狗肺狗肚肠，用菜刀把狗身子剁成块状，扑通扑通丢入架在墙角的铁锅中，搁上葱段蒜片姜片花椒大料茴香八角咸盐，用筷子一搅和，接着让老憨慢慢喂柴禾，长时间温火慢炖，肉香就慵懒地顺着村公所的烟囱，严肃紧张地飘向空中，风台所有人家的狗鼻子，会于一刹那间敏锐地捕捉到这一股微妙气息，忽然变得冷静了，深沉了，不再容易冲动，有了大局观，有了兔死狐悲的伤感。"这里的描写既生活化、具象化，又风趣调侃，让人过目不忘。尤其是"严肃紧张地飘向空中"一句，搭配得很妙。"严肃紧张"其实很抽象，但这么一用，却恰恰让升起的炊烟具象化了。像这种语言，仔细琢磨，就挺有味道。

2018 年 1 月 2 日

（原载《黄河》2018 年第 5 期）

摄影师的"暗室"与"景深"
——李前进摄影作品阅读札记

一

最近几年回晋城见聂尔，我总能同时见到李前进。这时候，李前进已不是摄影师，而是当着聂尔的专职司机。李前进的丰田 FJ 酷路泽越野车太高太大，赵家圪洞那个阁楼下的通道又太矮太窄，他们便只好把车停在阁楼外面，然后，摄影师与作家就款款走进我家老院的老房子里了。

但这一次他们没去我的老家水北村，而是跟踪追击，追到了阳城。当我告诉聂尔我这次回家过年为何三天两后晌，如何雨过地皮湿之后，他立刻有了主意：你不是要跟媳妇一起回娘家吗？那里我也正好认识了个新朋友，傍晚我们就在那里见面。

于是大年初二，李前进又一次给聂尔当司机，带着他长途旅行。刚在我岳母家坐定，李前进就发现了拍摄目标。那个桌子上的玻璃相框摆放多年，我已感觉全无，他却说好，又立刻用手机拍摄，注明地点，发了个"朋友圈"。相框里自然都是照片，它们以蒙太奇效果组合成罗兰·巴尔特所谓的"客体"——"变成客体是个痛苦的过程，就像做了个外科手术"[1]——摄影师再次拍摄，显然是对它们的二度客体化。为什么让它们又痛苦一回呢？

很快，我们转移到一家饭店，由既是老总又是资深文青的王继红先生做东，吃饭喝酒侃大山。

李前进没喝，他要给聂尔保驾护航。王总反复说车可以住下，人他负责送回，但李司机依然不为所动。

不喝酒的李前进就有点蔫儿，他只是听我们放肆说笑，自己却基

---

[1] 巴尔特. 明室：摄影札记. 北京：中国人民大学出版社，2011：5.

本上一夜无话。

聂尔给司机打着圆场：前进是今天状态不好，你没听他嗓子都哑了？要不然，人家的嘴可是闲不住。

我马上"跟帖"：就是啊，基度山伯爵今天怎么不讲故事了？

这句话顺嘴滑出，我立刻意识到一个重要的 moment（时刻）不期而至。李前进——李大侠（坊间对他的爱称）——爱德蒙·邓蒂斯！哈哈哈哈。"虚"了好几年，今天怎么一下子"实焦"了？是美酒加咖啡，一杯再一杯，还是我遭到了柏拉图的暗算？——神灵凭附，人就张狂；五迷三道，灵感放炮。"迷狂说"我当年背得滚瓜烂熟，但灵感却总是沉睡不醒，没想到它这会儿突然发作了。

话题很快转移，我却依然沉浸在兴奋之中，眼前浮现出另一组画面：

> 阿尔焦姆上前一步，一只有力的手沉重地放到那堂倌的肩膀上，眼睛瞪着他，说：
>
> "你为什么打我的弟弟保尔？"
>
> 普罗霍尔想把肩头挣开，可是阿尔焦姆狠狠地一拳已经把他打倒了；他想爬起来，但是第二拳比第一拳更有力，把他钉在地上，叫他怎么也爬不起来。
>
> 洗家什的女人们都吓呆了，躲到一边。
>
> 阿尔焦姆转身走出去了。
>
> 被打得满脸流血的普罗霍尔在地上滚着。[1]

这就是李前进式复仇故事的核心影像。或者也可以说，在他的讲述中，他的动作，他的拳头，已与阿尔焦姆无限吻合。而保尔的哥哥，简直就是我们少年时代的正义之神。当他把普罗霍尔揍得屁滚尿流时，我相信，不仅仅是我，还有整个无产阶级革命事业的接班人，都 high（爽）得一塌糊涂，都找到了现在的年轻人读网络小说时的那个"爽点"。

可是，为什么李前进要复仇呢？孩子没娘，说来话长。我还是引几句他本人的说法吧："我是 1966 年上学，1976 年初中毕业后到我父亲的单位做带粮学艺的汽车修理工。不知谁当时写了一条反动标语，我作为替罪羊被抓起来审查、批斗、游街，在看守所关押了两年多时

---

[1] 奥斯特洛夫斯基. 钢铁是怎样炼成的. 北京：人民文学出版社，1980：20.

间，并在批斗中把胳膊捆绑骨折。我被陷害入狱时刚 16 岁。我 18 岁以后一个人上北京到太原，踏上了漫漫的上访之路。后来，平反了，认定反标不是我写的。"① 他在这篇访谈中没有讲出来的故事是，许多年之后，他像邓蒂斯一样，把当年陷害他、虐待他的大神小鬼一个个捉拿归案，又像阿尔焦姆一样挥起老拳，打得他们满地找牙。当他进入"口述历史"的状态时，他就像一位说书的演员，滔滔不绝，抑扬顿挫。说着说着又挽袖撸胳膊，站起来比划，转着圈模仿，手之舞之、足之蹈之，表情丰富，动作到位，装修过的晋城话飞沙走石，呼啸而出，伴随着呵斥、诅咒、求爷爷告奶奶的哀号。那时候，我、聂尔和在座的朋友就进入了他的节奏，并且前呼后应"带节奏"了："你们说我该不该收拾这个老家伙？""该呀——！""我把他拾掇得怎么样？""好哇——！""晋城的姑娘们漂亮吗？""漂亮——！"

怎么拐到何勇那里了？跑偏了吧？

有点穿越，不好意思。

这个故事已被"表演艺术家"李大侠同志讲过多次。每讲一次，他就攥紧习过武的大拳头让我们欣赏一次。每讲一次，他就不但让我们"众乐乐"一次，还要独自"爽歪歪"一次。——"爽歪歪"是他的高频率用词，一般情况下，每过十分八分钟，他就要既"爽"且"歪歪"。

奇怪的是，当李前进重新进入那个复仇故事的讲述中时，我与聂尔依然觉得新鲜刺激，依然充满"期待视野"，如听仙乐耳暂明。我脑筋不好，心机弱爆，所以就春风不入驴耳，需要经常复习，但聂尔听得多，段位高，为什么他也复习得津津有味？这是我们当年住"复习班"留下的后遗症，还是故事里藏着只有普洛普才能讲清楚说明白的"形态学"原理？

但这一次，李前进嗓子哑了，一夜无话。

当他沉默的时候，我却想起一道作文题：《李前进的"暗室"》。罗兰·巴尔特说：不应该把那个产生奇迹的地方叫作"暗房"，那是"明室"。② 但在我看来，李前进的心灵深处或许早已有间"暗室"。倘非如此，为什么他总让他那段经历"显影"且"定影"？舞象之年就迎来牢狱之灾，这该是怎样的奇耻大辱和大悲大痛？这样的人生"底

---

① 杨东杰.李前进：我的血脉在民间.山西日报，2013－11－13.

② 巴尔特.明室：摄影札记.北京：中国人民大学出版社，2011：142.

片"究竟会涂抹上怎样的颜色？

我完全没有能力回答这些问题，原因很简单，我没住过看守所。在李前进那个年龄段，我与聂尔是在晋城一中的复习班度过的。那是"暗房"般的明媚，明晃晃的"暗房"。那时候，我们的生活充满阳光……

二

我与前进相识于 2012 年 8 月 24 日。那一年的初秋，我被聂尔鼓捣回晋城，在赵树理文学馆做了一次讲座。讲座结束后，聂尔把李前进喊来了，后者带着他的两本摄影作品送我，那上面签着准确的日期。

两部作品是《我的太行》（中国摄影出版社 2000 年版）和《桑拿浴》（中国图书出版社 2012 年版），它们一前一后，相隔整整十二个年头，似乎也代表着李前进摄影艺术中的两种追求。

所以，我要从《我的太行》说起。

这组作品应该是他早年摄影活动的结晶。1994 年，李前进独自一人完成了"太行万里行"的采访活动，足迹遍及太行山的沟沟壑壑，山旮旯里的普通人家。于是壮阔的山中风景，寂寥的大地秋歌，没牙老太太的殷殷企盼，三五岁孩童的灿烂笑容，还有桑塔格所谓的"忧伤的物件"，便被他的镜头一一捕捉。

英国早期摄影师塔尔博特（William H. Fox Talbot, 1800—1887）说过，相机特别擅长记录"时间的创伤"。桑塔格解释说："塔尔博特说的是建筑物和纪念碑的风化。"[①] 那应该就是"忧伤的物件"之一。我注意到，李前进的这本摄影作品集中确有"忧伤的物件"存在。例如，《寒窗》中，占满五分之四画面的是整个房屋的土黄色墙面，墙面由土坯垒砌而成。然而，经年累月的风雨剥蚀之后，墙面已斑驳、脆弱、坑坑洼洼，布满了时间的创伤，看得让人心碎。然而，这种忧伤又是短暂的，因为墙面上还开着一个农村人所谓的"山窗"，一位穿着红色运动衣的山村少女正手捧一本书，在那里静静阅读。

这应该就是李前进式的创意——当那个物件忧伤起来的时候，他又总是有办法让它戛然而止。或者是，《悲伤的西班牙》刚刚响起，

---

① 桑塔格. 论摄影. 上海：上海译文出版社，2007：71.

那里面便融入了《欢乐颂》的乐音。于是，物件中的那一抹桃红或鲜红，也就成了忧伤的休止符。

《红衣少女》也是如此，我甚至从《雕塑》中也看到了这种创意。在这张特意处理成黑白颜色的照片中，十个工人模样的山汉前后两排，他们的前面是铁锹之类的劳动工具，脚下是灰渣满地的劳动现场。那种简陋中的寒碜，"黑白"成真正"底层"的颜色，本来是另一种忧伤的序曲，但是，所有的人都灿烂地、开心地、咧着嘴笑着，露出了他们的"一嘴泥土"和"满口坏牙"。被威廉·克莱因（William Klein，1928— ）定格的小男孩也是"一口坏牙"，它"刺"到了罗兰·巴尔特①，但这群山汉的满口坏牙能成为巴尔特所谓的"刺点"吗？我看不像。仿佛是为了佐证他们笑逐颜开的程度，坏牙们恰如其分地组合在画面之中，并被大光圈虚化的忧伤物件所衬托，奏响了欢快的乐章，却绝无勋伯格所谓的"不谐和音"。若非如此，为什么我耳边没有响起《华沙幸存者》的乐音却飘来了《北京的喜讯到边寨》的旋律呢？

要我说，这就是李前进早期摄影的风格。它们偶尔会有一串忧伤的音符滑过，但底色却是明亮的（如《采春》）、欢快的（如《三个女人一台戏》）、戏谑的（如《小道消息》）、热气腾腾的（如《喜事》《新闻发布点》）、充满童趣的（如《挤老堆》）、痛快淋漓的（如《甜》）、田园牧歌的（如《归》），而微笑、欢笑、开怀大笑，通常是人物肖像的脸部表情。那里面可能有那么一点"喜剧的忧伤"，却绝没有"悲剧的诞生"或"谎言的衰朽"，也几乎没有冷峻与残酷的现实状况。即便是学龄儿童在破烂的校园里举拳头唱歌（如《国旗升起的地方》），在场院的石碾轳辘前写作业听课（如《希望》），李前进都把它们处理得暖意融融。

用罗兰·巴尔特的话说，那里面"意趣"（Studium）不少，但是不是几乎没有"刺点"（Punctum）？②

为什么李前进能够把九十年代的"无能的力量"调理成八十年代的"在希望的田野上"呢？聂尔是这样解释的：

> 因为照相机总是朝向着美，也就是善，这样照相机就引领着我们的摄影师坚决地掉过头来，偏离开那些曾经造成他的厄运的

---

① 巴尔特. 明室：摄影札记. 北京：中国人民大学出版社，2011：59-61.
② 巴尔特. 明室：摄影札记. 北京：中国人民大学出版社，2011：34.

东西。但他永远不会丧失对那些东西的认识能力，任何时候提起来都会唤起他的切肤之痛。他深知贫穷、苦难和牢狱是如何把一个人压垮和摧毁的。因此，他总是希望能够拍摄到那些人的笑容，并想把那笑容传递给另外一些身处同样处境的人。他所经历过的苦难增强了他的同情能力。他举起相机，是为了赢得反抗者的权力。①

聂尔对李前进知根知底，他的这番说法肯定是有道理的。甚至我从这番解释中还看到了李前进的某种人生哲学：向美而生，向善而行，假恶丑虽然就在视线之内，却要坚决把它们挡在镜头之外。在这个意义上，李前进变成了一个温情脉脉的古典主义者，甚至变成了奥斯特洛夫斯基式的社会主义现实主义者。他当然不是摄影上的先锋派，更不可能是塞拉诺（Andres Serrano，1950— ）打造《尿中的基督》或孔斯（Jeff Koons，1955— ）拍摄《伊洛娜屁股高高在上》式的后现代主义摄影家。②

但我也另有想法。李前进说，拍摄这组照片时，他是"离开城市的喧嚣、虚伪、车流和人声，以近一年时间努力走进山里，走进那些生活在山里的人们，……走进那些实际上我从不陌生却仍然使我激动的地方。……我住在那里，吃农家的饭，睡农家的炕。但我总得举起相机，总得躲到镜头的后面，我终究还是一个观察者，一个从城市里来的外来者。"③ 观察者是李前进对自己的定位，这也就是说，他以"作者闯入"（Author's Intrusion）的方式走进了山里人的生活，也用城里人的目光打量着他们的山中岁月。于是，日常生活便不再是列斐伏尔所谓的"剩余之物"，而是显得充实而饱满，贫寒却妥帖。正是这种久违的生活对李前进构成了一种真正的吸引，甚至唤醒了他遥远的记忆。在这个意义上，他或许已走进了桑塔格的埋伏之中——"世界"已不需要像马克思所说的那样去"解释"，更不需要"改变"，摄影家只要"搜集世界"便足够了。④ 可以说，那个时期的李前进正是这样一个真善美的搜集者。

---

① 聂尔. 李前进和他的底层摄影.（2008-11-17）. http://blog.sina.com.cn/s/blog_537936050100ayfg.html.

② 顾铮. 国外后现代摄影. 南京：江苏美术出版社，2000：92-93，64.

③ 李前进. 我的太行. 北京：中国摄影出版社，2000：46.

④ 桑塔格. 论摄影. 上海：上海译文出版社，2007：83.

同时我也意识到，其实李前进是最适合做一个批判者的，因为他心有暗室。但为什么他没有批而判之呢？是不是他心底的爱恨情仇还在潜伏？或者是不是他还在"批判昏睡"（critical lethargy）中梦里看花，水中赏月？当然，没像马克思说的那样"晚饭后从事批判"也未尝不可，因为他的作品如同《德国民间故事书》中的插图，其作用已接近了恩格斯的相关论述："民间故事书的使命是使农民在繁重的劳动之余，傍晚疲惫地回到家里时消遣解闷，振奋精神，得到慰藉，使他忘却劳累，把他那块贫瘠的田地变成芳香馥郁的花园；它的使命是把工匠的作坊和可怜的徒工的简陋阁楼变幻成诗的世界和金碧辉煌的宫殿，把他那身体粗壮的情人变成体态优美的公主。但是民间故事书还有一个使命，这就是同圣经一样使农民有明确的道德感，使他意识到自己的力量、自己的权利和自己的自由，激发他的勇气并唤起他对祖国的热爱。"①

李前进的作品有这种功能？我觉得有。不是这种功能又能是哪种功能呢？

三

在《我的太行》与《桑拿浴》之间，李前进还有多种作品。使他声名鹊起的作品可能是《挂壁公路》。

山西陵川有一个叫锡崖沟的地方，那里崇山峻岭，几乎与世隔绝。为了走出去，山里的人们以最原始的筑路方法，用最古老的筑路工具，耗时三十年，终于在悬崖峭壁上凿通了一条十多公里的公路。

我在网上看过李前进的这组作品，它们显然已是对开凿过程的后期记录，却依然在乱石穿空中潜伏着凶险，具有极强的视觉震撼力。而这条公路能够进入他的"景深"范围，应该是与他深刻遇合的结果。他说过："在没有去北京电影学院进修之前，我就拍摄了《挂壁公路》，这是我从事摄影以来，投入精力最大的专题，耗去了我一年多的时间，我每天钻在隧道进行拍摄，不知怎的，我一拍片整个思想全部就进去了，不想出来。我觉得这路的身世和我的人生有种不谋而

---

① 马克思恩格斯论艺术（四）. 北京：人民文学出版社，1966：401.

合的预约。我就是从这样奇崛的道路中走过来的一个人。"① 这就意味着，李前进的拍摄对象虽是那条挂壁公路，但实际上他也是在拍自己的人生之旅。奋斗了半辈子之后，我们的摄影师终于在锡崖沟找到了他的"客观对应物"（Objective Correlative）。

但在我看来，这组作品依然处在《我的太行》的"摄影语法"之中，并无太大突破。为什么我敢口出狂言？因为直觉告诉我，如果说《我的太行》追求优美，有点婉约，那么《挂壁公路》则是不折不扣的壮美，是抒豪情，立壮志，是对战天斗地的讴歌与礼赞。它们尽管风格迥异，却又共用着同一种摄影叙事伦理，共享着同一套摄影话语系统。它们的变化不过是从"采采流水，蓬蓬远春"过渡到了"荒荒油云，寥寥长风"。

真正让李前进画风一变的是《桑拿浴》。

这组作品瞄准多家"高端大气上档次"的消费场所，是对它们的全景记录和持续"跟拍"：中西合璧的门楼，金碧辉煌的大厅，身着旗袍的礼仪小姐，"三绝套餐"198 元、"金装养生"880 元之类的价目表，"松骨踩背、修脚捏脚"或"风情按摩"的赠送项目，高级按摩床，单独的浴筒设备，"温泉水滑洗凝脂"般的洗浴池，水疗馆、干蒸房、表演区、餐饮区，包装成微型蒙古包的木炭房，镶嵌在淋浴隔断上袒胸露乳的女郎或悬挂在单人浴缸上面的人体摄影照片，玛丽莲·梦露风掀短裙的瞬间影像，按摩性爱架，洁阴护理液，震动安全套，进口女神水和艾力可速效专用胶囊……

还有屁股，尽管它不是伊洛娜的屁股。

不需要我多作解释，这种消费场所的功能与性质已昭然若揭。《我的太行》我说"意趣"多"刺点"少，《桑拿浴》却正好反过来了：哪里都是细节，到处都有刺点。当然，这种刺点或许已偏离了罗兰·巴尔特的描述，变成了"刺激"人想象的透视散点。

我要选择其中的一幅作品略作分析。

在第 59 页的静物照里，地上仅有两支窄条状的板床，床上铺浴巾，墙角放着废物箱。这些当然都不足为奇，让人惊悚的是迎面墙上镶嵌着一张张筱雨的巨幅半身裸照，顶天立地。张筱雨何许人也？我上网补课，才搞清楚她"一叉"成名，是 2007 年的中国脱星。有评论指出："张筱雨的叉开腿，不是普普通通的一叉，而是一个历史性

---

① 杨东杰. 李前进：我的血脉在民间. 山西日报，2013-11-13.

的跨越，是思想观念的一次除旧布新。张筱雨的人体写真是中国人体艺术的突破，更是中国妇女解放的里程碑。"① 既然意义如此隆重，这家场所的"追星"之举也就有了充分理由。这时候，昆德拉所谓的"意象设计师"出场了。他让这位"妇女"上下半身同时"解放"的引领者斜坐在一张宽大的沙发里，又让她眉目传情，秋波流慧，一手垂于肥臀边缘，一手搭在红唇之下。丰乳当然外露，但一只斜向阴影，"存在"成"虚无"，另一只则玉峰挺立，昂然逼视于正前方。这时候，乳头已是枪口，显然已发射着爱欲之弹。上有含羞之美目，下有怒射之杏眼，它们嘈嘈切切错杂弹，基本上就把前来观光的"采春者"搞得"默默无语两眼泪"了。

罗兰·巴尔特说："淫秽照片通常都拍性器，把性器搞成一个静止不动的东西（原始社会拜物教的物神），像对一个待在神龛里不出来的神祇一样顶礼膜拜。在我眼里，淫秽照片里没有刺点，这种照片充其量也只能博我一笑。爱欲照片则相反，不把性器搞成主要东西……爱欲照片完全可以不拍性器，它把看照片的人引到镜框外面去。"② 由于张筱雨是因其拍摄人体摄影写真走红网络的，由于她的写真集之一便命名为《花浴》，所以，我们可以把她的这张玉照看作"爱欲照片"。这样的照片本身已有刺点，而更关键的是，李前进的"二次革命"又让它多了一个刺点——存在于墙上春光与床上风光的空位与幻想之间，相当于来自拉康又被齐泽克解读过的"原质"（the Thing）。也就是说，张筱雨照片的真正的功能不仅要把人引到镜框之外，更重要的是要引到靠近她旁边的那张床上，让人意识到他那具"沉重的肉身"或许就是填充那一"空位"的"崇高客体"（Sublime Object）。唯其如此，"从头看到脚，风流往下跑"式的诱惑与意淫、缺位与幻象等等，才能打造成一对对完美的组合。

这当然不足为奇，因为波德里亚早就说过："性欲是消费社会的'头等大事'，它从多个方面不可思议地决定着大众传播的整个意义领域。一切给人看和给人听的东西，都公然地被谱上了性的颤音。一切给人消费的东西都染上了性暴露癖。"③ 既然这就是消费社会的常态，让性的颤音弥漫于"桑拿浴"这个本来就很色情的空间结构，就更不

---

① 吴乐杨.张筱雨"出位"写真的社会文化学意义.http：//focus.cnhubei.com/original/200904/t632084.shtml.

② 巴尔特.明室：摄影札记.北京：中国人民大学出版社，2011：77.

③ 波德里亚.消费社会.南京：南京大学出版社，2000：159.

值得奇怪了。我奇怪的是，李前进何以在他的个人摄影史上完成了这样一次重要转型抑或飞跃？是著名摄影家兼策展人鲍昆所说的受到了"新客观主义"（New Objectivity）"无表情外观摄影"（Deadpan Photography）的影响呢①，还是因为十年前的三晋大地本来就像一夜暴富的土豪，那里"洗浴中心"林立，非贵即富者长驱直入，以致刺激了摄影师的神经？抑或是他所谓的"由于年龄增大，我进入了一个冷峻思考的状态"？②

也许这些已不再重要，重要的是，他由"世界"的"搜集者"变成了"世界"的"揭秘者"，其揭秘的影像文本又隐含着犀利的批判锋芒。这个时候，他就像本雅明笔下的"闲逛者"一样，仿佛是漫不经心地逛进了这些消费场所，当他发现了拍摄目标后，他理所当然地"爽歪歪"了。于是，他像"地下工作者"一样打入"敌人"内部，像密探一样潜伏下来，又像安东尼奥尼影片中的摄影师托马斯那样，为了找到犯罪证据，一次次地把那些商品的细节"放大"（Blow-Up），并让丰富而密集的细节说话。结果，在本雅明的思维框架中，他的这些举动就具有了盘根错节的三重意义。

其一，本雅明说："阿特热寻找那些被遗忘、被忽略、被湮没的景物，因此他的影像正与那些城市之名所挑起的异国浪漫虚浮联想完全背道而驰；这些影像把现实中的'灵光'汲干，好像把积水汲出半沉的船一样。"③阿特热（Eugène Atget，1857—1927）是本雅明既非常欣赏又重点关注过的一位伟大的摄影家，因为阿特热，他的"灵光"（Aura）之论有了初次显影的机会。当李前进寻找着那些被人忽略、被高歌猛进的宏大叙事湮没的场景时，他就像阿特热一样，显然是在祛城市外部"灵光"之魅。其二，当李前进聚焦于消费空间的内部景观时，他又用他的摄影装备强化了物品的"商品拜物教"效果。也就是说，在那种特殊的空间结构中，在他的镜头语言言说下，即便是一根普通的火腿肠、一碗康师傅红烧牛肉面，也全部熠熠生辉。这就是所罗门所谓的"商品拜物教"的"光晕"。④它的深意在于，虽然

---

① 鲍昆.对"情色"的影像追问——看李前进的影像文本《桑拿浴》//李前进.桑拿浴.北京：中国图书出版社，2012：7.

② 杨东杰.李前进：我的血脉在民间.山西日报，2013-11-13.

③ 本雅明.迎向灵光消逝的年代：本雅明论艺术.桂林：广西师范大学出版社，2004：32.

④ 所罗门.马克思主义与艺术.北京：文化艺术出版社，1989：582.

商品通过"灵光""返魅"成功，但是，因为资本已"从内部开始腐烂，因此它越发要盛装打扮"。于是，尽管装潢考究，扮相时尚，但光鲜亮丽之下，笑意盈盈之中，却到处"散发着荒凉的气息"①。其三，更重要的是，通过及时记录与精准拍摄，李前进为我们保留下了犯罪现场，因为本雅明说过：

> 有人说阿特热像拍摄犯罪现场那样拍摄（空寂的巴黎街头），这话很公允。犯罪现场也是空寂的；拍摄犯罪现场的目的是确立证据。在阿特热手上，照片成为历史事件的标准证据，并隐含政治意义。②

确实如此！在李前进的镜头里，《桑拿浴》中的现场也是空寂的。它们主要是物证，但你不能说那里没有犯罪，也不能说那里没有潜伏时代的凶手。而如此一来，李前进就由"揭秘者"变成了穷奢极欲消费史与繁荣"娼"盛风化史的"见证者"。

当我意识到李前进"前进"到这一境界时，我忽然如释重负，觉得悬着的那颗心可以放回肚子里了。

四

但李前进并不满足。

自从拍摄《桑拿浴》找到另一种感觉之后，他似乎就进入"亢奋"之中，处在了"爆发"状态——马不停蹄地构思，精益求精地拍摄，接二连三地参展。与此同时，他的摄影专题也喷涌而出：《二十八星宿与二十八种行业》《十六罗汉与十六企业家》《房景》《信仰》《民间那些事》《中国当代乡绅》《广告系统》《守望者》……聂尔说："李前进按下快门的速度是非常快的，他一直在像使用一把冲锋枪一样地使用他的各种各样的照相机，他快速扣动扳机击中拍摄对象时的那种快感，如一个孩童发现新鲜事物时那般迅猛而单纯。"③ 说得太好了！在我为数不多的十次八次接触中，我已能感受到李前进的眼力魄力爆发力，那是专业摄影师才会有的素质与信念、速度与激情。

---

① 默克罗比. 后现代主义与大众文化. 北京：中央编译出版社，2001：145.
② 桑塔格. 论摄影. 上海：上海译文出版社，2007：183.
③ 聂尔. 为什么要有桑拿浴？//李前进. 桑拿浴. 北京：中国图书出版社，2012：42.

与他相比，我就感到惭愧。记得他说过，他是 1987 年四处借钱 1700 元，去太原买回一台潘太克斯 k1000 的照相机，从此开始他的摄影生涯的。我玩相机比他还要早四五年。想当年，我也是从 135、120、海鸥、东风、雅西卡一路走来，然后走进尼康、佳能、傻瓜机、套头、狗头、金牛头的新时代的。但李前进舍得下本，我却常常借鸡下蛋，他是越耍越大，我却越玩越抽抽。他现在外出拍片，大越野加上 Wista SP45 大画幅胶片机，已经武装到牙齿；我已背不动单反牛头，只好换成 SONY DSC-RX1RM2 全画幅卡片机，成为极简主义者。胶片机个儿大且沉，是个好东西，他却自称"小情人"，低调得紧；卡片机小巧玲珑，摁快门已无快感，我却说那是"黑老大"，见人就显摆。技术上，我更是没法跟他比。他从零起步，日新月异，如今已上"三十九级台阶"，堪称"高天上流云"。我当年也曾抓拍于街头，夜战于暗室，却终于安于现状，不思进取，用晋城的顺口溜说，如今依然是"晋杂五号儿，擀成圪条儿；煮到锅里，断成圪节儿"。大年初三，我用"黑卡"给王总拍一张肖像，问李大侠成色如何，他语极温柔，夸得吝啬：马马虎虎吧。我借坡下驴，指鹿为马，说：这个评价不低嘛！他宜将剩勇追穷寇：表情还行，但背景有点乱，没有眼神光。想到我那些摄影老师有的早退休，有的已改行，我就觉得应该跟着李前进，带粮学艺了。

但李前进技术这么好，我怎么不记得他给聂尔拍过多好的肖像照？因为摄影家纳达尔（Nadar，本名 Gaspard-Félix Tournachon，1820—1910）说过："我最好的肖像照，拍的都是我认识最深的人。"[1] 布鲁纳更说过："在'二战'之后的几十年里，主流图片新闻通过定期聚焦于作家们的肖像、内景，有时甚至是其爱好或度假习惯，极大地促成了他们的偶像化。"[2] 据我初步观察，李前进对于聂老师，基本上已做到早请示晚汇报，三忠于四无限，为什么他不把守在他身边的这枚作家好好打造一番呢？他是不是尽惦记他的"车辙"了？

李前进参加"平遥国际摄影展"的最新作品名为《车辙》。这一次，他要的是车轨车轱辘，把各种各样的车辙"捉拿归案"。这确实是一个好创意，但我觉得难度不小。例如，我小时候是赶过牛车送过

① 桑塔格 . 论摄影 . 上海：上海译文出版社，2007：183.

② 布鲁纳 . 摄影与文学 . 北京：中国摄影出版社，2016：145. 根据原文有改动. Francois Brunet. Photography and Literature. London：Reakton Books，2009：125.

粪的。我记得，雨后牛车走在乡间小道，其拐弯抹角处便会留下深深的车辙，晋城话叫作"车圪壕"。现如今，还有老牛破车这种运输工具吗？倘若皮之不存，毛将何以附着？

尽管拍摄有难度，我却是打心眼里赞成他这番举动的。因为文明演进之轨留下的车辙，很可能也是本雅明所谓的"辩证意象"（Dialectical Image），那是牛车土路"车圪壕"与高速公路急刹车的焦黑车痕之间的对视，是慢与快的交流，是前现代与后现代的互访，甚至是"公告体"与"叙事体"的相互启发相映成趣。韩少功不是说过吗，"高速路是简洁明快的公告，老公路是婉转唠叨的叙事。更进一步说，老公路只是进入了叙事的轮廓，更慢的步行才是对细节的咀嚼。"① 我的问题是，当李前进选择这一题材时，他是不是已开始咀嚼细节？

我从他自己的解读文字中找到了部分答案。他说，小时候他曾双手伏地喝过车辙里的水，那种水"清纯、甘甜、爽口、永恒"。他还说："就是到现在，时常驾车在乡下采风，偶尔也会遇到车辙和车辙里的水。我会静默地和她对视半晌，似乎又有很多话要和她倾诉。"② 读到这里我有点明白了：除了想让《车辙》隐含更深刻的意蕴外，他是不是已在通过这组作品怀旧？他当然还是搜集者、揭秘者、见证者和批判者，但除此之外，他是不是也成了一名怀旧者？如此这般，他的作品是不是又要起变化，从而有了"晚期风格"（Late Style）的某种迹象？因为阿多诺分析贝多芬时曾经指出：晚期作品的成熟是一种特殊的成熟，它们"不是丰满的，而是起皱的，甚至是被蹂躏过的。它们没有任何甜味、苦味和棘刺，不让自身屈从于单纯的享乐"③。

当然，这些都是我的猜测与推想，它们究竟有些道理还是不着四六，我并无多大把握。我有把握的是，李前进肯定还会大大咧咧，风风火火，开着很酷的"酷路泽"，扛着很大的"维斯塔"，用"追随法"跟进，用大底片拍摄，用小光圈获得最大景深。因为，他在摄影这条路上已摸爬滚打大半辈子，如今已渐入通透澄明之境，他没有停下来的任何理由。等待他的只能是"行到水穷处，坐看云起时"——这是他的去处，当然也是我和聂尔所向往的境界。

---

① 韩少功. 山南水北. 北京：作家出版社，2006：290.

② 李前进. 车辙. 中国摄影报，2017－10－31.

③ 萨义德. 论晚期风格——反本质的音乐与文学. 北京：三联书店，2009：11.

　　走笔至此，我要向李前进交代一件事情。去年五月的某一天，我父亲致电于我，说李前进头天过来，要给他们老两口拍照。但不巧的是，他们正好已到村口，要去看望一位生病出院的亲戚，李前进只好作罢。今年过年回家，我埋怨父母，说，人家大摄影家来一趟不容易，你们就不能换个时间出门？说着说着，我又从电脑中调出去年重阳节时父母与村里老人们的一堆照片，给他们翻看。母亲惊呼：你怎么会有这东西？你的照片是从哪儿来的？我说，来咱村给你们拍照的那个摄影师叫秦喜明，他在网上找到了我，所以就有了电子版。

　　母亲指着其中的那张标准照说，这张能不能放大？再安个镜框，以后就用它做遗像。

　　我有点慵，突然觉得很伤感。

　　现在，我要告诉我们的摄影师，那一刻我就是"忧伤的物件"，那一刻我有了淡淡的"忧桑"。

　　那一刻，我也该上路了，耳边响起的是 The Brothers Four 演唱的那首美国乡村民谣——

　　　　If you miss the train I'm on
　　　　You will know that I am gone·
　　　　You can hear the whistle blow a hundred miles

　　　　A hundred miles，a hundred miles
　　　　A hundred miles，a hundred miles
　　　　You can hear the whistle blow a hundred miles
　　　　············

　　　　　　2018 年 3 月 14 日写于北京，16—18 日改于厦门
　　　　　　　　（原载《中国摄影家》2018 年第 6 期）

主要参考文献

作品类

奥斯特洛夫斯基．钢铁是怎样炼成的．北京：人民文学出版社，1980.

白琳．白鸟悠悠下．太原：北岳文艺出版社，2015.

程旭荣．不沉的地平线．哈尔滨：哈尔滨出版社，1991.

冯小刚．我把青春献给你．武汉：长江文艺出版社，2003.

葛水平．美人鱼与海．香港：亚洲出版社，1992.

韩少功．山南水北．北京：作家出版社，2006.

解放军文艺丛书编辑部．海港．北京：人民文学出版社，1968.

金敬迈．欧阳海之歌．北京：解放军文艺出版社，1966.

卡夫卡小说选．北京：人民文学出版社，1994.

李前进．我的太行．北京：中国摄影出版社，2000.

李前进．桑拿浴．北京：中国图书出版社，2012.

李前进．车辙．中国摄影报，2017-10-31.

鲁顺民．天下农人．广州：花城出版社，2015.

莫言．檀香刑．北京：作家出版社，2001.

聂尔．隐居者的收藏．中国华侨出版社，2001.

聂尔．最后一班地铁．广州：花城出版社，2009.

聂尔．路上的春天．北京：中国人民大学出版社，2012.

浦歌．某种回忆．山西文学，2011（4）.

浦歌．圣骡．山西文学，2011（4）.

浦歌．看人家如何捕捉蟑螂．山西文学，2011（7）.

浦歌．盲人摸象．都市，2012（1）.

浦歌．合影留念．都市，2015（4）.

浦歌．叔叔的河岸．黄河，2015（4）.

浦歌．狗皮．山西文学，2015（11）.

浦歌．孤独是条狂叫的狗．黄河，2015（6）.

浦歌．一嘴泥土．太原：北岳文艺出版社，2015.

弱水．如果你叩我的门．海口：海南出版社，2011.

弱水 . 在时间里 . 武汉：长江文艺出版社，2013.

塞壬 . 下落不明的生活 . 广州：花城出版社，2008.

沈从文全集：第 19 - 20 卷 . 太原：北岳文艺出版社，2009.

托尔斯泰 . 列夫·托尔斯泰文集：第十四卷 . 北京：人民文学出版社，1992.

汪曾祺全集（8 卷本）. 北京：北京师范大学出版社，1998.

西川 . 海子诗全集 . 北京：作家出版社，2009.

小岸 . 车祸 . 山西文学，2011（9）.

薛荣 . 沙家浜 . 江南，2003（1）.

杨东杰 . 关于宋谋玚老师的回忆 . http：//blog. tianya. cn/post-1261528990043-1. shtml.

杨晋林 . 纸炮楼 . 黄河，2018（1）.

悦芳 . 虚掩的门 . 太原：北岳文艺出版社，2016.

张石山 . 穿越——文坛行走三十年 . 台北：秀威资讯科技股份有限公司，2009.

张炜 . 芦清河告诉我 . 济南：山东人民出版社，1983.

张暄 . 卷帘天自高 . 北京：中国文联出版社，2011.

张暄 . 病症 . 太原：北岳文艺出版社，2015.

赵树理全集（5 卷本）. 太原：北岳文艺出版社，1990.

赵树理全集（六卷本）. 北京：大众文艺出版社，2006.

赵勇 . 书里书外的流年碎影 . 北京：中国人民大学出版社，2011.

赵勇 . 忆席扬 . 山西文学，2015（3）.

赵瑜 . 赵瑜散文 . 北京：中国青年出版社，2006.

赵瑜 . 牺牲者——太行文革之战（征求意见稿）.2007.

赵瑜 . 中国体育三部曲 . 杭州：浙江文艺出版社，2008.

赵瑜 . 寻找巴金的黛莉 . 北京：人民文学出版社，2009.

赵瑜 . 篮球的秘密：从东莞到全国 . 北京：中国青年出版社，2011.

赵瑜 . 独立调查启示录（六卷本）. 西安：陕西人民出版社，2014.

赵瑜 . 野人山淘金记 . 北京：作家出版社，2014.

赵瑜自选集 . 太原：山西教育出版社，2000.

郑义 . 远村 . 北京：人民文学出版社，1986.

著作类

阿多尔诺 . 否定的辩证法 . 重庆：重庆出版社，1993.

阿多诺 . 道德哲学的问题 . 北京：人民出版社，2007.

阿多诺 . 美学理论 . 成都：四川人民出版社，1998.

艾柯 . 悠游小说林 . 北京：三联书店，2005.

埃斯卡皮. 文学社会学. 杭州：浙江人民出版社，1987.

巴尔特. 明室：摄影札记. 北京：中国人民大学出版社，2011.

巴赫金. 拉伯雷研究. 石家庄：河北教育出版社，1998.

巴赫金. 陀思妥耶夫斯基诗学问题. 北京：三联书店，1988.

巴赞. 电影是什么？. 北京：中国电影出版社，1987.

白春香. 赵树理小说叙事研究. 北京：中国社会科学出版社，2008.

鲍曼. 生活在碎片之中——论后现代的道德. 上海：学林出版社，2002.

贝尔登. 中国震撼世界. 北京：北京出版社，1980.

本雅明. 巴黎，19 世纪的首都. 北京：商务印书馆，2013.

本雅明. 无法扼杀的愉悦：文学与美学漫笔. 北京：北京师范大学出版社，2016.

本雅明. 写作与救赎——本雅明文选. 北京：东方出版中心，2009.

本雅明. 迎向灵光消逝的年代：本雅明论艺术. 桂林：广西师范大学出版社，2004.

本雅明. 作品与画像. 上海：文汇出版社，1999.

本雅明. 作为生产者的作者. 郑州：河南大学出版社，2014.

布莱斯勒. 文学批评：理论与实践导论. 北京：中国人民大学出版社，2015.

布鲁姆. 西方正典. 南京：译林出版社，2005.

布鲁纳. 摄影与文学. 北京：中国摄影出版社，2016.

陈荒煤，黄修己，等. 赵树理研究文集：上卷：近二十年赵树理研究选萃. 北京：中国文联出版公司，1996.

陈平原. 中国小说叙事模式的转变. 上海：上海人民出版社，1988.

陈思和. 鸡鸣风雨. 上海：学林出版社，1994.

陈思和. 中国当代文学史教程. 上海：复旦大学出版社，1999.

陈徒手. 人有病　天知否：1949 年后中国文坛纪实. 北京：人民文学出版社，2011.

陈为人. 插错"搭子"的一张牌：重新解读赵树理. 广州：广东人民出版社，2011.

尘元. 在语词的密林里. 北京：三联书店，2008.

戴光中. 赵树理传. 北京：北京十月文艺出版社，1993.

迪克斯. 被展示的文化：当代"可参观性"的生产. 北京：北京大学出版社，2012.

丁晓原. 文化生态视镜中的中国报告文学. 上海：复旦大学出版社，2008.

董大中. 赵树理评传. 天津：百花文艺出版社，1986.

董大中. 赵树理年谱. 太原：北岳文艺出版社，1994.

董大中. 赵树理研究文集：中卷：赵树理论考. 北京：中国文联出版公司，1996.

董大中. 你不知道的赵树理. 太原：北岳文艺出版社，2006.

董衡巽．海明威研究．北京：中国社会科学出版社，1980.

杜润生．杜润生自述：中国农村体制变革重大决策纪实．北京：人民出版社，2005.

段文昌．赵树理小说的改编与传播．太原：山西人民出版社，2014.

福勒．现代西方文学批评术语词典．成都：四川人民出版社，1987.

傅书华．山西作家群论稿．北京：中国文联出版社，1999.

傅书华．走近赵树理．太原：北岳文艺出版社，2015.

福斯特．如何阅读一本小说．海口：南海出版公司，2015.

格罗塞．身份认同的困境．北京：社会科学文献出版社，2010.

顾铮．国外后现代摄影．南京：江苏美术出版社，2000.

海德格尔．在通向语言的途中．北京：商务印书馆，1997.

贺桂梅．赵树理文学与乡土中国现代性．太原：北岳文艺出版社，2016.

洪长泰．到民间去——1918—1937 年的中国知识分子与民间文学运动．上海：上海文艺出版社，1993.

胡士莹．话本小说概论．北京：中华书局，1980.

胡亚敏．叙事学．武汉：华中师范大学出版社，1994.

黄修己．赵树理评传．南京：江苏人民出版社，1981.

黄修己．赵树理研究资料．太原：北岳文艺出版社，1985.

黄修己．赵树理研究资料．北京：知识产权出版社，2010.

卡尔维诺．为什么读经典．南京：译林出版社，2006.

卡尔维诺．新千年文学备忘录．南京：译林出版社，2009.

奎恩．爱伦·坡集：诗歌与故事（上）．北京：三联书店，1995.

昆德拉．小说的艺术．上海：上海译文出版社，2004.

李国华．农民说理的世界：赵树理小说的形式与政治．上海：上海书店出版社，2016.

李松睿．文学的时代印痕：中国现代文学论集．北京：时代华文书局，2017.

李银珠，等．中国古代小说十五讲．北京：北京出版社，1985.

李壮鹰．中华古文论释林：清代上卷．北京：北京大学出版社，2011.

列维．萨特的世纪——哲学研究．北京：商务印书馆，2005.

刘北成．本雅明思想肖像．上海：上海人民出版社，1998.

柳鸣九．从现代主义到后现代主义．北京：中国社会科学出版社，1994.

刘旭．赵树理文学的叙事模式研究．太原：北岳文艺出版社，2015.

陆建华．汪曾祺的春夏秋冬．郑州：河南人民出版社，2005.

洛奇．小说的艺术．北京：作家出版社，1998.

马丁．当代叙事学．北京：北京大学出版社，1990.

马尔库塞．审美之维．北京：三联书店，1989.

马克思．1844 年经济学哲学手稿．北京：人民出版社，2000.

马克思恩格斯选集：第四卷．北京：人民出版社，1995.

马克思、恩格斯、列宁、斯大林论文艺．北京：人民文学出版社，1986.

麦克卢汉．人的延伸——媒介通论．北京：商务印书馆，2001.

麦奎尔，温德尔．大众传播模式论．上海：上海译文出版社，1987.

茂莱．电影化的想象——作家与电影．北京：中国电影出版社，1989.

毛泽东选集（四卷本）．北京：人民出版社，1966.

默克罗比．后现代主义与大众文化．北京：中央编译出版社，2001.

莫言．盛典——诺奖之行．武汉：长江文艺出版社，2013.

莫言对话新录．北京：文化艺术出版社，2010.

钱理群．1948：天地玄黄．济南：山东教育出版社，1998.

萩野脩二，马若芬，等．赵树理研究文集：下卷：外国学者论赵树理．北京：中国文联出版公司，1996.

芮德菲尔德．农民社会与文化：人类学对文明的一种诠释．北京：中国社会科学出版社，2013.

萨特文集：第 7 卷．北京：人民文学出版社，2005.

萨特哲学论文集．合肥：安徽文艺出版社，1998.

萨义德．开端：意图与方法．北京：三联书店，2014.

桑塔格．论摄影．上海：上海译文出版社，2007.

佘树森．散文创作艺术．北京：北京大学出版社，1986.

世界艺术与美学：第二辑．北京：文化艺术出版社，1983.

施拉姆，波特．传播学概论．北京：新华出版社，1984.

宋若云．逡巡于雅俗之间：明末清初拟话本研究．北京：中国社会科学出版社，2006.

汤因比，等．艺术的未来．北京：北京大学出版社，1991.

瓦耶纳．当代新闻学．北京：新华出版社，1986.

王定天．中国小说形式系统．上海：学林出版社，1988.

维特根斯坦．哲学研究．北京：商务印书馆，1996.

伍蠡甫．现代西方文论选．上海：上海译文出版社，1983.

席扬．多维整合与雅俗同构——赵树理和"山药蛋派"新论．北京：中国社会科学出版社，2004.

谢长，葛岳．人体文化．成都：四川人民出版社，1987.

谢泳，等．赵瑜研究资料（内部资料）．山西文学院，2006.

邢小利．陈忠实传．西安：陕西人民出版社，2015.

杨占平．颠沛人生——赵树理传．太原：北岳文艺出版社，2015.

杨占平，赵魁元．新世纪赵树理研究：钩沉　考证．太原：北岳文艺出版社，2016.

伊格尔顿．如何读诗．北京：北京大学出版社，2016.

伊泽尔．审美过程研究——阅读活动：审美响应理论．北京：中国人民大学出版社，1988.

余英时．士与中国文化．上海：上海人民出版社，1987.

查建英．八十年代：访谈录．北京：三联书店，2006.

詹明信．晚期资本主义的文化逻辑．北京：三联书店，1997.

赵魁元．晋城赵树理研究文集（全二册）．太原：山西人民出版社，2014.

赵勇．大众媒介与文化变迁——中国当代媒介文化的散点透视．北京：北京大学出版社，2010.

赵勇．法兰克福学派内外：知识分子与大众文化．北京：北京大学出版社，2016.

周汝昌．红楼无限情：周汝昌自传．北京：北京十月文艺出版社，2005.

周维东．中国共产党的文化战略与延安时期的文学生产．广州：花城出版社，2014.

朱晓进．"山药蛋派"与三晋文化．长沙：湖南教育出版社，1995.

Theodor W. Adorno. Aesthetic Theory. London：Routledge & Kegan Paul，1984.

Theodor W. Adorno. Negative Dialectics. London and New York：Taylor & Francis e-Library，2004.

Theodor W. Adorno. Notes to Literature（Vol. 1 - 2）. New York：Columbia University Press，1992.

Walter Benjamin. Illuminations. London：Fontana Press，1992：248.

Walter Benjamin. One-Way Street and Other Writings. London：Verso，1992.

Charles E. Bressler. Literary Criticism：An Introduction to Theory and Theory and Practice—5th ed. Boston：Pearson Education，Inc.，2011.

Herbert Marcuse. The Aesthetic Dimension：Toward a Critique of Marxist Aesthetics. Boston：Beacon Press，1978.

Edward W. Said. Beginnings：Intention and Method. New York：Basic Books，Inc.，Publishers，1975.

Ronald Taylor，ed. Aesthetics and Politics. London：Verso，1986.

文章类

安杨．这是什么工作方法？．文艺报，1959（9）.

白春香．赵树理的反讽式小说——对《"锻炼锻炼"》的叙事学分析．晋中学院学报，2005（2）.

曹书文．人的意识与性别意识的双重失落——重读赵树理的《锻炼锻炼》．文艺争鸣，2016（8）.

柴然．赵瑜访问．山西青年，2001（5）.

陈树义．第三次（国际）赵树理学术论论会综述．延安文艺研究，1991（4）.

陈荫荣.《灵泉洞》的评书笔法.北京日报,1959-04-16.

戴光中.关于"赵树理方向"的再认识.上海文论,1988(4).

邓友梅.漫忆汪曾祺.文学自由谈,1997(5).

段崇轩.走近"80后"——白琳和她的散文.山西文学,2016(4).

范家进.为农民的写作与农民的"拒绝"——赵树理模式的当代境遇.中国现代文学研究丛刊,2002(1).

盖钧超."三兄弟模式"童话的原型探索.文教资料,2008(11).

"歌功颂德已经把报告文学全毁了".南方周末,2014-06-12.

郭冰茹.赵树理的话本实践与"民族形式"探索.文艺研究,2016(3).

韩石山.双雄并立　各铸伟业——我看《马家军调查》.太原日报,1998-06-15.

韩石山.白琳——一个灵慧的女作家.都市,2014(12).

韩振江.在农民与现代化之间的思考——重读赵树理《"锻炼锻炼"》.高校理论战线,2011(11).

洪清波.文学的双峰跨越——报告文学《强国梦》讨论会纪要.当代,1988(5).

胡絜青.老舍与赵树理.晋阳学刊,1980(2).

黄宾堂.与赵瑜同行.中国作家,2009(7).

康濯.读赵树理的"三里湾".文艺报,1955(20).

康濯.忆赵树理同志.新文学史料,1979(3).

克劳斯哈尔.经验的破碎(1)——瓦尔特·本雅明:作品、生活、时代和历史的交叠.现代哲学,2004(4).

克劳斯哈尔.经验的破碎(2)——瓦尔特·本雅明:作品、生活、时代和历史的交叠.现代哲学,2005(1).

李国涛.文学不必退让.文学自由谈,1986(4).

李国涛.答赵瑜——谈文学语言.热流,1987(2).

李洁非."老赵"的进城与离城.钟山,2008(1).

李联明.略谈《锻炼锻炼》的典型性问题.文艺报,1959(9).

李莎."Aura"和气韵——试论本雅明的美学观念与中国艺术之灵之会通.文学评论,2017(2).

李陀.汪曾祺与现代汉语写作——兼谈毛文体.花城,1998(5).

李星辰.论中国现代小说中的"三兄弟"叙事模式——从《激流三部曲》《财主底儿女们》《四世同堂》谈起.湖南师范大学学报,2014(11).

李杨."赵树理方向"与《讲话》的历史辩证法.文学评论,2015(4).

刘金.也谈《锻炼锻炼》.文艺报,1959(9).

鲁利亚.神经语言学的主要问题(1975).国外社会科学,1983(2).

罗岗."文学式结构"与"伦理性法律"——重读《锻炼锻炼》兼及"赵树理难题".文学评论,2014(1).

聂尔．记忆及其他．太行文学，2002（2）.

聂尔．我心目中的好文学．黄河，2004（4）.

聂尔．文学写作的若干基本问题．太行文学，2012（1）.

聂尔．在存在的暗层里游走——浦歌和他的小说．山西文学，2011（4）.

聂尔．天真汉的命运之歌——读陈徒手《一九五九年冬天的赵树理》．名作欣赏，2014（16）.

潘晓娟．通往幸福的窄门——民间叙事"三兄弟"类型的母题解读．常州工学院学报，2013（3）.

浦歌．生活逼着我表演戏剧．山西文学，2011（4）.

浦歌．对小说创作的观察和体会．太行文学，2012（6）.

浦歌．关于《太行文学》及其他．http：//blog．tianya．cn/post-1261530715438-1．shtml．

浦歌．与自己相遇．黄河，2015（4）.

浦歌．屌丝的喜感与孤独．黄河，2015（6）.

浦歌．等植物的根伸进石头——长篇小说《一嘴泥土》创作谈．博览群书，2016（4）.

浦歌．普鲁斯特与我．博览群书，2016（5）.

钱理群．赵树理身份的三重性与暧昧性——赵树理建国后的处境、心境与命运（上）．黄河，2015（1）.

钱理群．建国后的赵树理——赵树理建国后的处境、心境与命运（下）．黄河，2015（2）.

秦雁周．锁定政治　开放人生——再读赵树理的《锻炼锻炼》．晋东南师范专科学校学报，2004（1）.

任葆华．沈从文与赵树理．新文学史料，2008（3）.

盛力．人们为何喜欢八卦．百科知识，2014（10）.

石松峰，等．报告文学家谈报告文学．热流，1988（9）.

苏春生．从通俗文化研究会到大众文艺创作研究会——兼及东西总布胡同之争．中国现代文学研究丛刊，2003（2）.

孙犁．谈赵树理．天津日报，1979-01-04.

唐弢．人物描写上的焦点．人民文学，1959（8）.

王彬彬．过于聪明的中国作家．文艺争鸣，1994（6）.

王彬彬．赵树理语言追求之得失．文学评论，2011（4）.

王润滋．从《鲁班的子孙》谈起．山东文学，1984（4）.

王树村．底气足，情感真．文学评论家，1988（6）.

王西彦．《锻炼锻炼》和反映人民内部矛盾．文艺报，1959（10）.

王晓明．不相信的和不愿意相信的——关于三位"寻根派"作家的创作．文学评论，1988（4）.

王再兴．小说的批评与批评的历史化——重读赵树理的《"锻炼锻炼"》及其他. 文艺争鸣，2015（2）.

为什么要整风？. 人民日报，1957－05－02.

文艺作品如何反映人民内部矛盾（读者讨论会）"编者按". 文艺报，1959（7）.

武养. 一篇歪曲现实的小说——《锻炼锻炼》读后感. 文艺报，1959（7）.

席扬，鲁普文. "中间人意识"与赵树理自我身份认同. 文学评论，2009（4）.

谢泳. 报告文学及其态势评价. 文学自由谈，1987（3）.

杨东杰. 李前进：我的血脉在民间. 山西日报，2013－11－13.

杨红莉. 汪曾祺小说"改写"的意义. 文学评论，2005（6）.

杨学民，李勇忠. 从工具论到本体论——论汪曾祺对现代汉语小说语言观的贡献. 江西师范大学学报，2003（3）.

姚育明. 史铁生和《我与地坛》. 上海文学，2011（2）.

也来讨论"锻炼锻炼". 山东大学学报，1959（2）.

张炜. 为了那片可爱的绿色. 江城，1984（3）.

赵二湖. 我对赵树理研究的一点认识和期望. 太行日报，2016－09－11.

赵勇. 荒诞的处境与不那么荒诞的文学——"日常与荒诞"之我见. 文艺争鸣，2015（1）.

赵勇. 莫言这个"结构"主义者——关于《生死疲劳》致友人书. http：// book. ifeng. com/shupingzhoukan/detail＿2012＿11/08/18966542＿0. shtml.

赵勇. 影视的收编与小说的末路——兼论视觉文化时代的文学生产. 文艺理论研究，2011（1）.

郑波光. 接受美学与"赵树理方向"——赵树理艺术迁就的悲剧. 批评家，1989（3）.

后　记

弄成这样一本书的想法已有些年头了。记得 2004 年岁尾，席扬先生的《多维整合与雅俗同构——赵树理和"山药蛋派"新论》甫一上市，我就在校门外的盛世情书店买回一本。静心读几篇，很喜欢，又见后记中言，忽然心有所动。他说："此书以'论文汇编'的本真状态面世，而不是以'改编'或'重整'的方式把它'加工'成一本'好看'却也不免存有'蒙人'之嫌的论著，我自然是有所期待的——我想让那些和我一样对赵树理、'山药蛋派'有兴趣的朋友们，能从这本小册子里略略了解些我在学术上笨拙的努力与真诚的付出。"我就想，关于赵树理，我好像也有仨核桃俩枣，猴年马月，我是不是也可以鼓捣出一本"汇编"，展示一下自己的"笨拙"？

没想到，从当初起意到现在汇集成书，十多年光阴匆匆已过；更没想到的是，我欲心慕手追，向席扬兄学习，他却不辞而别，遽归道山了。学途多艰，人生无常，每念及此，心中依然隐隐作痛。

十多年来，或者是二十多年来，我在赵树理研究这里老牛破车，写写停停，且一停就是十年，个中原因，我在前面自序中已有交代，此处不赘。我没有谈到的一个原因是，本人并不在现当代文学专业供职，而是在文艺学专业混饭。既然是文艺学，就不得不时时与"文学"为伍，处处跟"理论"较劲，理论才是主业，评论只算副业。我若在具体的作家作品处投入太多，先就拿不出那么多时间，再则也有越界开采之嫌。在这个专业分工越来越细的时代里，如此做派，轻则让人觉得不务正业——你这是做甚？守着阿多诺足矣，干吗还惦记赵树理？"小二黑结婚"要一心一意，"李二嫂改嫁"万不可取。重则可能会被人高声断喝——你小子好大胆！竟敢钻进洒家这一亩三分地？说，从我们园子里摘走了几个瓜？

所以，许多年里，我每每琢磨赵树理，都觉得像是《田寡妇看瓜》中的那个小偷，名不正，言不顺，理不直，气不壮，还唯恐被人质疑："秋生！这是谁的南瓜？怎么这么多？"

但为什么终于不思悔改，种出了几个南瓜北瓜细把儿瓜呢？一是我长序中说的那颗"赵树理疙瘩"潜滋暗长；二是我琢磨"后三十年"大众文化，一不留神就会溜达到"前三十年"那里；三是后来，中国赵树理研究会把我"招安"，还给我一纸"副会长"文书，让我"招摇撞骗"。进了组织之后，新一届会长赵魁元同志就成天笑嘻嘻，跟我讲道理：你给咱写写赵树理嘛，你给咱弄成它一本书嘛，你给咱家乡人民做点贡献嘛。不才我本来胆儿就小，总觉得老这么吃空饷不干事心中有愧，再加上脸皮薄，是个顺毛驴，赵会长一念紧箍咒，我心中那颗"疙瘩"就膨胀，责无旁贷、舍我其谁的豪情就疯长。这几种原因加起来，就有了这本书中的第一辑内容。

第二辑名为"山西当下作家论笔"，我这里要多说几句。

除赵树理外，"山药蛋派"第一代作家（即"西李马胡孙"）的作品我也是读过一些的，但读得更多的却是第三代作家，以及无法归入此派中的作家作品，这应该得益于天时地利。1985年那个春天，我即将大学毕业，"四大名旦"之一的《当代》杂志恰好一勺烩出山西作家的四个中篇（郑义的《老井》，成一的《云中河》，雪珂的《女人的力量》，李锐的《红房子》），一时文坛震动，"晋军崛起"之声此伏彼起。我至今保存着这期刊物，说明"晋军"在我心中也已"崛起"。记得念书期间，有好几位作家曾被请到山西大学中文系集体亮相，他们个个玉树临风，口吐莲花，让我敬仰；后来我在《批评家》帮忙，又不时聆听其高见，近距离打量。按说，蛋已吃过几个，下蛋的老母鸡又见过几只，我已破除了钱锺书们的神秘，但我却神神道道，一反常态，反而越发好奇。于是便颂其诗，读其书，跟着看，追着读——读郑义读李锐，读张、韩二石山，读柯云路、成一、张平、蒋韵、赵瑜、曹乃谦……张石山《单身汉的乐趣》（中国青年出版社1983年版）中的十六个中短篇读得更是细，那里面的《小巷英豪》还成为我课堂上的例子，被我举了好多年。他们的文学滋养了我，也让我形成了对山西当代作家的最初认识。如今，我要借此机会向他们表示敬意和谢意。

但是，除个别人外，我大都没有为他们专门写过东西。为什么没动笔？主要是因为那时候少不更事年纪小，读得多来写得少，还处在只消费不生产的状态。收在书里的《失去的和得到的》涉及郑义和李锐，还是姜静楠先生（他当时既是山东师范大学的老师，也在为《文学评论家》做事）约稿，被他逼着写出来的。此文是我读研究生时的产物，其稚态可掬自然是显而易见的。我特意把它放到这里，除了与山西作家有关外，也是想让同道中人看到我蹒跚学步的样子。

　　我写得多的是后来的作家。现在想想，这些人差不多都与聂利民（聂尔）有关。

　　利民兄是我读复习班时的同学，如今已是处了将近四十年的老朋友了。早在二十世纪八九十年代，我就知道他是个写家。他把自己关在屋子里，天天读，悄悄写，让我好生羡慕。2001年10月，他给我寄来结集成书的《隐居者的收藏》，更是让我刮目相看。但我当时正与法兰克福学派较劲，没有整工夫读，只好一整天琢磨本雅明，临睡前读几页聂利民，把这本书搁在枕头边，达半年之久。我现在要说，在我做论文做得愁眉不展、山穷水尽的时候，正是聂利民——他的经历，他的遭遇，他的思想，他的表达，他那种诗与思相交融、情与理互渗透的句子——让我舒展了身心，调整了情绪，甚至还给我带来了许多灵感。于是我耳边响起一句话：慢慢走，欣赏啊。

　　做完博士论文，我决定写写他。而且，因为写论文已经把笔写僵写硬把手写鸡爪了，我也同时决定，必须活动活动筋骨，恢复恢复感觉，转换转换笔法——下笔要柔和，要轻拢慢捻抹复挑，要像蒲宁写的维果茨基分析的童庆炳老师阐释的莫言概括的那样"轻轻地说"。于是，我写出了《在散文的时代里诗意地思考——聂尔其人其作》。

　　那是我写山西年轻一代作家的开端。随后，利民兄出书就送我，他一送我，我就忍不住想写他，说感想，谈体会，有时一篇不尽兴，还要写出第二篇。这里面当然有朋友情谊，但更重要的是我觉得他确实写得好，很会写。当代的散文佳作我也读过不少，其风格自然是各师成心，其异如面。但就文字而言，我依然觉得聂尔的东西是一流的。

　　聂尔圈子多，交游广。写字的，画画的，摄影的，作曲的，说书的，唱戏的，耍把式卖艺的……高至官府大秘，低到老汉算命，三教九流，他无所不交；凡交往者，又无所不铁。他们仿佛都紧密团结在以聂主席为首的市作协周围，先是大块吃肉，大碗喝酒，然后就撸起袖子加油干，不周山下红旗乱。我每回一趟老家，就见一次聂尔，每见一次聂尔，他就呼朋唤友，或清茶一杯，或酒肉伺候，结果，合并同类项之后，聂尔的朋友也成了我的朋友。

　　这些朋友中，文友当然居多，像张暄、弱水、李前进，就是聂尔把他们拽过来让我认识的；浦歌是我的学生，失联多年却是通过聂尔接上头的；悦芳至今虽未谋面，却又是聂尔牵线搭桥的；葛水平早年写诗我评其诗，后来相忘于江湖，还是听聂尔说她开始《喊山》喊得地动山摇的；甚至像赵瑜白琳鲁顺民，也是因为中间夹着个聂利民，才觉得我们臭味相投，是一路货色的。这些文友出小说出散文出诗集出摄影集，就传经送宝，让我学习。我看在眼里，喜在心头，便忍不住挥毫泼墨，胡画几笔，于是就有了关于他们的这些文字。

无疑，他们都是山西作家的后起之秀，如果算到"山药蛋派"里，他们应该是第四、第五代了吧。

当然，他们已非"山药蛋派"，却不能说与赵树理全无关系。我在写赵瑜的文章里专门谈其"文学之根"，指出他的调查功夫、实录精神、问题写作等等与赵树理惊人相似。除他之外，鲁顺民呢？葛水平、崔太平呢？浦歌、张暄、小白琳呢？他们是不是也与赵树理有关？聂尔心仪托尔斯泰，钟情卡夫卡，他的思想资源或许更多得益于西方正典，写作师承可能来自现代派文学，但他不是也一直生活和战斗在"赵树理文学馆"（晋城市作协所在地）里，接着赵树理的地气吗？所以，要我说，山西这些年轻和不怎么年轻的作家，稍一拐弯抹角，就会与赵树理沾亲带故。马克思说，共产主义的幽灵在欧洲大陆徘徊。我会说，赵树理的幽灵在三晋大地游荡。德里达说，无论是否承认马克思主义，我们都是马克思的幽灵。要我说，无论是否承继"山药蛋派"传统，山西作家都是赵树理的幽灵，是赵树理幽灵谱系学大家庭中的成员。这就是我反复斟酌，又与聂尔、浦歌商量，还与众弟子讨论，把这本书取名为《赵树理的幽灵》的原因。

我还想解释一下"论笔"。

董大中先生在为拙书写的序文中夸我"很注意文体"，甚至谬赞我"创造了一种不同于一般批评的批评文体"，让我愧不敢当，却也让我前思后想。我在前面说到写聂利民时有意变换了文体，但若追根溯源，秘密其实在我写的那篇《失去的和得到的》那里。我读研究生期间，曾自费订阅过《文学评论》和《文艺理论研究》两种期刊，有一期见有王晓明先生文章《不相信的和不愿意相信的——关于三位"寻根派"作家的创作》（《文学评论》1988年第4期），题目就很特别，打开读，又见他以第一人称行文，文中既有理性之思，又有感悟之笔，而疑惑、追问、反思、理解，乃至了解之同情，情感之温度，都如山涧泉水，汩汩而出，又如山西人唱起《走西口》，深情绵邈。读着读着我就叫起来了：

艾玛！论文还可以这样写！

　　如同《芳华》中林丁丁听着邓丽君，三魂出窍：歌曲还能这么唱！

　　那一刻，小伙伴算是震惊了。

　　适逢静楠老师约稿，我便东施效颦，邯郸学步，于是有了我那篇模仿之作。

　　后来琢磨，王老师的这篇文章把我征服，是因为他没有板着面孔，拿腔作调，更是因为他把"论文体"转换成"随笔体"，或者是用"随笔体"写了篇"文学评论"。我欣赏这种做法，后来每每为文，只要不是高头讲章，便向王老师学习，尽量把文章写得松动一些，活泼一些，舒展一些，讲究一些。如果所评对象是熟人朋友，一时兴起，我还要调侃开涮使使坏，于是庄词谐用，正话反说，心中含泪，笑里藏刀，骂中带夸，夸得像骂，嘲他不成便自嘲。这样一来，就既能将他一军，幽他一默，也能让读者朋友看得舒心，读得欢乐。当然，我如此行文，已经不仅仅是随笔体了，而是动用了一些前现代或后现代的修辞手法，甚至借用了一点散文笔法和小说笔法。但这样一来也很危险，弄不好就把"铁山药"蒸成了"山药蛋"，把"沁州黄"煮成了刘宝瑞的"珍珠翡翠白玉汤"。

　　吾道不孤。让我没有想到的是，我的大学老师梁归智先生早就如此身体力行了。梁老师专治元明清文学，《红楼梦》研究是其强项。2013年春节期间他来我家聊天，畅谈治学为文之道，让我受益匪浅。他说他写的东西已不能算少，但都不是在做"论文"，而是在写"论笔"。——啊？"论笔"？说者无意，听者有心，这个新词让我心中一动。一年之后，当我琢磨如何对译阿多诺所谓的 Essay 时，想起这个说法，便又与他核实，请他解释，并借老师酒杯，浇自己块垒，终于在去年写出《作为"论笔"的文学批评——从阿多诺的"论笔体"说起》（《文艺争鸣》2018年第1期）。随后，我向他汇报学习心得，他给我讲解启用"论笔"语境："论文体"繁征琐引，三纸无驴，崩人牙齿，难以下咽，所以才自造新词，自创新体。"论笔"者，"具随笔之形，有论文之实"之谓也。学人操觚染翰，不仅是做成西式论文，更是要写成中式文章，二者水乳交融，方为"论笔"。于是，"论笔"不但要有观点，有论证，塞干货，亮思想，更要有灵感，有悟性，讲笔法，重文采。听罢梁老师"论笔说"高论，我心花怒放，血脉偾张，高兴得屁颠屁颠的。他固然已是我良师，但为什么我不能紧追慢赶，成为他"论笔体"战壕里的战友呢？

于是我决定，再当一回"赵秋生"，再做"文本盗猎者"（textual poacher），把写山西当下作家这组文章命名为"论笔"。

我要感谢董大中先生。自从 1985 年春节期间结识董老师后，他就一直关注着我的成长。而当我读着他的书进入赵树理的世界后，每有疑难问题，总会向他请教，他也乐此不疲，有时三言两语，有时洋洋数千言，写长信，说端详。最近的一组往来邮件我已让它进入拙书之中，这倒不是为了借董老师之名，显摆自己，而是想把我问学于师和他解惑于我的一面展示出来，让师友们看看我的"笨拙"。关于《"锻炼锻炼"》，我并不完全同意董老师的观点，甚至有跟老头儿"叫板"之嫌，但他不怒不恼，不急不躁，宅心仁厚，循循善诱（实际上，他在给拙书写的长序中也依然在对我循循善诱），让我看到了老一代学者的精神风范。我自愧弗如也。书稿既成，我想请他为拙书赐序，他不但欣然应允，而且要请我吃酒；不但请我吃酒，而且要呼朋唤友——叫上蔡润田，喊来杨占平，通知傅书华，捉住鲁顺民，让山西评论界大咖（傅、杨还是赵树理研究专家）出席，让《山西文学》鲁主编作陪。鲁主编是个"人来疯"，说，北京的客人到边寨，老董你怎能用一斤汾酒打发这货？喝我的。说罢他拎出一个大瓷瓶，里面装着五斤汾。艾玛！他要给我下套，他要跟我拼酒！游击战的"十六字诀"怎么说来着？我开始搜肠刮肚，念念有词。结果那天我没倒顺民这厮先高了。

我呈给董老师打印稿，他读得仔细很认真。第一部分读完后他就邮件于我，一是告诉我"东西总 bu 胡同"的"bu"写错了，不是"部"而是"布"。二是说到了一件麻烦事：

> 比较麻烦的是《一份简历表》，这次编赵的《全集》，我把这篇文章删去了。几年前，成葆德给我信，对这份简历表的真实性发生怀疑，他主要根据是填表的日期早于沁水合并于阳城之前几个月。这份简历表在长治《赵树理研究》上发表以后，我一直拿不定主意，当时考虑最多的是这种档案材料能不能公开发表，最后收入《全集》时在题注中强调已在刊物发表，意思是，我不负首先公布档案材料的责任。这次从《全集》中删去，成葆德的怀疑是主要原因。我还想到，前几年出现的赵树理的几篇伪作（《致徐懋庸信》和赵任阳城四区区长《就职宣言》），都是这同一个人提供的，想及此，真令人寒心。《致徐懋庸信》和赵任阳城四区区长《就职宣言》肯定是伪作，这份简历表能够让人放心

吗？我还想到，1979年和1980年我曾向省委组织部提出查阅赵树理档案的请求，省委组织部让我到中组部去查，我才去了北京，在中组部查阅三天，抄了一本子。那个人说，这份简历表是在县上找到的，这就很奇怪，县里怎么能够保存中管干部的档案呢？据此，这次坚决删去这一篇。你书中至少两次说到这一篇，应该怎么处理，请考虑。

今年元月我去董老师府上拜访时，他就说起他正在重新编辑北岳版的《赵树理全集》，这次要增加新发现的作品，坚决删掉伪作。我在文章中确实引用过《一份简历表》，但思前想后，还是不知怎么处理，便干脆把董老师原信照录于此，既说明我那两处引用存疑，也提醒赵树理研究者注意。如此处理是不是更加合理？

董老师今年83岁了，他不仅是赵树理研究专家，还研究鲁迅日记，编过《高长虹文集》，写过《李敖评传》，出过《董永新论》……可谓四面出击，著作等身。如今尽管年事已高，他依然黎明即起，打开电脑就写作，两耳不闻窗外事，一心只为圣贤书。我在他书房参观，见他自书对联一副，笔力遒劲，却与读写无关，就边夸他好书法边说起玩笑话：董老师居心何在？难道想当皇上不成？他笑了，笑得跟"二诸葛"似的，给我讲开了一个小故事——

> 几年前省作协老干部去凤凰山度假，我就对胡正说，你要"超巴赶美"！胡说，什么意思？我解释道，"巴"是巴金啊，活了101岁。胡正脑子不糊涂，马上接话道，那"美"就是宋美龄了？我说是啊，宋美龄享寿106岁。但当时胡老其实已重病在身，不久他就走了。去年开我《文集》的出版座谈会，鲁顺民当众讲起这个"赶超"典故。他不是个"讲故事的人"吗？很会添油加醋，记者耳朵又不好使，就听成那是我给自己定的生命指标了。当然，我要给自己制订写作计划，也不能不定生命指标啊。指标上不去，计划哪能完成？马烽有次过年，曾自编对联，上联道："跨过七六七六岁"，下联说："迎接二零零二年"，横批是"超越八十"，结果他活到八十出头就过世了。为什么？生命指标定低了嘛。所以说，只有抓革命，才能促生产，哈哈哈哈。

我立正来个表情包：Yes，Sir！小的明白了。跟您聊天长学问，"生命指标"？——好！好得太！（我模仿着董老师家乡的万荣话）我又学了个新词。那我就祝您老寿比南山，福如东海！同时也希望您细水长流悠着点。最美不过夕阳红，从容琢磨高长虹。老骥伏枥志千里，继续打磨赵树理。

是的，我要祝董老师寿比南山，谢他带我走进赵树理研究这片天地，愿他在赵树理资料整理和研究方面再创佳绩！

同时，我也要感谢我的导师童庆炳先生，我的乡党席扬先生。前者让我拿起"西马"这架探照灯观照赵树理，后者的赵树理研究则给我带来诸多启迪。如今，他们都已仙逝，我愿他们安息！

感谢赵魁元先生，正是他的鞭策与鼓励，才让我有了这么一个不成样子的东西。

还要感谢我在自序与后记中提及的各位师友，他们给过我不同程度的帮助。感谢拙书文后所附报刊的主编与责编，他们给拙文提供了最初的发表平台。感谢赵树理研究界的师友，他们的研究成果让我受益。感谢"论笔"一辑中的文友，他们的作品给我灵感，给我启迪，甚至给了我"比学赶帮超"的动力。我肯定是他们的欣赏者——我又想起浦歌写得多么洋气！白琳写得多么俏皮！——但或许，我只是一个不称职的评说者。我期待他们被更多人关注，在"晋军新方阵"中挺胸凸肚，昂首阔步，走出"大阅兵"的丰姿。因为，世界是你们的。

最后，我也要感谢中国人民大学出版社的两任编辑刘汀和刘静。早在 2012 年，我就想在他们社出本专著，当时便与刘汀签下出版合同。但我拖拖拉拉，直到现在也没有成书。而就在这期间，刘汀博士毕业，已到《人民文学》杂志社高就。于是去年年底，我与刘静商量，因那本书还遥遥无期，可否用此书替换彼书，帮我了却一桩关于赵树理的心事。他说，为了赵树理，一切都不是问题。我要特别感谢他与编辑部同仁的理解与支持。

这是我与人大出版社的第三次合作。第一次，刘汀推出笔者散文随笔集《书里书外的流年碎影》，热销过两年；第二次，还是因为刘汀，出版了布莱斯勒撰写、我们翻译的《文学批评：理论与实践导论》，目前已经加印；第三次，刘静与徐德霞编辑将付出辛苦的劳动，我也希望这本书能给出版社和我本人带来运气！

需要说明的是，书中所收，无论是"论文"还是"论笔"，基本上都是原汁原味的"本真状态"，但有几篇文章，与发表时的面孔并不一致，甚至出入很大。何以如此？主要是刊物版面有限，我又写得太长。例如，《讲故事的人，或形式的政治》，"本真状态"两万六，发表时拿掉一万字，这次我就全须全尾了。

也需要说明的是，本书得到了"新世纪优秀人才支持计划"的资助，同时也是笔者主持的国家社科基金项目"大众文化与文学生产的关系研究（1990 年代以来）"（15BZW008）、教育部人文社会科学重点研究基地重大项目"中国当代大众文化的发生研究"（15JJD750003）和半主持的教育部人文社会科学重点研究基地重大项目"中国当代大众文化形态、成因、演变及评价的诗学研究"（16JJD750009）的阶段性研究成果。

我要把这个"成果"献给我的父亲母亲，献给我家乡的父老乡亲。我生在晋城，长在山西，后来负笈北上，如今心已沧桑。于是小草恋山，野人怀土，想为家乡做点事情。但我一介书生，无权无势，只能写几篇文章，欺人自欺。而且，即便是文章，也因为"职业搞理论，业余写评论"（此处"盗猎"了史铁生的"职业是生病，业余在写作"），常常写得"糊涂涂"，累得还要"小腿疼"。所以目前，我只能拎着这兜农副产品"瓜菜代"，请你们收下了。我想，虽然单薄，尽管寒碜，有点拿不出手，但也算是尽一份孝心吧。

赵勇

2018 年 2 月 10 日

图书在版编目（CIP）数据

赵树理的幽灵：在公共性、文学性与在地性之间/赵勇著 . —北京：中国人民大学出版社，2018.10

ISBN 978-7-300-26218-5

Ⅰ.①赵… Ⅱ.①赵… Ⅲ.①赵树理（1906—1970）-文学研究-文集 Ⅳ.①I206.7 - 53

中国版本图书馆 CIP 数据核字（2018）第 207810 号

赵树理的幽灵

在公共性、文学性与在地性之间

赵　勇　著

Zhao Shuli de Youling

出版发行	中国人民大学出版社	
社　　址	北京中关村大街 31 号	**邮政编码**　100080
电　　话	010 - 62511242（总编室）	010 - 62511770（质管部）
	010 - 82501766（邮购部）	010 - 62514148（门市部）
	010 - 62515195（发行公司）	010 - 62515275（盗版举报）
网　　址	http://www.crup.com.cn	
	http://www.ttrnet.com（人大教研网）	
经　　销	新华书店	
印　　刷	天津中印联印务有限公司	
规　　格	155 mm×235 mm　16 开本	**版　次**　2018 年 10 月第 1 版
印　　张	28.25 插页 2	**印　次**　2018 年 10 月第 1 次印刷
字　　数	452 000	**定　价**　98.00 元